제주한시 300수

济州汉诗
三百首

제주한시 300수

濟州汉诗 三百首

역주 译注

심규호 沈揆昊

주기평 朱基平

최석원 崔晳元

송인주 宋仁姝

김규태 金奎兌

교정 校订

김새미오 金志泓

중문번역 中文翻译

김려연 金丽妍

한그루

쉬운 해설과 중국어로 만나는
제주 한시의 매력

심규호

제주 중국학회 회장

『제주 한시 300수』는 조선 왕조 시절 제주와 관련이 있는 이들, 특히 목민관, 유배객과 일부 과객, 그리고 제주도민이 제주에 관해 쓴 한시를 골라 묶은 것이다. 현재 알려진 한시 5천여 수 가운데 대표적인 문인, 시체, 소재를 적절하게 배합하여 305수를 선별했으며, 원문, 주석, 한글 번역과 작품 소개 및 작가 소개를 곁들였다.

본서는 2022년 제주학연구센터의 공모 사업을 통해 보고서 형식으로 출간되었다. 이후 기존의 보고서 내용을 증보, 교정하고 서문 및 작가 소개 등을 중문으로 번역하여 단행본으로 출간하기에 이르렀다. 최초 연구자들은 심규호, 주기평, 최석원, 송인주, 김규태이며, 이후 교정에 김새미오, 번역에 김려연 교수가 참가했다.

근본 취지는 제주의 고전 한시를 우리말로 번역하여 지금의 독자들이 보다 쉽고 편리하게 감상할 수 있도록 하기 위함이다. 다행히 이미 여러 학자들에 의해 문인들의 작품집이나 선집 등이 번역된 바 있어 비교적 수월하게 번역작업에 임할 수 있었다. 하지만 번역물이 각기 다른 곳에서 출간되어 일관성을 유지하지 못하고, 일반 독자들의 흥미와 관심을 자아내기에 부족함이 있었다. 이에 참가자들은 일반 독자들이 쉽게 접할 수 있고, 비교적 간단하고 개괄적으로 조선조 문인들의 시가를 감상할 수 있도록 단행본 출간을 서둘렀다.

본서를 발간하기까지 많은 분들이 도움을 주셨다. 제주학연구센터 김순자 센터장의 허가를 받아 비로소 본서가 출간될 수 있었으며, 편찬에 참가한 여러 동료들은 적극적으로 열정적으로 자신의 열과 성을 다했다. 이에 고마움을 전한다. 앞서 풍부한 역서와 연구서를 내놓은 선학 제현들에게도 깊은 경의를 표한다. 또한 본서의 중문 부기를 적극 권하고 한중 양국의 문화교류에 작은 디딤돌이 될 것이라고 격려해준 중국 주제주 총영사관의 왕루신王魯新 총영사님에게 깊은 감사의 말씀을 드린다. 아울러 어려운 편집 작업에 힘써주신 한그루 출판사에도 감사의 뜻을 전한다. 지난 4년간의 노력 끝에 마침내 『제주 한시 300수』가 출간을 앞두고 있다. 번역상의 문제나 오자가 있을 수 있을 것이다. 독자 제현의 질정叱正을 바란다.

发刊词

浅显易懂的注解和汉语解说相结合的
济州汉诗的魅力

沈揆昊

济州中国学会会长

《济州汉诗300首》是把朝鲜王朝时期与济州有关的人,特别是牧民官、流放客和一些过客,还有济州岛居民写的有关济州的汉诗汇编而成的一本书。编纂者们从目前流传的五千多首汉诗中,适当地结合代表性文人、诗体、素材,筛选出了305首,并附有原文、注释、韩文翻译、作品介绍及作家介绍。

本书于2022年通过济州学中心的公开招募项目,以报告书的形式出版了。之后又对现有的报告书内容进行增补、校正,将序言及作家介绍等翻译成中文,并以单行本形式出版。最初的研究者是沈揆昊、朱基平、崔锡元、宋仁姝、金奎兑,其后金赛米奥教授、丽妍教授参与了校对和翻译。

本书的根本宗旨是将济州的古典汉诗翻译成韩语,让现在的读者可以更容易、更方便地欣赏。幸运的是,已经有许多学者把文人们的汉诗作品集或选集翻译成了现代韩文,这使得我们在翻译工作上相对轻松一些。但是由于翻译作品在不同的地方出版,无法维持一贯性,并不足以引起普通读者的兴趣和关

注。因此，为了能让普通读者容易接触，且能比较简单、概括地欣赏朝鲜时代文人的诗歌，编纂者们加快了单行本的出版。

在出版这本书之前，许多人给予了帮助。在获得了济州学中心金顺子主任的许可后，这本书才得以出版，参与编纂的许多同事们都积极、热情地奉献了他们的热忱和努力，在此表示感谢。同时，对之前推出丰富翻译书和研究书的先辈诸贤，我们也深表敬意。另外，中国驻济州总领事馆王鲁新总领事向我们积极劝说出版本书的中文版，并鼓励我们说，"这将成为韩中交流的一个小小的垫脚石。"对此，我们也向他表示深深的感谢。同时，对致力于艰难的编辑工作的一棵(한그루)出版社表示感谢。经过过去4年的努力，《济州汉诗300首》即将出版。可能会有翻译上的问题或出现错别字。希望读者诸贤叱正。

제주 한시에 대한 큰 관심과
다양한 연구 활동 기대

김순자

제주학연구센터장

제주중국학회가 2022년 우리 센터 '제주학연구비 기획 주제 공모'에 선정되어 『제주 한시 300수』 연구 보고서를 제출했는데, 이를 가다듬어 단행본으로 새롭게 출간한다고 하니 진심으로 축하드린다.

연구 보고서는 아무리 내용이 좋아도 판형이나 편집 등 외형적으로 볼 때 덜 세련되고 도서관이나 서점에서 쉽게 접할 수 없어 학자나 전문가들이 아니면 쉽게 접할 수 없다. 그런 까닭에 일반 대중들보다 연구자나 전공자들의 전유물처럼 치부되기도 한다. 한정된 예산으로 인해 연구 보고서 발간 부수가 적어 전공자들의 요구조차 충족시키지 못할 때가 많아 항시 죄송한 마음뿐이다.

이런 점에서 제주중국학회의 『제주 한시 300수』 시선집은 연구 기획부터 단행본 출간을 연구 목표로 정하고 있어 이번 단행본 출간이 더욱 기쁘고 고맙다.

　한시는 한문을 잘 모르면 접근하기 쉽지 않은 분야다. 그런 까닭에 제주 한시 번역이나 연구는 주로 한문학, 고전문학 전공자나 한학자 등 몇몇 뜻 있는 연구자들에 의해 이루어져 왔다. 그래서 제주 한시에 대한 일반인들의 인식은 얕을 수밖에 없고, 축하의 글을 쓰는 필자 또한 그러하다. 다행히 우리 센터 기획 주제 공모로 제주중국학회에서 제주 한시에 대하여 체계적인 조사, 연구, 번역, 그리고 활용방안까지 제시한 보고서를 읽으면서 제주 한시에 대한 새로운 관심과 매력을 찾을 수 있었다.

　'제주 한시'는 제주에서 태어났거나 제주에 부임한 지방관이나 유배객들이 직접 보고 느낀 감정을 절제된 언어로 읊은 문학작품이다. 제주의 자연은 물론 풍물, 제주인의 삶의 모습까지 그대로 반영하고 있다는 점에서 제주 역사와 문화의 보고寶庫라고 할 수 있다. 이렇듯 제주 한시는 시인의 생평은 물론이고 그들이 묘사한 제주의 날씨, 풍광, 풍속, 문화재, 신앙, 전설, 인물 등을 통해 당시 제주의 삶과 현실을 그대로 보여주고 있기 때문에 제주학의 귀한 연구 소재이기도 하다.

　기존 연구성과에 따르면, 조선시대 제주에서 340여 명의 인물이 5천여 수의 한시를 남겼다고 한다. 『제주 한시 300수』는 그 가운데 61명의 대표 한시 300여 수를 선별하여 원문과 주석, 해석, 설명을 달았으며, 아울러 중문을 병기하고 있다. 주로 조선시대부터 해방 이전까지 작품이 대다수이지만 고려시대 문인이자 관료로 제주 출신인 고조기 등의 작품도 들어 있다. 작가별, 연대별, 작품별로 배열되어 있기 때문에 제주 한시의 흐름과 맥락을 살필 수 있을 뿐더러 창작 당시 제주의 역사와 문화 상황 등을 생생하게 확인할 수 있다.

　이 책을 위해 노고를 아끼지 않은 제주중국학회 심규호 회장님과 연구진 여러분께 깊이 감사드린다. 또한 이 책이 '제주 한시'에 대한 관심을 높이고, 널리 알리며, 아울러 한시의 매력을 느낄 수 있는 계기가 되리라 믿는다. 『제주 한시 300』수가 『당시 300수』, 『송시 300수』와 마찬가지로 제주의 한시 문화를 널리 알리는 매체가 되리라 생각한다. 여러분들의 일독을 권한다.

对济州汉诗的极大关注和
多样研究活动的期待

金顺子

济州学研究中心主任

济州中国学会2022年入选了本中心"济州学研究经费企划主题征集"项目，并提交了《济州汉诗300首》的研究报告书，其后经过整理又作为单行本全新出版，在此表示衷心祝贺。

研究报告书无论内容有多好，但由于版式或编辑等外形上都不够精致，如果不是学者或专家，在图书馆或书店是很难被发现的。因此，它们往往被视为研究人员或专业人员的专有物，而非普通大众所有。由于有限的预算，研究报告书的发行量很少，很多时候甚至连专业人员的要求都无法满足，对此本人一直感到非常抱歉。

从这一点来看，济州中国学会的《济州汉诗300首》诗选从研究企划开始就将出版单行本定为研究目标，因此本次单行本的出版更加令人欣喜和感激。

汉诗，是不懂汉文就很难接近的领域。因此，济州汉诗的翻译和研究主要是由汉文学、古典文学专家，或汉学家等少数有志研究者进行的。普通人对济州

汉诗的认识难免肤浅,写这篇贺词的笔者也是如此。幸运的是,通过本中心的
企划主题的征集,我们收到了济州中国学会关于济州汉诗的系统性地调查、研
究、翻译以及活用方案的报告书。通过阅读这份报告书,我们能够发现对济
州汉诗的新关注和魅力。

"济州汉诗"是由出生在济州或到济州赴任的地方官与流放客们,把亲眼看到
且亲身感受到的感情,通过用节制性的语言吟诵而成的文学作品。它不仅反映
了济州的自然环境,还如实地反映了济州的风物以及济州人的生活面貌。从这
一点来看,它可以说是济州历史和文化的宝库。"济州汉诗"不仅通过诗人的生
平,还通过他们描写的济州天气、风光、风俗、文化遗产、信仰、传说、人物
等,如实地展现了当时济州的生活和现实,因此也是济州学宝贵的研究素材。

根据现有的研究成果,在朝鲜时代济州有340多名人物留下了5000多首汉
诗。《济州汉诗300首》从中精选出61位代表性诗人的300余首作品,附有原
文、注释、解释、说明,并配有中文。虽主要是以朝鲜时代至解放前的作品
为主,但也收录了高丽时代的文人兼官员、济州出身的高兆基等人的作品。
另外,本书按照作家、年代和作品进行排列,可以让我们了解济州汉诗的走向
和脉络,同时也能够生动地了解当时济州的历史和文化情况等。

本书是在济州中国学会的沈揆昊会长和研究人员们的辛勤努力下完成的,在
此深表感谢。同时,相信这本书将提高人们对"济州汉诗"的关注,并广泛传播,
同时也将成为感受汉诗魅力的契机。相信《济州汉诗300首》将像《唐诗300
首》和《宋词300首》一样,成为广泛传播济州汉诗文化的媒介。在此诚挚地建
议您一读。

『제주 한시 300수』
중문판 출간을 축하합니다

왕루신

중국 주 제주 총영사

심규호 교수께서 주편하신『제주 한시 300수』가 곧 출간된다는 소식을 듣게 되어 기쁘게 생각하며, 함께 편찬에 동참하신 여러 학자 전문가, 학자 여러분께 진심으로 축하와 감사의 말씀을 전합니다. 이 책을 통해 중국과 한국의 독자들이 제주 한시의 아름다움을 깊이 감상하고, 중국과 한국의 오랜 문화 교류의 역사를 느끼며, 동양 문화의 미학적 가치를 전승, 발전시킬 수 있기를 바랍니다.

중국과 한국은 동아시아의 가까운 이웃으로 오랜 우호 교류의 역사를 가지고 있습니다. 고전 한시는 한국 고대 문인들의 정신적 추구와 미학적 사상을 담고 있으며, 중한 양국의 공통된 동양 문화의 저력을 체현하여, 양국 국민들의 이해를 심화시키는 귀중한 자산으로 많은 명편 절구는 지금까지도 여전히 화젯거리가 되고 있습니다.

제주는 중국과 한국의 초기 교류 지역 중 한 곳으로 중국과 한국의 문화 교류 역사에서 중요한 역할을 해왔습니다. 편찬자들은 5,000여 편이 넘는 제주 한시 중에서 61명의 문인이 남긴 300여 편의 뛰어난 시를 엄선했습니다. 그중에는 "종남산 어느 곳이 자미궁인가? 끝없이 아득한 가운데 영주 바다 삼천리 펼쳐져 있네"라는 선도仙島의 비경을 읊은 시가도 있고, "백록 타고 바로 동천으로 내려가, 검은 소 타고 가는 신선을 웃으며 쳐다보네"라는 호방한 시편도 있으며, "8년 세월 남쪽 땅에서 유배하는 신세, 천 리 안개구름에 꿈은 북으로 날아가네"는 인생의 한탄을 읊은 시가 있는가 하면 "천연으로 갖추어진 좋은 종이 얻었으니, 꾀꼬리 시를 쓰며 자유로이 읊는다네"라는 한적한 적거 생활을 노래한 것도 있습니다. "대붕이 언제 바람과 함께 일어나서, 날개를 한 번 들어 회오리바람을 타고서 구만 리를 갈까"라는 구절은 중국 시인 이백과 정신적 교감을 드러내며, "뜰 숲에 해 저무니 효성스러운 까마귀는 목이 메고, 물나라에 봄 깊어가니 길 떠나는 기러기는 시름겹네"라는 대목은 고향을 그리워하며 시름에 겨워하는 두보의 정감과 유사합니다. 이러한 시구는 중한 양국의 문맥이 서로 상통하며 밀접한 연관성이 있음을 보여줍니다.

　올해는 중국과 한국이 국교를 수립한 지 32주년이 되는 해입니다. 수교 이후 양국 관계는 다양한 분야에서 결실을 맺어 양국과 양국 국민에게 실질적인 혜택을 가져다주고 지역과 세계의 평화와 번영에 긍정적인 기여를 하고 있습니다. 제주도는 중국과의 인문 교류와 경제무역 협력의 품질을 한 걸음 더 향상시킬 수 있는 새로운 기회를 맞이하고 있습니다. 중국과 한국은 오랜 문화적 유대의 역사, 지리적 근접성, 친화적인 인적 교류의 단단한 토대, 그리고 상호 이익과 상생 협력을 위한 내생적 동력을 가지고 있습니다. 양국이 수교를 맺을 당시의 초심을 잊지 않고 협력을 강화하며 더 나은 발전과 번영의 미래를 만들기 위해 함께 걸어가길 기대합니다.

《济州汉诗三百首》
中文版出版贺辞

王鲁新

中国驻济州总领事

欣闻沈揆昊教授主持编纂的《济州汉诗三百首》中文版一书即将出版,谨致热烈祝贺,并向沈教授以及参与编写的各位专家学者表示衷心感谢。希望中韩两国读者能够通过本书,深入领略济州汉诗的意境之美,感受中韩文化交流的悠久历史,传承发展东方文化的美学价值。

中韩两国是东亚近邻,友好交往源远流长。古典汉诗寄托着韩国古代学者的精神追求与美学思考,也体现了中韩两国共同的东方文化底蕴,是两国民众加深了解的宝贵财富,许多名篇绝句至今仍为人津津乐道。

作为中韩两国最早开展往来交流的地区之一,济州在中韩文化交流史中扮演着重要角色。编者从五千余首济州汉诗之中精挑细选出61位文人的300余首优秀诗篇。其中既有"终南何处紫微宫,瀛海三千飘渺中"的仙岛秘境,也有"直下洞天骑白鹿,笑看仙子跨青牛"的豪迈放歌,既有"八年日月身南谪,千里烟云梦北飞"的人生感叹,也有"佳笺赢得天然具,供写春莺自在吟"的谪居闲情,

更有"大鹏何日同风起，一举扶摇九万里"同李白的神交共感，也有"庭林日暮慈乌咽，水国春深旅雁愁"中与杜甫相似的乡思愁情，体现了中韩文脉交相融通的紧密联系。

今年是中韩建交32周年。建交以来，两国关系在各领域取得了丰硕成果，给两国和两国人民带来了实实在在的利益，也为地区和世界的和平繁荣作出了积极贡献，济州道对华人文交流和经贸合作正迎来进一步提质升级的新机遇。远亲不如近邻，中韩两国有悠久的历史文化纽带，有地理相近的优越条件，有人缘相亲的坚实基础，更有互利共赢的内生动力。期待两国不忘建交初心，加强合作，携手同行，共创发展繁荣的美好未来！

목차

1부 『제주 한시 300수』 시선집

2부 『제주 한시 300수』 연구

Ⅰ. 서론

Ⅱ. 『제주 한시 300수』 발간 의의와 선시 기준

Ⅲ. 참고문헌

부록

1부

『제주 한시 300수』

시선집

일러두기 ───────────────────────────────

○ 본 시선집은 다음과 같은 체례로 구성된다.

   - 작가 소개(중문 병기)

   - 한시 원문

   - 주석

   - 해설

○ 순서는 생년 순으로 구성하였다.

○ 작가 소개는 김찬흡 편저『제주인물대사전』과 한국민족문화대백과 등을
   참조하여 정리하였다.

○ 한 제목에 여러 수가 있는 연작시의 경우, 연구자 간의 협의를 거쳐 대표
   작을 선택하여 수록하였다.

凡例 ━━━━━━━━━━━━━━━━━━━━━━━━━━━━━━━━━

○ 本诗选集由以下体例构成。

　　– 作者简介(一并记载中文)

　　– 汉诗原文

　　– 注释

　　– 解说

○ 顺序以出生年次构成。

○ 作家介绍参考了金粲洽编著的《济州人物大辞典》和韩国民族文
　化大百科等并进行整理。

○ 对于一个题目有多首的连作诗,经与研究者协商,选择并收录了其代
　表作。

고
조
기

　고조기高兆基(1088~1157년), 어릴 적 이름은 당유唐兪, 호는 계림鷄林, 본관은 세주이다. 고을나의 48세손이며, 고자견高自堅의 3세손, 성주 우복야右僕射 고유高維의 아들이다. 19세에 문과에 급제하여 벼슬길에 올라 남쪽 여러 고을의 수령으로 일했다.

　1129년(인종 7) 시어사(侍御史, 감찰, 탄핵 임무를 맡은 종5품)가 되었을 당시 권신 이자겸李資謙이 승정僧正 자부資富와 지수주사知水州事 봉우奉佑에게 홍경원弘慶院을 수리하게 했는데, 주현州縣의 장정을 징발하면서 폐해가 우심했다. 결국 이자겸이 실각하고 말았는데, 자부는 연좌되어 귀양갔으나 봉우는 환관과 결탁하여 벼슬살이를 하고 있는 것을 보고 탄핵 상소를 올렸다가 오히려 공부工部 원외랑員外郞으로 밀려났다. 이후 대관臺官에 복직한 후에도 이자겸 무리를 척결할 것을 상소하다 또다시 예부 낭중으로 좌천되고 말았다.

　이렇듯 계림 고조기는 의롭지 못한 것을 보면 참지 못하는 성품으로 곧고 바른 관리로서 충정과 청렴을 지켰다. 1130년에는 하절사賀節使로 금金나라를 다녀왔으며, 1147년(의종 1) 수사공상주국守司空上柱國, 1148년 정당문학판호부사政堂文學判戶部事로 재임하면서 지공거知貢擧(과거의 시험관)로서 유정견柳廷堅 등 25인의 급제자를 선발했고, 이어서 권판병부사權判兵部事, 참지정사판병부사參知政事判兵部事, 정당문학참지사政堂文學參知事, 중서시랑평장사中書侍郎平章事를 맡고 있다가 중간에 탄핵을 받아 잠시 상서좌복야로 좌천되었다가 복직했다. 이 외에 1150년 판병부사判兵部事, 그 이듬해 중군병마판사中軍兵馬判事 겸 서북면병마판사西北面兵馬判事를 역임했다.

고조기는 칠순이 다 되어 퇴임할 때까지 충절을 다하여 사후 수사공상주국守司空上柱國으로 추봉되었으며, 시호는 문경공文敬公이다. 그는 시문에도 뛰어나 시집 3권을 저술했다고 하나 대부분 실전되고, 지금은 서거정의 『동문선』에 약간의 시가 남아있을 뿐이다. 『고려사·열전』에 실려 있다.

高兆基

高兆基(1088~1157年)，幼名唐俞，号鸡林，祖籍济州，是高乙那的第48代孙、高自坚的第3代孙、星州右仆射高维之子。19岁文科及第后步入仕途巅峰，担任过南方多个州县的守令。1129年(仁宗7年)任时御史(担任监察、弹劾的从五品)时，权臣李资谦命僧正资富和知水州事奉佑修缮弘庆院，在征用州县壮丁的过程中生出了许多弊端，最后李资谦因此下台，资富也受牵连被流放。但高兆基看到奉佑并未受牵连，还与宦官勾结当上了官，就上疏弹劾与宦官沆瀣一气的奉佑，反而被贬为工部员外郎。之后复职为台官后又上疏谏言铲除李资谦一党，结果再次被贬为礼部郎中。如此，鸡林高兆基对不义之举绝对不会袖手旁观，作为一位刚正不阿的官吏恪守忠贞和廉洁。1130年他作为贺节使被派去金朝，1147年(毅宗1年)任守司空上柱国，1148年任政堂文学判户部事，作为知贡举(过去的考官)选拔了柳廷坚等25名及第者，后来又先后担任了权判兵部事、参知政事判兵部事、政党文学参知事、中书侍郎平章事，其间还遭弹劾短暂地被贬为尚书左仆射。1150年任判兵部事、次年连任中军兵马判事兼西北面兵马判事。

高兆基到七旬卸任为止一直忠贞不二，死后被追封为守司空上柱国，谥号文敬公。他还擅长作诗文，著有3本诗集，但大部分都已失传，唯有徐居正《东文选》中的几首诗还流传至今。在《高丽史·列传》中留有记载。

山莊夜雨

산장에 내리는 밤비

昨夜松堂雨,[1]	어젯밤 솔숲 집에 비 내렸는지
溪聲一枕西.	베개 서쪽 머리에서 냇물 소리 들렸네.
平明看庭樹,[2]	날 밝아 뜨락 나무 바라보니
宿鳥未離棲.[3]	잠자던 새 아직 둥지를 떠나지 않았네.

주석

① 松堂(송당): 소나무 숲속에 자리한 작은 집을 말한다.

② 平明(평명): 아침에 해가 돋아 날이 밝아질 무렵. 새벽을 말한다.

③ 宿鳥(숙조): 둥지에서 잠든 새.

해설

이 시는 『동문선東文選』 권19에 수록되어 있다. 소나무 숲속 고즈넉한 집에서 하루 유숙했다. 꿈결에 냇물 소리 들린 것을 보니 어젯밤에 비가 내렸나 보다. 이른 새벽 깨어나 자그마한 마당의 나무를 바라보니 나무 위 둥지에 아직 새가 잠들고 있는 듯하다. 짧은 오언절구에서 청각과 시각이 어울리고, 비 오는 어제와 활짝 갠 오늘이 대조된다. 굳이 말하지 않아도 시인의 마음이 어떠한지 능히 짐작할 수 있다.

제주에도 구좌읍에 송당리라는 마을이 있다. 제주의 하천은 대부분 마른내(건천, 乾川)로 평소 물이 흐르지 않는다. 그러나 비가 내리면 당연히 '시냇물 소리(溪聲)'를 들을 수 있다. 제주 출신인 고조기가 송당 산장에서 유숙하면서 감회를 읊조린 것일 수도 있다. 하지만 굳이 견강부

회할 필요 없다.

寄遠

멀리 있는 당신에게

錦字裁成寄玉關,[1]　　당신 그리워 쓴 편지 옥관으로 붙였어요.

勸君珍重好加飱.　　　몸 아끼시고 잘 챙겨 드세요.

封侯自是男兒事,[2]　　높은 관직에 오르는 것은 본시 남아의 일이니

不斬樓蘭末擬還.[3]　　누란 왕을 베지 못한다면 돌아올 생각일랑 마세요.

주석

① 錦字(금자): 전진前秦 두도竇滔의 아내 소씨蘇氏가 직금회문시織錦迴
文詩를 남편에게 보냈다는 고사에 나온다. 아내의 편지 또는 아름
다운 시구를 뜻한다.

玉關(옥관): 감숙성 돈황에 있는 옥문관을 말한다. 여기서는 서북,
즉 평안도를 지칭한다. 시인은 서북면병마판사西北面兵馬判事를 역
임한 바 있다.

② 封侯(봉후): 제후에 봉하다. 봉封은 땅(식읍食邑)을 나누어줌이
다. 흔히 말하는 봉건封建은 봉토건국封土建國의 의미로, 식읍
을 나눠주고 제후국을 세우게 한다는 뜻이다. 여기서는 높은
관직을 말한다.

③ 樓蘭(누란): 한나라 시절 서역의 나라 가운데 하나인 누란의 왕을
지칭한다. 한나라 소제昭帝 시절 부개자傅介子가 누란을 정벌하여
안귀安歸를 죽이고 동생인 위도기尉屠耆를 왕으로 세우고 나라 이

름을 선선鄯善으로 고쳤다(『한서』권70 「부개자전」). 여기서는 외적을
지칭한다.

해설

이 시는 『동문선』권19에 나온다. 남자가 여인의 목소리를 대변하
는 시를 짓는 일은 예로부터 있었으니, 이 역시 일종의 규원시閨怨詩이
다. 특히 당대 왕창령이 유명하다. 서거정徐居正은 『동인시화東人詩話』
권상 62에서 이렇게 말했다. "당시唐詩(왕창령王昌齡의 「규원시閨怨詩」)에
'규방의 어린 색시 시름을 모르고, 봄날 단장하고 작은 누각에 올랐네.
문득 길가에 늘어진 푸른 버들 보고 남편에게 벼슬 얻어오라고 시킨
것 후회하네.'라는 시가 있는데, 고금에 절창이라고 평했다. 일찍이
평장사 고조기의 「기원」시를 본 적이 있다.……당시唐詩가 비록 좋다
고 하나 지아비를 심히 그리워하고 돈독하게 사랑하여 친하고 가까운
사사로운 감정을 형용한 것에 지나지 않는다. 고조기의 시는 구법句法
이 당시에 못 미치나 먼저 지아비를 심히 그리워하는 마음으로 서두
를 떼고 이어서 수자리 일을 신중히 하고 마시고 먹는 일을 소홀히 하
지 말 것을 바라는 마음을 드러냈으며, 마지막으로 공명과 사업을 성
대히 이룰 것을 권면했다. 한마디로 사사로운 정을 나타내는 말을 하
지 않았으니, 은연중에 『시경』 「국풍國風」의 남긴 뜻을 지녔다고 할 만
하다. 시를 어찌 기교의 공교로움과 서툶만으로 논할 것인가?"(唐詩,
'幽閨少婦不知愁, 春日凝粧上小樓. 忽見陌頭楊柳色, 悔敎夫壻覓封侯.' 古今以爲絶
唱. 曾見高平章兆基寄遠詩,……唐詩雖好, 不過形容念夫之深, 愛夫之篤, 情意狎昵
之私耳. 高詩句法不及唐詩遠甚, 然先之以思念之深信書之勤, 繼之以征戍之愼飮食

之謹, 卒勉之以功名事業之盛. 無一語及乎燕昵之私, 隱然有國風之遺意, 詩可以工拙論乎哉.)"

　　서거정의 말대로 비록 여인의 입을 빌려 쓴「규원시」이기는 하나 시인 자신의 다짐을 표현한 것이기도 하다는 점에서 유의미하다.

김종직

　　김종직金宗直(1431~1492년), 경상남도 밀양 출신으로 본관은 선산善山, 자는 효관孝盥, 계온季昷, 호는 점필재佔畢齋이다. 부친은 성균관사예成均館司藝 김숙자金叔滋, 모친은 밀양 박씨의 막내로 태어났다. 고려 말 정몽주鄭夢周, 길재吉再의 학맥을 이은 부친의 영향으로 점필재 역시 의리학을 중시하는 사림파의 거두가 되었다. 1453년(단종 1) 23세 때 진사가 되고 1459년(세조 5) 식년문과에 정과로 급제하여, 이듬해 사가독서賜暇讀書를 했으며, 정자正字, 교리校理, 감찰監察, 경상도병마평사慶尙道兵馬評事를 지냈다. 성종 시절 경연관經筵官이 되고, 함양군수, 참교, 선산부사善山府使를 거쳐 응교應敎가 되어 다시 경연에 나갔다. 이후 그의 벼슬은 도승지, 이조참판, 경연동지사經筵同知事, 한성부윤, 공조참판工曹參判, 형조판서, 중추부지사中樞府知事에까지 이르렀다.

　　성종의 특별한 총애를 입어 자신의 문인들을 관직에 많이 등용시키고, 도학정치를 발현하기 위한 개혁을 요구하면서 훈구파勳舊派와 반목과 대립이 커졌다. 이후 사림파가 당시 훈구파의 비리와 비도非道를 비판하자 이에 방어에 나선 유자광柳子光, 정문형鄭文炯, 이극돈李克墩 등이 1498년(연산군 4) 무오사화를 일으키면서 수많은 사림파 인물이 사사되거나 유배를 당했는데, 김종직은 생전에 썼던 「조의제문弔義帝文」[1]이 문제가 되어 부관참시剖棺斬屍를 당했다. 이는 한편으로 그가 역사적 식견으로 절의를 얼마나 중시했는가를 보여주는 일례이기도 하다.

이렇듯 점필재는 문장과 경술에 뛰어난 성리학자로 영남학파의 종조가 되었고, 그의 학풍은 제자인 김굉필金宏弼, 정여창鄭汝昌, 김일손金馹孫, 유호인兪好仁, 남효온南孝溫, 조위曺偉, 이맹전李孟專, 이종준李宗準 등에게 이어졌으며, 특히 김굉필의 문하에서 조광조趙光祖와 같은 걸출한 인물이 배출되었다.

점필재는 제주에 와본 적이 없지만 「탁라가乇羅歌」를 비롯히여 여러 편의 제주 관련 시를 남겼다. 1465년(세조 11) 2월 28일 김극수라는 제주 사람에게 제주 이야기를 듣고 칠언절구 14수로 된 「탁라가」를 지었다고 하는데, 그의 다른 시가에 여러 지방을 돌아다니며 그곳의 민풍을 묘사하거나 민요 등을 들었다는 이야기가 있는 것으로 보아 『시경』의 채시采詩 전통과 무관하다고 할 수 없다. 이런 점에서 일종의 기속시紀俗詩에 속한다고 말할 수 있다. 그의 제자였던 최부崔溥는 1487년 제주에 왔다가 이듬해 돌아가는 길에 풍랑을 만나 표류하다 1488년에 『표해록』를 저술하고 「탐라사」를 남겼는데, 이는 점필재의 영향과 무관치 않은 듯하다. 김종직은 탁월한 문장가로 많은 시문과 일기체 산문을 남겼는데, 저서로 『점필재집佔畢齋集』, 『유두유록遊頭流錄』, 『청구풍아青丘風雅』, 『당후일기堂後日記』 등이 있으며, 편저로는 『일선지一善誌』, 『이존록彝尊錄』, 『동국여지승람東國輿地勝覽』 등이 있다.

---

1)   중국사에 나오는 의제를 단종에 비유하여 세조의 왕위찬탈을 비난했다.

金宗直

金宗直(1431~1492年)出生于庆尚南道密阳，祖籍善山，字孝盥、季昷，号佔毕斋。父亲是司艺金淑子、母亲是密阳朴氏最小的孩子。高丽末期，受到继承郑梦周、吉再学脉的父亲的影响，佔必斋也成为了重视义理学的士林派巨头。1453年(端宗1年)23岁时成为进士，1459年(世祖5年)式年文科及第，次年得到赐暇读书，曾担任正字、校理、监察、庆尚道兵马评事等。成宗时期成为经筵官，经过咸阳郡守、参校、善山府使，成为应教后再次参加经筵。后历任都承旨、吏曹参判、经筵同知事、汉城府尹、工曹参判、刑曹判书、中枢府知事。

受到成宗特别的宠爱的他让很多自己的文人担任官职，并要求以体现道学政治来改革，因此与勋旧派关系变得反目成仇。此后，士林派批评当时勋旧派的不正之风和非道，对此柳子光、郑文炯、李克敦等人为了防御，在1498年(燕山郡4)引发了戊午士祸。许多士林派人物被赐死或被流放，金宗直生前写的《吊义帝文》[1]也成了问题被剖棺斩尸。这一点还说明他用历史性的眼界非常重视节操与义行。

---

1) 把中国古史上的义帝比喻为端宗并指责了世祖篡位。

正如此，佔毕斋作为文章出众、经学渊博的性理学家，被誉为岭南学派的宗祖，他的学风延续到他的弟子金宏弼、郑汝昌、金骐孙、俞好仁、南孝温、曹伟、李孟专、李宗准等人，尤其是在金宏弼的门下，培养出了赵光祖等杰出的人物。

佔毕斋虽然没有去过济州，但留下了「乇罗歌」等多首与济州有关的诗。1465年(世祖11年)2月28日，从一位名叫金克洙的济州人那里听到济州故事后，他用七言绝句14首写了《乇罗歌》，在他的其他诗歌中记载了他走遍各个地方听到了描写济州的民风和民谣等故事来看，不能说完全与《诗经》的采诗传统无关。从这一点可以说它属于一种纪俗诗。他的弟子崔溥1487年来到济州，次年在回去的路上遇到风浪漂流后，1488年撰写了《漂海录》并留下了《耽罗史》，这似乎与佔毕斋的影响有所关联。金宗直作为卓越的文学家，留下了很多诗文和日记体散文，著作有《佔毕斋集》、《游头流录》、《青丘风雅》、《堂后日记》等，编著有《一善志》、《彝尊录》、《东国舆地胜览》等。

乙酉二月二十八日, 宿稷山之成歡驛[1], 濟州貢藥人金克修亦
來, 因夜話略問風土物産, 遂錄其言, 爲賦乇羅歌十四首[2]

을유년 2월 28일 직산의 성환역에서 묵는데, 제주에서 약을 공물로 바치러 온 김극수도 또

한 와 있어 밤에 이야기 나누며 대략 그곳의 풍토와 물산을 물어보고는 이에 그 말들을 기록

하여 탁라가 14수를 짓다.

주석

① 稷山(직산): 지금의 충청남도 천안 서북부에 위치한 마을.

    成歡(성환): 충청도 직산현에 위치한 역.

② 乇羅(탁라): 탐라耽羅로 지금의 제주도를 가리킨다.

其一

郵亭相揖若相親,[1]   역관에서 인사하니 서로 친한 것 같은데

包重般般藥物珍.[2]   겹겹으로 싼 짐에 갖가지 약물이 진기하네.

衣袖帶腥言語澀,[3]   비린내 나는 옷소매에 말은 더듬더듬

看君眞是海中人.   보건대 그대는 진실로 바닷사람이네.

주석

① 郵亭(우정): 역관驛館. 문서를 배송하는 이가 유숙하는 곳을 가리
    킨다.

② 般般(반반): 여러 종류.

③ 言語澁(언어삽): 말이 껄끄럽다. 말이 잘 통하지 않는 것을 말한다.

해설

이 시는 성환 역참에서 제주 사람 김극수와 만나 서로 인사하고 친해지게 되었음을 말하고, 김극수의 짐에 가득한 약물을 묘사하며 진귀한 약물이 많이 산출되는 제주의 특성과 그가 공물을 바치러 도성으로 가는 중임을 나타내고 있다. 이어 그의 옷소매에 가득한 비린내와 알아듣기 어려운 방언을 통해 그가 진정한 제주 바닷사람임을 말하고 있다.

원문

其五

漢挐縹氣通房駟,¹   푸르른 한라산 기운 방수 별자리에 통하고

雲錦離披水草間.²   채색 구름은 물풀 사이로 흩어지네.

一自胡元監牧後,³   한 번 오랑캐 원나라가 방목을 감독한 후로

驊騮歲歲入天閑.⁴   화류마가 해마다 임금님 마구간에 들어갔다네.

주석

① 縹氣(표기): 푸른 기운.

　房駟(방사): 방수房宿. 28수宿 중의 하나로, 4개의 별이 있다. 고대에 거마車馬를 주관한다고 여겨 '천사天駟' 또는 '방사房駟'라 불렀다.

② 雲錦(운금): 비단 구름. 채색 구름을 비유한다.

　離披(이피): 흩어져 떨어지는 모양.

③ 胡元(호원): 오랑캐 원나라.

④ 驊騮(화류): 명마 이름. 주周 목왕穆王이 몰았다는 팔준마八駿馬 중
의 하나로, 준마를 가리킨다.

天閑(천한): 황제의 말을 기르는 곳. 여기서는 역대 중국의 조정을
가리킨다.

해설

이 시는 한라산의 푸른 기운이 거마車馬를 주관하는 하늘의 방수房宿
에 이어져 있고 채색 구름이 물풀 사이로 흩어져 내려오는 제주의 풍광
을 묘사하며 이곳이 천하의 명마가 산출되는 곳임을 말하고 있다. 이어
원나라 때부터 방목이 시작된 이후, 좋은 명마들이 나와 해마다 중국
조정으로 공납되었음을 말하고 있다.

원문

其八

萬家橘柚飽秋霜	수많은 집 굴과 유자가 가을 서리 충분히 맞으면
採着筠籠渡海洋.	따다가 대바구니에 담아서 큰 바다를 건너네.
大官擎向彤墀進,¹	대관이 받들어 궁궐로 진상하는데
宛宛猶全色味香.²	완연히도 색, 맛, 향이 여전히 그대로라네.

주석

① 大官(대관): 직위가 높은 관리.

擎(경): 들다, 들어올리다.

丹墀(단지): 궁궐의 붉은색 계단, 섬돌. 여기서는 궁궐을 비유하였다.

② 宛宛(완완): 완연하다.

해설

이 시는 제주에서 초겨울에 귤과 유자를 수확하여 바다를 건너 공물로 보내는 상황을 말하고, 그 품질이 매우 뛰어나 궁궐에 도착해서도 그 색과 맛, 향이 변함없이 그대로임을 칭송하고 있다.

원문

其十四

候風淹滯朝天館[1]	순풍을 기다리며 조천관에 머물면서
妻子相看勸酒盃.	아내와 자식들 마주 보며 술잔 권하네.
日中霢霂霏霏雨,[2]	해 떠 있는 중에도 가랑비 자욱이 내리니
知是鰍魚噴氣來.[3]	고래가 숨을 내쉬는 것이라네.

주석

① 朝天館(조천관): 제주 북쪽 해안에 위치한 곳으로, 육지로 올라가는 대표적인 항구이다. 제주도 세 고을을 경유하여 육지로 나가는 자는 모두 여기에서 바람을 기다리고, 전라도를 경유하여 세 고을로 들어오는 자도 모두 이곳과 애월포涯月浦에 배를 댄다.

② 霢霂(맥목): 가랑비.

霏霏(비비): 비가 자욱이 내리는 모습.

③ 鰍魚(추어): 고래. 해추海鰍라고도 하며, 당唐 유순劉恂의 『영표록이

嶺表錄異』에 추어鰍魚가 숨을 내쉬면 물이 공중으로 뿌려져 마치 비가 내리는 것 같다고 하였다.

해설

이 시는 처자식과 이별하고 조천관을 떠나 왔을 김극수의 모습을 상상하고, 바다 고래가 내뿜는 숨으로 인해 해가 뜬 한낮에도 가랑비가 내리는 기이하고 신비로운 제주의 풍광을 묘사하고 있다.

최부

최부崔溥(1454~1504년), 자는 연연淵淵, 호는 금남錦南, 본관은 탐진으로, 전라도 나주에서 최택崔澤의 아들로 태어났다. 유학자 점필재 김종직을 사사하였으며 1477년(성종 8) 진사에 급제하고 성균관에 들어가 배웠으며, 1482년 친시문과에 을과로 급제하여 곧 교서관저작, 박사, 군자감주부 등을 역임했다. 1485년 서거정徐居正 등과『동국통감東國通鑑』, 이듬해『동국여지승람東國輿地勝覽』의 편찬에 참여했다. 같은 해 문과중시에 을과로 급제하여 홍문관 교리로 임명되고 사가독서했다.

1487년 11월 추쇄경차관推刷敬差官(도망친 관노를 추포하는 관리)으로 임명되어 제주에 갔다가 이듬해 초 부친상을 당해 돌아오는 중 풍랑을 만나 동행하던 43명이 탄 배가 14일간 표류하여 명나라 태주부台州府 임해현臨海縣에 도착했다. 중간에 해적을 만나 곤욕을 치르고 왜구로 오인되어 몰살당할 위험에 빠지기도 했으나 조선 관원이라는 사실이 알려져 북경을 거쳐 6개월 만에 조선으로 귀국했다. 성종의 명으로 남대문 밖에서 8일간 머물며 그간의 견문을 기록한 것이『금남표해록錦南漂海錄』3권이다. 그의 표해록은 목판본으로 된 3권 2책의 한문본과 3권 3책의 국역 필사본이 전해지며, 일본에서『당토행정기唐土行程記』,『통속표해록通俗漂海錄』등으로 번역될 정도로 중시되었다. 이는 당시 중국

연안 해로와 기후, 산천, 도로, 관부, 민속 등을 두루 소개하고, 온갖 환란과 위험을 극복하고 뛰어난 문장으로 쓴 표해의 기록이기 때문이다. 1757년(영조 33) 이지항李志恒이 일본으로 표류하여 귀국한 후에 쓴『표주록漂舟錄』, 1771년 장한철張漢喆이 유구로 표해했던 기록인『표해록漂海錄』, 1797년(정조 21) 이방익이 대만 팽호도에 도착한 후 대만부에서 다시 하문廈門으로 넘어와 복건, 절강, 강소, 산동, 북경을 거쳐 신의주로 들어와 그간의 기록을 남긴 국문『표해가漂海歌』와 표해일기(실전), 1805년(순조 5) 문순득文淳得의『표해록漂海錄』, 1818년 최두찬崔斗燦의『승사록乘槎錄』등과 더불어 표해의 기록으로 매우 귀중한 작품이다.

귀국 이후 최부는 1491년 지평에 임명되었는데 사헌부에서 서경署經을 거부하여 1년 후에 홍문관교리로서 경연관으로 제수되었으나 부친상을 당한 상태에서 설사 군명君命이 있었다고 할지라도 곧장 고향으로 돌아가 복상服喪하지 않고 한가하게 기행문을 썼다는 이유로 찬반 여론에 시달리다 임명되지 못했다. 연산군 시절 중국에서 배워온 수차水車 제도를 관개灌漑에 응용했고, 질정관質正官으로서 명나라에 다녀오기도 했다. 그러나 연산군의 실정을 극간하고 공경대신을 비판하다 무오사화 때 화를 입어 함경도 단천으로 유배되어 6년을 지내다가 갑자사화 때 처형되었다.

그의 시문집인『금남집錦南集』은 5권 5책으로 된 목활자본이다. 외손자인 유희춘柳希春이 편집하여 1571년(선조 4) 2권 2책으로 간행했으며, 이후『표해록』3권 3책이 따로 간행되었는데, 1676년(숙종 2년) 다시 합본으로 중간되었다. 최부는 제주에 1487년 11월에 도착하여 석 달 남짓 머무르면서 자신이 직접 보고 느낀 제주의 역사와 풍물을「탐라시삼십오절耽羅詩三十五絶」로 노래했다. 이는 그의 문집에는 전하지 않으나 청음淸陰 김상헌金尙憲이 지은『남사록南槎錄』에 서序와 함께 수록되어 전해진다. 불과 석 달 만에 제주에 관한 시 35수를 지은 것은 그가『동국여지승람』을 증보하는 작업에 참여했을 때 제주의 물산과 풍물을 문헌에만 의존하던 차에 때마침 추쇄경차관으로 제주를 직접 방문할 수 있어 절호의 기회를 얻었기 때문이다. 그렇기 때문에 개인의 소회보다는 제주의 자연과 역사, 풍물 등을 객관적 사실에 근거하여 읊은 일종의 장편서사시로 분류하기도 한다.

崔溥

崔溥(1454~1504年)字渊渊, 号锦南, 祖籍耽津, 出生于全罗道罗州, 是崔泽之
子。向儒学家佔毕斋金宗直学习, 1477年(成宗8年)进士及第后在成均馆学习,
1482年在亲试文科中乙科及第, 即历任校书官著作、博士、军资监主簿等。
1485年与徐居正等人参与了《东国通鉴》, 次年参与了《军资监主簿等》的编纂
工作。同年在文科重试中乙科及第, 被任命为弘文馆校理, 并得到赐暇读书。
1487年11月被任命为推刷敬差官(追捕逃亡官奴的官员)后前往济州, 1488年初
因父亲去世而回来的途中遇到风浪, 同行的43人乘坐的船漂流14天后抵达到
明朝台州府临海县。中途还遇到海盗受尽折磨, 被误认为是倭寇陷入到被全
杀的危险, 但得知他是朝鲜官员的事实后得以释放, 经过北京历时6个月回到
了朝鲜。受成宗之命在南大门外滞留8天, 并记录此前见闻的经历就是《锦南
漂海录》3卷。他的漂海录是用木刻本制作的3卷2册的汉文本和3卷3册的国
译手抄本而被流传, 甚至在日本被翻译为《唐土行程记》、《通俗漂海录》等受
到重视。这是因为这本漂海录对当时的中国沿海海路、气候、山川、道路、
官府、民俗等进行了介绍, 还是在克服种种患乱和危险中, 用很出色的文章
写出来的漂海记录。1757年(英祖33年)李志恒漂流日本回国后写的《漂舟录》、
1771年张汉喆漂流琉球的记录《漂海录》、1797年(正祖21年)李方益抵达台湾
澎湖岛后, 从台湾府再次来到厦门, 经福建、浙江、江苏、山东、北京进入

新义州，留下其间的纪录的国文《漂海歌》、1805年(纯祖5年)与文顺得的《漂海录》和1818年崔斗灿的《乘槎录》等，都是作为漂海记录非常珍贵的作品。

回国后，1491年崔溥被任命为持平，因司宪府拒绝署经，1年后作为弘文官校理担任了经筵官。但在父亲去世的状态下即使有君命在身，也因没有即刻回到家乡服丧还悠闲地写纪行文，结果被是非的舆论所困扰而未能被任命。在燕山君时期，他把从中国学来的水车制度运用到灌溉中，还曾作为质正官去过明朝。但因极谏燕山君的失政、批判公卿大臣，在戊午士祸时祸及自身被流放到咸镜道端川度过了6年，后在甲子士祸时被处死。

他的诗文集《锦南集》是一本五卷五册的木活本。由外孙柳希春编辑，于1571年(宣祖4)发行了2卷2册，之后另发行了《漂海录》3卷3册，1676年(肃宗2年)再次出版为合订本。崔溥于1487年11月抵达济州，在济州滞留的那3个多月的时间里，用《耽罗诗三十五绝》演唱了自己亲眼所见和感受的济州历史和风物。这虽然没在他的文集中记录下来，但在清阴金尚宪撰写的《南槎錄》的序收录在一起并流传下来。在短短3个月内他可以写出35首关于济州的诗，是因为他参与《东国舆地胜览》的增补工作时，济州的物产和风物描述只依赖于文献而苦恼时正好获得了可以作为推刷敬差官可以亲自访问济州的绝好机会。因此，比起个人的欣赏，这首诗更倾向于根据客观事实吟诵济州自然、历史和风物等的一种长篇叙事诗。

耽羅詩三十五絶
其四

蒼松綠竹紫檀香,[1]	푸른 소나무와 초록 대나무에 자단목은 향기롭고
赤栗乳柑橘柚黃.[2]	붉은 밤과 유감, 귤과 유자 노랗게 익어가네.
白雪丈餘紅綿樣,[3]	한 길 남짓 흰 눈 속의 붉은 목면 모습이니
四時留得靑春光.	사시사철 푸른 봄의 빛이 남아 있구나.

탐라시 35절구

주석

① 紫檀(자단): 나무 이름. 상록교목常綠喬木으로 목재가 단단하고 붉은빛을 띠어 가구나 악기, 미술품의 재료로 사용된다.

② 乳柑(유감): 감귤의 일종. 우유를 발효한 맛이 난다고 하여 이와 같이 불렸다.

③ 白雪(백설): 흰 눈. '백운白雲'으로 된 판본도 있다.

　紅綿(홍면): 목면木棉의 별칭. 꽃이 붉어 이와 같이 불렸다. '홍금紅錦'으로 된 판본도 있다.

해설

이 시는 제주의 초목과 산물을 선명한 색상의 대비를 통해 나타내고, 눈 덮인 한겨울에도 누렇고 붉은 귤과 유자가 자라 사시사철 봄의 빛을 잃지 않고 있음을 말하고 있다.

其六

俯瞰人間隔世蹤,[1]　　인간 세상 굽어보며 세상의 자취와 떨어진 채

海中別有瀛洲峯.　　바다 한가운데 또 다른 영주봉이 있다네.

秦童漢使枉費力,[2]　　진나라의 동자와 한나라의 사신은 헛되이 힘을 썼으니

遺與三韓作附庸.[3]　　남겨진 이들 삼한의 부용국 사람이 되었네.

주석

① 俯瞰(부감): 굽어 내려다 보다.

② 秦童(진동): 진秦나라의 동자. 진시황秦始皇이 신선을 찾기 위해 서불徐市과 함께 보낸 동자를 가리킨다.『사기史記·진시황본기秦始皇本紀』에 "서불 등이 글을 올려 말하기를 '바다 가운데 세 개의 신산이 있는데 봉래산, 방장산, 영주산이라 하며 신선이 그곳에 살고 있습니다. 재계하고 어린 남녀와 함께 그것을 찾기를 청합니다.' 라 하였다. 이에 서불에게 남녀 수천 명을 뽑아 바다로 들어가 신선을 찾게 하였다.(徐市等上書言, 海中有三神山, 名曰蓬萊, 方丈, 瀛洲, 僊人居之, 請得齋戒與童男女求之. 於是遣徐市發童男女數千人, 入海求僊人.)"라 하였다.

漢使(한사): 한漢나라의 사신. 영주산을 찾기 위해 파견했던 사신을 가리킨다.『한서漢書·교사지郊祀志』에 "제나라 위왕과 선왕, 연나라 소왕 때부터 사람을 시켜 바다에 들어가 봉래산, 방장산, 영주산을 찾게 했다. 이 세 개의 신산은 전하기에 발해 가운데 있으며 인간 세계로부터 멀지 않다고 한다.(自威宣, 燕昭, 使人入海, 求蓬萊,

方丈, 瀛洲, 此三神山者, 其傳在渤海中, 去人不遠.)"라 하였다.

枉費(왕비): 헛되이 힘을 쓰다. 여기서는 끝내 영주봉을 찾지 못했음을 뜻한다.

③ 附庸(부용): 큰 제후국에 부속되어 있는 작은 나라.

해설

이 시는 제주를 전설상 신선의 거처인 영주산瀛洲山에 비유하며 인간 세상과 떨어져 바다 한가운데에 있음을 말하고, 진시황을 비롯한 중국의 역대 황제들이 이를 찾기를 원했지만 뜻을 이루지 못하고 결국 우리나라에 속하게 되었음을 다행으로 여기고 있다.

원문

其二十五

便從父老問風土,¹	곧 늙은이를 쫓아가 풍토를 물으니
冬苦風威夏苦雨.	겨울은 바람의 위세가 고통스럽고 여름은 비가 고통스러우며,
草木昆虫傲雪霜,²	초목과 곤충들은 눈서리에도 굴하지 않고
禽無鵂鵲獸無虎.³	날짐승에는 부엉이와 까치 없고 길짐승에는 호랑이가 없다고 하네.

주석

① 父老(부로): 늙은이. 제주의 늙은이를 가리킨다.

② 傲(오): 업신여기다, 꿋꿋하다. 여기서는 눈 서리에도 시들거나 사라지지 않는 것을 의미한다.

③ 鵂(휴): 부엉이.

이 시는 제주 늙은이와의 문답의 형식을 통해 바람과 비가 혹독하고 겨울에도 초목과 곤충의 위세가 쇠해지지 않으며 살고 있는 짐승들 또한 내륙과는 다른 제주의 독특한 풍토를 나타내고 있다.

원문

其二十六

人知種植飽齁齁,¹　　사람늘 귤나무 심고 키울 줄 알아 배불리 먹고 코 골며 자니

不羨江陵千戶侯.²　　강릉의 천호후를 부러워하지 않는다네.

渾把生涯登壽域,³　　자연과 더불어 천수를 다하니

閭閻到處杖皆鳩.⁴　　마을마다 노인네 지팡이 비둘기 모양이라네.

주석

① 齁齁(후후): 잠잘 때 코 고는 소리.

② 江陵千戶侯(강릉천호후): 『사기史記·화식열전貨殖列傳』에 따르면 강릉에 귤 천 그루를 가진 사람의 부유함이 식읍 천 호를 지닌 제후와 맞먹는다고 하였다. 여기서는 제주의 부유함을 일컫는다.

③ 渾把(혼파): 자연과 섞여 천연스러운 모습으로 영악하지 않고 어리석은 듯한 모습. 혼파渾吧와 유사하다.

　　壽域(수역): 사람들이 천수를 다하는 태평성세.

④ 閭閻(여염): 마을.

　　杖皆鳩(장개구): 지팡이에 모두 비둘기 모양이 새겨져 있다. 『신당서新唐書』에 따르면 황제가 나이 80세를 넘은 신하들에게 비둘기

모양이 새겨져 있는 지팡이인 구장鳩杖을 하사하였다고 한다.

해설

이 시는 강릉江陵 천호후千戶侯와의 비교를 통해 제주 사람들이 귤 재배를 하며 부유하게 생활하고 있음을 나타내고, 한평생을 태평성세 속에서 지내며 모두가 장수하며 살아가고 있음을 말하고 있다.

원문

其三十

路入杏壇謁素王,[1]	향교로 들어가 공자를 배알하니
靑衿揖我明倫堂.[2]	유생들이 명륜당에서 나에게 읍하네.
誰知萬里滄溟外,	누가 알았으랴, 머나먼 만 리 바다 밖에
有此衣冠禮義鄕.	이처럼 의관과 예의를 갖춘 마을이 있을 줄을.

주석

① 杏壇(행단): 공자가 제자들에게 학문을 전수하던 곳. 여기서는 유학을 가르치는 향교를 뜻한다.

素王(소왕): 제왕의 덕을 갖추고 있으나 제왕의 지위에 있지 않은 사람. 공자孔子를 지칭한다.

② 靑衿(청금): 청색 옷깃의 장삼. 『시경詩經·정풍鄭風』의 "청청자금靑靑子衿"에서 비롯된 것으로, 학인學人을 의미한다.

이 시는 향교로 들어가 공자를 배알하니 제주의 유생들이 자신에게 예를 갖추어 인사하였음을 말하고, 만 리 바다 밖에 떨어져 있음에도 내륙과 다름없이 유가의 전통이 계승되고 있음을 칭송하고 있다.

원문

其三十三

我來得覯神仙宅,	내 와서 신선이 사는 곳을 보게 되었으니
採了天台劉阮藥.¹	천태산에서 유신과 완조가 찾던 약을 캐게 되었네.
願學麻姑看海桑,²	마고 선녀가 상전벽해 본 것을 배우고자 하니
應將此身壺中托.³	응당 이 몸 호리병 속에 맡겨야 하리.

주석

① 劉阮(유완): 유신劉晨과 완조阮肇. 동한東漢 영평永平 연간 두 사람은 약을 캐러 천태산으로 갔다가 길을 잃었는데, 두 명의 선녀를 만나 부부의 연을 맺고 반년을 함께 한 뒤 세상에 나왔다. 그러나 이미 시간은 후손 7대가 지난 뒤였고, 다시 천태산을 찾아갔으나 찾을 수 없었다고 한다.

② 麻姑(마고): 신화 속 여신. 동해가 세 번이나 뽕나무밭으로 변하는 것을 보았다고 전해진다. 『신선전神仙傳』에 "마고가 왕방평에게 말하기를, '제가 곁에서 모신 이래로 동해가 뽕나무밭으로 바뀌는 것을 세 번 보았습니다. 전에 봉래에 가니 물이 지난번보다 절반 정도 얕았으니, 어찌 장차 다시 육지가 되려 하는 것이 아니겠습

니까?'라 하니, 왕방평이 말하기를 '동해에 다시 먼지가 피어오르겠군요.'라고 하였다."라 하였다.(麻姑謂王方平曰, 自接侍已來, 見東海三爲桑田, 向至蓬萊, 水乃淺於往者略半也, 豈復將爲陵陸乎. 方平乃曰, 東海行復揚塵矣.)

③ 壺中(호중): 호리병 속에 있는 세상. 별천지 또는 선경을 비유하며, 여기서는 후한 비장방費長房의 일을 인용하였다. 『후한서後漢書』에 따르면, 어느 시장에 약 파는 노인이 있었는데 장사가 끝나면 가게에 매달아 놓은 호리병 안으로 들어갔다. 시장을 관리하던 비장방이 이를 보고 그 노인에게 예를 갖추어 대하자, 노인이 비장방을 데리고 함께 호리병 속에 들어갔는데, 그 안에는 신선 세계가 있었다고 한다.

해설

이 시는 제주를 신선이 사는 거처라 말하며 유신과 완조가 노닐었던 천태산에 비유하고, 마고 선녀와 비장방의 고사를 들어 유한한 인간 세상에서 벗어나 이곳에서 신선이 되어 오래도록 살아가고 싶은 바람을 나타내고 있다.

김정

김정金淨(1486~1521년), 본관은 경주慶州이고, 자는 원충元冲, 호는 충암冲菴, 고봉孤峯이다. 호조정랑을 역임한 부친 김효정金孝貞과 모친 김해金海 허씨許氏의 아들로 충청도 보은에서 태어났다. 1503년 18세에 회덕의 계족산 아래 법천사에 들어가 계속 학업에 열중했다. 1507년(중종 2) 22세에 증광문과에서 장원으로 급제하여 성균관전적成均館典籍에 임명되고, 수찬修撰, 병조좌랑, 정언正言을 거쳐 병조정랑, 부교리副校理, 헌납獻納, 이조정랑 등을 역임한 후 1514년에 순창군수가 되었다. 1515년 순창군수 재임 시절 중종이 왕후 신씨愼氏를 폐출한 것은 명분에 어긋난다고 하여 신씨의 복위를 주장하고 폐위의 주모자들을 단죄할 것을 상소하다 임금의 노여움을 사서 보은에 유배되었다. 영의정 유순柳洵과 조광조趙光祖 등의 도움으로 이듬해 풀려나 홍문관 부제학에 임명되었으며, 조광조를 중심으로 한 사림파의 성장에 힘입어 동부승지, 이조참판, 도승지, 대사헌을 거쳐 34세의 젊은 나이로 형조판서 겸 예문관대제학에 임명되었다.

그는 사림파의 중요 인물로 사림세력의 중앙 진출을 확대하기 위해 현량과賢良科 설치를 적극 주장했고, 조광조를 도와 왕도정치의 실현을 위한 개혁 정치에 심혈을 기울였다. 그 일환으로 미신 타파와 향약 실시, 정국공신의 위훈僞勳 삭제 등을 추진했다. 그러나 이에 대항하는 훈구세력이 기묘사화1)를 일으키면서 당시 사림의 영수인 조광조는 능주, 김정은 금산으로 유배되었다. 김정은 1520년 진도로 이배되었다가 그해 8월 다시 제주로 이배되었다. 제주에서 유배 생활 14개월 만에 사사되었다. 향년 36세이다. 1545년 사면되었고, 1646년(인조 24) 영의정에 추증되었다. 시호는 문정文貞이었다가 문간文簡으로 바뀌었다.

1576년(선조 9)에 제주판관 조인후趙仁後를 중심으로 지방 유림들이 김정의 학문과 덕행을 추모하기 위해 가락천 동쪽에 충암묘冲菴廟를 창건하고 위패를 모셨다. 1658년(효종 6) 제주목사 이회李禬2)가 장수당藏修堂3)을 세워 제사와 교육을 두루 겸하는 서원의 모습을 갖추었다. 1683년에 정온, 김상헌, 이약동李約東, 1678년 송인수宋麟壽를 추가로 배향했고, 1682년(숙종 8)에 '귤림橘林'이라는 현판을 하사받아 사액서원이 되었다.4) 1748년 영의정에 추증되었으며, 시문집으로 당질인 천우天宇가 1549년경 수집하여 1552년 공주에서 간행한 『충암집冲菴集』이 있는데, 권4에 제주에서 짧은 유배 생활 기간에 자신이 보고 느낀 것을 기술

---

1) 훈구세력이 나뭇잎에 꿀로 '주초위왕走肖爲王'이라는 글씨를 써서 곤충이 파먹게 하여 "조씨가 왕이 된다."는 소문을 퍼뜨린 것이 발단이 되었다.

2) 연안 이씨 족보에는 이괴李禬로 적혀 있다.

3) 장수당藏修堂은 이회 목사가 향인 김진용金晉鎔의 건의로 세종 때 한성판윤을 지낸 고득종高得宗의 옛 집터에 세웠던 강당으로 교육기관의 역할을 맡았다.

4) 1871년 서원 철폐령에 따라 철거되었으며, 1892년(고종 29) 조천 출신 유생 김희정의 주도로 서원에 배향된 이들 가운데 5명(김정, 송인수, 김상헌, 정온, 송시열)의 위패를 대신하여 조두석俎豆石을 세워 오현단五賢壇을 설치했다.

한「제주풍토록濟州風土錄」이 실려 있다. 제주 관련 시가는「해도록海島錄」이란 이름으로 전체 41수가 실려 있다. 특히 충암이 제주판관의 처남인 방순현方舜賢에게 우도에 대한 이야기를 듣고 지었다는「우도가牛島歌」는 칠언배율로 33구 231자로 이루어져 있으며, 이본이 적지 않은데[5] 이는 그만큼 그의「우도가牛島歌」가 의미가 있음을 반증한다.

---

5) 윤치부의「김정「우도가」의 이본 고찰」(『한국시가문화연구』제40집, 156쪽)에 따르면, "지금까지 밝혀진「우도가」수록 문헌은『충암집』(임자본·병자본·임술본·정해본),『탐라지』(이원진),『남사록』(규장각본·청음유집본),『증보탐라지』(윤시동),『패관잡기』(전사본·활자본),『탐라지초본』(이원조),『심재집』등 7책 12종이다."

金淨

金淨(1486~1521年)祖籍庆州，字元冲，号冲菴、孤峯。历任户曹正郎的父亲金孝贞和母亲金海许氏的儿子，出生于忠清道报恩。1503年18岁在怀德的鸡足山下的法泉寺继续专心致志。1507年(中宗2年)22岁从增广文科状元及第被任命为成典馆典籍，历任修撰、兵曹佐郎、正言、兵曹正郎、校理、吏曹正郎等职，1514年成为淳昌郡守。1515年在任淳昌郡守时，以中宗废黜王后慎氏有违名分，上诉对废位的主谋进行定罪并主张申氏复位而得罪了国王，被流放到报恩。在领议政柳洵和赵光祖等人的帮助下，次年被释放并任命为弘文馆副提学，得益于以赵光祖为中心的士林派的成长，历任东副承旨、吏曹参判、都承旨、大司宪，34岁的年纪就被任命为刑曹判书兼艺文馆大提学。他作为士林派的重要人物，为扩大士林势力进入中央，积极主张设立贤良科，并且为了帮助赵光祖实现王道政治的改革政治倾注心血。其中一环还有他还推进打破迷信、实施乡约、删除政局功臣等。但是，随着对抗这一势力的训求势力引发了己卯士祸，[1] 当时士林的领袖赵光祖被流放到绫州，他被流放到金山。他于1520年迁至珍岛，同年8月再次迁至济州。 在济州流放14个月后

---

[1] 起因是勋旧势力在树叶上用蜂蜜写了"走肖爲王"的字样，让昆虫啃食叶片，引起散布"赵氏成为王"的谣言。

被赐死，享年三十六岁。之后在1545年被赦免，1646年(仁祖24年)被追赠为领议政。谥号由文贞改为文简。

1576年(宣祖9)以济州判官赵仁后为中心，地方儒林们为了追悼和纪念金正日的学问和道德品行，在可乐川东侧创建了冲菴廟，并供奉了牌位。1658年(孝宗6)济州牧使李禬[2)]建立修堂，[3)] 形成了兼具祭祀和教育的书院面貌。1683年追加供奉郑蕴、金尚宪、李約东，1678年追加供奉宋麟寿，1682年(肃宗8年)赐予"橘林"匾额，成为赐匾书院[4)]。1748年被追赠为领议政。诗文集由堂侄天宇于1549年左右收集，并在1552年的公州发行了《冲菴集》，其第卷4中记载了自己在济州短暂的流放生活期间所见所感的《济州風土录》。与济州相关的诗歌以"海岛录"为名，共收录了41首。尤其是冲菴从济州判官的小舅子方舜贤那里听到牛岛的故事后写的《牛岛歌》，以七言排律，由33句231字组成。虽异本不少[5)]，但这正是反证了他的《牛岛歌》具有重要意义。

---

2) 在延安李氏族谱上记为李禬。

3) 藏修堂是李禬牧使在乡人金鏴晋的建议下，世宗时期在汉城判尹的高得宗旧宅地建立的讲堂，以作为教育机关。

4) 1871年根据书院废除令被拆除，1892年(高宗29年)在朝天出身的儒生義正的主导下，代替供奉于书院的人中5人(金淨、宋麟寿、金尚宪、郑蕴、宋时烈)的牌位建立了俎豆石，设立了五贤坛。

5) 据尹置富的〈金净〈牛岛歌〉的异本考察〉.(韩国诗歌文化研究第40集，第156页)记载，"至今为止查明的〈牛岛歌〉收录文献有《冲庵集》(壬子本、丙子本、壬戌本、丁亥本)、《耽罗志》(李元镇)、《南槎录》(奎章阁本、清阴遗集本)、《增补耽罗志》(尹蓍东)、《稗官杂记》(传写本、活字本)、《耽罗志草本》(李源祚)、《心斋集》等7个版本。"

遣懷(庚辰三月上旬)　회포를 풀다(경신년 삼월 상순)

海國恒陰翳,[1]	섬나라는 언제나 어둑어둑하고
荒村盡日風.	황량한 마을에는 종일토록 바람이 부네.
知春花自發,	봄을 알아 꽃은 절로 피어나고
入夜月臨空.	밤이 되어 달은 하늘에 뜨는데,
鄕思千山外,[2]	겹겹 산 밖에서 고향 그리워하며
殘生絶島中.[3]	외딴 섬에서 남은 생을 보내네.
蒼天應有定,[4]	푸른 하늘이 마땅히 정한 것이 있을지니
何用哭途窮.[5]	어찌 길이 막힘을 통곡하리?

주석

① 海國(해국): 바다로 둘러싸인 나라. 여기서는 진도를 가리킨다.
　 陰翳(음예): 구름이 덮여 어두움.

② 千山(천산): 천 겹 산. '천림千林'으로 된 판본도 있다.

③ 絶島(절도): 절해고도絶海孤島.

④ 有定(유정): 정해짐이 있다. 운명이 정해져 있음을 말한다.

⑤ 哭途窮(곡도궁): 막다른 길에서 통곡한다는 뜻으로, 삼국 시대 위魏
　 나라 완적阮籍이 울분을 달래려고 혼자 수레를 타고 나갔다가 길
　 이 막히면 문득 통곡하고 돌아왔다고 하는데, 보통 곤경에 떨어져
　 서 희망이 전무한 상태를 비유하는 말로 쓰인다.(『진서晉書 완적열전
　 阮籍列傳』)

　김정은 1520년 8월 진도에 유배되어 있다가 제주로 이배移配 되었다. 이 시는 이해 3월 상순에 쓴 것으로 시기상으로 보아 진도에 있을 때 지어진 것으로 여겨진다. 다만 시에서 나타난 감회가 이후 제주에서의 감회가 어떠했는지 잘 보여주고 있는 까닭에 제주 한시 속에 함께 선록하였다.

　이 시는 섬의 척박한 기후와 환경을 통해 유배 생활의 고통을 말하고, 이어 어김없이 찾아온 아름다운 봄의 풍광과 고향에 대한 그리움으로 유배지에서 살아가고 있는 자신의 처지를 대비하고 있다. 마지막에는 자신의 운명이 이미 어찌할 수 없이 정해져 있음을 생각하며 이에 대한 달관의 심경을 나타내고 있다.

원문 ───────────

贈弟別

아우에게 주어 이별하다

天畔羈懷切,	하늘가에서 나그네의 마음 절절한데,
分携葉脫初.	나뭇잎 막 떨어지는 때에 이별하게 되었네.
汝歸應拜母,	너는 돌아가 마땅히 어머니께 절할 테지만,
兄住尙思吾.	형은 이곳에 머물며 여전히 자신만 생각하고 있구나.
骨肉空幽夢,[1]	가족들은 부질없이 근심스런 꿈에만 나타나고,
親知各塞隅.[2]	친지들은 각각 변방 구석에 있네.
海山瞻皎月,[3]	바다와 산에서 밝은 달을 쳐다보리니,
風雨愼征途.	비바람 속에서 떠나는 길 조심하려무나.

주석

① 幽夢(유몽): 근심스러운 꿈.

② 塞隅(새우): 변방 한구석, 모퉁이.

③ 海山(해산): 바다와 산. 여기서는 동생이 돌아가는 길을 가리킨다.

皎(교): 밝다. '량亮'으로 된 판본도 있다.

해설

이 시는 제주에 유배된 자신을 찾아왔다가 떠나가는 동생에게 쓴 것으로, 이별의 아쉬움과 동생의 먼 여정에 대한 염려와 당부가 나타나 있다.

시에서는 먼저 유배객의 신분으로 동생과 이별하게 되었음을 말하고 낙엽 지는 가을의 계절을 통해 그 슬픔과 외로움을 심화하고 있다. 이어 동생과 달리 어머니를 봉양하지 못하는 자신의 불효를 탓하고 멀리 떨어져 만날 수 없는 가족과 친지를 떠올리고 있다. 마지막에는 해로와 육로를 아우르며 밤낮없이 이어질 동생의 길고 고달픈 여정을 생각하며 동생이 무탈하게 잘 돌아갈 수 있기를 기원하고 있다.

원문

聞方生淡牛島歌以寄興 ¹　　방생이 우도에 대해 말하는 것을 듣고 노래로써 흥을 더하다

瀛洲東頭鼇抃傾,²　　영주 동쪽에서 자라가 손뼉 치다가 기울어져

千年閟影涵重溟.³　　천 년토록 자취를 감추고 바닷속에 잠겼나니.

群仙上訴攝五精,⁴　　여러 신선이 다섯 선산을 끌어당겨 달라 상제께 호소하여

屭贔一夜轟雷霆.[5]	세차게 밤새도록 우렛소리 울렸네.
雲開霧廓忽湧出,[6]	구름이 열리고 안개가 걷혀 홀연히 솟아나니
瑞山新畫飛王庭.[7]	상서로운 산이 새로이 그려져 왕정으로 보냈지.
溟濤崩洶噬山腹,[8]	파도가 부서져 용솟음치며 산 중턱을 물고
谽谺洞天深雲扃.[9]	훤히 트인 빈 골짜기에 구름문이 깊이 갇혔네.
稜層鏤壁錦纈殷,[10]	층층으로 모가 새겨진 절벽에 비단 무늬 가득한데
扶桑日照光晶熒.[11]	부상에서 해가 비치니 광채가 빛나고,
繁珠凝露濺輕濕,[12]	수많은 구슬에 이슬처럼 엉겨 가벼운 습기를 뿌리고
壺中瑤碧躔列星.[13]	병 속의 옥처럼 여러 별이 운행하네.
瓊宮淵底不可見,	깊은 물속의 아름다운 궁궐을 볼 수는 없어도
有時隱隱窺窓櫺.[14]	때로 어렴풋이 창문 난간은 보이며,
軒轅奏樂馮夷舞,[15]	헌원씨는 음악 연주하고 풍이는 춤을 추니
玉簫襂來青冥.[16]	옥피리 소리가 아득히 하늘에서 들려오네.
宛虹飮海垂長尾,	바다에 담긴 굽이진 무지개 긴 꼬리를 늘어뜨리고
麤鵬戲鶴飄翅翎.	커다란 붕새가 학을 희롱하며 날개를 나부끼며,
曉珠明定塵區黑,	떠오는 해 어두운 세상 밝게 정하리니
燭龍爛燁雙眼青.	촉룡이 두 눈의 푸른 광채를 발하는 듯하네.
驂虬踏鱓多娉婷,	교룡과 잉어를 타고 밟는 듯 아름다운 모습
天吳九首行跉跰.[17]	머리 아홉 개의 천오가 비틀거리며 가고,
幽沈水府囚百靈,	그윽하게 잠긴 용궁에는 백 가지 영물이 갇혀 있어
邪鱗頑甲毒風腥.	비스듬한 비늘과 단단한 껍질의 비린내가 독하네.
太陰之窟玄機停,	태음 정기의 현묘한 기능이 정지되어
仇池禹穴傳神蹟,[18]	구지산과 우혈에 신이한 자취가 전해졌는데,

惜許絶境訛圖經,[19]	아깝게도 절역인지라 도경에도 빠졌도다.
蘭橈挐入攫神形,	목란 노를 들고 들어가니 움켜잡는 귀신이 나타나고
鐵笛吹裂老怪聽.	쇠 피리를 찢는 듯 부니 늙은 괴물이 들으며,
水咽雲暝悄愁人,[20]	물은 목메이고 구름은 어두워 사람을 시름겹게 하더니
歸來怳兮夢未醒.	돌아올 땐 황홀하여 꿈에서 깨지 않네.
嗟我只道隔門限,[21]	아! 나는 그저 문과 난간에 막혀 직접 가보지 못했으니
安得列叟乘風泠.[22]	어찌하면 열어구처럼 바람 타고 가벼이 날 수 있으리.

주석

① 方生(방생): 방씨. 당시 제주 판관의 처남인 방순현方舜賢을 가리킨다.

② 鼇抃傾(오변경): 자라가 손뼉을 치다가 기울어지다. 선산仙山을 머리에 이고 있던 자라가 손뼉을 치며 놀다가 선산이 기울어져 바닷속으로 빠진 것을 말한다. 『열자列子·탕문湯問』에 따르면 발해渤海 동쪽에 다섯 개의 선산이 물 위에 떠 있는데, 조류에 쓸려 서쪽 끝으로 떠내려가 신선들이 거처를 잃게 될까 염려하여 천제가 15마리의 커다란 자라에게 번갈아 가며 머리에 이고 있게 하니 마침내 다섯 선산이 자리를 잡고 움직이지 않게 되었다고 한다.

③ 閟影(비영): 자취를 감추다.

④ 五精(오정): 오방五方의 별. 여기서는 다섯 선산仙山을 가리킨다.

⑤ 贔屭(희비): 강건하고 튼실하다. 여기서는 우렛소리가 크게 울리는 것을 의미한다.

⑥ 廓(곽): 걷히다.

⑦ 王庭(왕정): 조정朝廷. 전설에 따르면 1007년(고려 목종 10)에 상서로운 산[瑞山]이 남쪽 바다 가운데서 솟아오르니, 산이 처음 나올 때 구름과 안개가 자욱하고 땅울림이 우레와 같아 7주야 만에 안개가 걷혔다고 한다. 산의 높이가 100여 길이요, 둘레가 40여 리이다. 초목은 없고 연기가 그 위를 자욱하게 덮어, 바라보니 석류황石硫黃 덩어리 같았으므로 사람들이 두렵고 놀라워 감히 다가가지 못하니, 왕이 태학박사 전공지田拱之[6]를 파견하여 그 형상을 그려서 갔다고 한다. (『증보탐라지』)

⑧ 崩洶(붕흉): 부서지며 용솟음치다.

⑨ 嵒谺(함하): 산골짜기가 텅 비어 환한 모양. '함하嵒閜'로 된 판본도 있다.

雲扃(운경): 구름 빗장. 구름이 골짜기를 가로질러 있는 모습을 비유한다.

⑩ 錦纈(금힐): 채색 비단 무늬.

殷(은): 성하다, 많다.

⑪ 扶桑(부상): 전설상 해가 뜨는 곳.

⑫ 濺(천): 뿌리다.

⑬ 躔(전): 일월성신日月星辰이 궤도를 운행하다. '삼森'으로 된 판본도 있다.

---

6) 전공지田拱之: 고려 목종과 현종 때의 문신. 태학박사로 지리와 천문을 살피는 일을 담당했는데 탐라의 해중에서 화산이 폭발하자 파견되어와 그 산 밑에까지 가서 모습을 그려 보고서를 올렸다.

⑭ 窓櫺(창령): 창문의 난간, 또는 격자창.

⑮ 軒轅(헌원): 전설상의 임금인 황제黃帝의 별칭으로, 삼황오제三皇五帝의 하나이다. 문물제도를 확립하여 중국 민족의 시조로 추앙되고 있다.

　馮夷(풍이): 전설상 황하黃河의 신인 하백河伯.

⑯ 窅篠(요조): 깊고 아득한 모양.

⑰ 天吳(천오): 수신水神의 이름. 『산해경山海經·대황동경大荒東經』에 "신인이 있어 머리가 여덟 개에 사람 얼굴을 하고 호랑이 몸에 꼬리가 열 개인데, 천오라고 한다.(有神人, 八首人面, 虎身十尾, 名曰天吳.)"라 하였다.

　竛竮(영병): 비틀거리며 가는 모양.

⑱ 仇池(구지): 산 이름. 지금의 감숙성甘肅省 성현成縣 서쪽에 있다. 소식蘇軾의 「화도화원和桃花源」 시 서문에서 "내 일찍이 사명을 받들어 구지를 지났는데 아흔아홉 개의 샘이 있고 만 산이 둘러싸고 있어 가히 세상을 피할 수 있어 도화원과 같았다.(吾嘗奉使過仇池, 有九十九泉, 萬山環之, 可以避世如桃源也.)"라 하였다.

　禹穴(우혈): 우禹 임금의 무덤. 지금의 절강성浙江省 소흥紹興의 회계산會稽山이다.

⑲ 絶境(절경): 중국에서 멀리 떨어진 곳. 여기서는 제주를 가리킨다.

⑳ 咽(열): 목메어 울다. '불沸' 또는 '용湧'으로 된 판본도 있다.

㉑ 門限(문한): 문과 난간.

㉒ 列叟(열수): 열자列子. 이름이 어구禦寇이다. 전국시기 초기 도가 사상가로, 『장자莊子·소요유逍遙游』에 "열자는 바람을 타고 다니는데

가볍고 날렵하였다.(列子御風而行, 泠然善也.)"라 하였다.

泠(령): 가볍고 묘한 모양.

해설

이 시는 방생에게서 우도에 대해 듣고 여러 신화와 전설을 들어 도가적 상상을 통해 우도의 선경을 노래한 것이다.

시에서는 먼저 우도를 자라가 머리에 이고 있다가 바다에 빠뜨린 다섯 선산 중의 하나로 비유하며, 수천 년을 물속에 잠겨 있다가 다시 떠올랐음을 말하고 있다. 이어 신선의 거처로서 신비롭고 아름다운 우도의 경관과 스스로 이를 노닐며 즐기는 상황을 상상하여 나타내고, 우도가 다만 우리나라에 있어 중국의 도경圖經에서는 누락된 것을 아쉬워하고 있다. 마지막에는 우도에서 열어구처럼 바람을 타고 자유로이 소요하고 싶으나, 유배되어 갇힌 신세라 어찌할 수 없음을 안타까워하고 있다.

원문

山雨

산비

蕭蕭山雨下茅庵,[1]

산비가 쓸쓸하게 초막에 내리고

秋老荒城晚色酣.[2]

가을 저물어가는 황량한 성에는 저녁의 경치 한창이네.

故國山川魂自往.[3]

혼은 고향 산천을 마음대로 다니니

不知身在海天南.

남쪽 바다에 있다는 것도 알지 못하는지.

① 蕭蕭(소소): 비바람이 쓸쓸하게 부는 모양.

② 酣(감): 무르익다, 한창이다.

③ 自往(자왕): 마음대로 왕래하다.

해설

이 시는 쓸쓸한 가을비가 내리는 유배지 주변의 저녁 풍광을 묘사하며 울적한 자신의 심사를 나타내고, 남쪽 바다 멀리 유배되어 있는 자신의 신세를 망각한 채 꿈속의 혼은 자유로이 고향 산천을 돌아다니고 있음을 말하고 있다.

원문 ─────────────────────────

重陽日有作[1]

중양절에 짓다

海國風煙浩不收,[2]
섬나라의 바람과 안개 심해 걷히지 않는데

離人腸斷故山秋.[3]
이별한 이는 가을 고향 산 생각에 애간장 끊어지네.

清樽黃菊重陽節,
맑은 술잔에 노란 국화 띄우는 중양절인데

何處高丘憶遠遊.[4]
어느 높은 언덕에서 멀리 떠나가 있는 이를 생각할까?

주석

① 重陽(중양): 중양절重陽節. 음력 9월 9일로, 국화주를 마시고 높은 곳에 오르는 등고登高의 풍습이 있었다.

② 海國(해국): 바다로 둘러싸인 나라. 여기서는 제주를 가리킨다.

③ 離人(이인): 이별한 사람. 여기서는 고향을 떠나온 시인 자신을 가

리킨다.

④ 遠遊(원유): 멀리 떠난 사람. 여기서는 시인 자신을 가리킨다.

해설

이 시는 늘 걷히지 않는 심한 안개와 바람을 통해 제주가 육지와 교통하기 어려운 곳임을 나타내고, 떠나온 고향 생각에 애간장이 끊어짐을 말하고 있다. 이어 중양절을 맞아 고향에 있는 이들이 어느 높은 산에 올라 국화수를 마시면서 멀리 제주로 떠나와 있는 사신을 그리워하고 있을지 상상하고 있다. 참고로 왕유王維는「구월구일억산동형제九月九日憶山東兄弟」라는 시에서 "홀로 타향에 떠도는 나그네, 명절을 만날 때마다 부모님 그리는 마음 배나 더하네, 멀리서도 알겠나니, 형제들이 높은 곳에 올라, 두루 산수유 가지 꽂는데 나 한 사람 빠졌음을.(獨在異鄉爲異客, 每逢佳節倍思親, 遙知兄弟登高處, 遍揷茱萸少一人.)"이라고 읊었다. 이 시를 읽으면 왕유의 시가 연상된다.

원문

去國

去國投蠻徼,[1]

殘骸半死生.

羈窮分不憫,

骨肉正關情.

天地容何大,[2]

溟濤濟後平.[3]

도성을 떠나며

도성을 떠나 야만의 땅에 던져지게 되었으니

쇠잔한 몸이 반은 죽은 삶이라네.

떠돌아다니고 궁한 신세야 분명 가엽지 않건만

부모 형제는 참으로 마음 쓰이네.

하늘과 땅이 어찌나 크던지

바다를 건너도 천지가 평온하다네.

66

如同何陋志,⁴	'어찌 누추하랴?'라고 한 뜻과 같다면
魑魅足群行.⁵	도깨비와 족히 무리 지어 다닐 수 있겠네.

주석

① 去國(거국): 도성을 떠나다. '국國'은 '국도國都'를 의미한다.

② 容(용): 허용하다, 포용하다.

　　大(대): 크다. '덕德'으로 된 판본도 있다.

③ 溟濤(명도): 바다의 파도.

④ 何陋志(하루지): '어찌 누추하랴?'라고 한 공자孔子의 뜻. 『논어論語·자한子罕』에 "공자가 동쪽 구이 땅에 거주하려 하니 혹자가 말하기를, '누추한데 어찌하시렵니까?'라 하였다. 공자가 말하기를, '군자가 거주한다면 무슨 누추함이 있겠는가?(子欲居九夷, 或曰, 陋, 如之何. 子曰, 君子居之, 何陋之有.)'라 하였다."라 한 뜻을 인용하였다.

⑤ 足(족): 족하다. '가可'로 된 판본도 있다.

해설

　이 시는 도성을 떠나 제주로 유배되게 된 상황을 말하고, 자신의 궁벽한 신세보다는 가족들과 헤어지게 된 것에 더욱 안타까워하고 있다. 이어 풍랑 가득했던 제주 바다가 이내 평온해진 것을 보며 천지의 광대함을 느끼고, 비록 이곳이 야만의 땅이지만 공자의 뜻을 따라 백성들을 교화敎化하며 살아가고 싶은 바람을 나타내고 있다.

絶國

絶國	**먼 변방에서**

絶國無相問,[1]　　　　먼 변방에서 안부 물어보는 사람도 없이

孤身棘室圍.[2]　　　　외로운 몸은 가시나무 집에 둘러싸여 있네.

夢如關塞近,[3]　　　　꿈도 변방에 가까운 듯하고

僮作弟兄依.　　　　아이 종을 형제 삼아 의지하건만,

憂病工侵鬢,　　　　근심 질병은 귀밑머리에 잘도 스미고

風霜未援衣.　　　　바람서리에 걸칠 옷도 없네.

思心若明月,[4]　　　　그리운 마음은 명월과 같으니

天末寄遙輝.[5]　　　　하늘 끝에서 먼 빛을 부치네.

주석

① 絶國(절국): 극히 멀리 떨어진 변방 지역. 여기서는 제주를 가리
킨다.

② 棘室(극실): 가시나무로 둘러싸인 집. 유배된 중죄인이 거처하는
곳을 가리킨다.

③ 關塞(관새): 변방 관문지역. 여기서는 제주를 가리킨다.

④ 思心(사심): 그리운 마음. '심심'이 '군君'으로 된 판본도 있다.

⑤ 遙輝(요휘): 멀리까지 비치는 빛. 여기서는 고향을 향한 시인의 그
리움을 비유한다.

해설

이 시는 제주에 위리안치圍籬安置되어 주변 사람과 교유하지 못하고

홀로 지내고 있는 상황을 말하고 있다. 이어 비록 먼 변방이지만 꿈속에서는 가깝게 느껴지고 아이 종을 형제 삼아 의지하여 외로움을 극복해 보려 하지만, 유배 생활의 고통과 궁핍함을 끝내 어찌할 수 없음을 탄식하고 있다. 마지막에서는 고향을 그리워하는 마음을 멀리까지 비치는 달빛에 비유하여 나타내고 있다.

원문 ————————————————————————

臨絶辭

절명사

投絶國兮作孤魂,
먼 변방에 던져졌다가 외로운 혼이 되는구나.

遺慈母兮隔天倫.[1]
자애로운 어머니를 버려 천륜에서 멀어지고

遭斯世兮殞余身,[2]
이런 세상을 만나 내 몸이 죽게 되었네.

乘雲氣兮歷帝閽,[3]
구름을 타고 상제의 궁궐을 들르고

從屈原兮高逍遙,[4]
굴원을 좇아 높이 소요하련다.

長夜冥兮何時朝.
긴 밤 어둡기만 하니 언제나 아침이 될는지.

炯丹衷兮埋草萊,[5]
붉은 마음 빛나건만 들풀 속에 묻히게 되었구나.

堂堂壯志兮中道摧.
당당하고 장대한 뜻이 중도에 꺾이니

嗚呼千秋萬歲兮應我哀.
오호라, 천추만세 후에 응당 나를 슬퍼하리.

주석

① 隔(격): 멀어지다.

② 殞(운): 죽다.

③ 帝閽(제혼): 상제上帝의 궁궐 문. 상제가 있는 하늘의 궁궐을 가리킨다.

④ 逍遙(소요): 자유로이 거닐며 노닐다.

⑤ 丹衷(단충): 붉은 마음. 변함없는 절개와 지조를 가리킨다.

　草萊(초래): 들풀.

해설

이 시는 김정이 제주에서 유배 생활을 한 지 14개월 만인 1521년 겨울에 사사賜死의 명을 받고 죽기 직전에 쓴 것이다.

시에서는 죽음을 맞이한 상황에서 먼저 남겨진 어머니에 대한 죄스러운 마음을 토로하고, 사후에는 하늘에 올라 상제를 배알하고 굴원처럼 소요하며 여유자적하게 살리라 다짐하고 있다. 그러나 암울한 현실에 대한 걱정을 끝내 떨치지 못한 채 뜻을 이루지 못하고 죽는 것에 회한을 나타내고, 비록 자신은 중도에 죽게 되었으나 후세 사람들은 분명 자신을 알아주고 애도해 줄 것이라 확신하고 있다.

송인수

　송인수宋麟壽(1499~1547년), 본관은 은진恩津, 자는 태수台叟, 미수眉叟, 호는 규암圭菴이며, 시호는 문충文忠이다. 부친은 건원릉 참봉을 역임한 송세량宋世良이다. 1521년(중종 16) 별시 문과에 갑과로 급제하여 정자正字를 지내고 1523년(중종 18) 사가독서賜暇讀書했다. 1526년(중종 21) 홍문관수찬을 지내고 1534년(중종 29) 대간臺諫 시절 김안로金安老(1481~1537)[1]의 재집권을 막으려다 제주목사로 좌천되었다. 병을 핑계로 부임한 지석 달 만에 사임하고 돌아왔다.

　그러나 이것이 김안로의 미움을 사 다시 사천泗川으로 유배되었다. 1537년(중종 32) 김안로 등이 몰락하자 승정원승지에 임명되었고, 형조참판 재임 중인 1544년(중종 39) 동지사冬至使로 명나라에 다녀온 뒤 성균관대사성이 되어 유생들에게 성리학을 강론하였다. 그 뒤 사헌부대사헌·이조참판을 역임하였으나 윤원형尹元衡 등의 미움을 사서 전라도관찰사로 좌천되었다. 1545년(인종 1) 을사사화로 한성부좌윤漢城府左尹

---

1)　김안로는 1534년 우의정이 되었으며, 이듬해 좌의정에 올랐다. 1537년 중종의 제2계비인 문정왕후文定王后의 폐위를 기도하다가 발각되어 체포된 후 유배되었다가 곧 사사되었다.

에서 파직되어 청주에 은거하다가 사사賜死되었다. 1567년(선조 즉위년)에 이조판서에 추증되었다.

　시문집인『규암집圭菴集』은 4권 2책으로 된 활자본인데, 흩어져 있던 유고를 한말에 13대손 송태헌宋台憲 등이 수집하고 송병선宋秉璿이 편집, 정리하여 1907년에 간행했다. 그는 성리학의 대가로 제주 귤림서원橘林書院, 청주의 신항서원莘巷書院, 청원의 노봉서원魯峰書院, 대전의 숭현서원崇賢書院, 전주의 화산서원華山書院 등에 배향되었다. 2014년『역주규암선생집譯註圭菴先生文集』이 백규상白圭尙 주역으로 제주교육박물관에서 출간되었다. 전체 95수의 한시가 수록되어 있는데, 제주 관련 한시는「제주유감濟州有感」1수이다.

宋麟寿

宋麟寿(1499~1547年)祖籍津恩，字台叟、眉叟，号圭菴，谥号文忠。父亲是历任建元陵参奉的宋世良。1521年(中宗16年)别试文科中甲科及第，被任为正字，1523年(中宗18年)得到赐暇读书。1526年(中宗21年)担任弘文馆修撰，1534年(中宗29年)台谏时期为阻止金安老(1481~1537年)[1]再次掌权，被降职为济州牧使。以病为由上任三个月之后便辞职回乡。

但因此得罪了金安老而再次被流放到泗川。1537年(中宗32年)金安老等人没落后被任命为承政院承旨，1544年(中宗39年)在任刑曹参判时，作为至冬使访问明朝后成为成均馆大司成给儒生们讲论性理学。此后，历任司宪府大司宪、吏曹参判，但因得罪尹元衡等，被降职为全罗道观察使。1545年(仁宗1年)因乙巳士祸从汉城府左尹被罢职，隐居清州后被赐死。1567年(宣祖即位年)被追赠为吏曹判书。

诗文集《圭庵集》是4卷2册的活字本，分散的遗稿在朝鲜末期由第13代孙宋台宪等人收集，宋秉瑄编辑、整理，于1907年发行。作为性理学的名家，供奉

---

[1] 金安老于1534年成为右议政，次年成为左议政。1537年企图废除中宗的第二继妃文定王妃时被发现，获罪后被流放，不久之后便被赐死。

于济州橘林书院、清州的莘巷书院、清原的鲁峰书院、大田的崇贤书院、全州的华山书院等。2014年《译注圭菴先生文集》由白圭尚翻译并在济州教育博物馆出版。共收录了95首汉诗，有关济州的汉诗只有《济州有感》一首。

濟州有感

제주에서 느낀 바가 있다

學得詩書三十年,[1]　『시경』과 『서경』을 배운 지 삼십 년

竹符今領濟山川,[2]　대나무 부절 지금 받고서 산천을 건넜네.

一生憂患頭鬚白,　평생 걱정하느라 머리와 수염 허옇고

萬里飄零歲月遷.　만 리 밖을 떠돌며 세월은 흘러가네.

毒霧瘴煙迷澤國.[3]　독하고 장기 서린 연무가 바다 고을에 자욱하고

鯨波駭浪蹙蠻天.　고래가 일으킨 성난 파도가 변방 하늘을 움츠러들게 하네.

殊方日落離懷苦,　해 지는 이역 땅에서 이별의 마음 고통스러워

渭北江東眼欲穿.[4]　위수 북쪽과 강동을 뚫어지게 바라본다.

주석

① 詩書(시서): 『시경詩經』과 『서경書經』.

② 竹符(죽부): 대나무 부절. 지방 관리의 부절을 일컫는다.

③ 澤國(택국): 연못이나 물이 많은 마을 혹은 지역. 여기서는 제주를 일컫는다.

④ 渭北(위북): '위북渭北'은 위수의 북쪽으로 장안을 가리키며, '강동江東'은 장강의 동남쪽 강소성과 절강성 일대를 가리킨다. 이는 두보의 「봄날 이백을 기억하며春日憶李白」중 "위수 북쪽 봄날의 나무, 강동 해질 무렵의 구름(渭北春天樹, 江東日暮雲.)" 구를 활용한 것으로 강동에 머물고 있던 이백을 멀리 떨어진 곳에서 그리워한 두보의 마음에 대한 동감과 함께 제주로 떠나와 있어 만나지 못하는 이에 대한 그리움과 이별의 한을 표현한 것이다.

이 시는 나이 서른이 넘어 제주목사로 부임하게 되었음을 말하고, 젊은 나이에 이미 하얗게 세어버린 머리칼과 수염을 통해 만리 밖으로 좌천된 자신의 시름과 불우한 신세를 탄식하고 있다. 이어 독한 연무가 가득하고 거센 파도가 이는 제주의 혹독한 자연환경을 묘사하며 변방 생활의 고통을 나타내고, 떠나온 사람들과의 이별을 아쉬워하며 그리운 마음을 토로하고 있다.

임제

　임제林悌(1549~1587년), 자는 자순子順, 호는 백호白湖, 풍강楓江, 소치嘯癡, 벽산碧山, 겸재謙齋 등이다. 본관은 나주이며 병마절도사를 역임하고 1577년(선조 10)부터 1579년까지 제주목사를 지낸 임진林晉의 맏아들이다. 어려서부터 자유분방하게 생활하다 20대 초반 속리산에 들어가 대곡大谷 성운成運의 문하에서 공부했다. 1577년 28세에 생원진사에 합격하고 이듬해 알성시에 급제한 후 홍양현감, 서도병마사, 북도병마사, 예조정랑을 거쳐 홍문관지제교弘文館知製敎를 지냈다. 그러나 호방한 성격에 거듭되는 당쟁과 소인배들의 행태에 환멸과 절망을 느끼고 벼슬을 그만둔 후 이곳저곳을 유람하다 고향인 회진리에서 1587년(선조 20) 39세의 나이로 세상을 떴다.

　서도병마사로 임명되어 임지로 부임하는 길에 황진이의 무덤을 찾아가 시조 한 수를 짓고 제사를 지냈다가 임지에 부임하기도 전에 파직당한 일이 있을 정도로 파격적인 인물로 숱한 일화를 남겼다. 시문집 『백호집』은 4권 2책으로 된 목판본이며, 제주와 관련된 『남명소승南溟小乘』은 『백호집』에 부록으로 실려 있다. 이는 그가 생원진사에 합격한 후 제주목사이던 아버지 임진林晉을 방문하여 1577년 11월 3일부터 이듬해 3월까지 제주에 머물면서 보고 느낀 것을 서술한 일기체 기행문이다. 시가는 권1에 오언절구五言絕句 65수, 오언근체시五言近體詩 127수, 오언장률五言長律 4수, 오언고시五言古詩 33수, 권2에 칠언절구七言絕句 232수, 권3에는 칠언절구七言絕句 58수, 칠언근체시七言近體詩 179수, 칠언장률七言長律 6수, 칠언고시七言古詩 165수 등 전체 869수가 수록되어 있다. 제주와 관련된 시가는『남명소승』에 실린 24수 가운데 한 수를 제외한 23수이다.

『남명소승』은 16세기 제주의 지리, 기후, 역사, 풍물, 언어, 산물, 인물 등을 비교적 상세하게 기록하고 있다는 점에서 사료적 가치가 매우 높아 동시대에 지어진 충암 김정의 한문수필인「제주풍토록」과 16세기에 지어진 규창 이건의 한문수필「제주풍토기」등과 더불어 문헌적 가치를 인정받고 있다. 『남명소승』은 1989년 박용원朴用原의 주석본이 도서출판 제주문화에서 출간되었다.

林悌

林悌(1549~1587年)字子顺，号白湖、枫江、啸痴、碧山、谦斋等。祖籍罗州，历任兵马节度使，从1577年(宣祖10年)至1579年担任济州牧使的林晋之长子。自幼自由奔放、无拘无束，20岁出头进入俗离山，在大谷成運的门下学习。1577年28岁生员试进士及第，次年考取谒圣试后，先后在洪阳县监、西道兵马使、北岛兵马使、礼曹正郎担任过弘文馆知制教。但因豪放的性格，对不断的党争和鼠辈们的行为感到失望和绝望，辞去官职后四处游览，1587年(宣祖20年)在故乡会津里去世，享年39岁。

被任命为西道兵马使赴任任地的路上，还去黄真伊的坟墓写了一首诗作并祭祀，因此在赴任前就被罢职，由于他这种特异的性情，所以留下了很多奇闻轶事。诗文集《白虎集》是4卷2册的木刻本，与济州相关的汉诗《南溟小乘》记载在《白虎集》的附录中。这是他考取生员进士后，去拜见济州牧使的父亲林晋时的1577年11月3日到第二年3月期间，叙述自己所见所感的一本日记体游记。在卷1中收录了65首五言绝句、127首五言近体诗、4首五言长律、33首五言古诗、卷2中收录了232首七言绝句、卷3中收录58首七言绝句、179首七言近体诗、6首七言长律、165首七言古诗等共869首诗歌。在《南溟小乘》中记载的24首诗中与济州有关的诗歌有23首。

《南溟小乘》相对详细地记录了16世纪济州的地理、气候、历史、风物、语

言、物产、人物等，具有很高的史料价值，与同一个时代写的冲菴金淨的汉文随笔《济州风土录》和16世纪葵窓李健的汉文随笔《济州风土纪》，其文献价值得到同样的认可。1989年朴用原的注释本《南溟小乘》在图书出版济州文化中出版。

龍頭巖

용두암

海畔巑岏石,[1]

바닷가에 삐죽하게 솟은 돌인데

龍頭漫設名.[2]

용두라고 헛되이 이름 지었구나.

洪濤日夜擊,

커다란 파도가 밤낮으로 때리니

猶作風雷聲.

오히려 바람과 천둥소리가 나는구나.

주석

① 巑岏(찬완): 산이 높이 솟아 있거나 바위가 삐죽하게 솟아 있는 모양.

② 漫(만): 헛되이, 부질없이.

해설

이 시는 용두암이 그 규모나 보잘것없는 외관에 비해 과분한 이름을 얻었음을 비판하고 있다. 그러나 용두암에 부딪히는 파도 소리가 마치 천둥소리와 같음을 느끼며 비로소 용두라는 이름이 이에 걸맞음을 인정하고 있다.

迎郎曲

낭군을 맞이하는 노래

三月三日桃花開,

삼월 삼짇날 복사꽃 피고

雲帆片片過海來.

돛을 단 배들은 바다 건너오네.

姸粧調笑別刀浦,[1]

곱게 단장하고 별도포에서 웃고 떠들다가

岸上斜陽連袂廻.[2]

언덕 위 저물녘에 손잡고 돌아오네.

① 調笑(조소): 웃으며 떠들다.

別刀浦(별도포): 제주 옛 포구 중 하나. 지금의 제주시 화북동에 있던 포구로, 화북포라고도 하였다.

② 連袂(연몌): 소매를 잇다. 손을 잡는다는 의미로, 돌아온 남편과 함께 돌아가는 모습을 묘사한 것이다.

해설

이 시는 꽃 피는 봄날, 배를 타고 돌아오는 낭군을 맞이하여 함께 즐겁게 노닐다 돌아오는 여인의 즐거움을 노래하고 있다.

원문

送郎曲　　　　　낭군을 떠나보내는 노래

朝天館裏泣愁紅,[1]　　조천관에서 근심에 찬 여인 눈물 흘리는데

黃帽催行理短蓬.[2]　　사공은 떠나기를 재촉하며 띠풀 배를 정리하네.

東風不道娘娘態,[3]　　동풍은 여인의 심사를 헤아리지 않고

吹送飛舟度碧空.　　　배를 불어다가 저 푸른 하늘로 건너가게 하네.

주석

① 朝天館(조천관): 지금의 제주 조천에 위치했던 숙소. 제주를 드나드는 이들 대부분이 이곳을 이용하였다.

愁紅(수홍): 바람과 비에 꺾인 꽃. 여기서는 근심에 찬 여인을 가리킨다.

② 黃帽(황모): 황색 모자. 배를 모는 사공을 뜻한다.

　短蓬(단봉): 띠풀로 만든 지붕이 있는 작은 배. '봉蓬'은 '봉蓬'과 같다. 봉蓬은 뿌리에서 떨어져 나와서 바람을 따라 이리저리 굴러다니므로 정처 없이 떠돌아다니는 사람에 비유한다.

③ 不道(부도): 헤아리지 않다, 살피지 않다.

해설

이 시는 낭군과 헤어지는 여인의 슬픔을 노래하고 있다. 여인의 마음은 아랑곳없이 그저 뱃길을 재촉하는 사공과 낭군의 배를 날려 보내는 동풍의 무심함이 여인의 슬픔을 배가하고 있다.

원문

龍淵[1]　　　　　　　용연

城南只數里,　　　　성 남쪽 겨우 수 리 떨어진 곳에

有峽淸而奇.　　　　맑고 기이한 골짜기 있다네.

石爲白玉屛,　　　　백옥 병풍 같은 돌들

潭作淸流璃.　　　　맑은 유리가 흐르는 연못.

岸上幾叢竹,　　　　언덕 위 몇 무더기 대나무엔

蕭蕭海風吹.[2]　　　쏴쏴 바닷바람 불어대네.

片舟倚桂棹,　　　　계수나무 노에 의지한 조각배에서

吟玩歸遲遲.[3]　　　읊고 완상하며 느릿느릿 돌아온다네.

① 龍淵(용연): 지금의 제주시 용담동에 위치한 한천 하구의 소沼. 영
   주십이경瀛洲十二景 중의 하나로, 밤에 배를 띄워 시회와 주연을
   열었다고 한다.
② 蕭蕭(소소): 바람이 부는 소리.
③ 遲遲(지지): 느릿느릿한 모양.

해설

이 시는 먼저 용연이 제주성 남쪽 가까운 골짜기에 있음을 말하고 있
다. 이어 백옥 같은 돌이 병풍처럼 둘러 있고 맑은 물이 유리처럼 펼쳐
져 있는 용연의 모습과 언덕 위 대나무에서 바닷바람 소리가 들려오는
주변의 풍경을 묘사하고, 조각배에 올라 이를 감상하고 즐기며 돌아오
는 즐거움을 노래하고 있다.

정온

　정온鄭蘊(1569~1641년), 자는 휘원輝遠, 호는 동계桐溪, 고고자鼓鼓子이며, 시호는 문간文簡이다. 본관은 초계草溪, 진사 정유명鄭惟明의 아들이다. 어려서 조월천趙月川과 정한강鄭寒岡의 문하에서 배웠고, 1592년(선조 25) 임진왜란이 일어나자 의병을 일으킨 아버지를 도왔으며, 1599년(선조 32) 가야산으로 가서 조식曺植의 수제자이자 경상남도 남명학파를 대표하는 유학자이자 의병장이었던 내암來庵 정인홍鄭仁弘(1535~1623년)에게 배웠다.

　이렇듯 그는 남명학파의 전통을 이어 북송대 성리학자들의 수양론인 '경敬(거경居敬)'을 받아들이고 아울러 이를 실천하는 '의義'를 중시했다. 때문에 기절氣節을 중시했으며, 실천적 선비정신을 잘 보여주었다. 1601년(선조 34)에 진사가 되고, 1610년(광해군 2) 별시문과에 을과로 급제하여 시강원겸설서, 사간원정언을 역임했다.

　1608년(광해군 즉위년) 일부 대신들과 명나라에서 선조의 첫 번째 서자이자 광해군의 친형인 임해군을 왕으로 즉위시킬 것을 주장하자 이에 불안해진 광해군이 그를 진도에 유배시켰다가 강화도로 이배시킨 후 사사하고, 아울러 인목왕후의 아들인 영창대군永昌大君 역시 강화도로 유배시켰는데, 강화부사인 정항鄭沆에 의해 피살되었다. 이에 정온은 정항을 처벌하고 대군의 위호를 복위할 것을 주장하는 「갑인봉사甲寅封事」를 올렸으며, 또한 광해군이 영창대군의 모친이자 선조의 왕후였던 인목대비를 폐하려고 하자 폐모의 부당성을 강력히 주장하다가 제주에 폄적되어 위리안치로 10년간 유배생활을 했다.

동계는 1614년(광해군 6) 해남에서 배를 타고 같은 해 8월 대정의 유배지에 도착했다. 적사謫舍는 대정 객사의 동문 안에 있는 민가였다. 대정현감 김정원金廷元이 특별히 적소謫所(현 안성리安城里) 경내에 서재書齋로 쓰도록 두 칸 되는 집을 지어 주었다. 그는 그곳에서 가지고 온 수백 권의 책을 두어 독서에 몰두하며 유생들을 가르치는 한편, 중국 선진시대부터 남송시대까지 우환 속에서도 의義를 잃지 않은 59명의 사적으로 모은 『덕변록德辯錄』을 편집하여 자신을 위로하고 반성했으며, 매년 3월 원단에 자경침自警鍼을 지어 자신을 경책했다. 또한 동시대에 제주에 폄적된 송상인宋象仁(1569-1631년), 이익李瀷(1579-1624) 등과 함께 시문을 교유했다.

동계는 전체 519제 554수의 시를 남겼으며, 그중에서 제주에 유배되었을 시기에 쓴 것은 280제이다. 가족에 대한 그리움과 폄적된 신세를 한탄하는 내용도 있으나 주어진 현실을 받아들이면서 유생으로서 구도와 달관의 모습을 보여주는 내용도 적지 않다. 『약파만록藥波漫錄』에 "섬으로 폄적된 지 10여 년, 한 명의 처를 두었다.(謫島十餘年, 乃有一妻.)"라고 한 것을 보아 제주에서 소실을 두어 반려로 삼은 듯하다.

1623년 인조반정으로 유배에서 풀려나 상경했다. 이후 광해군 때 절의를 지킨 인물로 알려져 이조참의, 대제학, 이조참판 등 요직을 역임했고, 1627년(인조 5) 정묘호란이 일어나자 조선과 명나라의 의리를 앞

세워 척화를 강력 주장했다. 결국 인조가 항복하게 되자 오랑캐에 투항할 수 없다고 하여 자결을 기도했으나 미수에 그치고 임금에게 결별의 소를 올린 다음 덕유산에 들어가 은거하다 세상을 떴다. 1682년(숙종 8) 귤림서원橘林書院에 사액하고 정온을 제주 사현四賢으로 추앙하여 사액서원에 봉향하도록 했으며, 영의정에 추증했다. 1842년(헌종 8) 이원조李源祚 목사가 「동계정온선생유허비桐溪鄭蘊先生遺墟碑」를 세우고, 송죽사松竹祠를 창건하여 그를 봉향했으며, 추사 김정희가 편액했다. 하지만 1871년 조정의 지시에 의해 훼철되었다. 현재 대정읍 보성초등학교에 비가 남아 있다.

郑蕴

郑蕴(1569~1641年)字辉远，号桐溪、鼓鼓子，谥号文简。籍贯是草溪，进士郑惟明之子。自幼在赵月川和郑寒冈门下学习，1592年(宣祖25年)壬辰倭乱发生后辅佐发动义兵的父亲，1599年(宣祖32年)前往伽倻山，向曹植的弟子、庆尚南道南明学派的代表儒学家兼义兵将领郑仁弘(1535~1623年)学习。

正如此，他继承了南明学派的传统，接受北宋代性理学者的修养论"敬(居敬)"，同时重视"义"为实践这一修养论的手段。因此，他重视气节，充分体现了儒生实践的基本精神。 1601年(宣祖34年)成为进士，1610年(光海君2年)别试文科中乙科及第，历任侍讲院兼说书、司谏院正言。

1608年(光海君即位)明朝和有些大臣主张让宣祖的第一位庶子、光海君的亲哥哥临海君即位为王，为此感到不安的光海君把临海君先是流放到珍岛，之后又移送到江华岛后赐死。仁穆王后的儿子永昌大君也被流放到江华岛后被江华府使郑沆杀害。对此，郑温上呈了处罚郑沆、主张恢复大君位号的《甲寅封事》，而且光海君想要废除永昌大君的母亲、宣祖王后仁穆大妃时，他强烈主张废母的不当性而被贬谪到济州，在围篱安置流放了10年。

桐溪于1614年(光海君6年)从海南乘船，于同年8月抵达大静县的流放地。谪舍是大静县客舍东门内的一个民宅。大静县监金廷元特别在谪所(现安城里)境内给他建造了两间可以用作书斋的房子。他用在那里拿来的数百本书埋头苦

读、培养儒生，同时还把从中国先秦时期到南宋时期在忧患中不失道义的59人的事迹收集后撰写成《德辩录》，以此来安慰自己、反省自己，还在每年3月元旦时写自警鍼来警醒自己。而且与同一个时代被流放到济州的宋象仁(1569-1631年)、李瀷(1579-1624年)等一起交游作诗。

留下了一共519题554首诗，其中流放到济州后写出来的就有280首。虽然有对家人的思念和悲叹被贬谪的身世的内容，但也有不少接受既定现实的内容，还作为儒生展现出"求道"和"达观"的面貌。《药波漫录》中写道"谪岛十余年，乃有一妻"，从这一点来看，在济州似乎是纳妾为伴。

1623年仁祖反正因被释放回京。此后，因光海君时期坚守节义的人物而被历任为吏曹参议、大提学、吏曹参判等要职，1627年(仁祖5年)丁卯胡乱发生后，以朝鲜和明朝的义气为首，强烈主张了斥和。最终仁祖投降，因不能投降于夷狄而自杀，未遂。最后向国王献上诀别之诉，在德裕山隐居之后离开了人世。1682年(肃宗8年)赐匾给橘林书院，将郑温推崇为济州四贤，奉享赐匾书院，追赠领议政。1842年(宪宗8年)李祚源牧使为他立了《桐溪郑蕴先生遗墟碑》，并建了松竹祠供奉，由秋史金正喜匾额。但在1871年根据朝廷的指示被拆毁。现在大静邑保城小学还留有碑石。

到濟州

제주에 도착하여

悅然身世若乘舟,[1]
실의한 신세가 마치 배를 탄 듯하니

屋宇傾搖地欲浮.
집과 처마가 기울어지고 땅이 떠오르려는 듯하네.

斜帶夕陽行信馬,[2]
석양을 끼고 말이 가는 대로 가니

孤城十里是瀛洲.
십 리의 외로운 성 여기가 영주로구나.

주석

① 悅然(황연): 실의失意한 모습.

② 信馬(신마): 말 가는 대로 길을 맡기다.

해설

이 시는 뜻을 이루지 못하고 제주로 유배된 자신의 처지가 마치 배에 올라 풍랑에 집이 기울고 땅이 솟아오르는 듯한 경험을 하는 것 같이 험난하고 안정되지 못함을 말하고 있다. 이어 석양 속에 말에게 길을 맡기고 가는 모습을 통해 제주에 도착한 자신의 비통한 심경과 운명에 순응하는 심정을 나타내고 있다.

大靜縣[1]

대정현

耽羅四百里,
사백 리 되는 탐라에서

大靜最彈丸.[2]
대정은 탄환같이 가장 작은 곳이라네.

地理通閩越,[3]
땅의 환경은 민, 월 지역과 통하고

天文照馬韓.[4]	천체의 현상은 마한을 비춘다네.
軍民元不夥,	병사와 백성은 원래 많지 않아
防守素稱難.	방어하기가 본디 어렵다고 하는데,
賴有禦魑客,[5]	다행히 외지에서 온 나그네 덕분에
孤城東角完.	외로운 성 동쪽 모퉁이는 온전하다네.

주석

① 大靜縣(대정현): 지금의 제주도 서귀포시 대정읍. 제주도의 남서부에 위치한 마을이다.

② 彈丸(탄환): 탄환. 지극히 협소한 지역을 비유한다.

③ 地理(지리): 땅의 자연적인 환경이나 인문적인 풍속.

　闓越(민월): 지금 중국의 절강성浙江省과 복건성福建省 일대 변방 지역을 의미한다.

④ 天文(천문): 천체 운행의 현상.

　馬韓(마한): 삼한三韓 중의 하나로, 지금의 전라도 지역에 있었다.

⑤ 禦魑客(어리객): 도깨비를 막는 객. 내지에서 파견되거나 귀양 온 사람들을 가리킨다.

해설

이 시는 대정현이 제주 내에서도 매우 협소한 지역으로, 그 풍속은 민 땅이나 월 땅과 비슷하며 그 위치는 마한 땅과 가까워 천문 현상이 같음을 말하고 있다. 이어 비록 거주하는 군민이 적어 방어가 쉽지 않지만, 그나마 자신처럼 내지에서 온 사람들로 인해 유지될 수 있었음을 다행으로 여기고 있다.

원문

漢顏朝雲[1]　　　　한라산 정상의 아침 구름

無心初出岾,　　　　무심하게 막 산 굴에서 나오더니

作陣竟盈巓.　　　　군진을 이루어 끝내 산꼭대기를 가득 채웠구나.

日出紅兼白,　　　　해가 뜨면 붉은빛이 흰빛과 겸하고

風來斷復連.　　　　바람이 불면 흩어졌다 다시 연결되네.

頻成楚王夢,[2]　　　자주 초나라 왕의 꿈이 이루어지고,

幾受羽仙鞭.[3]　　　몇 번이고 신선의 채찍을 받았다네.

下有孤囚客,　　　　아래에는 외로운 귀양객이 있어

朝朝望眼穿.[4]　　　아침마다 눈이 뚫어지게 바라보네.

주석

① 漢顏(한안): 한라산漢拏山의 꼭대기. '안顏'은 사람의 이마 부분으로, 산의 꼭대기를 가리킨다.

② 楚王夢(초왕몽): 초나라 왕의 꿈. 초나라 회왕懷王이 꿈에서 하루를 함께 보낸 무산신녀巫山神女가 아침에는 구름이 되고 저녁에는 비가 된다고 하였는데, 꿈에서 깬 뒤 과연 그러함을 확인하였다. 여기에서는 무산신녀의 이야기를 통해 한라산 아침 구름이 자주 일어남을 나타낸 것이다.

③ 羽仙鞭(우선편): 신선의 채찍. 봉황과 난새를 채찍질하여 타고 다니는 신선을 가리키는 것으로, 고아하고 유유자적한 삶을 의미한다.

④ 眼穿(안천): 눈이 뚫어지다.

해설

　이 시는 한라산에 아침 구름이 가득 피어나 햇빛과 바람에 따라 각양
각색으로 변화하는 아름다운 모습을 묘사하고, 이어 아침 구름을 바라
보며 무산신녀와 운우지정雲雨之情을 나누었던 초 회왕과 봉황 난새를
타고 구름 속을 날아다녔을 신선을 떠올리고 있다.

원문

松岳暮雨¹　　　송악산의 저녁 비

海國秋光老,²　　　섬나라에 가을빛 익어가고

林崖暝色生.　　　수풀 우거진 비탈에는 저녁 빛 생겨나네.

陰雲吹起浪,　　　먹구름 불어와 물결 일으키고

微雨細無聲.　　　가랑비는 가늘어 소리도 없는데,

帆濕歸舟晚,　　　돛은 젖어 돌아가는 배 늦어지고

沙寒睡鷺驚.　　　모래는 차가워 잠든 해오라기 놀라네.

羈蹤雖未往,³　　　갇힌 몸이라 비록 가보지는 못했지만

幽興想猶淸.　　　그윽한 흥취 생각만으로도 오히려 맑아진다네.

주석

① 松岳(송악): 지금의 서귀포시 대정읍에 위치한 산.

② 老(로): 노쇠다. 저물어가는 것을 의미한다.

③ 羈蹤(기종): 몸이 얽매이다. 유배객 신분임을 말한다.

이 시는 늦가을 제주 송악산의 비 내리는 저녁 풍경을 묘사하고 있다. 저녁 되어 먹구름이 불어와 가랑비가 내리는 경관을 묘사하며, 돛과 모래가 비에 젖어 축축해진 상황을 더디게 움직이는 배와 놀라 잠에서 깬 해오라기를 통해 생동감 있게 나타내고 있다. 마지막에는 유배객 신분인지라 직접 가볼 수 없음을 안타까워하며 상상으로나마 송악산의 정취에 흠뻑 빠져들고 있다.

원문

海岸晚潮　　해안의 저녁 조수

去海問何許,[1]	바다에서 얼마쯤인가?
隨風聞晚潮.	바람결에 저녁 조수 소리가 들려오네.
熊羆嘯空谷,	곰이 빈 골짜기에서 우는 듯
霹靂起中宵.	벼락이 한밤중에 내리치는 듯
偏怕初來客,[2]	처음 온 객을 몹시 두렵게 하더니
還宜獨夜謠.	이제는 밤에 홀로 노래하기에도 좋구나.
翻思故山曲,	문득 고향의 산굽이가 생각나니
松杪雨蕭蕭.[3]	소나무 가지 끝에 빗소리가 들려오겠지.

주석

① 何許(하허): 얼마쯤.

② 初來客(초래객): 처음 온 객. 자신을 가리킨다.

③ 蕭蕭(소소): 비바람이 부는 소리.

이 시는 바다가 얼마쯤 떨어져 있는지 미처 모르고 있다가 저녁 조수 소리를 듣고서야 곰이 울고 벼락이 치는 듯한 커다란 소리에 놀랐음을 말하고 있다. 이어 처음에는 그 소리가 무섭고 겁이 났지만 이제 익숙해져 조수 소리를 반주 삼아 홀로 노래 부를 수도 있게 되었음을 말하고, 고향 산의 소나무에 불어오는 빗소리를 생각하며 고향에 대한 그리움을 나타내고 있다.

원문

雨中謾成

띠집 처마에 빗방울은 점점 차가워지고

茅簷雨滴漸冷冷,
瘴氣乘風滿海城.[1]
萬事筭來孤笑發,[2]
衆屑誼處寸心明.[3]
早將生死歸穹昊,
肯把榮枯惱性情.
看盡暮雲爭北向,
明朝分散又何營.

빗속에서 부질없이 짓다

띠집 처마에 빗방울은 점점 차가워지고
장기는 바람 타고 섬마을에 가득해지네.
온갖 일들을 따져보며 씁쓸한 웃음 짓지만
뭇사람들 떠드는 곳에서 마음 밝아진다네.
일찍이 생사는 하늘에 맡겨져 있거늘
어찌 영달과 쇠락으로 마음을 괴롭히리오.
저녁 구름 다투어 북쪽으로 향하는 것 다 보았으니
구름 흩어진 내일 아침에는 다시 무엇 해야 하나.

주석

① 瘴氣(장기): 풍토병을 일으키는 습하고 독한 기운.

② 筭(산): 산가지, 셈하다. 여기서는 여러 일을 따져보고 계획하는 것을 말한다.

③ 誼(훤): 떠들다.

해설

이 시는 차가운 빗속에 독한 기운이 가득함을 말하며 제주의 혹독한
환경을 나타내고 있다. 이어 유배된 자신의 처지를 헤아리며 침울해지
지만 사람들과 만나 떠들다 보면 이내 잊고 마음이 밝아지게 됨을 말하
며, 운명이야 하늘에 맡기고 일산의 영달과 쇠락에 연연해하지 않으리
라 생각하고 있다. 마지막에는 매일같이 구름이나 바라보고 있는 자신
을 말하며 무료하기만 한 유배의 삶을 탄식하고 있다.

원문

貧女吟

가난한 여인의 노래

縞衣貧女不爲容,[1]　　명주옷 입은 가난한 여인 용모 가꾸지도 않고

燈下持針事補縫.　　등불 아래서 바늘 들고 옷 꿰매고 기우네.

夜久假眠衣不解,[2]　　밤 깊도록 옷 벗지도 못하고 선잠을 자다가

明朝貸粟又孤春.　　내일 아침이면 좁쌀 빌려다가 또 외로이 절구질하겠지.

주석

① 縞衣(호의): 명주실로 만든 흰 옷. 가난한 여인의 복장을 말한다.

　　不爲容(불위용): 용모를 단장하지 않다.

② 假眠(가면): 잠시 수면을 취하다, 졸다.

해설

이 시는 매일같이 밤늦도록 바느질하고 꾸어 온 쌀로 절구질하는 제주 여인들의 궁핍하고 고단한 삶을 노래하며 이들에 대한 연민을 나타내고 있다.

김상헌

　김상헌金尙憲(1570~1652), 자는 숙도叔度, 호는 청음淸陰이다. 중년 이후 양주楊州 석실에 은거하면서 석실산인石室山人, 만년에는 안동에 은거하면서 서간노인西磵老人이라 자칭했다. 시호는 문정文正이다. 제주 오현五賢 가운데 한 사람으로 오현단에 배향되어 있다.

　1590년(선조 23) 진사가 되고 1596년 임진왜란 와중에 정시廷試 문과에 병과로 급제하여 권지승문원부정자權知承文院副正字에 임용되었다. 이후 부수찬副修撰, 좌랑, 부교리副校理를 역임했으며, 1601년 당시 제주도에서 발생한 길운절吉雲節 등의 역옥逆獄을 다스리기 위해 안무어사安撫御史로 파견되었다. 이듬해 왕에게 결과를 보고한 후, 고산찰방高山察訪과 경성도호부판관鏡城都護府判官을 지냈다. 1608년(광해군 즉위년) 문과중시文科重試에 급제하여 사가독서賜暇讀書한 뒤 교리, 응교應敎, 직제학을 거쳐 1611년(광해군 4) 동부승지가 되었다.

　그러나 이언적李彦迪과 이황李滉 배척에 앞장선 정인홍鄭仁弘을 탄핵했다가 광주부사廣州府使로 좌천되었다. 1613년 칠서지옥七庶之獄이 발생, 인목대비의 아버지인 김제남金悌男이 죽임을 당할 때 파직되어 집권세력인 북인의 박해를 피해 안동시 풍산으로 이사했다. 그는 서인으로 인조반정仁祖反正에 가담하지 않은 청서파淸西派 영수로서 1624년(인조 2) 다시 등용되어 대사간 도승지 대사헌 대제학을 거쳐 예조, 공조, 형조, 이조판서를 역임했다. 1636년 병자호란 때는 주전론을 펼치며 척화斥和를 주장하다가 파직되고 1639년 두 차례나 심양에 압송되었다가 6년 후인 1645년 귀국하여 좌의정에 제수되었다. 효종이 북벌을 추진할 때 이념적 상징으로 '대로大老'라고 존경을 받았다.

청음 김상헌은 문사 집안의 영향과 스승 월정月汀 윤근수尹根壽 (1537~1616)의 영향으로 문장에 능했는데, 정조는 "그의 문장은 한유韓愈, 증공曾鞏이고, 그의 학문은 염락濂洛(주돈이와 정이, 정호형제)이다. 바른 도학과 높은 절의로 우리나라뿐만 아니라 청나라 사람들도 공경하고 복종하였으니 문장은 그뿐이다."(『국역 홍재전서』 17권)라고 칭찬한 바있다. 시문집으로『조천록朝天錄』,『남사록南槎錄』,『청평록清平錄』,『설교집雪窖集』,『남한기략南漢紀略』등으로 구성된『청음전집清陰全集』40권이있다.

김상헌은 1601년 음력 8월 14일에서 이듬해 2월 14일까지 약 6개월동안 제주에 체류했다. 1601년 제주에서 선산善山 사람 길운절과 익산益山 사람 소덕유蘇德裕 등이 제주로 들어와 제주 사람 문충기文忠基, 홍경원洪敬源 등과 모의하여 삼읍三邑의 수령을 살해하고 반란을 일으키려다 사전에 발각된 사건이 발생하여 선조가 당시 성균관 전적典籍이었던 그를 안무어사로 파견했기 때문이다. 이에 김상헌은 당시 제주에서 직접 살피고 경험한 것을『남사록』이란 일기체 형식의 글로 남겼다. 이는 왕에게 보고하기 위한 보고문의 토대가 되었을 뿐만 아니라 당시 제주의 풍토, 물산, 형승, 민정, 풍속, 고적, 군비는 물론이고 진공進貢과 군역軍役으로 인한 제주민의 고통 등에 대해 자세하게 기술하고 있으며, 특히 17세기 초반 서귀포 지역의 자연환경이나 풍속, 방어시설, 경승 등을 연구하는 데 필수적인 서적으로 사료적 가치가 높다.

『남사록』은 김수중이 지은 『와유록臥遊錄』에 수록된 것과 서울대학교 규장각본, 그리고 1977년 김상헌의 14세손 김창현金彰顯이 영인 간행한 『청음유집淸陰遺集』에 실린 것이 있으며, 이 외에 일본 덴리대학天理大學 이마니시류문고今西龍文庫 소장 필사본을 복사한 국립중앙도서관 소장본이 있다. 제주문화원에서 2008년 홍기표가 역주한 『남사록』 상·하권을 출간했으며, 상권에 김창현의 영인본을 수록했다. 『남사록』에는 김상헌의 시 110편 225수가 실려 있으며, 제주 한시는 88편 182수이다. 심재 김석익의 『탐라지』 등에도 그의 시가 실려 있다.

金尚宪

金尚宪(1570~1652)字叔度，号清阴。中年以后隐居楊州石室，自称石室山人，晚年隐居安东，自称西碉老人。谥号文正。济州五贤之一，供奉于五贤坛。1590年(宣祖23年)成为进士，1596年在壬辰倭乱中考取廷试文科丙科，被任用为权知承文院副正字。此后历任副修撰、佐郎、副校理，1601年为治理当时济州岛发生的吉云节等逆狱，被派遣到安抚御史。次年向王禀报结果后，担任了高山察访城都护府判官。1608年(光海君即位年)及第文科重试，得到赐暇读书后，通过校理、应教、直提学，1611年(光海君4年)成为东副承旨。

但是弹劾了带头排斥李彦迪和李滉的郑仁弘，被降职为广州府使。1613年发生七庶之狱，仁穆大妃的父亲金悌男赐死时被罢职，为了躲避执政势力北人的迫害，搬到了安东市丰山。他作为西人、作为没有参与仁祖反正的清西派领袖，1624年(仁祖2年)再次被提拔历任大司谏、都承旨、大司宪、大提学、礼曹、户曹、刑曹、吏曹判书。1636年丙子胡乱时主张主战论并坚定斥和而被罢职，1639年有两次被押送到沈阳，6年后的1645年回国后拜官授职左议政。孝宗北伐时，作为理念象征被称为"大老"而受到了很多敬仰。

清阴金尚宪受他的家门和老师月汀尹根寿(1537~1616)的影响擅长写文章，正祖还说过："他的文章是韩愈、曾鞏，他的学问是濂洛(周敦颐、程颐、程颢兄弟)。以正直的道学和高尚的节义，无论是国人，清朝人也很尊敬并服从于他，仅此

而已。"他的诗文集《清阴全集》40卷、包括了《朝天录》、《南槎录》、《清平录》、《雪窖集》和《南汉纪略》。

金尚宪从1601年阴历8月14日至1602年2月14日，在济州滞留了约6个月。其原因是1601年在济州发生了预谋叛乱事件。善山人吉云节和益山人苏德裕等人进入济州后，与济州人文忠基、洪敬源等人合谋要杀害三邑首领并想发动叛乱，但索性事前就被发现。宣祖派遣了当时是成均馆典籍的金尚宪担任按抚御史。对此，金宪尚在日记体形式的《南槎录》中留下了当时在济州的亲眼所见和亲身经历。这不仅是可以向王禀报的报告书，还详细记述了当时济州的风土、物产、形胜、民情、风俗、古迹、军备以及济州居民因进贡和军役而遭受的痛苦等，特别是作为研究17世纪初期西归浦地区的自然环境、风俗、防御设施和景胜等必需的书籍，具有很高的史料价值。

《南槎录》收录在金寿增写的《卧游录》中，有首尔大学奎章阁本，还有1977年金尚宪的第14世孙金彰显影印发行的《清阴遗集》中，此外还有复制日本天理大学今西龙文库收藏手抄本的国立中央图书馆收藏本。济州文化院2008年出版了洪琦杓译注的《南槎录上，下》，上卷收录了金彰显的影印本。《南槎录》中记载了金尚宪的110首诗225首，济州汉诗88篇182首。心斋金锡翼的《耽罗志》等作品中也有他的诗。

橘園

귤원

萬竹森森護短墻,

수많은 대나무 빽빽하니 얕은 담장을 둘렀고

橘林無數擁成行.[1]

무수한 귤나무 숲 줄을 이루어 모여있네.

津津綠葉三春雨,[2]

봄비에 푸른 잎이 유들유들하고

的的金丸一夜霜.[3]

한밤 서리에 황금구슬은 또렷또렷해졌네.

病客白頭回止渴,[4]

백발의 병든 나그네 갈증을 멈추게 하고

佳人玉手摘生香.

아름다운 이 백옥 같은 손으로 따니 향기가 피어나네.

輕包重裹浮滄海,[5]

정성 들여 포장해서 푸른 바다를 건너

十月年年進尙方.[6]

매년 시월 상방에 진상되네.

주석

① 擁(옹): 모이다. 모여 있다.

② 津津(진진): 풍성하다. 윤기가 넘치다.

　三春(삼춘): 늦봄.

③ 的的(적적): 분명한 모양. 빛나는 모양.

　金丸(금환): 황금 구슬. 금빛 나는 열매를 뜻하는 것으로, 여기서는 귤을 가리킨다.

④ 止渴(지갈): 갈증을 멈추다. 귤을 보기만 해도 침이 고여 갈증이 멎는 것을 의미한다. 『삼국지三國志』에서 '망매해갈望梅解渴'의 전고를 차용한 것이다.

⑤ 輕包重裹(경포중과): 가볍게 포장하고 겹겹으로 싸다. 운송과정에 귤이 상하지 않도록 정성 들여 하나하나 부드러운 솜 등으로 포장

하고 상자는 겹겹으로 싸는 것을 의미한다.

⑥ 尚方(상방): 궁궐의 음식이나 기물을 관장하던 부서.

해설

이 시는 빽빽한 대나무로 둘러싸인 낮은 담장 안에 무수한 귤나무가 열 지어 심겨 있는 귤원의 경관을 말하고, 봄비와 서리를 맞는 모습을 통해 늦봄부터 늦가을까지 생장하며 열매를 맺는 귤의 특성을 나타내고 있다. 이어 보기만 해도 입에 침이 고이고 따기만 해도 손에 향기가 배는 상황을 통해 귤의 맛과 향을 특징적으로 나타내고, 해마다 시월이면 정성 들여 고이 포장하여 궁중으로 진상되고 있음을 말하고 있다.

원문

山房[1]

산방산

誰折拏峯挿海傍,[2]

누가 한라산 봉우리를 꺾어 바닷가에 꽂았을까?

流傳異說亦荒唐.

전하는 기이한 이야기들 또한 황당하기만 하다네.

果然山腹雖空大,[3]

과연 산허리가 텅 비고 크기는 하지만

那許虞人乃爾狂.[4]

어찌 우인이 이런 경솔한 행동을 했으리.

日月爲眸猶薄蝕,[5]

눈동자 같은 해와 달도 가려지는 때가 있다지만

邱山何罪竟摧傷.[6]

언덕과 산은 무슨 죄로 결국 꺾여 상하고 말았단 말인가?

從玆更覺皇穹遠,[7]

이로부터 하늘의 뜻이 아득하다는 것을 다시금 깨달으니

俗累無申訴彼蒼.[8]

세상일의 얽매임을 펴지 못해 저 하늘에 호소한다네.

주석

① 山房(산방): 지금의 서귀포시 안덕면에 위치한 산. 산방산의 형성과 관련하여 수많은 전설이 전해져오고 있다.

② 拏峯(라봉): 한라산의 봉우리. '주봉柱峯'으로 된 판본도 있다.

③ 山腹(산복): 산허리. 이본에는 '천복天腹'으로 적혀 있다.

④ 虞人(우인): 고대 산림이나 정원을 관리하는 관원.

⑤ 薄蝕(박식): 가리다. 일식日蝕과 월식月蝕을 가리킨다.

⑥ 邱山(구산): 언덕과 산. '강산江山'으로 된 판본도 있다.

摧傷(최상): 꺾이고 손상되다. 산방산의 허리가 잘린 것을 가리킨다.

⑦ 皇穹(황궁): 하늘. 창궁蒼穹.

⑧ 俗累(속루): 세속의 얽매임. '속계俗界'로 된 판본도 있다.

申(신): 풀다, 벗어나다. '신伸'과 같다.

해설

이 시는 산허리가 잘리고 중간이 움푹 팬 산방산의 독특한 모습으로 인해 그 유래에 대해 수많은 황당한 설들이 전해지고 있음을 말하고 있다. 이어 밝은 해와 달도 가려지는 때가 있으며 멀쩡한 산도 허리가 잘리기도 하는 모습에서 인간이 헤아릴 수 없는 하늘의 크고 깊은 뜻이 따로 있음을 깨닫고, 세속의 삶에 얽매어 벗어나지 못하고 있는 자신을 탄식하고 있다.

참고로 산방산과 관련한 다양한 전설은 다음과 같다. 제주도를 만든 설문대(선문대)할망이 한라산이 뾰족하다고 꼭대기만 잘라 던져 백록담이 생겼으며, 설문대할망이 던져버린 부분은 산방산이 되었다. 실제로 산방산 밑 둘레가 절묘하게 한라산 정상 지름과 얼추 맞아떨어진다고 한다. 게다가 돌의 재질이 한라산 정상부와 마찬가지로 조면암이다. 한라산 정상을 잘라 내던져서 산방산이 생겨났다는 전설이 생긴 이유를 짐작할 수 있다. 다른 이야기도 있다. 사냥꾼이 사슴을 잡고자 활을 쐈는데, 사슴은 맞지 않고 옥황상제의 엉덩이를 맞추는 바람에 화가 난 상제가 한라산의 뾰족한 부분을 내던져 한라산에 백록담이 생겨났다. 또 다른 이야기도 있다. 설문대할망의 아들 500명 중에 장남이 사냥하다 아무런 소득이 없자 홧김에 하늘을 향해 화살을 날렸다. 그런데 하필이면 그 화살이 옥황상제의 옷을 뚫고 말았다. 화가 난 옥황상제가 한라산의 뾰족한 정상 부분의 암석을 뽑아버렸다. 그래서 뽑힌 부분은 백록담, 내던진 암석은 현재의 산방산이 되었다.

원문

橘柚

굴과 유자

小橘黃黃大橘紅,	작은 굴은 누렇고 큰 굴은 붉은데
夕陽來照透玲瓏.	석양이 비추니 영롱하네.
登盤爛似金丸迸,	쟁반에 올리니 황금 구슬 흩어지듯 빛나고
入口甘於蜜液濃.	입에 넣으니 짙은 꿀보다 달구나.
漢苑未堪誇馬乳,[1]	한나라 동산에서는 마유를 감히 자랑할 수 없고
蜀櫻爭數滿筠籠.[2]	촉 땅 앵두와는 횟수를 다투며 대바구니에 가득 채우네.
秋江舊說元非誕,[3]	추강이 예전에 했던 말은 원래 거짓된 것이 아니었고
洪子淸淡不負功.[4]	홍자는 맑고 담백하여 공을 자부하지 않았네.

주석

① 漢苑(한원): 한나라 황제의 동산. 상림원上林苑을 가리킨다.

　馬乳(마유): 포도의 일종.

② 蜀櫻(촉앵): 촉蜀 땅의 앵두. 붉고 맛이 좋기로 유명하다.

　爭數(쟁수): 횟수를 다투다. 두보의 「농부가 붉은 앵두를 보내오다 野人送朱櫻」 시에서 "여러 번 조심스레 옮기니 여전히 깨질까 걱정 해서라네.(數回細寫愁仍破.)"라 한 뜻을 차용한 것으로, 제주의 귤이 촉 땅의 앵두만큼 고귀한 것임을 말한 것이다.

③ 秋江(추강): 조선 전기 문인 남효온南孝溫의 호이다.

　舊說(구설): 옛날에 했던 말. 당시 금기로 여겨졌던 박팽년朴彭年, 성삼문成三問 등 사육신들의 행적을 기린 「육신전六臣傳」을 쓴 것을 가리키는 듯하다.

④ 洪子(홍자): 조선 전기 문인 홍유손洪裕孫을 가리킨다.

　不負功(불부공): 공을 자부하지 않다. 홍유손은 영리를 추구하지 않았으며, 남효온南孝溫, 신영희辛永禧 등과 죽림거사竹林居士를 맺고 명산대천을 유람하면서 시문 쓰기를 좋아하였는데, 이를 가리키는 듯하다.

해설

　이 시는 크고 작은 귤과 유자가 석양빛에 영롱하게 비치는 모습을 묘사하고, 그 황금 구슬처럼 빛나는 겉모습과 꿀보다도 진한 단맛을 칭송하고 있다. 이어 한나라 동산의 포도 및 촉 땅의 앵두와 비교하며 그 고귀함을 칭송하고, 지조 있고 청담한 삶을 살았던 남효온과 홍유손을 떠올리며 그들이 마치 귤과 유자와 같은 존재였음을 말하고 있다.

원문 ─────────────────────────────────

雪中見興
눈 속에서 흥을 보이다

南雪曾聞到地消,
남쪽에는 눈이 땅에 닿자마자 녹는다고 들었는데

如何此日恣瀝碌.[1]
어찌하여 오늘은 마음대로 쏟아지는가.

臘前農讖堪豊稔,[2]
그믐 전에 눈이 많이 오면 풍년이라고 하니

歲後梅花不寂廖.
설 지난 뒤 매화는 적막하지 않네.

堂浦靑烟生白屋,[3]
당포의 초가집 위로 푸른 연기 피어나고

拏峯玉骨聳寒宵.[4]
한라산 봉우리의 옥 같은 골격은 차가운 하늘에 솟아 있네.

孤舟欲發山陰興,[5]
외로운 배에서 산음의 흥을 일으키고자 하나

極目滄溟萬里遙.
바다 저 멀리까지 바라보니 만리 길 아득하네.

주석

① 瀝碌(녹록): 옥가루를 체에 거르다. 많은 눈가루가 날리는 것을 가리킨다.

② 農讖(농참): 농사에 관한 예언이나 점괘.

③ 堂浦(당포): 추자항의 옛 이름.
　　白屋(백옥): 흰 띠풀 지붕의 집.

④ 玉骨(옥골): 메마르고 수려한 골격. 눈 덮인 한라산의 모습을 비유한다.

⑤ 山陰興(산음흥): 산음의 흥. 친구를 찾아가 만나는 흥취를 의미한다. 왕휘지(王徽之, 왕희지王羲之의 아들)가 산음에 있을 때 구름이 걷히고 사방이 눈으로 덮여 달빛이 청량한 밤 혼자 술을 마시며 좌사

左思의 초은시招隱詩를 읊던 도중 갑자기 대규戴逵가 생각나 작은 배를 타고 밤새 그 집에 갔다가 문 앞에서 들어가지 않고 도로 돌아왔는데, 그 까닭을 물으니 "흥이 나서 왔다가 흥이 다해 갈 뿐(乘興而來, 興盡而反.)"이라고 했다 한다.《진서晉書 권80》

해설

이 시는 제주는 눈이 드물고 눈이 내리더라도 이내 녹아버린다고 들었는데 오늘은 쏟아질 듯 내려 땅에 쌓이고 있음을 말하고 있다. 이어 작년의 점괘에서 올해의 풍년을 예상했는데 새해 들어 매화 또한 가득 피어났음을 말하고, 고즈넉한 당포의 정경과 눈 덮인 겨울 한라산의 빼어난 모습을 바라보며 만리 바다 멀리 고향을 향한 그리움을 나타내고 있다.

원문

尊者庵[1]

존자암

圓岳嶐然勢自雄,[2]

한라산은 우뚝 솟아 산세 절로 웅장한데

小庵孤寄白雲中.

작은 암자가 흰 구름 속에 외로이 기탁하고 있네.

路穿黃竹千盤曲,

황죽 사이로 뚫린 길은 천 굽이 굽어 있고

窓壓南溟萬里通.

남쪽 바다 가까이 열린 창은 만 리까지 통하네.

經始遠從三姓日,[3]

처음 지어진 것은 멀리 세 성이 나왔을 때부터로

廢興重費幾年功.

폐했다가 흥해지며 거듭 몇 년의 공을 들였다네.

居僧寂寞遊人少,

거하는 스님 없고 유람객도 적어

門掩蒼苔落葉紅.

문은 푸른 이끼가 가리고 붉은 낙엽이 쌓였네.

주석

① 尊者庵(존자암): 지금의 서귀포시 영실에 위치한 절. 제목 아래에 "한라산에 있다.(在漢拏山.)"라는 자주自註가 있다.

② 圓嶠(원악): 전설 속에 존재하는 선산仙山으로, 원교圓嶠를 말한다. 은자와 신선이 거하는 산을 가리키는데, 여기서는 존자암이 위치한 한라산을 가리킨다.

③ 三姓(삼성): 제주의 개벽 시조인 양씨梁氏, 부씨夫氏, 고씨高氏 세 성을 가리킨다. 제주에 삼성혈三姓穴이 있는데, 옛날에 양을나良乙那, 부을나夫乙那, 고을나高乙那 세 신인神人이 이 구멍에서 나와 세 성씨의 시조가 되었다고 한다.

해설

이 시는 존자암이 한라산 높은 곳에 자리 잡고 있음을 말하고, 그곳으로 이어진 깊은 대숲 길과 남쪽 바다에 연해 있는 창문을 통해 사람의 발길이 닿기 어려운 곳에 있음을 나타내고 있다. 이어 존자암이 제주의 세 성씨가 출현했을 때부터 세워져 오랜 세월 동안 흥폐를 거듭했음을 말하고, 지금은 거주하는 승려도 없고 찾아오는 사람도 적어 문에 이끼가 자라고 있음을 안타까워하고 있다.

원문

毛興穴[1]

모흥혈

荒涼古穴鎖寒煙,	황량한 옛 혈은 차가운 안개에 잠겼는데
首出三人問幾年.	처음 세 사람이 나온 것이 언제런가?

當日自然歸伉儷,[2]　　당시에 자연스레 배우자를 맞아들이고

後來應復返神仙.　　훗날 응당 다시 신선 되어 돌아갔으리라.

千秋香火遺風在,　　오래도록 제사를 지내는 풍습 존재하고

百世婚姻舊俗傳.　　백세토록 혼인하며 옛 풍속도 전해지네.

欲起頹碑記處所,　　쓰러진 비석 세워 장소를 기억하려 하니

金剛寺外社壇前.[3]　　금강사 밖 사단의 앞이라네.

주석

① 毛興穴(모흥혈): 지금의 삼성혈三姓穴. 탐라국을 개국한 삼신인三神
人이 용출한 곳이다. 제목 아래에 "세 성씨가 나온 곳으로, 제주성
동쪽에 있다.(三姓所出之地, 在濟州城東.)"라는 자주自註가 있다.

② 伉儷(항려): 짝, 배우자. 전설상 삼신인三神人은 옥함 속의 벽랑국
세 공주와 혼인하여 신방을 차리고 생활을 하였다고 한다.

③ 金剛寺(금강사): 제주성 동문 밖에 있었던 절로, 지금은 남아 있지
않다.

해설

이 시는 제주의 세 신인이 나왔던 모흥혈을 방문하여 그 유래를 물어
보고, 그들이 각자 배우자와 혼인하여 살다가 마침내 신선이 되어 돌아
갔으리라 상상하고 있다. 이어 그들이 남긴 예법과 혼인의 풍속이 지금
도 전해지고 있음을 말하고, 그들의 공을 기리기 위해 쓰러진 비석을
다시 일으켜 금강사 밖에다 세우려 함을 말하고 있다.

人日次老杜韻¹

인일人日에 두보의 시에 차운하다

去年今日在長安,
지난해 오늘은 서울에 있으며

雪後南山對戶看.
눈 온 뒤의 남산을 문을 대하고 바라보았지.

異域忽爲經歲客,
갑작스레 낯선 땅에서 해를 보내는 객이 되어서는

拏峯驚見倚天寒.
차가운 하늘에 기대어 있는 한라산을 놀라 쳐다보네.

世間人事何嘗定,
세상의 사람의 일이 어찌 일찍이 정해져 있으리?

冠上塵埃且莫彈.²
관의 먼지를 털어내지 말아야 할지니.

從此歸帆知有便,³
이로부터 돌아가는 배편이 있는 줄은 알지만

却愁行陸轉艱難.
육지 가는 길 더욱 험난해 도리어 시름겹다네.

주석

① 人日(인일): 음력 1월 7일. 고대에 정월 초하루부터 칠일까지를 각각 닭, 개, 양, 돼지, 소, 말, 사람을 짝으로 삼아 칭하고 관련된 풍습들을 즐겼다. 『형초세시기荊楚歲時記』에 "정월 칠일은 인일이다. 일곱 가지 나물로 국을 만들고 비단을 오려 사람 모양을 만들었다. 혹은 금박을 새겨 사람 모양을 만들어 병풍에 붙이거나 머리에 꽂았으며, 머리 장식을 만들어 서로 주거나 높은 곳에 올라 시를 지었다.(正月七日爲人日, 以七種菜爲羹, 翦綵爲人, 或鏤金薄爲人, 以帖屛風, 亦戴之頭鬢, 又造華勝以相遺, 登高賦詩.)"라 하였다.

② 冠上(관상) 구: 굴원屈原의 「어부사漁父辭」에서 "새로 머리 감은 이는 갓을 털어 쓰고, 새로 목욕한 이는 옷을 털어 입는다.(新沐者必彈冠, 新浴者必振衣.)"라 하였는데, 이 구는 사람의 일이란 정해진 바가

없으니 세상의 운명에 순응하며 살아갈 수밖에 없음을 표현한 것
이다. 또는 『한서漢書·왕길전王吉傳』에 왕길이 먼저 벼슬에 오르니
그의 친한 벗이었던 공우貢禹가 자신도 갓을 털고 황제의 소명을
기다렸다는 고사를 활용하여 헛되이 벼슬길에 나아가려는 마음
을 지니지 말라는 의미로 이해할 수도 있다.

③ 有便(유편): 편의가 있다. 여기서는 돌아가는 배편이 있는 것을 말
한다.

해설

이 시는 인일人日을 맞아 타향에서 한 해를 맞이하는 감회를 나타내
고 있다. 시에서는 작년 인일에는 서울에서 눈 덮인 남산을 감상하였는
데 올해는 낯선 타향으로 떠나와 겨울 한라산을 보고 있음을 말하고,
인생사의 불가측성을 생각하며 다만 미래를 예단하지 않고 운명에 순
응하여 살아가야 함을 말하고 있다. 이어 다시 돌아갈 배편이 있는 것
에 잠시 위안을 얻지만, 이어질 멀고 험난한 육지의 길을 생각하며 시
름에 잠기고 있다.

원문

朝天館次壁上韻

조천관에서 벽에 걸린 시에 차운하다

一節經年海上頭,	부절 하나로 바닷가에서 해를 보내고 있으니
春來誰識我懷幽.	봄이 온다 한들 누가 나의 마음을 알아주리.
梅花不分驚詩眼,[1]	매화꽃은 분별없이 시인의 눈을 놀라게 하고
燈火生憎照夜愁.	등잔불은 얄밉게도 밤의 근심을 비추네.

113

方丈蓬萊渾未極,²　방장산과 봉래산은 아직 나누어지지 않았고

乾坤波浪遠相浮.　하늘과 땅 사이 파도는 저 멀리서 서로 떠 있네.

令人長憶終南叟,³　오래도록 종남산의 노인을 생각나게 하니,

回首陳生竹葉舟.⁴　고개 돌려 진생이 탔던 대나무 잎 배 바라보네.

주석

① 不分(불분): 분별하지 못하다. 처지나 상황을 헤아리지 못한 것을 가리킨다.

② 方丈蓬萊(방장봉래): 방장산과 봉래산. 모두 전설 속 선산仙山의 이름이다.

③ 終南叟(종남수): 종남산終南山의 노인. 여기서는 시인 자신을 비유한다. 종남산은 장안長安 남쪽에 있는 산이다.

④ 回首(회수) 구[陳生진생]: 진생陳生은 당나라 진계경陳季卿으로, 고향인 강남江南을 떠나 장안長安에서 10년을 머물고 있었다. 어느 날 청룡사靑龍寺 벽에 그려져 있는 환영도寰瀛圖를 보고 고향을 그리워하니, 옆에 있던 노인이 대나무 잎을 꺾어 주어 이를 타고 순식간에 그림 속의 위수渭水를 건너 고향으로 돌아가 가족들을 만나고 돌아왔다고 한다. 여기서 말하는 옆에 있던 노인이 바로 종남수終南叟이다. 그러므로 이 구는 진생이 종남수의 도움으로 단숨에 고향으로 돌아간 것처럼 그 자신도 고향으로 하루속히 돌아가고 싶다는 마음을 표현한 것이다.

이 시는 고향을 떠나 제주로 부임하여 한 해를 보내고 있는 자신의 외롭고 쓸쓸한 심정을 토로하고, 자신의 처지는 아랑곳하지 않고 분별 없이 피어난 매화에 놀라며 밤새 시름 속에 등잔불을 마주하고 있음을 말하고 있다. 이어 닿을 수 없는 선산仙山과 천지에 가득한 파도를 통해 자신의 절망감과 단절감을 나타내고, 남산에서 살고 있을 자신의 모습을 상상하며 진생의 대나무 잎 배를 타고 하루빨리 고향으로 돌아가고 싶은 바람을 나타내고 있다.

원문

補乇羅歌, 敬次佔畢齊韻[1]　삼가 점필재 시의 운에 차운하여 「탁라가」를 보충하다

其一

民知長吏不知親,[2]　　백성들은 지방 관리는 알아도 친해질 줄 모르고

自視千金未敢珍.　　천금을 보아도 감히 귀히 여기지 않네.

聞說向來多任死,[3]　　듣기로 전부터 억울한 죽음이 많다 하니

可憐孤寡幾家人.　　가련하도다 고아와 과부들 몇 집이나 되려나?

주석

① 佔畢齊(점필제): 조선 전기 문인 김종직金宗直의 호이다.

② 長吏(장리): 지방관을 보좌하는 하급 관리. 고을의 아전을 가리킨다.

③ 任死(임사): 죽음을 내맡기다. 억울한 죽음을 가리킨다.

이 시는 지방 관원들과 결탁하여 사익을 추구하지 않는 제주 사람들의 순박하고 정직한 삶을 말하면서 그럼에도 불구하고 억울한 죽음을 당해야만 했던 수많은 제주 사람들을 안타까워하고 있다. 일설에는 지방관의 폭정으로 인한 소덕유蘇德裕 난리에 고통받는 제주 백성의 모습을 묘사한 것이라 한다.

원문 ───────────────────────────────

其二

一邦時候由來別,[1]	한 지역의 계절은 예로부터 다르니
春薰冬溫夏亦凉.[2]	봄은 덥고 겨울은 따뜻하며 여름에도 서늘하다네.
十月北風常卷屋,	시월이면 북풍이 항상 지붕을 걷어 올리니
民家處處土爲堂.	민가에선 곳곳에서 흙으로 집을 짓는다네.

주석

① 時候(시후): 계절, 기후.

② 薰(훈): 훈증薰蒸하다. 기후가 찌는 듯이 무더운 것을 가리킨다.

해설

이 시는 계절마다 내륙과는 다른 제주의 독특한 기후를 말하고, 매서운 바람으로 인해 많은 집이 흙으로 지어져 있음을 말하고 있다.

其三

木石時時生怪變,¹	나무와 돌에 때때로 괴이한 변고 생겨나니
叢祠處處逐年多.	곳곳마다 신당이 해마다 많아지네.
遐氓未慣先王法,²	변방 백성들이 선왕의 법도에 아직 익숙하지 않으니
不信巫風有罪科.	무당 믿는 풍속이 죄임을 믿지 않네.

주석

① 木石(목석): 나무와 돌. 신당이 있는 곳을 지칭한다.

　怪變(괴변): 괴이한 변고變故. 특이한 자연현상을 가리킨다.

② 遐氓(하맹): 먼 변방에 있는 백성.

해설

　이 시는 제주에서는 나무와 돌에 기이한 자연현상이 많이 나타나 무속신앙이 크게 성행하고 있음을 말하고, 법도의 교화가 아직 이르지 못한 까닭에 미신에 빠지는 이들의 풍속을 그저 탓할 수만은 없음을 말하고 있다.

新橘二首　　　　새로 난 귤 2수
其一

金橘經秋正飽霜,	가을 지나 금귤이 서리를 듬뿍 머금고
噴人霏霧怯初嘗.¹	사람에게 자욱한 향기를 뿜어내니 차마 맛보기 두렵네.

懷中數日餘香在,　　品에 품으면 며칠 동안 향기 남아 있으니
幾度思歸感陸郞.[2]　　육랑처럼 돌아가 귤을 드릴 일 얼마나 생각했었나?

주석

① 霏霧(비무): 피어오르는 안개. 여기서는 귤의 찬 기운을 머금은 향기를 가리킨다. 찬 서리가 내리면 하얗게 서리를 머금은 귤에서 찬 기운이 올라온다. 찬 기운이 귤의 새콤한 맛을 더하니 처음 맛보기가 두렵다고 한 것이다.

② 陸郞(육랑): 삼국시대 오吳나라의 육적陸績.『삼국지三國志·오서吳書·육적전陸績傳』에 따르면 육적이 6세 때 구강九江에서 원술袁術을 만났는데 원술이 귤을 내놓았다. 육적이 귤 세 개를 품 안에 넣었는데 떠날 때 절을 하다가 귤이 땅에 떨어졌다. 원술이 "손님으로 온 육랑이 품 안에 귤을 넣었단 말인가."라 하였다. 육적이 꿇어앉아 "돌아가 어머니께 드리려고 하였습니다."라 하니, 원술이 이를 매우 기특하게 여겼다. 이로 인해 후세에 어머니에게 가져다드리는 물건을 '육랑귤陸郞橘', 혹은 '육씨귤陸氏橘'이라고 하였다.

해설

이 시는 서리를 맞고 자라며 짙은 향기를 뿜고 있는 귤을 보고 처음에는 선뜻 맛을 보기가 망설여졌음을 말하고 있다. 이어 귤을 품어 어머니께 드리려 했던 육적을 떠올리고, 자신 또한 어머니께 드리고 싶음을 말하며 고향으로 돌아가고 싶은 마음을 나타내고 있다.

其二

憶昨承恩在玉堂,[1]	예전에 옥당에서 은혜 입었던 때를 기억해보니
金柑遍侍賜臣嘗.	금귤을 두루 신하에게 내려주어 맛보았었네.
今朝海外逢新採,	오늘 바다 밖에서 새로 딴 것을 보니
宛似當時出尙方.[2]	당시 상방에서 내놓은 것과 같구나.

주석

① 承恩(승은): 은혜를 받다.

② 宛似(완사): 완연히 비슷하다.

　尙方(상방): 궁궐의 음식이나 기물을 관장하던 부서.

해설

이 시는 옛날 조정에 있을 때 임금이 하사하신 금귤을 맛보았던 일을 회상하고, 제주에 와 새로 딴 금귤을 보니 옛날에 맛보던 것과 다름이 없음을 말하고 있다.

松岳山　송악산

由來此地號瀛洲,	예부터 이 땅은 영주라고 불렀는데
環海名山摠可遊.	바다에 둘러싸인 명산이 모두 노닐 만하네.
天聳露臺臨萬仞,[1]	하늘에 솟은 누대는 만 길 높이로 임해 있고
石盤雲骨老千秋.[2]	평평한 바위는 천년 세월을 지나왔네.

笙簫夜月逢仙侶,   생황과 퉁소 부는 달밤에 신선을 만나고

簾幕春風見蜃樓.   주렴과 장막에 부는 봄바람에 신기루가 보이네.

便覺飄飄成羽化,[3]   문득 가벼이 날아 신선 된 듯 느껴지니

凌虛直欲到蓬丘.[4]   하늘을 날아 곧장 봉래산에 가련다.

주석

① 露臺(노대): 야외에 세워진 누대. 한 문제漢文帝가 노대露臺를 지으려다가 백금百金의 비용이 든다는 말을 듣고는 "백금은 중등 생활을 하는 열 집의 재산에 해당한다.(百金, 中人十家之産也.)"라고 하면서 그만두게 한 고사가 『한서漢書』권4「문제기文帝紀 찬贊」에 나온다.

② 雲骨(운골): 돌의 미칭美稱.

③ 羽化(우화): 날개가 생겨나다. 신선이 되는 것을 의미한다.

④ 蓬丘(봉구): 봉래산蓬萊山. 전설상의 선산仙山이다.

해설

이 시는 높다란 누대와 넓은 바위가 펼쳐진 송악산의 빼어난 경관을 묘사하고, 이곳을 선경仙境에 비유하며 신선이 되어 하늘로 날아오르는 상상을 하고 있다.

김치

    김치金緻(1577~1625), 본관은 안동, 자는 사정士精이며, 호는 남봉南峰, 심곡深谷 등이다. 1577년(선조 10) 부평부사富平府使를 역임한 김시회金時晦의 아들로 태어났으나 임진왜란 시절 진주성 전투에서 3,800명의 병력으로 2만여 명의 왜군을 무찌르고 전사한 충무공 김시민金時敏(숙종 때 영의정으로 추증됨)에게 후사가 없어 2살 때 양자로 들어갔다. 모친인 양씨楊氏가 그가 태어난 이튿날 세상을 떠나는 바람에 대바구니에 담겨 유모 집으로 갔기 때문에 어릴 때 이름이 '광주리筐主伊'였다고 한다.

    14세에 알성과謁聖科에 급제했으나 나이가 어려 출사하지 못하고, 1597년(선조 30) 알성문과謁聖文科에 병과 제5인으로 급제하여 병조좌랑, 홍문관수찬을 배수하고 이후 병조정랑, 이조좌랑 등을 역임하고 황해도 어사, 호남 어사로 나갔다. 광해군이 즉위한 1609년 3월 제주판관으로 임명되었으며, 이듬해 9월에 이임했다. 이후 홍문관 부제학, 이조참의, 동래부사를 거쳐 경상도관찰사로 재직하던 중 안동에 이르러 객관客館에서 세상을 뜨니 향년 49세이다.

    그가 제주판관으로 있을 당시 제주목사였던 변량걸邊良傑(1546~1610, 목사 재임 1608~1610)이 이임할 때 백성들을 착취하여 온갖 보화를 배 안에 싣고 간다는 소식을 듣고 군관을 보내 모두 압수하여 관에 귀속시켰다고 한 것이나 광해군 밑에서 대사헌으로 재직하다가 정치가 어지러워지는 것을 보고 용호龍湖로 물러나 은거한 것을 보면 그가 불의를 참지 못하며 청렴결백한 인물임을 알 수 있다. 또한 영창대군의 일에 연루되어 유배된 동계桐溪 정온鄭蘊이 인조반정 이후 조정에 복귀했을 때 대개臺啓(사헌부나 사간원에서 관리의 잘못을 지적하여 유죄를 밝혀 임금에게 올림)에 그의 이름이 있어 탄핵당할 처지에 있었으나 정온이 오히려 그를 두둔하여 화를 면하게 된 것은 물론이고 동래부사로 제수받은 것을 보면, 그가 주변 인물들에게 어떤 평가를 받았는지 능히 알 수 있다. 하지만 반대로 재물을 탐냈다고 비난하는 이들도 있다. 제주판관으로 재직하면서 행정구역을 개편 정리하고 관리제도를 확립했으며, 민폐를 끼치지 않도록 노력했다고 하여 그를 기리는 송덕비가 조천읍 북촌리에 남아 있다.

그가 지은 시문집이 5책이었다고 하나 병자호란 때 한 책을 잃어버리고 현재 남은 것은 두 책뿐이다. 현재 전하는『남봉집』외에도 인간의 길흉화복을 점치는『심곡비결深谷秘訣』이 있으며, 서울 용산에 은거할 당시에 저술한『용호집』이 있다고 하나 원본은 아직 발견되지 않았으며, 후손인 김득신金得臣이 편집한『남봉집』에 남봉 10대손인 김상형金相馨이 여러 문집에서 찾아낸 시문을 첨가하여 1983년에『남봉집』을 발간했다. 제주특별자치도 문화원연합회에서 출간한 김익수金益洙 주석의『남봉집』은 기존 자료에「한라산유기」와 몇 편의 시문을 더하였다. 또한 방선문에는 그의 시가 음각되어 남아 있다.

흥미로운 것은 제주의 무속신화인「차사본풀이」와「김치설화」에 김치라는 역사적 인물이 등장한다는 점이다. 물론 실제 인물을 그대로 반영하고 있다고 볼 수는 없지만 제주판관을 역임한 김치가 주제 인물로 등장한 것이 색다르지 않을 수 없다.

金緻

金緻(1577~1625)祖籍安东，字士精，号南峰、深谷等。1577年(宣祖10年)出生，是历任富平府使的金时晦之子，但壬辰倭乱时期在晋州城战斗中以3800名兵力打败2万多名倭军后战死的忠武公金时敏(肃宗时被追认为领义政)没有子嗣，所以2岁时成为金时敏的养子。母亲楊氏在他出生的第二天去世，因此被装在筐篮里去了奶妈家，所以小名叫"筐主伊"。

14岁考取谒圣科，但因年龄小未能出仕，1597年(宣祖30年)考取谒圣文科第5名而拜领兵曹佐郎、弘文馆修撰，之后历任兵曹正郎、吏曹佐郎等，前行与黄海道御史、湖南御史。光海君即位的1609年3月被任命为济州判官，次年9月离任。此后，经弘文馆副提学、吏曹参议、东莱府使等职位，在后来担任庆尚道观察使时，在安东的客馆去世，享年49岁。

从他担任济州判官时，得知当时的济州牧使边良杰(1546~1610年，牧使在任1608~1610年)在离任时，把剥削百姓的各种宝物装进船逃走，立即派军官前往了没收，并将没收之物全部送到了官府。还有，他在光海君手下担任大司宪时，看到政治混乱后就隐居了龙湖。从这些事情可以看出他是一个无法忍受不义的清廉之人。还因永昌大君之事被牵连其中的桐溪郑蕴，在被流放后再因仁祖反正而重返朝廷时，就因台启(司宪府或司谏院指出官吏错误，阐明罪证并呈献给国王)上有他的名字而处于将被弹劾的境地，但，郑蕴反倒袒护他，使其获

得幸免，而且，还被任命为东莱府使。可见他在周围人心中的分量。相反，也有人指责他贪图财物。在担任济州判官期间，对行政区域进行了改编整理，确立了管理制度，并努力避免给百姓造成困扰，因此在朝天邑北村内，还留有歌颂他的颂德碑。

虽然说他写的诗文集有5册，但在丙子胡乱时丢失了一本，现在剩下的只有两册。流传到现在的除了《南峰集》之外，还有占卜人类吉凶祸福的《深谷秘诀》，说还有在隐居首尔龙山时著述的《龙虎集》，但原版也尚未被发现。后来在他的后代金得臣编辑的《南峰集》里加了南峰第10代孙金相馨在多个文集中找到的诗文，合并在一起后1983年发行了《南峰集》。济州特别自治道文化院联合会出版的由金益洙注释的《南峰集》是在现有资料的基础上，再加上《汉拿山游记》和几篇诗文。在访仙门上还阴刻着他的诗。

有趣的是在济州的巫俗神话《差使本生谭》和《金緻传说》中出现了金緻这一历史人物。当然，不能说如实反映了实际人物，但书中的主要人物以历任济州判官的金緻登场，不得不说确实与众不同。

靈室

萬壑杉松一逕幽,[1]

每逢佳處暫遲留.

峰頭怪石羅千佛,

岩底淸泉到十洲.[2]

直下洞天騎白鹿,[3]

笑看仙子跨靑牛.[4]

飄然逈出人間表,

自此仍成汗漫遊.[5]

영실

수많은 골짜기에 삼나무 좁은 길은 그윽한데

매번 마주치는 아름다운 곳에서 잠시 머무네.

산봉우리 괴석들은 천 개 부처처럼 늘어서 있고

바위 밑 맑은 샘물은 십주로 흐르네.

백록 타고 바로 동천으로 내려가

검은 소 타고 가는 신선을 웃으며 쳐다보네.

홀연히 인간 세상에서 멀리 떠나 왔으니

이로부터 세상 밖에서 노닐 수 있게 되었네.

주석

① 一逕(일경): 좁은 길.

② 十洲(십주): 바다 가운데 신선이 거주한다는 열 개의 섬. 선경仙境을 뜻한다.

③ 洞天(동천): 신선의 거처. 풍경이 뛰어난 곳을 비유하기도 한다.

④ 跨靑牛(과청우): 검은 소를 타다. 노자를 뜻한다.

⑤ 汗漫遊(한만유): 세상 밖에서 마음대로 노닐다.

해설

이 시는 깊은 골짜기 그윽한 숲속에 자리한 영실이 곳곳이 아름다워 발걸음을 옮길 수 없음을 말하고, 기이한 돌들 아래로 맑은 샘물이 흐르는 영실의 경관을 선경에 비유하며 이곳에 이르러 비로소 인간 세상에서 벗어나 자유롭게 노닐 수 있게 되었음을 기뻐하고 있다.

원문

訪仙門[1]
방선문

鏃石非神斧,[2]	도끼 모양의 돌은 신묘한 도끼로 깎은 것이 아니라
渾淪肇判開.[3]	혼돈의 태초에 처음 쪼개어져 나온 것이라네.
白雲千萬歲,	흰 구름 뜬 천만년 동안
仙俗幾多來.	신선과 세속 사람들이 얼마나 많이 왔을지.

주석

① 訪仙門(방선문): 지금의 제주시 한천 상류에 위치한 계곡으로, 신선이 방문한 곳이라는 데에서 유래하였다. 영주십경 중 한 곳이기도 하다.

② 鏃石(척석): 도끼 모양의 돌.

神斧(신부): 신묘한 도끼. 뛰어난 장인의 솜씨를 가리킨다.

③ 渾淪(혼륜): 우주가 형성되기 전 혼돈의 상태.

肇判(조판): 처음 쪼개어 갈라짐.

해설

이 시는 방선문에 있는 도끼 모양의 큰 돌이 솜씨 좋은 장인이 깎아 만든 것이 아니라 태초가 개벽할 때부터 생겨난 것임을 말하고, 천만년의 긴 세월 동안 수많은 신선과 세속 사람들이 이곳을 찾아와 유람했었음을 말하고 있다.

登漢拏山絶頂　　한라산 정상에 올라

石磴穿雲步步危,　　구름을 뚫고 가는 돌길 걸음걸음 위태롭고

雨餘天氣快晴時.　　비 온 후 날씨 쾌청한 때인데,

山高積雪經春在,　　산은 높아 쌓인 눈이 봄 지나도록 남아 있고

海濶長風盡日吹.　　바다는 넓어 긴 바람이 종일토록 불어오네.

鶴駕不迷玄圃路,¹　　학 타고 현포로 가는 길 잃지 않고

鳳簫留待赤松期.²　　피리 불며 적송자와의 기약을 기다리니,

從今欲學湌霞術,　　이제부터라도 노을을 먹는 신선술 배우며

歸去人間莫恨遲.　　인간 세상으로 돌아감이 늦음을 한탄하지 않으려네.

衆山如垤海如杯,　　뭇 산은 개미둑 같고 바다는 술잔 같으며

脚底長風萬里來.　　발 아래로 긴 바람이 만리에서 불어오는데,

直待峰頭明月夜,　　산머리에서 밝은 달 뜨는 밤 되기 기다렸다가

獨看玄鶴舞瑤臺.³　　요대에서 춤추는 현학을 홀로 본다네.

주석

① 鶴駕(학가): 학을 타다. 신선이 되어 학을 타고 날아온 왕자교王子喬를 가리킨다. 『신선전神仙傳』에 "왕자교는 주나라 영왕의 태자인 희진姬晉이다. 생황을 불어 봉황 울음소리 내는 것을 좋아하였는데, 이수와 낙수 일대에서 노닐 때 도사 부구공이 그를 데리고 숭산에 올라갔다. 30년 넘게 지난 뒤에 흰 학을 타고 구지산 정상에 머물다가 손을 들어 당시 사람들에게 인사하고 떠나갔다.(王子喬, 周靈王太子晉也. 好吹笙作鳳鳴, 遊伊洛間, 道士浮丘公接上嵩山, 三十餘年後乘

白鶴, 駐緱氏山頂, 擧手謝時人而去.)"라 하였다.

玄圃(현포): 곤륜산崑崙山 꼭대기의 신선이 산다는 곳. 기화요초琪
花瑤草와 괴석怪石이 있다고 한다.

② 鳳簫(봉소): 봉황 퉁소. 퉁소로 봉황 울음소리를 내었던 소사蕭史와
농옥弄玉을 가리킨다. 『열선전列仙傳』에 따르면 진秦 목공穆公 때
도술이 있고 퉁소를 잘 불던 소사가 있었는데, 목공의 딸 농옥이
그를 좋아해서 부부로 맺어주었다. 농옥이 소사에게서 퉁소를 배
우니 그 소리가 봉황의 울음소리와 같아 봉황이 날아와 그 집에
머물렀으며, 이후 수십 년을 살다 부부가 함께 봉황을 타고 신선
이 되어 날아갔다.

赤松(적송): 고대의 신선인 적송자赤松子. 『열선전列仙傳』과 『신선전
神仙傳』에는 신농씨神農氏 때의 우사雨師로서 후에 곤륜산에 들어
가 신선이 되었다고 하며, 『한서漢書』에는 제곡帝嚳의 신하였다고
한다.

③ 瑤臺(요대): 아름다운 옥으로 지은 누대. 신선의 거처를 가리킨다.

해설

이 시는 비 갠 후 쾌청한 날을 맞아 한라산을 등반하였음을 말하고,
봄이 지났어도 아직 산 정상에 남아 있는 눈과 눈앞에 펼쳐진 드넓은
바다를 묘사하며 높고 웅장한 한라산의 규모를 나타내고 있다. 이어 신
선이 되어 날아갔던 왕자교王子喬와 소사蕭史 부부를 떠올리며 자신 또
한 신선이 되고 싶은 바람을 말하고, 하찮게만 느껴지는 인간 세상의
만물을 굽어보며 선계를 노니는 상상을 하고 있다.

이익

이익李瀷(1579~1624), 본관은 경주慶州, 자는 형여洞如, 호는 옥포玉浦, 간옹艮翁(제주 유배생활 끝난 이후)이다. 판관을 역임한 부친 유일惟一과 모친 여흥驪興 문씨 사이에 둘째 아들로 태어났다. 14세 때, 그는 임진왜란으로 인해 양친을 모두 잃고 그를 포함한 삼형제가 막내 삼촌 수일守一에게 의지하게 되었다. 1612년(광해군 4) 사마시에 장원급제하고 같은 해 식년문과에 을과로 급제했다. 검열에 등용된 후 1615년 전적에 승직되었으며, 급제 후 3년 만에 사간언 정언이 되었다.

그러나 당시 인목대비仁穆大妃를 서궁西宮에 유폐하여 사헌부와 사간원의 관리들이 돌아가면서 숙직을 하게 되었는데, 간옹은 숙직을 빙자한 일종의 감시를 부끄럽게 여기고, 이를 거부하면서 광해군에게 상소를 올렸다. 그런데 상소문에 나오는 "태아太阿의 칼자루가 이미 거꾸로 잡혔다."[1]는 구절을 광해군이 문제 삼아 처형될 뻔했다가 당시 영의정인 기자헌奇自獻(1567~1624년)의 상소로 겨우 목숨을 부지하고 오랜 옥살

---

1) 『한서漢書·매복전梅福傳』에 나온다. 임금이 신하에게 권력을 맡겼는데, 도리어 신하에게 해를 입는다는 뜻으로 반역의 의미를 포함한다. 태아太阿는 춘추시대 구야자歐冶子, 간장干將이 제작한 보검으로 권병權柄, 즉 권력을 쥔다는 뜻이다.

이 끝에 1618년(광해군 10) 겨울 제주로 유배되었다.

간옹은 특이하게 제주목관아 바로 옆에서 유배생활을 시작했다. 이는 아마도 당시 제주목사가 나중에 인조반정에 참여하여 광해군을 폐위시켰으나 이후 반란을 일으킨 이괄李适(1587~1624년)이었던 것과 관련이 있는 듯하다. 이괄은 그의 적거소를 제주목관아 옆에 얻어준 것은 물론이고, 그를 동몽교관童蒙教官으로 활용하는 등 특별대우했다. 그렇기 때문에 간옹은 5년 동안 유배생활을 하면서 같은 시기에 유배 온 송상인宋象仁(1569~1631), 정온鄭蘊(1569~1632) 등과 교류했을 뿐만 아니라 1626년(선조 12년) 제주말 500필을 헌납하여 2품에 해당하는 오위도총감五衛都總監을 하사받은 김만일金萬鎰(1550~1632)의 딸과 혼인하여 아들 인제仁濟(1620~1669년. 무과에 급제하여 훈련판관을 역임함)를 낳았으며, 대정현감 성하종成夏宗과 교유하기도 했다.

간옹은 한양에서 옥살이를 할 당시 감옥을 '가의와可矣窩'2)라고 할 정도로 초연한 자세를 취했다. 이는 간언으로서 마땅한 일을 한 것에 대한 자부심과 이로 인한 징벌의 부당성을 지적하기 위함이었을 것이다. 제주에서 유배생활을 하면서도 울분과 절망이 없을 수는 없으나 이를 독서와 교학으로 극복하는 한편 주변에 같은 처지에 있던 송상인, 정온 등과 시를 화답하면서(송상인과 화운한 시는 31수, 정온의 시에 화운한 시

---

2) 『논어論語·이인里人』의 "아침에 도를 들으면 저녁에 죽어도 괜찮다.(朝聞道, 夕死可矣.)"에서 인용한 말이다. 감옥에 갇혔으나 오히려 자신의 신념을 굽힌 것이 아니니 괜찮다는 뜻이다.

는 5수) 극복해 나갔다.

『간옹유고艮翁遺稿』에 실린 「간옹묘지명艮翁墓誌銘」을 보면, 간옹은 "배우기를 청하는 이가 있으면 선생은 가르침에 근면했으니 김진용金晉鎔, 고홍진高弘進[3] 같은 이들이 모두 문사文詞로 관계에 진출했다."라고 적혀 있다. 이를 보면, 간옹은 제주에서 교학에 힘썼을 뿐만 아니라 그의 제자들이 관계에 진출했음을 알 수 있다. 이런 점에서 간옹은 제주 교학사에서 중요한 인물이 아닐 수 없다.

시문집으로 1996년 간행된 『간옹유고艮翁遺稿』가 있으며, 그 안에 그의 시 70여 편이 전해진다.

---

3)　김진용金晉鎔은 제주시 봉개동 명도촌明道村 사람이다. 인조 때 진사시에 합격하여 참봉參奉에 제수되었으나 출사하지 않고 교학에 힘썼다. 사는 곳의 이름을 따 명도암明道庵 선생이라고 칭했으며, 향현사鄕賢祠에 배향되었다. 고홍진高弘進은 현종 시절 문과에 급제하여 전적典籍 등을 역임했다. 특히 풍수지리에 밝았다.

李瀷

李瀷(1579~1624)祖籍庆州，字洞如，号玉浦、艮翁(济州流放生活结束后)。历任判官的父亲惟一和母亲骊兴文氏的次子。壬辰倭乱导致他14岁时失去双亲，他的三兄弟依靠季父守一来生活。1612年(光海君4年)司马试状元及第，同年式年文科乙科及第。被提拔为检阅后，1615年升职为典籍，及第3年后成为司谏言正言。

但当时仁穆大妃幽禁在西宫，司宪府和司谏院的官员们轮流值夜，艮翁对以值夜为幌子的一种监视而感到羞愧，拒绝了这一要求，并向光海君提起了上疏。但上疏文中出现的"太阿倒持"[1]这一句被光海君视为造反，差点就被处死，但在当时的领议政奇自献(1567~1624年)的上疏下勉强保住性命，经过长时间的牢狱生活，于1618年(光海君10年)冬季被流放到济州。

艮翁恰好在济州牧官衙旁边开始了流放生活。这可能与当时济州牧使是后来参与仁祖反正，废除光海君后发动叛乱的李适(1587~1624年)有关。李适不仅把他的谪居处安排在济州牧官衙旁边，还让他当上童蒙教官等给予了特殊的待遇。因此，翁艮在5年的流放生活中，不仅能与同一时期流放的宋象仁

---

1) 出自《汉书·梅福传》。君王把权力交给了臣子，却遭到臣子的背叛，包含着叛逆的意义。太阿是春秋时代欧冶子，干将制作的宝剑，权柄即掌权的意思。

(1569~1631)、郑蕴(1569~1632)等进行交游，而且1626年(宣祖12年)还与捐献500匹济州马被赐予相当于二品的五卫都总监金万镒(1550~1632)的女儿结婚，生下了儿子仁济(1620~1669年, 武科及第, 历任训练判官)，还可以和大静县监成夏宗进行交游。

艮翁在汉阳坐牢时，把监狱称为"可矣窝"[2]，表现出了超然的姿态。这可能是想指出对自己正确的谏言而感到的自豪感和由此带来的不当的惩罚。虽然在济州过着流放生活，但也不可能没有愤慨和绝望，所以通过读书和教学克服的同时，与身边的宋象仁和郑蕴等一起和诗(与宋象仁和韵的诗有31首，与郑温的诗华韵的诗有5首)来克服了困难。

在《艮翁遗稿》的〈艮翁墓志铭〉中写道："(艮翁)有请学者，先生为之教诲甚勤，如晋镕、高弘进辈[3]，后皆以文词进。"由此可见，艮翁不仅在济州致力于教学，而且他的弟子们也进入了官界。从这一点看，不得不说艮翁在济州教学史上是一个重要的人物。

诗文集有1996年发行的《艮翁遗稿》，其中有他的70多首诗。

---

2) 这是引用了《论语·里人》中的"朝闻道，夕死可矣。"这句话的意思是：虽然被关进监狱，但并没有屈服自己的信念，所以很欣慰。

3) 金晋镕是济州市奉盖洞明道村人。仁祖时期考取进士试，被任为参奉，但并未上任，而是致力于教学。根据住处的名字称为明道庵先生，后来供奉于乡贤祠。高弘进是显宗时期考取文科，历任典籍等职。尤其对风水地理非常了解。

漢拏山　　　　한라산

瀛洲山上石,　　　영주의 산 위 바위

醉臥日欲暮.　　　취해 누우니 날은 저물려 하네.

老人星可摘,[1]　　남극노인성을 가히 손으로 딸 수 있고

無等山猶蹴.[2]　　무등산을 오히려 발아래 둔다네.

浩浩一長歌,[3]　　호탕하게 한 번 길게 노래하니

氣激海天窄.　　　기운이 격동하여 바나와 하늘이 좁게 느껴지네.

氣世不可居,[4]　　속세에서는 살 수가 없으니

吾將駕白鹿.　　　나 장차 백록 몰고 가리라.

주석

① 老人星(노인성): 별 이름. 남극노인南極老人이라고도 하며, 남극성南極星을 가리킨다. 예로부터 인간의 수명과 장수를 주관한다고 여겼다. 다른 곳에서는 보이지 않고 유독 제주에서 보인다고 했다.

② 無等山(무등산): 지금의 광주광역시에 있는 산. 차별이나 등급이 없다는 뜻에서 이름이 유래하였다.

③ 浩浩(호호): 호탕하게, 큰 소리로.

④ 氣世(기세): 속세俗世.

해설

이 시는 한라산에 올라 저물녘 경관을 바라보고 있는 자신을 말하고, 남극성을 손으로 딸 수 있으며 무등산을 발로 차버릴 수 있다는 표현을

통해 한라산이 뛰어난 선산仙山으로서 다른 산들과 비교할 수 없음을 나타내고 있다. 이어 이곳에 올라보니 세상이 비좁게 느껴짐을 말하며 속세를 떠나 이곳에서 백록 타고 신선의 삶을 살고 싶은 바람을 나타내고 있다.

원문

次宋聖求贈鄭弼善韻[1]　송성구가 정필선에게 보낸 시에 차운하여

終南何處紫微宮,[2] 　종남산 어느 곳이 자미궁인가?

瀛海三千縹緲中. 　끝없이 아득한 가운데 영주 바다 삼천리 펼쳐져 있네.

竟日雷霆由自作, 　온종일 천둥소리는 아무 때나 들려오니

暮年生死亦天公.[3] 　늘그막의 삶과 죽음은 또한 하늘의 뜻이라네.

賢愚遼絶人雖異, 　현명하고 어리석음의 차이 사람마다 다르지만

荊棘枯槁病則同. 　가시나무 길에서 말라가는 어려움은 같다네.

惟幸兼葭依玉樹,[4] 　다만 다행스럽게도 갈대가 고운 나무에 의지하였으니

景仰知免瞽而聾. 　우러러보며 눈이 멀고 귀가 먹는 것을 면했음을 알겠네.

주석

① 宋聖求(송성구): 조선 중기의 문신 송상인宋象仁(1569~1631)으로, 자는 성구聖求이다.

　鄭弼善(정필선): 조선 중기의 문신 정온鄭蘊(1569~1632)으로, 필선弼善은 정4품에 해당하는 세자시강원世子侍講院의 관직이다.

② 紫微宮(자미궁): 별자리의 하나로, 천제天帝가 거하는 곳으로 알려져 있다. 황제가 거처하는 궁궐을 의미한다.

③ 天公(천공): 하늘.

④ 蒹葭依玉樹(겸가의옥수): 갈대가 아름다운 나무에 의지하다. 『세설신어世說新語·용지容止』에 "위 명제가 황후의 동생 모증을 하후현과 함께 앉게 하니, 당시 사람들이 '갈대가 아름다운 나무에 의지하고 있다.'고 말하였다.(魏明帝使后弟毛曾, 與夏侯玄共坐, 時人謂蒹葭倚玉樹.)"라 한 것에서 유래한 말로, 볼품없는 사람이 훌륭한 사람에게 기대고 의지하는 것을 의미한다. 여기서는 자신과 정온을 대비한 것이다.

해설

이익은 제주에서 5년 동안 유배 생활하면서 같은 시기 함께 유배 온 송상인宋象仁, 정온鄭蘊 등과 시문으로 교류했었는데, 이 시는 송상인이 정온에게 보낸 시에 차운한 것이다.

시에서는 도성에서 멀리 떨어진 제주로 유배되어 온 자신을 나타내고, 자신의 노년 운명이 하늘의 뜻에 달려 있음을 말하고 있다. 이어 비록 사람마다 현우賢愚의 차이는 있어도 인생의 고달픔은 동일함을 말하며, 무지했던 자신이 이러한 삶의 이치를 깨닫게 된 것이 모두가 정온 덕분임을 말하고 있다.

원문

次宋聖求韻

송성구의 시에 차운하여

常怪豫章樹,[1]　　늘 괴이하다 여긴 것은 거대한 예장의 나무가

久爲螻蟻侵.[2]　　오래도록 땅강아지의 습격을 받는다는 것일세.

賈生宣室意,³ 　　　가의는 선실宣室을 생각하여 통곡하고

屈子澤邊吟.⁴ 　　　굴원은 못가에서 배회하여 읊조렸지.

煦沫元同病,⁵ 　　　같은 근심에 서로 도우면 지내고

披肝況一心.⁶ 　　　속 터놓고 지내니 같은 마음일세.

惟愁寸步地, 　　　다만 가까운 곳에 있으면서도

不得寫胸襟. 　　　서로 만나 속마음 털어놓지 못하는 것이 시름겹네.

주석

① 豫章樹(예장수): 『산해경山海經·중산경中山經』에 따르면, "사산蛇山에 황금이 많고, 기슭에 색흙이 많이 나며, 나무로 순나무와 예장목이 많다."고 하였다. 예장목, 즉 예장수는 향목의 일종으로 예수와 장수로 나뉘는데, 나무가 성장하여 7년이 되어야 비로소 구분할 수 있다고 한다. 여기서는 시인 자신과 송상인이 동량의 재목임을 지칭한다.

② 螻蟻(누의): 땅강아지. 여기서는 소인이나 간신배를 비유한다.

③ 宣室(선실): 한나라 시절 궁전의 이름이다. 한말 미앙궁未央宮에 있는 선실전宣室殿을 지칭하기도 한다. 효문제가 가의를 불러 귀신에 관한 이야기를 물었다고 한다. 가의가 황제의 부름에 따른 것은 그저 귀신에 관한 이야기를 하기 위함이 아니었다. 그래서 당대 시인 이상은李商隱은 「가생賈生」이란 시에서 "백성들의 삶에 대해서는 묻지 않고 귀신을 묻는구나.(不問蒼生問鬼神.)"라고 탄식했다.

④ 屈子(굴원): 전국시대 초나라 삼려대부三閭大夫였던 굴원이 모함을 받아 추방된 후 택반澤畔을 배회하며 자신의 억울하고 처참한 심정을 읊었다. 「이소離騷」가 바로 당시 그가 읊조렸던 노래이다.

⑤ 呴沫(후말): 입김을 불고 물기를 적셔주니 서로 돕는다는 뜻이다. 『장자·대종사』에 관련 대목이 나온다. "샘물이 말라 물고기가 마른 땅 위에 모여 서로 물기를 끼얹고 서로 물거품으로 적셔주는 것은 강이나 호수에서 서로 잊고 있는 것만 못하다.(泉涸, 魚相與處於陸, 相呴以溼, 相濡以沫, 不如相忘於江湖.)" '후呴'는 따뜻하게 한다는 뜻이니 숨을 내쉰다는 뜻의 '구呴'라고 해야 맞다.

⑥ 披肝(피간): 피간담披肝膽, 즉 간과 쓸개를 열어 보인다는 말이니 속내를 터놓는다는 뜻이다.

해설

이 시는 송상인이 보낸 시에 간옹이 화답한 시이다. 전반부에는 동량으로 쓸 만한 이들을 끊임없이 모함하여 결국 유배를 당하게 된 상황에 대한 자문自問이다. 연이어 가의와 굴원의 비유를 들어 소인배들의 농간에 의해 쫓겨난 이들을 애도하고 있다. 물론 자신과 송상인이 시대를 잘못 만나 귀양살이를 하고 있음을 표현한 것이다. 후반부는 같은 시기에 유배생활을 하면서 서로 마음을 터놓을 수 있는 사이이지만 죄인의 신분인지라 가까운 거리에 있으면서도 서로 만나지 못함을 안타까워하고 있다.

원문 ————————————

再入金吾, 始聞濟州之命. 次謫客相別韻[1] 다시 의금부로 들어와 제주로 유배하라는 명을 듣고 유배객과 서로 이별하는 시에 차운하여

人間禍福固多門,[2]　　인간 세상의 화와 복은 진실로 많은 문이 있으니

堪笑支離未死魂.[3]　　지리멸렬하게 아직 죽지 못한 영혼이 우습기만 하네.

樽酒從容成別語,[4]　　한 동이 술로 느긋하게 이별의 시를 쓰니

不關荊樹與秦雲.[5]　　형제와 아내도 상관하지 않는다네.

주석

① 金吾(금오): 의금부義禁府. 왕명을 받들어 주로 반역죄나 부모에 대한 죄, 노비의 주인에 대한 죄 등을 다스렸으며, 승정원과 더불어 왕권 강화의 핵심 기구였다.

② 多門(다문): 문이 많다. 복과 화가 닥치는 경우의 수가 많음을 말한다.

③ 支離(지리): 번다하게 뒤섞이고 흩어지다, 지리멸렬하다.

④ 從容(종용): 편안하고 느긋한 모양.

⑤ 荊樹(형수): 형나무. 형제간의 우애를 비유하며, 여기서는 형제를 의미한다.『속제해기續齊諧記·자형수紫荊樹』에 따르면, 경조京兆의 전진田眞 삼 형제가 분가하려고 재산을 분배하는데 당堂 앞에 자형수紫荊樹 한 그루가 있어 이를 셋으로 갈라 나누기로 하였다. 다음 날 보니 나무가 시들어 있었고, 이에 사람이 나무만 못함을 반성하고 다시 재산을 합치고 나무를 베지 않기로 하자 나무가 다시 살아났다. 이로 인해 후에 자형수로 형제와 관련한 고사로 삼았다.
秦雲(진운): 진나라의 구름. 미인을 비유하며, 여기서는 아내를 의미한다.『위략緯略·운점雲占』에 "주나라 구름은 수레바퀴 같고, 진나라 구름은 미인 같고, 위나라 구름은 쥐 같다.(周雲如車輪, 秦雲如美人, 魏雲如鼠.)"라 하였다.

해설

이 시는 재차 의금부에 투옥되어 제주 유배의 명을 받은 후 함께 유배되어 이별하는 사람들과 시를 써 유배의 감회를 나타낸 것이다.

시에서는 먼저 인생에 있어 복과 화는 그 경우의 수가 너무나도 많아 사람이 헤아릴 수 없음을 말하고, 지리멸렬하게 살며 아직 죽지 않고 목숨을 부지하고 있는 자신을 한탄하고 있다. 이어 술 동이 마주하고 느긋하게 시를 쓰는 모습과 형제와 아내도 상관하지 않는다는 말로 삶에 대한 달관의 심경을 나타내고 있다.

원문

霜倒半池蓮詩   서리가 연못 절반의 연을 거꾸러뜨리다

譬如東京黨錮禍,[1]   비유컨대 후한의 당고의 화에

俊顧廚及皆摧顚.[2]   덕 있고 뛰어난 인재들이 모두 꺾여버린 것과 같고,

又如慶元僞禁後,[3]   또한 경원 연간에 위학을 금지한 후

消沮變化哀且憐.[4]   변화를 가로막아 슬프고 가련한 것과 같네.

初看不耐觸類感,[5]   처음 볼 때는 동병상련의 감정을 견디지 못했지만

細思不必心悁悁.[6]   곰곰이 생각하니 꼭 근심스러워할 것만도 아니니,

霜雖摧折藕與葉,   비록 서리에 줄기와 잎은 꺾였지만

自是佳實能貞堅.   좋은 열매는 저절로 건실해질 수 있다네.

霜能擺落絕世色,   서리가 절세의 모습을 시들어 떨어뜨릴 수는 있어도

不掩馨香風外傳.   바람 타고 전해지는 향기를 가릴 수는 없으며,

況是榮枯自有理,   하물며 피고 짐에는 저절로 이치가 있으니

落花庭草皆知天.   지는 꽃과 뜰의 풀도 모두 하늘의 뜻을 알고 있다네.

方塘半畝一鑑開,　　반 이랑의 네모난 연못이 거울처럼 열리고

正好明月來深淵.　　마침 밝은 달이 깊은 연못으로 찾아오니,

一杯相把興浩浩,　　한잔 술에 흥은 드넓기만 한데

吾何哀乎秋池蓮.　　내 어찌 가을 연못의 연꽃을 슬퍼하리?

주석

① 黨錮禍(당고화): 당고黨錮의 화. 동한東漢 환제桓帝 때 환관들이 권력을 독점하고 전횡을 일삼자 사대부 진번陳蕃, 이응李膺 등이 태학생太學生 곽태郭泰, 가표賈彪 등과 연합하여 환관들을 공격하니, 환관들이 도리어 이들이 붕당을 결성하여 조정을 비방한다고 무고하여 이응 등 이백여 명이 체포되었다. 후에 비록 석방되었으나 종신토록 벼슬에 나아가는 것이 허락되지 않았다. 그 후 영제靈帝 때 이응은 다시 기용되어 대장군 두무竇武와 함께 환관들을 죽이려 도모하였으나, 일이 누설되어 그와 뜻을 같이하는 백여 명과 함께 피살되었다.

② 俊顧廚及(준고주급): 동한東漢 때 재능이나 덕행 등 각 방면에서 뛰어난 각각의 여덟 사람을 가리키는 것으로, 지칭하는 구체적인 인물은 전적에 따라 다르다. 『후한서後漢書·당고전서黨錮傳序』에 따르면, '준俊'은 사람 중의 뛰어난 인재라는 의미로, 장검張儉 등 여덟 명을 '팔준八俊'이라 하였다. '고顧'는 덕행으로써 타인을 인도한다는 의미로, 전림田林 등 여덟 명을 '팔고八顧'라 하였다. '주廚'는 재물로써 사람을 구제한다는 의미로, 도상度尚 등 여덟 명을 '팔주八廚'라 하였다. '급及'은 타인의 추앙을 이끌어낸다는 의미로, 주해

朱楷 등 여덟 명을 '팔급八及'이라 하였다.

③ 慶元僞禁(경원위금): 남송 영종寧宗 경원慶元 연간에 위학僞學을 금지했던 '경원당금慶元黨禁'을 가리킨다. 남송 한탁주韓侂胄는 영종을 옹립하는 데 공을 세우고 외척으로서 정계에 등장하였으나, 우승상 조여우趙汝愚와 대립하였다. 한탁주는 조여우를 축출하고자 하였으나 명목이 없었는데 어떤 사람이 "조여우는 종성宗姓이니 사직社稷을 모위謀危한다고 무함하면 일망타진할 수 있을 것이다."라고 하자, 이목李沐을 정언正言으로 삼아 무함하게 하였다. 조여우는 축출당해 영주永州로 귀양 가던 도중에 죽었다. 당시 주희朱熹 등이 조여우의 편을 들었는데, 한탁주는 승상 조여우 이하 59인을 모조리 몰아내고서 주희와 그 학파를 위학僞學으로 몰아 일절 금지하였다.

④ 消沮(소저): 약화하고 저지하다. 가로막고 방해하는 것을 의미한다.

⑤ 觸類感(촉류감): 자신과 비슷한 유에서 느끼는 감정. 동병상련의 감정을 의미한다.

⑥ 悁悁(연연): 근심스러운 모양.

해설

이 시는 서리에 시들고 꺾인 연蓮을 바라보며 이를 동한東漢 당고黨錮의 화에 죽임을 당한 인재들과 남송南宋 경원당금慶元黨禁 때 탄압을 받았던 도학자들에 비유하고 있다. 이어 시든 연의 모습에서 제주로 유배되어 온 자신과 동병상련의 슬픔을 느끼지만 연이 서리의 시련을 견뎌내며 좋은 열매를 맺음을 말하며 스스로를 위안하고, 서리가 연의 빼어난 모습을 시들어 떨굴 수는 있어도 그 향기는 가릴 수 없음을 말하며 굴하지 않는 자신의 기상과 절개를 나타내고 있다. 마지막에는 맑은 가을 연못과 밝은 달을 벗 삼아 한잔 술로 흥겹게 즐기고 있는 자신을 말하며 자신의 처지에 절망하거나 슬퍼하지 않음을 나타내고 있다. 시에 다음과 같은 주석이 달려 있다. "나는 글재주가 없고 더더욱 시는 능숙하지 않다. 마침 아이들이 시 제목을 두고 꽤나 고생하고 있어, 이에 장난으로 시를 지어내 뜻을 붙인다.(余不文, 尤不能詩者. 適兒輩得題頗苦, 仍戲題以寓吾志.)"

원문

金吾獄中次友人韻　　의금부 옥 안에서 벗의 시에 차운하여

人間岐路自相分,	인간 세상 갈림길 절로 나누어져 있거늘
長歎平生醉夢醺.[1]	평생토록 취한 꿈속에서 취해 있었음을 길게 탄식하네.
一室芝蘭今有得,[2]	지초와 난초가 있는 방을 지금 얻게 되었으니
向來憂患亦浮雲.	지금까지의 근심 걱정이 또한 뜬구름과 같다네.

주석

① 醺(훈): 술에 취하다.

② 一室芝蘭(일실지란): 지초芝草와 난초蘭草가 있는 방. 군자의 거처를 비유하며, 여기서는 정경세鄭經世를 가리킨다. 『공자가어孔子家語·육본六本』에 "선인과 사는 것은 지초와 난초의 방에 들어가는 것과 같으니, 오래 맡으면 그 향기를 알지 못한즉 그와 더불어 변화되게 된다.(與善人居, 如入芝蘭之室, 久聞而不知其香, 即與之化矣.)"라 하였다.

해설

이 시는 제주로 유배되기 전 의금부에 투옥되어 있을 때 벗의 시에 차운하여 쓴 것으로, 시 아래에 "이때 많은 선비들이 투옥되었는데, 우복愚伏 정경세鄭經世 역시 그곳에 계셨다. 비로소 스승으로 모셨기에 이렇게 말한 것이다."라는 주석이 있어 차운한 벗이 정경세였음을 알 수 있다.

시에서는 인생에는 사람이 알 수 없는 수많은 갈림길이 이미 존재함에도 스스로 헛된 꿈을 좇아 살아왔던 지난날의 어리석은 삶을 탄식하고, 정경세와 같은 군자를 만나 비로소 그동안의 근심 걱정에서 벗어나 삶에 초연해질 수 있었음을 말하고 있다.

이원진

이원진李元鎭(1594~1653년), 자는 승경昇卿, 호는 태호太湖이고, 병조판서를 역임한 이지완李志完(1575~1617)의 아들이다. 반계 유형원柳馨遠(1622~1673)의 외삼촌이자 스승이고, 성호星湖 이익李瀷의 당숙이기도 하다.[1] 성호 이익李瀷의 당숙으로 이른바 성호학星湖學[2]의 학문적 연원을 이해하는 데 매우 중요한 위치에 있는 인물이기도 하다.

1615년(광해군 7) 생원으로 대북의 폐모론에 반대하다가 영의정 이원익李元翼 등과 함께 귀양 갔다가 인조반정 후에 풀려났다. 1630년(인조 8) 별시문과에 병과로 급제한 후 1632년 사간원 정언을 시작으로 홍문관 수찬과 교리 등의 청직을 역임하고, 외직으로는 평안도 도사, 순천 부사 등을 지냈다. 1639년 성절동지사聖節冬至使의 서장관 자격으로 심양에 갔고, 동궁 필선의 직책으로 심양에 머물며 소현세자昭顯世子를 시종

---

1) 유형원은 어려서 외삼촌인 이원진李元鎭과 고모부 김세렴金世濂(함경도·평안도 감사 역임) 밑에서 글을 배우기 시작했다. 성호 이익은 반계 유형원이 이원진의 영향을 가장 많이 받았다고 말한 바 있다.

2) 이익을 중심으로 이기심성론理氣心性論을 새롭게 해석하여, 실증과 실용에 기반을 둔 창조적인 학풍으로 경세치용파經世致用派라고 부르기도 한다.

하였다. 이후 1644년 동래 부사로 부임하였고, 1647년부터 승지를 지냈는데, 1648년 전라도 함열咸悅에서 잠시 귀양살이를 했다. 이듬해 복귀하여 강원 감사에 제수되고, 1651년 제주목사에 임명되었다. 1654년 형조 참의에 임명되었으나 사양하고 미호迷湖(지금의 대청호)에 은거했다. 이후에도 여러 차례 조정의 부름을 받았지만 응하지 않았으며, 1656년 잠시 삼척 부사를 맡았을 뿐 더 이상 출사하지 않았다. 1665년 72세의 나이로 세상을 떴다.

태호 이원진은 1651년(효종 2) 7월, 김수익金壽翼의 후임으로 제주목사로 임명되어 1653년 10월 돌아갔다. 그는 2년 3개월 동안 제주목사로 재임하면서 1653년 봄 원래 대정성 안에 있던 대정향교를 지금의 단산簞山 아래로 이설했고, 같은 해 제주성의 북수문北水門 위에 공신정拱辰亭을 창건했다. 또한 1653(효종 4) 8월 네덜란드 사람 하멜 등 일행 36명이 가파도 근처에서 파선하여 대정현에 표착하자 그들을 심문하고 한양으로 압송했다. 『탐라지』에 보면 표류에 관한 그 밖의 기록이 나온다.

태호의 가장 중요한 업적은 역시 제주도의 최초 읍지인『탐라지耽羅誌』를 편찬한 일이다. 이는 기존의 관부 문서와 여러 전적을 두루 참조하여 제주의 자연환경, 인물, 풍속, 시문 등을 상세하게 기록함으로써 17세기 중엽 제주도를 이해하는 데 도움을 줄 뿐만 아니라 이후 읍지邑誌 편찬에 토대가 되었다. 제주 출신 전적典籍 고홍진高弘進의 감교勘校로 완성되었다. 이후 이원조李源祚 목사가『탐라지』를 지었는데, 이를 '신탐라지'라 부르고, 이원진의 것은 '구탐라지'라고 부른다. 2002년 김찬흡 등이 푸른역사 출판사에서 역주본을 출간했고, 2016년에는 이원진의 시를 모아 편집한 『태호시고太湖詩藁』가 실시학사 고전문학연구회 주관으로 번역되어 사람의 무늬 출판사에서 출간되었다. 권8 「탐라록耽羅錄」에 제주 관련 시가가 실려 있다. 제주 관련 시는 전체 188제 240수이다.

李元镇

李元镇(1594~1653年)，字卿昇，号太湖，历任兵曹判书的李志完(1575~1617年)的儿子。他是馨溪柳远瀗(1622~1673)的舅舅也是老师，还是星湖李瀷的堂叔[1]。作为星湖李瀷的堂叔，他也是了解星湖学[2]学问渊源的重要人物。1615年(光海君7年)作为生员反对大北派的废母论，与领议政李元翼等人一起被流放后，在仁祖反正后被释放。1630年(仁祖8年)别试文科及第为丙科后，1632年从司谏院正言开始，历任弘文馆修撰和校理等清职，外职为平安道都事、顺天府使等。1639年以圣节冬至使的书长官身份前往沈阳，以东宫弼善的职务滞留在沈阳，侍从昭显世子。1644年赴任东莱府使，1647年起担任承旨，1648年在全罗道咸悦有过一段流放生活。次年复位被任命为江原监事，1651年还被任为济州牧使。1654年被任命为刑曹参议，但推辞任命，并隐居了迷湖(今大清湖)。此后，虽然多次受到朝廷的召唤，但都没有答应，只是在1656年暂时担任过三陟府使，就再没有出仕。1665年去世，享年72岁。

---

[1] 馨远从小开始在舅舅李元镇和姑父金世濂(历任咸镜道、平安道监事)门下学习。星湖李瀷曾表示，盘溪柳馨远受最大影响的就是李元镇。

[2] 以李瀷为中心，重新解释了理气心性论，以实证和实用为基础的创造性学风，也被称为"经世致用派"。

太湖李元镇于1651年(孝宗2年)7月接替金寿翼被任命为济州牧使,1653年10月任期结束。他在担任济州牧使的2年3个月期间,1653年的春季将原位于大静城内的大静乡校迁至现在的箪山下,同年又在济州城的北水门上建了拱辰亭。另外,1653年(孝宗4年)8月,荷兰人哈梅尔等一行36人在加波岛附近因船破损被漂到大静县,对他们进行了审问后,并将他们押送到了汉阳。《耽罗志》中还有其他关于漂流的记录。

太湖最重要的业绩还是编纂济州岛最早的邑志《耽罗志》。他参考了现有的官府文件和各种典籍,详细记录了济州的自然环境、人物、风俗、诗文等,不仅有助于理解17世纪中叶的济州岛,还成为以后编纂邑志的基础。由济州出身的典籍高弘进完成了勘校。此后,李源祚牧使还写了《耽罗志》,称为"新耽罗志",李元镇的称为"旧耽罗志"。 2002年金灿洽等人在蓝色历史出版社出版了译注本。2016年由实是学舍古典文学研究会主办,翻译了收集编辑李元镇的汉诗《太湖诗藁》,由人的花纹出版社出版发行。《耽罗志》卷8中载有关于济州的诗歌。济州相关诗共有188题240首。

원문

觀德亭[1]

관덕정

觀德由來寓習兵,
관덕은 병사들이 훈련하려 머무는 곳에서 유래하였으니

至今猶見古人情.
지금도 여전히 옛사람의 정을 볼 수 있다네.

回頭碣石寒陰散,[2]
갈석산 고개 돌려 바라보니 차가운 기운 흩어지고

縱目扶桑曙氣淸.[3]
부상을 한껏 바라보니 아침 기운 맑네.

羿彀欲凋雞宿色,[4]
후예의 활이 쇠락하려 하니 닭이 잠드는 어둔 빛이 되었고

錢弧已却馬潮聲.[5]
전씨의 활이 이미 물러나니 말발굽 소리가 조수같이 밀려왔네.

當年國恥那堪說,[6]
나라의 수치 당하던 때를 어찌 감히 말할 수 있을까만은

斗膽輪囷尙未平.[7]
크나큰 담력은 여전히 아직 잦아들지 않았네.

주석

① 觀德亭(관덕정): 1448년 제주목사 신숙청이 사졸들을 훈련시키기 위한 장소로 세웠다. 현재 제주시에 위치하고 있다. '관덕觀德'이란 말은 『예기禮記』에서 "활쏘기는 성대한 덕을 보는 것이다.(射者所以觀盛德也.)"라고 한 것에서 비롯되었다.

② 碣石(갈석): 갈석산碣石山. 지금의 하북성河北省 창려현昌黎縣에 위치하고 있는데, 일곱 명의 제왕들이 이곳에 올라 바다를 둘러보았으며 돌에 그들의 공적이 새겨져 있다.

③ 縱目(종목): 멀리까지 한껏 바라보다.

扶桑(부상): 신화 속에 존재하는 나무로, 부상 아래에서 태양이 떠오른다고 전한다.

④ 羿彀(예구): 후예后羿의 활. 후예는 전설상 하夏나라 때 사람으로,

150

활쏘기에 능하였다. 『회남자淮南子·본경本經』에 "요임금이 이에 예로 하여금 착치를 주화의 들에서 죽이게 하고 구영을 흉수 가에서 죽이게 하고 대풍을 청구의 못에서 주살로 잡게 했으며, 위로 열 개의 태양을 쏘게 하고 아래로 알유를 죽이게 했다.(堯乃使羿誅鑿齒 於疇華之野, 殺九嬰於凶水之上, 繳大風於靑邱之澤, 上射十日而下殺猰貐.)"라 하였다.

雞宿色(계숙색): 닭이 잠드는 깜깜한 빛. 여기서는 나라의 운명이 암울함을 비유한다.

⑤ 錢弧(전호): 전씨錢氏의 활. 전씨가 누구인지 분명하지 않다. 활 잘 쏘는 사람으로 여겨진다.

馬潮聲(마조성): 조수같이 밀려오는 말발굽 소리. 여기서는 외적의 침략을 비유한다.

⑥ 國恥(국치): 나라의 치욕. 여기서는 병자호란과 정묘호란을 가리 킨다.

⑦ 輪囷(윤균): 커다란 모양.

해설

이 시는 관덕정을 방문하여 이곳을 세워 병사들의 활쏘기를 훈련시 켰던 고인의 뜻을 생각하고, 후예后羿나 전씨錢氏 같은 뛰어난 궁수가 없어 외적의 침략을 받아야 했던 옛날의 치욕을 떠올리며 비통함을 나 타내고 있다.

拱辰亭[1]　　공신정

城通嘉樂脈,[2]	성은 가락의 물길과 통하고
山底又靈泉.[3]	산저포에는 또 신령스러운 샘물 있네.
百雉環三里,	백치나 되는 성이 세 마을을 두르고 있고
雙虹飮一川.	한 쌍의 무지개가 내천에 담겨 있네.
占風憂涅齒,[4]	바람을 점치며 왜구들을 걱정하고
暇日醉華筵.	한가한 날이면 화려한 잔치 자리에서 취하네.
回首滄溟濶,	고개 돌려 광활한 바다 바라보니
歸心北極懸.[5]	돌아가고픈 마음 북극성에 걸려 있네.

주석

① 拱辰亭(공신정): 제주성의 북수문 문루. 1653년 당시 제주목사였던 이원진이 창건하고 공신루拱辰樓라 명명했다. 1808년 목사 한정운韓鼎運이 중건하면서 공신정이라 개칭했다. 일제강점기에 제주 측후소測候所가 경내에 자리했고, 제주 신사가 건립되면서 훼멸되었다. 공신이란 말은 북신北辰, 즉 북극성을 에워싸고 있다는 뜻인데, 당대 시인 두보의 시 「한밤중中夜」에 "높은 누각에서 북극성을 바라본다.(危樓望北辰.)"는 구절이 나온다. 북극성은 임금을 상징하니 공신정은 임금이 있는 한양을 바라보는 정자라는 점에서 화북의 연북정戀北亭과 다를 바 없다.

② 嘉樂(가락): 제주 방언으로 가락쿳물이라 하는데, 가락加樂으로 표기하기도 한다. 당시 제주성의 가장 큰 식수처였다.

③ 山底(산저): 산저포. 또는 산지포라고도 하는데, 제주 항구 중 하나이다.

④ 涅齒(열치): 검게 물든 이빨. 여기서는 왜구를 뜻한다.

⑤ 北極(북극): 북극성. 이 구는『논어論語·위정爲政』에서 "정치를 덕으로 하는 것은 비유컨대 북극성이 그 자리에 있고 뭇 별들이 그를 향하는 것과 같다.(爲政以德, 譬如北辰居其所, 而衆星共之.)"라 한 뜻을 차용한 것으로, 공신정拱辰亭에 있는 까닭에 북극성을 인용하여 그 뜻을 나타내었다.

해설

이 시는 공신정에서 바라본 제주성 주변의 산과 포구 및 마을과 개울의 경관을 묘사하고 있다. 이어 평소에는 바람의 상황을 보며 왜구의 침략을 대비하고 한가한 때에는 성대한 연회를 즐기는 제주에서의 관직 생활을 말하고, 드넓은 바다와 북극성을 바라보며 떠나온 고향에 대한 그리움을 나타내고 있다.

원문 ────────────────────────────

天池淵[1]

千疊蒼屛揷紫冥,
白虹長飮碧泓澄.[2]
大鵬何日同風起,
一擧扶搖九萬里.[3]

천지연

천 겹의 푸른 병풍이 보랏빛 하늘에 꽂혀 있고
흰 무지개는 늘 깊고 맑은 물속에 있네.
대붕이 언제 바람과 함께 일어나서
날개를 한 번 들어 회오리바람을 타고서 구만 리를 갈까.

주석

① 天池淵(천지연): 지금의 서귀포시에 위치한 폭포.

② 長飮(장음): 늘 마시다. 흰 폭포수가 끊임없이 흘러내리고 있는 것을 비유한다. '쌍음雙飮'으로 된 판본도 있다.

③ 扶搖(부요): 회오리바람. 『장자莊子·소요유逍遙遊』에 붕새가 남명으로 날아갈 때면 물이 3,000리나 격동하고 회오리바람을 치면서 날아오르기를 9만 리나 하고, 6개월을 날고서는 쉰다고 하였다.

해설

이 시는 천지연의 웅장한 모습을 보며 언젠가 대붕과 같이 자신의 뜻을 마음껏 펼칠 수 있는 날이 올 수 있기를 바라고 있다.

원문

遮歸城[1]

차귀성

雨後瀛洲氣象新,	비 온 뒤 영주 경치가 새로워
獨登城上岸綸巾.[2]	윤건을 젖혀 쓰고는 홀로 성 위에 오르네.
北望大陸三分水,	북쪽 대륙을 바라보니 물은 세 갈래로 갈라지고,
西隔中原一點塵.	서쪽 중원과 사이 두고 있으니 한 점의 먼지와 같네.
田父築垣防馬吃,	농부는 담을 쌓아 풀 뜯는 말을 막고
野翁持酒酹蛇神.	시골 늙은이는 술을 들고 뱀 신에게 제사 지내네.
卽今竹島風波少,[3]	지금 죽도에는 바람과 파도 적으니
無事將軍醉錦茵.[4]	일 없는 장군은 비단 자리에서 취해 있다네.

① 遮歸城(차귀성): 지금의 제주시 한경면에 있으며, 조선시대 왜구의
침입을 방어하기 위하여 축성되었다.

② 岸綸巾(안윤건): 윤건을 젖혀 쓰다. 이마를 드러나게 하는 것으로,
소탈하고 구속됨이 없음을 나타낸다.

③ 竹島(죽도): 차귀도의 옛 이름. 지금의 제주시 한경면 서쪽 해안에
위치한 섬이다.

④ 錦茵(금인): 비단으로 만든 깔개. 또는 향기 나는 풀을 의미하기도
한다.

해설

이 시는 비가 그친 후 차귀성에 올라 북쪽 바다 너머 내륙을 바라보
고 이곳이 서쪽 중국과는 멀리 떨어진 변방에 자리하고 있음을 말하고
있다. 이어 방목하는 말에게서 작물을 보호하기 위해 돌담이 둘러쳐 있
고 뱀 신에게 제사 지내고 있는 노인의 모습을 통해 제주의 경관과 풍
속을 나타내고, 근래 적은 바람으로 인해 왜구의 침략이 없어 한가로이
술을 즐길 수 있는 것에 기뻐하고 있다.

김수익

　김수익金壽翼(1600~1673년), 본관은 안동, 자는 성로星老, 호는 청악青岳
이다. 1624년(인조 2) 사마시에 합격하고 1630년 별시에 병과로 급제한
후 성균관 전적을 거쳐 지제교知製教와 삼사三司의 직을 역임했다. 1636
년 병자호란 때 인조를 남한산성으로 호종했다. 척화론자였던 그는 화
의가 성립되자 벼슬을 그만두고 낙향했다. 이후 괴산군수, 응교應教, 의
주부윤을 지내고 1648년에 병조참의에 임명되었으며, 이듬해 1649년
(인조 27) 제주목사로 부임했다.

　재직 당시 정의현감 안집安緝이 목사 휘하 군관과 사사로운 원한이
있어 목사에게 욕을 하고 대들다가 체포되었는데, 안집이 공초에서 김
수익에 대해 청렴치 못하다고 무고했다. 이에 효종이 제주안핵어사로
이경억李慶億을 내려보내 조사토록 했다. 결국 안집은 파직되어 옥에
갇혔고, 김수익은 휘하 군관들이 모두 시정市井 장사치나 다를 바 없다
는 이유로 체차遞差(경질)되고 말았다. 그가 떠날 때 도민들이 매우 애석
하게 생각하여 조천에 「목사김공수익청정비牧使金公壽翼清政碑」를 세웠
다. 정확한 사정은 알 수 없으나 1662년(현종 3) 풍덕부사로 임명되었으
나 부임하지 않았고, 1666년 여주목사로 임명되어 잠시 부임했다가 곧
낙향한 것을 보면 그가 벼슬살이에 연연한 인물이 아님을 알 수 있다.

시호는 충경忠景이고, 저서로『남악집南岳集』이 있다. 제주와 관련이 있는 시는「관덕정」과「정방연正方淵」2수가 있다.

金寿翼

金寿翼(1600~1673年)祖籍安东，字星老，号青岳。1624年(仁祖2年)司马试及第，1630年别试兵科及第后，经成均馆典籍，历任知制教和三司之职。1636年内子胡乱时，护送仁祖到南汉山城。曾是斥和论者，和议成立后辞去了官职回到了故乡。此后担任槐山郡守、应教、义州府尹，1648年被任命为兵曹参议，次年1649年(仁祖27年)担任济州牧使。

在职时，旌义县监安缉与牧使麾下军官因私人恩怨，安缉辱骂顶撞牧使被捕，反而在供招上诬告金寿翼不清廉。对此，孝宗让李庆亿以济州安核御史的身份去调查此时。最终，安缉被罢职关进大牢，金寿翼以麾下军官们无异于市井棍子为由被递差。他离任时，岛民们感到非常惋惜，在朝天建了《牧使金公寿翼清政碑》。虽不知确切的情况，1662年(显宗3)被任命为丰德副使，但没有上任，1666年被任命为骊州牧使，也上任一段时候后反。从中可以看出他不是执着于官吏的人物。谥号忠景，著有《南岳集》。与济州有关的诗有《观德亭》和《正方渊》二首。

正方淵[1]

정방연

雷動飛泉海作淵,[2]	우레가 치는 듯한 폭포가 바다에 못을 만드니
怳然光景浩無邊.	황홀한 광경이 끝없이 넓네.
更看壁上靑蓮句,[3]	다시금 절벽 위 이태백의 시구를 보고는
閣筆銀河落九天.[4]	'은하수가 구천에서 떨어진다'는 구절에 붓을 놓는다네.

주석

① 正方淵(정방연): 『신증동국여지승람』은 '정모연正毛淵', 『탐라지』와 『탐라순력도』는 '정방연正方淵'으로 기록하고 있다. 『영주산대총도』와 『1872년 지방지도』 등에도 '정방연正方淵'이라고 표기했다. 따라서 '정방연'에 있는 폭포라는 뜻에서 정방폭포正房瀑布라고 부른 것으로 보인다. 민간에서는 '정무시' 또는 '정모시'라고도 불린다. 현재는 정방正方이 아니라 정방正房이라고 쓴다.

② 飛泉(비천): 장대하게 쏟아지는 폭포의 물보라가 마치 샘물이 솟구쳐 나는 듯하다는 뜻이다.

③ 靑蓮(청련): 이백李白의 호.

④ 銀河落九天(은하락구천): 이백의 「여산 폭포를 바라보며 2수 望廬山瀑布二首」 중 두 번째 작품의 마지막 구절에서 "은하수가 구천에서 떨어지는 듯하다.(疑是銀河落九天.)"라 한 것을 가리킨다.

해설

이 시는 웅장한 폭포가 바다로 떨어져 정방연이 만들어졌음을 말하고 그 황홀한 광경에 감탄하고 있다. 이어 이를 시로 표현하고 싶지만, 절벽 위에 새겨진 이백의 시구를 보고는 그보다 더 뛰어나게 표현할 자신이 없어 저절로 붓을 놓게 됨을 말하고 있다. 김수익 외에도 제주목사 김정, 이원조, 이한진, 김양수, 김희정 등 여러 문인들이 정방폭포를 유람하고 시가를 남겼다.

송시열

송시열宋時烈(1607~1689), 본관은 은진恩津이며, 아명은 송성뢰宋聖賚, 자는 영보英甫, 호는 우암尤菴, 우재尤齋이다. 사옹원봉사司饔院奉事 송갑조宋甲祚와 선산善山 곽씨郭氏 사이에서 태어났다. 8세 때부터 친척인 송준길宋浚吉의 집에서 함께 공부하면서 김장생에게 성리학과 예학을 배웠고, 1631년 김장생이 죽은 뒤에는 그의 아들인 김집 문하에서 계속 공부했다. 1633년 생원시에 장원 급제하여 최명길의 천거로 경릉 참봉(경릉의 관리인)이 되었으나 사직하고, 이듬해 다시 봉림대군의 스승으로 임명되었다. 이후 병자호란이 일어나자 인조를 따라 남한산성에 있다가 인조가 삼전도에서 항복하자 벼슬을 버리고 낙향했다. 이후에도 출사와 낙향을 반복하다가 1756년(효종 7) 스승인 김집 사후 장문의 상소를 통해 다시 정치에 참여하기 시작했다. 1658년(효종 9) 겨울 효종의 부름에 응답하여 이조판서로 임명되었으며, 이후 효종의 북벌에 중책을 맡았다. 하지만 이미 운명이 끝나가는 남명에 조선의 국운을 맡길 수는 없었다. 그러니 북벌론은 명분과 의리가 우선한 것일 따름이었다.

송시열은 이이의 학문을 이으면서 탁월한 실력으로 성장하여 주자학을 신봉했으며, 주자의 교의를 실천하는 데 전념하여 방대한 사상체계를 완성했다. 사림의 여론이 송시열에 의해 좌우될 정도로 절대적인 영향력을 끼쳤기 때문에 당시 격렬한 당쟁에서 결코 자유롭지 못했다. 그는 서인의 중심인물로 남인 윤선도와 기나긴 '예송논쟁'을 펼치고, 소론 윤증과 대립하여 회니시비懷尼是非(1669~1716년) 분쟁을 일으켰으며, 경신환국(1680년), 기사환국(1689년) 등으로 정쟁에 휩싸여 부침을 지속했다. 이는 그가 주자학에 입각하여 자신의 소신을 굽히지 않았을 뿐만 아니라 정계의 중심인물이었기 때문일 것이다.

1688년 소의昭儀 장씨(이후 장희빈張禧嬪)가 아들 윤을 낳자, 숙종은 윤을 원자로 삼아 명호名號를 정하고 장씨를 희빈으로 봉했다. 이에 노론의 거두인 송시열이 두 번이나 불가하다고 상소를 올렸다. 이에 숙종은 이미 정해진 일을 반대하는 것은 잘못된 일이라며 크게 분노했다. 그러자 남인들이 상소를 올려 송시열의 주장을 반박했다. 결국 이로 인해 송시열은 관직을 박탈당하고 제주로 유배되었다. 이듬해(숙종 16) 숙종은 중전을 폐하여 서인으로 강등시키고 원자를 세자로 책봉한 뒤 장희빈을 왕비로 책립했다. 이로써 서인들은 집권 10년 만에 남인에게 정권을 빼앗겼다. 이를 일러 기사환국己巳換局이라고 한다. 제주 유배형을 받은 송시열은 당시 83세였다. 제주에 도착하고 얼마 되지 않아 다시 서울로 압송되는 길에 사약을 받아 세상을 떴다. 비록 제주에 유배되어 오랫동안 머문 것은 아니나 오현단에 배향되었고, 현재 오현단에 있는 마애명磨崖銘 '증주벽립曾朱壁立'은 증자와 주자를 벽처럼 세워 그들처럼 살겠다는 송시열의 의지와 이상을 그대로 반영하고 있다.

송시열은 방대한 저술을 남겼는데, 그 자신이 찬술하거나 편집하여 간행한 저서들과 사후에 수집되어 간행된 문집으로 대별된다. 저서로 『주자대전차의朱子大全箚疑』, 『주자어류소분朱子語類小分』, 『이정서분류二

程書分類』,『논맹문의통고論孟問義通攷』,『심경석의心經釋義』,『찬정소학
언해纂定小學諺解』,『주문초선朱文抄選』등이 있다. 최초의 유고문집은
1717년(숙종 43) 왕명에 따라 교서관에서 편집한 167권의『우암집尤菴
集』이다. 이후 송시열의 수제자인 권상하權尙夏가 편집한 황강본黃江本
수백 권이 있다. 이후 1787년(정조 11) 기존의 문집과 부록, 연보 등을
첨부하고 교정, 첨삭하여『주자대전朱子大全』의 편차 방식에 따라 엮은
것이『송자대전』이다. 민족문화추진위원회에서 1981년부터 시작하여
전체 16권의 국역『송자대전』을 출간했다. 제주 관련 시는 9수가 있으
며, 그중에 생애 마지막 시인「해중유감海中有感」이 오현단에 시비로
전해진다.

宋时烈

宋时烈(1607~1689), 祖籍津恩, 雅名宋圣赍, 字英甫, 号尤菴、尤斋。司饔院奉事宋甲祚和善山郭氏所生。从8岁开始在亲戚宋浚吉家一起学习, 向金长生学习性理学和礼学, 1631年金长生死后, 继续在他的儿子金集门下学习。1633年生员试状元及第, 在崔鸣吉的推荐下成为景陵参奉(景陵的管理人), 但辞职后第二年再次被任命为凤林大君的老师。丙子胡乱发生后, 他跟随仁祖去了南汉山城, 仁祖在三田渡投降后, 他弃官返乡。此后反复着出仕和返乡的生活, 直到1756年(孝宗7年)师父金集死后, 通过他的长文上诉, 重新开始参与政治。1658年(孝宗9年)冬天应孝宗的召唤被任命为吏曹判书, 此后担负孝宗北伐的重任。但是不能把朝鲜的国运交给即将结束命运的南明。因此, 北伐论只是把名义和义气为首而已。

宋时烈继承李珥的学问, 以卓越的实力成长, 信奉朱子学, 专心实践朱子的教义, 完成了庞大的思想体系。因他绝对的影响力, 可以说宋时烈左右士林的舆论, 所以在当时激烈的党争中无法得到自由。他作为西人的中心人物, 与南人尹善道展开了漫长的"礼讼争论", 与少论尹拯对立, 引发了怀尼是非(1669~1716年)纷争, 庚申换局(1680年)、己巳换局(1689年)等政治斗争持续沉浮, 可能是因为他不仅立足于朱子学坚持了自己的信念, 而且还是政界的中心人物。

1688年昭仪张氏(之后的张禧嫔)生下儿子昀后，肃宗以昀为名号定为元子，并且封张氏为禧嫔。对此，老论巨头宋时烈上诉两次说不可，肃宗愤怒地表示："反对既成之事太荒谬。"随后，南人提出上诉，反驳了宋时烈的主张。结果宋时烈被剥夺了官职，被流放到济州。次年(肃宗16年)肃宗废黜中殿降级为庶人，册封元子为世子，还册封张禧嫔为王妃。因此，西人在执政10年后被南人夺走了政权。谓之己巳换局。受济州流放刑的宋时烈当时83岁。抵达济州后不久，他在被押送到首尔的路上被赐毒药而离开了人世。虽然在济州流放的时间并不长，但供奉于五贤坛，现在位于五贤坛的磨崖铭"曾朱壁立"，如实反映了宋时烈要把曾子和朱子像墙一样立起来，要像他们一样活的意志和理想。宋时烈留下的庞大的著作，大致划分为由他自己撰述或编辑发行的著作和事后收集发行的文集。著书有《朱子大全箚疑》、《朱子语类小分》、《二程书分类》、《论孟问义通攷》、《心经释义》、《纂定小学谚解》、《朱文抄选》等。最早的遗稿文集是1717年(肃宗43年)依王命在校书馆编辑的《尤庵集》167卷。此后，有宋时烈的大弟子权尚夏编辑的黄江本数百卷。 此后，1787年(正祖11年)附加了现有的文集和附录、年报等，并进行校对、增删，根据《朱子大全》的偏差方式编成了《宋子大全》。民族文化促进委员会从1981年开始出版了国译《宋子大全》16卷，与济州有关的诗有9首，其中他此生最后的一首诗《海中有感》，在五贤坛被传为五贤坛诗碑。

耽羅舟中

탐라로 가는 배 안에서

其一

逐客孤舟去,	쫓겨난 이 몸 외로운 배 타고 가는데
鯨波萬里深.[1]	고래등 같은 거센 파도 만리까지 깊네.
平生伏忠義,	평생토록 충과 의를 지켰으니
虞廟不須尋.[2]	우제묘虞帝廟 찾을 필요 없다네.

주석

① 鯨波(경파): 고래 같은 파도. 크고 거센 파도를 비유한다.

② 虞廟(우묘): 순舜 임금의 사당.

해설

이 시는 거센 파도를 건너 제주로 유배되어 가고 있음을 말하고, 비록 유배는 되었으나 자신의 행동이 충과 의를 지킨 것이었음에 자부하며 자신의 방면을 위해 순 임금의 사당에 기원하지는 않겠노라 말하고 있다.

其二

孔聖思浮海,[1]	공자께서는 배를 타려 했었고
涪翁灩澦時.[2]	부옹도 풍랑을 만난 시절 있었지.
千秋相感意,	천추에 서로 느끼는 뜻을

今日有誰知.　오늘날 누가 알아주랴?

주석

① 浮海(부해): 바다에 뜨다. 『논어論語·공야장公冶長』에서 공자가 "도가 행해지지 않으니 뗏목 타고 바다에 떠다니겠다.(道不行, 乘桴浮于海.)"라 한 것을 가리킨다.

② 涪翁(부옹): 부주涪州의 늙은이. 송대 이학가 정이程頤를 가리킨다. 일찍이 부주에 유배된 일이 있어 이와 같이 불렸다. 정이는 유배 가는 길에 풍랑을 만나 배를 탄 사람들이 모두 놀라 어찌할 바를 모르는데도 홀로 태연했다고 한다.

해설

이 시는 성인인 공자와 대학자인 정이도 자신처럼 고난을 겪었음을 말하며 스스로를 위로하고, 자신의 뜻을 알아주지 못하는 현실을 안타까워하고 있다.

원문

耽羅舟中　탐라로 가는 배 안에서

八十餘年翁,[1]　팔십여 살의 노인이

蒼波萬里中.　만 리 푸른 파도 가운데 있네.

一言胡大罪,　말 한마디가 어찌 큰 죄런가

三黜亦云窮.　세 번이나 쫓겨나니 또한 궁하게 되었다네.

北關空回首,　북녘 대궐 향해 부질없이 고개 돌려보고

南溟但信風.[2]　　　남녘 바다에서 다만 바람에 따른다네.

貂裘舊恩在,[3]　　　담비 갖옷 내리셨던 옛 은혜 있으니

感激泣孤忠.　　　감격한 채 홀로 바치는 충심에 눈물 흘리네.

주석

① 餘(여): 남짓. '삼三'으로 된 판본도 있다. 송시열은 83세에 제주로 유배되었다.

② 信風(신풍): 바람에 내맡기다. 바람 부는 대로 가는 것을 말한다.

③ 貂裘(초구): 효종실록에 따르면, "요즘 이조판서 송시열이 착용한 의복을 보건대 매우 얇아 추위에 고생할까 염려된다. 그래서 이 초구貂裘를 지었는데, 내가 병 때문에 직접 줄 수가 없으니 정원이 이 옷을 전해주고 겸하여 내 뜻을 유시하여 사양하지 말게 하라." 라고 기록하고 있다.

해설

송시열은 숙종에게 왕세자 책봉 반대 상소를 올렸다가 1689년 83세의 나이로 제주도로 유배되었다. 도중에 폭풍을 만나 보길면 백도리에 잠시 머물게 되었는데, 이 시는 당시 지어진 것으로 여겨진다.

시에서는 여든이 넘어 제주로 유배되는 자신의 처지를 말하며, 말 한 마디로 세 번이나 관직에서 쫓겨나게 된 자신의 궁벽한 삶을 탄식하고 있다. 이어 대궐을 향한 그리움을 간직한 채 바다를 건너가고 있는 자신을 말하고, 옛날 임금이 베풀어주신 은혜를 생각하며 충심의 눈물을 흘리고 있다.

耽羅謫所

탐라의 적소에서

弟兄孫子姪,
아우와 형, 손자와 조카가

天外喜同堂.[1]
하늘 끝에서 같이 있음이 기쁘구나.

白首何丘首,[2]
백수 늙은이 어느 때나 고향을 향하련만

他鄉似故鄉.
낯선 타향이 고향 같구나.

주석

① 天外(천외): 하늘 밖. 제주를 가리킨다.

② 丘首(구수): 머리를 고향 언덕 쪽으로 향하다. 여우가 죽을 때가 되면 자신이 태어난 언덕 쪽으로 머리를 향한다는 말에서 유래한 것으로, 고향을 그리워하는 것을 비유한다.

해설

이 시는 제주 적소에서 가족들을 만난 기쁨을 노래한 것으로, 비록 늙은 나이에 고향으로 돌아갈 기약은 없으나 가족과 함께 있으니 타향도 고향처럼 느껴짐을 말하고 있다.

이
건

　이건李健(1614~1662년), 자는 자강子强, 호는 규창葵窓으로 선조의 7남
인 인성군仁城君 이공李珙의 셋째 아들이다. 인성군은 총명하여 선조의
사랑을 받았으나 광해군이 즉위하면서 정쟁에 휩싸였다. 권신 이이첨李
爾瞻에 의해 영창대군이 역모로 무고誣告되었을 때 그도 윤길尹浩의 공
초供招에 이름이 나왔다는 이유로 연금되었고, 인조반정 이후 이귀李貴[1]

---

1)　선조 시절 사림이 권력을 장악하면서 동인東人과 서인西人으로 분열되었다. 모두 주자
　　학을 신봉하였으되 왕권 입장에 가까운 이들은 동인, 보다 급진적으로 주자학을 고수한
　　이들은 서인이다. 서인은 선조 초기를 제외하고 권력에서 소외되었기 때문에 분열되지
　　않았으나 집권당인 동인은 정여립鄭汝立의 난과 임진왜란을 거치면서 남인南人과 북인
　　北人으로 갈라섰다. 남인은 서인에 대한 온건파, 북인은 강경파였다. 선조 후반 북인이
　　권력을 잡자 다시 소북小北과 대북大北으로 나뉘었고, 광해군을 옹호한 대북이 권력을
　　장악했다. 이에 남인은 서인과 손잡고 대북 정권과 대립했다. 대북 정권은 골북骨北, 육
　　북肉北, 중북中北으로 분열되고, 이런 와중에 인조반정이 일어나면서 서인이 권력을 장
　　악했다. 이후 서인은 훈서勳西(공서功西)와 청서淸西로 갈라졌다. 훈서는 노장층의 경
　　우 김유金瑬(1571~1648년), 소장층은 이귀李貴(1557~1633년)가 영수였다. 청서는 김
　　상헌金尙憲(1570~1652년)이 영수였다. 훈서와 청서는 이후 노서老西와 소서少西로 바
　　뀌었다. 노서는 신흠, 오윤겸, 김상용이었는데 이들은 서인과 남인을 함께 등용하려고
　　애썼다. 이에 반해 박정, 나만갑, 이기조李基祚 등은 김상헌의 기풍을 추존하면서 자신
　　들을 소서라고 불렀다.

가 이괄李适의 공초에 인성군과 동생 인흥군(영瑛)을 즉위시키려고 했다는 내용이 나왔다는 이유로 역모죄로 고변했다. 이로 인해 인성군은 강원도 간성杆城에 위리안치되었다. 1628년 정월 유효립柳孝立 등이 광해군 복위를 모의할 때 또다시 그의 이름이 나왔다는 이귀李貴 등의 무고로 인해 다시 작위를 삭탈당하고 역모 혐의로 진도에 유배되었다가 제주도로 이배되었다. 같은 해 5월 인목대비의 하교에 의해 41세 나이로 자진했다. 인성군의 대역죄에 연좌되어 그의 부인 해평 윤씨와 5남 2녀 모두 제주로 유배되었는데, 규창은 그의 막내아들로 당시 나이 15세였다. 해평 윤씨는 자신의 장남인 길佶과 차남 억億, 그리고 넷째 건健을 제주 여인과 혼인시켰다.

1633년(인조 11) 이귀李貴가 죽고 1635년(인조 13) 정온鄭蘊이 상소를 올려 신성군의 대역죄가 무고임이 밝혀지면서 같은 해 제주에서 울진으로 이배되었다가 1637년 8년간의 유배생활에서 풀려났다. 1657년(효종 8) 해원군海原君에 봉해졌다. 시호는 충절이다.

이건은 성품이 온건하고 건실하며 학문에 뜻을 두고 시·서·화에 뛰어나 삼절三絶이라 일컬어졌는데, 특히 송죽松竹과 영모翎毛(조수鳥獸) 그림에 능했다고 한다.

시문집으로 『규창유고葵窓遺稿』 12권 7책이 있다. 아들인 이조李洮(1660~1733년, 화릉군花陵君)가 1712년(숙종 38)에 편집하여 『규창집』을 발간했고, 이후 이를 보충하여 1896년 후손 이원응李元應이 편집 발간한 것이 『규창유고』이다. 권5에 실린 「제양일록濟襄日錄」은 제주와 양양襄陽에서의 유배 생활 체험을 일기 형식으로 서술한 글이다. 또한 「제주풍토기濟州風土記」는 제주도의 지리, 기후, 농업, 목축, 제주 여인, 해산물, 잠녀 풍속, 삼성신화와 무속신앙, 관원의 횡포, 동식물 등을 자세히 기록한 한문수필집으로 권5에 실려 있다. 김정의『제주풍토록』이 16세기 제주의 자연, 인문풍경을 서술한 책이라면, 이건의「제주풍토기」는 17세기의 제주를 이해하는 데 매우 중요한 인문지리지라 할 수 있다. 2010년 제주문화원에서 김익수 역주의『규창집』이 출간되었다. 역주본은『규창유고』에서 제주와 관련된 시를 모아놓았는데, 전체 77제 101수이다.

李健

李健(1614~1662年)字子强，号葵窗。是宣祖的七子仁城君李珙的三子。因仁城君的聪明才智深得祖宣的喜爱，但随着光海君即位，他陷入了政治斗争中。当永昌大君被李尔瞻作为逆谋告发时，也因他得名字出现在尹洁的供词中而被软禁。仁祖反正后，李贵[1]以在李适的供词中让仁城君和弟弟仁兴君即位的内容为由，以谋反罪告发了仁城君，因此仁城君被围篱安置在江原道杆城。1628年正月，李贵等人又诬告仁城君在柳孝立等人谋划光海君复位时也出现了仁城君的名字，仁城君再次被削去爵位，以谋反嫌疑被流放到珍岛，后来被移送到济州岛。同年5月，因仁穆大妃的下教而自尽，享年41岁。因连坐仁城

---

[1] 宣祖时期，因士林掌权，就被分裂为东人和西人。虽然都信奉朱子学，但接近王权立场的是东人，更激进地坚持朱子学的是西人。除祖宣初期外，西人一直被排斥在权力之外，因此也没有出现分裂，但执政党东人经过郑汝立之乱和壬辰倭乱，分为南人和北人。南人对西人的态度是温和派，而对北人是强硬派。宣祖后半时期北人掌权后，又分为小北和大北，拥护光海军的大北掌握了权力。对此，南人与西人联合对抗大北政权。大北政权分裂为骨北、肉北、中北，在此过程中发生了仁祖反正，西人掌握了权力。此后，西人分成勋西(功西)和清西。勋西的老壮层是金瑬(1571~1648年)、少壮层李贵(1557~1633年)是领袖。清西由金尚宪(1570~1652年)担任领袖。勋西和清西后来改为老西和少西。老西是申钦、吴允谦、金尚容，他们为了同时任用西人和南人而费尽心思。与此相反，朴炡、罗万甲、李基祚等人追崇金尚宪的风气，自称为"少西"。

君的大逆罪，他的妻子海平尹氏和他的5男2女都被流放到济州，葵窗是他的小儿子，当时年仅15岁。海平尹氏让自己的长子佶、次子亿以及四子健都娶了济州人为妻。

1633年(仁祖11年)李贵去世，1635年(仁祖13年)郑蕴上诉查明了仁城君的大逆罪是诬告，同年从济州移送到蔚珍，于1637年结束了8年的流放生活。1657年(孝宗8年)被封为海塬君，谥号忠节。

李健的品性稳健诚实，立志于学问，擅长诗、书、画而被称为三绝，尤其擅长松竹和毛翎画。

诗文集有《葵窗遗稿》12卷7册。儿子李洮(1660~1733年，花陵君)于1712年(肃宗38年)编辑发行了《葵窗集》，之后加以填补，1896年由后代李元应编辑发行了《葵窗遗稿》。卷5中登载的文章《济襄日录》是以日记形式，叙述了在济州和襄阳的流放生活体验。另外，在卷5中记载的汉文随笔集《济州风土记》，详细记录了济州岛地理、气候、农业、畜牧、济州女人、海鲜、潜女风俗、三星神话和巫俗信仰、官员的横行霸道和动植物等内容。如果说金净的《济州风土录》是叙述16世纪济州自然、人文风景的书，那么李健的《济州风土纪》可以说是理解17世纪济州的非常重要的人文地理志。2010年济州文化院出版了金益洙译注的《葵窗集》。译注本是收集了《葵窗遗稿》中有关济州的诗，共有77题101首。

有歎四首　　　　　탄식하며 4수
其一

一頃畦田千頃稅,[1]　　　한 경의 논에 천 경의 세금을 거두니
百家村巷十家存.　　　　백 가구 마을에 열 가구만 남았네.
將軍欲賦子孫計,　　　　장군은 아들 손자까지 헤아려 세금 부과하며
不問蒼生膏骨燔.[2]　　　백성들 뼈가 타들어가는 것도 상관하지 않네.

주석

① 畦田(휴전): 주위에 두둑을 쌓아 물을 댈 수 있게 만든 밭. 논을 가
　　리킨다.
② 蒼生(창생): 일반 백성.

해설

이 시는 혹독한 세금으로 인해 마을이 뿔뿔이 흩어져버린 상황과 징
세에 혈안이 되어 백성들의 고통은 아랑곳하지 않는 지방관의 혹정을
비판하고 있다.

其四

海中牧役最爲苦,　　　　바다에서 가축 기르고 부역하는 것이 가장 고달프니
顚坑墜江猶不評.[1]　　　구덩이에 빠지고 강물에 떨어지는 사정이야 헤아리지 않네.
通判但知充馬數,[2]　　　통판은 다만 말의 수 채우는 것만을 알 뿐

不論流血害蒼生.　　흘리는 피는 따지지 않고 백성들 해치기만 하는구나.

주석

① 不評(불평): 잘잘못을 따지지 않다. 백성들의 사정을 헤아리지 않는 것을 말한다.

② 充(충): 충당하다, 충원하다.

해설

이 시는 제주의 백성들에게 방목하는 노역이 가장 고된 일임을 말하며 백성들의 고통은 헤아리지 않고 그저 말의 수만 채우려고 하는 지방관의 행태를 비판하고 있다.

원문

宿舟中　　배에서 자며

歸思隔天涯,[1]　　돌아가고픈 생각은 하늘가에서 막히니

形容投海曲.　　바닷가 외진 곳에 던져진 모습이네.

孤舟夢不成,　　외로운 배에서 꿈도 꾸지 못하고

哀此愁煢獨.[2]　　이 고독한 시름에 슬퍼한다네.

주석

① 隔(격): 멀리 떨어져 있다, 가로막히다.

② 煢獨(경독): 외롭고 쓸쓸하다.

해설

이 시는 바다 멀리 떨어진 곳에 유배되어 고향을 그리워하고 있는 자신을 말하고, 고향 가는 꿈조차 꿀 수 없음을 안타까워하며 홀로 깊은 시름에 잠기고 있다.

원문

感十詠	열 가지를 읊다
其一	

梅花	매화
露瀉馨香蕊,[1]	이슬은 향기 뿜는 꽃술에 쏟아지고
風搖玉雪枝.	바람은 옥빛 눈 같은 가지를 흔드네.
天姿本貞潔,	타고난 모습 본디 정결하건만
蜂蝶亦相疑.[2]	벌 나비는 또한 서로 이를 의심하리.

주석

① 蕊(예): 꽃술.

② 相疑(상의): 서로 의심하다. 매화의 존재를 믿지 않은 것을 말한다.

해설

이 시는 향기 뿜으며 이슬에 젖고 눈 덮인 가지처럼 하얗게 피어난 매화의 모습을 묘사하고, 벌 나비가 날 때는 매화가 이미 지고 없어 그 정결한 모습을 알지 못할 것이라 말하고 있다.

其四

黜堂花	출당화
出衆仍多忌.	무리 중에 뛰어나 모두 꺼리고
非凡故黜堂.[1]	여느 꽃과 달라 집 밖으로 쫓겨났겠지.
嗟吾亦遷客,	아, 나 또한 유배객이니
對爾幾傾觴.[2]	너를 대하고 몇 번이고 술잔 기울였는지.

주석

① 黜堂(출당): 집 밖으로 쫓겨나다. 이름이 출당화라 불린 까닭을 말한 것이다.

② 幾(기): 몇 번.

해설

이 시는 출당화黜堂花가 무리 중에 뛰어나 다른 꽃들의 시기를 받아 결국 집 밖으로 쫓겨나 이와 같은 이름을 얻게 되었음을 말하고, 자신을 출당화의 신세에 비견하며 동병상련의 심정을 나타내고 있다.

其七

鶯	꾀꼬리
雙飛拂江柳,	쌍쌍이 날며 강 버들을 스치고
百囀趁山蜂.[1]	온갖 소리로 지저귀며 산 벌을 쫓아가네.

| 莫向天涯去, | 하늘 끝으로 가버리지는 말지니 |
| 歸心爲爾忽.[2] | 돌아가고픈 마음은 너처럼 바쁘단다. |

주석

① 百囀(백전): 백 가지 소리로 지저귀다. 새소리가 변화무쌍하고 다양하게 들리는 것을 말한다.

② 忽(총): 바쁘다.

해설

이 시는 온갖 소리로 지저귀며 강과 산으로 바쁘게 날아다니는 꾀꼬리를 보고 고향으로 돌아가고픈 자신의 마음 또한 꾀꼬리처럼 바쁘기만 함을 말하고 있다.

원문

其十

杜鵑	두견
瀛渚聽常早,	영주섬에서는 울음소리 듣는 것이 항상 이른데
關東看亦稀.[1]	관동 땅에서는 보기도 드물다네.
杜鵑莫啼血,[2]	두견아, 피 토하며 울지는 말지니
公子正思歸.	공자는 돌아갈 것을 생각하게 된단다.

주석

① 關東(관동): 대관령大關嶺 동쪽. 강원도 지역을 가리킨다.

② 杜鵑(두견): 새 이름. 전설상 고대 촉국蜀國의 망제望帝 두우杜宇의
  혼이 환생한 것이라 한다. 두우는 만년에 수재水災로 인해 재상 개
  명開明에게 제위를 물려주고 물러나 서산西山에 숨어 살면서 고국
  을 그리워하며 비통해하다 죽었다. 죽어서 혼이 두견새가 되었는
  데 그 울음소리가 매우 구슬펐으며 늦봄이면 더욱 슬프게 울었다
  고 한다. '자규子規'라고도 부르며 그 울음소리가 마치 '돌아감만
  못하다(不如歸)'라고 하는 것 같아 '불여귀不如歸'라고도 한다.

해설

이 시는 제주에서는 두견의 울음소리를 일찍 들을 수 있어 그 모습조
차 보기 드문 관동 지역과는 다름을 말하고, 두견의 소리를 들으면 고
향으로 돌아가고픈 생각을 더욱 견딜 수 없음을 탄식하고 있다.

원문

夜聞漁歌　　밤에 어부의 노래를 듣다

別刀浦外水如羅,[1]	별도포 밖 바다는 비단과 같고
戀北亭前月色多.[2]	연북정 앞 달빛은 넘쳐나네.
漁夫不知人不寐,	어부는 누군가 잠 못 이루는 줄 모르는지
夜深何處扣舷歌.	밤 깊은데 어디선가 뱃전 두드리며 노래하네.

주석

① 別刀浦(별도포): 제주 옛 포구 중 하나. 지금의 제주시 화북동에 위
  치했던 포구로 화북포라고도 하였다.

② 戀北亭(연북정): 지금의 제주시 조천읍에 위치한 정자로, 한양의 기쁜 소식을 기다리면서 북쪽에 있던 임금에 대한 마음을 보낸 것에서 비롯되었다.

해설

이 시는 달빛 가득한 연북정 앞 제주 밤바다의 풍경을 묘사하며 어디선가 들려오는 어부의 뱃노래 소리에 도성을 향한 그리움을 나타내고 있다.

원문

耽羅人寄橘　　탐라 사람이 귤을 부치다

出海凌雲寄遠情,[1]	바다 떠나 구름 뚫고서 깊은 정을 부쳐오니
枚枚箇箇盡盈盈.[2]	한 개 한 개마다 모두 마음 가득가득하네.
天公亦會人深意,	하늘 또한 사람의 깊은 뜻을 알아서
故使經春不變形.	봄이 지나도록 귤의 모양 변하지 않게 하였구나.

주석

① 遠情(원정): 먼 곳을 향한 마음. 깊은 정을 가리킨다.
② 枚枚箇箇(매매개개): 하나하나마다. 귤 한 알 한 알을 가리킨다.

해설

이 시는 먼 바닷길을 통해 탐라 사람이 귤을 보내왔음을 말하고, 귤 한 알 한 알마다 가득 담겨 있는 깊은 정을 느끼고 있다. 이어 시간이 지

낯아도 변함없는 귤의 모습에서 보내준 이의 변함없는 마음을 생각하며 감사해하고 있다.

次舍兄病中見寄韻 형님이 병중에 보내준 시에 차운하여
其二

小洞深深花草麗,	작은 동네 깊숙한 곳 꽃들 곱기만 한데
無人尋到扣柴扉.	사립문 두드려 찾아주는 이 없네.
八年日月身南謫,	8년 세월 남쪽 땅에서 유배하는 신세
千里煙雲夢北飛.	천 리 안개구름에 꿈은 북으로 날아가네.
瘴霧炎風心自動,[1]	장기 서린 안개와 무더운 바람에 마음은 절로 흔들리고
藜羹糯飯腹長饑.[2]	명아주 국과 현미밥에 배는 오래도록 주리기만 하네.
山林鍾鼎皆天命,	산림에 묻히든 부귀영화를 누리든 모두 천명이니
莫向仙都羨繡衣.[3]	신선 세계 향해 비단옷 부러워하지 말지니.

주석
① 瘴霧(장무): 장기瘴氣를 머금은 안개. 장기는 풍토병을 일으키는 습하고 독한 기운을 가리킨다.
② 藜羹糯飯(여갱려반): 명아주 국과 현미밥. 소박한 음식을 의미한다.
③ 仙都(선도): 신선이 사는 곳.

해설
이 시는 마을 가득 피어난 고운 꽃과 아무도 찾아주는 않는 고독한 자신을 대비하며 유배 생활의 고통을 심화하여 나타내고, 8년 세월을 유배되어 있으며 마음은 늘 천 리 바다 멀리 북으로 향하고 있음을 말하고 있다. 이어 장기와 열풍이 가득한 제주의 혹독한 기후와 초라하고 소박한 음식조차 배불리 먹을 수 없는 고된 삶을 말하고, 다만 천명에 순응하며 살아가야 할 뿐임을 말하고 있다.

원문 ──────────────────────────────

閑居
其二

한가로이 지내며

人間何事傷心極,	인간 세상 무슨 일로 이다지도 마음 상하나?
少日飢寒最可哀.¹	며칠 동안 추위와 굶주림이 너무 애달프네.
絶糧屋頹愁汲汲,²	양식은 떨어지고 집은 부서져 수심은 가득하고
食些衣弊淚催催.³	먹을 것 없고 옷은 해져 눈물이 넘쳐나네.
浮生有限休嗟了,	뜬 인생살이 끝날 날 있으려니 한탄일랑 그만두고
天理無期莫歎哉.	하늘의 이치야 기약이 없어도 탄식하지 말자.
憂思夢驚春忽晩,	근심스러운 생각에 꿈에서 놀라 깨니 봄은 벌써 저물어
小庭獨賞一枝梅.	작은 마당에서 홀로 한 가지 매화를 감상하네.

주석

① 少日(소일): 며칠.

② 汲汲(급급): 생각이 급하고 간절한 모양.

③ 催催(최최): 서둘러 재촉하는 모양.

해설

이 시는 추위와 굶주림을 면치 못하는 유배 생활의 고통을 말하고, 인생에 대한 절망과 달관의 심경을 함께 나타내고 있다.

이선

　이선李選(1632~1692년), 자는 택지擇之, 호는 지호芝湖, 소백산인小白山人이다. 광평대군廣平大君의 8세손으로 본관은 전주이다. 부친은 김장생의 문인으로 영의정을 지낸 이후원李厚源(1598~1660)이다. 1657년(효종 8) 진사가 되고, 1664년 춘당대문과에 급제한 후 검열, 정언, 수찬, 교리, 집의, 응교를 역임했다. 송시열의 문인이었던 그는 1679년 민유중閔維重, 이유李濡 등과 함께 송시열을 섬겨 군신의 의리를 저버렸으니 귀양을 보내자는 남인계 대사헌 이원정李元禎 등의 탄핵을 받았지만 무사했다. 1675년(숙종 1) 3월 순무어사로 내도하여 과장科場을 설치하고, 문과에 김계홍, 고기종 등 4명을 시취했으며, 전시에 직부토록 했다. 흉년으로 도민들이 어려움에 처하자 조 34,000섬을 내륙에서 운송하여 기민을 구제했으며, 대정현 동해 방호소(회수)를 가파도에 가까운 모슬진으로 옮겨 축성하는 등 치적을 쌓았다.

　1680년 경신대출척庚申大黜陟으로 서인이 집권하자, 함경도관찰사, 대사성, 대사간 등을 거쳐 강화유수로 재직할 때 백골징포白骨徵布와 아약충군兒弱充軍의 폐해 및 사육신과 황보인, 김종서의 억울함을 논의했다. 1682년 도승지, 경기감사, 공조참판, 개성유수 등을 거쳐 1689년 호군護軍으로 재직할 당시 기사환국으로 정권을 장악한 남인들에 의해 송시열의 당파로 지목되어 정언正言 송유룡宋儒龍의 탄핵을 받고 기장에 유배되어 그곳에서 죽었다. 1694년 갑술옥사로 서인이 집권하자 관작이 회복되었다. 시호는 정간正簡이다.

저서로 13권 6책의 활자본 『지호집芝湖集』이 있으며, 편저로 『황강실기黃岡實記』, 『시법총기諡法摠記』 등이 있다. 1권에 시 152수가 실려 있으며, 제주 관련 한시로 「천지연天池淵」이 있다.

李选

李选(1632~1692年)字择之，号芝湖，小白山人。广平大君的第八世孙，祖籍全州。 父亲李厚源(1598~1660年)是金长生的文人，曾担任领议政。1657年(孝宗8年)成为进士，1664年考取春塘台文科，后历任检阅、正言、修撰、校理、执义、应教。曾是宋时烈文人，在1679年他与闵维重、李濡等人因供奉宋时烈被认为违背了君臣的义气，遭到南人系大司宪李元祯等人弹劾被流放，但后来安然无恙。1675年(肃宗1年)3月作为按抚御使在来岛设立了试场，试取文科的金继兴、高起宗等4人直赴殿试。因凶年岛民们面临了困难，所以他从内陆运送34,000石小米救济饥民，还将大静县东海防护所(廻水)转移到靠近加波岛的摹瑟镇，积累了种种政绩。

1680年因庚申大黜陟由西人掌权后，历任咸镜道观察使、大司成、大司谏等职务，还在担任江华留守时，议论了白骨征布和儿弱充军的弊端及死六臣和皇甫仁、金宗瑞的冤屈。1682年历任都承旨、京畿监事、工曹参判、开城留守等职，1689年任护军时，被以己巳换局掌握政权的南人认定为宋时烈的党派，受到正言宋儒龙的弹劾，被流放到机张，在那里身亡。1694年因甲戌狱事由西人掌权后，官爵得以恢复，谥号正简。

著作有13卷6册的活字本《芝湖集》，编著有《黄冈实记》、《谥法摠记》等。第一卷收录了152首诗，与济州有关的汉诗有《天池渊》。

天池淵

천지연

白龍低首下長空,[1]

백룡이 머리를 숙인 채 하늘을 내려오니

半壁靑山霹靂雄.[2]

푸른 산 중턱에는 벼락 소리 웅장하다.

一躍前溟通萬里,

한 번 앞바다로 뛰어가면 만 리까지 통하니

世人誰識造化功.[3]

세상 사람 누가 조화옹의 공을 알리?

주석

① 白龍(백룡): 흰 용. 폭포를 비유한다.

② 霹靂(벽력): 벼락, 천둥.

③ 造化(조화): 조화옹造化翁, 조물주를 가리킨다.

해설

이 시는 천지연 폭포의 웅장한 모습을 시각과 청각을 대비하여 백룡과 천둥소리를 통해 나타내고, 물결이 바다까지 이어지는 장대한 모습에 감탄하며 이를 만든 조화옹의 공을 칭송하고 있다.

김성구

　　김성구金聲久(1641~1707년), 본관은 의성義城, 자는 덕휴德休, 호는 팔오
헌八吾軒, 해촌海村이다. 부친은 용양위부호군 김추길金秋吉이며, 모친
은 유화柳華의 딸이다. 1662년(현종 3) 사마시를 거쳐 1669년 식년 문과
에 갑과로 급제하여 전적典籍, 무안현감, 직강直講 등을 지냈다. 숙종 시
절 사헌부 장령掌令으로 있으면서 사간원 조지석趙祉錫을 탄핵하다 오히
려 자리에서 쫓겨나 정의현감으로 제수되었다. 이후 1689년(숙종 15) 기
사환국己巳換局으로 서인이 축출되고 남인이 득세하면서 제주에서 다시
한양으로 올라가 성균관사성을 맡았으며, 계속해서 승지, 공조참의, 여
주와 홍주목사, 강원감사, 호조참의 등으로 제수되었으나 홍주목사와
강원감사, 정삼품 벼슬인 참지參知 및 호조참의는 부임하지 않았다.
1694년(숙종 20) 폐비되었던 인현왕후가 다시 중전으로 복귀하고 장희빈
이 사약을 마시고 죽으면서 폐비 민씨의 복위를 지지했던 서인이 득세
하고 반대했던 남인이 쫓겨나게 된 갑술환국甲戌換局이 일어나자 벼슬
에서 물러나 더 이상 출사하지 않았다.

　　저서인『팔오헌집』은 7권 4책으로 된 활자본이다. 1873년(고종 10) 6
대손 우수禹銖 등이 편집, 간행했다. 권1에 시 118제, 권2에 72제 등 전
체 270여 수가 들어 있으며, 이 외에 권1~3에 소疏 5편, 계사啓辭 7편, 연

주筵奏 1편, 경연 강의 1편, 장狀 3편, 권4~6에 서書 13편, 명 1편, 제문 25편, 행장 1편, 잡저 9편, 부록인 권7에 행장·묘갈명·봉안문 등이 들어 있다. 특히 권5와 권6에 「남천록」 상하가 들어 있는데, 이는 김성구가 정의현감 시절에 기록한 일기체 산문으로 당시 제주의 일면을 살피는 데 도움이 된다. 「팔오헌명八吾軒銘」에 따르면, '팔오헌'이란 직접 밭을 갈고(耕吾田), 샘의 물을 마시며(飮吾泉), 산등성이에서 나물을 캐고(採吾嶺), 냇물에서 고기를 낚으며(釣吾川), 책을 펴서 읽고(披吾編), 거문고를 타며(撫吾絃), 현기(본성)를 지키고(守吾玄), 천수를 누린다(終吾年) 등 여덟 가지 삶의 신조를 의미한다.

제주교육박물관에서 2018년 김영길이 주해한 국역『팔오헌선생문집 남천록·시』를 출간했다. 이에 따르면, 제주와 관련이 있는 시는 전체 190제 270여 수에서 129제 194수이다.

金声久

金声久(1641~1707年)祖籍义城。子德休，号八吾轩，海村。父亲是龙骧卫副护军金秋吉，母亲是柳华的女儿。1662年(显宗3年)通过司马试，1669年式年文科中甲科及第，曾任典籍、务安县监、直讲等职。肃宗时期担任司宪府掌令，在弹劾司谏院赵祉锡时，反而被逐出官职，改任为旌义县监。此后1689年(肃宗15年)因己巳换局西人被驱逐，随着南人得势，从济州再次来到汉阳，担任成均馆司成后，继续担任了承旨、工曹参议、骊州和洪州牧使、江原监事、户曹参议等，但没赴任上洪州牧使、江原监事、正三品官职的参知及户曹参议等职。1694年(肃宗20年)废妃仁显王后再次复辟于中殿，张禧嫔因喝毒药而身亡，支持废妃闵氏复位的西人得势，反对废妃闵氏的南人被驱逐后，他辞去了官职，再没有出仕。

他的著作《八吾轩集》是7卷4册的活字本。1873年(高宗10年)由第六代孙禹铢等编辑发行。卷1中有118题，卷2中有72题，共270多首。此外卷1~3中有疏5篇、启辞7篇、筵奏1篇、经筵讲义1篇、状3篇。卷4~6有书13篇、铭1篇、祭文25篇、行1篇、杂着9篇。卷7作为附录，有行、墓碣铭、奉安文等。特别是卷5和卷6中有《南迁录》上下，这是金声久在旌义县监时期记录的日记体散文，有助于观察当时济州的一面。据《八吾轩铭》记载，"八五献"是指耕吾田、饮吾泉、採吾巅、钓吾川、披吾编、抚吾絃、守吾玄、终吾年等八种人

生信仰。

济州教育博物馆于2018年出版了《八吾轩先生文集 南迁录·诗》。据此，所有的190题270多首中，与济州有关的诗有129题194首。

戲效玉聯環體¹ 옥련환체를 장난삼아 본받아 쓰다

一年寥落坐蠻烟,²	일 년 동안 쓸쓸히 남쪽 변방에 앉았더니
因病身經太減眠.	병으로 몸은 가벼워지고 잠도 크게 줄었다네.
民語侏離憑譯舌,³	백성들 말이 달라 역관의 입을 빌려야 하고
古城隳圮枕窮堧.⁴	오래된 성은 무너진 채 궁벽한 바닷가에 의지하고 있네.
大癡小點眞堪笑,⁵	자잘한 꾀만 있을 뿐 크게 어리석으니 참으로 웃음거리이고
天怒人非只自憐.	하늘이 사람의 허물 노하시니 그저 가련하기만 하네.
牛角哀歌無解聽,⁶	쇠뿔 치며 애절하게 노래해도 알아듣는 이 없으니
心潛默禱聖恩宣.	마음 가라앉히고 성은 베풀어지기만 묵묵히 빌어본다.

주석

① 玉連環體(옥련환체): 구의 끝 글자와 다음 구의 첫 번째 글자가 연결되는 시의 형식을 말한다. 이 작품은 烟-因, 眠-民, 舌-古, 堧-大, 笑-天, 憐-牛, 聽-心, 宣-一에서 볼 수 있듯 앞 구 끝 자의 일정 부분을 삭제한 글자를 다음 구의 첫 글자로 사용하는 방식을 취하고 있다.

② 障霧蠻烟(장무만연): 남방지방(양자강 이남 지방)에 풍토병을 발생케 하는 고약한 기운이 올라 생긴 뿌연 안개와 가랑비.

③ 侏離(주리): 알아듣기 어려운 말, 주로 지역 사투리를 말한다.

④ 隳圮(휴비): 허물어지다, 무너지다.

窮堧(궁연): 궁벽한 빈 땅이다. 연堧은 빈 터, 또는 성곽이나 종묘 담장 안팎의 작은 공간이나 물가를 뜻한다. 예를 들어 해연海堧은 바닷가의 의미이다.

⑤ 大癡小點(대치소힐): 소힐대치小點大癡와 같은 말이다. 영리한 듯하나 실제로는 멍청한 것을 이른다. 당나라 한유韓愈의「송궁문送窮文」에 나온다.

⑥ 牛角哀歌(우각애가): 춘추시대 위나라 사람 영척甯戚이 제나라로 가서 소를 치며 빈한하게 살았는데, 우연히 제나라 환공桓公을 만나자 쇠뿔을 치며 애절한 노래를 불렀다. 환공이 이를 비범하게 생각하고 그를 불러 객경客卿으로 삼았다는 고사가 있다. 당시 팔오헌은 정의현감 자리에 있었으나 여전히 자신을 몰라주는 것에 대해 아쉬워하고 있다.

해설

팔오헌 김성구는 제주에 정의현감으로 부임했다. 언어와 풍습의 차이로 힘든 나날을 보내면서 장난삼아 옥련환체의 시를 지었다. 7언 율시 전반부는 언어와 풍습이 다른 변방의 삶의 구차함을 읊었으며, 후반부는 자신의 능력과 처지를 아쉬워하면서도 성은을 입어 더 나은 자리로 갈 수 있기를 희구하고 있다. 비록 신세한탄의 읊조림이나 자신이 처한 제주의 분위기와 더불어 회재불우懷才不遇한 자신의 처지를 잘 표현하고 있다.

김성구는 특히 유희성이 짙은 시체를 자주 활용하고 있는데, 방술가들이 12진辰을 인간사의 길흉화복에 적용한 12가지, 즉 건建, 제除, 만滿, 평平, 정定, 집執, 파破, 위危, 성成, 수收, 개開, 폐閉를 시구의 첫 글자로 사용하는 건제체建除體나 시 구절마다 동물을 한 가지 이상씩 넣어서 짓는 연아체演雅體를 본받아 쓴 작품도 있다. 유희 속에 표출되는 비애가 오히려 더 애절함을 자아낸다.

원문 ─────────────────────────────

憎蚊

모기를 미워하다

形如巢睫觜如針,¹

생긴 것은 초명처럼 작디작고 주둥이는 바늘 같은데

嘬我肌膚攪我心,²

내 살갗 깨물어 내 마음 휘젓는구나.

只賦蒼蠅於汝闕,³

창승부 지으며 너는 쏙 빼놓았으니

歐翁猶失重輕斟.⁴

구양수 옹이 경중을 몰라 그랬으리라.

주석

① 巢睫(소첩): 소는 새의 둥지, 첩은 속눈썹이니 직역하면 속눈썹에 집을 짓고 산다는 뜻이다. 《안자춘추晏子春秋·외편하外篇下》에 이런 이야기가 나온다. "공이 말했다. '천하에 가장 작은 것이 무엇이오?' 안자가 대답했다. '있습니다. 동해에 벌레가 있는데, (모기의) 눈썹에 깃들어 살면서 새끼를 낳고 날아다녀도 모기는 전혀 놀라지 않습니다. 저는 그 이름을 모르나 동해의 어부들은 이를 초명이라고 부릅니다.'(公曰, '天下有極細乎?' 晏子對曰, '有. 東海有蟲, 巢於(蚊)睫, 再乳再飛, 而不爲驚. 臣嬰不知其名, 而東海漁者命曰焦冥.)" 이후 모기의 눈썹에 깃들어 사는 뱁새(초소문첩鷦巢蚊睫)라는 말이 나왔다. 여기서는 초명처럼 작고 하찮은 벌레의 뜻으로 풀이한다.

觜(자): 부엉이 머리 위에 뿔처럼 난 털, 뾰족한 끝을 말한다. 모기의 주둥이가 뾰족하게 생긴 것을 뜻한다.

② 嘬(최): 깨물다.

③ 賦蒼蠅(부창승): 구양수의 부賦 중에 「창승부蒼蠅賦」가 있는데, 모기가 아니라 파리에 관한 것이다. 그래서 모기가 빠졌다고 말한 것이다.

④ 歐翁(구옹): 취옹醉翁 구양수歐陽修(1007~1072년). 송대 정치가이자 당시 문단의 거두.

해설

제주는 육지에 비해 따뜻하여 벌레도 많고 특히 모기가 극성이다. 현지 사람들은 물론이고 목민관이나 유배객 등도 특히 여름이면 모기 등쌀에 견디기 힘들었을 것이다. 그러니 오죽했으면 모기를 증오한다는 시를 지었겠는가? 모기나 파리를 소재로 쓴 시는 이 외에도 적지 않다. 구양수는 파리에 대해 썼고, 다산 정약용丁若鏞(1762~1836년)도 모기를 지방의 탐관오리에 빗댄 시 「증문憎蚊」을 읊었다.

원문 ─────

蚊答

모기가 대답하다

萬物洪纖各有天,**1**	만물은 크고 작든 각기 천성이 있나니
賦天形性孰能遷.	부여받은 천성을 누가 바꿀 수 있으랴.
吾無點玉營營事,**2**	난 그래도 옥에 점 찍으며 앵앵거리는 일 없으니
若譬蒼蠅不亦賢.	쉬파리보다는 그래도 낫지 않은가?

① 洪纖(홍섬): 대소大小와 거세巨細처럼 넓고 큰 것과 가늘고 작은 것을 아울러 이르는 말이다.

② 營營事(영영사): 분주하게 돌아다니며 노심초사하며 사는 일을 말한다. 파리나 모기가 날갯짓하며 내는 소리를 나타내는 의성어이기도 하다.

해설

모기의 대답이란 제목이 흥미롭다. 모기가 해롭고 사람을 괴롭히기는 하나 원래 천성이 앵앵거리며 날아다니면서 남의 피를 빨아먹는 것이니, 이 또한 천성이 아니겠는가? 그나마 깨끗한 옥돌에 점을 찍듯이 실례하거나 더럽히는 일은 하지 않는다고 하니, 어질고 현명한 이를 괜히 무함하는 이들보다 낫다는 뜻이다.

김진구

　김진구金鎭龜(1651~1704년), 본관은 광산光山, 자는 수보守甫, 호는 만구와晩求窩, 시호는 경헌景獻이다. 우암 송시열의 문인인 서석 김만기金萬基(1633~1687)의 네 아들 가운데 장남으로 태어났다. 조선 예학의 대가인 사계沙溪 김장생金長生(1548~1631)이 그의 고조부이고, 서포 김만중의 조카이며, 숙종의 첫 번째 정처인 인경왕후의 오빠로 노론계열의 중추 세력이자 외척이다. 1680년 별시 문과에 병과로 급제한 후 사관으로 『현종실록顯宗實錄』 찬수에 참여했고, 이어서 정언正言, 헌납獻納, 교리校理, 응교應敎 등을 거쳐 1683년(숙종 9)에 승지가 되면서 당상관에 올랐다. 1684년 전라도관찰사, 1685년 우승지, 대사간, 1686년에 전라도관찰사로 내·외직을 번갈아 맡았다. 하지만 그가 정계에 있던 숙종 시절은 노론과 남인 세력이 대치하면서 정치적 갈등과 부침이 고조되던 시기였다. 1689년 행부호군行副護軍으로 있을 때 기사환국이 일어나면서 김석주金錫胄와 함께 가혹한 수법으로 남인을 숙청했다는 탄핵을 받고 제주도에 위리안치圍籬安置되었다.

　제주성 근처 북계北溪(지금의 가락천 일대)에서 유배 생활을 시작하여 1695년까지 햇수로 6년간 제주에 살았다. 여러 목사들이 오가는 가운데 송시열의 문하생들과 교유가 있었던 이익태李益泰(1633~?)가 있었던 것으로 보아 위리안치로 인해 바깥출입이 불허된 것은 아니었고, 비교적 자유롭게 사람들을 만날 수 있었다. 그렇기 때문에 그가 가르친 오정빈吳廷賓, 고만첨高萬瞻, 이중발李重發 등이 나중에 과거에 급제하는 일도 있었고, 소실을 얻어 아들 김제택金濟澤을 얻었다.

김진구의 비명碑銘에 따르면, "8남 3녀를 두었는데, 아들은 김춘택金春澤, 관찰사 김보택金普澤, 참판 김운택金雲澤, 교리校理 김민택金民澤, 대사간大司諫 김조택金祖澤, 봉사奉事 김복택金福澤, 김정택金廷澤, 김연택金延澤이고, 딸은 교관敎官 송무원宋婺源, 장령掌令 임징하任徵夏, 사인士人 이광연李廣淵에게 시집갔다. 김제택金濟澤은 공의 서출庶出이다."라고 했다. 여기서 제주와 관련이 있는 인물은 김진구 본인과 큰아들 김춘택, 사위 임징하, 김제택이다. 김제택은 제주에서 낳은 아들이다.

1694년에 갑술환국이 일어나면서 호조참판으로 복직했고 경기도관찰사로 배수되었으나 부임하지 않았다. 이듬해 도승지, 전라도관찰사 등을 역임했으며, 1696년 강화부유수江華府留守, 세자가례부사世子嘉禮副使, 형조, 공조, 호조의 판서를 맡았고, 1700년 어영대장을 하면서 군권을 장악하고 수어사 등을 거쳐, 이듬해 우참찬, 좌참찬을, 1701년 판의금부사判義禁府事, 이듬해 예조판서에, 다시 병조판서를 반복하다 1704년 호조판서에서 형조판서로 옮겼다가 세상을 떴다.

유고집인 『만구와부군유고晩求窩府君遺稿』(11권)에 폄적되어 용인龍仁에서 제주도에 이르기까지 자신의 심정과 제주에서 보고 느꼈던 감회를 시로 표현한 『도찬일록島竄日錄』이 실려 있다.

金镇龟

金镇龟(1651~1704年)祖籍光山，字守甫，号晚求窝，谥号景献。出生于尤庵宋时烈的门人瑞石金万基(1633~1687)四子中长子。古祖父是朝鲜礼学大师沙溪金长生(1548~1631)，是西浦金万重的侄子，也是肃宗第一个正妻仁敬王后的哥哥。他既是老论派的中枢势力又是外戚。1680年考上别试文科丙科后，作为史官参与了《显实宗录》的纂修，还做过正言、献纳、校理、应教等工作。1683年(肃宗9年)被任为承旨，成为堂上官。1684年担任全罗道观察使，1685年担任右承旨、大司谏，1686年担任全罗道观察使，轮流担任了内职和外职。但是他在政界的肃宗时期，因老论和南人势力的对峙，政治矛盾和浮沉达到高潮的时期。1689年担任行副护军时，发生了己巳换局，他以与金锡胄一起用残酷的手段肃清南人为由被弹劾，围篱安置在济州岛。

从济州城附近的北溪(今可乐川一带)开始了流放生活，到1695年为止，在济州生活了6年。在和多位牧使的来往中，还与宋时烈的门生李益泰(1633~?)有过交游，由此可以看出，围篱安置并不是不允许外出，而是可以比较自由地与人见面。因此，他的学子吴廷宾、高万瞻、李重发等，后来还考上了科举，并得到了小室，生下了金济泽。

据金镇龟的碑记记载，"有8男3女。儿子是金春泽、观察使金普泽、参判金云泽、校理金民泽、大司谏金祖泽福、奉事金福泽、金廷泽。女儿嫁给了教官

宋麓源、掌令任徵夏、士人广渊。金济泽是公之庶出。"这里与济州有关的人物是金镇龟本人和长子金春泽、女婿任徵夏、庶子金济泽。金济泽是在济州生的儿子。

1694年发生甲局换判后，复职为户曹参判，并担任京畿道观察使，但并未赴任。次年历任都承旨、全罗道观察使等职，1696年担任江华府留守、世子嘉礼副使，并担任刑曹、工曹和户曹判书。1700年担任御营大将时掌握军权，担任守御使等职务，次年担任右参赞，左参赞。1701年担任判义禁府事，次年担任礼曹判书，又担任兵曹判书。1704年从户曹判书担任刑曹判书后去世。

遗稿集《晚求窝府君遗稿》(第11卷)中记载的《岛窜日录》是流放在龙仁到济州岛时，用诗表现出自己的心情和所见所感的汉诗。

馬屯 　　　　　　　방마장

萬馬長郊草正豊,　　　수많은 말이 있는 너른 교외에는 풀 마침 풍성한데

烏騮高價倍靑驄.[1]　　오류마는 가격이 높아 청총마의 곱절이라네.

駑駘斥出因朝令,　　　노둔한 말은 내치니 조정의 명 때문이고

字牝乘行見土風.[2]　　암말 타고 다니니 풍토를 보여주네.

散若雲霞披曠野,　　　흩어지면 구름과 노을이 넓은 들판에서 걷히는 듯하고

步如烟雪動寒空.　　　걸으면 연무와 눈이 차가운 하늘에서 날리는 듯하네.

近聞太僕徵求急,　　　근래 태복이 징발함이 급하다고 들었거늘

肯使斑騅老島中.[3]　　반마가 섬에서 늙어가도록 내버려 두는구나.

주석

① 烏騮(오류): 몸이 검푸른 말.

　　靑驄(청총): 푸르고 흰빛을 띠는 준마.

② 字牝(자빈): 암말. 시에는 이와 관련하여 다음과 같은 주석이 있다.
　　"제주도에는 오류마 중 뛰어난 품종이 많고, 총마 중에는 잘 걷는
　　말이 드물다. 또한 뛰어난 수말들은 대부분 관아에서 취하고, 또
　　한 육지 사람들에게 팔아 생계를 도모한다. 그러므로 사람들은 모
　　두 암말을 타고 다닌다.(本島烏騮多良種, 驄馬罕有善步者. 且凡牡馬之稍
　　有才者, 則多爲官府所取, 且賣於陸人以資生, 故人皆乘牝馬以行.)"

③ 斑騅(반추): 푸른색과 흰색이 섞인 준마.

이 시는 넓은 들판에 말이 방목되고 있는 모습을 묘사하고 제주의 오류마가 청총마보다도 뛰어남을 말하고 있다. 이어 좋은 말은 조정에 진상하고 정작 제주 사람들은 암말이나 타고 다니는 상황을 말하며, 들판에서 자유로이 몰려다니는 말의 모습을 구름과 연무의 비유를 통해 실감 나게 묘사하고 있다. 마지막에는 조정에서는 좋은 말을 구하느라 혈안인데 정작 자신과 같은 인재는 그대로 내버려 두고 있음을 탄식하고 있다.

원문

雨中有懷 빗속에 느낀 바 있어

蠻鄕淪謫不難堪,　　남쪽 지방에서의 유배 생활도 견디기 어렵진 않으니

飽喫朝晡夜寢甘.　　아침저녁 배불리 먹고 밤잠도 달콤하다네.

只恨晨昏違定省,¹　　다만 아침저녁으로 부모님 섬기는 걸 어기니 한스럽고

更憐兄弟散東南.　　또 형제끼리 동남쪽으로 흩어져 있음이 안타까운데,

音書每覺逾時月,²　　편지는 매번 시간을 넘겨 도착하여

疾恙惟愁感霧嵐.　　근심과 시름이 뿌연 안개처럼 일어나네.

午夢未成春晝永,　　낮잠도 못 이루는데 봄날은 길기만 하니

持杯强對雨毿毿.³　　술잔 들고 억지로 부슬부슬 내리는 비를 마주하네.

주석

① 定省(정성): 잠자리를 마련하고 문안하다. '혼정신성昏定晨省'의 의미로, 부모님을 봉양하는 것을 의미한다. 『예기禮記·곡례상曲禮上』

에 "자식이 된 자는 어버이에 대해서, 겨울에는 따뜻하게 해 드리고 여름에는 시원하게 해 드려야 하며, 저녁에는 잠자리를 보살펴 드리고 아침에는 문안 인사를 올려야 한다.(凡爲人子之體, 冬溫而夏凊, 昏定而晨省.)"라 하였다.

② 音書(음서): 서신書信.

③ 毿毿(삼삼): 어지럽고 분분한 모양.

해설

이 시는 김진구가 제주에 유배되어 있을 때 같은 시기 거제도에 유배되어 있는 동생 김진규金鎭圭에게 보낸 것으로, 제목 아래에 "동파의 과령에 차운하다.(次東坡過嶺韻)"는 부제가 있다.

시에서는 비록 유배 생활이지만 그런대로 먹고 지내기에는 큰 어려움이 없음을 다행으로 여기고 있다. 다만 부모 형제와 떨어져 지내는 것이 아쉽고 안타까울 뿐이니, 매번 늦어지기만 하는 가족들의 소식에 시름겨워하며 그저 술에 의지하여 스스로를 위안하고 있다.

원문 ────

十月十五日, 次李東岳途中逢慈氏壽辰韻　10월 15일 이동악이

도중에 어머니 생신을 맞아 쓴 시에 차운하여

兄弟四年謫,	형제가 4년간 유배되어 있으니
家鄉何日歸.	고향엔 언제나 돌아갈지.
遠雲迷草夢,¹	먼 구름에 어린 시절의 추억은 혼미하고
暮景想萱闈.²	저녁 경치에 어머님을 그리워하네.

忽憶生辰屆, 　　　홀연 생신 다가왔음이 생각나니

誰將壽爵揮. 　　　누가 축수하는 술잔을 올릴지.

惟應三處淚,³ 　　　응당 세 곳에서 눈물을 흘리며

此夕各霑衣. 　　　오늘 저녁 각각 옷을 적시리라.

주석

① 草夢(초몽): 풀의 꿈. '춘초몽春草夢'의 의미로, 여기서는 동생들과의 어린 시절 즐거웠던 추억을 가리킨다.

② 萱闈(훤위): 원추리가 피어 있는 작은 문. '훤당萱堂'의 의미로, 어머니가 계신 곳을 가리킨다.

③ 三處(삼처): 세 곳. 자신과 동생들이 있는 곳을 가리킨다. 당시 둘째 김진규金鎭圭는 거제도에, 셋째 김진서金鎭瑞는 진도에 유배되어 있었다.

해설

이 시는 형제들이 각기 떨어져 4년 동안 유배되어 있는 상황을 말하고, 멀리 떠가는 구름과 저녁 경관을 바라보며 동생들과 어머니를 생각하고 있다. 이어 다가오는 어머니 생신에도 함께 모일 수 없음을 안타까워하며 아들들이 각기 유배지에서 회한의 눈물을 흘리고 있음을 탄식하고 있다.

傷悼

애도하다

其五

昔余南浦啓帆程,	옛날 내가 강진에서 배 타고 올 때
回首冠山不盡情.[1]	천관산을 돌아보며 다하지 못한 정이 있었지.
喜見海鴻書屢寄,	바다 갈매기가 자주 부쳐오는 편지 기쁘게 보았네만
驚聞座鵩賦還成.[2]	복조부가 다시 쓰여졌다는 소식 듣고 놀랐다네.
三朝望舊聯花萼,[3]	세 분의 임금 모시던 옛일 돌이보니 우리 형제처럼 지내며
兩部班高聽履聲.[4]	양 부서에서 반열은 높아 신발 소리 들었었네.
榮辱卽今俱是夢,	영욕은 지금 모두 꿈과 같으니
祗應來世仰清名.	그저 후대에 맑은 이름 우러르길 바랄 뿐이네.

주석

① 冠山(관산): 천관산天冠山. 전라남도 장흥에 있다.

② 座鵩(좌복): 방 안에 들어앉은 올빼미. 한漢 가의賈誼의 「복조부鵩鳥賦」를 가리킨다. 가의가 유배되어 장사왕長沙王의 태부太傅로 있을 때 올빼미가 방 안으로 날아들어 왔는데, 점을 쳐보니 야생의 올빼미가 방 안으로 들어오면 안에 사는 사람이 나가서 죽는 징조라 하여 「복조부」를 지어 자신의 불운한 운명을 탄식하였다. 이 구는 유배된 자신의 자신의 처지와 운명을 탄식했음을 말한다.

③ 三朝(삼조): 세 조대. 인조仁祖, 효종孝宗, 경종景宗 조를 가리킨다.

　望舊(망구): 옛일을 생각하다.

　花萼(화악): 꽃과 꽃받침. 한 가지에서 자라며 서로를 보호하는 존재로, 형제간의 화목과 우애를 비유한다. 『시경詩經·소아小雅·상체常棣』에서 "아가위 꽃은 꽃받침이 울긋불긋하네. 많은 사람 중에 형제만 한 이는 없네.(常棣之華, 鄂不韡韡. 凡今之人, 莫如兄弟.)"라 한 말에서 유래하였다. 여기서는 동료들과 형제처럼 지냈음을 말한다.
④ 兩部(양부): 두 부서. 조정의 문직文職과 무직武職을 가리킨다.

해설

이 시는 제주 유배지에서 당시의 정세에 대해 술회하고 자신과 같이 유배를 당한 사람들을 떠올리며 쓴 것으로, 총 16수 중 제5수이다.

시에서는 강진을 떠나 제주로 유배되는 뱃길에 많은 감회가 있었음을 말하고, 지인들의 소식에 기뻐하거나 때론 자신의 불우한 운명을 탄식하곤 했음을 말하고 있다. 이어 함께 유배된 지인들과의 영화로웠던 옛날을 떠올리며 당시 일이 마치 꿈처럼 느껴짐을 말하고, 지금은 비록 유배되어 가고 있지만 후대에는 자신들의 충정과 절개를 알아주기를 바라고 있다.

김춘택은 이 시에 대해 "우암尤庵 송시열宋時烈, 문곡文谷 김수항金壽恒 이하 화를 당한 여러 공의 일을 쭉 나열하면서 국운國運과 세도世道가 그런 사람들과 함께한다는 것을 반복하여 말했으니, 격절激切하고 완독婉篤하다."라고 평가하기도 하였다.

원문 ────────────────────────

絶句　　　　　　　　절구

拏峰五月凉,　　　　　한라산 봉우리는 오월이면 서늘하여

草木多枯黃.¹	풀과 나무 대부분 누렇게 말라 있다네.
獨有長松樹,	유독 늠름한 소나무 있으니
青青帶雪霜.	푸르름은 눈과 서리를 머금고 있네.

주석

① 枯黃(고황): 누렇게 마르다.

해설

이 시는 한라산이 높아 오월이면 이미 서늘해짐을 말하고 눈 서리에 푸르름을 잃지 않고 늠름하게 솟아있는 소나무를 칭송하고 있다.

남구명

남구명南九明(1661~1719년), 자는 기서箕瑞, 호는 우암寓菴이고 고향은 경상도 영해寧海이다. 1661년(현종 2) 남상주南尙周와 한양조씨漢陽趙氏 사이에서 다섯째 아들로 태어났다. 1687년(숙종 13) 사마시에 급제하고, 1693년(숙종 19) 문과 식년시에 병과로 급제했으나 벼슬에 뜻이 없어 고향으로 내려가 10여 년간 은거했다. 이후 큰형인 거창부사 남노명南老明의 권유로 46세에 출사하여 단구역丹丘驛, 창락역昌樂驛, 오수역獒樹驛의 우승직郵丞職을 맡았으며, 1712년(숙종 38년) 제주판관에 제수되었다. 서울에서 9월 4일 출발하여 16일에 강진에 도착했으며, 29일 해남을 출발하여 어란포於蘭浦, 백도白島를 거쳐 10월 4일 제주관아에 도착했다.

그가 재임하던 1713년부터 그 이듬해까지 심한 흉년이 들어 제주민들이 기근에 허덕이자 이를 구제하기 위해 애썼다. 그 공으로 통정대부通政大夫 정3품 당상관에 해당하는 자급資級이 되었으며, 이후 순천부사로 영전하여 1715년(숙종 41) 5월 임기를 마치고 제주를 떠났다. 그러나 순천부사에서 얼마 있지 않아 파직당하고 고향으로 돌아가 1719년 10월 25일 세상을 떠났다. 제주에 그를 기리는 죽림사竹林祠가 세워졌다.

32개월 정도 제주에 머물면서 바쁜 직무 중에도 적지 않은 시문을 남겼으며, 특히 그가 일기 형식으로 지은 『남정일기南征日記』는 발령을 받고 제주로 오기까지 여정과 제주의 경관과 풍물을 기록하고 있다. 시문집으로 손자인 남용만南龍萬이 편집한『우암집寓菴集』이 남아 있다.『우암집』은 5권 3책으로 된 목판본으로 권1, 2는 시부詩賦, 권3은 서書, 기記, 발跋, 전傳 등이며, 권4는 설說과 잡저雜著, 권5는 부록으로 이루어져 있다. 그중에서 시가는 190편 265수이며, 제주 한시는 78편 155수이다.

본서에 실린「보탁라가補乇羅歌」는 점필재佔畢齋의「탁라가乇羅歌」를 차운한 것으로 제주민의 생활상과 풍물 등을 묘사한 시가이다. 이 외에 관기에게 제주민요를 부르게 하여 그 민요를 한시로 읊은 다섯 수의 근체시로「영랑곡迎郎曲」,「송랑곡送郎曲」각 한 수와 세 수의「창루곡娼樓曲」이 있다. 그중에「송랑곡送郎曲」한 수를 싣는다.

2010년 제주교육박물관에서 김영길金永吉의 국역본『우암선생문집寓菴先生文集』이 출간되었다.

南九明

南九明(1661~1719年)字箕瑞，号寓菴，老家是庆尚道宁海。显宗2年(1661年)出生于南尚周和汉阳赵氏的五子。肃宗13年(1687年)司马试及第，肃宗19年(1693年)文科式年试丙科及第，但无意出仕，回到家乡隐居10多年。此后在大哥居昌府使南老明的劝导下，46岁出仕，担任丹丘驿、昌乐驿、獒树驿的邮丞职，1712年(肃宗38年)任济州判官。9月4日从首尔出发，16日抵达康津，29日从海南出发，经过于兰浦、白岛，10月4日抵达济州官衙。

从他任职的1713年开始到次年，为了救济因严重的荒年，在饥荒中挣扎的济州居民而付出了努力。因此功劳成为通政大夫(相当于正三品堂上官)后，荣升为顺天府使，1715年(肃宗41年)5月任期结束后离开了济州。但是，在任顺天府使不久被罢职，再次回到故乡，于1719年10月25日去世。在济州还留有称颂他的竹林祠。

在济州滞留的32个月里，在繁忙的职务中还留下了不少诗文，尤其是他以日记形式撰写的《南征日记》里，记录了从受命到济州的所有旅程和济州的景观和风物。现留有他的孙子南龙万编辑的诗文集《寓菴集》。《寓菴集》是5卷3册的木刻本，卷1、2是诗赋，卷3是书、记、跋、传等，卷4是说和杂着，卷5是附录。其中，诗歌共有190篇265首，济州汉诗有78篇155首。

本书收录的《补乇罗歌》是借韵佔毕斋的《乇罗歌》，是描写了济州居民生活面

貌和风物等的诗歌。此外，还有让官妓唱济州民谣，把民谣吟诵成汉诗的五首近体诗，有《迎郎曲》、《送郎曲》各一首和《娼楼曲》三首。本书收录了其中一首《送郎曲》。

2010年济州教育博物馆出版了金永吉的国译本《寓菴先生文集》。

補乇羅歌竝書十四首 탁라가를 보충하여 서문을 함께 쓰다 14수

佔畢齋金先生嘗過成歡驛,¹ 遇濟州人藥材陪持者.² 因夜話問
風土物産, 錄其言, 爲乇羅歌十四首. 後人亦有補之者. 余於
病伏中, 再步其韻, 間附述懷書事等語. 終篇大抵遊山日記.
雖其文字能得古人之髣髴, 而若其目見詳於耳聞, 足踏勝於
口傳, 則敢辭矣. 亦令愼明和之.³

점필재 김선생께서 일찍이 성환역을 지나시다 우연히 약재를 진상하러 가는 제주 사람을 만
나게 되었다. 밤사이에 이야기를 나누시다 그곳의 풍토와 물산에 대해 물으시고는 그 말을
기록하여 「탁라가14수」를 지으셨다. 후인 중에는 이를 보충한 자도 있었다. 내가 병이 들어
누워있을 때 다시 그 운을 따라가면서 시를 짓고 그사이에 품은 뜻을 써내고 겪은 일들을 기
록하여 덧붙였다. 끝 편들은 대저 산을 유람한 날의 기록이다. 비록 그 글은 옛사람들의 대략
을 얻을 수는 없겠으나, 만약 그것을 눈으로 본 것이 귀로 듣는 것보다 상세하고 발로 걸어다
니는 것이 입으로 전해지는 것보다 낫다면 감히 사양하지 않겠다. 또한 신명으로 하여금 이
에 화답하게 하였다.

주석

① 佔畢齋(점필재): 조선 전기 문인 김종직金宗直의 호이다.

　　成歡驛(성환역): 조선시대 충청도에 위치한 역도 중 한 곳.

② 陪持(배지): 지방에서 보내는 장계나 공문, 진상 물품을 가지고 서
　　울로 감.

③ 愼明(신명): 남신명南愼明으로, 남구명南九明의 동생.

其一

殊音異服强相親,	말소리와 복장은 달라도 억지로 친해지며
時獻驪龍頷下珍.[1]	때로는 검은 용의 턱 아래 달린 구슬도 바친다네.
亭長初非從汝索,[2]	내 판관으로서 애초 너희들에게 구한 것이 아닌데도
看君知是有求人.[3]	그대들을 보니 사람에 구하고자 하는 것이 있음을 알겠네.

주석

① 驪龍(여룡): 검은 용.

　頷下珍(함하진): 턱 아래 진귀한 보물. 전설에 따르면 검은 용 턱 아래에 진귀한 구슬이 달려 있다고 한다. 진귀한 물건을 의미한다.

② 亭長(정장): 지역의 치안을 담당하고 백성들의 사무를 처리하는 관리. 여기서는 제주판관을 가리킨다.

③ 君(군): 그대. 여기서는 진귀한 물건을 의인화하여 나타내었다.

해설

　이 시는 제주 사람들이 말도 복장도 다른 자신과 억지로 친해지며 진귀한 보물도 바치고 있음을 말하고, 자신은 공무를 맡은 판관으로서 이를 원한 것도 아닌데 알고 보니 자신에게 얻고자 하는 것이 있어 그러한 것이었음을 말하고 있다.

　이 시 아래에 다음과 같은 주석이 있다. "『풍속지』에 '터럭같이 작은 일에도 다 뇌물을 바치면서 염치와 정의를 모르니, 무슨 일인가?'라 했다.(風俗志, 毫縷細故, 皆有贈賂, 不知廉義, 爲何事.)"

其二

朝廷初不稅蠻人,¹ 조정에서는 처음 남쪽 사람들에게 세금 부과하지 않고

藥物惟供絶海濱. 약물만 오직 저 바닷가에서 보내도록 하였지.

內局卽今多責應,² 지금 내의원에서 온 많은 요구에 응하다 보니,

船船滿載是靑陳.³ 배마다 가득 청귤 진피 실었네.

주석

① 蠻人(만인): 남방 사람.

② 內局(내국): 내의원內醫院.

③ 靑陳(청진): 청귤의 진피.

해설

이 시는 제주에서는 귀한 약물이 많이 나와 이것으로 세금을 대신하였음을 말하고, 내의원에 진상하는 청귤의 진피가 배에 가득한 상황을 나타내고 있다.

其三

衙軒東北勢空豁, 관청 동북쪽은 기세가 탁 트여 있고

瘴雨腥風入戶涼.¹ 장기 머금은 비와 비린 바람이 문으로 들어와 서늘하네.

病骨不堪尖利氣,² 병든 몸으로 매섭고 혹독한 바람을 감당하지 못하고

斜陽移上橘林堂.³ 저녁 무렵 귤림당으로 옮겨 오르네.

① 瘴雨(장우): 장기瘴氣를 머금은 비. 장기는 풍토병을 일으키는 습하고 독한 기운을 가리킨다.

② 尖利(첨리): 뾰족하고 날카롭다. 기후가 매섭고 혹독한 것을 말한다.

③ 橘林堂(귤림당): 거문고를 켜거나 바둑을 두거나 술을 즐기던 장소.

해설

이 시는 습한 비와 비린 바람이 가득한 제주의 기후를 나타내고, 쇠하고 병든 몸으로 제주의 매서운 바람을 감당하기가 어려움을 말하고 있다.

이 시 아래에 다음과 같은 주석이 있다. "『남사록』에 '바람이 매섭고 혹독하니 내지 사람보다 민첩하다.'라 했다.(南槎錄, 風氣尖利, 捷於中人.)"

원문

其四

賣妻鬻子尋常視,[1]	아내와 자식을 파는 일 자주 보게 되니
此地人情不可諳.[2]	이곳 사람들의 마음 알 수 없어라.
王化卽今無內外,	왕의 교화가 지금 안과 밖이 없거늘
只緣風氣限天南.	단지 기후 때문인지 남쪽 하늘로는 막혀 있구나.

주석

① 鬻(육): 팔다.

② 內外(내외): 내지內地와 외지外地. 도성 근처와 변방 지역을 가리킨다.

216

이 시는 아내와 자식을 파는 일조차 빈번하게 일어나는 제주의 풍속을 말하고, 임금의 교화가 낯선 풍토와 기후로 인해 이곳 남쪽까지는 이르지 못하고 있음을 탄식하고 있다.

원문 ─────────────────────────────

其五

鈴下趨蹌多刻面,[1]	태수에게 종종걸음으로 여러 차례 찾아가 만나니
前年纔脫黑纅間.[2]	지난해 겨우 검은 포승줄에서 벗어났네.
朝朝向日祈無死,	아침마다 해를 향해 죽지 않기를 빌며
願得田園半餉閒.[3]	전원에서 잠시나마 한가로움을 얻을 수 있기를 바란다네.

주석

① 鈴下(영하): 태수太守의 존칭. 여기서는 제주목사濟州牧使를 지칭한다. 趨蹌(추창): 조정에서 조회하거나 알현할 때 일정한 속도로 걷는 종종걸음. 여기서는 목사를 찾아뵌 것을 의미한다.

② 黑纅(흑류): 검은 포승줄. 관직에 얽매여 있는 것을 비유한다.

③ 半餉(반향): '반향半晌'과 같은 뜻으로, '반나절' 또는 '꽤 오랜 시간'을 의미한다. 여기서는 잠시의 의미로 사용되었다.

해설

이 시는 목사에게 여러 번 간청하여 작년에 판관의 직책에서 잠시 벗어날 수 있게 되었음을 말하고, 아무 탈 없이 잠시나마 한가로운 시간을 보낼 수 있기를 바라고 있다.

원문
其六

靑螺纓子隔珊瑚,	푸른 소라 갓끈에 산호가 섞여 있으니
異彩玲瓏世所無.	특이한 빛 영롱함이 세상에는 없는 것이라네.
縱橫石上磨礱跡,[1]	종횡으로 돌 위에 무늬를 갈아 넣은 것은
盡入侯門別簡須.[2]	별도로 분류되어 제후의 문으로 들어가네.

주석

① 磨礱(마롱): 갈다.
② 別簡(별간): 편지 끝에 붙이는 별지로, 따로 부탁하는 일들을 적는다.

해설

이 시는 푸른 소라와 산호를 섞어 엮은 갓끈이 세상에 없는 진귀한 물건임을 말하고, 많은 정성과 공력을 들여 만들었음에도 권세가들의 요청에 따라 보내줄 수밖에 없었을 일반 백성의 노고와 침탈을 연민하고 있다.

원문
其七

| 仙府深深在漢山, | 선계는 깊고 깊은 한라산에 있어 |
| 神官羅列幾重般. | 신선들이 몇 줄이나 늘어서 있다고 하네. |

有人手執贏粮袋,¹   양식 담은 포대를 손으로 들고 메고 찾아간 이가 있었으나
不見眞元面目還.²   신선의 얼굴도 보지 못하고 돌아왔다네.

주석

① 贏粮(영양): 양식을 짊어지다.

② 眞元(진원): 사람의 원기. 여기서는 신선을 가리킨다.

해설

이 시는 한라산 깊은 곳에 선계가 있어 수많은 신선이 살고 있음을 말하고, 사람이 이를 보려 단단히 준비하고 찾아갔으나 선계는커녕 신선의 얼굴조차 보지 못하고 돌아왔음을 말하고 있다.

이 시 아래에 다음과 같은 주석이 있다. "최계옹 목사가 스스로 '욕심을 잊은 사람'이라 칭하며 선인으로 소문났다고 하니, 우스갯소리라 번번이 피하였다. 손에 몇 되의 양식을 들고 홀로 한라산에 올랐는데, 길을 잃고 헤매다가 힘이 다 빠져서는 이에 돌아왔다.(崔牧使啓翁自稱忘懷子, 以仙人聞, 笑語輒避. 手持數升糧, 獨上漢挐山, 迷失道困頓乃還.)"

원문 ────────────────────────────

其八

名區珍木傲風霜,   이름난 지역의 진귀한 나무는 바람과 서리 이겨내다가
納錫年年犯大洋.¹   공물로 바쳐져 해마다 넓은 바다를 건너네.
半夜別關星火急,²   한밤중에 특별 문서가 성화처럼 급하니
尙方催進紫檀香.³   상방에서 자단향 진상을 재촉하는 것이라네.

① 納錫(납석): 공물로 바치다. 공물로 들이다.

② 別關(별관): 특별히 보내는 문서.

③ 尙方(상방): 궁에서 임금이 사용하는 기물을 제조하던 관서.

　　紫檀香(자단향): 고급 가구나 악기 혹은 미술품을 만드는 데 사용하는 나무.

해설

이 시는 겨우내 풍상을 이겨낸 제주의 좋은 나무들이 해마다 바다 건너 공물로 바쳐지고 있음을 말하고, 한밤중에도 궐에서 긴급문서가 내려와 왕실에서 쓸 고급 목재를 요구하고 있음을 말하고 있다.

원문 ───────────────────────────

其九

羅綺香風陣陣圍,¹　　　수놓은 비단과 향기로운 바람이 겹겹이 에워싸더니

芳心先向八房披.²　　　향기로운 마음을 먼저 기방 곳곳에 펼치네.

那堪聽取靑樓曲,³　　　어찌 청루의 노랫소리 들을 수 있으리

厭薄官人不自疑.⁴　　　틀림없이 관리를 미워하고 업신여길 것이네.

주석

① 羅綺(나기): 수놓은 비단. 여기서는 기녀를 비유한다.

② 八房(팔방): 여덟 개의 방. 기방妓房 곳곳을 가리킨다.

③ 靑樓(청루): 기녀들이 거처하는 기방.

④ 厭薄(염박): 미워하고 업신여기다.

해설

이 시는 기방에서 아름다운 기녀들과 어울려 즐기는 상황을 나타내고, 비록 기녀들이 웃고 노래하지만 그들의 속마음은 관리를 미워하고 업신여기고 있음을 말하고 있다.

원문

其十

朝爲赤子暮蛇龍,　　　　아침에는 어린아이였던 것이 저녁에는 사나운 용이 되니

芽孽時能敗古風.¹　　　　재앙의 싹이 때로는 오랜 기풍을 깨뜨릴 수 있다네.

甫介已亡嚴卜死,²　　　　보개는 이미 망하고 엄복도 죽었으니

家家花月醉郫筒.³　　　　집집마다 꽃과 달 아래에서 비통주에 취한다네.

주석

① 芽孽(아얼): 싹. 재앙의 싹.

　古風(고풍): 예로부터 전해지는 선하고 착한 기풍.

② 甫介(보개): 고려 공민왕 20년(1372) 제주에서 난을 일으킨 목호.

　嚴卜(엄복): 고려 충숙왕 5년(1318) 제주에서 난을 일으킨 목호.

③ 郫筒(비통): 술 이름. 제주 토속주이다.

해설

이 시는 작은 재앙의 싹이 자라나 큰 화를 불러올 수 있음을 비유적

으로 나타내고, 옛날 제주에서 난을 일으켰던 보개와 엄복이 이미 사라져 지금의 백성들이 평온한 세월을 누릴 수 있게 되었음을 말하고 있다.

其十一

絃誦洋洋衣帶整,¹	책 읽는 소리 낭낭하고 옷차림도 단정하니
嶺湖風習不爭多.²	영호남의 풍습과 크게 다르지 않다네.
可憐土俗輕題品,³	품등을 정하는 것이 경솔하기만 한 지방 풍속이 안타까우니
官妓虛當第一科.	관기가 허망하게도 일등이라네.

주석

① 洋洋(양양): 크고 성대한 모양. 여기서는 책 읽는 소리가 크고 낭랑하게 들리는 것을 말한다.

絃誦(현송): 음악에 맞추어 노래 부르며 시경을 공부하는 것과 음악 없이 낭독하는 것을 일컫는 말로, 공부하거나 낭독하는 것을 가리킨다.

② 不爭多(부쟁다): '부다쟁不多爭'의 뜻으로, '차이가 없다'는 의미이다.

③ 題品(제품): 품등品等을 정하다.

해설

이 시는 제주 사람들이 경서를 읽고 옷차림을 바로 하고 있는 것은 영호남 사람들과 다름이 없음을 말하고, 다만 제주에서는 이러한 사람들보다 관기官妓가 더 대우받고 인정받는 세태를 비판하고 있다.

이 시 아래에 다음과 같은 주석이 있다. "지방 사람들의 말에 첫째는 기생, 둘째는 관청 사령, 셋째는 아전, 넷째는 임시직 포졸, 다섯째는 향소, 여섯째는 선비라는 말이 있다.(方言有一妓生, 二官奴, 三衙前, 四假卒, 五鄕所, 六先輩之語.)"

원문 ————————————————————

其十二

山陰橡栗秋來熟,	산 북쪽의 도토리와 밤이 가을 되어 익으니
獐鹿成群日漸肥.	노루와 사슴은 무리를 이루어 날마다 점점 살이 찌네.
告獲不堪充俎豆,¹	사냥한 것을 하늘에 고함에 제기를 채우지 못하니
悍兵元是傲官威.²	사나운 병졸들이 본디 관리의 위엄을 업신여겨서라네.

주석

① 告獲(고획): 사냥한 것을 하늘에 제사하여 보고하는 것을 말한다.
　俎豆(조두): 제사에 사용하는 그릇. 제기.
② 悍兵(한병): 사나운 병사. 상관의 명을 따르지 않고 멋대로 행동하는 병사를 의미한다.

해설

이 시는 가을 되어 잘 익은 도토리와 밤을 먹어 살찐 노루와 사슴이 산에 가득함을 말하고, 이들을 사냥하여 하늘에 제사 지내려 하지만 병졸들이 상관의 명을 따르지 않아 제기를 채울 수 없음을 탄식하고 있다.

이 시 아래에 다음과 같은 주석이 있다. "봄과 가을의 두 정일에 군영에서는 아병 두 초대를 차출해 산짐승을 사냥하고 이로써 각 제사의 육포와 식혜를 마련하였다. 그러나 병졸들의 습성이 매우 사나워 짐승을 사냥하는 데 힘을 다하려 하지 않아 제수가 매번 부족한 것이 걱정이었다.(春秋兩丁, 營出牙兵二哨獵山獸, 以供各祭脯醢. 而卒習甚悍, 不肯盡力於捕捉, 祭需每患窘束.)"

원문 ———————————————————————

其十三

牧馬千群半故斃,　　기르는 말 천 마리 무리 중 반이 죽어 나가니

爲言南地雪風高.　　남쪽 땅 눈과 바람 매섭기 때문이라 말하네.

冷丞只解箝書尾,[1]　말단 관리는 다만 문서 쪼가리나 끼고 있을 줄 아니

都付營門數鬣毛.[2]　영문에서 죽은 말 갈기만 셀 뿐이네.

주석

① 冷丞(냉승): 낮은 직위의 관리. 실무를 담당하는 관원을 가리킨다.
　箝(겸): 끼다.

② 鬣毛(엽모): 동물의 머리 부분의 긴 털. 갈기.

해설

이 시는 제주의 혹독한 눈과 바람으로 인해 기르는 말의 절반이 죽어 나가고 있음을 말하고, 정작 군영에는 죽은 말의 가죽이나 갈기로 보급되어 숫자만 채워지고 있음에도 관리들은 문서상의 말의 수만 따지고

있음을 비판하고 있다.

이 시 아래에 다음과 같은 주석이 있다. "남쪽 땅은 바람과 눈이 매우 사나워서, 목장의 말이 죽는 것이 많게는 수천 마리에 이른다. 죽어 가죽과 갈기로 모두 군영으로 들어가는데, 이른바 목관들은 문서만 행할 뿐 조금도 관여하지 않는다.(南地風雪甚惡, 牧場馬故斃多至數千, 皮鬣皆入營門, 所謂牧官擧行文書而已, 豪末不與焉.)"

원문

其十四

到口生憎瞿麥酒,[1]　　　구맥으로 빚은 술 입에 대면 역겨운데

淺紅時上小螺盃.　　　　엷은 붉은빛으로 시시때때로 작은 소라 잔에 올라오네.

雲安此去無多地,[2]　　　운안은 이곳에서 그다지 멀지 않으니

須取醺人麴米來.[3]　　　사람 취하게 하는 국미춘을 가지고 와야 하리.

주석

① 瞿麥酒(구맥주): 구맥으로 빚은 술. 구맥은 석죽화石竹花 또는 봉맥蓬麥이라고도 하는데, 열매가 보리와 비슷하게 생겼다.

② 雲安(운안): 지금의 중국 광동성廣東省에 위치한 지역.

③ 麴米(국미): 술 이름. 운안의 유명한 술로, '국미춘麴米春'이라고 한다. 두보의 시 「번민을 없애며撥悶」에 "운안에 국미춘이 있다 들었으니, 한 잔만 기울여도 즉시 취한다고 하네.(聞道雲安麴米春, 纔傾一盞卽醺人.)"라는 구절이 있다.

醺人(훈인): 사람을 취하게 하다.

해설

이 시는 제주의 구맥주가 입에 맞지 않는데도 다른 술이 없어 어쩔 수 없이 마시게 됨을 말하고, 국미춘으로 유명한 중국의 운안이 이곳에서 멀지 않으니 차라리 그곳에 가서 맛좋은 술을 가져오고 싶은 마음을 나타내고 있다.

김정

김정金侹(1670~1737), 자는 사달士達, 호는 노봉蘆峯이며, 안동 풍산현豊山縣 사람이다. 부친 김휘봉金輝鳳과 모친 봉성 금씨鳳城 琴氏 사이에 셋째 아들로 태어났다. 노봉의 증손인 김상민金相敏이 지은 「가장家狀」 등을 보면, 집안 대대로 절의와 덕망, 문장과 학행學行으로 유명한 이들이 배출되었다. 특히 증조부 학사鶴沙 김응조金應祖(1587~1667년)는 서애西厓 유성룡柳成龍과 여헌旅軒 장현광張顯光의 문하에서 학문을 연마했으며, 형제 8명이 모두 소과에 합격하고 다섯 명이 대과(문과)에 급제하여 '팔련오계지미八蓮五桂之美(여덟 송이 연꽃과 다섯 그루 계수나무의 아름다움)'라고 칭송받았다.

김정은 아홉 살 어린 시절에 『이소경離騷經』을 다 외울 정도로 총명한 데다 오음梧陰 성문하成文夏에게 『주역』을 배우는 한편 성리학 연구에 정진하면서 집안의 가풍을 그대로 이었다. 1695년(숙종 22) 진사 3등, 1708년 39세에 식년式年 갑과 3등에 급제하고 이듬해부터 서빙고西氷庫 별제別提를 시작으로 사헌부 감찰, 함경도사咸境都事, 병조정랑 겸 춘추관 기주관記注官 등을 역임했다. 이후 옥천 군수, 강릉 부사府使, 강계江界 부사 등 외직을 돌며 선정하여 청렴하고 근면하다는 평가를 받았으며, 곳곳에 선정비가 세워졌다. 1729년 말 지방 특산물을 수송하는 복정선定船 사건에 연루되어 파직되었다가 다시 복직했고, 1731년(영조 7)에는 역적 김일경金一鏡을 판서로 호칭했다는 이유로 또다시 의금부에 하옥되고 관직을 삭탈당했다. 이후 사면되어 1734년 첨지중추부사로 재직하다 1735년 제주목사 겸 호남방어사를 제수받았다.

김정은 1735년 4월부터 1737년 9월까지 제주목사에 재임했다. 부임한 해부터 2년간 흉년이 지속되자 백성들을 구휼하고 대동미 부세를 경감했으며, 양로연을 베풀어 민심을 위로했다. 또한 제주목에 삼천三泉서당을 건립하여 학문을 부흥시키고, 언문 해설이 있는 『경민편警民編』을 간행하여 백성들이 보다 쉽게 배울 수 있도록 했다. 특히 그가 한일 가운데 온갖 배들이 들고나는 화북 포구를 확장한 것을 빼놓을 수 없다. 당시 제번미除番米 3백 섬을 내어 길이 120여 보步, 너비 10여 보, 높이 6보로 둑을 쌓아 선창을 넓혀 더 많은 배들이 정박할 수 있도록 했다. 목사가 직접 팔을 걷어붙이고 돌을 나르니 휘하 아전들도 앞다투어 거들었다고 한다. 공사가 끝나고 임기를 마친 후 화북 후풍관候風館에서 바람 잘 날을 기다리다 쓰러져 세상을 뜨고 말았다. 김정은 고관대작에 이르지는 않았지만 성리학에 입각하여 학문을 연마하고 관리로서 선정을 베풀었다. 특히 지방관으로 애민정신에 투철하여 가는 곳마다 최선을 다해 민정을 살폈다.

저서로 목판본 『노봉집蘆峯集』이 남아 있으며, 그 안에 248편 313수의 시가 수록되어 있다. 2001년 제주문화원에서 김익수 번역으로 국역 『노봉문집』이 출간되었다. 그 안에 249편 302수의 시가 실려 있다. 특히 5, 7언 절구가 대다수이다.

金㷰

金㷰(1670~1737)，字士达，号芦峯，安东丰山县人。出生于父亲金凤辉和母亲凤城琴氏的三子。从芦峯的曾孙金相敏所著的《家状》等作品中可以看出，家族世世代代以节义、德望、文章和学行培养出有名的子孙，尤其是曾祖父鹤沙金应祖(1587~1667年)在西厓柳成龙和旅轩张显光门下苦练学问，8个兄弟全部考上了小科，其中5名大科及第，被誉为"八莲五枝之美"。

金在9岁时聪明到可以背诵所有的《离骚经》，还向梧阴成文夏学习《周易》，同时致力于性理学研究，延续了家族的家风。1695年(肃宗22年)进士三等及第，1708年39岁考取甲级和三等，次年开始从西氷库别提开始历任司宪府监察、咸境都事、兵曹政郎兼春秋馆记注官等，先后在沃川郡守、江陵府使、江界府使等外职施以善政，被评为清廉勤劳，处处都立了善政碑。1729年末，因运输地方特产的卜定船事件而受牵连被罢职，之后再次复职，1731年英祖7年以称唸逆贼金一镜为判书为由，再次下狱于义禁府，削去官职。之后又被赦免，1734年担任金知中枢府事，1735年被任命为济州牧使兼湖南防御使。

1735年4月到1737年9月，金任济州牧使。从上任的那一年开始，荒年持续了两年，他抚恤百姓，减轻大同米赋税，举行养老宴来安慰民心。另外，在济州牧建立三泉书堂，复兴学问，为了让百姓更容易学习，还发行了附有谚文解说的《警民编》。在他做过的事迹中，不得不提扩张各种船只运来的禾北浦口之

事。当时，他出除番米300石，长120多步、宽10多步、高6步，筑起了堤坝，扩大了船舱，可以让更多的船只停泊。据说，牧使亲自撸起袖子搬石头，麾下衙前们也争先恐后地去帮忙。工程完竣，任期结束后，在禾北候风馆等待风调雨时病倒离世。金虽然未及高官勋爵，但立足于性理学，苦研其内涵，身为官吏得以施善政。尤其是作为地方长官，把爱民精神贯彻得淋漓尽致，处处都竭尽全力地观察和体恤民情。

著作中留有木刻本《芦峯集》，其中收录了248篇313首诗。2001年金益洙翻译的国译《芦峯文集》由济州文化院出版。其中收录了249篇302首诗。尤其大多数都是五、七言的绝句。

修築月臺七星圖 [1]

월대와 칠성도를 고쳐 짓다

故都遺跡日荒凉,

옛 도읍의 유적 날로 황폐해져

着處人爲摠毁傷. [2]

도처 사람들이 모두 헐어 무너뜨렸네.

往復平阪昭一理,

평평한 언덕 오가는 이들에게 한 번 이치를 밝히니

滿城星月復生光.

성안 가득 별과 달 다시 빛을 내네.

주석

① 月臺(월대): 궁궐의 정전, 묘단, 향교와 같은 주요 건물 앞에 설치하는 넓은 기단 형식의 대를 말한다.

七聖圖(칠성도): 북두칠성 그림이란 뜻이나 지금의 제주시 칠성로를 중심으로 북두칠성 일곱 개의 별을 본떠 돌을 쌓아 표지로 삼은 것을 말한다. 칠성로의 이름이 여기에서 유래했다.

② 着處(착처): 도처, 아무데나.

해설

시 제목 다음에 다음과 같은 주석이 달려 있다. "월대는 관덕정 뒤에 있고, 칠성도는 성안에 흩어져 있는데, 모두 돌을 쌓고 흙을 돋우어 만들었다. 그러나 훼멸되어 남아 있지 않아 겨우 그 터를 알 수 있을 뿐인지라 고쳐 다시 쌓도록 명을 내렸다.(月臺在觀德政後, 七星圖散在城內, 皆築石累土. 而頹毁無餘, 僅辨其基址, 命使修築.)"

김정은 목사로 부임하여 목민관으로 마땅히 해야 할 바를 이행하느라 애썼다. 그 가운데 하나가 관덕정 뒤편에 있다는 월대를 세워 제주목 관아의 위상을 높이고, 성안에 칠성대를 다시 만들어 부지런히 제주 관아의 형태를 온전히 가꾸고 옛 전통을 되살리는 것이었다.

원문

正方淵次前人韻[1]
정방연에서 선인의 시에 차운하여

山爲臺曲海爲淵,[2] 산은 누대 앞에 구불거리고 바다는 못이 되나니

擊釖高歌望四邊. 칼 치고 노래 부르며 사방을 바라본다.

更瞻銀瀑從傍卜, 은빛 폭포 옆에서 아래로 떨어지는 모습 다시 보매

疑入廬山洞裏天. 여산의 또 다른 동천에 들어온 듯하여라.

주석

① 正方淵(정방연): 지금은 정방연正房淵이라고 쓰지만 『탐라지』와 『탐라순력도』에는 '정방연正方淵'으로 적혀 있다. 서귀포시 동홍동에 있다. 진나라 시황제가 보낸 서불徐市(서복徐福)이 제주에 들렀다가 폭포 암벽에 '서불이 이곳을 지났다(徐市過此)'라는 네 글자를 새기고 서쪽으로 돌아가 서귀포西歸浦라는 지명이 생겨났다고 한다.
前人(전인): 이 시는 누군가 전대 시인의 시에 차운한 것인데, 구체적으로 누구의 시인지 알 수 없다.

② 臺曲(대곡): 이황의 「도산십이곡陶山十二曲」에 보면 "산전山前에 유대有臺하고 대하臺下에 유수流水로다."라는 구절이 나오는데, 혹시 이를 의미하는 것인지 모르겠다. 김정은 같은 고향 사람인 유성룡 문하에서 배웠고, 유성룡은 이황의 제자이다. 노봉은 어려서부터 안동시安東市 도산면陶山面 토계리兎溪里 도산서당陶山書堂을 자주

찾았다고 한다.

해설

정방폭포는 우리나라에서 거의 유일하게 산에서 흘러내린 물이 직접 바다로 떨어지는 해안 폭포이다. 시는 당대 이백의「여산 폭포를 바라보며望廬山瀑布」의 분위기와 비슷하다. 특히 결구 "여산의 또 다른 동천에 들어온 듯하여라.(疑入廬山洞裏天.)"는 이백 시의 결구인 "은하수가 구천에서 떨어지는 듯하다.(疑是銀河落九天.)"와 비슷하다. 그렇다면 선인의 시를 차운한 것이 이백일 수도 있을 것이다.

원문

壯遊[1]

장쾌한 여행

北上磨雲嶺,[2]　　　　북쪽으로 마운령에 오르고

西窮鴨江源.　　　　　서쪽으로 압록강 수원까지 이르렀네.

東看滄海日,　　　　　동쪽에서 푸른 바다에 뜨는 해 바라보고

南酌漢拏罇.[3]　　　　남쪽 한라산에서 술 한잔 했네.

주석

① 壯遊(장유): 장한 뜻을 품고 먼 곳에 가다.

② 磨雲嶺(마운령): 함경도 이원利原과 단천端川 경계에 있는 재이다.

③ 罇(준): 술두루미, 술독. 한라산 백록담을 비유했다. 여기서는 백록담의 물을 뜨는 것으로 풀이했다.

출사하여 지방관을 두루 역임한 김정은 41세에 함경도 종성판관鍾城判官, 43세에 함경도사, 56세에 강릉부사, 59세에 강계부사, 그리고 66세에 제주목사를 두루 거쳤다. 공교롭게도 동서남북 사방을 두루 다닌 셈이다. 거의 30여 년에 걸친 환관宦官 생활을 장한 뜻을 품고 멀리 떠나는 남아대장수의 모습으로 표현했다. 제목이 '장유'인 것은 바로 이 때문이다.

원문

望洋亭[1]

望洋亭

劃然長嘯立城頭,[2]

휘익 길게 휘파람 불며 성 위에 서니

萬里滄溟闊不流.[3]

만 리 푸른 바다 광활하여 흐르지 않는 듯.

北望長安何處是,[4]

북쪽 바라보니 장안(한양)은 어디쯤인가?

天涯從古逐臣愁.

하늘가 아득한 이곳은 예로부터 쫓겨난 신하 시름 깊은 곳.

주석

① 望洋亭(망양정): 화북진성禾北鎭城 위쪽 바닷가에 있는 누대이다.

② 劃然長嘯(획연장소): '획연'은 의성어이고, '장소'는 길게 휘파람 분다는 뜻도 있으되 길게 소리친다는 의미도 된다. 소식蘇軾의 「후적벽부後赤壁賦」에 나온다.

③ 滄溟(창명): 넓고 큰 바다.

④ 長安(장안): 장안은 당대를 비롯하여 여러 조대의 도읍지를 말한다. 여기서는 한양을 지칭한다.

해설

　예전 화북진성 위에 자리한 망양정에 올라 느낀 감회를 표현한 시이다. 높은 곳에 올라 휘파람을 부는 그의 모습이 그려진다. 옛 사람들이 휘파람을 부는 것은 단순히 노랫가락에 따라 흥겨움을 더하기 위함이 아니라 자신의 뜻을 표출하는 방식이었다. 위진대 죽림칠현 가운데 한 명인 완적阮籍이 소문산蘇門山으로 도사 손등孫登을 만나러 갔다가 보지 못하고 내려오는 길에 휘파람을 불었다는 고사가 전해진다. '천애天涯'는 '해각海角'과 마찬가지로 아득히 멀리 떨어진 곳을 말한다. '천애'는 공간이고 '종고從古'는 시간이니 '천애'를 풀이해야 '종고'가 산다. 현재 화북에 가면 이 시가 동판에 새겨져 있다. 제목을 「화북진禾北鎭」으로 적었는데, 원래 제목은 「망양정」이다.

김춘택

김춘택金春澤(1670~1717년), 자는 백우伯雨, 호는 북헌北軒이며, 본관은 광산이다. 숙종의 장인인 김만기金萬基의 손자이며 호조판서 김진구金鎭龜의 아들이다. 본서에 시가 실려 있는 임징하任徵夏는 그의 매부이다.

김춘택은 서인 가운데 이이와 성혼의 제자이자 예학에 뛰어난 사계沙溪 김장생金長生의 직계 후손으로 할아버지는 숙종의 장인인 김만기金萬基이며, 아버지는 호조판서 김진구이다. 고모가 숙종의 원비인 인경황후이기 때문에 왕실의 외척으로 막강한 가문의 장손으로 태어났다. 공신의 적장손으로 음서로 출사하여 대호군(명예직)에 제수되었다. 어려서 종조부 서포 김만중에게 가학을 배웠고, 송시열이 김장생의 문하였으니 서인에서 갈려 나온 노론에 속한다. 숙종 시절인 1689년 기사환국으로 노론의 거두인 우암 송시열과 문곡 김수항이 사사되고, 남인이 집권하자 그의 집안도 크게 화를 입어 여러 차례 귀양살이를 해야만 했다. 그런 와중에 서인의 지지를 받던 인현황후가 폐위되고 남인이 지지하던 희빈 장씨가 중전의 자리에 올랐다.

이후 장희빈에게 염증을 느낀 숙종이 남인을 몰아내면서 제3차 환국(1694년 갑술환국甲戌換局)이 일어나면서 서인이 재집권하고 인현왕후가 복위되자 김춘택도 다시 회생할 수 있었다. 하지만 이번에는 남구만南九萬 등 소론에 의해 음모를 이용하여 파행적인 정치 활동을 했다는 이유로 공격받아 1701년 32세에 부안으로 유배되었다가 5년 후에 희빈 장씨의 소생인 세자(경종)를 음해했다는 죄목으로 한양에 끌려가 심문을 받고 1706년 제주도로 위리안치하는 유배형을 받았다.

9월 20일 해남군 해창촌에서 승선하여 보길도, 추자도를 거쳐 9월 말에 조천관에 도착했다. 그의 적거지는 동천동東泉洞 가락천 냇가에 있는 관기 오진吳眞의 집이었는데, 그곳은 16년 전 부친 김진구가 6년 동안 적거생활을 하던 곳이기도 했다. 제주순무시재어사 이해조李海朝가 내도하여 제주 출신 오정빈吳廷賓, 고만첨高萬瞻(일명 만추), 정창원鄭敞遠 등 3명이 합격했는데, 오정빈과 고만첨은 김진구가 유배 왔을 당시 가르쳤던 문하생인지라 북헌의 감회가 남달랐을 것이다. 그가 제주에서 풀려난 것은 1712년(43세)이니 만 6년간 제주에 유배된 셈이다. 해배解配 이후 별다른 직책 없이 노론을 위해 일하다가 48세에 생을 마감했다.

시와 문장에 뛰어나 제주에 있을 당시 「별사미인곡」을 남겼으며, 종조부 김만중의 『구운몽九雲夢』과 『사씨남정기謝氏南征記』를 한문으로 번역하기도 했다. 저서로 『북헌집北軒集』 20권 7책과 『만필漫筆』 1책이 있다. 2005년 제주문화원(전국문화원연합회제주도지회)에서 김익수 주역註譯으로 국역 『북헌집北軒集』이 출간되었다. 국역본에는 127편 202수의 제주 한시가 수록되어 있다.

金春泽

金春泽(1670~1717年)字伯雨，号北轩，祖籍光山。是肃宗的岳父金万基之孙，也是户曹判书金镇龟之子。本书中的夏徵夏是其妹夫。

金春泽是西人李珥和成浑的弟子，礼学名家沙溪金长生的直系后代，祖父是肃宗的岳父金万基，父亲是户曹判书金镇龟，姑母是肃宗的元妃仁敬王后。因此作为王室的外戚，出生于家势强大的家族长孙。作为功臣的嫡长孙，以荫敍出仕，被任为大护军(名誉职)。从小向从祖父西浦金万重学习家学，因宋时烈是金长生的门下，他属于西人分出的老论。肃宗时期的1689年，因己巳换局，老论巨头尤庵宋时烈和文曲金寿恒被赐死，南人掌权后，他的家族也大祸不止，不得不多次被流放。在这种情况下，受到西人支持的仁显王后被废黜，南人支持的禧嫔张氏登上了中殿的位置。

此后，对张禧嫔感到厌恶的肃宗驱逐了南人，第三次局换(1694年甲戌换局)爆发，西人重新执政，仁显王后复位后，金春泽也得以再次起死回生。但又以阴谋进行政治活动而被南九万等小论受到攻击，在32岁的1701年被流放到扶安，5年后以陷害禧嫔张氏所生世子(景宗)的罪名被带到汉阳接受审问，1706年被流放到济州岛。

9月20日从海南郡海仓村登船，经普吉岛、楸子岛于9月底到达朝天馆。他的谪居地是位于东泉洞可乐川溪边的官妓吴真的家，也是16年前父亲金镇九谪

居6年的地方。济州巡抚试才御史李海朝来岛时，济州出身的吴廷宾、高万瞻(又名万秋)、郑敞远等3人被合格，吴廷宾和高万瞻是金镇九流放时教过的门下生，所以北轩应该有了与众不同的感触。他从济州被释放是在1712年(43岁)，相当于被流放到济州满6年。配解之后没担任其他职务，只为老论工作，48岁去世。

他擅长诗和文章，在济州流放时留下了《别思美人曲》，还把从祖父金万中的《九云梦》和《谢氏南征记》翻译成汉文。著作有《北轩集》20卷7册和《漫笔》1册。2005年济州文化院(全国文化院联合会济州岛分会)以金益洙注译出版了《国译北轩集》。国译本中收录了127篇202首济州汉诗。

濟州雜詩, 謾用子美秦州雜詩韻二十首 제주 잡시, 두보의

「진주잡시」의 운을 마음대로 사용한 20수

其五

誰分蝸一角,[1]	누군가 달팽이 한쪽 뿔을 나누어
落在鉅波間.	거대한 파도 사이에 떨어뜨려 놓았네.
氓俗穿皮服,	민간 풍속은 가죽옷을 입고
村居掩石關.[2]	마을 집은 돌담으로 가려져 있으며,
鹵田多不種,	소금기 있는 밭이 많아 파종할 수 없고
風舶動無還.[3]	바람 타고 가는 배는 걸핏하면 돌아오지 못하네.
北客來茲土,	북쪽 나그네 이 땅에 오니
那能免苦顏.	어찌 괴로운 얼굴 면할 수 있으리.

주석

① 蝸一角(와일각): 달팽이의 한쪽 뿔. 매우 작은 땅을 비유한다.

② 石關(석관): 돌로 된 문. 여기서는 돌담을 가리킨다.

③ 動(동): 종종, 늘.

해설

이 시는 망망대해에 있는 조그마한 섬에 도착하게 되었음을 말하고 있다. 이어 가죽옷을 입고 돌담이 둘러 있으며 소금기가 많아 농사를 지을 수 없고 풍랑에 좌초하는 배가 많은 제주의 풍토를 나타내며, 낯선 이역 땅으로 유배 온 괴로운 심정을 토로하고 있다.

其十八

或有宦遊客,	간혹 벼슬살이 오는 객 중에
留連不憶歸.	오래 머물며 돌아갈 생각 없는 이도 있네.
醇醪添氣象,[1]	좋은 술은 기분을 북돋우고
紅粉倍光輝.[2]	붉은 화장은 광채를 더하네.
良馬常多取,	좋은 말은 늘 많이 얻고
潛珠亦暗飛.[3]	물속의 진주도 남몰래 얻는다네.
島氓何所望,	섬 백성들이 무엇을 바라리?
御史有霜威.	어사의 서릿발 같은 위엄 있길 바랄 뿐이라네.

주석

① 醇醪(순료): 맛이 깊은 뛰어난 술.

② 紅粉(홍분): 붉은 화장. 곱게 단장한 기녀를 가리킨다.

③ 暗飛(암비): 남몰래 건져 올리다.

해설

이 시는 제주로 부임하는 관원 중에는 오히려 돌아갈 생각이 없는 이들이 있으니, 어여쁜 기녀들과 술자리를 즐기며 좋은 말과 귀한 진주를 얻는 생활에 만족해하기 때문임을 말하고 있다. 이어 백성들은 어사가 내려와 이들을 단죄해주길 바라고 있음을 말하며, 이들의 행태에 대한 비판의 뜻을 나타내고 있다.

其十九

彈丸孤島內,[1]	탄환과 같은 외로운 섬 안에서
民事自艱難.	백성들의 일은 절로 고달프기만 하다네.
不料秋蝗作,[2]	생각지도 못하게 가을 메뚜기 떼 생겨나더니
還承夏雨乾.	더하여 여름비조차 말라버렸네.
波臣江水遠,[3]	물결 따라 사는 신하에게 강물은 멀기만 하고
葛屨曉霜寒.[4]	칡으로 엮은 신은 새벽 서리에 차갑기만 하네.
向者祈禳苦,[5]	예전부터 기도하느라 힘들었는데
村村謾築壇.	마을마다 헛되게 제단을 쌓았구나.

주석

① 彈丸(탄환): 탄환. 지극히 협소한 지역을 비유한다.

② 秋蝗(추황): 가을 메뚜기.

③ 波臣(파신): 물결 따라 살아가는 신하. 『장자莊子·외물外物』에 보면 "수레바퀴 자국에 놓인 붕어(車轍中有鮒魚)"와 관련된 이야기가 나온다. 그 안에서 붕어는 자신을 "나는 동해의 파신이다.(我東海之波臣也.)"라고 말한다. 물결 따라 살아가는 하찮은 붕어라는 뜻이다. 여기서는 물이 말라버린 수레바퀴 자국 안에서 곤궁을 당하는 붕어의 모습을 자신에 비유한 것이다.

④ 葛屨(갈구): 칡으로 엮은 신발. 『시경詩經·위풍魏風』에 "칡덩굴로 삼은 신발을 신고, 서리 내린 땅을 밟고 가네.(糾糾葛屨, 可以履霜.)"라는 구절이 나온다.

⑤ 祈禳(기양): 기도하여 복을 구하고 재앙을 물리치다.

해설

　이 시는 제주도 백성들의 삶이 고달프고 척박함을 말하고, 가을에서 여름에 이르도록 메뚜기 떼와 가뭄의 재앙에 고통받고 있는 현실을 나타내고 있다. 이어 유배되어 온 자신을 물이 마른 수레바퀴 자국에서 허덕이는 붕어에 비유하면서 곤경에 빠져 외롭고 쓸쓸한 심경을 토로하고, 오랜 세월 마을마다 제단을 쌓고 복을 기원했건만 아무런 소용이 없었음을 안타까워하고 있다.

원문 ─────────────────────────────

詠濟州
　제주를 읊다

其一

纔寬金木此幽囚,¹　간신히 형틀에서 풀려나 이처럼 유배되게 되었으니

頗喜輿圖有濟州.　여지도에 제주가 있어 자못 기뻤다네.

須識二儀同鳥卵,²　비로소 천지가 새의 알과 같다는 사실 알겠고

莫疑孤島在鼇頭.³　외로운 섬이 자라 머리에 있음을 의심하지 않는다네.

湖關北隔三韓土,⁴　호족의 땅은 북으로 삼한 땅과 떨어져 있고

閩浙西通萬里舟.⁵　민족의 절강 땅은 서쪽으로 만 리 뱃길로 통해 있네.

但得朝廷文物盛,　다만 조정의 성대한 문물을 얻게 된다면

不妨退俗自氈裘.⁶　변방의 풍속으로 털가죽 입고 있어도 무방하리.

주석

① 金木(금목): 형벌을 집행할 때 사용하는 금속과 목제의 기구.

② 二儀(이의): 천지, 하늘과 땅.

　同鳥卵(동조란): 새의 알과 같다. 옛말에 천지의 모습은 마치 새의
알과 같다고 하였는데, 이를 두고 한 말이다.

③ 在鼇頭(재오두): 자라 머리에 있다. 『열자列子·탕문湯問』에 따르면
발해渤海 동쪽에 다섯 개의 선산이 물 위에 떠 있는데, 조류에 쓸려
서쪽 끝으로 떠내려가 신선들이 거처를 잃게 될까 염려하여 천제
가 15마리의 커다란 자라에게 번갈아 가며 머리에 이고 있게 하니
마침내 다섯 선산이 자리를 잡고 움직이지 않게 되었다고 한다.

④ 湖關(호관): 북방 호족胡族이 사는 관새關塞 지역. '호湖'는 아래 구
에 비추어 보아 '호胡'의 오류로 여겨진다.

⑤ 閩浙(민절): 남방 민족閩族이 사는 절강浙江 지역. 지금의 절강성浙
江省과 복건성福建省을 이르는 말이다.

⑥ 遐俗(하속): 먼 변방의 풍속.

　氈裘(전구): 가죽과 털로 만든 옷.

해설

　이 시는 총 2수 중 제1수이다. 이 시는 감옥에서 벗어나 그나마 제주
로 유배된 것을 다행으로 여기며 제주로 와 보니 천지가 새의 알 모양과
같고 자라 머리 위에 섬이 있다는 옛말을 실감할 수 있게 되었음을 말하
고 있다. 이어 이곳이 북방과 서방에 있는 미개인들과 멀리 떨어져 있는
또 다른 미개인의 땅임을 말하고, 비록 야만의 풍속을 지니고 있더라도

조정의 성대한 문물로 충분히 교화될 수 있음을 말하고 있다.

暮春漫吟三絶句
其一

桃花飛散濟州城,	복사꽃 이리저리 날리는 제주성
正値拏山曉雨晴.[1]	한라산의 새벽 비 막 개었네.
不識賓鴻何意緖,[2]	기러기는 무슨 마음인지 알지 못하겠으니
北歸猶作斷腸聲.	북으로 돌아가니 오히려 애간장 끊네.

늦봄에 흥 가는 대로 읊다 절구 3수

주석

① 正値(정치): 막 ~하는 때가 되다.
② 賓鴻(빈홍): 기러기.

해설

이 시는 복사꽃이 날리는 늦봄 제주성의 경관과 새벽 비가 개인 한라산의 청명한 모습을 묘사하며 향수에 빠져 있는 자신의 모습과 대비하고, 자신은 갈 수 없는 고향 쪽으로 날아가면서도 슬피 울고 있는 기러기를 탓하고 있다.

其二

看盡花開又鳥飛,   꽃 피고 새 나는 것 다 보았건만

大杯未足解愁圍.¹   큰 술잔으로도 시름에서 벗어나기 부족하네.

寄言春色堂堂去,²   당당하게 가는 봄빛에게 말하노니

何事爾歸吾不歸.   무슨 일로 너만 가고 나는 돌아가지 못하는지?

주석

① 愁圍(수위): 시름의 포위. 벗어나지 못하는 깊은 시름을 의미한다.

② 堂堂(당당): 당당하다. 봄이 미련 없이 가는 것을 말한다.

해설

이 시는 저무는 봄을 보내며 시름이 더욱 깊어짐을 말하고, 돌아가고 싶어도 돌아가지 못하는 자신과 달리 당당하게 미련 없이 떠나가는 봄을 원망하고 있다.

원문

其三

遠客逢春苦憶家,   멀리 떠나온 객이 봄을 만나 집 생각에 괴롭더니

春歸更奈客愁加.¹   봄이 돌아가니 더해지는 나그네 시름 또 어쩌랴.

酒醒夢罷無餘事,   술에서 깨고 꿈도 그치니 남은 일도 없어

唯倩兒童拾落花,²   그저 아이 시켜 떨어진 꽃 줍게 한다네.

주석

① 更奈(갱나): 더욱 어찌하랴?

② 倩(천): 청하다. '청請'과 같다.

해설

이 시는 나그네 신세로 봄을 맞으니 집 생각에 괴로워했는데 정작 봄이 가니 시름이 더욱 깊어짐을 말하고, 아이 시켜 떨어진 꽃을 줍게 하며 가는 봄을 아쉬워하고 있다.

원문

山池七歌

산지에서 부르는 7수의 노래

其一

有客有客山池客,	나그네여, 나그네여, 산지에 사는 나그네여
一身百罪凡四謫.	일신에 백 가지 죄를 지어 모두 네 번 유배되었네.
百罪在身不自知,	백 가지 죄가 내게 있다지만 내 스스로는 알지 못하겠으니
但道蒼天照心赤.	다만 푸른 하늘에 붉은 마음 비춘다 말할 뿐이네.
汪汪南溟幾萬里,[1]	드넓은 남쪽 바다 몇만 리런가?
聖恩爲大南溟窄.[2]	성은은 크니 남쪽 바다도 좁기만 하다네.
嗚呼一歌兮不成歌,	오호라, 첫 수를 노래하니 노래가 이루어지지 않아
中夜撫枕淚滂沱.[3]	한밤중에 베개 어루만지며 흠뻑 눈물 흘린다네.

주석

① 汪汪(왕왕): 물이 드넓은 모양.

② 窄(착): 좁다.

③ 滂沱(방타): 눈물이 많이 흐르는 모양.

해설

이 시는 백 가지 죄를 지은 벌로 이곳에 유배되었지만 정작 자신은 무슨 죄를 지었는지 알지 못함을 말하며 굽힘 없는 절개와 변함없는 충정을 드러내고, 비록 만 리 바다 밖으로 유배되었지만 그래도 자신의 목숨을 보전해준 성은에 감사하며 회한의 눈물을 흘리고 있다.

원문

其三

有母有母闕溫淸,[1]	어머니가 있어, 보살펴 드리지 못하는 어머니가 있어
大母八十更衰病.	어머니는 나이 팔십에 쇠하고 병드셨네.
非無聖王先無告,	성군이 없는 것이 아니나 아뢸 길 없어
不容惡子相爲命.[2]	악한 자식이 어머니와 서로 의지함이 허락되지 않았네.
憂多反恐消息來,	걱정이 많아 오히려 소식이 올까 두려워도
叵耐津頭北風勁.	나루터에서 거센 북풍을 견딘다네.
嗚呼三歌兮歌欲絶,	오호라, 셋째 수를 노래하니 노래는 끊어지려 하고
草木盡帶啼烏血.[3]	초목은 온통 까마귀의 피울음 소리를 띠었구나.

주석

① 溫淸(온청): 따뜻하고 시원하게 하다. 자식 된 도리를 가리킨다. 『예기禮記·곡례상曲禮上』에 "자식이 된 자는 어버이에 대해서, 겨울에는 따뜻하게 해 드리고 여름에는 시원하게 해 드려야 하며, 저녁에는 잠자리를 보살펴 드리고 아침에는 문안 인사를 올려야 한다.(凡爲人子之體, 冬溫而夏淸, 昏定而晨省.)"라 하였다.

② 惡子(악자): 악한 자식. 자신을 가리킨다.

　　相爲命(상위명): 서로 목숨이 되다. 어머니를 죽을 때까지 봉양하며 의지하는 것을 의미한다. 진晉 이밀李密의 「진정표陳情表」에서 "신에게 조모가 없었다면 오늘에 이를 수 없었고 조모는 신이 없으면 여생을 마칠 수가 없으니, 조모와 손자 두 사람이 서로 목숨이 되고 있습니다.(臣無祖母, 無以至今日, 祖母無臣, 無以終餘年, 母孫二人, 更相爲命.)"라 한 뜻을 차용하였다.

③ 啼烏血(제오혈): 까마귀의 피울음 소리. '반포지효反哺之孝'를 하지 못한 까마귀의 비통함을 말한다.

해설

　이 시는 쇠하고 병든 팔십 노모를 봉양하지 못하는 것을 한스러워하며 이러한 자신을 악한 자식이라 자책하고, 행여 노모의 변고를 들을까 오히려 소식이 오는 것을 두려워하며 까마귀의 효성을 다하지 못한 것에 비통해하고 있다.

원문

其四

有弟有弟有七人,	동생이 있어, 일곱 동생이 있어
疾病飢寒各不聞.	병들고 춥고 굶주려도 각기 소식 들리지 않네.
誰從瘴江收吾骨,¹	누가 장기 서린 강에서 내 뼈를 거두어 주리?
倘復花園序天倫.²	만약 꽃 만발한 정원이 돌아온다면 천륜의 정을 펼치리.
嗷嗷鴻鴈怨失羣,³	기러기는 울며 무리에서 떨어짐을 원망하고

海闊天高秋復春.　　바다는 넓고 하늘은 높아 가을이었다 다시 봄이 되네.

嗚呼四歌兮歌正悲,　　오호라, 넷째 수를 노래하니 노래는 비통하고

不忍重讀急難詩.⁴　　위급하고 힘든 시를 차마 다시 읽을 수 없네.

주석

① 瘴江(장강): 장기瘴氣가 서린 강. 제주를 가리킨다.

② 序天倫(서천륜): 천륜을 펼치다. 형제간의 우애를 나누는 것을 말한다.

③ 嗷嗷(오오): 새 울음소리.

④ 急難(급난): 『시경詩經·소아小雅·상체常棣』에 "들에 있는 할미새 바삐 날 듯, 형제가 위난을 급히 구하는도다.(脊令在原, 兄弟急難.)"라는 구절이 있다.

해설

이 시는 병들고 기아와 추위에 고생하고 있을 동생들의 소식을 기다리고 있음을 말하며 끝까지 남아 자신의 뼈를 거두어 줄 동생들과 꽃 피는 정원에서 화목한 우애를 나눌 수 있기를 바라고, 무리에서 떨어진 기러기의 슬픔과 무정한 세월의 흐름을 말하며 비통한 심정을 토로하고 있다.

원문

其五

有妻有妻身姓李,　　아내가 있어, 성이 이씨인 아내가 있어

百年相從憂患裏,　　백 년을 우환 속에서도 서로 따르고자 하였네.

今年且欲渡海來, 올해 장차 바다 건너서 오려 하는데

聞道釵釧賣東市.[1] 듣기에 비녀와 팔찌를 동쪽 시장에서 팔았다 하네.

風波瘴毒人不堪,[2] 풍파와 장독을 사람이 감당할 수 없거늘

爾有何辜同我死.[3] 그대는 무슨 잘못으로 나와 함께 죽으려 하는지?

嗚呼五歌兮歌轉悽, 오호라, 다섯째 수를 노래하니 노래는 갈수록 슬퍼지고

但期他生作夫妻. 다만 다른 생에도 부부가 될 것을 기약하네.

주석

① 釵釧(채천): 비녀와 팔찌.

② 瘴毒(장독): 장기瘴氣의 독.

③ 辜(고): 허물, 잘못.

해설

이 시는 백년가약을 맺은 아내가 패물을 팔아 자신을 만나러 바다 건너 오려 함을 말하며 제주의 풍파와 장기에 혹 아내가 잘못되지 않을까 염려하고, 아내의 사랑과 헌신에 감동과 슬픔을 나타내며 다음 생애도 부부의 연을 맺기를 기약하고 있다.

원문

其六

有兒有兒兩箇兒, 아이가 있어, 두 아이가 있어

大述孱迷小述癡.[1] 큰아이는 나약하고 작은아이는 어리석네.

但願無病在母側. 다만 병 없이 어미 곁에 있길 바랄 뿐

不願從師讀書詩. 스승 좇아 시서를 공부하는 것은 원하지 않네.

吾家兩世仍此厄,² 우리 집안 양대에 걸쳐 이런 횡액 거듭되니

世故他年那復知. 다른 때 세상일을 어찌 다시 알 수 있으리?

嗚呼六歌兮歌逾迫, 오호라, 여섯째 수를 노래하니 노래는 더욱 절박하고

孟博平生不爲惡.³ 맹박 같은 삶도 나쁜 것은 아니리.

주석

① 大述(대술): 큰아이.

② 兩世(양세): 두 세대. 김춘택의 부친 김진구金鎭龜 또한 기사환국己巳換局 때 제주로 유배되어 6년을 지냈다.

③ 孟博(맹박): 후한後漢 환제桓帝 때 사람으로, 환관들을 거리낌 없이 공격했다가 당인을 모은다는 죄목으로 파직되었다.

해설

이 시는 어린 두 아들을 생각하며 아이들이 공부보다는 다만 어머니 곁에서 무탈하게 자라기만 바랄 뿐임을 말한다. 부친과 자신 양대에 걸쳐 이어진 같은 우환을 안타까워하며 비록 당쟁으로 인해 유배되었지만 자신의 신념을 지키며 사는 것도 나쁘지는 않음을 말하면서 스스로를 위로하고 있다.

원문

絶粮漫吟   식량이 떨어져 흥 가는 대로 읊다

悠悠萬事任天公,   유유히 모든 일을 하늘에 맡겼거늘

五載窮溟困殺儂.[1]　　다섯 해를 바다에 막혀 있어 나를 죽도록 고달프게 하네.

更向室人相笑罷,　　　다시 집사람과 파안대소하니,

孟光無粟可親舂.[2]　　맹광도 쌀도 없이 곡식을 빻았다지.

주석

① 窮溟(궁명): 바다에 막히다. 제주에 유배된 것을 말한다.

　困殺(곤살): 죽을 만큼 고달프다.

　儂(농): 인칭 대명사로 '나'의 뜻이다. 주로 시어에 많이 나온다. 중국 남방에서는 당신의 뜻으로 사용한다.

② 孟光(맹광): 후한後漢의 은사隱士 양홍梁鴻의 부인. 가난한 살림 속에서도 남편을 공경하며 화목하게 살았으며, 남편을 위해 밥상을 내올 때 눈썹과 나란히 들어 올려 내왔다고 하는 '거안제미擧案齊眉'의 고사로 유명하다.

해설

이 시는 비록 만사를 하늘에 맡기고 유유자적하게 살았지만 오 년의 유배 생활에 곤궁한 삶의 고통이 견딜 수 없을 정도임을 말한다. 자신은 미안함에 아내에게 웃음조차 보이지 못하건만 아내는 오히려 없는 곡식도 절구질하는 척하며 자신을 위안해주고 있는 모습에 고마워하고 있다.

윤봉조

윤봉조尹鳳朝(1680~1761년), 자는 명숙鳴叔, 호는 포암圃巖, 본관은 파평坡平이다. 양녕대군의 외후손으로 할아버지는 호조참판 윤비경尹飛卿, 아버지는 직장直長 윤명원尹明遠이며, 어머니는 김세진金世珍의 딸이다. 1699년(숙종 25) 생원이 되었으며, 1705년(숙종 31) 증광문과에 병과로 급제하여 지평, 사서, 정언, 부수찬 등을 역임했다. 1713년 암행어사가 되었고, 이후 대사간에 올랐다.

하지만 1721년 경종이 즉위하면서 김일경金一鏡의 상소로 노론 4대신이 위리안치圍籬安置되고, 이듬해 목호룡睦虎龍의 고변으로 노론 계열이 죽임을 당하거나 유배되는 신임사화辛壬士禍가 일어났다. 이에 노론인 윤봉조는 벼슬에서 물러났다. 영조가 즉위한 후 다시 등용되었으나 탕평책을 중시하던 영조가 숙종 시절 신하(소론)를 재임용하는 것에 반대하여 경박한 인물로 간주되었으며, 이조참의 방만규方萬規의 상소사건에 관련되어 하옥되고 삭주朔州로 유배되었다가 곧 석방되었다. 좌의정 민진원閔鎭遠이 그를 홍문관 대제학으로 천거했으나 영조가 허락하지 않았다. 부제학으로 있을 때 실록도청당상을 겸하여『경종실록景宗實錄』편찬에 참여하였다.

그가 쓴「탐라후풍기耽羅候風記」에 따르면, 1728년(영조 4) 49세에 제주도로 유배되었고, 이듬해 육지로 이송되었다. 이후 중앙 정계에 복귀하여 1741년 공조참판이 되고, 1743년 다시 부제학이 되었으며, 지중추부사知中樞府事로 기로소耆老所에 들어갔다. 1757년 우빈객右賓客 등을 거쳐 1758년에 대제학이 되었다.

저서로『포암집圃巖集』22권 11책이 목판본으로 남아 있다. 권1~6에 시 690편 1, 080여 수가 실려 있다. 이 외에 소疏, 차箚, 계啓, 의議 등 상소문이 적지 않고, 권10과 권11에는 서書 68편이 실려 있는데, 특히「학역천견學易淺見」(전체 53장)은 제주에서 역학을 연구하며『계몽도설啓蒙圖說』중 의심나는 곳의 문제점을 들어 견해를 밝힌 내용이다.『한국민족문화대백과사전』에 따르면, 이는 주희朱熹와 호방평胡方平의 견해를 비교하고 이황李滉의『계몽전의啓蒙傳疑』의 도설을 참고하는 과정에서 이루어진 작업이다.

제주 시절에 쓴 시는「망양정관해望洋亭觀海」4수,「알귤림서원·감오선생구사謁橘林書院·感五先生舊事」5수,「수세무매우지감守歲無寐又志感」8수,「모흥혈차청음선생운사毛興穴次淸陰先生韻思」,「도중잡영島中雜詠」11수 등 28수가 있다.

尹凤朝

尹凤朝(1680~1761年)字叔鸣，号圃岩，籍贯坡平。让宁大君的外后孙，祖父是户曹参判尹飞卿，父亲是直长尹明远，母亲是金世珍之女。1699年(肃宗25年)成为生员，1705年(肃宗31年)增广文科丙科及第，历任持平、司书、正言、副修撰等职。1713年成为暗行御史，之后被任为大司谏。

但是1721年景宗即位后，因金一镜的上疏，老论4大臣被围篱安置，第二年因睦虎龙的告变，发生了老论派被赐死或被流放的辛壬士祸。因此，老论者尹凤朝辞去了官职。英祖即位后再次被提拔，但重视平荡策的英祖要再任用肃宗时期的臣子时极力反对，被认为轻浮之人，还因涉及吏曹参议方万规的上诉事件而被下狱，流放到朔州后很快又被释放，左议政闵镇远将他推举为弘文馆大提学，但遭到英祖的反对。在任副提学时，兼任实录都厅堂上，参与了《景宗实录》的编纂工作。

据他写的《耽罗候风记》的记载，在49岁的1728年(英祖4)流放到济州岛，第二年被移送到内陆。此后重返中央政界，1741年成为工曹参判，1743年再次成为副提学，因知中枢府事进入耆老所。1757年任右宾客等职，1758年任大提学。著作《圃岩集》是22卷11册的木刻本。卷1~6中收录了690篇1080多首。此外，还有不少疏、箚、启、议等上疏文，卷10和卷11中还记载了《书》68篇，尤其《学易浅见》(共53章)是在济州研究易学时，以列举《启蒙图说》中可疑的问题来

表明自己见解的内容。根据《韩国民族文化大百科辞典》，这是比较朱熹和胡方平的观点，在参考李滉《启蒙传疑》的图说过程中完成的工作。

在济州流放时期作的诗有《望洋亭观海》4首、《谒橘林书院·感五先生旧事》5首、《守岁无寐又志感》8首、《毛兴穴次淸阴先生韵思》、《岛中杂咏》11首等，共28首。

自寶吉島發船向耽羅[1] 보길도에서 배를 띄워 탐라로 향하며

兵革今何似,[2]	전쟁 같은 상황이 지금은 어떠한지?
鯨波去杳然.[3]	고래 같은 파도는 갈수록 아득하기만 하네.
烟塵悲白首,	연무와 먼지 속에서 백발을 슬퍼하고
舟楫信蒼天.	배와 노를 푸른 하늘에 맡긴다네.
海色搴篷盡,[4]	바다 풍경에 덮개는 다 걷어 올리고
風威挂席偏.[5]	바람은 사납게 불어 걸어놓은 돛이 치우치네.
平生忠信字,	평생토록 충성과 믿음이라는 글자뿐이었거늘
衰薄媿前賢.[6]	쇠락한 이내 몸 선현들에게 부끄럽네.

주석

① 寶吉島(보길도): 지금의 전라남도 완도군에 위치한 섬.

② 兵革(병혁): 병기와 갑옷. 전쟁을 가리키며, 여기서는 조정에서의 노론과 소론의 대립 상황을 비유한다.

③ 杳然(묘연): 아득히 먼 모양.

④ 搴篷(건봉): 덮개를 걷다. '봉篷'은 띠풀 덮개로, 수레나 배 따위를 덮어 햇빛이나 바람과 비를 막는 데 사용하였다.

⑤ 挂席(괘석): 돛을 걸다.

⑥ 媿(괴): 부끄럽다.

해설

이 시는 혼란한 조정을 두고 만 리 바다 건너 유배되어 가는 자신을 말하고, 안개 먼지 속의 백발과 바다에 내맡긴 배와 노를 통해 세상사에 대한 비통한 심정과 운명에 순응하고자 하는 마음을 나타내고 있다. 이어 바닷바람 맞으며 바다를 건너고 있는 상황을 말하고, 옛날 현인들을 생각하며 평생의 신념인 충忠과 신信을 지키지 못하고 쇠락해져 있는 자신을 부끄러워하고 있다.

원문 ─────────────────────────

舟行一晝夜, 曉泊瀛島   배로 하루 밤낮을 가서 새벽 제주에 정박하여

不眠舟子夜猶喧,[1]	잠 못 자는 뱃사공이 밤에 오히려 떠들썩하니
候曉繫船依石根.	새벽을 기다렸다 배를 묶어 바위 아래에 기대어두네.
遠火分明禾北舘,[2]	멀리 불빛이 분명한 곳은 화북관이고
早霞粧點埭南村.[3]	아침노을이 장식된 곳은 태남촌이라네.
誰家溪女負筒出,	뉘 집의 시냇가 여인인지 동이 지고 나오고
數處牧駒隨草屯.	곳곳 방목해둔 망아지는 풀을 따라 모여 있네.
土俗眼前殊自異,	눈앞에 보이는 토속이 사뭇 다르니
曉曉未慣聽蠻言.[4]	재잘거리는 남방 사람의 말 듣기가 익숙하지 않네.

주석

① 舟子(주자): 뱃사공.

② 禾北館(화북관): 지금의 제주시 화북동. 당시 제주로 들어오는 관문 중 하나였다.

③ 埭南村(태남촌): 제주의 마을 이름으로 여겨지나, 정확한 장소는 알 수 없다.

④ 曉曉(효효): 재잘거리는 소리 혹은 아옹다옹하는 소리. 여기서는
    제주 사투리를 쓰는 사람들의 목소리를 묘사한 것이다.

해설

이 시는 꼬박 하루 밤낮이 걸려 바다를 건너와 새벽이 되어서야 제주
의 화북관에 도착했음을 말하고, 처음 접한 제주의 이국적인 풍광과 익
숙하지 않은 제주 사투리를 접한 감회를 나타내고 있다.

원문 ─────────────────────

次瑞膺寄示韻[1]
其二

海氣冥冥稀鳥到,[2]	바다 날씨 어둑한데 날아오는 새는 드물고
鄉音漠漠待船還.[3]	고향 소식 막막하니 돌아오는 배를 기다리네.
衣衾覺節床無煖,	옷과 이불에서 계절을 느끼니 침상에는 온기가 없고
涕淚憂時枕有斑.	눈물로 시절을 근심하니 베개에는 얼룩이 생겨났네.
蜑霧豚風俱作怕,[4]	남쪽 안개와 거센 바람은 모두 두렵기만 하고
蠻歌牧嘯不成歡.[5]	남방의 노래와 목동의 휘파람은 즐겁지가 않네.
醉來臥對挐山色,	취해 누워 한라산 경치를 마주하니
今古浮天翠一般.	예나 지금이나 하늘에 떠서 푸르른 것은 같네.

주석

① 瑞膺(서응): 조선 중기의 문신 윤봉구尹鳳九(1683~1767). 자가 서응瑞
    膺이고 호가 병계屛溪이며, 윤봉조의 종제從弟이다.

② 冥冥(명명): 어둑어둑한 모양.

③ 漠漠(막막): 거리가 먼 모습. 또는 고요하고 적막한 모습.

④ 蜑霧(단무): 남쪽 지역의 안개. '단蜑'은 고대 남방 소수민족 중의 하나로, 여기서는 제주를 포함한 남쪽 지역을 가리킨다.

　豚風(돈풍): 거센 바람. '돈豚'은 '축逐'과 같다.

⑤ 蠻歌(만가): 남방의 노래. '만蠻'은 고대 남방 소수민족 중의 하나로, 여기서는 제주 사람들이 부르는 노래를 가리킨다.

해설

　이 시는 종제 윤봉구尹鳳九가 보내온 시에 차운한 것으로, 총 4수 중 제2수이다.

　시에서는 제주에서는 날이 저물어도 돌아오는 새가 드문 상황과 육지에서 소식 싣고 돌아오는 배를 기다리고 있는 모습을 통해 고향으로 돌아가지 못하고 향수에 빠져 있는 자신의 처지와 심정을 나타내고 있다. 이어 계절이 바뀌어 싸늘해진 잠자리에서 밤마다 시절을 근심하며 눈물만 더하고 있을 뿐, 낯선 제주의 기후와 풍광은 자신에게 그저 두렵고 흥미 없는 것에 불과할 따름임을 말하고 있다. 마지막에는 오랜 세월 변함없이 하늘 높이 솟아 있는 푸른 한라산을 바라보며 인간 세상의 유한함과 무상함을 생각하고 있다.

島中雜詠

섬에서의 여러 감회

其十

| 林臥不防虎, | 숲에 누워도 호랑이를 방비하지 않고 |

林臥不防虎, 숲에 누워도 호랑이를 방비하지 않고

戶開不警盜. 문 열어놓고도 도둑을 경계하지도 않는다네.

牧兒驅牛去, 목동이 소 몰고 나가면

嘯聲夜四到.[1] 휘파람 소리가 밤에도 사방에서 들려오고,

寒風振哀壑, 차가운 바람이 슬픈 골짜기에서 일어

村徑葉不掃. 마을 길에선 낙엽을 쓸지도 않는다네.

凌雨柿染衣,[2] 장맛비에 떨어진 감으로 옷을 물들이고

冒雪皮爲帽.[3] 폭설에는 가죽으로 만든 모자를 쓰네.

牛肥載薪多, 살진 소에 땔나무 가득 싣고

歸及爇夜竈. 돌아와 밤마다 아궁이에 불을 땐다네.

今夜善飼牛, 오늘 밤 소여물 잘 먹이니

秋稼滿畦倒. 가을 벼가 논 두둑에 가득 쌓이고,

田家歲功成, 농가의 한 해 농사가 이루어져

喜色動相告. 기쁜 낯빛으로 서로 알리며 다니리라.

獨有離家客, 홀로 집 떠난 나그네 되어

眼穿望鄕耗.[4] 뚫어져라 고향소식만 바라네.

滿目非我故, 눈에 가득한 건 내 고향 아닌지라

歸心裊旌纛.[5] 돌아가고픈 마음 깃발처럼 나부끼네.

주석

① 嘯聲(소성): 휘파람 소리. 여기서는 목동이 부는 휘파람 소리를 가리킨다.

② 凌雨(능우): 세찬 비, 폭우를 의미하며, 초여름의 장맛비를 가리킨다.
柿染衣(시염의): 옷에 감물을 들이다. 제주에서는 장맛비에 어린 감이 떨어지면 그것으로 옷에 물을 들인다.

③ 冒雪(모설): 뒤덮는 눈. 폭설을 의미한다.

④ 眼穿(안천): 눈이 뚫어지게 바라보다.

⑤ 旌纛(정독): 큰 깃발. 일반적으로 깃발의 범칭이다.

해설

이 시는 제주 생활의 감회를 나타낸 것으로, 총 11수 중 제10수이다.

시에서는 호랑이와 도둑 걱정이 없이 살아가는 제주 사람들의 삶을 말하고, 목동의 휘파람 소리와 마을 길에 가득한 낙엽 및 감물 옷과 가죽 모자 등을 통해 제주의 풍속을 특징적으로 나타내고 있다. 이어 제주 사람들의 성실한 삶의 모습을 보며 한 해의 농사가 잘되기를 기원하고, 떠나온 고향 쪽을 바라보며 아쉬움과 그리움을 나타내고 있다.

김성탁

　김성탁金聖鐸(1684~1747년), 자는 진백振伯, 호는 제산霽山이다. 본관은 의성義城이며, 경북 영향현英陽縣 청기리青杞里에서 부친 김태중金泰重과 모친 순천 김씨의 4형제 가운데 장남으로 태어났다. 11세 때 종숙부인 적암適庵 김태중金台重(1649~1711년)에게 학문을 배우기 시작했으며, 15세 무렵 호계서원虎溪書院에서 공부했고, 17세부터 영남학파의 거두로 이퇴계의 학풍을 이은 갈암葛庵 이현일李玄逸(1627~1704년) 문하에서 배웠다. 1711년(숙종 37) 28세에 진사시에 합격했으나 관직에 나가지 않고 계속 학문에 몰두하여 정통 퇴계학을 계승했다. 억울하게 유배생활을 했던 스승 갈암의 신원을 위해 몇 번이나 상소문을 올렸다.

　45세인 1728년(영조 4) 이인좌가 난리를 일으키자 이들을 토벌한 책략을 의논하고「토역격문討逆檄文」을 지어 여러 고을에 돌렸다. 영릉참봉, 정릉참봉을 거쳐 50세에 용양위부사과龍驤衛副司果에 임용되었으며, 이듬해 사축서별제司畜署別提에 제수되어 조정에서 영조를 모셨다. 52세에 증광문과 을과에 급제했다. 부사직을 거쳐 사간원 정언에 임명되었으나 상소를 올려 사직했다. 이듬해 다시 정언에 임명되어 사직상소를 올렸으나 윤허되지 않았다. 1737년 공조좌랑 겸 지제교에 임명되었으며, 5월에 옥당에 뽑혀 홍문관부수찬을 거쳐 홍문관교리가 되었다.

일부 관리들이 그를 무함誣陷하고, 스승인 갈암까지 모독했다. 이에 제산이 영조에게 상소문을 올렸다가 문장 안에 민비 폐위와 관련된 기사년己巳年 기록으로 인해 투옥되어 여섯 차례 국문을 당하는 등 고초를 겪었다. 5개월 동안 투옥되었다가 제주 정의현으로 유배되었다. 당시 제산의 맏아들인 구사당 김낙행이 동행했다. 55세인 1738년(영조 14) 6월 전라도 광양현으로 유배된 후 다시 광양의 섬진蟾津으로 이배되었으며, 62세인 1745년(영조 21) 남해현 신지도薪智島로 갔다가 또다시 광양으로 돌아왔다. 1747년(영조 23) 적거지였던 용선암의 작은 방에서 세상을 떴다.

제산이 살았던 시대는 경신환국(1680년)과 기사환국(1689년), 갑술정변(1694년), 정미환국(1727년) 등 정치적 변화가 극심하던 시절이다. 이런 시기에 그는 관직에 연연하지 않고 가학을 이어 퇴계학을 계승하는 데 몰두했다. 그의 학문적 연원은 이황-김성일-장흥효-이현일로 이어지는데, 제산은 이현일의 아들 이재와 함께 갈암 학통의 한 학파를 형성했으며, 자신의 학문을 아들인 김낙행에게 전했다.

제산은 1737년(영조 13) 10월 54세에 제주에 도착했으며, 이튿날 유배지인 정의현에 이르렀다. 제주에서의 유배생활은 채 1년이 되지 않았다. 저서로『제산집霽山集』16권 9책이 남아 있으며, 권1에 37편 54수의 제주 관련 한시가 수록되어 있다. 그중에는 아들 김낙행과 화답한 시가 적지 않다.

金圣铎

金圣铎(1684~1747年)，字振伯，号霁山。祖籍义城，出生于庆尚北道英阳县青杞里，父亲金泰重和母亲顺天金氏膝下四兄弟中的长子。11岁时开始跟着从叔夫适庵金台重(1649~1711年)学习，15岁左右在虎溪书院学习，17岁开始在岭南学派巨头、继承李退溪学风的葛庵李玄逸(1627~1704年)的门下学习。1711年(肃宗37年)28岁考取进士试，但未去官场，继续埋头苦读于学问，继承了正统退溪学。为了洗去恩师葛庵无辜被流放的身份而多次上奏。

在45岁的1728年(英祖4年)，因李麟佐引起骚乱，商讨讨伐他们的策略并制作了《讨逆檄文》，分给了多个郡。历任宁陵参奉、贞陵参奉，50岁被任用为骁卫副司果，次年被任为司畜署别提，在朝廷侍奉英祖。52岁增广科文科乙科及第。曾任副司职后被任命为司谏院正言，但递交了辞职上诉。次年再次被任命为正言，再次提交了辞职上诉，但未被批准。1737年被任命为工曹佐郎兼知制教，5月被选入玉堂，担任弘文馆修缮后成为弘文馆校理。

一些官吏诬陷他，甚至还诬陷恩师葛庵。因此，霁山向英祖上呈上诉文时，因文章中有关废除闵妃的己巳年的记录而入狱，经历了前前后后6次被审讯等苦难。入狱5个月后被流放到济州旌义县。当时霁山的长子九思堂金乐行与他同行。55岁的1738年(英祖14年)6月被流放到全罗道光阳县后，再次被移送到光阳的蟾津，在62岁的1745年(英祖21年)去了南海县新智岛，之后又回到了光

阳。1747年(英祖23年)在谪居所龙仙庵里的小屋去世。

霁山生前的时代是庚申换局(1680年)和己巳换局(1689年)、甲戌政变(1694年)、丁未换局(1727年)等政治变化极其严重的时期。在这样的时期，他不执着于官职，而是致力于继承家学、继承退溪学。他的学术渊源延续于李滉-诚一-张兴孝-李玄逸，还与李玄逸之子李栽一起形成了葛庵学统的一个新学派，并将自己的学问传授予儿子金乐行。

霁山于54岁的1737年(英祖13年)10月到达济州，第二天到达流放地义县。在济州的流放生活不到一年。留有著作《霁山集》16卷9册，卷1中收录了37篇54首济州相关汉诗。其中还有不少与儿子金乐行作的和诗。

謫中述懷 　　펌적 중에 감회를 쓰다

嘗聞庸蜀南,[1] 　　일찍이 듣기로 용 땅과 촉 땅 남쪽은

恒雨少見日. 　　항상 비가 내리고 해가 드물게 보인다 했었네.

我來耽羅國, 　　내가 탐라국에 와 보니

氣候何若一. 　　기후가 어찌 이리 똑같은지?

苦哉一月內, 　　괴롭도다, 한 달 동안

陰雨無時歇. 　　음습한 비가 그칠 때가 없네.

明牕暗如漆, 　　밝은 창도 칠흑같이 어둡고

當晝不辨色. 　　낮에도 사물을 분별하지 못하니,

泥潦滿衢路, 　　진흙탕은 길거리에 가득하고

僮僕愁樵汲. 　　아이 종은 나무하고 물 긷는 것을 걱정하네.

門前有大海, 　　문 앞에 큰 바다가 있어

疾風常衝激. 　　질풍이 늘 부딪히니,

濤波吼如雷, 　　파도는 우레처럼 울며

若將捲八室. 　　장차 온 집을 휘감으려 하는 듯하네.

繞屋樹木繁, 　　집을 에워싸고 수목은 무성하여

羣鴉日來宿. 　　까마귀 떼가 날마다 와서 깃들이는데,

天明亂飛啼, 　　날이 밝으면 어지러이 날며 울어대니

聒聒聲可疾. 　　요란한 소리가 참으로 시끄럽기만 하네.

仙山峙西北, 　　선산이 서북쪽에 우뚝 솟아

雲霧長翁勃. 　　구름과 안개가 오래도록 성하게 일어나니,

曾無爽氣來, 　　일찍이 상쾌한 공기가 오는 것이 없어

但令愁心結.	다만 시름겨운 마음만 맺히게 하네.
回首望故鄕,	고개 돌려 고향을 바라보니
故鄕綿且邈.	고향 땅은 아득히 멀기만 하고,
漫漫海水闊,	가득한 바닷물은 드넓기만 하니
有舟安可越.	배가 있다 한들 어찌 건널 수 있으리?
高堂老母在,	고향 집에 노모께서 계시건만
一別今七朔.	한번 이별하여 지금 일곱 달이 지났는데
連夜夢拜見,	밤마다 꿈에서만 뵈며
呻吟臥牀席.	신음하며 침상에 누워 있다네.
豈因念兒切,	아마도 간절한 자식 생각에
或失溫淸節.[2]	혹 건강이나 해치지 않으실지.
覺來方寸亂,	생각하면 마음이 어지러워지고
輾轉淚成血.	잠 못 이루며 피눈물을 흘린다네.
明時負大罪,	성명의 시대에 큰 죄를 지어
朝議恐未息.	조정에서의 비난이 아마도 그치지 않으리니,
恩赦不敢冀,	사면의 은혜는 감히 바라지도 못하지만
何時脫羈縶.[3]	어느 때에나 묶인 처지에서 벗어날 수 있으리?
倘蒙天地仁,	만약 천지신명의 인자하심을 입어
早歸侍母側.	일찍 돌아가 어머님 곁에서 모실 수 있게 된다면,
此生復何恨,	이 생에 무슨 회한이 있겠고
雖死可瞑目.	비록 죽는다 한들 눈을 감을 수 있으리!

주석

① 庸蜀(용촉): 고대 지역 이름. 용庸은 기주夔州 일대이며 촉蜀은 성도 成都 일대로, 사천四川 지역을 범칭한다.

② 溫淸節(온청절): 겨울에는 따뜻하게 지내고 여름에는 시원하게 지내는 절도. 자식이 가까이에서 부모를 봉양하는 도리를 가리킨다.

③ 羈繫(기집): 굴레와 고삐. 제주로 유배된 신세를 비유한다.

해설

이 시는 제주로 유배된 고달픈 심사와 처지를 말하며 고향에 계신 어머니에 대한 그리움을 나타내고 있다.

시에서는 먼저 늘 비가 내리고 거센 바닷바람이 몰아치는 제주의 기후와 시끄러운 까마귀가 가득하고 항상 짙은 안개구름에 싸여 있는 한라산의 풍광을 묘사하며 자신의 침울하고 시름겨운 심정을 나타내고 있다. 이어 고향을 떠나 바다 멀리 유배되어 있는 자신의 신세를 떠올리며 고향에 계신 어머님을 생각하고, 하루빨리 사면을 받아 어머님 곁으로 돌아가 그동안 못다 한 효성을 다하고 싶은 바람을 나타내고 있다.

원문

漢拏山歌 　　한라산가

漢拏山在濟州西,　　한라산은 제주 서쪽에 있어

高標上與南斗齊.　　높이 솟은 것이 남두성과 같다네.

根盤一島三百里,　　삼백 리 섬을 근반으로 하니

瀛海四環無屬連.[1]　　사방 에워싼 드넓은 바다가 이어지지를 못하고,

海北諸山等兒孫,[2]	바다 북쪽의 여러 산은 어린아이와 같으니
金剛智異差比肩.	금강산과 지리산도 견줄 수 없네.
千林萬壑互蔽虧,	천만 수풀과 골짜기가 서로 산을 가리고
異卉奇巖錯其間.	기이한 꽃과 바위가 그 사이에 섞여 있으며,
風氣清凉夏如秋,	바람은 청량하여 여름에도 가을 같고
陰穴寒凝六月冰.	어두운 동굴에는 한기가 맺혀 유월에도 얼음이 있네.
山頂有潭名白鹿,	산꼭대기에는 백록이라는 연못이 있어
瓊沙皓皓水泓澄.	옥가루 같은 모래는 희고 물은 깊고 맑으니,
云是仙人所遊處,	신선이 노니는 곳으로서
往往騎鹿閒來去.	이따금 사슴 타고 한가로이 오간다고 하네.
世上塵客或投足,	세상의 속된 객들이 혹 발을 들이면
雲霧白日藏眞面.	구름과 안개가 한낮에도 진면목을 감추어버리니,
自古號爲瀛州島,[3]	예로부터 영주섬이라 불렀고
靈境固非人所見.	그 신령한 경관은 사람이 볼 수 있는 것이 아니었네.
秦皇漢武好神仙,	진시황과 한무제는 신선을 좋아했지만
豈識仙山在此中.	선산이 이 속에 있는 것을 어찌 알았으리?
我本玉樓香案史,[4]	내 본디 궁궐에서 집필하던 사관으로
謫居住近山之東.	폄적되어 산 동쪽 가까이에서 산다네.
層巒向我若相揖,	층층 산은 나를 향해 인사하는 듯하고
爽氣朝朝侵几席.	상쾌한 공기는 아침마다 책상과 자리로 불어오니,
願借黃鵠雙羽翮,	바라건대, 누런 고니의 날개를 빌려
飛上峯頭吹玉篴.	산봉우리로 날아올라 옥 피리를 불며,
左揖安期右羨門,[5]	좌로는 안기생에게 우로는 선문생에 인사하고

醉倚空碧睨八極.   취하여 푸른 하늘에 기대어 팔방 끝을 바라보고 싶네.

口吸鹿潭萬斛水,   백록담의 만 곡 물을 들이켜

噴作靈雨灑入寰.   신령한 비를 뿜어 온 세상에 뿌려,

使我靑丘三百六十州,6   나로 하여금 우리나라 삼백육십 고을의

濁滓淨盡淸淳還.   더러운 때를 깨끗이 하여 맑고 순박함으로 돌아가게 하련만,

嗚呼羈紲不可脫,   아! 굴레와 고삐에서 벗어날 수 없으니

側身西望空長歎.   몸 기울여 서쪽 바라보며 헛되이 길게 탄식하기만 하네.

주석

① 瀛海(영해): 대해大海. 『논형論衡·담천談天』에 "구주 바깥에 다시 영해가 있다.(九州之外, 更有瀛海.)"라 하였다.

② 海北諸山(해북제산): 바다 북쪽의 여러 산. 내지內地에 있는 산들을 가리킨다.

③ 瀛洲(영주): 전설상 신선이 거주하는 곳으로 봉래蓬萊, 방장方丈과 더불어 바다 가운데 있다고 하는 삼신산三神山 중의 하나이다. 『사기史記·진시황본기秦始皇本紀』에 "바다 가운데 세 개의 신산이 있는데 봉래산, 방장산, 영주산이라 하며 그곳에는 신선들이 살고 있다.(徐市等上書言, 海中有三神山, 名曰蓬萊, 方丈, 瀛洲, 仙人居之.)"라 하였다. 또한 『한서漢書·교사지郊祀志』에 "제나라 위왕과 선왕, 연나라 소왕 때부터 사람을 시켜 바다에 들어가 봉래산, 방장산, 영주산을 찾게 했다. 전하기를 이 세 개의 신산은 발해 가운데 있으며 인간 세계로부터 멀지 않다고 한다.(自威宣燕昭, 使人入海, 求蓬萊, 方丈, 瀛洲, 此三神山者, 其傳在渤海中, 去人不遠.)"라 하였다.

④ 香案(향안): 향로와 촛대가 놓인 탁자. 조정 관원이 근무하는 곳을 가리킨다.

⑤ 安期(안기): 안기생安期生. 전설상 동해의 신선으로, 고래를 타고 다녔다고 한다. 일찍이 진시황이 동해로 놀러 갔을 때 그와 사흘 밤낮을 이야기하고 황금과 벽옥璧玉 천만을 하사였으나 모두 버려두고 떠나갔다고 한다.

선문(羨門): 선문생羨門生. 옛날 선인仙人인 선문자고羨門子高를 말한다. 진 시황秦始皇이 일찍이 갈석碣石에 가서 연인燕人 노생盧生으로 하여금 선문 등을 찾게 하였다.(『사기史記 권卷 6 진시황본기秦始皇本紀』)

⑥ 靑丘(청구): 본디 중국 동쪽 변방 지역을 가리키는 말로, 예로부터 우리나라를 가리키는 말로 사용되었으며 청구靑邱라고도 한다.

해설

이 시는 한라산의 장대하고 신령한 모습을 묘사하며, 한라산의 기운에 힘입어 온 세상을 청정하게 만들고 싶은 바람을 나타내고 있다.

시에서는 먼저 한라산이 남두성에 닿을 정도로 높이 솟아 사방 바다를 가르고 있으며, 내지의 산 중에 금강산과 지리산도 이에 견줄 수 없음을 말하고 있다. 이어 기암괴석과 진귀한 화초가 가득하고 깊은 계곡과 신령한 연못이 있는 한라산의 경관을 묘사하며, 이곳이 세속 사람들은 그 진면목을 쉽게 볼 수 없는 선산仙山임을 말하고 있다. 마지막에는 이곳에서 신선이 되어 노니는 모습을 상상하며 백록담의 맑은 물로 온 세상을 깨끗하게 씻어내고 싶은 바람을 나타내지만, 이내 기약 없는 유배에 처해 있는 자신의 신세를 떠올리며 깊은 절망감을 나타내고 있다.

임징하

임징하任徵夏(1687~1730), 자는 성능聖能, 호는 서재西齋, 시호는 충헌忠憲이다. 본관은 풍천이며 정언과 사산, 집의執義 등을 지낸 임형任泂(1660~1721년)의 아들로 충남 아산에서 태어났다. 그의 조부 임홍망任弘望(1635~1715)은 예론 사건에 대해 송시열을 적극 옹호하다 경성판관에 좌천되었으나 다시 복귀하여 제주목사를 역임했다. 또한 제주에 유배된 적이 있는 김진구金鎭龜는 그의 장인이고, 김진구의 아들 김춘택은 그의 손위 처남이다. 김춘택 역시 제주에 폄적된 적이 있으니 한 집안에서 세 사람이 모두 유배생활을 한 셈이다. 특히 김춘택은 서재의 문학적 재질을 크게 인정하여 그에게 반룡연盤龍硯이란 벼루를 선물로 주기도 했다. 서재는 제주에 유배되었을 당시 김춘택이 유배 시절에 쓴 「제주잡시濟州雜詩」에 화운하여 「제주잡시濟州雜詩」를 쓰는 등 서로 화답시를 쓰기도 했다.

서재는 1713년(숙종 39)에 진사가 되었고, 이듬해 증광시에 병과로 급제했다. 1721년(경종 1) 지평, 사간원정언 등을 지내다가 신임사화로 파직되고, 1726년 노론이 다시 집권하자 장령으로 기용되었다. 하지만 영조 2년 조태구趙泰耈(1660~1723), 유봉휘柳鳳輝 등 신임사화의 주범으로 간주되던 소론의 중요 인물을 척결하라는 「진육조소陳六條疏」를 올렸다가 탕평책을 중시하던 영조에게 반감을 샀고, 이를 눈치챈 소론이 그를 탄핵했다. 이에 영조는 노론과 소론의 관련자를 모두 징벌함으로써 자신의 탕평책 기조를 유지했다. 서재는 멀리 유배되는 원찬遠竄의 징벌을 받아 지금의 평양 인근의 순안順安으로 쫓겨났다가 소론의 집요한 공격으로 인해 1727년 7월 제주도 대정현으로 이배移配되기에 이른다.

8월 18일 제주 별도포에 도착한 그는 유배인의 신세였으나 이전 조부가 제주목사로 내려와 선정을 베풀었고, 처가의 손진구와 김춘택이 제주에서 유배생활을 한 관계로 아는 사람들이 적지 않았으며, 특히 김춘택이 제주에서 낳은 아들이 제주에서 살고 있었기 때문에 비록 위리안치인 상태였으나 관리들이나 주변 사람들에게 적지 않은 도움을 받을 수 있었다. 그의 유배소는 대정읍 감산柑山 고재영高齋英의 집이었다. 서재는 1729년 사헌부의 요청으로 다시 역모의 죄명으로 한양 의금부로 압송되어 여덟 차례나 국문을 당하다가 이듬해 옥사했다. 정조가 즉위한 해에 사면되어 관직이 복구되었으며, 1809년(순조 9) 이조참판에 추증되고 충헌忠憲이라는 시호가 내려졌다.

저서인『서재집』은 전체 8권 4책으로 된 목활자본인데, 1844년(헌종 10) 후손 헌회憲晦 등이 간행했다. 그의 시가는 1, 2권에 시기별로「초년록初年錄」,「서행록西行錄」,「안정록安定錄」,「남천록南遷錄」,「감산록柑山錄」,「영어록圄圄錄」으로 나뉘어 실려 있다. 그중에서 뒤의 네 편은 모두 유배시절에 지은 작품이며, 2004년 제주문화원에서 김익수가「남천록」과「감산록」,「영어록」,「수안록隨雁錄」등을 편역하여 발간했다. 국역본에는 62편 124수의 한시가 수록되어 있으며, 그중에서 제주 한시는「남천록」과「감산록」에 수록된 22편 67수이다.

1862년(철종 13) 임징하의 5대손인 임헌대任憲大(1862~1863년 재임)가 제
주목사로 재임하던 시절, 임징하의 충절과 절의를 기리기 위해「서재임
선생적려유허비西齋任先生謫廬遺虛碑」를 세웠으며, 현재 안덕면 감산리
복지회관 경내에 있다.

任徵夏

任徵夏(1687~1730)字圣能，号西斋、谥号忠宪。祖籍豊川，历任正言、谏司、执义等职的任洞(1660~1721年)之子，出生于忠南牙山。他的祖父任弘望(1635~1715)积极拥护宋时烈的礼论事件，因此被降职为镜城判官，但重新归来担任了济州牧使。另外，曾被流放到济州的金镇龟是他的岳父，金镇龟之子金春泽则是他的大舅子。金春泽也曾被贬谪到济州，所以可以说一家三口都过过流放生活。尤其是金春泽非常认可西斋的文学材质，还送给他名为"盘龙砚"的砚台作为礼物。西斋被流放到济州时，与金春泽在流放时期写的《济杂州诗》和韵，并写出了《济州杂诗》等，一起写了不少和诗。

西斋于1713年(肃宗39年)成为进士，次年在增广试以丙科及第。1721年(景宗1年)曾任持平、司谏院正言等职务，后来被罢免为辛壬士祸，1726年老论再次掌权后再任命为掌令。但是他于英祖2年上疏了《陳六条疏》，要求铲除赵泰耉(1660~1723)、柳凤辉等被认为是辛壬士祸主犯的少论的重要人物，结果被重视"荡平策"的英祖引起了反感，察觉到这一点的少论弹劾了他。对此，英祖惩罚了老论和少论的相关人员，维持了自己的"荡平策"大局。因此，西斋受到流放到远方的远窜的惩罚，被赶到了现在的平壤附近的顺安，但由于小论的顽强攻击，于1727年7月被赶到了济州岛大静县。

8月18日抵达济州别刀浦的他虽然是流放人的处境，但之前祖父作为济州牧使

施行了善政，还因岳母家的孙镇九和金春泽也在济州流放过，因此有很多认识的人。尤其是金春泽在济州生下的儿子也在济州生活，所以虽处于围篱安置状态，但可以从官员和周围人那里得到不少帮助。他的流放所是大静邑柑山高斋英的家。西斋于次年1728年8月23日，应司宪府的要求，于1729年再次以谋反的罪名押送至汉阳义禁府，先后8次遭到询问，最终死于狱中。正祖即位那年被赦免，官职得以恢复，1809年(纯祖9)被追赠为吏曹参判，并下达了忠宪的谥号。

著作《西斋集》是全部8卷4册的木制字本，1844年(宪宗10年)被后孙宪晦等发行。他的诗歌在第1、2卷中按时期分为《初年录》、《西行录》、《安定录》、《随雁录》、《南迁录》、《柑山录》、《圄录》。其中后四部都是流放时期创作的作品，2004年济州文化院发行了由金益洙编译的《南迁录》和《柑山录》以及《圄录》和《随雁录》等。国译本收录了62篇124首汉诗，其中济州汉诗收录在《南迁录》和《柑山录》中的22篇67首。

1862年(哲宗13年)任徵夏的第5代孙任宪大(1862~1863年在任)任济州牧使时，为纪念任徵夏的忠贞和节义，建立了《西斋任先生谪庐遗虚碑》，现位于安德面甘山里福祉会馆内。

濟州雜詠二十首   제주잡영 20수
其九

絶島亦佳景,	외딴 섬이 또한 경치는 아름다우니
風樓仍月亭.	바람 부는 누각은 달 뜨는 정자라네.
波濤尙夜白,	파도는 여전히 밤에도 하얗고
樹木半冬靑.	나무는 태반이 겨울에도 푸르네.
橘柚飽遷客,[1]	귤과 유자는 쫓겨난 나그네를 배부르게 하고
笙歌迷使星,[2]	생황과 노랫소리는 사신을 미혹시키네.
居人誇土産,	마을 사람들은 특산품을 자랑하고
良馬滿郊坰.[3]	좋은 말들이 교외에 가득하네.

주석

① 遷客(천객): 쫓겨난 사람. 유배객.

② 使星(사성): 왕명을 받든 사신. 여기서는 제주로 부임한 관원을 가리킨다.

③ 郊坰(교경): 교외郊外 지역.

해설

이 시는 제주가 비록 외딴섬이지만 경관은 빼어남을 말하고, 달밤에 정자에 올라 바라본 바다와 숲의 풍광을 묘사하고 있다. 이어 궁핍한 유배객에게는 귤과 유자로 먹여주고 먼 관직 생활에 고달픈 관원에게는 생황과 노랫소리로 위안을 주는 제주의 너그러움을 말하고, 특산품과 좋은 말이 가득한 상황을 나타내고 있다.

원문 ————————————————————————

其十一

海上天常暗,	바다의 하늘은 늘 어둡고
山南地益低.	산 남쪽 땅은 더욱 낮네.
宿春飜化蠹,[1]	봄이 지나면 도리어 좀벌레가 자라나고
新汲半成泥.	새로이 물 길어도 반은 진흙이 되며,
飢鼠走床下,	굶주린 쥐들은 평상 아래를 지나가고
怪烏啼屋西.	괴이한 까마귀는 지붕 서쪽에서 우네.
風濤來擊石,	바람에 이는 파도가 밀려와 바위를 치니
客枕警鼗鼙.[2]	베개 베고 있던 나그네는 북소리일까 놀란다네.

주석

① 蠹(두): 좀. 좀벌레.
② 鼗鼙(도비): 작은 북의 일종.

해설

이 시는 제주 날씨가 늘 흐린 데다가 자신이 있는 한라산 남쪽은 지대 또한 낮아 음습하기까지 함을 말하며 봄만 지나도 생겨나는 좀벌레와 진흙 섞인 물, 굶주린 쥐와 괴이한 까마귀들을 통해 유배 생활의 고통을 나타내고 있다.

其十四

誰家環髻女,[1]	뉘 집 머리 땋은 여인인가?
赤脫向秋天.[2]	헐벗은 채 가을 하늘 향해 있네.
土俗使男坐,	지역 풍습은 남자를 앉아 있게 하고
方言須譯傳.	사투리는 통역해야만 전달된다네.
打柴供夜績,	땔나무하고서 밤에는 길쌈하고
負盎汲新泉.	동이 짊어지고 새 연못에서 물 긷는다.
終歲任勤苦,	해가 다 하도록 부지런하게 일했거늘
小裙無半邊.[3]	짧은 치마 그 절반은 없다네.

주석

① 環髻(환계): 땋거나 묶어 고리 모양으로 만든 머리 모양.

② 赤脫(적탈): 벗어 붉은 살이 드러나다. 헐벗다.

③ 小裙(소군): 짧은 치마.

해설

이 시는 헐벗은 채 들판에서 일하고 있는 제주 여인을 보며 남녀를 차별하는 제주의 풍속을 비판하고, 일 년 내내 밤낮없이 고되게 노동해도 몸을 가릴 짧은 옷조차 제대로 입을 수 없이 가난에서 벗어나지 못하고 있음을 안타까워하고 있다.

次杜陵秋興八首 其六

두보의 「추흥팔수」에 차운하다

六鰲戴山不自功,[1] 여섯 자라는 산을 이고서 스스로 공이라 여기지 않고

終古低首波濤中. 오랜 옛날부터 파도 속에서 머리 숙이고 있네.

朝菌妄擬三千歲,[2] 하루살이 버섯이 망령되이 삼천 년을 살려 하고

尺鷃空希九萬風.[3] 한 자 메추라기가 헛되이 구만리 바람을 바라는데,

玉女爭拏銀漢白,[4] 옥녀는 흰 은하수 다투어 잡고 있고

金童高捧日輪紅.[5] 금동은 붉은 해 높이 받들고 있다네.

滄桑變化無時了, 상전벽해의 변화는 끝나는 때가 없으니

吾且問諸南極翁.[6] 내 장차 남극노인에게 물어보리.

주석

① 六鰲戴山(육오대산): 여섯 마리 큰 자라가 산을 머리에 이다. 『열자列子·탕문湯問』에 따르면, 발해渤海 동쪽에 대여岱輿, 원교員嶠, 방호方壺, 영주瀛洲, 봉래蓬萊의 다섯 개 선산이 물 위에 떠 있었다. 이들이 조류에 쓸려 서쪽 끝으로 떠내려가 신선들이 거처를 잃게 될까 염려하여 천제가 우강禺彊을 시켜 15마리의 커다란 자라에게 번갈아 가며 머리에 이고 있게 하니, 마침내 자리를 잡고 움직이지 않게 되었다. 후에 용백국의 대인大人이 다섯 선산이 있는 곳으로 와 한 번에 자라 여섯 마리를 낚시하여 자기 나라로 돌아가 버리니, 그중 대여岱輿와 원교員嶠 두 산이 북쪽 끝으로 떠내려가 바닷속으로 잠겨버렸다.

② 朝菌(조균): 아침에 나서 저녁에 죽는 버섯. 이 구는『장자莊子·소요유逍遙遊』에 "하루살이 버섯은 그믐과 초하루를 알지 못하고, 쓰르라미는 봄과 가을을 알지 못한다.(朝菌不知晦朔, 蟪蛄不知春秋.)"라 한 뜻을 차용하였다.

③ 尺鴳(척안): 한 자 정도의 메추라기.『장자莊子·소요유逍遙遊』에 구만리를 올라 남쪽으로 가는 붕새를 보고 "매미와 메까치는 이를 비웃으며 말하기를, '나는 힘써 날아올라 느릅나무나 박달나무에까지 가려 해도 때로 이르지 못하고 땅에 떨어지는데, 어째서 구만리나 올라 남으로 가려 하는가?'라 한다.(蜩與學鳩笑之曰, 我決起而飛, 搶楡枋而止, 時則不至而控於地而已矣, 奚以之九萬里而南爲.)"라 한 뜻을 차용하였다.

④ 玉女(옥녀): 신선을 모시는 동녀童女.

⑤ 金童(금동): 신선을 모시는 동남童男.

⑥ 南極翁(남극옹): 별 이름. 남극노인南極老人이라고도 하며, 남극성南極星을 가리킨다. 예로부터 인간의 수명과 장수를 주관한다고 여겼다.

해설

이 시는 자라가 선산仙山을 머리에 이고 오랜 세월 파도 속에 잠겨 있으면서도 그 공을 드러내지 않음을 말하며 작은 공을 내세워 스스로를 과시하려 하는 인간 세상의 모습과 대비하고 있다. 이어 삼천 년을 살고자 하는 하루살이 버섯과 구만리 창공을 날아오르려 하는 메추라기를 들어 유한하고 보잘것없는 인간이 자신의 분수도 모른 채 헛된 꿈을 꾸고 있음을 비판하며, 옥녀가 은하수를 잡고 있고 선동이 해를 받들고 있는 광대하고 신비로운 신선 세계와 대비하고 있다. 마지막에는 인간 세상의 상전벽해가 끊임없이 이어지고 있음을 말하고, 인간의 수명을 관장하는 남극성에 청하여 유한한 삶에서 벗어나고 싶은 바람을 나타내고 있다.

원문

其七

樊川之口君山頭,[1]	번천 입구 군산 머리에서
寂寞生涯蕭瑟秋.	적막한 생애에 쓸쓸한 가을이네.
海雨山嵐俱是病,	바다의 비와 산의 남기에 병이 들고
春歌牧嘯不勝愁.	봄 노래와 목동의 휘파람 소리에 시름 이기지 못했는데,
天空老蜃欺朱鳥,[2]	하늘에 늘 있는 신기루는 붉은 새를 속이고
浦晚飢烏嚇白鷗.	저녁 포구의 굶주린 까마귀는 흰 갈매기를 위협하네.
魂夢不須舟楫具,	꿈속의 혼은 배와 노도 필요하지 않아
霎時行遍漢南州.[3]	삽시간에 한강 남쪽 고을 두루 다닌다네.

주석

① 樊川(번천): 섬서성陝西省 서안西安 남쪽을 흐르는 강으로, 은자들의 거주지인 종남산終南山에 가까이 있다.

君山(군산): 호남성湖南省 악양岳陽 동정호洞庭湖 안에 있는 산으로, 상산湘山이라고도 한다. 여기서는 제주의 대정 고근산일 가능성이 크다. 왜냐하면 저자가 유배살이를 하고 있는 감천 지역에서 고근

산이 보이기 때문이다. 그렇다면 번천은 곧 감천을 의미한다.

② 老蜃(노신): 오래된 신기루蜃氣樓. 늘 생겨나 있는 신기루를 가리킨다.

③ 霎時(삽시): 삽시간. 아주 짧은 시간을 의미한다.

해설

이 시는 자신이 유배되어 있는 제주 지역을 고대 은자들이 살았던 번천과 동정호의 물로 둘러싸인 군산에 비유하며 적막하고 쓸쓸한 심경을 나타내고 있다. 이어 지난봄에 봄 노래와 목동의 휘파람 소리에 시름겨워했건만 가을 되어 황량한 저녁 풍경을 더욱 견디기 어려움을 말하고, 꿈속에서나마 바다 멀리 고향 땅을 찾아가고 있음을 말하고 있다.

원문 ────────────────────

寒食小雨

한식에 내린 가랑비

千古之推骨已灰,[1] 그 옛날 개자추는 뼈가 이미 재가 되어버렸거늘

後人寒食亦何補.[2] 후인들이 차가운 음식을 먹은들 또한 무슨 도움이 되리.

挐山勝似介山神,[3] 한라산은 개산의 신령함보다 나은 듯하니

釀出霏霏滅火雨.[4] 자욱이 불 끄는 비를 만들어내는구나.

주석

① 之推(지추): 춘추시대 진晉나라 개자추介子推로, 개지추介之推라고도 한다. 개자추는 여러 해 동안 진나라 공자公子 중이重耳을 보필하면서 자신의 넓적다리를 도려내어 그를 구하는 등 충성을 다하였다. 후에 중이가 진晉 문공文公으로 즉위하여 논공행상을 하였

는데 개자추를 누락시켰다. 개자추는 이를 치욕스럽게 여겨 어머니를 모시고 면곡綿谷에 은거하였으며 진 문공이 수차례 불러도 나오지 않았다. 진 문공은 그를 나오게 할 목적으로 산에 불을 질렀으나 개자추는 끝내 나오지 않고 불에 타 죽었다.

② 寒食(한식): 차가운 음식을 먹다. 한식날의 풍습을 가리킨다. 한식날은 동지冬至가 지나 105일째 되는 날로, 그 유래에 대해『형초세시기荊楚歲時記』에는 "진晉의 개자추가 3월 5일 불에 타 죽자 백성들이 그 일을 슬퍼하여 매년 늦봄에 불을 사용하지 않았으니 이를 '금연'이라 불렀고, 이를 어기면 우박이 밭을 손상시켰다.(介子推三月五日爲火所焚, 國人哀之, 每歲春暮不擧火, 謂之禁煙, 犯之則雨雹傷田.)"라 하였다.

③ 勝似(승사): ~보다 뛰어난 듯하다.

　介山(개산): 개자추가 은거했던 산.

④ 霏霏(비비): 비가 부슬거리며 자욱이 내리는 모습.

해설

이 시는 개자추는 이미 불에 타 죽어버렸으니 후인들이 한식날 그를 추모하여 차가운 음식을 먹는들 아무런 도움이 되지 못함을 말하고, 개자추가 죽도록 개산介山은 아무것도 하지 않았지만 한라산은 자욱하게 불을 끄는 비를 만들고 있음을 말하며 개산보다 나은 신령함을 칭송하고 있다.

조관빈

　조관빈趙觀彬(1691~1757년), 자는 국보國甫, 호는 회헌晦軒, 시호는 문간文簡이다. 노론老論의 대표적인 인물인 이우당二憂堂 조태채趙泰采(1660~1722년)의 차남으로 태어났다. 1714년(숙종 40) 증광문과에 병과로 급제하고 이듬해 검열이 되었다. 1716년 도당록都堂錄에 선입되고 수찬修撰, 정언正言, 교리校理, 헌납獻納 등을 역임했다. 1719년 승지로 특채되고, 1720년(경종 즉위년) 대사간, 대사성, 승지를 거쳐 이듬해 이조참의에 올랐다.

　하지만 1723년 신임사화에 화를 당한 아버지에 연좌되어 흥양현興陽縣에 유배되었다가, 1725년(영조 1) 노론이 집권하면서 풀려났다. 이후 호조참의, 호조참판, 홍문관제학 등을 역임하면서 신임사화를 논핵했다. 이는 부친의 억울함을 풀고자 하는 의도와 관련이 있다. 또한 1731년 대사헌으로 있으면서 재차 신임사회의 전말을 상소하여 소론의 영수인 이광좌李光佐를 탄핵한 것과도 관련이 있는데, 오히려 이로 인해 당론을 일삼고 대신을 논책했다는 이유로 같은 해 11월 제주 대정현으로 유배령이 떨어져 12월에 제주 별도別刀(화북) 포구에 닿았다.

　그의 적거지는 대정읍성 북문 밖 촌가였다. 유배 기간에 그는 한라산에 등정하기도 했는데, "대사헌에 시절의 일로 폄적되어 한라산 정상에 올랐다.(以大司憲言事 被謫登北絶頂.)"는 마애명을 남기기도 했다. 1811년 (순조 11) 5월 제주목사로 부임한 조정철이 그의 종손이다.

저서로『회헌집晦軒集』20권 10책에 1,278수의 시와 295편의 산문이 실려 있다. 조관빈은 불과 몇 개월 동안 제주에 머물렀으나 전체 105편 191수의 한시를 남겼다.

赵观彬

　　赵观彬(1691~1757年)字国甫，号晦轩，谥号文简。出生于老论的代表人物二忧堂赵泰采(1660~1722年)的次子。1714年(肃宗40年)增广文科丙科及第，次年成为检阅。 1716年入选都堂录，历任修撰、正言、校理、献纳等职。1719年被特招为承旨，1720年(景宗即位年)任大司谏、大司成、承旨，次年晋升为吏曹参议。

但是1723年被辛壬士祸殃及的父亲牵连，被流放到兴阳县，1725年(英祖1年)老论掌权后获释。此后历任户曹参议、户曹参判、弘文馆提学等职，论核了辛壬士祸。这与为父亲解冤的意图有关，也与1731年担任大司宪时再次上诉辛壬士祸的来龙去脉，弹劾小论领袖李光佐有关，但是反而以专搞党论、论责大臣为由，同年11月被下达流放至济州大静县，12月抵达济州别刀(禾北)浦口。他的住处是大静邑城北门外的一个村舍。流放期间，他还登上了汉拿山，留下"以大司宪言事，被谪登北绝顶"的磨崖铭。1811年(纯祖11年)5月就任济州牧使的赵贞喆就是他的从孙。

著作《晦轩集》20卷10册中记载了1278首诗和295篇散文。赵观彬虽然在济州岛只滞留了几个月，但留下了105篇191首诗。

橘林

귤림

植物南鄕異北方,

남쪽 고을 식물은 북쪽 지방과 달라

百年常貢厥包香.[1]

백 년 동안 향기로운 귤을 싸서 공납했네.

成林春已千株綠,

귤나무가 숲을 이룬 봄날 천 그루가 온통 푸르니

結子秋應萬顆黃.

열매 맺은 가을이면 수많은 과실이 노랗게 되리라.

土性竹兼移繞檻,

흙의 성질이 대나무와 같아 옮겨 심어 울타리를 두르니

隣情榴並贈盈筐.

이웃의 정으로 석류와 함께 광주리에 가득 보내왔네.

先朝寵賜猶銘肺,

선조先朝 시절 은총 받은 일 여전히 마음 깊이 새기고 있거늘

泣憶鑾坡正席嘗.[2]

예문관에서 자리 바르게 하고 맛봤던 일 울면서 생각하네.

주석

① 厥包(궐포): 『서경書經·우공禹貢』에 "귤과 유자는 싸서 공물로 바친
다.(厥包橘柚錫貢.)"는 구절이 나온다.

② 鑾坡(난파): 당나라 덕종 시절에 학사원學士院을 금란전金鑾殿 옆 금
란파金鑾坡로 옮겼다. 이후 난파는 한림원翰林院의 별칭으로 사용했
다. 조관빈은 영조 시절 홍문관과 예문관의 제학提學으로 있었다.
아마도 그 시절에 임금이 신하들에게 하사한 귤을 맛본 듯하다.

해설

제주는 도처에 귤 밭이 널려 있다. 대나무를 집 주위에 심어 울타리
로 삼는 것처럼 귤나무도 집 근처에 심어 울타리로 삼기도 한다. 이웃
집에서 보내온 귤을 맛보고 있자니 예전 홍문관과 예문관에서 제학으

로 있던 시절 임금께서 하사한 귤을 맛보았던 기억이 떠올라 자신도 모
르게 눈물을 흘리고 있다.

원문

遣懷

회포를 풀다

三十侍郞官豈微,[1]
나이 서른에 시랑이니 어찌 보잘것없겠는가마는

與其非義我寧饑.
의롭지 못할 바에 차라리 굶는 것이 낫겠네.

捐將買土金無産,
가진 것 주고 땅이라도 사려 하나 돈이 나올 데 없고

換欲騎驢馬不肥.
가진 것 바꾸어 나귀를 타려 하나 말이 살찌지 않네.

峽路幾時花入句,[2]
골짜기 길에서 언제쯤 꽃을 시 구절에 넣을까

海天今日草生扉.
넓은 바닷가 오늘도 사립문에 풀 돋아나네.

眼邊風色愁驚浪,
눈가 풍경 높은 물결에 근심만 더하고

送盡春鴻久未歸.
봄 기러기 다 보냈는데 아직 돌아오지 않네.

주석

① 侍郞(시랑): 시랑은 신라와 고려시대 정4품 벼슬로 지금의 차관에
해당한다. 조선시대에는 시랑이란 관직은 없고, 대신 참의參議, 참
판參判이 있었다. 조관빈은 서른 살의 나이에 이조참의에 올랐다.
정삼품이니 당상관에 해당한다.

② 花入句(화입구): 꽃을 시 구절에 넣는다는 뜻인데, 험난한 골짜기
를 벗어나 언제쯤 꽃향기 그윽한 시절을 시에 담을 수 있겠는가라
는 뜻으로 풀이한다.

해설

　조관빈은 나이 삼십에 이조참의가 되었다. 당상관에 해당하는 높은 관직이다. 하지만 지금은 벼슬길에서 멀리 떨어져 유배생활을 하는 중이다. 나름 생각하기에 자신의 지조를 지키는 일이 벼슬이나 부유함보다 더 중요하다. 가진 것을 털어 땅을 사서 농사라도 짓고 싶지만 그럴 만한 돈이 없고, 타던 말을 나귀로 바꿔 타고 싶어도 말이 살이 찌지 않았으니 그것마저 여의치 않다. 언제쯤 골짜기 산길의 험난함에서 벗어날 수 있을 것인가? 기러기 한 번 떠나 아직 돌아오지 않은 것처럼 소식이 감감이다.

원문

歎潛水女　　　　　잠수 여인을 한탄함

潛水女潛水女,	잠수 여인이여, 잠수 여인이여.
赤身潛水無寒暑.	더운 날 추운 날 맨몸으로 잠수하는구나.
臘月海氣冷徹骨,[1]	섣달 바다 냉기가 뼈까지 스며드는데
手摘决明于彼渚.[2]	저 물가에서 손으로 결명(전복)을 따네.
昨日摘今日摘,	어제도 따고 오늘도 따지만
决明大小不盈百.	크고 작은 전복 백 개를 채우지 못했네.
女兮女兮何自苦,	여인이여, 여인이여 어찌 이리 고생스러운가
身役又兼官令促.[3]	몸으로 힘들게 일해도 관아에선 재촉만 하나니.
爺孃桎梏郎亦笞,	부모는 차꼬 차고 남편까지 곤장을 맞아
不及明朝大患隨.	다음 날이 채 되기도 전에 큰 우환이 따라오네.
水寒病作未暇顧,	찬 바닷물에 병들어도 몸 추스를 겨를 없고

292

往往驚墮腹中兒.	왕왕 놀라 뱃속의 아이 낙태하네.
苦無如苦無如,	고통도 이런 고통이 없으니
何必決明海多魚.	바다에 물고기도 많은데 하필이면 전복인가?
海雖多魚皆讓味,[4]	바다에 물고기는 많지만 맛이 따라오지 못하기 때문이려니
誅求最急一村漁.	억지로 빼앗음이 어촌에 가장 조급하구나.
豈獨黃堂鼎俎侈,[5]	어찌 태수의 부엌만 사치스럽게 하려 함이겠는가
爲是朱門苞苴美.[6]	부잣집 뇌물로 좋기 때문이라.
苞苴多少生愛憎,	뇌물이 얼마냐에 따라 애증이 생겨나고
黜陟分明判於此.[7]	승진과 강등이 이것으로 분명하게 판명되네.
女本弱力力已竭,	본시 약한 여인네 기력조차 다 하여
欲訴天門遠未達.[8]	임금께 호소하려 해도 너무 멀어 이르지 못하네.
客莫笑客莫笑,	나그네여 웃지 마소, 웃지 마소.
在昔紅顏今赤髮.[9]	지난 날 홍안이 이제는 붉게 탈색되고 말았네.
耽羅謫者舊達官,	탐라에 폄적된 이는 옛 고위 관리인데
目見不覺發一嘆.	눈으로 직접 보고 자신도 모르게 탄식을 쏟아내네.
我則仁心未忍啖,	나 역시 어진 마음에 차마 먹을 수 없어
莫將決明登客盤.	앞으로는 전복을 손님상에 올리지 마시게나.

주석

① 臘月(납월): 음력 섣달.

② 決明(결명): 전복을 말한다. 전복의 한자는 포鮑이나 정약전丁若銓 (1758~1816년)의 『자산어보玆山魚譜』에서는 복어鰒魚라고 했다. 명대 이시진李時珍은 『본초강목本草綱目』에서 석결명石決明이라고 했다.

이 외에도 포어각鮑魚殼, 구공라九孔螺, 구공석결명九孔石決明, 진주
모真珠母, 천리광千里光, 해결명海決明, 관해결關海決 등이 있다.

③ 身役(신역): 돈 대신 몸으로 일해서 내는 세금.

④ 讓味(양미): 직역하면 맛을 양보한다는 말이니, 맛이 덜하다는 뜻
이다.

⑤ 黃堂(황당): 태수가 거처하는 청사를 말한다. 중국에서 태수 청사
의 벽을 자황雌黃으로 바른 데서 연유했다. 여기서는 제주목 관아
를 지칭한다.

⑥ 苞苴(포저): 물건을 싸는 것과 물건 밑에 까는 것으로 뇌물로 보내
는 물건을 말한다.

⑦ 黜陟(출척): 관직의 승진과 강등.

⑧ 天門(천문): 대궐의 문. 여기서는 왕을 지칭한 듯하다.

⑨ 赤髮(적발): 붉게 탈색한 머리카락. 젊은 시절 혈색이 좋은 홍안紅
顏과 대조를 이룬다.

해설

제주 바다에서 전복을 따는 아낙네의 고된 삶을 한탄하는 악부체 시
가이다. 전복은 제주의 특산물로 귤과 더불어 가장 귀한 공물이기도 했
다. 공물은 일정한 수량이 있을 터이나 자연에서 채취하는 것이니 언제
라도 구할 수 있는 것이 아니다. 그런 까닭에 잠녀들은 공물로 바치는
전복의 수량을 맞추기 위해 임신한 몸으로 바다에 들어가는 일조차 마
다할 수 없어 때로 유산하는 일도 벌어졌다. 특히 전복은 공물 외에도
뇌물로도 많이 쓰였기 때문에 고역이 끊임없었다. 제주의 목민관이나

한양 조정 역시 전복을 얻기가 얼마나 힘든 일인지 알고 있었다. 유독 정조만은 "매번 전복 캐는 수고로움을 생각해보니 어찌 전복 먹을 생각이 나겠는가.(每想採鰒之苦, 豈有啖鰒之思.)"라고 하여 잠녀들의 수고를 애달프게 여겼다. 조관빈 역시 같은 생각이었다.

원문 ─────────────────

耽羅雜詠[1]
其一

耽羅一域最荒垠,[2]

四面滄溟水接雲.

南則琉球東日本,[3]

西惟中國杭蘇云.[4]

탐라잡영

탐라는 나라에서 가장 거친 땅의 끝

사방의 큰 바닷물이 아득히 구름에 닿네.

남쪽으로 유구, 동쪽으로 일본이요

서쪽으로는 중국 항주와 소주라네.

주석

① 雜詠(잡영): 여러 가지 사물을 읊은 시가. 조관빈의 「탐라잡영」은 전체 22수이다.

② 荒垠(황은): 거칠고 끄트머리에 자리한 곳. 거친 땅의 끝으로 풀이했다.

③ 琉球(유구): 지금의 일본 규슈 오키나와 현. 본토와 격리되어 독자적인 역사 발전을 하여 14세기 후반부터 유구라는 국명이 등장하였다.

④ 杭蘇(항소): 지금의 중국 절강성 항주杭州와 강소성 소주蘇州를 일컫는 말. 예부터 "하늘에 천당이 있다면 땅에는 소주와 항주가 있다.(上有天堂, 下有蘇杭.)"는 말이 있을 만큼 아름다운 곳으로 손꼽힌다.

해설

이 시는 「탐라잡영」의 서시序詩로 탐라(제주)의 지리적 위치에 대해 소개하고 있다. 자신이 유배 온 제주는 땅이 매우 척박하고 나라의 맨 끄트머리에 있다고 하면서, 사방을 둘러봐도 육지가 보이지 않는 '절해 고도絶海孤島'라는 사실을 담담히 말하고 있다. 제주는 예로부터 뱃길을 통해 유구와 중국 절강, 강소성, 복건성 등과 교류했다.

원문

其二

漢拏黑立勢周遭,	한라산이 검게 솟아 형세가 사방에 뻗쳤으니
大海中間湧出高.	큰 바다에서 솟아 나와 우뚝하구나.
舊號瀛洲非浪語,¹	예부터 영주瀛洲라 부르더니 빈말이 아니로다.
半空笙鶴有仙曹.²	공중에 생황소리 울리니 신선이 가까이 있으리라.

주석

① 瀛洲(영주): 봉래산蓬萊山, 방장산方丈山과 함께 삼신산三神山의 하나. 중국의 진시황과 한 무제가 불사약을 구하러 사신을 보냈다는 가상의 선경仙境. 제주를 일컫는 말이기도 하다.

② 笙鶴(생학): 신선이 타는 학이다. 한대 유향劉向의 『열선전列仙傳·권상卷上·왕자교王子喬』조에 다음과 같은 이야기가 적혀 있다. "왕자교는 주 영왕靈王의 태자 진晉이다. 생황 불기를 좋아했으며, 봉황의 울음소리鳳凰鳴를 낼 줄 알았다. 이수伊水와 낙수洛水 사이에서 노닐 때 도사 부구공浮邱公이 맞이하여 숭고산嵩高山으로 올라갔

다. 30여 년 뒤에 산 위에서 그를 찾았는데, 환랑桓良이란 사람을 보고 말하기를, '우리 집에 가서 7월 7일에 나를 구지산緱氏山 정상에서 기다리라고 고하라.'라고 했다. 때가 되자 과연 흰 학을 타고 산 정상에 내렸는데, 멀리서 바라볼 수만 있을 뿐 가까이 갈 수 없었다. (왕자교는) 손을 들어 그때 모인 사람들에게 인사하고 며칠 있다가 떠났다.(王子喬者, 周靈王太子晉也。好吹笙, 作鳳凰鳴。遊伊洛之間, 道士浮丘公接以上嵩高山三十餘年。後求之於山上, 見桓良曰:"告我家, 七月七日待我於緱氏山巔。"至時, 果乘白鶴駐山頭, 望之不得到。(王子喬)舉手謝時人, 數日而去。)"

해설

한라산을 달리 '영주산瀛洲山'이라고 부르는데, 영주산은 전설 속의 삼신산 중 하나이다. 조관빈은 한라산의 신비로운 형세를 보며 마치 신선이 노니는 선경이 아닌가 생각할 만큼 한라산의 모습에 위압되었을 것이다.

원문

其三

天降神人土穴開,[1]	하늘이 신인을 내리니 토굴이 열리고
異緣童女石函來.[2]	기연인지 동녀가 돌 상자 타고 왔도다.
雲仍百世傳三姓,[3]	후손들이 백 대를 이어 삼성三姓이 전해지고
血食于今廟不頹.[4]	정성스런 제사 이제껏 이어오니 사당이 퇴락하지 않았네.

① 神人(신인): 신령스러운 사람을 의미함. 제주도에는 고高·양良·부夫 삼성 씨족의 시조신화이자 탐라耽羅의 개국신화인 삼성신화三姓神話가 있다. 고을나高乙那·양을나良乙那·부을나夫乙那라는 세 명의 신인神人이 땅에서 솟아났다는 구멍이 바로 삼성혈三姓穴이다.

② 石函(석함): 전설에 따르면, 삼신인이 제주에 자리를 잡은 지 얼마 되지 않아 동쪽 바다에 자주색 흙으로 봉한 목함이 떠다니는 것을 발견하였다. 이들이 목함을 회수하여 열어보니 그 속에는 석함과 붉은 띠에 자줏빛 옷을 입은 사자使者가 들어있었다. 사자가 석함을 여니 그 속에는 말과 소, 오곡 종자, 그리고 푸른 옷을 입은 세 공주가 앉아 있었다. 사자는 자신이 동해 벽랑국碧浪國에서 왔다고 하면서, 왕이 명하길 서해 한가운데에 있는 산에 신인 세 명이 강림하여 나라를 세우려 하는데 배필이 없으니 공주들을 모시도록 했다고 말하고 홀연히 동쪽 하늘로 사라졌다. 이에 삼신인은 목욕재계하고 제물을 갖추어 하늘에 고한 후, 각기 세 공주와 혼인했다.

③ 雲仍(운잉): 팔대손인 운손과 칠대손인 잉손을 아울러 이르는 말로 먼 후손의 뜻이다.

④ 血食(혈식): 털과 피가 있는 희생을 종묘에 바쳐 제사 지내는 것을 말한다. 또는 자손이 이어지고 제사가 지속된다는 의미이다.

해설

이 시는 삼성혈을 읊었다. 『고려사』의 기록에 따르면 삼성혈 또는 모홍혈이라 하는 토굴에서 세 명의 신인이 솟아 나오고, 이들의 반려자들이 돌상자를 타고 왔다는 전설이 있다. 세 명의 신인과 세 공주는 각기 결혼하여 가정을 이루었고, 제주 전역으로 퍼져나갔다. 그들 삼성의 후손들은 춘제(4월 10일), 추제(10월 10일), 혈제(12월 10일) 등 정성스럽게 제사를 지냈으니 그들을 모신 사당이 퇴락하지 않았다.

원문

其四

一夜客星動遠天,¹	하룻밤 객성이 먼 하늘에 비추더니
雞林千里始通船.²	계림천리에 배가 다니기 시작했네.
至今輿地耽羅號,	지금까지도 우리 나라에서 탐라라 부름은
傳自高淸渡海年.³	고청高淸이 바다 건넌 해부터 전해오는 것이라.

주석

① 客星(객성): 보이지 않다가 갑자기 밝아졌다 어두워지는 신성新星이거나 별이 폭발하여 갑자기 엄청나게 밝아지는 초신성超新星을 말한다. 또한 꼬리가 아직 발달하지 않은 혜성彗星을 지칭하기도 한다. 객성이란 말은 『사기史記·천관서天官書』에 처음 보인다. 『증보탐라지增補耽羅誌』에 따르면, 신라시대 때 15대손代孫 고후高厚, 고청(高淸, 청은 잉孕이라고도 함) 및 계(季, 이름은 잃어버림) 등 형제 3인이 배를 만들어 바다를 건너 탐진(耽津, 오늘날의 강진)에 정박하니 때는 신라의 전성시대였다고 한다. 태사太史가 아뢰기를, "객성客星이 남방南方에 나타나니 이국인異國人이 찾아올 징조입니다." 하

더니, 얼마 있지 않아 과연 고후 등이 이르렀다. 이에 왕이 기뻐 후를 성주(星主, 객성이 움직였음을 의미함), 청을 왕자王子,[1] 계를 도내 徒內라 하며 국호國號를 탐라耽羅라 하고 각각에게 귀한 머리쓰개 와 의대衣帶를 내려주었다. 이것이 내륙內陸과 교류함의 시초이다. 이로부터 신라에 복종하여 섬겨 고高를 성주, 양良을 왕자, 부夫를 도내라 한다.

② 雞林(계림): 신라의 국호로도 쓰이는 경주의 한 숲. 숲속에서 이상 한 닭 울음소리가 들려 가 보니, 나뭇가지에 금빛의 궤가 걸려 있 고 그 아래에서 흰 닭이 울었는데 그 궤 속에 신라 김씨 왕조의 시 조가 되는 김알지가 있었다는 설화에서 유래한다.

③ 高淸(고청): 생몰년 미상, 탐라의 시조 고을나의 15대손(일설에는 12 대손). 고후, 고청 등 3형제가 처음으로 신라에 가서 고후는 성주星 主, 고청은 왕자王子, 고계는 도내徒內라는 작위를 받았다. 이로부 터 국호를 탐라라 하였다. 그들은 신라에서 건입포로 들어와 전제 봉건 정치를 강화하였다.

해설

탐라가 본격적으로 우리 역사에 등장한 것은 삼국과 통교를 시작하 면서부터인데, 고을나의 15대손인 고씨 삼형제가 바다를 건너 신라에 입조하여 성주·왕자·도내의 작위를 받으면서 국가의 형태를 띠게 된

---

1)   왕자라 함은 신라왕이 청淸으로 하여금 무릎 밑까지 오게 하여 아들과 같이 사랑한 데서 연유했다고 한다.

다. 이 이전에는 외부와의 교류 없이 제주도 내에서 자급자족하는 삶을 영위했으므로 사회는 발전이 더뎠으나, 섬의 풍속은 잘 보존되었다.

원문

其五

朝羅暮濟俄降麗,	조석으로 신라 백제에 속했다가 고려에 항복하고
又附胡元使者疲.[1]	다시 원나라에 복속되어 사신들이 피곤하기도 했지.
崔瑩一來鯨浪息,[2]	최영 장군 한번 오자 험한 물결도 숨죽이니,
壯圖猶說月津涯.[3]	그의 포부는 아직도 나룻가에 뜬 달이 말하는 듯하네.

주석

① 胡元(호원): 몽골족의 원나라를 일컫는 말.

② 崔瑩(최영): 고려의 명장, 충신. 1359년 홍건적이 서경을 함락하자 이방실 등과 함께 이를 물리쳤다. 1361년에도 홍건적이 창궐하여 개경까지 점령하자 이를 격퇴하여 전리판서에 올랐다. 이후에도 홍왕사의 변, 제주 목호의 난을 진압했으며, 1376년에는 왜구가 삼남지방을 휩쓸자 홍산에서 적을 대파했다. 1388년 명나라가 철령위를 설치하려 하자, 요동정벌을 계획하고 출정을 명했으나 이성계의 위화도 회군으로 좌절되었다.

鯨浪(경랑): 고래처럼 커다란 물결이라는 뜻으로, 바다에서 이는 큰 파도를 비유적으로 이르는 말.

③ 月津涯(월진애): 의미가 불명확하다. 운자 때문에 애월진涯月津을 바꿔 쓴 것일 수도 있다.

해설

 고씨 삼형제의 신라 입조 이후, 탐라는 백제와 신라를 섬기다가 고려에 복속되고, 몽골의 침입 이후 탐라총관부耽羅摠管府가 세워지며 원나라의 영역으로 편입되었다. 공민왕 때 반원정책을 시행하면서 원나라에 편입되었던 영토를 수복하고자 하였고, 이 과정에서 탐라는 다시 고려에 귀속되어 관리를 파견하였으나 원나라의 목호들은 여전히 그 세력을 유지하고 있었다. 목호인 석질리石迭里, 필사초고必思肖古, 독불화禿不花 등은 말의 공출을 요구하는 조정의 명을 거부하였고, 결국 고려 조정은 목호를 토벌하기로 하였다. 그리하여 문하찬성사門下贊成事 최영에게 각 도의 군사를 거느리고 목호를 토벌하게 하였다. 최영은 많은 군졸과 전함을 이끌고 가 목호들의 괴수 3인을 잡아 처단함으로써 목호의 난을 평정하였다.

원문

其六

太祖以來王化宣,	태조 이래 성덕을 베푸시니
周家禮樂禹山川.	주나라 예악과 하우夏禹의 산천처럼 개명하였도다.
大哉遠俗懷綏意,	크도다! 먼 곳의 풍속이나마 편안함을 품을 수 있으니
民泣明陵雲漢篇.[1]	백성들은 숙종 임금님의 운한편에 감읍하였네.

주석

① 明陵(명릉): 명릉은 조선 19대 왕인 숙종과 그의 계비 인현왕후·인원왕후가 묻힌 무덤이다. 1720년(숙종 46) 6월에 숙종이 승하하자

수년 전 제주의 굶주린 백성들을 위해 구호곡을 보낸 임금의 은혜를 갚기 위해 한림읍 옹포 출신의 박계곤이 제주도민을 인솔하여 능역에 참가하였다는 기록이 있다. 따라서 여기서의 명릉은 숙종을 이르는 말이다.

雲漢篇(운한편): 『시경詩經·대아大雅』의 편명이다. 주나라 선왕宣王이 가뭄을 당하여 자신을 반성하면서 상천上天에 비를 호소하여 백성을 우휼優恤한 내용을 담고 있다. 『영조실록』에 따르면 1764년(영조 40)에 영조가 가뭄을 걱정하여 백성들을 위해 친히 운한편을 지어 팔도八道와 양도兩都에 반포하였다고 한다. 숙종 또한 이와 비슷한 일을 하였고 이에 감읍한 제주 백성들이 자발적으로 숙종의 능역에 참여하였으리라 추정된다.

해설

이 시는 전형적인 유배 시가의 내용을 담고 있다. 유배 시가는 유배지에서 겪는 고초와 유배 생활을 기록하기는 하지만 그것보다도 군왕에 대한 일편단심의 충정을 더 드러내려 한다. 그리하여 자신의 충정을 군왕에게 호소하여 총애를 회복하고자 하는 흔적이 작품 곳곳에 스며있다.

원문

其七

牧使仍兼方伯尊,[1]	목사는 방백의 임무를 겸하니
兵民全屬一衙門.	병사와 백성이 오롯이 한 관청에 부속되네.

波淸桑島烽無警,[2]　　파도 잔잔하고 상도에 봉화 경보 없으니

盡日笙歌醉橘園.　　온종일 생가笙歌를 곁들여 귤밭에서 취하네.

주석

① 方伯(방백): 관찰사의 다른 말. 사법권, 군사권, 행정권을 모두 행사할 수 있었다. 제주도라는 특성상 따로 관찰사를 파견할 수 없었으므로 목사가 관찰사의 업무를 겸하였다.

② 桑島(상도): 직역하면 뽕나무 섬인데, 정확하게 무슨 뜻인지 불분명하다. 추정컨대 여기서의 상桑이 부상扶桑, 즉 해가 떠오르는 동쪽 바다를 의미하는 것이라면 상도桑島는 제주의 동쪽 섬인 우도를 지칭하는 것이 아닌가 한다.

해설

제주에 파견된 관리의 역할을 보여주는 시이다. 본래 각 도에 관찰사가 파견되어 하급 행정구역인 목이나 현의 행정이 올바르게 되고 있는지 살펴보는데, 제주는 바다 건너 먼 곳에 있으므로 사실상 관찰사를 파견하기는 어렵다. 그래서 제주목사에게 관찰사의 업무도 겸하게 하였다.

원문

其八

大靜在西㫌義東.[1]　　대정은 서쪽, 정의는 동쪽에 있지만

官居蕭索謫居同,　　벼슬살이 적막하니 마치 귀양살이와 같구나.

終年飽喫惟風瘴,²   평생 배부르게 먹는 것은 바람과 장기瘴氣뿐

苦况誰堪爪限窮.   고통이 이 같을진대 누가 임기까지 견디며 기다리겠는가.

주석

① 大靜在西旌義東(대정재서정의동): 제주목을 기준으로 남서쪽에 대정현이 있고, 남동쪽에 정의현이 있는데, 각 현에는 현감이 파견되었다.

② 瘴(장): 장기瘴氣, 풍토병, 습하고 더운 땅에서 생기는 독기.

해설

제주는 제주목과 대정현, 정의현의 세 고을로 이루어져 있고, 각각에 관리가 파견된다. 하지만 이 절해고도로 부임하는 관리들은 마치 귀양을 떠나는 듯 사실상 좌천으로 여겼다. 그래서 제주로 부임하라는 명을 받으면 사직하거나 부임하더라도 임기를 채우지 않는 경우가 많았다. 조관빈은 이 중에서도 대정현에 유배되었다. 이 지역은 예로부터 척박하기로 유명한 곳이다. 이 지역 사람들은 모두 궁핍하여 먹는 것이라곤 바람과 축축한 습기뿐이니 관리 중 누가 이를 견뎌내겠느냐는 말로써 자신의 처지를 우회적으로 드러내고 있다.

원문

其九

杖屨何年此海陲,¹   선생의 자취 어느 해에 이 곳에 이르렀나,

橘林秋色五賢祠.²   귤림橘林이 가을빛에 물든 오현五賢의 사당.

高名最是華陽老,³　　이름 높기로 화양동주 우암 선생이시니

道學文章百代師.　　도학과 문장이 백대에 사표가 되었네.

주석

① 杖屨(장리): 지팡이와 신. 이름난 이가 머문 자취를 비유한다.

　海陲(해수): 바다 넘어 아득한 변방. 제주를 말한다.

② 橘林秋色(귤림추색): 영주십경瀛州十景의 하나. 귤이 익어 가는 제
　주성에 올라 주렁주렁 매달린 귤을 바라보며 감상하는 일. 여기서
　는 귤 노랗게 익어가는 가을날을 비유한다.

　五賢(오현): 조선시대 제주의 귤림서원에 배향되었던 김정·송인
　수·김상헌·정온·송시열을 말함.

③ 華陽老(화양로): 송시열을 지칭한다. 송시열(1607~1689)은 자가 영
　보英甫, 호는 우암尤庵, 우재禹齋, 화양동주華陽洞主이다. 그의 사후,
　그를 추모하기 위해 창건된 서원이 화양동서원華陽洞書院이다.

해설

　언제 돌아갈지 알 수 없는 유배생활의 괴로움을 토로하면서도 제주
의 현인으로 기리는 오현五賢을 배향한 오현사五賢祠에 대한 일종의 영
사시詠史詩이다. 제주의 오현(김정·송인수·김상헌·정온·송시열)은 제주 유학
의 발전에 큰 역할을 담당하였다. 이들은 귤림서원橘林書院에 배향되었
는데, 흥선대원군의 서원철폐령으로 훼철되었으나 후에 유생 김희정
등이 오현의 뜻을 기리기 위해 조두석俎豆石을 세우고 제단을 축조하여
배향한 곳이 바로 오늘날의 오현단五賢壇이다.

其十

島中世族摠窮居,	섬의 세족들은 모두 빈궁하게 사는데
八九躬耕一二書.	여덟아홉은 몸소 밭 갈고 서생은 겨우 한둘이라네.
長技平生多作賦,[1]	장기라고는 평생 '부賦'나 많이 짓는 것인데
別科稀濶十年餘.[2]	별과別科는 너무도 뜸해 10년도 넘게 걸린다네.

주석

① 賦(부): 작자의 생각이나 눈앞의 경치 같은 것을 있는 그대로 드러내 보이는 한문문체.

② 別科(별과): 조선시대 과거에서 본과 이외에 따로 설치한 과시科試. 정기시定期試가 아닌 부정기시不定期試를 말한다. 국가에 큰 경사가 있을 때 하는 증광시增廣試, 작은 경사가 있을 때 하는 별시別試, 국왕이 문묘를 참배한 뒤 명륜당에서 개설한 알성시謁聖試 등이 있다.

해설

제주의 궁핍한 삶을 노래하고 있다. 제주의 전체 인구 중 농어업에 종사하는 이가 80~90%에 달하여 공명을 위해 학문을 닦는 이는 적었다. 관리에 등용되기 위해서는 과거시험을 치러야 하는데 제주에서 열리는 부정기적인 별과는 매우 드문드문 열렸다. 그래서 몇몇 글을 아는 선비들도 계속해서 학문에만 몰두할 수는 없는 상황이었다. 유학자인 조관빈의 입장에서 글을 아는 선비가 적다는 것은 제주는 아직 교화되지 않은 곳이라는 인상을 준다.

其十一

俗風豪健喜操弓,	풍속은 호방하고 활 들고 다니기 좋아하니
射獵能馳亂石中.	어지러운 돌길에서도 말달리고 활 쏘며 사냥하지.
紅紙藏來仍白首,¹	홍패 간직하고 왔건만 이내 흰 머리 되어
不關司馬政私公.²	공사의 일 다스리는 관직에 관여하지 않네.

주석

① 紅紙(홍지): 홍패紅牌라고도 함. 과거에 급제한 사람에게 그 성적의
   등급 및 성명을 기록하여 주는 붉은 종이로 된 합격증이다. 여기
   서는 과거에 급제했을 때의 기대와 포부를 비유한다.
② 司馬(사마): 관직 이름. 고대 지방관을 통칭하는 말로, 여기서는 제
   주의 지방 관직이나 조정의 관직을 가리킨다.
   私公(사공): 사인私人과 공가公家. 백성의 일과 국가나 지방의 공적
   인 일을 가리킨다.

해설

이 시는 힘겨루기와 활쏘기를 좋아하며 말달리는 것에도 능숙한 제
주 사람들의 호방한 풍속을 말하고, 젊은 시절 관직에 처음 나아갔을
때의 포부는 여전하건만 지금은 제주로 유배된 백발 늙은이가 되어 제
주나 조정의 정사에 참여할 수 없음을 탄식하고 있다.

其十二

文武元來少顯官,[1]	문文·무반武班 모두 원래 높은 벼슬을 한 자가 드물고
一經除目便長閒.[2]	한번 벼슬을 얻으면 오랫동안 편히 지낸다.
專城未得全家赴,[3]	한 지방을 맡게 되어도 온 식구가 따라가지 못하니
婦女偏嫌渡海難.	아녀자들은 궁벽한 곳 싫어하고 바다 건너기 어려워한다네.

주석

① 顯官(현관): 맡은 업무가 있는 9품 이상의 관직을 이르는 말. 또는 널리 알려진 높은 벼슬을 뜻하기도 한다.

② 除目(제목): 벼슬아치들의 임면任免에 관하여 기록한 문건. 여기서는 벼슬살이를 지칭한다.

③ 專城(전성): 한 지방 혹은 성의 일을 담당한다는 뜻. 곧 태수나 수령·주목관州牧官을 말한다.

해설

이 시는 제주 사람들의 특징을 잘 보여준다. 역사적으로 제주 사람 중 문·무반 모두 높은 벼슬에 오른 자가 드물었다. 또한 한번 제주도 내에서 낮은 벼슬이라도 제수받으면 오래도록 승진에 관한 생각 없이 한가롭게 지냈다. 어쩌다가 다른 향리의 수령이 되거나 영전하게 되더라도 온 집안 식구가 함께 따라가는 일이 없는데, 이는 바다 건너기를 싫어했기 때문이다.

其十三

獵丁牧戶自成村,   사냥꾼들과 마소 치는 집들이 자연스럽게 마을을 이루었는데,

兎帽狗衣老少渾.   토끼털 모자, 개가죽 옷을 걸친 노소老少가 섞여 있구나.

怪殺方音如鴂舌,[1]   괴이하게 찌르는 듯한 사투리는 마치 뱁새가 지저귀는 듯한데

啁啾終日聽還煩.[2]   온종일 들으니 도리어 어지럽다네.

주석

① 怪殺(괴쇄): 괴이하고 빠름. 외지인들에게 괴이하고 촉급하게 들리는 제주어를 형용한다.

② 啁啾(조추): 의성어. 짹짹. 새 우는 소리. 여기서는 제주어를 비유한다.

해설

제주도에는 물을 구하기 쉬운 해안가를 중심으로 취락이 형성되어 있다. 하지만 화전민이나 목호牧戶들은 중산간에 모여들어 마을을 형성하였는데, 현재 존재하는 중산간 마을들은 대개 이들에 의해 개척되었다. 조관빈의 입장에서 제주어는 전혀 알아들을 수 없는 미지의 언어로 마치 뱁새가 지저귀는 듯한 소리로 여겨졌을 것이다. 이 시는 제주 사람들의 생활에 동화되지 못한 조관빈이 제주 풍속에 대해 느끼는 생소함을 드러낸 시이다.

其十四

村女露身裙不成,	시골 아낙네 치마 부실해 몸 드러내고
遠泉汲處負瓶行.	먼 곳의 샘물 길으러 물 허벅 지고 간다네.
兩妻一室生涯苦,	처첩이 한집에서 같이 사니 평생 괴로워
日暮杵歌多怨聲.[1]	날 저물어 방아 찧는 노래에 원성이 많아라.

주석

① 杵歌(저가): 방아(절구)를 찧을 때 부르는 노래. '방아타령' 혹은 '방앗노래'라고도 한다.

해설

이 시는 제주에 사는 여인들의 고달픈 삶을 묘사하였다. 제주는 화산섬이라는 지리적 특성 때문에 육지부에 흔히 볼 수 있는 하천을 찾아볼 수 없다. 평소에는 말라버린 건천乾川이 대부분이다. 그렇기에 제주의 여인들은 물을 길기 위해 아침저녁으로 물허벅을 지고 용천수를 찾아 물을 길어와야 했다. 넉넉지 않은 가정형편 상 처첩이 한집에 같이 살아야 하는 괴로움은 이루 말할 수 없다. 이런 시름을 잊고자 날이 저물어 밥을 할 때 방아를 찧으면서 '방앗노래'를 불렀는데, 그 음조가 애달파 마치 원망하는 소리로 들렸다고 한다.

其十五

老人南極耀團團,¹　　　노인성은 남극에서 둥글둥글 밝게 빛나고

百歲村翁氣力完.　　　　백 살 난 시골 노인들 기력 튼튼하도다.

鄕社春秋鳩杖會,²　　향사鄕社에 봄가을 없이 노인들이 모이니

七旬猶作少年看.　　　칠십 난 이들을 오히려 소년이라 여긴다네.

주석

① 老人(노인): 노인성老人星을 일컫는 말. 남반구 하늘에 있는 용골자리에서 가장 밝은 별이다. 서양에서는 카노푸스라고 하고 우리나라와 동양에서는 노인성 혹은 남극노인성이라고 하였다. 고도가 낮아 실제로 관측이 어려워 예로부터 노인성이 뜨면 나라가 평안해지고 별을 본 사람들이 무병장수한다는 믿음이 있었다. 우리나라에서는 남해안 일부 지역과 제주도에서만 관찰 가능하며 특히 제주는 노인성이 뜨는 곳, 장수하는 사람들이 많은 곳으로 알려졌다.

　　團團(단단): 둥그런 모양을 형용함.

② 鳩杖(구장): 손잡이 꼭대기에 비둘기 모양을 새긴 지팡이. 국가의 공신이나 원로대신으로 70세가 넘은 사람이 벼슬에서 물러날 때 임금이 하사하였다. 비둘기는 음식을 먹어도 체하지 않으므로 체하지 말고 건강하라는 뜻에서 구장을 주었다고 한다.

해설

제주의 노인들이 향사에 모여 있는 모습을 묘사하였다. 노인성은 예

로부터 나라가 태평할 때 주로 뜬다고 하였으니 당시의 상황을 짐작할 수 있다. 제주의 노인들은 자주 향사에 모이는데, 이때 일흔 살 정도의 노인들은 소년이라 여길 정도로 장수하는 노인들이 많았다고 한다.

원문 ────────────────────────

其十六

千家柑橘九秋霜,[1]	온 집마다 감귤에 가을 서리 내리니
大小參差味各香.[2]	크기는 들쑥날쑥, 맛도 각기 향기롭구나.
每歲厥包常早運,	해마다 싸두었다가 일찍 진상하면
君餘輒許近臣嘗.	임금은 여가에 번번이 근신近臣들에게 맛보도록 하네.

주석

① 九秋(구추): 삼추三秋라고도 하며, 가을의 3개월을 가리키거나 또는 음력 9월을 말한다.

② 參差(참치): 고르지 않아 가지런하지 않다는 뜻. 참치부제參差不齊의 준말이다. 이는 『시경詩經·주남周南·관저關雎』편에 "올망졸망 마름풀을 이리저리 뒤적이며 찾네.(參差荇菜, 左右流之.)"라는 구절에서 유래하였다.

해설

제주의 진상품 중 가장 유명한 것은 바로 감귤이다. 감귤은 늦서리를 맞을 무렵 가장 맛이 좋다. 크기도 제각각인 귤을 따서 매해 진상해야 하는 제주인들의 노고가 느껴진다. 진상을 위해 제주의 관리들은 예상

수확량까지도 조사하여 이를 반드시 달성하도록 재촉하였는데, 이를 피하기 위해 심지어는 나무의 뿌리를 잘라 나무를 고사시키기도 하였다. 한편, 조정에서는 이렇게 마련된 감귤을 근신들에게 맛보게 하였고, 특별히 '황감시黃柑試'라고 하는 특별한 과시科試를 열어 유생들에게 귤을 나눠주기도 하였다.

원문

其十七

大宛其種冀州方,¹	대완의 말은 품종이 기주와 견줄 만한데
雲錦離披萬匹良.²	구름 같은 비단 펼쳐진 듯 죄다 좋은 말들이네.
考牧年年修職貢,³	말을 잘 키워 해마다 직분을 다해 공납하니
天才居半色朱黃.⁴	뛰어난 말이 절반이고 색깔은 주황색이다.

주석

① 大宛(대완): 한나라 때 서역 지역의 나라 이름. 훌륭한 말이 많이 생산되는 지역으로 알려져 있다.

冀州(기주): 중국의 중원으로, 지금의 섬서성陝西省과 산서성山西省의 동부 지역 그리고 하남성河南省과 산서성山西省의 황하 이북 지역 등이 해당한다. 말이 많이 생산되는 곳으로 알려져 있다.

② 雲錦離披(운금리피): 구름 문양 가득한 아름다운 비단이 활짝 펼쳐진 듯한 모양.

③ 考牧(고목): 가축을 잘 기름. 「毛詩序」에서는 『시경·소아小雅·기보지십祈父之什·무양無羊』에 대해 "무양은 선왕이 가축을 잘 기른 것을 읊

었다.(無羊, 宣王考牧也.)"라고 하였다.

④ 天才(천재): 천부적인 재질을 가진 사람을 말하나, 여기서는 뛰어
난 능력을 가진 좋은 말을 뜻한다.

해설

구름처럼 아름다운 비단과 다른 진귀한 진상품들은 목사가 매년 아
주 소중하게 준비해야 했다. 제주에 부임한 관리들은 제주 땅을 하루속
히 벗어나고자 했다. 그러기 위해서는 조정에 상납할 진상품을 어떻게
든 잘 마련해서 보내야 했다. 조관빈의 시는 이를 매우 적나라하게 드
러내고 있다.

원문

其十八

螺貝蠙珠玳瑁俱,¹   소라와 진주, 대모가 모두 갖추어 있고

靑皮白蠟石鍾酥.²   청피, 백랍, 석종유도 있다네.

奇珍美料稱玆土,   진기하고도 훌륭한 재료는 이 땅에서만 일컬으니

物産由來八路無.   이런 물산이 나오는 곳 팔도에는 없다네.

주석

① 螺貝(나패): 소라나 전복 껍데기 등을 일컫는 말. 나전칠기螺鈿漆器
의 재료가 된다.

蠙珠(빈주): 진주珍珠의 다른 표현.

玳瑁(대모): 바다거북과에 딸린 거북의 하나. 대모갑玳瑁甲(대모玳瑁

315

의 등과 배를 싸고 있는 껍데기).

② 靑皮(청피): 귤나무의 덜 익은 열매껍질을 말린 것을 뜻한다. 약재로도 쓰인다.

白蠟(백랍): 나뭇가지에 솜처럼 엉긴 백랍白蠟벌레의 집을 끓여서 헝겊으로 걸러 찬물에 넣고, 이를 굳힌 것. 또는 밀랍蜜蠟을 햇볕에 쪼여 만든 순백색純白色의 물질을 말한다. 약재로도 쓰인다.

石鍾酥(석종소): 또 다른 말로 석종유라고도 함. 종유굴의 천장에 고드름같이 달려있는 석회석으로 지하수에 녹아 있던 석회분이 수분의 증발과 함께 다시 결정으로 되면서 생긴다. 약재로도 쓰인다.

해설

제주는 절해고도이긴 하지만 천혜의 자연환경으로 귀중한 재료가 많이 생산되었다. 조개류의 껍데기와 진주, 바다거북의 껍데기와 같이 바다에서 비롯한 것과 청귤의 껍질이나 백랍 등의 약재에 이르기까지 다른 지역에는 없는 온갖 진귀한 물산이 나는 제주이다. 하지만 이를 진상하기 위한 제주의 사람들의 노고는 이루 말할 수 없었다.

원문

其十九

冬日苦風夏苦霖,	겨울엔 바람에 시달리더니 여름엔 장마로 괴롭구나.
蟲蛇多毒更相侵.	벌레와 뱀은 독기가 많은데 서로 번갈아 침범한다.
居人只幸山無虎,	주민들은 산에 범이 없음을 다행으로 여기며

夜過深林亦放心.　　밤중 깊은 숲을 지나면서도 마음을 놓는구나.

해설

제주의 자연환경은 매우 척박하다. 계절에 따라 바람과 장마로 괴롭고, 습한 지역이라 독을 가진 벌레와 뱀이 자주 출몰했다. 하지만 다행스럽게도 범은 없어서 육지부의 사람들이 호환을 두려워한 것과는 반대로 제주 사람들은 그런 걱정은 하지 않아도 되었다는 말이다.

원문

其二十

峰高穴望與天參,[1]　　혈망봉穴望峰은 높아서 하늘에 닿은 듯하고

奇勝仍稱白鹿潭.[2]　　기이한 경치에 백록담白鹿潭이라 불리네.

聞說山房亦佳境,[3]　　듣자 하니 산방山房도 또한 가경佳境이라

穹然石窟坐如庵.[4]　　활처럼 둥근 석굴이 암자같이 자리 잡았네.

주석

① 穴望(혈망): 1609년 김치의 『유한라산기』, 1843년 이원조의 『탐라지』, 1800년 말 남만리의 『탐라지』 등 고문헌에 혈망봉이 한라산 최고봉으로 적시돼 있다. 1702년에 만든 『탐라순력도』에도 한라산 정상부에 백록담과 함께 혈망봉이 뚜렷하게 표시돼 있는데, 혈망봉은 '구멍이 뚫린 사방을 다 둘러볼 수 있는 봉우리'를 뜻한다. 고문헌은 백록담 남쪽 봉우리로 지칭하고 있다. 백록담을 둘러싸고 있는 분화구 외륜부는 성곽처럼 보이며 전체적으로는 남서 사

면이 가장 높다. 그러나 기복이 심해 가장 높은 지점이 어디라고
짚기가 애매한 지형을 이루고 있다.

② 奇勝(기승): 기묘한 경치.

③ 山房(산방): 산방산을 일컫는 말. 서귀포시 안덕면 사계리 해안에
있으며, 남서쪽 기슭 해발고도 200m 지점에 산방굴山房窟이라는
자연 석굴이 있다. 그 안에 불상을 안치하였으므로 이 굴을 산방
굴사山房窟寺라고 한다.

④ 穹然(궁연): 크고도 깊은 모양, 활꼴, 궁형弓形.

해설

한라산과 산방산이라는 형승形勝을 소개하는 시이다. 한라산의 최고
봉인 혈망봉穴望峰과 그 아래 자리한 백록담白鹿潭은 하늘에 닿은 듯 높
고, 산방산에는 암자가 들어설 듯한 석굴이 자리하고 있다. 이곳이 지
금의 산방굴사山房窟寺이다.

원문

其二十一

海路蒼茫九百遙,	바닷길 아득하여 구백 리가 넘는데
帆檣必待好風朝.	돛단배는 순풍이 부는 아침을 기다린다.
行人最有勞心處,	사공이 가장 마음 쓰는 곳은
火脫島西水勢搖.[1]	화탈도火脫島 서쪽 수세水勢가 요동치는 곳이라.

주석

① 火脫島(화탈도): 추자도와 제주 사이에 있으며 난류로 인해 화급火

急히 벗어나야 하는 섬을 의미하며 관탈섬冠脫島이라고도 한다.

해설

제주섬은 육지로부터 900여 리가 넘게 떨어져 있는 외딴곳이다. 제
주까지 오려면 순풍을 타야지만 가능한데, 게다가 추자도와 제주 사이
의 관탈섬 주변은 조류가 심해 전복顚覆의 위험이 있었다. 조관빈은 포
구에 정박한 배를 바라보며 이 섬을 떠날 수 없는 자신의 신세를 깨달
았다. 설령 순풍이 분다 해도 배가 전복될 위험이 도사리고 있는 멀고
도 먼 바닷길이 자신을 가로막고 있다는 사실을 말이다.

원문

其二十二

風波瘴癘客堪愁,[1]　　풍파와 장려瘴癘로 나그네 시름겨우니

大罪還宜此地投.　　　대죄를 지으면 이곳에 유배됨 또한 마땅하도다.

自是吾人非俗骨,[2]　　스스로 나는 속골俗骨이 아니라

謫居猶得在瀛洲.　　　귀양 와서 영주瀛洲에 살고 있다네.

주석

① 瘴癘(장려): 기후氣候가 덥고 습한 지방地方에서 생기는 유행성流行
性 열병熱病이나 학질瘧疾.

② 俗骨(속골): 범속凡俗하게 생긴 생김새. 즉 평범한 사람.

해설

제주 섬 주위의 사나운 풍파와 습한 날씨로 인한 질병까지 모두 유배객이 겪을 수 있는 최고의 고통이다. 그러기에 대죄를 지으면 제주섬으로 유배를 보내는 것이 가장 큰 형벌이었을 것이다. 조관빈은 스스로 자신은 속된 이가 아니라 생각했지만 결국 영주로 귀양 온 신세가 되고 말았다. 영주라는 신선이 사는 땅에 왔으니 범속치 않은 것과 관련이 있지 않겠는가? 일종의 달관이다.

김낙행

김낙행金樂行(1708~1766), 초명은 진행晉行, 자는 퇴보退甫 또는 간부艮
夫, 호는 구사당九思堂이다. 본관은 의성義城이고, 제산霽山 김성탁金聖鐸
의 장남으로 경상북도 안동에서 태어났다. 9세에 사서를 배웠고, 11세
때 부친이 위장慰狀을 대신 쓰게 하자 글자가 반듯하고 격식에 어긋남
이 없었다고 한다.

18세에 밀암密庵 이재李栽의 문하에 들어가 『근사록近思錄』등을 익혔
다. 하지만 그의 나이 30세인 1737년(영조 13) 5월, 부친이 홍문관 교리
로 재직하면서 자신의 스승 갈암葛庵 이현일李玄逸을 변호하는 소를 올
렸다가 의금부 감옥에 잡혀 들어가는 일이 벌어졌다. 평소 효심이 지극
한 그는 음식을 전폐하고 밤낮을 가리지 않고 울부짖었다고 한다. 그해
부친이 제주도 정의현으로 유배되자 따라서 제주로 들어왔다. 이듬해
부친이 광양光陽으로 이배되면서 고향에 계신 조모를 모시라고 돌려보
내는 바람에 고향으로 돌아왔다. 이후 7년 동안 고향과 제주를 오가며
조모와 양친을 봉양했다.

결국 그는 이로 인해 출사하여 입신양명하지는 못했으되 자신이 배
우고 익힌 유학의 도를 몸소 실천하면서 적지 않은 시문을 남겼다. 그
의 호에 나오는 '구사九思'는 『논어·계씨季氏』에 나오는 "군자가 생각해

야 할 아홉 가지(君子有九思)"에서 따온 것인데, 이를 통해 그의 성품과 수양이 어떠했는지 능히 짐작할 수 있다.

저서로 『구사당집九思堂集』 9권 5책과 속집續集 4권 2책이 있다. 경남대학교 영남문화연구원에서 『한국문집총간韓國文集叢刊』 222책 『구사당집』을 저본으로 삼아 2010년부터 2013년까지 3책의 국역본을 출간했다. 시는 전체 136제, 230여 수(속집 포함)이며, 그중에서 제주 관련 시는 50여 편이다.

金乐行

金乐行(1708~1766)，初名晋行，字退甫，或艮夫，号九思堂。祖籍义城，是霁山金圣铎的长子，出生于庆尚北道安东。据说，9岁学习了四书，11岁时代父亲写慰状，字写得端正无错处。

18岁入密庵李栽门下，学习《近思录》等。但是在他30岁的1737年(英祖13年)5月，父亲在担任弘文馆校理时，曾为自己的老师葛庵李玄逸上过诉讼，后来被抓进义禁府狱。平时孝心至极的他，饮食全废，不分昼夜地哭喊。当年父亲被流放到济州岛旌义县后，他跟着父亲到了济州岛。第二年，父亲被移送到光阳后，父亲让他赡养故乡的祖母而回到了故乡。之后的7年里，他往返于故乡和济州之间，赡养了祖母和双亲。

最终，因此行为出仕，虽未能立身扬名，但在亲身实践自己学习和掌握的儒学之道时，留下了不少诗文。他号中的"九思"取自《论语·季氏》中的"君子有九思"，由此可以推测出他的品德和修养。

著作有《九思堂集》9卷5册和续集4卷2册。庆南大学岭南文化研究院以《韩国文集丛刊》222册《九思堂集》为底本，从2010年到2013年出版了3册国译本。共有136题230多首诗(包括续集)，其中济州相关诗有50多篇。

伏和漢拏山歌　　삼가 「한라산가」에 화답하다

漢拏山上天一尺,　　한라산 위로 하늘은 한 자쯤이고

漢拏山下滄溟碧.　　한라산 아래로 넓은 바다는 푸르른데,

滄溟萬里隔塵土,　　만 리 푸른 바다가 속세를 가로막아

天上群仙下山石.　　천상의 신선들이 산 바위에 내려왔네.

蓬萊方丈平地起,　　봉래산과 방장산은 평지에서 솟아 있으니

豈如此山孤拔水.　　물에서 홀로 우뚝 솟은 이 산과 어찌 같으리?

借問本是何處山,　　묻노니, 본디 어느 곳의 산이었다가

流落何年乃於此.　　유랑하다 어느 해에 이곳으로 떨어졌는가?

海風掀山海濤怒,　　바닷바람이 산을 흔들고 바다 파도가 성내어

浮游動盪常欲去.　　물에 떠서 흔들거리며 늘 떠나가려 했으니,

山英那得長自在,[1]　　산의 정령이 어찌 오래도록 스스로 있을 수 있었으리?

扶護眞是巨鰲助.[2]　　붙들어 지킨 것은 참으로 큰 자라의 도움이었네.

疊嶂橫嶺下遮藏,　　첩첩 봉우리와 가로 놓인 고개가 그 아래에서 가려 감추어지니

儼然中間勢特倨.[3]　　의젓이 사이에서 기세는 특히 오만하네.

靑霞白雲日蔚蔚,　　푸른 노을과 흰 구름은 날마다 성하고

冷風霏雨無時歇.　　찬바람과 부슬비는 그칠 때가 없으니,

南方從古苦熱爍,　　남방은 예로부터 뜨거운 열기에 괴롭지만

六月寒氷堆巖穴.　　유월에도 차가운 얼음이 바위 동굴에 쌓여있네.

岡頭碧潭深不測,　　산꼭대기 푸른 못은 깊이를 헤아릴 수 없어

想應海水湧相屬.　　생각하면 응당 해수가 솟는 곳과 이어져 있을 터이고,

一島黑墳獨此沙,　　온 섬이 검은 돌무덤인데 이곳만 모래이니

白鹿仙人來濯足.　　　　　백록 탄 신선이 와서 발을 씻는다네.

翠石點苔如巧冶,　　　　　비취색 바위에 얼룩진 이끼는 곱게 화장한 듯

尋常溪壑皆詭奇.　　　　　보통의 시내와 골짜기도 모두가 기이하며,

異樹滿山不識名,　　　　　산에 가득한 기이한 나무들은 이름은 모르지만

柯榦雪白葉猗猗.⁴　　　　　가지와 줄기는 눈처럼 희고 잎사귀는 아름다우며,

窮冬風雪靑不改,⁵　　　　　한겨울의 눈과 바람에도 늘 푸르러

紫花開落子離離.⁶　　　　　자줏빛 꽃이 피고 진 뒤에 열매는 무성하네.

攀崖穿林自蕭爽,　　　　　벼랑에 올라 숲을 지나니 절로 상쾌하여

彷彿新過仙人杖.　　　　　신선의 지팡이가 막 지나간 듯하고,

瓊漿灑滴萬樹露,⁷　　　　　신선의 음료는 온 나무에서 이슬로 맺혀 떨어지고

鸞簫杳杳凝餘響.⁸　　　　　퉁소 소리 아득하여 남은 울림 서려 있으니,

城塵市喧焉得浼,　　　　　도시의 먼지와 떠들썩함이 어찌 더럽힐 수 있으리?

咫尺人烟都滌蕩.⁹　　　　　지척에 있는 인간 세상이 모두 말끔히 씻기네.

漢拏山容難悉陳,　　　　　한라산의 참된 모습은 모두 말하기 어려우니

漏泄恐被仙曹嗔.　　　　　누설하면 아마도 신선들의 노여움을 받으리.

平生夢想何杳茫,　　　　　평소 꿈에서 상상할 때는 너무도 아득하더니

那知今爲漢拏人.　　　　　어찌 알았으리, 지금 한라산 사람이 될 줄을.

開牕直可喚仙子,　　　　　창문 열면 곧바로 신선을 부를 수 있으니

問我形骨幾分眞.　　　　　내 몸이 얼마나 신선이 되었는지 물어보네.

昨日偶過山之阿,　　　　　어제 우연히 산언덕을 지났는데

山中獵夫何其多.　　　　　산속의 사냥꾼들 어찌 그리도 많던지,

射殪麋鹿血灑林,¹⁰　　　　사슴을 쏘아 죽여 피가 숲에 뿌려지니

浼却仙山仙應嗟.　　　　　신선의 산을 더럽혀 신선이 응당 탄식하리.

寄語獵夫莫復爾,　　사냥꾼에 이르노니, 다시는 그러지 마오

漢挐自是仙人家.　　한라산은 본디 신선의 집이니,

仙人上訴玉皇帝,　　신선이 올라가 옥황상제께 하소연하여

殺爾鷹犬爾奈何.　　매와 사냥개 죽인다면 그대 어찌하리?

주석

① 山英(산영): 산의 정령精靈. 신선을 가리킨다.

② 巨鰲(거오): 커다란 자라. 『열자列子·탕문湯問』에 나오는 발해渤海 동쪽에 대여岱輿, 원교員嶠, 방호方壺, 영주瀛洲, 봉래蓬萊의 다섯 개 선산을 머리에 이고 있다는 자라를 가리킨다. 이들은 본디 물 위에 떠 있었는데 조류에 쓸려 내려가 신선들이 거처를 잃게 될까 염려하여 천제가 우강禺彊을 시켜 15마리의 커다란 자라에게 번 갈아 가며 머리에 이고 있게 하니, 마침내 자리를 잡고 움직이지 않게 되었다.

③ 儼然(엄연): 엄숙하고 의젓한 모양.

　　倨(거): 거만하다, 오만하다. 기세가 크고 당당한 것을 의미한다.

④ 猗猗(의의): 아름다운 모양.

⑤ 窮冬(궁동): 한겨울. '심동深冬'과 같다.

⑥ 離離(이리): 무성히 많은 모양.

⑦ 瓊漿(경장): 신선이 마시는 음료.

⑧ 鸞簫(난소): 난새 울음소리 나는 퉁소. 퉁소의 미칭美稱이다.

⑨ 人烟(인연): 인가의 밥 짓는 연기. 여기서는 인간 세상을 가리킨다.

⑩ 射殪(사에): 활로 쏘아 죽이다.

이 시는 아버지 김성탁金聖鐸이 쓴 「한라산가漢挐山歌」에 화운和韻한 것으로, 한라산을 선산仙山에 비유하며 그 탈속적인 경관을 묘사하고 있다.

시에서는 먼저 바다 한가운데 솟아 있는 한라산을 전설상 자라가 머리에 이고 있다는 선산에 비유하며 그 웅장한 높이와 기세로 인해 뭇 산과 고개들이 모두 한라산 아래에 있음을 말하고 있다. 이어 구름과 비가 잦으며 한여름에도 얼음이 남아 있는 한라산의 날씨와 기후를 나타내고, 백록담의 신비한 모습과 산에 가득한 기이한 나무들의 모습을 묘사하고 있다. 아울러 인간 세상과는 다른 한라산의 탈속한 경관을 묘사하며 이곳에서 생활하게 되어 자신 또한 마치 신선이 된 듯한 상상을 하고 있다. 마지막에는 사냥하며 짐승의 피로 선산을 더럽히는 사냥꾼들을 염려하며 선산을 더럽히지 말 것을 당부하고 있다.

원문

伏次苦雨詩

삼가 「고우」 시에 차운하다

苦哉耽羅雨,	괴롭도다 탐라의 비여,
庸蜀焉比方.[1]	용촉 땅인들 어찌 견줄 수 있으리?
凡物皆刱見,	일마다 모두 처음 보는 것이지만
玆事尤非常.	이번의 비는 더욱 정상이 아니네.
我來三月間,	내가 온 지 석 달 사이에
祇得數時暘.	단지 며칠만 해가 나왔으니,
理勢亦宜然,	이치상 또한 마땅하기도 하니

地在海中央.	땅이 바다 한가운데 있기 때문이네.
隱隱乍見日,[2]	흐릿하니 잠깐 해가 보이다가도
冥冥忽復滂.[3]	캄캄해져 홀연 다시 쏟아지고,
狂飇送撩亂,	사나운 회오리바람이 요란하게 불고
寒雪助飄揚.	차가운 눈이 더해져 날아오르네.
紙牕幾濕破,	종이창은 몇 번이나 젖어 찢어지고
庭薪常走藏.	뜰의 땔나무는 늘 달려가 건사하며,
漸看野成川,	점차 들판이 시내가 되는 것을 보고
不辨陂與塘.	언덕과 못을 구분하지 못하네.
洞獠已慣習,	동네 사냥개들은 이미 익숙해져
泥潦輒顚僵.	진흙탕에 문득 뒹굴며 누워있으니,
何但壞鞋屐,	어찌 다만 신발만 젖으리?
叵耐沾衣裳.	옷이 젖음을 견디지 못하겠네.
枕席驚靑花,[4]	잠자리에서는 푸른곰팡이에 놀라고
飮食愁濁漿.	음식은 물이 맑지 않아 걱정이며,
有時逢驟至,	어떤 때는 갑작스러운 비를 만나
出門歸蒼黃.[5]	문을 나섰다가 허겁지겁 돌아오네.
觸處多妨礙,	닿는 곳마다 방해되는 일이 많고
隨事敗料量.	하는 일마다 생각대로 안 되더니,
朝來忽覩天,	아침 무렵 홀연히 하늘을 보고서
相賀如獲祥.	좋은 일 만난 듯이 서로 축하했네.
倘令在夏月,	만약 여름이었다면
政不憂旱蝗.	정히 가뭄과 황충을 걱정하지 않을 것이고,

大暑豈肆虐,	큰 더위가 어찌 기승을 부리겠으며
嘉苗豈枯傷.	곡식 싹이 어찌 마르고 손상되리?
今年時氣乖,	올해 기후가 어그러진 것은
不直由土鄕.	다만 풍토 때문만은 아니니,
我欲訴上帝,	내가 상제께 하소연하려 해도
雲蔽無由望.	구름이 가려 바라볼 수가 없네.
上帝自愛民,	상제께선 절로 백성을 사랑하시니
寧可汨陰陽.	어찌 음양의 조화를 어그러뜨리리?
想得南海龍,	생각하면 남해의 해룡이
專擅恣顚狂.⁶	제멋대로 광기를 부린 것이리.
不然漢挐神,	그렇지 않다면 한라산의 신령이
偸水長翶翔.⁷	물을 훔쳐 오래도록 선회하며 날고 있는 것인가?
何時返淸爽,⁸	어느 때에나 맑고 쾌청함으로 돌아가
里落除湫荒.⁹	마을의 근심과 황폐함을 없앨 수 있으리?
願將此日雨,	바라나니 장차 이날의 비를 가져다가
甘霖趁春光.¹⁰	봄날에 맞추어 단비로 내렸으면 하니,
飄零多感懷,	영락한 신세에 감회가 많아
獨坐靑燈傍.	홀로 푸른 등잔 곁에 앉아 있다네.

주석

① 庸蜀(용촉): 용庸 땅과 촉蜀 땅. 고대 나라 이름으로, 각각 사천성四
川省 기주夔州 일대와 성도成都 일대를 가리킨다. 유종원柳宗元의
「위중립에 답하는 글答韋中立書」에 "용촉의 남쪽 지방에는 늘 비가

내리고 해가 나오는 날이 적어, 해가 나오면 개가 짖는다.(庸蜀之

南, 恒雨少日, 日出則犬吠.)"라 하였다.

② 隱隱(은은): 흐릿하여 분명하지 않은 모양.

③ 冥冥(명명): 어둑어둑한 모양.

④ 靑花(청화): 푸른 꽃무늬. 푸른곰팡이를 가리킨다.

⑤ 蒼黃(창황): 재촉하다. 서두르다.

⑥ 專擅(전천): 마음대로 하다. 전횡하다.

⑦ 翶翔(고상): 빙빙 돌며 날다.

⑧ 淸爽(청상): 청명하고 밝다.

⑨ 愀荒(추황): 근심과 황폐함.

⑩ 甘霈(감패): 단비. '감우甘雨'와 같다.

해설

이 시는 아버지 김성탁金聖鐸이 쓴 「고우苦雨」 시에 화운和韻한 것으로, 오랫동안 내리는 비의 고통을 노래하고 있다.

시에서는 제주의 비가 용庸 땅과 촉蜀 땅의 비보다 심해 제주로 온 지난 석 달 동안 맑은 날이 며칠 되지 않았음을 말하고, 눈발까지 섞여 내리며 그 기세가 세찰 뿐 아니라 들판과 언덕이 잠길 정도로 그 양 또한 많음을 말하고 있다. 이어 마을의 개들도 이미 이러한 날씨에 익숙해져 있건만 자신은 적응이 되지 않아 그저 고달프기만 함을 말하고, 중간에 잠깐 갠 하늘을 보며 기쁨을 나타내고 있다. 아울러 이 비가 차라리 여름에 내려 가뭄과 황충을 막아주었기를 바라며 이 고통스러운 비의 원인을 남해의 해룡과 한라산 신령의 농간으로 여기고, 하루빨리 날이 개

길 바라며 이 비를 가져다 봄날의 단비로 삼고 싶은 바람을 나타내고
있다.

원문

耽羅烏

탐라 까마귀

耽羅烏,	탐라 까마귀여,
耽羅烏,	탐라 까마귀여.
天下有烏,	천하에 까마귀가 있지만
無如耽羅烏.	탐라 까마귀 같은 것은 없다네.
爾群一何多,	너희들 무리는 어찌 이리도 많으며
飛鳴一何逼人廬.	날며 울어 어찌 이리도 사람들의 집을 핍박하는지?
人皆憎爾形與聲,	사람들 모두 너의 모습과 소리 싫어하니
庭中之石打爾無.	뜰 가운데 돌은 너에게 던져 맞히느라 남아 있는 것 없네.
或言烏鳴人病死,	혹자는 까마귀 울면 사람이 병사한다고 말하지만
死生在天烏奈如.	생사는 하늘에 달렸으니 까마귀가 어찌하리오.
秪能作鬧擾,[1]	다만 시끄럽고 어수선하게 할 수는 있으니
亦足添一虞.	또한 근심거리 하나를 더 보태기에 족하다네.
白晝傍人窺廚竈,[2]	낮에는 사람 곁에서 부엌을 엿보다가
蹴破器物偸飧魚.[3]	물건들을 깨트리고는 밥과 생선 훔쳐 가네.
有雞生卵不成雛,	닭이 알을 낳아도 병아리가 되지 못하니
被爾攫食巢無餘.[4]	네가 잡아먹어 둥지에 남은 것이 없어서라네.
人家惜雞不惜烏,	사람들이 닭은 아끼지만 까마귀는 아끼지 않으니,
肯將雞雛飽爾徒.[5]	차라리 병아리로 너희들을 배부르게 한다네.

彎竹注之能覺虛,　　　　대나무 활을 매겨 쏘려 해도 허사임을 알 수 있으니

拍翅欲去蹲仍居.　　　　퍼덕이며 날아가려다가도 다시 내려앉네.

種樹本要來祥禽,　　　　나무를 심는 것은 본디 상서로운 새가 오도록 하기 위함인데

祥禽不來爲爾棲.　　　　길한 새는 오지 않고 너의 둥지가 되었구나.

夜宿高樹上,　　　　　　밤에는 높은 나무 위에서 자고

曉已鳴相呼.　　　　　　새벽이 되자마자 울어대며 서로를 부르네.

風喧海吼共愁亂,　　　　바람 시끄럽고 바다 울어대 모두 심란한데

使我孤夢不到太白山之隅. 나의 외로운 꿈이 태백산 모퉁이에도 이르지 못하게

　　　　　　　　　　　　하네.

欲斫樹樹可愛,　　　　　나무를 베려고 하니 나무 사랑스럽고

欲遠驅計亦疎.　　　　　멀리 쫓아내려 해도 계책 또한 엉성하기만 하네.

吾將往請東家之獵夫, 　내 장차 동쪽 집 사냥꾼에게 가서 청하고자 하니,

獵夫金丸穿鹿脇,　　　　사냥꾼의 탄환은 사슴 옆구리도 뚫으니

射汝殺汝在須臾.　　　　너를 쏘아 너를 죽이는 것도 순식간이리라.

주석

① 鬧擾(요요): 소란스러움, 시끄러움.

② 廚竈(주조): 부엌.

③ 蹴破(축파): 부딪혀 깨뜨리다.

④ 攫食(확식): 빼앗아 먹다.

⑤ 爾徒(이도): 너희들. 여기서는 까마귀 무리를 가리킨다.

이 시는 제주에 서식하는 많은 까마귀로 인한 고통을 노래하고 있다. 시에서는 제주에 까마귀가 너무나 많아 사람들이 고통받고 있음을 말하고, 밤낮없이 울어대는 시끄러운 소리뿐 아니라 집 안까지 날아 들어와 음식과 기물을 망치고 병아리들을 채 가는 피해들을 하나하나 나열하고 있다. 이어 스스로 쫓아내 보려 했으나 모두가 허사였음을 탄식하고, 견디다 못한 나머지 이웃 사냥꾼에게 청하여 이들을 쏘아 죽이려하고 있다.

원문 ───────────────────────────

裁鄕書, 伏次二絶

고향으로 보내는 편지를 적은 뒤에 삼가 두 절구 시에 차운하다

其一

海陸茫茫萬里分,	바다와 육지는 아득하여 만 리로 떨어져 있고
音書欲寄思逾紛.	편지를 부치려 하니 생각이 더욱 분분하네.
和鳴自在堂前樹,[1]	집 앞 나무에 새가 화답하듯 지저귀지만
遙羨鄕山鳥雀群.	고향산천의 새와 참새들을 멀리서 부러워하네.

주석

① 和鳴(화명): 화답하며 우는 새 소리.

해설

이 시는 아버지 김성탁金聖鐸의 「고향에 보내는 편지를 적어 장차 제

주 인편에 부치려고 하면서 두 절구 시를 읊조려 이루다.(作鄕書, 將付濟州便, 吟成二絶.)」 시에 차운한 것이다. 원문에서는 제1수와 제2수로 구분이 되어있지 않으나 편의상 나누어 구분하였다.

　시에서는 바다 건너 만 리 떨어진 고향으로 편지를 부치려 하니 만감이 교차함을 말하고, 자유로이 날며 서로 화답하여 우는 새들을 보고 고향에서 가족들과 함께 있을 새들을 떠올리며 부러워하고 있다.

원문 ────────────────────────────────

其二

歲色行看舊換新,¹　　한 해가 장차 저물어 새해로 바뀌려 하건만

他鄕猶有未歸人.　　타향에는 아직도 돌아가지 못한 사람 있네.

但令世事隨天運,　　다만 세상일이랑 천운에 따르니

共是陰厓早得春.²　　함께 그늘진 물가에서 일찍 봄을 맞이하네.

주석

① 歲色(세색): 한 해의 모습.

② 共(공): 함께. 같이 유배된 아버지와 자신을 가리킨다.

　陰厓(음애): 그늘진 물가. '애厓'는 '애崖'의 의미로, 여기서는 유배 온 제주를 비유한다.

해설

　이 시는 해가 바뀌어도 유배에서 벗어나 고향으로 돌아가지 못하고 있는 자신을 말하고, 다만 운명을 하늘에 맡긴 채 아버지와 함께 있는

이곳에 따뜻한 봄이 빨리 찾아오기만을 바라고 있다.

원문

寒食日, 賦長律二篇, 上大人 한식날 칠언율시 두 편을 지어 아버님께 올리다

其一

天恩隆重死難酬,	성상의 은혜 융숭하여 죽어도 갚기 어렵거늘
其奈私情尙未休.	이내 사사로운 정 아직 사라지지 않음을 어이할까?
寒食佳辰窮海外,	한식날 좋은 명절에 이 몸 바다 밖에 있으니
白雲何處故山頭.[1]	흰 구름 너머 어느 곳이 고향 산마루런가?
庭林日暮慈烏咽,[2]	뜰 숲에 해 저무니 효성스러운 까마귀는 목이 메고
水國春深旅鴈愁.	물나라에 봄 깊어가니 길 떠나는 기러기는 시름겹네.
聞道朝廷方大赦,	듣건대 조정에서 대사면을 단행한다고 하니
不知論議及孤囚.	외로운 죄인에게까지 의론이 미칠지 모르겠네.

주석

① 故山頭(고산두): 고향 산마루.

이 구는 『신당서新唐書·적인걸열전狄仁傑列傳』에서 당唐나라 적인걸狄仁傑이 하양河陽에 어버이를 남겨 두고 병주幷州로 벼슬살이를 나갔다가 태행산太行山에 올라 흰 구름이 외롭게 나는 것을 보고, 좌우의 사람들에게 "나의 어버이가 저 아래 계신다."라 하고는 서글피 오래도록 바라보다가 구름이 다른 곳으로 옮겨가자 그 자리를 떠났다고 한 고사를 차용한 것으로, 당시 고향에 계신 어머니를 그리워한 것이다.

② 慈烏(자오): 효성스러운 까마귀. 백거이白居易의 「자오야제慈烏夜啼」 시에서 어미 잃은 까마귀의 효성을 노래하여 "효성스러운 까마귀가 그 어미 잃고, 깍깍 슬픈 소리 토하누나. 밤낮으로 날아가지 않고, 해가 지나도록 옛 숲을 지키네. 밤이면 밤마다 한밤중에 우니, 듣는 이 눈물로 옷깃을 적시네.……효성스러운 까마귀여, 효성스러운 까마귀여! 새 가운데 증삼이로다.(慈烏失其母, 啞啞吐哀音. 晝夜不飛去, 經年守故林. 夜夜夜半啼, 聞者爲沾襟.……慈烏復慈烏, 鳥中之曾參.)"라 한 뜻을 차용하여, 이역만리 밖에서 어머니를 그리워하는 자신을 비유하였다.

해설

이 시는 제목에서 밝힌 것과 같이 율시 2수로, 원문에서는 제1수와 제2수로 구분이 되어있지 않으나 편의상 나누어 구분하였다.

시에서는 비록 유배된 처지이나 목숨을 보전하게 해 주신 임금의 은혜에 감사하며 한식날을 맞아 고향에 홀로 계신 어머님 생각이 더욱 간절함을 말하고 있다. 이어 까마귀의 슬픈 울음소리와 고향으로 날아가는 기러기에 어머님을 향한 효심과 유배객의 시름을 담아 나타내고, 하루빨리 조정에서 자신에 대한 방면의 소식이 들려오길 고대하고 있다.

원문

其二

絶域扶將度幾時,　　　절해고도에서 봉양한 지 몇 계절 지났던가?

漸看髭髮白垂垂.[1]　　　　수염과 머리카락 점점 희어짐이 보이네.

私心每愧淳于女,[2]　　　　사사로운 마음은 매양 순우의 딸에게 부끄럽건만

知舊叨推蔡氏兒.[3]　　　　친구들은 외람되이 채씨의 아들에 비교하네.

藥物怱宜誠轉薄,[4]　　　　약물을 적절하게 올리지 못하니 봉양의 정성이 점차 엷어
　　　　　　　　　　　　　　서이고

餱糧貽念職全虧.[5]　　　　양식 걱정 끼쳐드리니 자식의 직분이 온전히 어그러졌네.

故鄕尙有群兄弟,　　　　　고향에는 그래도 여러 형제 함께 있으니

阿季南來莫太遲.　　　　　동생이 오는 날이 너무 늦지 않았으면.

주석

① 垂垂(수수): 점차.

② 淳于女(순우녀): 후한後漢 순우의淳于意의 딸. 제영緹縈을 가리킨다.
『열녀전列女傳』에 따르면 순우의는 임치臨菑 사람으로, 제齊에 벼
슬하여 태창장太倉長이 되었기 때문에 세칭 태창공太倉公이라 한
다. 문제文帝 때 죄를 지어 장안에 갇히게 되었는데 그의 딸 제영
이 울면서 따라가 글을 올려, 자신을 관비官婢로 삼고 아버지의 죄
를 풀어달라고 하니, 문제가 가련하게 여겨 육형肉刑을 덜게 하고
마침내 죄를 면하게 하였다.

③ 叨(도): 외람되다, 과분하다.

蔡氏兒(채씨아): 채씨蔡氏의 아들. 남송南宋 채원정蔡元定의 아들인
채침蔡沈을 가리킨다. 『송사宋史·유림열전儒林列傳·채침蔡沈』에 따
르면 채원정과 채침은 모두 주자朱子의 제자로, 채원정은 위학당
僞學黨으로 몰려 도주道州로 귀양 갔다가 그곳에서 세상을 떠났다.

이때 채침이 아버지를 모시고 수천 리 길을 걸어 귀양지에 도착하였고, 궁벽한 곳에서도 부자가 마주하여 언제나 의리를 강론하며 스스로 기뻐하였다. 부친이 세상을 떠나자 도보로 호상하여 돌아왔다.

④ 愆宜(건의): 마땅함을 어기다. 여기서는 병든 아버지께 적절하게 약을 올리지 못하는 것을 말한다.

⑤ 貽念(이념): 걱정을 끼치다.

해설

이 시는 오랜 세월 제주에서 유배 생활하느라 점차 머리와 수염이 희끗해졌음을 말하고, 효녀와 효자였던 순우의의 딸 제영과 채원정의 아들 채침에 자신을 비교하며 부끄러워하고 있다. 이어 아버지를 잘 봉양하지 못하고 있는 자신을 자책하며 고향에 있는 동생이라도 내려와 자신의 부족함을 보완해 줄 수 있기를 바라고 있다.

원문

柳正字觀鉉丈委訪家大人, 相與傾倒晤語之暇, 頗有唱酬. 不佞亦嘗從傍竊和之, 秖以略叙區區之懷耳, 不足奉浼崇覽. 顧長者辱令繕寫以相贈, 不敢終辭焉. 紙窄, 不得逐篇標題其命意, 輒皆倣元韻 정자 류관현 어른이 아버님을 방문하여 서로 정담을 다 쏟아내어 나누는 여가에, 주고받은 시가 제법 많았다. 나 또한 일찍이 곁에서 가만히 차운하였으나, 단지 구구한 회포를 대략 서술한 것이라 올려 보여드릴 만하지 못하다. 그러나 어르신께서 부끄럽게도 정서하여 달라고 하시니, 감히 끝내 사양할 수가 없었다. 종이가 좁아서 편마다 말씀하신 뜻을 표제하지 못하고 문득 모두 원래의 운을 본떠서 짓다.

休道家門好,	가문이 좋다고 말씀하지는 마시길
深慙不肖兒.	불초한 아들이라 심히 부끄럽습니다.
平常多過失,	평상시에는 과실이 많고
顚沛莫扶持.[1]	위급할 때에는 아버님을 부지하지 못한답니다.
行業皆無有,[2]	덕행과 공업은 모두 이룬 것이 없으니
昏愚亦自知.	어둡고 우둔함을 또한 스스로 안답니다.
謂公相悉久,	공께 아뢰오니 서로 안 지 오래도록
推借乃如玆.[3]	밀어주고 끌어주심이 이와 같군요.

주석

① 顚沛(전패): 넘어지고 쓰러지다. 위급한 때를 의미한다.

② 行業(행업): 덕행德行과 공업功業.

③ 推借(추차): 밀어주고 끌어주다. 격려하고 이끌어주는 것을 말한다.

해설

이 시는 아버지의 지인인 류관현柳觀鉉의 시에 차운한 것으로, 자신에 대한 겸손과 류관현에 대한 감사가 나타나 있다.

시에서는 자신을 명문 가문의 효자라 칭찬하는 류관현에게 자신은 늘 부모 봉양에 부족하고 또한 어리석어 덕행과 공업을 이루지 못했음을 말하며 겸손해하고 있다. 이어 류관현이 오랜 세월 동안 자신을 격려하고 이끌어주었음을 말하고, 그에 대한 깊은 존경과 감사의 뜻을 나타내고 있다.

夜會雨谷, 扶仲口占一絶, 牽率次韻 ¹ 밤에 우곡에 모였을 때 부중이

즉흥으로 절구 한 수를 지으니, 간략히 차운하다

三月春光媚雨餘,　　삼월 봄 경치가 비 내린 뒤 어여쁘니

歡聲連夜滿庭除.²　　환호성이 며칠 밤 동안 뜰 안에 가득하네.

亦知外物非干我,³　　외물이 나에게 간여하지 않음을 또한 알겠나니

試看浮雲過太虛.　　하늘에 지나가는 뜬구름을 한 번 본다네.

주석

① 雨谷(우곡): 빗골. 당시 김낙행의 집이 있던 골짜기이다.

扶仲(부중): 김정한金正漢(1711~1766). 본관은 의성이고 자가 부중扶
仲, 호는 지곡芝谷이다. 제산 김성탁의 문인으로, 저서로 『지곡집
芝谷集』이 있다.

牽率(견솔): 정교하지 않고 간략하다. '초솔草率'과 같다.

② 歡聲(환성): 기쁘고 즐거운 소리, 환호성.

③ 干(간): 상관하다, 간여하다.

해설

이 시는 봄을 맞아 사람들이 밤마다 뜰에 모여 아름다운 봄 경관을
즐기며 기뻐하고 있음을 말하고, 이들과 달리 외물에 마음이 흔들리지
않고 담담하게 하늘의 뜬구름을 바라보며 초연하게 있는 자신을 대비
하고 있다.

冬柏

동백

富貴花兼松柏節,¹ 　부귀한 꽃 송백의 절개를 겸하여

春光爛熳雪中條.² 　눈 속의 나뭇가지에 봄빛 흐드러지네.

仍看結子和羹鼎,³ 　게다가 그 열매 음식 조리에 쓰이니

非是尋常紅紫嬌. 　심상한 붉은 꽃 교태가 아닐세.

주석

① 富貴花(부귀화): 주염계周濂溪의 「애련설愛蓮說」에 나오는 "모란은 꽃 중에 부귀한 것이다.(牧丹花之富貴者也.)"라는 구절에서 유래한다.

　松柏節(송백절): 송백의 절개는 공자가 『논어·자한子罕』에서 "날씨가 추워진 뒤에야 소나무와 잣나무가 시들지 않음을 알 수 있다.(歲寒 然後, 知松柏之後彫也.)"고 말한 것에서 유래한다.

② 爛熳(난만): 꽃이 흐드러지게 피어 있는 모양.

③ 和羹(화갱): 국에 양념을 하여 간을 맞추는 것을 말한다.

　鼎(정): 세발 달린 솥이다. 원래 중국 상·주나라 시절에 의식용으로 주로 사용했다.

해설

　제주는 동백 열매 기름을 조미료로 사용한다. 시인은 동백나무를 부귀의 상징인 모란과 같이 부귀함을 상징하는 꽃을 피우며, 또한 세한歲寒에도 시들지 않는 송백의 절개를 지니고 있다고 말하고 있다.

신광수

　신광수申光洙(1712~1775년), 자는 성연聖淵, 호는 석북石北 또는 오악산인五嶽山人이다. 본관은 고령高靈이며, 서울 가회방의 재동에서 첨지중추부사僉知中樞府事를 역임한 신호申澔와 통덕랑 이휘李徽의 딸인 모친 사이에서 장남으로 태어났다.

　1694년(숙종 20) 기사환국으로 집권한 남인들이 갑술환국으로 물러나고 소론과 노론이 조정을 장악하면서 남인들의 벼슬길이 막히자 남인인 석북 집안은 가세가 기울면서 향리인 충청도 한산으로 낙향했다. 석북 아래 동생들인 기록騎鹿 신광연(申光淵, 1715~1778), 진택震澤 신광하(申光河, 1729~1796), 부용당 신씨(芙蓉堂 申氏, 1732~1791) 등도 모두 시문에 뛰어나 한국한문학연구회에서 1975년 4남매의 시문 합본집인『숭문연방집崇文聯芳集』을 출간했다. 그런 까닭에 그들이 살았던 충청도 한산군 남하면 활동리를 숭문동崇文洞이라고 부르기도 한다.

　1746년 35세 때 한성시 2등으로 급제하였는데, 당시 쓴 과시科詩「악양루에 올라 관산융마를 탄식하다(登岳陽樓歎關山戎馬)」는 과시의 모범이라고 하여 널리 알려졌으며, 서도소리의 가사가 되어 특히 평양 기생들에게 인기가 있었다고 한다. 이후 39세에 진사가 되었으나 더 이상 과거에 연연하지 않았다. 남인의 대표격인 번암樊巖 채제공蔡濟恭

(1720~1799년)과 간옹艮翁 이헌경李獻慶(1719~1791년) 등과 교유하면서 실학파와 유대를 맺었고, 역시 남인인 진사이자 화가인 윤두서尹斗緖(1668~1715년)의 딸과 결혼했다.

영조 시절 탕평책으로 인해 49세에 영릉참봉寧陵參奉이 되었다. 1764년(영조 40) 그의 나이 53세에 금오랑金吾郞(금부도사禁府都事)으로 제주도에 갔다가 풍랑이 심해 돌아오지 못하고 45일간 체류하면서 100여 수의 시를 지어 「탐라록耽羅錄」으로 묶었다. 이후 선공봉사繕工奉事, 돈녕주부敦寧主簿, 연천현감漣川縣監을 지냈으며, 1772년 61세 때 기로과耆老科에 장원하여 돈녕부도정敦寧府都正이 되었다. 마지막으로 우승지右承旨에 올랐다가 얼마 후 세상을 떴다.

저서로『석북집』16권 8책 등이 있으며, 권7에 「탐라록」이 실려 있다. 번역본으로 석북의 7세손인 시인 신석초申石艸가 초역한『석북시집』, 『석북 신광수 시선』(허경진, 평민사, 2021) 등이 있다. 그는 특히 악부체 시가에 능했는데, 스스로 "동국(조선)에는 악부시가가 없다.(東國無樂府.)"고 말한 바 있으나 그 자신으로 인해 탁월한 악부체 시가가 생겨난 셈이다. 현실을 있는 그대로 반영하면서 관리들의 부정과 횡포를 고발하고 백성들의 고난을 대변하는 그의 시가는 '민중시인'이라는 후대의 평가와 잘 어울린다.

申光洙

申光洙(1712~1775年)，字圣渊，号石北或五岳山人。祖籍高灵，在首尔嘉会坊的斋洞历任金知中枢府事的申澔和通德郎李徽之女的长子。

1694年(肃宗20年)以"己巳换局"执政的南人因"甲戌换局"退位，少论和老论掌握了朝廷，南人的仕途受阻，南人石北家族随着家道衰败，回到了乡里忠清道韩山。石北的兄弟姐妹骑鹿申光渊(1715~1778)、震泽申光河(1729~1796)、芙蓉堂申氏(1732~1791)等也都擅长于诗文，1975年韩国汉文学研究会出版了4兄妹的诗文合订集《崇文联芳集》。因此，他们生活的忠清道韩山郡南下面活洞里也被称为崇文洞。

1746年35岁时考上汉城试第二名，因当时写的科诗《登岳阳楼叹关山戎马》被称为科诗的模范而广为人知，成为西道唱的歌词，尤其受到了平壤妓生们的喜爱。之后39岁成为进士，但没再考取科举。通过和南人的代表人物樊岩蔡济恭(1720~1799年)、艮翁李献庆(1719~1791年)等人的交往，与实学派建立了纽带关系，并与南人的进士兼画家尹斗绪(1668~1715年)之女结婚。

因英祖时期的荡平策，49岁成为宁陵参奉。在他53岁的1764年(英祖40年)，被金吾郎(禁府都事)派遣到济州岛，因风浪过大而未能返回，在济州滞留了45天里作了100多首诗，并编成《耽罗录》。此后担任缮工奉事、敦宁主簿、涟川县监，1772年61岁时在耆老科中状元及第，并成为敦宁府都正。最后，登上

右承旨不久便去世。

著作有《石北集》16卷8册等，卷7中记载了《耽罗录》。译本有石北的第七世孙诗人申石艸抄译的《石北诗集》、《石北申光洙诗选》(许京镇, 平民史, 2021)等。他特别擅于乐府体诗歌，虽然曾自己亲口说过"东国无乐府"，但因自己却诞生了卓越的乐府体诗歌。他的诗歌如实反映了现实，告发了官员的舞弊和横行霸道，还表现了百姓的苦难，被后代人评价为"民众诗人"。

城上觀妓走馬
其一

男裝走馬濟州娘,　　　남장하고는 말달리는 제주의 아가씨

燕趙風流滿教坊.[1]　　연 땅과 조 땅의 풍류가 교방에 가득하네.

一擧金鞭滄海上,　　　푸른 바다에서 황금 채찍 한 번 들어

三回春草石城傍.　　　석성 가에서 봄풀을 세 번이나 돌고,

爭看橘柚家家巷,　　　집집 골목의 귤과 유자나무를 다투어 바라보고

獨步騼騟處處場.[2]　　준마 타고 곳곳을 홀로 다니네.

敎着蛾眉北方去,[3]　　여인들을 육지로 보냈다면

千金早嫁羽林郞.[4]　　천금으로 일찍이 우림랑에게 시집갔을 텐데.

성에서 기녀가 말달리는 것을 보다

주석

① 燕趙(연조): 연 땅과 조 땅. 「고시십구수古詩十九首」 중 "연 땅과 조 땅에는 아름다운 여인이 많네.(燕趙多佳人.)"라는 구가 있는데, 이에 '연조燕趙'로써 미녀 또는 무녀舞女나 가희歌姬를 지칭하였다.

　　教坊(교방): 기방妓房.

② 騼騟(화류): 명마 이름. 주周 목왕穆王이 몰았다는 팔준마八駿馬 중의 하나로, 준마를 가리킨다.

③ 蛾眉(아미): 나방 모양으로 그린 여인의 눈썹. 아름다운 여인을 의미하며, 여기서는 말 타고 달리는 제주 여인을 가리킨다.

④ 羽林郞(우림랑): 금위군禁衛軍의 관직 이름. 궁궐에서 호위나 시위를 담당하였다.

해설

이 시는 제주에서는 기녀도 능숙하게 말을 탈 수 있음을 말하며 아름다운 기녀가 준마를 타고 마을 곳곳을 누비고 다니는 모습을 묘사하고 있다. 이어 만약 이들을 북방으로 보낸다면 궁궐을 호위하는 우림랑에게 시집갔을 것이라는 말로 그들의 재능을 아쉬워하고 있다.

원문

其二

地深明月浦,[1]	땅 깊숙한 명월포에
春暗綠藤城.[2]	봄 깊은 녹등성이라네.
官妓能調馬,	관기도 말을 다룰 줄 알고
船人不畏鯨.	뱃사람은 고래를 두려워하지 않으니,
文章風土記,	문장으로 풍토를 기록하고
花鳥月朝評.[3]	꽃과 새를 월초마다 품평하네.
知海防營將,	바다 방어하는 군대의 장군과 사귀니
時來慰客情.	때로 와서 나그네 정을 위로하네.

주석

① 明月浦(명월포): 마을 이름. 원주(原註)에서 "명월은 포구 마을의 이름이다. 제주성에는 가는 등자나무가 둘러 심어져 있어, 속칭 '등자성'이라 한다.(明月浦鎭名. 濟州城環植細橙, 故俗呼橙子城.)"라 하였다.

② 綠藤城(녹등성): 푸른 등나무로 둘러싸인 성. 제주성을 의미하는 듯하다.

③ 月朝(월조): 월초月初.

해설

이 시는 명월포와 제주성의 봄 경관을 바라보며 관기도 말을 탈 수 있고 뱃사람들은 고래를 두려워하지 않는 제주의 풍속을 말하고 있다. 이어 문장과 시로 제주의 풍토와 자연을 담아내고 있음을 나타내고, 제주 출신의 동료 관원에게서 낯선 곳으로 부임한 자신의 외로움을 위안받고 있음을 말하고 있다.

원문

土風

土風	지역 풍토
久我南中客,	내 오래도록 남쪽 나그네로 지내다 보니
頗於土俗詳.	자못 지역 풍속에 대해 자세히 알게 되었네.
方音多細急,	사투리는 가늘고 급한 소리가 많고
夷姓半高良.	성씨는 절반이 고씨와 양씨이며,
只見蜂房石,¹	그저 봉방석은 보았지만
虛聞馬尾裳.²	말총 치마는 헛소문이었다네.
北人如問事,	북쪽 사람들이 물어본다면
歸作話頭長.	돌아가 들려줄 이야기 길겠네.

주석

① 蜂房石(봉방석): 벌집처럼 구멍이 나 있는 돌. 제주 특유의 현무암을 지칭한다.

② 馬尾裳(마미상): 말총으로 만든 치마.

해설

이 시는 제주에 오래 있다 보니 이곳의 풍속에 대해 자못 소상히 알게 되었음을 말하고, 자신이 경험한 제주의 언어와 성씨의 특징 및 문물 등을 설명하며 후에 북으로 돌아가면 제주에 대해 사람들에게 해 줄 말이 많을 것이라 말하고 있다.

원문

中年   중년

陋巷存吾道,   누추한 골목에 나의 도가 있으니
中年識世情.[1]   중년이 되어서야 세상사를 알게 되었네.
孤燈宜夜讀,   외로운 등불은 밤에 책 읽기에 좋고
細雨試春耕.   가랑비에 봄 밭갈이를 한다네.
交際猶多事,   사교에는 오히려 일이 너무 많지만
文章不用名.   글을 지음에는 명예가 필요 없다네.
向來何衰衰,[2]   그동안 내 삶이 얼마나 궁색했던지
行止問君平.[3]   잠시 멈춰 엄군평에게 물어본다네.

주석

① 世情(세정): 인간 세상의 정. 세상사世上事를 의미한다.

② 衰衰(쇠쇠): 마르고 수척한 모양.

③ 君平(군평): 엄준嚴遵. 서한西漢의 촉蜀 지역 사람으로, 자가 군평君

平이다. 평생 출사出仕하지 않고 성도成都에서 점을 치며『역경易經』과『노자老子』등을 강학하며 살았다.

해설

이 시는 부귀영화에서 벗어나 사는 것이 자신의 길임을 중년이 되어서야 비로소 깨닫게 되었음을 말하고, 밤에는 책을 읽고 낮에는 농사지으며 살아가고 있는 제주에서의 삶에 만족감을 나타내고 있다. 이어 사람들과의 번잡한 사교에서 벗어나 명예를 추구하시 않는 진솔한 글을 쓰고 싶은 바람을 말하고, 은자의 삶을 살았던 엄군평을 떠올리며 헛된 부귀와 명성을 추구했던 지금까지의 삶을 반성하고 있다.

원문

濟州乞者歌   제주 걸인의 노래

白頭蠻家女,	하얀 머리의 섬 여자들과
焦髮蠻家兒,	푸석한 머리칼의 섬 아이들,
累累爲群十數人,	초라한 모습으로 수십 명이 떼를 지어
皆着半鞹黃狗皮.[1]	모두 반쯤 무두질한 누렁개 가죽 입고 있네.
一身枯黑皮粘骨,	온몸은 검게 메마르고 살가죽은 뼈에 붙어
飢不成音細如絲.	굶주려 목소리도 내지 못해 실처럼 가늘게 말라
口稱使道活人生,	입으로 고을 사또에게 살려 달라고 말을 하며
乞飯公庭日三時.	관아에서 날마다 세 끼를 구걸하네.
赤棍牌頭嗔如雷,[2]	붉은 몽둥이 든 나졸이 벼락같이 성내며
曳出門外鳴聲悲.	문밖으로 끌어내어 우는 소리 애달프니,

我叱牌頭且莫禁,	나는 나졸을 꾸짖어 막지 말라 하고서
放使近前而問之.	풀어주어 가까이 오라 하여 그들에게 물었네.
海島土薄頻歲荒,	섬의 토지가 척박하여 흉년이 빈번하고
牛馬少者多流離.[3]	소와 말이 적은 이들은 떠돌며 걸식하는 일이 태반이라.
經冬入春半仆死,	겨울 지나 봄이 되면 반은 쓰러져 죽고
未死惟苦腹中饑.	죽지 않아도 오직 배 속의 굶주림에 괴롭다고 하네.
我聞此語不忍食,	나는 이 말을 듣고서 차마 먹을 수 없어
片肉餘飯每均施.	편육과 남은 밥을 매번 고르게 나눠주었으니,
爾亦吾王之赤子,	그들 또한 우리 임금의 백성들로
聖化無外唯一視.	성스러운 교화는 안팎 없이 오직 똑같기 때문이네.
肅宗船轉三南粟,	숙종 때에 배로 삼남의 곡식을 옮겨
越海年年哺不死.	바다 건너 해마다 죽지 않게 먹였으니,
至今島民泣先王,	지금까지도 섬 백성들이 선왕께 감읍하며
今上繼之尤恤爾.	지금의 임금께서도 이를 이어 더욱 그들을 긍휼히 여기도다.
積米常發羅里倉,[4]	쌓아놓은 쌀을 늘 나리창에서 보내시고,
問瘼新歸繡衣使.[5]	여러 폐단을 묻고자 암행어사를 부임케 하시니,
都事雖客也王臣,	도사인 나는 비록 객이지만 임금의 신하이니
豈以官人侮王民.	관리된 자로서 어찌 임금의 백성을 업신여기리?
眼前所見適爾輩,	눈앞에 보이는 것이 마침 그대 무리이지만
何限三州如爾人.	어찌 세 고을만 그대들 같으리?
況復風雨北船阻,	하물며 다시 풍우로 인해 북에서 오는 뱃길이 막히니
米貴絶無如今春.	쌀 귀하기가 올봄 같은 적이 없었네.
近聞鬖帽涼臺不諭直,	근자에 들으니 탕건과 갓양태 가치가 없어

富者但用小米三升得. 부자들은 단지 쌀 석 되로 살 수 있다 하는데,

此邦富者能幾何, 이 지방에 부자들이 몇이나 되겠는가?

又失今農亦溝壑.6 올 농사 또 그르치면 또한 죽은 목숨이리.

耽羅乞兒聞我言, 탐라의 거지들 내 말 듣고

一時掩面啼向北. 일시에 얼굴 가리고 북쪽 향해 울먹이니,

北方雖遠父母邇, 임금님 비록 멀리 계시나 부모처럼 가까우니

萬里明見耽羅國. 만 리에서 탐라국을 부디 밝게 살피소서.

주석

① 半鞹(반곽): 털을 반쯤 제거한 가죽.

② 牌頭(패두): 군사軍士의 경칭敬稱. 여기서는 관의 나졸邏卒을 가리킨다.

③ 流離(유리): 이리저리 떠돌다. 여기서는 '유리걸식流離乞食'의 뜻으로, 떠돌며 걸식하는 것을 의미한다.

④ 羅里倉(나리창): 나리창은 본래 숙종 46년(1720) 충청도 공주목의 동쪽 나리포羅里鋪에 설치된 것으로 금강의 상·하류 지역에서 어염을 공급하던 곳이었다. 2년 뒤인 경종 2년(1722)에 나리포창이 임피臨陂(지금의 전라북도 군산시 임피면)로 이설되면서 제주 구제를 전담하는 기구로써의 역할을 하게 되었다.

⑤ 繡衣使者(수의사자): 비단옷을 입은 사자使者. 암행어사의 별칭이다.

⑥ 溝壑(구학): 도랑과 계곡. 죽어서 시신이 뒹구는 것을 가리킨다.

해설

이 시는 제주 걸인들과의 문답 형식을 통해 그들의 비참한 현실을 묘사하고 연민을 나타내고 있다.

시에서는 헐벗고 굶주린 모습으로 매일같이 관아에 몰려들어 구걸하고 있는 걸인들의 모습을 묘사하고, 이들의 말을 통해 해마다 생사를 넘나드는 제주 사람들의 가련하고 척박한 삶을 생생하게 나타내고 있다. 이어 제주 사람들에 대한 역대 임금의 정성과 배려를 말하며 그들을 위로하고, 자신 또한 임금이 신하로서 백성들을 위해 최선을 다할 것을 다짐하고 있다.

원문 ─────────────────────

潛女歌

잠녀가

耽羅女兒能善泅,[1]	탐라의 여자아이들 헤엄을 잘 쳐
十歲已學前溪游.	열 살이면 이미 앞 시내에서 수영을 배우니,
土俗婚姻重潛女,	지역의 혼인 풍습은 해녀를 중히 여겨
父母誇無衣食憂.	부모들은 입고 먹을 걱정 없다 자랑한다네.
我是北人聞不信,	나는 북방 사람으로 듣고도 믿을 수 없었거늘
奉使今來南海遊.	사신의 명을 받아 지금 남쪽 바다로 와 노니니,
城東二月風日暄,	성 동쪽은 2월인데도 날씨 따뜻하여
家家兒女出水頭.	집집마다 여자들이 물가로 나오네.
一鍬一筌一匏子,[2]	갈고리와 채롱, 뒤웅박 하나 들고
赤身小袴何曾羞.	발가벗은 몸에 짧은 바지가 무엇이 부끄러우리?
直下不疑深靑水,	깊은 바닷물 아랑곳하지 않고 곧장 뛰어드니

紛紛風葉空中投.　　　　어지럽게 날리는 낙엽처럼 공중에 몸을 던지네.

北人駭然南人笑,　　　　북방 사람은 놀라는데 남쪽 사람들은 웃으며

擊水相戲橫乘流.　　　　물을 치고 서로 장난치며 가로질러 파도를 타다가,

忽學鳧雛沒無處,[3]　　　갑자기 오리 새끼를 따라 하듯 물속으로 들어가 사라지니

但見匏子輕輕水上浮.　　다만 뒤웅박만 둥둥 물 위에 떠 있는 것 보이네.

斯須湧出碧波中,　　　　잠시 뒤 푸른 파도에서 솟아 올라와서는

急引匏繩以腹留.　　　　급히 박 끈 끌어다가 배에 걸쳐두고,

一時長嘯吐氣息,[4]　　　바로 긴 휘파람 불어 숨 뱉어내니

其聲悲動水宮幽.　　　　그 소리 서글퍼 수궁 저 깊은 곳까지 울리네.

人生爲業何須此,　　　　인생의 업이 어찌 하필 이러한 것이런가?

爾獨貪利絶輕死.　　　　저들은 유독 이익을 탐해 죽음을 가볍게 여기니,

豈不聞陸可農蠶山可採,　육지에선 농사짓고 누에 치며 산에서 채취할 수 있

　　　　　　　　　　　음을 어찌 듣지 못했던가?

世間極險無如水.　　　　세상에서 가장 위험한 것은 물만 한 것이 없다네.

能者深入近百尺,　　　　물질 잘하는 이는 백 자 가까이 깊게 들어가는데

往往又遭飢蛟食.[5]　　　종종 또한 굶주린 교룡에게 먹힌다네.

自從均役罷日供,[6]　　　균역법 시행되어 날마다 바치는 일 멈추어서

官吏雖云與錢覓.　　　　관리들은 비록 돈을 주고 산다고 한다지만,

八道進奉走京師,　　　　팔도의 진상품을 서울로 보내니

一日幾馱生乾鰒.[7]　　　하루에도 몇 번씩 생물 전복과 말린 전복을 싣는다네.

金玉達官庖,　　　　　　금과 옥으로 된 높은 관리의 부엌과

綺羅公子席.　　　　　　비단옷 입은 공자의 자리에서

豈知辛苦所從來,　　　　어찌 고생과 수고가 따라온 것임을 알리?

354

纔經一嚼案已推.

潛女潛女爾雖樂吾自哀,

奈何戲人性命累吾口腹.

嗟吾書生海州靑魚亦難喫,[8]

但得朝夕一薤足.

겨우 한 번 씹고는 상 밀어내네.

잠녀여 잠녀여, 그대들은 즐겁다지만 나는 서글프니

내 입과 배를 채우려 어찌 사람 목숨을 희롱할 수 있으리?

아 나와 같은 서생은 해주의 청어도 먹기 어려우니

다만 아침저녁으로 부추만 있어도 만족한다네.

주석

① 善泅(선수): 헤엄을 잘하다.

② 鍬(초): 가래, 갈고리. 해녀가 전복 등을 딸 때 사용하는 도구로 '빗창'이라고 한다.

笭(영): 작은 대바구니로 전복 등 해산물을 담아 두는 작은 바구니인 어롱魚籠을 말한다. 제주어로 '망시리'라고 부른다.

匏子(포자): 바가지, 뒤웅박. 제주어로 '태왁' 또는 '태왁박새기'라고 하는데, 이는 물에 뜬 바가지란 뜻이다.

③ 鳧雛(부추): 오리 새끼.

④ 長嘯(장소): 길게 숨을 내쉬는 것이 마치 휘파람을 부는 듯하다는 뜻이다. 제주어로 '숨비소리'라고 한다.

⑤ 蛟(교): 깊은 연못이나 강에 사는 뱀의 몸뚱이에 네 발이 달린 상상 속의 동물인 교룡蛟龍. 전설에 따르면, 천 년을 수련하면 강을 따라 큰 바다로 나가 용이 된다고 했다. 성격이 포악하고 공격성이 강하다.

⑥ 均役(균역): 영조 때 군역軍役의 부담을 줄여주기 위해 실시한 제도.

⑦ 駄(태): 짐을 싣다.

鰒(복): 전복.

⑧ 海州靑魚(해주청어): 해주에서 나는 청어. 해주는 지금의 황해도 남부에 위치한 곳으로, 청어가 많이 나는 곳으로 알려져 있었다. 청어는 당시 서민들이 즐겨 먹던 생선이었다.

해설

이 시는 제주 해녀들의 삶을 묘사하며 그들의 노고에 감사와 연민을 나타내고 있다.

시에서는 제주의 여인들은 어려서부터 물에 익숙하여 수영에 능숙함을 말하고, 바닷속 깊은 곳까지 잠수하여 해산물을 채취하는 모습을 생생하게 묘사하고 있다. 이어 목숨을 담보로 물에 뛰어드는 해녀들의 삶을 연민하며 이들의 노고를 전혀 알지 못하는 고관대작들을 비판하고, 자신은 저들의 목숨과 바꾼 음식을 먹을 수 없으니 사람들이 즐겨 먹는 청어조차도 어부의 노고를 생각하여 차마 먹을 수 없음을 말하고 있다.

원문 ─────────────

望漢挐山吳體[1]　　　한라산을 바라보며 쓴 오체시

山出三州拱天文,　　　산이 세 고을에서 솟아나 하늘을 떠받들고 있으니

帝座常時呼吸聞.　　　늘 옥황상제의 숨소리 들리는 듯하네.

穆王八駿應渡海,[2]　　목왕의 여덟 준마가 응당 바다를 건넌 것이고

麻姑一鹿今留雲.[3]　　마고의 사슴 한 마리가 지금 구름 속에 머물고 있네.

銀臺咫尺不可到,[4]　　은대가 지척이건만 오를 수 없고

356

藥草慳秘何由分.　　약초는 깊이 감춰져 있으니 어떻게 분별해낼 수 있으리.

南極老人若堪摘,⁵　　남극노인성을 딸 수 있다면

北歸吾將持贈君.　　북으로 돌아가 내 장차 임금님께 드리고자 하네.

주석

① 吳體(오체): 시체 중 하나. 시어가 통속적이면서 격률 또한 요율拗
   律을 사용하는 형식이다.

② 穆王八駿(목왕팔준): 주周 목왕穆王의 수레를 끌던 여덟 마리 뛰어
   난 말. 여기서는 제주의 준마를 비유한다.

③ 麻姑一鹿(마고일록): 마고麻姑가 데리고 다니던 사슴. 마고는 전설
   상의 선녀仙女이다. 여기서는 한라산의 백록담을 비유한다.

④ 銀臺(은대): 전설상 서왕모西王母가 사는 곳.

⑤ 南極老人(남극노인): 남극성南極星. 예로부터 인간의 수명과 장수를
   주관한다고 여겼으며, 이 별이 나타나면 나라가 태평해지고 보이
   지 않으면 전란이 일어난다고 하였다.

해설

이 시는 한라산이 하늘 높이 솟아 상제의 궁궐과 가까이 있음을 말하
고, 한라산의 말과 백록담을 주 목왕의 팔준마와 마고의 사슴에 비유하
며 그 신비로움을 나타내고 있다. 이어 서왕모의 거처와도 가깝고 온갖
신비한 약초들이 가득함을 말하며 가까이에 있는 남극성을 따다 임금
에게 바치고 싶다는 말로 임금의 무병장수와 나라의 평안을 기원하고
있다.

조영순

　조영순趙榮順(1725~1775년), 자는 효승孝承, 호는 퇴헌退軒, 본관은 양주楊州이다. 조부는 우의정 조태채趙泰采, 부친은 동몽교관童蒙教官 소겸빈趙謙彬이며, 어머니는 민계수閔啓洙의 딸이다. 박필주朴弼周(1680~1748년)에게 배웠다. 1751년(영조 27) 별시문과別試文科에 병과丙科로 급제하여 주서정언注書正言 등을 지낸 뒤 1754년 부수찬副修撰으로 왕세자에게 영의정 이천보李天輔를 매도하는「논충역척권귀論忠逆斥權貴」라는 글을 올렸다가 제주 대정大靜에 유배되었으며, 이듬해 해남海南으로 이배移配되었다.

　1759년 영의정 유척기兪拓基, 우의정 신만申晚 등의 건의로 풀려나와 세손강서원世孫講書院의 익선翊善에 임명되었으며, 1761년 의주부윤義州府尹 등을 거쳐 1764년 동부승지同副承旨가 되었다. 이후 황해도관찰사, 부제학副提學, 병조참판兵曹參判 등을 역임했으며, 1769년 호조참판 시절 동지부사冬至副使로 청나라를 다녀왔다. 1772년 이광좌李光佐 등의 작위를 추복追復하려고 하자 우부빈객右副賓客으로 항소抗疏하다 갑산甲山에 유배되고 서인으로 강등되었다. 1774년 특사로 풀려나 관직을 배수받았으나 나아가지 않았다.

　저서로『퇴헌집退軒集』7권 3책이 있으며, 권1에 130수, 권2에 123수, 권3에 108수, 도합 361수의 한시가 수록되어 있다. 제주 관련 시는 15수이다.

赵荣顺

赵荣顺(1725~1775年)，字孝承，号退轩，祖籍杨州。祖父是右议政赵泰采，父亲是童蒙教官赵谦彬，母亲是闵啓洙之女。跟着朴弼周(1680~1748年)学习。1751年(英祖27年)别试文科丙科及第，担任注书正言等职后，1754年以副修撰的身份，向王世子呈上辱骂领议政李天辅的文章《论忠逆斥权贵》，后来被流放到济州大静，次年被流放到海南。

1759年，在领议政俞拓基、右议政申晚等人的建议下被释放，被任命为世孙讲书院翊善，1761年担任义州府尹等，1764年成为同副承旨，之后历任黄海道观察使、副提学、兵曹参判等，1769年户曹参判时期作为冬至副使还去过清朝。1772年，当李光佐等人欲封爵时，作为右副宾客向英祖抗疏，被流放到甲山，贬为庶人。1774年作为特赦被释放，接受了官职，但一直没进入仕途。著作有《退轩集》7卷3册，卷1收录130首、卷2收录123首、卷3收录108首等，共361首汉诗。有关济州的诗有十五首。

舟泊禾北浦 　　　　화북포에 정박함

伯父都正公坐壬寅禍, 癸卯配㫌義, 仲父判書公言事, 辛亥謫
大靜. 四句及之.

큰아버지 도정공이 임인년에 사화에 연좌되어 계묘년에 정의현에 유배되었고, 둘째아버지
판서공은 상소문으로 인해 신해년에 대정현에 유배되었다. 시의 4번째 구절은 이를 언급한
것이다.

極目長波淼遠灣,¹ 　　길고 긴 파도 아득하고 멀기만 한 물굽이 눈에 가득하고

天風吹我到瀛山.² 　　하늘 바람 불어와 날 영주산에 이르게 했네.

也知此謫光華大,³ 　　이곳에 폄적됨을 큰 영광으로 알겠나니

二父高名卅載間. 　　백부와 중부께서 삼십 년간 이곳에서 이름이 높았다네.

주석

① 極目(극목): 시력이 미치는 데까지 보다. 눈에 가득 들어오다.

　　淼遠(묘원): 물이 아득하고 멀다.

② 天風(천풍): 하늘 높이 부는 바람.

③ 光華(광화): 영광榮光.

해설

　퇴헌 조영순은 1754년 부수찬副修撰으로 왕세자에게 영의정 이천보
李天輔를 매도하는 「논충역척권귀論忠逆斥權遺」라는 글을 올렸다가 제주
대정大靜에 유배되었다. 시를 보면 화북포를 통해 제주로 들어온 듯하
다. 조영순의 조부 이우당二憂堂 조태채趙泰采(1660~1722년)는 세 아들을

두었다. 장남은 조정빈趙鼎彬, 차남은 조관빈趙觀彬, 그리고 삼남은 조겸 빈趙謙彬이다. 조선시대 당쟁이 우심할 당시 유배는 관리들의 당연지사 라고 할 정도로 빈번했다. 비록 실의와 허무의 사태이긴 하나 백부와 중부 역시 제주로 유배되어 오히려 영광이라고 말하고 있다. 『퇴헌집退 軒集』권1에 실려 있다.

원문 ─────────────────────────────

濟州牧　　　　　　　　제주목

耽羅高夫梁三姓之後, 曾不與三韓相通. 新羅時, 高厚高淸始 入朝, 國號耽羅, 賜王子星主名.[1]

탐라 고, 양, 부 삼성이 생긴 이래로 삼한과 서로 통교하지 않았다. 신라 때 고후와 고청이 입 조하니 국호를 탐라라 하고 왕자와 성주의 이름을 하사했다.

何限登臨勢,	어디까지 올라갈 기세인지
虛樓接太淸.[2]	텅 빈 누각은 태청에 접해 있네.
雲開王子國,[3]	구름 개니 왕자국이 나타나고
潮落侍郎城.[4]	썰물이 되니 환해장성이 보이네.
海藿憐民業,[5]	미역 채취는 가련한 백성의 생업이고
山柑見客情.[6]	산감은 나그네의 마음을 드러내네.
滄波已萬里,	푸른 파도 이미 만 리나 되니
不復夢秦京.[7]	더 이상 진경은 꿈꾸지 못하겠네.

주석

① 이와 관련하여 허목許穆의 『기언記言·동사東史』에서는 "고을나의

15대손으로 고후라는 이가 있었는데, 처음으로 신라와 통교했다. 당시 객성이 신라에 나타나니 국왕이 고후를 성주라고 칭하고, 국호를 탐라라고 했다. 이후 다시 백제를 섬겼으며, 백제가 멸망하자 좌평佐平 도동음률徒冬音律이 신라에 항복했다. 고려 신성왕神聖王 20년(937)에 탐라국의 태자 말로末老가 입조했다. 의종毅宗 때 나라가 없어지고 군현을 설치했다.(高乙那十五世, 有高厚者, 始通新羅. 時客星見新羅, 國君號厚曰星主, 賜國號曰耽羅. 後服事百濟. 百濟旣滅, 有佐平 徒冬音律降新羅. 高麗神聖王二十年, 其國之太子末老者入朝. 毅宗時, 國除置郡 縣.)"라 하였다.

② 太淸(태청): 도교의 천상세계인 삼청三淸 중의 하나. 도교에서는 천상세계를 옥청玉淸, 상청上淸, 태청太淸의 세 개로 구분하며 각각 원시천존元始天尊, 영보천존靈寶天尊, 도덕천존道德天尊 또는 태상노군太上老君이 다스린다고 한다.

③ 王子國(왕자국): 왕자의 나라. 탐라국을 말한다.

④ 潮落(조락): 간조干潮. 바다에서 물이 빠져나가 해수면이 낮아진 상태. 侍郞城(시랑성): 제주 섬을 두르고 있는 환해장성環海長城을 말한다. 고려 원종 시절 진도를 본거지로 항쟁하던 삼별초의 침입을 막기 위해 시랑侍郞 고여림高汝林 등을 탐라에 파견하여 장성을 구축했다. 그래서 환해장성을 일명 시랑성이라고 부른다.

⑤ 海藿(해곽): 미역.

⑥ 山柑(산감): 감의 일종. 여기서는 감귤을 지칭한다.

⑦ 秦京(진경): 진나라의 수도인 함양성을 말하나, 여기서는 조선의 수도인 한양을 지칭한다.

조선시대 제주는 행정구역상 전라도 제주목으로 제주목사가 관할했다. 1416년(태종 16) 한라산을 중심으로 제주목濟州牧, 정의현旌義縣, 대정현大靜縣 등 3읍제邑制가 실시되었다. 이후 제주목이 제주부로 개편되기도 했으며, 1897년(광무 원년) 제주목과 아울러 제주군을 신설했고, 1906년 제주목을 폐지했다. 시인은 오언율시를 통해 제주의 지리 환경과 백성들의 생업, 그리고 시인의 회포까지 간명하게 드러내고 있다.

원문 ————————————————

漫書　　　　　　　　생각나는 대로 쓰다

耽羅從古無虎豹, 居人夜不閉戶. 六句記實

　　　　　　　　탐라는 예로부터 호랑이와 표범이 없으며, 사는 사람들은
　　　　　　　　밤에 문을 닫지 않는다. 6구는 사실을 기록했다.

東西歧路奈多艱,	동서의 갈림길에서 어찌 이리 어려움이 많았던지
書劍吾方臥此山.[1]	문무를 겸비한 내가 지금은 이 산에 누워있네.
世態如今多白眼,[2]	지금 같은 세태 만나 볼 만한 사람 없으니
人生從古少朱顔.[3]	인생은 예로부터 좋은 낯빛이 적다네.
看鴉每自朝憑檻,	까마귀를 바라보며 매양 아침부터 난간에 기대니
畏虎何曾夜閉關.	밤에 호랑이 두려워 문을 잠글 필요도 없으리.
孤往有時成遠望,	홀로 외롭게 걷다 때로 멀리 바라보면
鸞笙如接渺茫間.[4]	난새 타고 생황 부는 신선 아득한 곳에서 만날 듯하네.

주석

① 書劍(서검): 책과 칼. 문무를 의미하며 옛날 선비들의 학문과 의기를 비유한다. 고적高適의 「인일에 두이 습유에게 부쳐人日寄杜二拾遺」 시에 "동산에 한 번 은거하여 흘려보낸 삼십 년 봄, 책과 칼이 풍진 속에 늙어 갈 줄 알았으랴?(一臥東山三十春, 豈知書劍老風塵.)"라 하였다.

② 白眼(백안): 흰 눈동자. 상대에 대해 경멸하는 뜻을 나타낸다. 『세설신어世說新語·간오簡傲』에 따르면, 삼국 시대 위魏나라 완적阮籍이 속된 사람을 만나면 백안白眼, 즉 흰 눈자위를 드러내어 경멸하는 뜻을 보이고, 의기투합하는 사람을 만나면 청안靑眼, 즉 검은 눈동자로 대하여 반가운 뜻을 드러냈다고 한다.

③ 朱顔(주안): 발그레 아름다운 미인의 얼굴, 술에 취해 붉어진 얼굴, 상냥한 얼굴 등을 말한다. 여기서는 화기애애한 분위기에서 기뻐하는 얼굴로 풀이한다.

④ 鸞笙(난생): 난새와 생황. 난새를 타고 생황을 부는 신선을 의미한다.

해설

옛 선비들은 마땅히 문무를 겸비하여 치국평천하의 책무를 져야 한다고 생각했다. 하지만 시인은 지금 유배지에 홀로 버려져 있다. 인생살이는 갈림길의 연속이다. 게다가 질시와 반목이 넘쳐나는 것이 또한 세태이다. 그러니 호랑이 무섭다고 어찌 문단속만 하겠는가? 인생은 홀로 외롭게 걸을 때도 있는 법이니 멀리 바라보면 혹 선경이 보이지 않겠는가? 득의하면 양명揚名하되 실의하면 홀로 자신의 몸을 닦는 '독선기신獨善其身'이 또한 선비의 길이리라.

원문

漂泊楸子島

積水西南混太空,[1]

客程愁雨更愁風.

明時不盡離鄕感,[2]

異代難尋闢國功.[3]

萬里魚龍春浩蕩,[4]

一村鷄犬夜朦朧.[5]

而來世界無空濶,

願欲將身老此中.

추자도에 표박하며

서남쪽 큰 바다에 하늘은 흐리기만 한데

나그네 여정은 비도 걱정, 바람도 걱정이라.

밝은 시대여도 고향 그리는 마음 가시지 않고

다른 시대에도 나라 세운 공 찾기 어려워라.

만 리에 어룡들은 봄이 되면 더욱 호탕해지고

한 마을 닭과 개 울음소리 밤에 어렴풋이 들리네.

이래로 세상은 공활함이 없었으니

장차 이 몸 이곳에서 늙기를 바라네.

주석

① 積水(적수): 바다나 호수 등 물이 모여 있는 곳.

② 明時(명시): 성명聖明의 시대.

③ 異代(이대): 다른 시대. 명시明時와 대조되는 혼란한 시기를 말한다.

④ 魚龍(어룡): 물고기와 용. 비늘이 있는 물고기를 범칭한다.

⑤ 鷄犬(계견): 닭과 개. 이상 두 구는 봄과 밤을 대비하여 개명한 시
   대와 혼란한 시대를 비유하고 있다.

해설

개명한 시대가 있는가 하면 혼란한 시대도 있기 마련이다. 국사에 매

달린 관리들의 처지에서 개명한 시대가 되면 고향 떠나 타지에서 일한
다 한들 걱정될 것이 없다. 하지만 혼란한 시대에는 개국의 공적을 세
웠다고 할지라도 보답받기 어렵다. 봄날(개명한 시대)이면 어룡들이 더
욱 활발하게 움직일 것이나 밤(혼란한 시대)이 되면 그저 으슥한 분위기
속에서 닭이나 개가 우는 소리만 들릴 뿐이다. 하지만 세상에 어찌 할
일이 없을 것이며, 어떤 곳인들 마다할 수 있겠는가? 따라서 시인은 유
배의 몸이나 이를 감수하고 자신의 행로를 찾아보겠다는 의지를 나타
내고 있다.

조정철

　조정철趙貞喆(1751~1831), 자는 성경成卿 혹은 태성台城, 호는 정헌靜軒, 대릉大陵이다. 본관은 양주楊州이고 참판 영순榮順의 아들이며, 노론의 대표적 인물인 조태채의 증손이자 조관빈의 종손이다. 1775년(영조 51) 정시문과庭試文科에서 병과丙科로 급제하고 별검別檢이 되었다.

　1777년(정조 1) 강용휘姜龍輝 등이 정조를 시해하려고 했던 사건에 연루되어 참형을 당할 뻔했으나 좌의정을 역임한 조태채趙泰采의 증손이므로 감형되어 제주 정의旌義로 유배되어 27년간 살다가 다시 전라도 광양光陽, 황해도 토산兎山으로 이배되었다. 장장 29년 동안의 유배생활에서 풀려나와 1810년(순조 10) 9월, 전라도 정언, 동래 부사를 역임했고, 1811년 5월 제주목사로 다시 제주로 내려왔다.

　이렇듯 그에게 제주는 결코 잊을 수 없는 곳이 되었다. 1812년 6월 이직하여 1813년 충청도 관찰사가 되었고, 1816년 이조참의가 된 뒤 이조참판, 대사성, 형조참판, 대사헌 등을 역임하고 1831년 지중추부사知中樞府事가 되었다.

　제주에서 귀양살이를 할 당시 그와 읍비邑婢 홍랑洪娘과의 사랑 이야기는 지금도 두고두고 이야기되고 있다. 당시 목사였던 김시구에 의해 홍랑洪娘이 죽었는데, 제주목사로 다시 제주에 내려온 조정철이 그녀의 묘소를 찾아 칠언율시七言律詩를 지어 돌에 새김으로써 그녀의 원혼을 달랜 것으로 유명하다.

저서로 『정헌영해처감록靜軒瀛海處坎錄』 4권 2책이 있으며, 제주 한시는 421편 526수이다. 2006년 제주문화원에서 김익수 번역으로 국역 『정헌영해처감록』이 출간되었다.

赵贞喆

赵贞喆(1751~1831)，字成卿或台城，号静轩，大陵。祖籍杨州，参判荣顺之子，是老论的代表人物赵泰采的曾孙，也是赵宽彬的从孙。1775年(英祖51年)从庭试文科中丙科及第，成为别检。1777年(正祖1年)因姜龙辉等人企图杀害正祖的事件而受牵连，险些被判处斩刑，但因祖父是历任左议政的赵泰采而被减刑，流放到济州旌义县生活了27年，之后又被移送到了全罗道光阳、黄海道兔山。结束了长达29年的流放生活后被释放，1810年(纯祖10年)9月历任全罗道正言、东莱府使，1811年5月作为济州牧使再次来到济州。

就这样，对他来说济州是一个让他难忘的地方。1812年6月离职后，1813年成为忠清道观察使，1816年成为吏曹参判、大司成、吏曹参判、大司宪等，1831年成为知中枢府事。

在济州流放时他与邑婢洪娘的爱情故事至今还被流传下来。洪娘不幸被当时的牧使蓍耇杀害，作为济州牧使再次来到济州的赵贞喆找到她的墓地，为安抚她的冤魂，遂作七言律诗刻在了石碑上。

著作有《静轩瀛海处坎录》4卷2册，济州汉诗有421篇526首。2006年济州文化院出版了由金益洙翻译的国译《静轩瀛海处坎录》。

耽羅雜詠

탐라잡영

其十六

耽羅遙在海之中,   탐라는 멀리 바다 가운데 있는데

男少女多今古同.   예나 지금이나 남자는 적고 여자는 많구나.

牧子畦丁蔀屋下,[1]   목자와 농부가 초가집 아래에서 살며

一妻一妾自成風.[2]   아내 하나 첩 하나 두는 것이 풍속이라네.

주석

[1] 畦丁(휴정): 농사짓는 성년 남자.

    蔀屋(부옥): 초가집.

[2] 成風(성풍): 기풍이 되다. 전통 풍속임을 말한다.

해설

이 시는 탐라에 남자는 적고 여자가 많아 예로부터 일부다처제가 전통이 되었음을 말하고 있다.

시 아래에는 다음과 같은 주석이 있다. "당시 남자는 오만여 명이고, 여자는 칠만여 명이다.(時男口爲五萬餘, 女口爲七萬餘.)"

其十七

潛女衣裳一尺短,   잠녀들은 한 자 속곳만으로

赤身滅沒萬頃波.   맨몸으로 만경창파 속에 들어가네.

邇來役重魚難得,[1]　　근래 부역은 무겁고 물고기는 잡기 어려운데

鞭扑尋常幾處街.[2]　　거리 곳곳에서 매질만 하고 있네.

주석

① 邇來(이래): ~한 이래로 또는 근래.

② 鞭扑(편복): 채찍질과 매질.

해설

이 시는 해녀들이 짧은 바지 차림으로 잠수하는 모습을 묘사하고, 감당할 수 없는 과중한 부역으로 인해 매질 당하며 고통받고 있는 현실을 비판하고 있다. 이건李健의『제주풍토기濟州風土記』(1629)에 이런 내용이 나온다. "그중에서도 천한 것은 미역을 캐는 여자로서 잠녀潛女라 한다. 그들은 2월부터 5월까지 바다에 들어가 미역을 캔다. 미역을 캘 때는 잠녀가 발가벗은 몸으로 낫을 들고 바다 밑에 있는 미역을 캐어 이를 끌어올리는데 남녀가 뒤섞여 일을 하고 있으나 이를 부끄러이 생각하지 않는 것을 볼 때 놀라지 않을 수 없다. 전복을 잡을 때도 이와 같이 한다. 그들은 전복을 잡아서 관가에 바치고 나머지는 팔아서 의식주를 해결하고 있다. 그러므로 그 생활의 간고함은 이루 다 말할 수 없으며, 더구나 부정한 관리가 있어 탐오지심貪汚之心이 생기면 명목을 교묘히 만들어 빼앗기를 수없이 하므로 일 년 내내 애써 일을 해도 그 요구를 들어주기에 부족하다. 하물며 관가의 거듭되는 수납에 따른 고통과 간교하게 날뛰는 관리의 폐단이 끝이 없으매 무엇으로서 의식주의 근거를 마련하리오. 이런 까닭에 만일 탐관이나 만나면 잠녀들은 거지가 되

어 얻어먹으러 돌아다닌다고 한다.(其中所賤者藿也. 採藿之女謂之潛女. 自二月以後, 至五月以前, 入海採藿. 其採藿之時, 則所謂潛女赤身露體, 遍滿海汀, 持鎌浮海, 倒入海底, 採藿曳出. 男女相雜, 不以爲恥, 所見可駭. 生鰒之捉亦如之. 如是採取應官家所徵之役, 以其所餘典賣衣食. 其爲生理之艱苦, 已不足言. 而若有不廉之官, 咨生貪汚之心, 則巧作名目, 徵索無等. 一年所業不足以應其役. 況官門輸納之苦, 吏胥舞奸之弊, 罔有紀極. 又何望其衣食之資乎. 由是之故, 若値貧官, 則所謂潛女輩未有乞者云.)"

시 아래에는 다음과 같은 주석이 있다. "잠녀들은 베로 작은 바지를 만들어 그 음부를 가렸는데 속칭 '소중의'라고 하며, 맨몸으로 바다에서 잠수했다 나왔다 한다.(潛女以布爲小褲子遮其陰, 俗謂小中衣, 赤身出沒海中.)"

원문

其十八

旄城少女値朱炎,[1]　　정의현의 어린 여자가 태양을 마주하고 있는데

下不爲裳上不衫.　　아래로 치마도 없고 위로 적삼도 입지 않았네.

十字街頭闤闠地,[2]　　네거리 길목 저잣거리에서

負瓶汲水語喃喃.[3]　　물병 지고 물 길으며 재잘거린다네.

주석

① 旄城(정성): 정의현旄義縣.

　　値(치): 만나다, 마주하다.

　　朱炎(주염): 태양.

② 闤闠(환궤): 저잣거리. 사람들이 북적이는 곳을 말한다.

③ 負瓶(부병): 물병을 짊어지다. 여기서 '병'은 옹기로 만든 물허벅을
지칭한다.

喃喃(남남): 재잘거리는 것을 말한다.

해설

이 시는 정의현의 어린 여자가 한낮에 치마도 저고리도 입지 않은
채로 사람들 많은 곳에서 아무런 부끄러움도 없이 태연히 물을 길으며
종알거리고 있는 모습을 말하며 육지와는 다른 제주의 독특한 토속을
나타내고 있다. 시 아래에는 다음과 같은 주석이 있다. "물 긷는 여인
들은 큰 병을 대 광주리에 담아 등에 지고 다닌다. (汲水女以大瓶納竹筐負
而行.)"

원문

雜詠

耽羅炎熱甚洪爐,

況也蠻風世所無.

稺黍過墻渾謂蜀,[1]

老牛喘月合稱吳.[2]

毒蚊咬處眠難穩,

濕瘴蒸時暍欲殊.

謫裏生涯堪一喟,

奇窮天下孰如吾.[3]

잡영

탐라의 무더위는 큰 화로보다 심한데

더구나 남쪽 바람은 세상에 없는 것이라네.

어린 기장이 담장을 넘으니 거의 촉 땅이라 말할 수 있고

소가 달을 보고 헐떡이니 오 땅이라 칭해도 어울린다네.

독을 품은 모기가 물어 잠이 편안히 오지 않고

습기와 장기 푹푹 찌는 때라 더위 먹어 죽을 것만 같네.

귀양 온 삶이 가히 한숨 쉴 만하니

유난히도 궁벽함이 천하에 어느 누가 나와 같으리?

주석

① 稺黍(치서): 어린 기장. 이 구句는 촉 땅에서 자라는 수수의 일종인 촉서蜀黍를 활용하여 제주의 더위가 촉 땅과 유사함을 말한 것이다.

② 老牛(노우): 늙은 소. 이 구句는 오 땅의 소가 더위를 두려워해 달을 보고 해인 줄 알고 놀라 헐떡인다는 '오우천월吳牛喘月'의 고사를 차용하여 제주의 더위가 오 땅과 비슷함을 말한 것이다.

③ 奇窮(기궁): 유난히 궁벽하다.

해설

이 시는 제주의 더위와 바람이 매우 혹독함을 말하며 여름 기후가 혹독하기로 유명한 촉 땅과 오 땅에 비유하고, 모기와 습한 장기瘴氣에 극심한 고통을 겪고 있는 상황을 말하며 제주로 유배된 자신의 궁벽한 처지를 탄식하고 있다.

이예연

이예연李禮延(1767~1843), 자는 성정聖庭, 호는 녹하籬下이다. 본관은 연안延安이며, 이지응李址應의 아들이다. 1809년(순조 9) 증광전시增廣殿試에서 을과로 급제하였다. 1830년(순조 30) 3월, 이행교李行敎의 후임으로 제주목사로 부임하여 1832년 2월 파직되어 떠났다.

목사로 재임하면서 1831년 화촌花村(구좌읍舊左邑 세화細花)에 좌학당左學堂, 명월촌明月村(지금의 명월)에 우학당右學堂을 세우고, 재생齋生을 모집하고 늠료廩料(봉급)를 정했다. 원래 좌우 학당은 1545년(인종 1) 제주목사 임형수林亨秀가 외진 지역의 자제들을 교육하기 위해 명월성 서쪽에 세운 월계정사(서학)와 김녕포구에 세운 김녕정사(동학)에서 비롯된 것인데, 이예연 목사가 이를 개량한 것이다.

또한 그는 기존의 공신정拱辰亭을 삼천서당三泉書堂 동쪽으로 옮겼으며, 제주 유생들의 진정에 따라 1831년 명도암 김진용金晋鎔을 영혜사永惠祠에 추향追享했다. 이후 이예연 목사 또한 영혜사에 추향되었다. 이예연이 지은 「공신정이건기拱辰亭移建記」와 「좌우학당기左右學堂記」가 현재까지 전해지고 있다. 탐라팔영耽羅八詠 외에 약간의 제주 한시를 남겼다.

李礼延

李礼延(1767~1843)，字圣庭，号籭下。祖籍延安，李址应之子。1809年(纯祖9年)在增广殿试中乙科及第。1830年(纯祖30年)3月，接替李行教任济州牧使，1832年2月被罢职离开。

在任牧使期间，1831年在花村(旧左邑细花)修建左学堂、明月村(现在的明月)修建右学堂，招募斋生并定下廪料(俸禄)。之前的左右学堂源于1545年(仁宗1年)济州牧使林亨秀为教育偏远地区的弟子而在明月城西侧修建的月溪精舍(西学)和在金宁浦口修建的金宁精舍(东学)，后来被李礼延牧使给改造。

此外，他将原有的拱辰亭移至三泉书堂东侧，1831年根据济州儒生的陈情，将明道庵金晋镕追享至永惠祠。后来，李礼延牧使也被供奉在永惠寺。李礼延写的《拱辰亭移建记》和《左右学堂记》一直流传至今。除了耽罗八咏之外，还留了不少济洲汉诗。

원문 ─────────────────

望京樓[1]

白頭餘脈漢挐巓,

勢鎭南維不動遷.[2]

百劫難沈孤出輿,

一拳如削直撑天.

鰲浮瀛海三千界,[3]

雁拖瀟湘廿五絃.[4]

其上老人星夜夜,[5]

九重長照萬斯年.

망경루

백두산에서 이어지는 지맥 한라산 정상까지 이어지고

형세는 남쪽 밧줄을 누르고 있어 움직이지 않는다네.

백겁의 세월 동안 가라앉지 않고 홀로 솟구쳐 올라

마치 깎아 놓은 듯한 주먹이 바로 하늘을 받치고 있구나.

자라가 뜬 것 같은 영주 바다는 삼천대천세계이나니

기러기가 끌고 온 소수와 상강의 이십오현 비파소리 들리네.

그 위로 노인성이 밤마다 나타나니

구중궁궐에 오래도록 비추기를.

주석

① 望京樓(망경루): 제주목 관아에 있는 누각으로, 변방에서 임금이 계신 한양을 바라본다는 뜻을 지녔는데 당시 왜구의 침입을 감시하는 망루의 역할을 담당하기도 하였다.

② 南維(남유): 남쪽의 지유地維. 지유地維는 대지를 얽어서 받들고 있다는 상상 속 밧줄을 의미한다.

③ 三千界(삼천계): 삼천대천세계三千大天世界로, 불교에서 말하는 광대한 우주를 말한다.

④ 瀟湘(소상): 소수瀟水와 상강湘江. 중국의 호남성湖南省에 흐르는 물 이름이다. 중국 강남의 풍경과 비슷한 제주의 풍경을 비유했다.

廿五絃(입오현): 당대 전기錢起가 과거를 보러 가다가 밤중에 요 임금의 딸이자 순 임금의 부인인 아황娥皇과 여영女英이 거문고를 타

며 노래하는 소리를 듣고 읊은 「귀안歸雁」에 나온다. "소상강을 내
버려두고 무슨 일로 돌아왔는가, 물은 푸르고 모래는 빛나는데 양
안에 이끼 가득. 달밤에 타는 이십오현 거문고 소리, 그 애절한 한
은 차마 들을 수 없어 거슬러 날아왔다네.(瀟湘何事等閑回, 水碧沙明兩
岸苔. 二十五弦彈夜月, 不勝淸怨卻飛來.)"

⑤ 其上 구: 밤마다 남쪽 하늘에 노인성이 나타난다는 뜻이다. 노인
성은 장수를 의미한다.

해설

망경루는 제주목 관아에 있는 누각으로 경사京師, 즉 임금이 계신 한
양을 바라본다는 뜻을 지녔다. 왜구의 침입을 감시하는 망루의 역할도
담당했다고 하는데, 지금처럼 제주시 앞 산지천이 흘러들어가는 바다
가 복개되지 않았을 당시에는 능히 앞바다를 조망할 수 있는 곳이었을
터이다. 또한 남쪽을 바라보면 백두산의 지맥이 이어지는 한라산이 바
라보인다. 그곳에서 시인은 애절한 한을 담은 이십오현 거문고 소리를
듣는다. 아마도 목사로 재임하면서 외지의 고독한 신하의 마음을 전하
고자 함일 것이다. 마지막 구절은 임금에 대한 축수로 끝나지 않을 수
없다.

김정희

김정희金正喜(1786~1856년), 충청도 예산에서 병조판서 김노경金魯敬과 어머니 기계杞溪 유씨兪氏 사이에 장남으로 태어나 백부 노영魯永의 양자가 되었다. 자는 원춘元春, 호는 추사秋史, 완당阮堂, 예당禮堂, 시암詩庵, 노과老果, 병과病果, 농장인農丈人, 천축고天竺古 선생, 보담재寶覃齋, 담연재覃研齋, 칠십이구초당七十二鷗草堂 등 백여 가지에 이른다. 본관은 경주이다. 원래 그의 가문은 16세기 중반부터 가야산 서쪽 해미 한다리(충남 서산군 음암면 대교리)에서 살던 이른바 '한다리 가문'으로 불렸던 명문가로 고조부 김흥경은 영의정을 역임했고, 증조부 김한신은 영조의 둘째 딸 화순옹주和順翁主에게 장가들어 월성위에 봉해졌다. 영조가 예산군 일대의 땅을 하사하자 서산에서 예산으로 옮겨 살았다.

어려서부터 총명하고 기백이 뛰어났던 김정희는 북학파의 거두인 박제가朴齊家 밑에서 경학을 보완하는 소학小學으로 간주되던 고증학을 비롯한 실학에 눈떴다. 박제가는『사고전서四庫全書』편찬의 주도적인 인물이었던 춘범春帆 기윤紀昀(1724~1805)과 화가인 둔부遯夫 나빙羅聘(1733~1799) 등 중국의 여러 학자, 예술가와 교류하고 있었기 때문에 김정희는 그에게 연경의 선진 문물에 대한 이야기를 들었으며, 학문과 예술에 대한 새로운 지평을 여는 계기가 되었다.

1809년 소과 생원이 되었으며, 같은 해 동지부사冬至副使로 임명된 부친을 따라 연경燕京(북경)에 들어가 청조 저명 학자인 담계覃溪 옹방강 翁方綱과 그의 아들 옹수곤翁樹崑 및 완원阮元과 교유했다. 당시 연경 학계는 고증학이 최고 수준에 이르렀고, 금석학, 사학, 문자학, 음운학, 지리학 등 여러 학문이 크게 발흥했으며, 특히 금석학은 문자학과 서법 연구와 연계되어 독자적인 학문 분야로 발전했다. 옹방강은 이른바 '학예일치學藝一致'의 경지에 올랐으며, 서예를 진정한 의미의 조형예술로 승화시킨 인물이었다. 완원 역시 북비남첩론北碑南帖論을 주장하던 유명한 서예가이자 학자였다. 그는 추사의 천재성과 박식함에 탄복하면서 자신이 편찬 책임자로 참가했던『십삼경주소교감기十三經注疏校勘記』한 질을 추사에게 선물로 주었으며, 이에 감동한 추사는 완원의 이름에서 '완阮' 자를 따와 '완당阮堂'이란 자호를 지었다.

완당은 귀국 후 금석학 연구에 몰두했으며, 그 결과 1816년에 북한산 승가사 뒤쪽 비봉에 올라가 구전으로 무학비無學碑 또는 도선비道詵碑라고 전해지던 옛 비석을 탁본하고 연구하여 1817년에 그것이 진흥왕순수비北漢山巡狩碑라는 사실을 밝혔다.「진흥이비고眞興二碑攷」는 이에 관해 쓴 기록이다. 이 외에도 금석문과 관련된『예당금석과안록禮堂金石過眼錄』등을 남겼다. 이를 시작으로 그는 조선 금석학파의 태두가 되어 신위申緯, 조인영趙寅永, 권돈인權敦仁, 신관호申觀浩, 조면호趙冕鎬 등 많은 학자를 길렀다. 또한 그는 경학에 있어 실사구시를 중시했으며, 이는 경세치용을 주장한 완원의 학설에서 영향을 받았다.

1819년(순조 19) 정시문과에 급제하여 암행어사, 예조참의, 설서, 검교, 대교, 시강원보덕 등을 역임했고, 이후 성균관대사성, 병조참판 등의 요직을 거쳤다. 그러나 1830년 생부 노경이 윤상도尹商度의 옥사에 배후 조종 혐의로 고금도古今島에 유배되었다가 순조의 특별 배려로 귀양에서 풀려나 판의금부사判義禁府事로 복직되고, 그도 1836년 병조참판, 성균관대사성 등을 역임하였다. 1834년 순조의 뒤를 이어 헌종이 즉위하면서 순원왕후純元王后(1789~1857) 김씨가 두 번씩이나 수렴청정을 하면서 부친인 김조순을 비롯한 안동 김씨의 세력이 확장되었다. 노론老論 시파時派였던 안동 김씨는 노론 벽파僻派를 철저하게 탄압하여 김정희는 또다시 10년 전 윤상도의 옥사에 연루되어 1840년부터 1848년까지 9년간 제주도로 유배되고 말았다. 헌종 말년에 귀양이 풀려 돌아왔으나, 1851년 친구인 영의정 권돈인의 일에 연루되어 또다시 함경도 북청으로 유배되었다가 2년 만에 풀려 돌아왔다. 당시도 여전히 안동 김씨가 득세하던 시절이기 때문에 정계에 복귀하지 못하고 부친의 묘소가 있는 과천에 은거하면서 학문과 불교에 심취하다가 생을 마쳤다.

완당 김정희는 1840년(헌종 6) 해남에서 출발하여 화북포에 도착한 후 대정 동문 밖 막은골 교리校吏 송계순宋啓純의 집에 위리안치되었다가 후일 강도순姜道淳의 집, 현재 추사적거지 기념관이 있는 곳으로 옮겨갔다. 제주 유배 동안 그는 추사체를 완성하여 적지 않은 글씨를 남겼는데, 대정향교 동재의 의문당疑問堂 제액, 좌인각左寅閣, 영혜사永惠祠, 송죽사松竹祠 등의 제액題額 및 여성 사업가이자 독지가인 김만덕金萬德의 유덕을 찬양한 '은광연세恩光衍世' 등이 그것이다. 그림도 적지 않은데, 특히 이상적李尙迪에 준 그림「세한도歲寒圖」는 국보 제180호로 지정되었다. 또한 이한진李漢震, 김구오金九五, 박계첨朴季瞻, 강도순姜道淳

등에게 시와 글씨 등을 가르쳤다. 그의 학풍과 서예와 그림은 조선 후기를 풍미했으며, 수많은 학자와 예인들에게 영향을 끼쳤다.

완당의 문집은 전후 네 차례에 걸쳐 출판되었다.『완당척독阮堂尺牘』(2권 2책, 1867),『담연재시고覃罨齋詩藁』(7권 2책, 1867),『완당선생집』(5권 5책, 1868) 등이 출간된 후 종현손인 익환翊煥이 기존의 시문집을 보완하여『완당선생전집』(10권 5책, 1934, 연활자본)을 세상에 내놓았다. 시는 권 9, 10에 전체 240수가 수록되어 있다. 제주 한시는 51제 81수이다. [1]

---

1) 추사의 제주 유배 한시에 대해 부영근은「추사 김정희의 제주 유배시 고찰」(『영주어문』, 2006, 25~26쪽)에서 51제 81수라고 했고, 윤치부는「추사 김정희의 제주 유배 한시 시어 고찰」(『한국시가문화연구』제45집, 56~57쪽)에서「강촌독서江村讀書」,「제란題蘭」등 6제 6수는 제주 유배 한시라고 보기 어렵다고 하여 전체 45제 74수라고 했다.

金正喜

金正喜(1786~1856年)，出生于忠清道礼山，兵曹判书金鲁敬和母亲杞溪俞氏之间的长子，成为伯父鲁永的养子。字元春，号秋史、阮堂、礼堂、诗庵、老果、病果、农丈人、天竺古先生、宝覃斋、覃研斋、七十二鸥草堂等一百多种。籍贯是庆州。他的家族本是从16世纪中期开始生活在伽倻山西侧海美韩多里(忠南瑞山郡音岩面大桥里)所谓"韩多里家族"的名门家族，高祖父金兴庆历任领议政，曾祖父金汉荩娶英祖的二女和顺翁主，被封为月城尉。英祖赐予礼山郡一带的土地后，从瑞山搬到了礼山去生活。

从小就聪明、气魄突出的金正喜在北学派巨头朴齐家门下，对被视为补充经学的小学的考证学等实学大开眼界。由于朴齐家与编撰《四库全书》的主要人物春帆纪昀(1724~1805)、画家邋夫罗聘(1733~1799)等中国的多位学者、艺术家进行频繁交游，因此金正喜向他讲述了很多有关燕京先进文物的故事，这也是成为他对学问和艺术打开新篇章的一个契机。

1809年成为小科生员，同年跟随着被任命为冬至副使的父亲到达燕京后，与清朝著名的学者覃溪翁方纲和他的儿子翁树崑、和阮元交游。当时，考证学在燕京学界已达到了最高水平，尤其是金石学、史学、文字学、音韵学、地理学等多门学问蓬勃兴起。其中，金石学与文字学和书法研究相结合，发展成一个独立的学问领域。翁方纲登上了所谓"学艺一致"的境界，是把书法升

华为真正意义上的造型艺术的人物。阮元也是主张北碑南帖论的著名书法家和学者。他惊叹秋史的才智和博识，并向秋史赠送了自己作为编纂负责人参加过的《十三经注疏校勘记》一帙，对此感动的秋史从阮元的名字中取"阮"字样，自号为"阮堂"。

阮堂回国后专注于金石学研究，结果于1816年登上北汉山僧伽寺后面的碑峰，拓本并研究了口传为无学碑或道诜碑的旧石碑，并于1817年查明了那是北汉山巡狩碑的事实。〈真兴二碑攷〉是就此写下的记录。此外，还留下了与金石门相关的《礼堂金石过眼录》等。以此为开端，他成为朝鲜金石学派的泰斗，培养了申纬、赵寅永、权敦仁、申观浩、赵冕镐等众多学者。除此之外，他在经学上重视实事求是，这是受到了主张经世治用的阮元学说影响。

1819年(纯祖19年)考取庭试文科，历任暗行御史、礼曹参议、说书、检校、待教、侍讲院辅德等职，之后担任成均馆大司成、兵曹参判等要职。但1830年生父鲁敬因涉嫌幕后操纵尹尚道狱事而被流放到古今岛后，在纯祖的特别关照下被解配，以判义禁府事复职，他于1836年担任兵曹参判、成均馆大司成等职务。但1834年继纯祖，宪宗即位，纯元王后(1789~1857)金氏两次垂帘听政，其父亲金祖淳等安东金氏的势力逐步扩张。曾是老论时派的安东金氏彻底镇压了老论僻派，金正喜再次被10年前尹相道的狱事所牵连，从1840年到1848年9年间被流放到济州岛。宪宗末年被释放后返回，但1851年因好友领议政权敦人的事情所牵连，再次被流放到咸镜道北清，2年后被释放之后再次返回。当时也是安东金氏得势的时期，因此没能回到政界，隐居在父亲墓地所在的果川，沉浸于学问和佛教，结束了生命。

阮堂金正喜于1840年(宪宗6年)从海南出发，抵达禾北浦后，被安置在大静东门外的校吏宋启纯家中，后来迁至姜道淳家，现在秋史迹地纪念馆所在地。

在济州流放期间，他完成了秋史体，留下了不少字迹，其中包括大静乡校东斋的疑问堂题额、左寅阁、永惠祠、松竹祠等题额，以及赞扬女性企业家兼慈善家金万德遗德的《恩光衍世》等。画作也不少，尤其是给李尚迪的画作《岁寒图》被指定为国宝第180号。还教过李汉震、金九五、朴季瞻、姜道淳等诗文和书法。他的学风、书法、绘画风靡朝鲜后期，对众多学者和艺人产生了巨大的影响。

阮堂文集先后出版了四次。《阮堂尺牍》(2卷2册, 1867)、《覃揅斋诗藁》(7卷2册, 1867)、《阮堂先生集》(5卷5册, 1868)等出版后，宗玄孙翊焕完善了现有的诗文集，向世界推出了《完堂先生全集》(10卷5册, 1934. 铅活字本)。在卷九、卷十中收录了240首诗。其中济州汉诗有51题81首。[1)

---

1)　　对于秋史的济州流放汉诗，夫英勤在〈秋史金正喜的济州流放诗考察〉(《瀛洲语文》，2006，25~26页)中称其为51题81首，尹置富在〈秋史金正喜的济州流放汉诗诗词考察〉(《韩国诗歌文化研究》第45集，第56~57页)中称「江村读书」、「题兰」等6题6首很难看作为济州流放汉诗。

示島童 幷序　　　섬 아이들에게 보이다 (서문을 함께 쓰다)

流水巖姜生以余書數紙貼之壁上, 其朝忽有虹見之異, 若放
光然, 見者驚詫以爲筆精所發. 是偶然有山谷間精氣所蓄洩,
相感觸之, 寧有紙面起虹之理. 書此示島童輩以解之. 五臺峨
眉之佛燈, 亦類是也.

유수암 강 서생이 내가 쓴 글씨 몇 장을 벽에 붙였는데, 그날 아침 갑자기 무지개가 나타나
는 이상함이 있어 마치 빛을 내뿜는 듯하니, 보는 자가 놀라며 붓의 정기가 피어난 것이라
여겼다. 이것은 우연히 산골짜기에서 정기가 쌓여 흘러내려 서로 닿았기 때문이지 어찌 종
이에서 무지개가 일어나는 이치가 있겠는가? 이를 써서 섬 아이들에게 보여 의심을 풀었다.
오대산이나 아미산의 불등도 역시 이와 같은 종류이다.

李杜光芒未可追,[1]	이백과 두보의 빛을 좇을 수 없고
米家書畫詎同之.[2]	미불의 글씨와 그림과도 어찌 같을 수 있으리?
偶然流水村家壁,	우연히 유수암 마을 집 벽에
有此干霄射斗奇.[3]	이처럼 하늘 위로 치솟고 별을 향해 쏘는 기이함이 있게
	되었네.

주석

① 李杜光芒(이두광망): 이백과 두보의 빛. 한유韓愈는 일찍이 "이백과
　두보의 문장 남아 있으니, 그 빛이 만 장이나 길다.(李杜文章在, 光焰
　萬丈長.)"라고 한 바 있다.

② 米家(미가): 송대의 서예가이자 화가인 미불米芾이다.

③ 干霄(간소): 하늘 높이 들어가다.

이 시는 자신의 글씨가 이백과 두보의 문장과 같을 수 없고 미불의
서화에 견줄 수도 없음을 말하고, 자신에 글씨에 나타난 광채는 그저
우연히 산골짜기의 정기가 반사된 것일 뿐임을 말하고 있다. 평소 완당
은 자신의 학문과 서예에 자부심이 대단했다. 그럼에도 이렇듯 겸사謙
辭를 보이는 것이 흥미롭다.

원문 ─────────────────────────────

瀛洲禾北鎭途中 [1]　　영주 화북진으로 가는 도중

村裏兒童聚見那,　　　마을 아이들 모여 저기를 보라고 하니

逐臣面目可憎多.　　　쫓겨난 신하의 얼굴은 밉살궂기만 하네.

終然百折千磨處, [2]　결국 수많은 곡절과 수많은 고난을 겪고 온 곳이지만

南極恩光海不波.　　　남극 은혜의 빛에 바다는 파도 없이 잔잔하다네.

주석

① 禾北鎭(화북진): 지금의 제주시 화북동에 위치한 조선 시대의 진영
　이자 공사公私를 막론하고 수많은 배들이 들고나는 포구이다.

② 百折千磨(백절천마): 수많은 고난과 우여곡절.

해설

이 시는 유배되어 오는 자신의 모습을 아이들이 몰려들어 구경하고
있는 상황을 나타내고, 이 모든 고난이 스스로의 잘못에서 초래한 것임
을 말하고 있다. 완당은 1840년(헌종 6) 해남에서 출발하여 화북포에 도

착했다. 바로 그때 지은 시이다. 수많은 역경을 겪고 제주로 유배되어 왔지만 정작 제주의 바다는 별빛에 파도 잔잔하여 그저 평온하기만 하니 참으로 대조적이다.

원문

汲古泉試茶
옛 샘을 길어 차를 시험하다

獰龍頷下嵌明珠,[1]
사나운 용의 턱 밑에 박힌 밝은 구슬이요

拈取松風澗水圖.[2]
솔바람 뽑아 가지고 온 계곡물 그림이로다.

泉味試分城內外,
성 안팎의 샘 맛을 시험 삼아 가려보니

乙那亦得品茶無.[3]
을라 땅에서도 또한 차를 품평할 수 있겠네.

주석

① 獰龍(영룡): 사나운 용. 여기서는 깊고 험준한 산을 비유한다.

　嵌(감): 깊이 패다, 박히다. 또는 깊이 팬 구멍. 여기서는 샘의 모습을 가리킨다.

② 澗水圖(간수도): 계곡물이 흐르는 그림.

③ 乙那(을나): 제주의 별칭別稱.

해설

이 시는 깊은 산속에 자리한 샘의 모습을 사나운 용의 턱 밑에 있는 구슬에 비유하고, 그 경관이 마치 한 폭의 그림 같지만 솔바람이 불어오는 실제의 아름다운 경관임을 말하고 있다. 이어 비록 제주로 유배되어 온 신세이지만 이곳에서도 곳곳의 샘물을 가져다 차를 품평할 수 있음을 다행으로 여기고 있다. 실제로 그는 초의 선사에게 여러 차례 서신을 보내 찻잎을 보내줄 것을 채근하기도 했다.

원문

馬磨 二首　　　연자방아 2수

其一

人十能之馬一之,　　　열 사람이 할 일을 한 마리 말이 해내니

三家村裏詫神奇.[1]　　　외딴 작은 마을에서 신기함을 자랑하네.

大機大用元如此,[2]　　　참된 진리가 큰 쓰임이 있음은 본디 이와 같으니

還笑宗風老古錐.[3]　　　오히려 선종의 기봉을 비웃는다네.

주석

① 三家村(삼가촌): 세 가구가 모여 사는 마을. 외딴 작은 마을을 가리킨다.

② 大機大用(대기대용): 참된 진리는 큰 쓰임이 있다. '대기大機'는 불교 용어로, 참된 진리인 '진제眞諦'를 가리킨다.

③ 宗風(종풍): 불교 각 종파의 풍격이나 전통. 여기서는 선종禪宗을 가리킨다.

老古錐(노고추): 오래된 송곳. 불교 선종禪宗에서 예리하고 심오한 말을 의미하는 '기봉機鋒'을 비유한다.

해설

이 시는 말이 끄는 연자방아가 열 사람 몫의 일을 해내고 있음을 말

하고, 불교의 '대기대용大機大用'이라는 말이 바로 이를 가리키는 것으로 선종의 다른 어떠한 예리하고 심오한 용어들보다 적절한 말임을 말하고 있다.

원문
其二

引泉爲碓亦麤材,[1]	샘물 끌어와 만든 방아는 또한 거친 것이니
嘔唽春歌莫見猜.[2]	방아 찧는 노랫소리 시기하며 보지 마오.
似向先天探至象,[3]	태초의 하늘 향해 지극한 형상을 찾는 듯하고
怳疑龍馬負圖來.[4]	용마가 그림 문양을 지고 나오는 것 같네.

주석

① 麤材(추재): 거친 물건. 다소 급이 떨어지는 것을 의미한다.

② 嘔唽(구찰): 노랫소리.

③ 先天(선천): 하늘이 만들어지기 이전의 시기. 태초의 시기를 가리킨다.

④ 龍馬負圖(용마부도): 용마가 그림을 등에 지다. 복희씨伏羲氏 때 하수河水에서 용마가 나타났는데 그 등의 문양이 그림과 같아 이를 바탕으로 '홍범구주洪範九疇'를 만들었다고 한다. 여기서는 천하를 다스리는 커다란 법도를 의미한다.

해설

이 시는 물방아가 말이 끄는 연자방아에 비할 것이 못 됨을 말하고,

방아를 끄는 말의 모습을 보며 인류의 문명과 법도의 시초가 되었던 하수河水의 용마龍馬를 떠올리고 있다.

원문

冬青葉大如手掌, 可以供書[1]

동청 잎의 크기가 손바닥 같아 글씨를 쓸 만하다

想見山中雨露深,	산속에서 짙은 비와 이슬을 보리라 생각했거늘
生憐鸚綠抱冬心.[2]	어여쁜 앵무새 푸른빛이 겨울의 심정을 안아주네.
佳箋贏得天然具,[3]	천연으로 갖추어진 좋은 종이 얻었으니
供寫春鶯自在吟.	봄 꾀꼬리 시를 쓰며 자유로이 읊는다네.

주석

① 冬青(동청): 사철나무. 겨울에도 푸르러 이와 같이 불렀다.

② 鸚綠(앵록): 앵무새의 깃털처럼 푸른색.

　冬心(동심): 겨울의 외롭고 쓸쓸한 심정.

③ 佳箋(가전): 좋은 종이. 여기서는 동청 잎을 가리킨다.

해설

이 시는 비와 이슬로 가득하리라 생각했던 겨울 산에서 뜻밖에 푸른 잎을 마주하고 쓸쓸한 한겨울의 위안을 얻게 되었음을 말하고, 푸른 잎에다 봄 꾀꼬리를 노래하는 시를 쓰고 읊조리는 모습을 통해 봄을 기다리는 심정을 나타내고 있다.

雪夜偶吟
눈 오는 밤에 우연히 읊다

酒綠燈靑老屋中,　　　술은 초록이고 등불은 푸른 허름한 초옥에서

水仙花發玉玲瓏.[1]　　수선화 꽃이 피니 옥처럼 영롱하네.

尋常雪意多關涉,[2]　　늘 있는 눈 경관도 관계가 많이 되니

詩境空濛畫境同.　　　시의 의경은 몽롱하고 그림의 의경도 마찬가지라네.

주석

① 玉玲瓏(옥영롱): 옥처럼 영롱하다. 수선화의 이름이기도 하다. 원
　시 주석에서 "천 잎 수선화를 '옥영롱'이라 하는데, 이곳의 수선화
　는 모두가 천 잎이다.(水仙千葉, 爲玉玲瓏, 此中水仙皆千葉.)"라 하였다.

② 多關涉(다관섭): 많이 관계되고 영향을 끼치다. 눈에 대한 감흥이
　변함없이 생겨남을 말한다.

해설

　이 시는 허름한 초가집에서 등불 밝히고 술 마시는데 천 잎의 수선화
가 그 이름처럼 영롱하게 피었음을 말하고, 늘 보는 설경이지만 그 감
흥은 여전하여 시와 그림 또한 설경처럼 몽롱하기만 할 뿐임을 말하고
있다.

喚風亭
환풍정

喚風亭接望洋臺,[1]　　환풍정은 망양대에 잇닿아 있고

俯見紅毛帆影來.² 　　굽어보니 네덜란드 범선의 돛 그림자 오네.

眼界商量容一吸, 　　눈앞의 세상은 헤아리면 단번에 들이켤 만도 하고

兩丸出入掌中杯.³ 　　해와 달은 손의 술잔에서 들고 나네.

주석

① 喚風亭(환풍정): 1699년 제주목사 남지훈南至薰이 화북진성禾北鎭城
　에 지은 객사客舍. 지금의 제주시 화북동에 있다.

　望洋臺(망양대): 화북진성禾北鎭城 위쪽 바닷가에 있는 누대. 망양
　정望洋亭을 가리킨다.

② 紅毛(홍모): 붉은 털. 네덜란드 사람을 가리킨다.

③ 兩丸(양환): 두 개의 탄환. 해와 달을 비유한다.

해설

　이 시는 환풍정에 올라 가까이 있는 망양대와 먼바다에 떠 있는 범선
을 굽어보고 있는 상황을 말하고, 눈앞에 펼쳐진 세상을 단숨에 들이켤
수 있으며 해와 달을 술잔에 담아 들이켜는 모습을 통해 자신의 웅대한
포부와 기상을 나타내고 있다. 이미 당시에 외국선박이 제주 바다에 자
주 출몰하기 시작했음을 보여주는 시이기도 하다.

원문 ───────────────────────

海上重九無菊, 作瓜餠 　　바다의 중양절에 국화가 없어 호박떡을 만들다

南瓜餠賽菊花糕,¹ 　　호박떡을 국화경단과 비교하니

村味爭敎野席高. 　　마을 맛이 어찌 들 잔치의 품격을 높일 수 있으리?

癡想平生銷不得,²　어리석은 생각을 평생 없애지 못해

茱萸紅到舊鬢毛.³　붉은 수유를 늙은 귀밑머리에 꽂았다네.

주석

① 南瓜(남과): 호박.

　賽(새): 겨루다, 비교하다.

② 癡想(치상): 어리석은 생각. 중양절을 즐기고 싶은 생각을 가리킨다.

③ 茱萸(수유): 수유꽃. 해마다 9월 9일 중양절이 되면 붉은 수유꽃을 꽂고 높은 곳에 올라 국화주를 마시며 한 해의 액운을 막았다.

해설

제주에는 국화가 없어 중양절을 맞아 호박으로 떡을 만들어 대신하였으나 아무래도 국화보다는 품격이 떨어짐을 아쉬워하고 있다. 이어 유배되어 있으면서도 중양절을 즐기고 싶은 생각은 여전하여 수유꽃을 머리에 꽂고 있다고 읊었다.

원문

年前禁水仙花　　연전에 수선화를 금하다

鼇廚曾未到神山,¹　자라 사신이라 일찍이 선산에는 가보지 못했지만

玉立亭亭識舊顔.²　옥처럼 솟아 꼿꼿하니 옛 얼굴을 알겠네.

一切天葩元不染,³　모든 천상의 화초는 본디 오염되지 않거늘

世間亦復歷千艱.　세상에서 또다시 온갖 고난을 다 겪는구나.

① 鼈厮(별시): 자라 심부름꾼. 수궁水宮 용왕의 명을 받은 자라 사신을 의미하며, 여기서는 제주로 유배되어 있는 자신을 비유한다.

② 亭亭(정정): 우뚝 솟아 있는 모양.

③ 天葩(천파): 천상의 화초. 선계仙界에 있는 꽃을 가리킨다.

해설

이 시는 자신은 비록 선산에 가보지는 못했으나 우뚝 솟아 옥처럼 빛나는 수선화를 보니 선계의 꽃이었음을 알 수 있음을 말하고, 지상으로 내려와 온갖 고난을 겪고 있는 수선화를 안타까워하며 현실에서 역경을 겪고 있는 자신을 이에 비유하고 있다.

원문

瀛洲偶吟 二首
其一

영주에서 우연히 읊조리다 2수

轉想時時想轉迂,	생각하면 할수록 때때로 생각이 어리석어지니
此生那得到姑蘇.[1]	이생에 어찌 고소산에 갈 수 있으리?
歸帆欲託春風夢,	돌아가는 배에 봄바람의 꿈을 맡기고자 하니
載向千人石上無.[2]	싣고서 천인석 위로 데려다줄 수 있는지?

주석

① 姑蘇(고소): 산 이름. 지금의 중국 강소성江蘇省 오현吳縣에 있다. 여기서는 고향의 산을 의미하는 듯하다.

② 千人石(천인석): 돌 이름. 지금의 중국 강소성江蘇省 소주시蘇州市 호구산虎丘山 검지劍池 가에 있다. 남조南朝 양梁나라의 고승高僧 축도생竺道生이 설법할 때 천 명이 그 위에 앉았다고 하여 이름이 유래하였다. 여기서는 고향의 바위를 의미한다.

해설

이 시는 자꾸만 유배에서 벗어나 고향으로 돌아가는 헛된 꿈을 꾸게 됨을 말하고, 꿈속에서나마 고향으로 돌아가고 싶은 바람을 나타내고 있다. 중국 소주에는 가본 적이 없겠으나 실제로 소주 호구산 검지 근처에 천인석이란 이름의 바위가 있다.

원문

其二

是亦樓中轉墨輪,[1]　　시역루에서 먹을 가니

具區明月劍池春.[2]　　태호에 밝은 달 뜨고 검지에 봄이 왔네.

東韓且解區田法,[3]　　우리나라가 장차 구전법을 알게 된다면

家祝蘇州潘舍人.[4]　　집집마다 소주의 반사인을 축복하리.

주석

① 是亦樓(시역루): 누대 이름. 중국 강소성江蘇省 소주시蘇州市에 있던 것으로 여겨지나, 분명하지 않다.

轉墨輪(전묵륜): 먹의 바퀴를 돌리다. 먹을 돌려가며 가는 것을 의미한다.

② 具區(구구): 호수 이름. 중국의 오吳 땅과 월越 땅 사이에 있는 호수로, 태호太湖의 다른 이름이다.

劍池(검지): 연못 이름. 지금의 중국 강소성江蘇省 소주시蘇州市 호구산虎丘山에 있다.

③ 東韓(동한): 동쪽의 한국. 우리나라를 가리킨다.

區田法(구전법): 밭에 일정한 거리로 도랑을 만들고 구덩이를 파서 종자를 구멍 속에 파종하는 농사법으로, 작은 범위 내에서 집중적으로 경작하는 데 효과적이다.

④ 潘舍人(반사인): 사인舍人 반씨潘氏. 구전법을 고안한 사람으로 여겨지나, 정확한 이름은 알 수 없다.

해설

이 시는 고향을 중국의 남방 오吳 땅에 비유하며 고향의 못가 정자에서 봄날 달밤에 시를 쓰던 일을 회상하고, 중국에서 구전법으로 생산량을 증대했던 일을 떠올리며 우리나라에도 이러한 농사법이 전수되어 백성들이 풍요롭게 살 수 있기를 바라고 있다.

이원조

이원조李源祚(1792~1872년), 자는 주현周賢, 호는 응와凝窩, 초명은 이영조李永祚이다. 본관은 성산星山이다. 경북 성주星州 대포리大浦里에서 함청헌涵淸軒 이형진李亨鎭과 함양 박씨 사이에서 둘째 아들로 태어났으며, 백부모인 농서農棲 이규진李奎鎭과 동래東萊 정씨鄭氏의 양자로 입양되었다. 1809년(순조 9) 18세에 별시 문과에 을과로 급제했으며, 1837년(헌종 3) 사간원 정언을 시작으로 강릉부사로 재임하다가 1841년 구재룡具載龍의 후임으로 제주목사에 부임하여 1843년(헌종 9) 6월까지 28개월 동안 봉직했다.

그는 영남 학자로 남인 출신임에도 불구하고, 노론 집권기에 경주부윤, 공조판서, 판의금부사 등 고위 관직을 역임했으며, 20대부터 80세 일기로 세상을 뜰 때까지 오랫동안 관직에 머물렀다. 다섯 차례나 지방의 수령으로 재직하면서 애민정신에 입각하여 백성들의 고달픈 삶을 해결하기 위해 애썼으며, 때로 근본적으로 해결하지 못하는 현실에 자괴감을 느끼기도 했다.

그가 제주목사로 부임한 것은 제주 가파도에 영국 군함 두 척이 정박하여 백성을 위협하고 가축을 약탈하는 사태가 발생하면서 조정에서 이를 수습할 인물로 그를 지목했기 때문이다. 제주목사로 재임하면서 태풍이 불어 기근에 시달리는 백성들을 위해 호남의 곡식 2천 5백 석을 요청하고, 영혜사 동쪽 귤림서원橘林書院 옆에 향현사鄕賢祠를 창건하고 고득종高得宗(1388~1460년)의 위패를 모셨다. 1842년 대정현성 동문 밖에 동계정온적려유허비桐溪鄭溫謫廬遺墟碑를 세웠고, 1843년에는 송죽사松竹祠를 건립하고 정온鄭蘊(1569~1641년)을 봉향토록 했다. 송죽사 현판은 당시 대정현에 유배 중이던 추사가 썼다. 그는 또한 삼천서당三泉書堂을 중수했으며, 유생들에게 열흘에 한 번씩 시험을 실시하거나 또는 망경루望京樓에서 유생 69명에게 시취試取를 실시하여 각 학당學堂에 머무르도록 했다.

이렇듯 선정과 교학에 힘쓰면서 그가 세운 치적은 그의『탐라록』과 적지 않은 시문에서 엿볼 수 있다. 이후 응와 이원조는 1850년(철종 1) 경주부윤, 1854년 대사간에 이어 공조판서를 지냈다. 시호는 정헌定憲이다. 1871년 그가 세상을 떠난 해 조카인 성리학자 한주寒洲 이진상李震相(1818~1886)이『응와부군가상凝窩府君家狀』을 편찬했다. 제주와 관련한 저서로『탐라지耽羅誌』,『탐라지초본耽羅誌草本』,『탐라관보록耽羅關報錄』,『탐라계록耽羅棨錄』등이 있다. 이원진이 지은『탐라지耽羅誌』는 '구탐라지', 이원조가 지은 것은 '신탐라지'라고 한다.『탐라지초본』에 한시 188편 240수가 수록되어 있다.

李源祚

李源祚(1792~1872年)，字周贤，号凝窝，初名李永祚。籍贯是星山。出生于庆北星州大浦里，是涵清轩李亨镇和咸阳朴氏的次子，被白父母农栖李奎镇和东莱郑氏收养。1809年(纯祖9年)18岁别试文科乙科及第，1837年(宪宗3年)从司谏院正言开始担任江陵府使，1841年接替具载龙赴任济州牧使，直到1843年(宪宗9年)6月供职28个月。

他是岭南学者，虽然是南人出身，但在老论执政时期历任庆州府尹、工曹判书、判义禁府事等高层官职，从20多岁到80岁去世为止，长期滞留在官职上。

五次担任地方首领时，立足于爱民精神，为解决百姓的艰苦生活而努力，有时还对无法从根本上解决的现实感到羞愧。

他之所以就任济州牧使，是因为在济州发生了两艘英国军舰进入加波岛威胁百姓、掠夺家畜的事件，朝廷指名他去收拾这个残局。在任济州牧使期间，为了因台风而饱受饥荒之苦的百姓，他索要了湖南的粮食2500石，在永惠寺东侧的橘林书院旁边修建了乡贤祠，供奉了高得宗(1388~1460年)的牌位。1842年在大静县城东门外立了桐溪郑温谪庐遗墟碑，1843年修建松竹祠，供奉郑蕴(1569~1641年)。松竹祠的匾额是当时流放到大静县的秋史写的。他还重修了三泉书堂，每10天对儒生们进行了一次考试，又在望京楼对69名儒生实施了试取，可以让他们留在各学堂学习。

他致力于善政和教学，创下的高光政绩在他的《耽罗录》和不少诗文中得以看出。此后，凝窝李源祚于1850年(哲宗1年)担任庆州府尹，1854年担任大司谏后又担任工曹判书。谥号定宪。1871年他去世的那一年，他的侄子性理学家寒洲李震相(1818~1886年)编纂了《凝窝府君家状》。与济州相关的著作有《耽罗志》、《耽罗志草本》、《耽罗关报录》、《耽罗棠录》等。李元镇创作的《耽罗志》被称为"旧耽罗志"，李源祚创作的是《新耽罗志》。《耽耽罗草本》中收录了188篇240首诗。

重九日見拏頂白雪[1] 중양절에 한라산 정상의 흰 눈을 보며

秋分之翌上山迴,   추분 다음 날 산에 올라 돌아보니

楓葉猶靑菊未開.   단풍잎은 아직 푸르고 국화는 아직 피지 않았었네.

今朝忽見重陽雪,   오늘 아침 홀연 중양절에 내린 눈을 보니

始信人間第一嵬.[2]   이제야 인간 세상에서 가장 높은 곳임을 알겠네.

주석

① 重九(중구): 음력 9월 9일, 중양절重陽節을 말한다. 중국에서는 한대漢代 이래로 중양절이 되면 상국賞菊, 등고登高, 시주詩酒를 즐겼다.

② 嵬(외): 높다.

해설

이 시는 중양절에 한라산 정상에 내린 흰 눈을 보며 읊은 시이다. 중양절은 음력 9월 9일이니 늦가을이다. 한라산에 올라보니 늦가을 단풍잎이 푸르고, 한라산이 고지대라 국화는 아직 피지 않았다. 한대漢代 이래로 중양절에 높은 곳에 올라 국화를 감상하고 시 읊고 술을 마시는 풍습이 있다. 그래서 시인도 높은 곳 한라산에 올라 국화 감상하며 시를 읊고자 했을 수도 있다. 그러나 저지대에 있는 인가에는 지금쯤 국화꽃이 피었을 것인데, 한라산에는 중양절이 되어도 국화가 피지 않고 눈이 이미 내렸다. 그래서 시인은 한라산이 인간 세상에서 가장 높인 곳임을 말하고 있다.

戀北亭次李令源達板上韻[1]   연북정에서 이원달 목사가 지은 현판

위의 시에 차운하여

海曲繁華第一村,	외진 바닷가에 제일로 번화한 마을
朝天館外駐行蕃.	조천관 밖에서 가던 수레를 멈추네.
長風客艤梨津櫂,[2]	멀리서 불어오는 바람에 객은 이진에서 온 배를 대고
細雨人耕善屹原.[3]	가랑비에 사람들은 선흘마을 들판에서 밭을 가네.
荒歲若爲拯涸轍,[4]	흉년에는 바퀴 자국 속 물고기를 구해내듯 해야 하고
清時猶自重邊門.	태평한 시절에도 오히려 변방의 관문을 중히 지켜야 하리.
重溟不隔長安月,[5]	바다에도 서울 비추는 달은 떨어져 있지 않으니
夢拜瓊樓祝聖恩.[6]	꿈속에 궁궐을 찾아가 임금님의 은혜를 축원한다네.

주석

① 戀北亭(연북정): 지금의 제주시 조천읍에 위치한 정자로, 유배되어 온 이들이 한양에서의 기쁜 소식을 기다리면서 임금에 대한 사모의 정을 나타낸다고 하여 '연북戀北'이라고 불렀다.

② 艤(의): 배를 대다.

   梨津(이진): 지금의 전라남도 해남군 북평면의 이진항梨津港으로, 당시 육지에서 제주로 가는 관문이었다.

   櫂(도): 노, 여기서는 배를 의미한다.

③ 善屹(선흘): 부락 이름. 진성기秦聖麒의 『남국南國의 지명유래地名由來』에 따르면, 지금부터 약 350년 전에 형성된 부락으로, 중산간 부락 중에서 먼저 부락이 설촌됐다는 데서 처음에는 먼저 선先 자

를 써서 선흘리先屹里라 불리던 것이 후세에 와서 착한 선善 자로 바꾸어 선흘리善屹里로 호칭하였다.

④ 涸轍(학철): 물이 말라가는 수레바퀴 자국. 곤궁한 처지를 비유한다. 여기서는 '학철부어涸轍鮒魚'의 의미로, 곤경에 처해서 다급하게 구원을 청하는 사람을 가리킨다. 『장자莊子·외물外物』에 수레바퀴 자국에 고인 얕은 물속에서 말라 들어가며 헐떡이는 붕어가 약간의 물만 부어 주면 살 수 있겠다고 하소연하는 이야기가 나온다.

⑤ 重溟(중명): 바다.

⑥ 瓊樓(경루): 옥 누대. 신선의 누대를 의미하며, 여기서는 궁궐을 비유한다.

해설

이 시는 연북정에서 이원달 목사가 지은 현판 위의 시를 차운한 것이다. 즉 이원달 목사의 시에 압운押韻한 글자들을 그대로 가져와 시를 지었다는 말이다. 시인은 조천관 밖에서 수레를 몰고 가다가 멈추어, 가랑비에 마을 사람들이 밭을 가는 모습을 본다. 그리고 흉년에 삶이 힘든 백성들을 어떻게 해야 구할 수 있을지 생각하고 있다. 그리고는 꿈속에서라도 궁궐을 찾아가 임금님께 은혜를 베풀어 달라고 축원하고픈 마음을 시로 읊고 있다.

원문

金寧窟[1]   김녕굴

見山如見人,   산을 볼 땐 사람을 보듯 하고

宜明不宜暗.	마땅히 밝아야 하지 어두워서는 안 된다네.
金寧窟有名,	김녕굴은 유명하니
白晝擧火瞰.	한낮에 횃불을 들고 살펴보네.
眼看海無邊,	눈으로 끝이 없는 바다를 볼 수 있건만
幽竇不足探.²	깊은 동굴을 탐색하기에는 부족하다네.
巡行況悤悤,	하물며 순행길이라 바쁘기만 하니
山水有餘憾.	산수에 아쉬운 마음만 남아 있네.

주석

① 金寧窟(김녕굴): 김녕 뱀굴로 알려져 있는데 옛날 이 동굴에 큰 뱀이 살았다는 전설에서 유래한다

② 竇(두): 구멍, 여기서는 김녕굴을 말한다.

해설

이 시는 김녕굴에 대해 쓰고 있다. 김녕굴은 제주 동부 지역에 있는 동굴로 낮에도 내부가 어두워서 횃불을 들고 살펴본다고 말하고 있다. 그리고 자신의 눈은 끝없는 먼바다까지 볼 수 있는데 김녕굴은 어두워서 탐색하기가 어려움을 말하고, 순행하는 길이 바빠서 산수를 다 감상하지 못하고 떠나는 아쉬움을 나타내고 있다.

원문 ─────────────────

城山¹　　　　　　성산

天作高山枕海灣,	하늘이 만든 높은 산이 바다 굽이를 베고 누웠으니

怪它匪島亦非山.　　괴이하도다, 그것은 섬도 아니고 또한 산도 아니로다.

群中獨自岩嶢見,　　무리 중에 홀로 뛰어나 우뚝 솟아 보이고

空外如從廣漠還.　　공중에 있어 광막한 곳에서 돌아온 듯하네.

螺蛤凝成今萬劫,[2]　소라와 조개는 만겁 세월에 걸쳐 엉겨 만들어졌고

鯨鯢屛息古重關.[3]　고래와 도롱뇽이 옛날의 중요한 관문에서 숨죽이고 있네.

居民那識神仙趣,　　이곳에 사는 사람들은 신선의 정취를 어찌 알까?

細雨耕犁偏此間.[4]　가랑비에 쟁기질하며 이 사이를 돌아다니네.

주석

① 城山(성산): 제주특별자치도 서귀포시 성산읍 성산리에 있는 화산. 산 모양이 성과 흡사하기 때문에 이름을 성산봉이라 하고, 이 산에서 일출을 바라보는 것이 제주 일경一景이라서, 예부터 일출봉이라 하였다

② 螺蛤(나합): 소라와 조개.

　萬劫(만겁): 지극히 오랜 세월.

③ 鯨鯢(경예): 고래와 도롱뇽.

　屛息(병식): 겁이 나서 소리를 내지 못하고 숨을 죽임.

④ 耕犁(경리): 쟁기로 밭을 갈다.

해설

이 시 수련에서는 성산은 하늘이 만들었고 바다의 굽이에 위치하고 있음을 말하고, 함련에서는 홀로 하늘 높이 솟아 있는 장대한 모습을 묘사하고 있다. 경련에서는 성산 주변 바다에서 자라나는 소라와 조개

는 오랜 세월 동안 엉겨서 만들어진 것이고, 고래와 도롱뇽도 중요한 관문인 이 지경에 숨을 죽이며 살고 있음을 얘기하고 있다. 마지막 미련에서는 이곳에서 느낄 수 있는 신선의 정취를 정작 이곳 사람들은 알지 못함을 말하고, 비 오는 날씨에 쟁기로 밭을 갈며 일상의 삶을 살아가는 모습을 나타내고 있다.

원문

正方瀑[1]

정방폭포

百丈洪濤鉅海駈,

백 장 높이 큰 물줄기가 큰 바다로 내달리니

溪流飛瀑勢還孤.

계곡물이 폭포에서 날았다가 기세가 다시 약해지네.

雖然無此難爲勝,

비록 그러해도 이것 없었으면 빼어난 형세 되기 어려우니

二水三山自一區.[2]

두 줄기 물과 세 산이 절로 한 구역이 되었구나.

주석

① 正方瀑布(정방폭포): 제주특별자치도 서귀포시 정방동 동쪽 바닷가에 위치하는 폭포이다. 1995년 8월 26일 제주기념물로 지정되었다가 2008년 8월 8일 명승으로 변경되었다. 한라산 남쪽 기슭에 발달한 폭포로, 폭포수가 바다로 떨어지는 동양 유일의 해안폭포이다.

② 二水(이수): 정방폭포와 천지연.

三山(삼산): 서귀포 해안가의 삼매봉三梅峰, 제재기오름, 쌀오름米岳 또는 서귀포 앞바다의 섶섬森島, 새섬鳥島, 모기섬蚊島을 가리킨다.

해설

이 시는 정방폭포를 읊고 있다. 1구에서는 백 장 높이의 폭포수가 떨어지며 큰 바다로 내달리는 모습을 묘사하고 있고, 2구에서는 폭포의 기세가 날아가다가 약해짐을 말하고 있다. 비록 정방폭포의 경관이 뛰어나다지만 정방폭포 하나만으로 빼어난 형세를 이루기 어려우니, 주변의 다른 폭포와 아름다운 산들과 어우러져 하나의 아름다운 지경을 함께 만들어내고 있음을 말하고 있다.

원문

天池淵 [1]

水抱山迴又一灣,	물이 산을 감싸 돌아 또 한 물굽이 이루고
西歸東北數帿間.	서귀포 동쪽과 북쪽 몇 과녁 사이에 있네.
雌黃甲乙休題品, [2]	갑과 을을 가려 어느 것이 낫다 따지지 말지니
一日能看兩瀑還.	하루에 두 개의 폭포를 보고 돌아올 수 있다네.

천지연

주석

① 天池淵(천지연): 문헌과 고지도에서 보이는 지명 표기는 다소 혼란스럽다. 『탐라지』에는 '천지연天池淵'이라 표기했는데, "서귀포 위에 있다."라고 했다. 『탐라순력도』에는 '천지연폭泉池淵瀑'이라 했고, 『1872년 지방지도』에는 '천제연天帝淵'이라 했다. 『조선지형도』에 '천지연폭天池淵瀑'이라 기재했다.

② 雌黃(자황): 유황과 비소의 혼합물. 노란색의 채료彩料로서 옛날에 이를 시문詩文의 첨삭添削에 썼으므로, 전하여 시문을 짓고 첨삭

하는 뜻으로 쓰인다. 여기서는 '가려서 평하다' 정도로 보면 될 듯
하다.

題品(제품): 사물의 가치나 우열 따위를 평하는 일.

해설

이 시는 서귀포에 있는 천지연을 읊은 시이다. 이 시 2구에서는 서귀
포 동쪽과 북쪽을 언급하며 천지연의 위치를 말하고 있다. 그리고 하루
에 두 개의 폭포를 돌아볼 수 있다고 말하고 있는데, 천지연폭포와 정
방폭포를 말하는 듯하다. 여기서 갑과 을을 가려서 어느 폭포가 뛰어난
지 따지지 말자고 말하고 있다. 이 두 폭포는 각각 그 폭포만의 웅장함
과 빼어난 경관을 갖고 있기 때문일 것이다.

오태직

　오태직吳泰稷(1807~1851년), 자는 여빈汝賓 또는 여대汝大이고, 호는 소림小林이다. 본관은 화순和順이며, 제주 일도동 출신이다. 진사進士 출신 서예가이자 문인인 청파靑坡 오점吳霑의 차남으로 태어났다. 부친은 추사가 칭찬을 할 정도로 뛰어난 서예가로 특히 송설체松雪體에 능하고 금석문에도 뛰어났다. 소림 역시 시문과 더불어 글씨를 잘 썼다.

　1834년(순조 34) 갑오 식년시 진사 3등 35위로 사마시에 합격했다. 부친과 아들 연와蓮窩 오경로吳卿魯와 함께 3대에 걸쳐 문명을 떨쳤다. 제주목사 응와凝窩 이원조李源祚와 화답한 여러 수의 시가 『탐라록』에 실려 있다. 이를 통해 그가 당시 '남주사단南州詞壇의 맹주盟主'로 추앙받았음을 알 수 있다. 유고는 남아 있지 않으며, 전체 27수의 시만 전해진다.

吴泰稷

吴泰稷(1807~1851年)，字汝宾或汝大，号小林。祖籍和顺，济州一徒洞出身。
他出生于进士出身的书法家兼文人吴霭的次子。父亲是秋史称赞的书法家，特
别擅长松雪体，对金石文也很擅长。小林也写得一手好诗文和字。

1834年(纯祖34年)以甲午式年试进士3等35名的成绩通过了司马试。与父亲
和儿子莲窝吴卿鲁一起发扬了三代文名。在《耽罗录》中收录了多首与济州牧
使凝窝李源祚作的和诗。由此可知，他当时为什么可以被推崇为"南州词坛的
盟主"。没有留存遗稿，只有27首诗被流传下来。

靈室晴曉

영실의 맑은 새벽

龕空山月在,[1]

감실은 텅 비고 산달만 덩그러니

雲斂洞天開.[2]

구름 걷히니 동천이 열렸네.

僧去惟餘佛,

스님 떠나고 부처만 남아

無人聽磬來.

인적 없이 경쇠 소리만 들려오네.

주석

① 龕(감): 불상이나 신위를 모셔두는 작은 누각. 여기서는 절을 의미한다.

② 洞天(동천): 경치가 빼어나게 좋은 곳 또는 도교에서 신선이 산다는 명산을 뜻한다. 여기서는 선산仙山처럼 뛰어난 풍광을 의미하는 듯하다.

해설

이 시는 이른 새벽 영실의 작은 암자의 고요한 풍경을 묘사하고 있다. 비어 있는 곳(空)에 동천이 열리고, 스님 떠난 자리(僧去)에 경쇠 소리가 들려온다(磬來). 빈 듯 차고, 떠난 자리에 다시 무엇인가 온다. 영실의 무상하면서도 결코 빈 것이 아닌, 말로 하기 힘든 분위기를 잘 드러내고 있다. 문득 왕유의 「녹채鹿柴」가 떠오른다. "고요한 산에 사람은 보이지 않고, 어디선가 말소리 들려온다. 저무는 햇빛 숲속 깊이 들어와 다시금 푸른 이끼 비춘다.(空山不見人, 但聞人語響. 返景入深林, 復照青苔上.)"

원문 ━━━━━━━━━━━━━━━━━━━━━━━━━━━━━━━━━━━

水仙花

수선화

昨日一花始見嘉,	어제 꽃 한 송이 처음 보고 기뻤는데
今朝賸得兩三葩.[1]	오늘 아침 두세 송이 더 얻었네.
開三開四至無數,	서너 송이 너머 수없이 피어나면
畢竟幽廬恐太奢.[2]	그윽한 오두막집 너무 사치스러울까 두렵네.

주석

① 賸得(잉득): 잉賸은 더하다, 남다의 뜻이다. 한 송이만으로도 족한데 더 많아졌다는 의미를 담고 있다.

② 畢竟(필경): 결국, 마침내. 결국에는 너무 화려해지는 것 아닐까 저어하는 듯한 느낌을 준다. 굳이 해석하지 않아도 될 듯하다.

해설

제주에는 수선화가 지천이다. 하지만 육지에서는 그리 보기 힘들다. 그래서 추사는 이렇게 말했다. "수선화는 과연 천하에 큰 구경거리이다. 절강성 이남 지역은 어떤지 모르겠으나 이곳에는 동네마다 한 치, 한 자쯤 땅에도 수선화가 없는 곳이 없는데, 화품花品이 대단히 커서 한 가지가 많게는 10여 송이에 꽃받침이 8~9개, 5~6개에 이른다. 꽃은 정월 그믐께부터 2월 초에 피어서 3월에 이르면 산과 들, 밭두둑 사이에 마치 흰 구름이 질펀하게 깔려 있는 듯, 흰 눈이 장대하게 쌓여 있는 듯하다."라고 했다. 제주의 수선화는 꽃 한 송이만 피는 서양 수선화와 달리 여러 개의 꽃망울이 피어난다. 아무리 지천에 깔려 있다고 할지라도 안목이 없으면 그 가치를 모르는 법이다. 수선화 꽃이 여러 송이 피었다고 이러다 너무 사치를 부리는 것 아닐까라고 읊조리는 시인의 마음이 순수하고 따뜻하다.

오진조

　　오진조吳眞祚(1823~1898년), 자는 대중大仲, 호는 의청毅淸, 청계淸溪이
다. 정의현 천미촌川尾村에서 살았다. 난아蘭阿 이승헌李承憲과 금성錦城
김성한金聲翰에게 글을 배워 성리학을 깨우쳤다. 승보시에 합격한 후
더 이상 과거에 응시하지 않고 평생 후학들을 가르치는 데 힘썼다. 그
의 문하에서 동암東菴, 농암農菴 및 아들 경재敬齋가 한말 사직이 무너지
는 시기에 제주의 정신적 지주가 되어 사림의 정기를 유지했다. 오태
직, 오방렬의 시와 함께 엮어 번역한『삼오시집三吳詩集』이 발간되었다.

　　의청이 살았던 천미촌(원명 개로천介路川)을 지금의 지명인 신풍리新豊
里로 바꾸었다고 하는데, '신풍'이란 말은 한나라 고조 유방이 부친을 위
해 장안 근처에 자신의 고향 마을인 '풍읍'과 유사한 마을을 조성하여
'신풍'이라고 한 것에서 유래한다. 이는 한나라 유흠劉歆이 짓고 진晉나
라 갈홍葛洪이 엮은『서경잡기西京雜記』에 나오는 "신풍읍을 만들어 옛
토지신을 옮기다.(作新豊移舊社.)"라는 구절에서 확인할 수 있다. 개인 유
고가 남아 있으며,『삼오시집』에 백규상이 번역한 56수의 한시가 수록
되어 있다.

吴真祚

吴真祚(1823~1898年)，字大仲，号毅清，清溪。住在旌义县川尾村。向兰阿李承宪和锦城金声翰学习了性理学。考上陞补试后再没考科举，一生致力于教育后人。出自他门下的东菴、农菴及儿子敬斋在朝鲜末期社稷崩溃的时期成为济州的精神支柱，维持了士林的正气。与吴泰稷、吴邦烈的诗一起编辑并翻译的《三吴诗集》被发行。

据说毅清曾居住的川尾村(原名介路川)改为现在的地名新丰里，"新丰"这一词源于汉朝高祖刘邦为父亲在长安附近修建的类似与自己故乡"丰邑"的村庄，并称之为"新丰"。在汉朝刘歆写、晋国葛洪编撰的《西京杂记》中可以确认"作新丰移旧社"这一句子。留有个人遗稿，在《三吴詩集》中收录了由白奎尚翻译的56首汉诗。

觀海　　　　　　　　　바다를 바라보다

注洋無際大無邊,[1]　　　　끝없이 넓은 바다 가없이 거대하여

一碧乾坤波似煙.　　　　　푸른 하늘과 땅(바다)에 파도 뿌연 연기 같네.

包含萬里中原地,　　　　　만 리 중원 땅까지 감싸 안고

連抱三淸上界天.[2]　　　　신선 사는 삼청 궁궐 하늘까지 에워쌌네.

願從魯叟乘桴日,[3]　　　　노나라 공자 뗏목 타려던 때를 따르고

却笑秦皇驅石年.[4]　　　　진나라 시황제 돌을 몰던 시절 비웃네.

江漢祖宗深不測,[5]　　　　온갖 강물 흘러드니 그 깊이 알 수 없고

摘珠難得路貪緣.[6]　　　　진주를 찾으려 하나 연줄 얻기조차 힘든다.

望洋難得計中邊,[7]　　　　아득 멀리 바라보니 안팎조차 헤아리기 어려워

包括濟州九點烟.[8]　　　　멀리 제주도 아홉 개의 점으로 보인다.

洪量莫論河鼴水,[9]　　　　엄청난 양인지라 두더지가 마시는 강물은 논할 바 없고

遠眸渾脫井蛙天.[10]　　　멀리 바라보니 우물 안 개구리를 아득히 벗어났네.

江漢祖宗三萬里,　　　　　장강과 한수 흘러들어 삼만 리

淀闇洩漏幾千年.[11]　　　바다 가운데 깊은 곳에서 새기를 수천 년.

澄使不淸揚不濁,　　　　　더러움은 맑게 하고 탁한 것은 들어올리니

大夫見此出塵緣.　　　　　대장부는 이를 보고 먼지와 같은 세속에서 벗어나네.

回首滄溟萬里邊,　　　　　고개 돌려 거대한 바다 만 리 끝을 보니

胸無滯碍眼無烟.　　　　　가슴에 응어리 없고 눈에 흐릿함 없네.

深難見底千尋地,　　　　　깊이는 보기 힘든 천길 바닥이고

浩不窺涯一色天.　　　　　너비는 볼 수 없는 하늘가 한가지 색이라.

東濱月出欽高士,　　　　　동쪽 바닷가에 달 떠오르니 고상한 선비 공경하고

南極星浮祝老年.　　　남극성 떠오르니 장수를 기원한다.

鵬濤鯨窟寬洪界,¹²　붕새가 날아 파도를 치고 고래 동굴은 넓고 큰 세상이니

有意南兒超俗緣.　　　뜻 지닌 남아대장부 속된 생각 벗어나게 만드네.

주석

① 注洋(주양): '주양注洋'은 '왕양汪洋'의 오기인 듯하다. (『삼오시집』96쪽)
바다가 끝이 없이 넓은 모양.

② 三淸(삼청): 도교에서 신선이 산다는 옥청玉淸, 상청上淸, 태청太淸
등 세 개의 궁.

上界天(상계천): 천상계, 하늘 세계.

③ 魯叟乘桴(노수승부): 노나라 노인네는 공자를 말한다. 『논어·공야
장』에서 공자가 "도가 행해지지 않으니 뗏목을 타고 바다를 건너
겠다.(道不行, 乘桴, 浮於海.)"고 말하는 대목이 나온다. 여기서는 공
자의 뒤를 따르겠다는 뜻이다.

④ 秦皇驅石(진황구석): 진나라 시황제가 신선을 만나기 위해 바다에
돌을 쌓아 다리를 만들고자 했는데, 홀연 신인이 나타나 돌에 채
찍질을 하면서 몰고 왔다고 한다. 그래서 '구驅' 자를 썼다. 이백의
시 「고풍」 48수 가운데 "돌을 굴려 바다 나루로 몰아넣네.(驅石駕滄
津.)"란 대목이 나온다.

⑤ 江漢朝宗(강한조종): 강한은 장강과 한수, 조종은 선조이니, 장강과
한수가 흘러드는 바다라는 뜻이다.

⑥ 贇緣(인연): 덩굴이 뻗어 올라감. 나무뿌리나 돌 등을 의지하여 산
등성이를 이리저리 올라감이다. 여기서는 바다 깊은 곳의 진주와

같은 보물을 찾기 힘들다는 뜻으로 풀이한다.

⑦ 中邊(중변): 안과 밖, 겉과 속.

⑧ 濟州九點烟(제주구점연): 넓은 중국 천지가 아스라이 아홉 개의 점으로 보인다는 뜻이다. 당대 이하李賀의 시 「몽천夢天」에 나온다.

⑨ 河鼴水(하언수): 두더지가 마시는 강물, 즉 바다에 비해 하찮은 물을 비유한다. 『장자·소요유』에 "두더지가 강물을 마신다.(偃鼠飲河.)"라는 구절이 나온다.

⑩ 渾脫(혼탈): 원래 중국 북방 민족들이 가죽으로 만든 일종의 튜브처럼 생긴 공기주머니 또는 그런 모양의 모자를 말한다. 하지만 여기서는 바다처럼 거대하여 한계를 벗어남으로 풀이한다.

⑪ 泥閭(미려): 미려尾閭의 오자인 듯하다. 미려는 바다의 깊은 곳에 있어 물이 끊임없이 새는 곳이다.

⑫ 鵬濤(붕도): 『장자·소요유』에 보면, 붕새가 하늘을 향해 날아오르면서 거대한 파도를 일으키는 대목이 나온다.

해설

제주는 사방이 바다로 둘러싸인 절해의 고도이다. 바다는 육지의 끝이지만 또한 바다의 시작이기도 하다. 그 바다 저편에는 중국이 있다. 그러나 멀리 바라보면 중국 또한 몇 점의 연기처럼 보일 뿐이다. 깊이나 너비가 깊고 넓은 바다는 수천 년 수만 년을 지나오면서 온갖 더러움을 받아내어 깨끗하게 만들고, 탁한 것을 걷어내어 맑게 만든다. 뜻 있는 사내대장부라면 그런 바다를 바라보며 세속의 더러움을 버리고 더욱 크고 참된 기상을 떨쳐야 하지 않겠는가? 시인은 바다를 바라보며 이렇게 읊조리고 있다.

이한진

　이한진李漢震(1823~1881년), 자는 차문次文 혹은 관지觀之, 호는 매계梅溪이다. 본관은 전주이며, 조천읍 신촌리에서 부친 이신구李信九, 모친 김해 김씨의 2남 4녀 가운데 장남으로 태어났다.

　그의 묘비문에 따르면, 15세 이전에 경서와 사서 및 중국 한漢, 송대宋代 제자의 책을 읽었으며 특히 『서경書經』에 심취했다고 한다. 추사 김정희가 대정에 적거할 당시 자주 찾아가 배웠으며, 1873년(고종 10)에는 제주에 유배된 면암 최익현과 만나 교유했다. 문재文才가 뛰어나 1853년에 부임한 제주목사 목인배睦仁培는 매계의 글솜씨를 보고 '호남 사림의 관면冠冕'이라 칭했다. 향시에 합격한 후 과거 공부를 위해 8차례나 서울을 오갔으나 아쉽게도 끝내 급제하지 못했다.

　이후 제주목의 삼천재三泉齋에서 교학에 힘써 운봉雲峰 강우진康祐鎭, 여산礪山 김윤병金潤柄, 통진通津 신재지愼哉芝, 위장衛將 김상임金祥任, 해미海美 김응전金膺銓, 정의旌義 김응평金膺平, 참봉 김희정金羲正, 이계징李啓徵, 유준하兪晙河, 안달삼安達三 등 수많은 제자를 길렀다. 진사 김용징金龍徵, 안영수安永綬, 오태직吳泰稷, 김양수金亮洙, 처사 변용근邊用根, 윤규관尹奎館, 한정유韓禎裕 등과 벗하며 교유했다. 1862년(철종 13) 10월 강제검姜悌儉, 김흥채金興彩 등이 임술민란을 일으키자 이듬해 1월

창의倡義 격문檄文을 유림들에게 돌려 충의의 뜻을 세상에 알렸다. 후일 제주목사 양헌수梁憲洙가 매계의 행적을 치하한 것은 이런 까닭에서 연유한 것이다.

저서로 필사본『매계사고梅溪私稿』가 있으며, 1919년 안달삼의 아들 부해浮海 안병택安秉宅이 편찬한『매계선생 이공행장李公行狀』이 전해진다. 신촌초등학교에 1939년 지역민들이 건립한「매계선생유적비」가 남아 있다. 매계의 묘비문에 보면, 이한진이 아니라 이한우李漢雨로 나온다. 피휘避諱했기 때문이다.

1998년 제주교육박물관에서 김영길金永吉이 번역한 국역『매계선생문집』이 출간되었다. 전체 180편의 한시가 수록되어 있다.「영주십경」의 경우 11편은 자작시이나 66편은 이용식李容植 등의 시를 인용했다.

李汉震

李汉震(1823~1881年)，字次文，或观之，号梅溪。祖籍全州，出生于朝天邑新村里，父亲李信九和母亲金海金氏的2男4女中的长子。据他的墓碑文记载，15岁以前读过经书、史书及中国汉、宋代诸子的书，尤其陶醉于《书经》。秋史金正喜在大静时期经常去拜访学习，1873年(高宗10年)与流放到济州的勉庵崔益铉交游。因文才突出，1853年赴任济州牧使的睦仁培看到梅溪的诗文后，称赞其为"湖南士林的冕冠"。乡试合格后，为了科举学习8次往返于首尔，但可惜最终没能考上。此后，在济州牧的三泉斋致力于教学，培养了云峰康祐镇、山金润柄、通津慎哉芝、卫将金祥任、海美金膺铨、旌义金膺平、参奉金羲正、李启征、俞晙河、安达三等众多弟子。与进士金龙征、安永缓、吴泰稷、金亮洙、处士边用根、尹奎馆、韩祯裕等结交。1862年(哲宗13年)10月姜悌俭、金兴彩等引发壬戌民乱后，次年1月将倡义檄文传阅儒林，向世人宣告忠义。后来济州牧使梁宪洙嘉奖梅溪的事迹也是出于这个原因。著作有手抄本《梅溪私稿》，流传下来的还有1919年安达三的儿子浮海安秉宅编纂的《梅溪先生李公行状》。新村小学留有1939年地区居民建立的"梅溪先生遗址碑"。但从梅溪的墓碑文上看，并没有写成李汉震，而是写成了李汉雨。这是因为避讳。1998年，济州教育博物馆出版了由金永吉翻译的国译《梅溪先生文集》。共收录180首汉诗。《瀛洲十景》有11篇是自创诗，但66篇引用了李容植等人的诗。

瀛洲十景[1]　　　　영주십경

其一 城山出日　　　성산에 솟은 해

山立東頭不夜城,　　동쪽에 솟아 있는 산이 불야성을 이루더니

扶桑曉色乍陰晴.[2]　부상의 새벽빛에 순간 어둠이 걷히네.

雲紅海上三竿動,[3]　바다 위 붉은 구름이 높은 하늘로 움직이고

煙翠人間九點生.　　사람 사는 곳 푸른 연기가 아홉 줄기로 생겨나네.

龍忽天門開燭眼,[4]　용이 갑자기 하늘 문에서 구천을 비추는 눈을 뜬 것 같고

鷄先桃峀送金聲.[5]　복사꽃 골짜기에서 닭이 먼저 우는구나.

一輪宛轉升黃道,　　둥근 수레바퀴와 같은 해가 돌아 황도에 오르면

萬國乾坤仰大明.　　만국의 천지에서 큰 밝음을 우러러보리라.

주석

① 瀛洲十景(영주십경): 매계 이한진이 처음으로 영주십경을 품제한 것으로 알려져 있으나 그 이전에 제주 승경을 품제한 것이 전혀 없었던 것은 결코 아니다.[1] 다만 그는 기존의 것을 새롭게 정리했다고 하는 것이 비교적 타당하다. 그가 품제한 영주십경은 다음과

─────────────

[1]　이익태李益泰(1694년), 조천관朝天關-별방소別防所-성산城山-서귀소西歸所-백록담白鹿潭-영곡靈谷-천지연天池淵-산방山房-명월소明月所-취병담翠屏潭.(탐라십경도서耽羅十景圖序)
　　이형상李衡祥(1702년경), 한라채운漢拏彩雲-화북제경禾北霽景-김녕촌수金寧村樹-평대저연坪垈渚煙-어등만범魚等晚帆-우도서애牛島曙靄-조천춘랑朝天春浪-세화상월細花霜月.

같다. 성산일출城山出日-사봉낙조紗峰落照-영구춘화瀛邱春花-정방
하폭正房夏瀑-귤림추색橘林秋色-녹담만설鹿潭晚雪-영실기암靈室奇巖
-산방굴사山房窟寺-산포조어山浦釣魚-고수목마古藪牧馬. 이후 영주
십경은 제주를 대표하는 경관으로 널리 알려졌다. 그러나 김석익
이 말한 바대로 이는 개인적인 선호에 따른 것일 뿐 절대적일 수
없다. [2]

② 扶桑(부상): 신화 속에 존재하는 나무로, 태양이 부상 아래에서 떠
오른다고 전해진다.

③ 三竿(삼간): 서 발이나 되는 높이. 여기서는 하늘의 높은 곳을 말한다.

④ 龍忽(용홀) 구 :『산해경山海經』에 저승의 어두운 곳을 비추는 촉룡
燭龍이 눈을 감으면 어두워지고 눈을 뜨면 밝아진다고 전해진다.

오태직吳泰稷)1807~1851년), 한라관해漢拏觀海-영구만춘瀛邱晚春-영실청효靈室晴曉
-사봉낙조紗峯落照-용연야범龍淵夜帆-산포조어山浦釣魚-성산출일城山出日-정방사
폭正房瀉瀑.
이원조李源朝(1841년경), 영구상화瀛邱賞花-정방폭포正房瀑布-귤림상과橘林霜顆-녹
담설경鹿潭雪景-성산출일城山出日-사봉낙조紗峯落照-대수목마大藪牧馬-산포조어山
浦釣魚-산방굴사山房窟寺-영실기암靈室奇巖.(영주십경제화병瀛州十景題畫屛)

2) 김석익은『심재집』에서 영주십경에 대해 이렇게 말했다. "지금의 안목으로 논하자면 선
택한 것에 의론의 여지가 없는 것은 아니다. 그러나 시인이 한때의 흥취에 기탁하여 한
지방의 형승을 소개한 것이 어찌 우연이겠는가? 본도는 큰 바다에 기둥처럼 버텨있어
세상에서 삼신산 중 하나라고 일컬어진다. 그 사이에 기이한 경치와 뛰어난 지역을 단
지 열 군데만으로 헤아릴 수 없다. 다만 바다 밖 외진 곳에 있어 세상에서 그곳의 경승을
알 수 있는 방법이 없을 따름이다. 만약 대현大賢이 웅대한 문장력을 발휘한다면 설사
「무이의 구곡武夷之九曲」이나 「소상의 팔경瀟湘之八景」이라도 이보다 나을 수 있겠는
가?"

촉룡은 세상을 밝게 비추는 태양을 의미한다.

⑤ 鷄先(계선) 구 : 『신이경神異經』에 부상산에는 옥계가 있는데, 옥계가 울면 금계가 울고, 금계가 울면 석계가 울고, 석계가 울면 세상의 모든 닭이 운다고 전해진다. 이 구는 금계金鷄가 울어 아침이 옴을 알린다는 뜻이다.

해설

이 시는 성산봉의 일출 순간을 묘사하며 하늘과 바다 및 인가를 아울러 그 변화의 과정을 색채의 대비를 통해 나타내고, 촉룡燭龍과 금계金鷄 같은 신화 속의 사물을 통해 그 신비로움을 부각하고 있다.

원문

其二 紗峰落照

사라봉의 낙조

誰把紅紗繞碧峰,	누가 붉은 비단을 가져다가 푸른 봉우리에 둘렀을까?
斜陽頃刻幻形容.	지는 해가 별안간 모습을 변화시키네.
蜃樓變態飜黃鶴,	신기루는 모습을 바꾸어 누런 학을 날게 하고
鯨窟浮光戲赤龍.	고래 굴에 떠 있는 빛은 붉은 용을 희롱하네.
歷歷孤村煙外樹,[1]	외로운 마을 연기 바깥의 나무는 역력하고
依依遠寺月邊鐘.[2]	먼 절 달빛 가의 종소리는 아득하기만 하네.
暫停日馭同寅餞,[3]	잠시 해 수레 멈추고 함께 정성 다하여 보내드리며,
期我扶桑曉路逢.	부상 새벽길에서 만나기를 나와 약속하노라.

① 歷歷(역력): 맑고 분명한 모습.

② 依依(의의): 희미한 모습, 아득한 모습.

③ 日馭(일어): 해를 위해 수레를 모는 신. 태양을 의미한다.

　寅餞(인전): 정성을 다하여 보내주다.

해설

　이 시는 사라봉의 낙조를 푸른 봉우리에 두른 붉은 비단에 비유하며 누런 학과 붉은 용을 통해 해가 지는 순간의 찬란하고 황홀한 광경을 나타내고 있다. 이어 어둠이 내려 고요하고 적막해진 인가의 모습을 묘사하고, 내일 아침에 다시 만날 것을 약속하며 지는 해를 전송하고 있다.

원문

其五 橘林秋色　　굴림의 가을 풍경

黃橘家家自作林,	집집마다 누런 귤이 절로 숲을 이루니
楊州秋色洞庭深.[1]	양주의 가을빛이 동정산에서 깊어지는 듯하네.
千頭掛月層層玉,[2]	달이 걸린 천 귤은 층층 옥과 같고
萬顆含霜箇箇金.[3]	서리 품은 만 귤은 하나하나 금과 같으니,
畫裏仙人乘鶴意,[4]	그림 속에서 선인이 학을 탄 뜻이요
酒中遊客聽鶯心.[5]	술자리에서 나그네가 꾀꼬리 소리 듣는 마음이라네.
世間欲致封侯富,	세상 사람들 제후의 부귀를 이루고자
底事朱門桃李尋.[6]	어찌하여 권세가만을 찾아 헤매는가.

주석

① 洞庭(동정): 동정산. 지금의 중국 강소성江蘇省 태호太湖에 위치하고 있는 산이다. 예로부터 동정산에서 난 감귤이 가장 맛이 좋기로 유명하다고 한다.

② 千頭(천두): 천 개의 머리. 나무에 매달려 있는 귤을 비유한다.

③ 萬顆(만과): 만 개의 알. 나무에 매달려 있는 귤을 비유한다.

④ 乘鶴意(승학의): 학을 타는 뜻. 신선이 귤로 그린 학을 타고 하늘로 올라갔다는 고사를 차용한 것으로, 귤을 통해 선계에 오를 수 있음을 말한 것이다. 『보응록報應錄』에 다음과 같은 이야기가 전한다. 신씨辛氏라는 사람이 술장사하고 있었는데 남루한 차림을 한 사나이가 와서 술을 구걸하였으며 이후로 반년 동안 공짜로 술을 먹었다. 어느 날 사나이가 술빚을 갚겠다며 노란 귤껍질로 벽에다 학을 한 마리 그렸다. 좌중에 있던 사람들이 그가 그린 황학을 보고 감탄하며 손뼉을 치니, 황학이 박수 소리에 맞추어 춤을 추었다. 그 후로 소문을 듣고 많은 손님이 찾아와 신씨는 큰 부자가 되었다. 10년쯤 지난 뒤에 그 사나이가 갑자기 돌아와서 벽에 있는 황학을 불러내어 타고 하늘로 올라가니, 신씨가 그곳에 누각을 짓고 황학루黃鶴樓라고 하였다.

⑤ 聽鶯心(청앵심): 꾀꼬리 소리 듣는 마음. 이백의 시「술을 기다려도 오지 않고待酒不至」에서 "옥항아리에 푸른 실 매고, 술 사서 오는 것이 어찌 늦는가? 산 꽃은 나를 향해 웃고 술 마시기 딱 좋은 때라네. 저녁에 동쪽 창 아래에서 술 마시니, 앵무새도 여기에 있네. 봄바람과 취한 객이 오늘 서로 잘 어울리는구나.(玉壺繫靑絲, 沽酒來

何遲. 山花向我笑, 正好銜杯時, 晚酌東窓下, 流鶯復在茲. 春風與醉客, 今日乃 相宜.)"라 한 뜻을 차용한 것으로, 귤을 보고 술 생각이 나는 것을 말한다.

⑥ 朱門(주문): 붉은 대문. 권세 있는 집안을 가리킨다.

桃李(도리): 복사꽃과 오얏꽃. 어여쁨을 경쟁하고 다투는 꽃으로, 세속적이고 품격이 낮은 소인이나 그러한 행위를 비유한다.

해설

이 시는 귤림의 가을 풍경을 묘사하며 양주의 가을 풍경이 근처 태호에 있는 동정산에서 깊어지듯 제주의 가을 풍경이 귤에서 깊어지고 있음을 말하고 있다. 이어 가지에 달린 귤을 옥과 금에 비유하며 이를 통해 학을 타고 올라 신선이 되고자 하는 바람과 좋은 술안주로 삼고 싶은 생각을 나타내고 있다. 마지막에는 부귀와 권세를 추구하는 세상 사람들과 달리 자신은 이에 초연하여 살 것임을 말하고 있다.

원문

題瀛洲十景後

영주십경 시 뒤에 쓰다

詩成十景景多疑,
시로 십경을 이루었지만 모습은 대부분 의심스러우니

只畵葫蘆未畵奇.[1]
다만 호리병만 그리고 기이함은 그려내지 못했네.

奇在世人難見處,
기이함은 세상 사람들이 보기 힘든 곳에 있거늘

人稱別景畵於詩.
사람들이 특별한 경치라 칭찬하는 것만 시에 그렸네.

① 畵葫蘆(화호로): 호리병을 그리다. 양식에 따라 남을 본떠 그대로 흉내 내는 것을 가리킨다.

해설

이 시는 영주십경을 읊은 후 맨 마지막에 후기로 덧붙인 것으로, 영주십경의 빼어난 모습을 제대로 그려내지 못했음을 아쉬워하고 있다. 시에서는 비록 영주의 십경을 시로 쓰긴 했지만 겉만 묘사했을 뿐 내면의 기이함을 다 드러내지 못했음을 말하고, 영주십경의 진정한 빼어남은 사람들이 볼 수 없는 곳에 있음에도 자신은 그저 사람들이 아름답다 칭찬하는 것만 시로 읊었음을 말하고 있다.

원문 ────────────────────────────

登大靜西樓

대정 서쪽 누대에 올라

捲步登樓日已西,[1]	천천히 걸어 누각에 오르니 해는 이미 저물어가고
孤城烟靄遠山低.	외로운 성에 낀 운무에 먼 산은 낮아 보이네.
詩情自與天機熟,[2]	시를 짓는 마음은 천지의 변화와 더불어 익어가니
一任花飛又鳥啼.	흩날리는 꽃과 새 울음소리에 맡겨 보네.

주석

① 捲步(권보): 걸음을 거두다. 느릿느릿 천천히 걷는 것을 말한다.
② 天機(천기): 하늘의 기미. 시간과 계절의 흐름을 의미한다.

이 시는 저물녘 대정현 서쪽 누대에 올라 바라본 경관을 묘사하고,
시간의 흐름과 계절의 변화에 따라 시정詩情이 절로 무르익어감을 말하
고 있다.

원문

題漢拏山枸香木

한라산 구상나무를 쓰다

撲地叢生盡枸香,[1] 온 사방에 무더기로 자란 것 모두 구상나무인데

鬅鬆罕見拂雲長.[2] 가지와 잎 어지러운데 구름 스칠 정도로 긴 것은 보기 드

무네.

勁材飽得風霜力, 단단한 목재가 서릿바람의 힘을 실컷 얻었으니

終作層溟普渡航.[3] 끝내 깊은 바다 건너는 배가 되는구나.

주석

① 撲地(박지): 온통, 온 사방.

② 鬅鬆(봉송): 식물의 가지와 잎이 어지러이 흩어져 있는 모양.

③ 層溟(층명): 층층의 바다. 깊은 바다를 의미한다.

普渡(보도): 건너다.

해설

이 시는 한라산에 가득한 구상나무가 어느 하나 높이 자란 것이 없지
만, 바람과 서리를 견디며 자란 탓에 그 바탕이 견고하여 깊은 바다를
건너는 배의 재목으로 사용되고 있음을 말하고 있다.

山浦漁帆 [1]

산지포의 고기잡이배

隱暎垂楊繞碧汀,
어른대는 수양버들은 푸른 물가를 둘렀고

夕陽多處泛漁舺.
석양 여러 곳에 고기잡이배 떠 있네.

齊唱蘆花乘水入,
함께 노래하며 갈대꽃 핀 곳에서 물결 타고 들어와서는

隔橋相問酒旗靑. [2]
다리 건너에서 푸른 주막 깃발 서로 묻는다네.

주석

① 山浦(산포): 산지포. 지금의 제주시 건입동에 그 터가 남아 있다.

② 酒旗靑(주기청): 술집 깃발이 파랗다. 청루靑樓, 즉 기생집을 말한다.

해설

이 시는 석양을 받으며 고깃배가 돌아오는 산지포의 저녁 풍경을 묘사하고, 흥겨운 노랫소리와 함께 하루의 노고를 술로 달래고 있는 어부들의 모습을 나타내고 있다.

偶吟

우연히 읊다

海上靑山半面尖,
바닷가 푸른 산 한쪽 면은 뾰족한데

孤雲殘雪影纖纖. [1]
외로운 구름과 남은 눈에 그 모습은 가냘프네.

淸閑梅月臨高枕, [2]
맑고 여유로운 초여름 날 베개 높이 베고 누우니

淅瀝松濤瀉短簷. [3]
쏴아 소나무에 부는 바람 소리가 짧은 처마로 쏟아지네.

學則魯魚形自辨, [4]
배우면 노魯 자와 어魚 자 형태야 절로 구분할 수 있지만

賢而錢鶴勢難兼.⁵   현명하다 한들 돈과 학은 함께하기 어렵다네.

世人休說炎涼事,⁶   세상 사람들이여, 빈한함과 부귀함을 말하지 말지니

胸裏元無一芥嫌.   가슴속에는 본디 한 터럭의 원망도 없다네.

주석

① 纖纖(섬섬): 여리고 가냘픈 모양.

② 梅月(매월): 음력 4월. 초여름을 뜻한다.

③ 淅瀝(석력): 비바람 부는 소리.

④ 魯魚(노어): 노魯와 어魚. 곧 글자 모양이 비슷한 데서 오는 잘못을 이른다. 노어지류魯魚之謬. 노어해시魯魚亥豕. 노어도음魯魚陶陰.

⑤ 錢鶴(전학): 돈과 학. 세속적인 삶과 탈속적인 삶을 의미한다. 『연감유함淵鑑類函 조조3 학鶴3』에는 양주의 학에 대한 이야기가 전해진다. 어떤 이는 양주 자사揚州刺史가 되고 싶다고 하고, 어떤 이는 많은 재물을 얻기를 원하고, 어떤 이는 학을 타고 하늘로 오르고 싶다고 하였다. 이 말을 들은 한 사람이 "나는 허리에 십만 관貫의 돈을 두르고, 학을 타고서 양주로 날아가고 싶다."고 하였다. 이 이야기는 실제로는 실현 불가능한 기막히게 좋은 일을 말한다. 그러므로 이 시구에서 전錢과 학鶴은 함께하기 어렵다고 한 것이다.

⑥ 炎涼(염량): 부귀함과 빈한함.

해설

이 시는 외로운 구름에 덮이고 초여름에도 잔설이 남아 있어 가냘프게 느껴지는 한라산의 모습을 묘사하고, 베개 베고 누워 처마 아래로

불어오는 솔바람 소리를 듣고 있는 자신을 나타내고 있다. 이어 부귀를 추구하는 세속적인 삶과 자연 속에서 즐기는 탈속적인 삶은 아무리 현명한 사람도 함께 얻을 수 없음을 말하고, 자신은 빈한함과 부귀함을 운명에 맡긴 채 그저 순응하며 살고 있음을 나타내고 있다.

원문

和吳陶軒瀅紗峯落照韻[1] 도헌 오형의 「사봉낙조」 시의 운에 화답하다

千尺紗羅最上巓,	천 자나 되는 사라봉 가장 높은 꼭대기,
斜陽變態杳無邊.	지는 햇빛에 변하는 모습 아득히 다함이 없네.
金光翻石頭頭佛,	금색 빛이 돌에 번득이니 하나하나가 부처이고
雲氣蟠空面面仙.	운무가 하늘에 서리니 면면이 신선이구나.
翠倒東溟窺蜃市,[2]	푸른빛이 동쪽 바다에 비치니 신기루가 엿보이고
紅浮西極辨蠻船.[3]	석양빛이 서쪽 수평선에 떠오르니 남방의 배가 분명해지네.
諸君莫送牛山淚,[4]	그대들 우산의 눈물로 전송하지 말지니
更見扶桑捲曉煙.[5]	다시 부상에서 새벽 연기 걷힘을 보게 되리.

주석

① 吳陶軒瀅(오도헌형): 도헌 오형은 제주도 성산읍 출신으로 자세한 생졸년은 알 수 없다.

② 東溟(동명): 동쪽 바다.

　蜃市(신시): 신기루.

③ 紅浮(홍부): 붉은빛이 뜨다. 여기서는 석양을 의미한다.

　辨(변): 분별해내다. 뚜렷하다.

④ 牛山淚(우산루): 우산牛山에서의 눈물. 세월의 흐름과 인생의 유한
  함을 탄식하는 것을 뜻한다. 우산은 지금의 산동성에 있는 산으
  로, 일찍이 제齊나라 경공景公이 이곳에서 노닐다가 장차 세월이
  다하면 다스리는 나라를 두고 떠나야 함을 느껴 눈물을 흘렸다고
  한다.
⑤ 扶桑(부상): 신화 속에 존재하는 나무로, 태양이 부상 아래에서 떠
  오른다고 전해진다.

해설

이 시는 사라봉에 낙조가 비치어 산과 하늘 및 동쪽과 서쪽 바다의
모습이 시시각각으로 다양하게 변화하고 있는 경관을 묘사하고, 비록
오늘 해가 지더라도 내일이면 다시 떠오를 것이기에 시간의 흐름을 아
쉬워하며 눈물 흘리지 말 것을 권하고 있다.

김양수

　김양수金亮洙(1828~1887년), 자는 자명子明, 호는 난곡蘭谷이다. 본관은 경주이며, 조천읍 조천리에서 진사 김석린金錫麟의 아들로 태어났다. 당시 제주에 유배되었던 정헌靜軒 조정철趙貞喆의 외증손外曾孫이다. 그의 부친은 우도牛島의 개척자로 알려져 있다. 향시鄕試에 급제한 후 성균관에 입학하고, 1874년(고종 1) 신암新菴 김치용金致鏞과 함께 진사시에 합격한 후 지방 사림에 종사했다.

　그는 제주에 유배 온 최익현에게 배웠다. 신촌 출신 매계梅溪 이한진 李漢震(1823~1881), 조천 출신 해은海隱 김희정金羲正(1844~1925)과 동시대에 살면서 서로 교유했다. 특히 시인으로 자처할 만큼 시가 창작에 힘을 쏟아 칠언절구 77수, 칠언율시 194수, 오언율시 3수, 오언배율 1수, 도합 275수와 잡저 6편이 실린『난곡시집』을 남겼다. 그의 시에 대해 병조판서를 역임한 양헌수梁憲洙(1816~1888년)는 "빼어난 장인의 야금冶金 솜씨처럼 신묘하다."고 했다. 해은은「진사 김양수를 애도하며」라는 시에서 "시문을 짓는 자리에서 누가 독보적이었는가? 시비를 따지는 자리에선 원래 말이 없으셨네.(翰墨場中誰獨步, 是非境裡自無言.)"라고 하여 은연중에 그의 시가 당대에 으뜸이었음을 회고했다.

　그는 글씨에도 일가견이 있어 숭정 기원(1627년)부터 5번째 경진년인 1880년 음력 7월(崇禎紀元後五庚辰孟秋)에 세운 「영상이공최응영세불망비領相李公最應永世不忘碑」에[1] 예서체 글씨가 남아 있다.

1927년 그의 제자인 고성주高性柱 등이 편집하여 1936년 발간된『난곡시집(상하)』을 저본으로 제주교육박물관에서 이진영이 번역한『난곡선생문집』이 2015년에 출간되었다. 제주 한시 275수가 실려 있다.

---

[1] 이최응李最應(1815~1882년)은 자는 양백良伯, 호는 산향山響으로 홍선대원군 이하응李昰應(1821~1898년)의 친형이다. 홍선대원군의 쇄국정책에 반대했고, 대원군이 실각한 후 영의정을 거쳐 총리대신이 되었으나 임오군란 때 살해되었다. 비석은 그가 이조판서 및 영의정으로 재직할 당시 제주 지역에 쌓은 공덕을 기리는 비이다. 제주에서 가장 큰 비석으로 제주목 관아지에 남아 있다.

金亮洙

金亮洙(1828-1887年)，字子明，号兰谷。祖籍庆州，出生于朝天邑朝天里，是进士金锡麟之子。当时被流放到济州的静轩赵贞喆之外曾孙。他的父亲是牛岛的开拓者。乡试及第后入学成均馆，1874(高宗1年)与新菴金致镛一起通过进士试后从事地方士林工作。

跟着被流放到济州的崔益铉学习。与新村出身的梅溪李汉震(1823~1881年)、朝天出身的海隐金羲正(1844~1925年)生活在同一时代并相互交游。尤其可以以诗人自称，在诗歌创作上倾注了全部心血，留下了七言绝句77首、七言律诗194首、五言律诗3首、五言排律1首等，共275首和杂着6篇的《兰谷诗集》。对于他的诗，历任兵曹判书的梁宪洙(1816~1888年)曾说："就像工匠精湛的冶金手艺一样神妙。"海隐在《哀悼进士金阳秀》诗中说道："翰墨场中谁独步，是非境裡自无言"，回念他的诗在当代无出其右。

他在写字上也有独到的见解，从崇祯纪元后五庚辰孟秋(1627年-1880年阴历7月)修建的《领相李公最应永世不忘碑》上还留有隶书体字迹。[1]

---

1) 李最应(1815~1882年)，字良伯，号山响，是兴宣大院君李昰应(1821~1898年)的亲兄。他反对兴宣大院君的锁国政策，大院君下台后经过领议政成为总理大臣，但在壬午军乱时被杀害。石碑是纪念他担任吏曹判书及领议政时济州地区积累的功德的碑。这是济州岛最大的石碑，遗留在济州牧官衙。

1927年由他的弟子高性柱等人编辑，以1936年发行的《兰谷诗集(上下)》为底本，2015年济州教育博物馆出版了由李镇英翻译的《兰谷先生文集》。其中载有275首济州汉诗。

販魚

물고기를 팔다

腥風吹動海門開,¹

비린내 나는 바람 불어와 포구 장터 열리니

村女相催犯曉回,²

마을 여인들 서로 재촉하며 새벽길을 나서네.

折取蘆枝三尺許,³

세 자쯤 되는 갈대 가지 꺾어

貫魚纔了貫錢來.

물고기 꿰었다가 돈 꿰서 온다네.

주석

① 腥風(성풍): 비릿한 바람. 갯가의 비린내를 가리킨다.

　海門(해문): 바다의 관문. 포구를 의미하며, 여기서는 가판이 열리는 포구의 장터를 가리킨다.

② 犯曉(범효): 새벽을 범하다. 새벽길을 나서는 것을 말한다.

③ 蘆枝(노지): 갈대 가지. 제주에서 흔한 억새를 가리킨다.

해설

　사면이 바다인 제주는 어로가 중요한 생업 가운데 하나였으며, 또한 시골 아낙네들이 돈푼이나 만질 수 있는 일이기도 하다. 이 시는 새벽부터 포구의 장터로 다투어 나와 물고기를 파는 마을 여인들의 모습을 묘사하고, 장이 파하고 물고기를 꿰어 팔던 갈대 가지에 돈을 꿰어 돌아오는 모습을 나타내고 있다.

南草

남초(담배)

精靈隨幻淡婆身,[1]   정신은 뿌연 담배 연기 따라 어질어질하고

春雨區田葉葉新.[2]   봄비 내리는 텃밭 담배 잎마다 새롭구나.

始爲南中消瘴氣,[3]   처음엔 남방의 독기 없애려 핀다 했거늘

擧同天下食烟人.   지금은 온 세상이 담배 먹는 이들일세.

주석

① 淡婆(담파): 토바코(tobacco)의 음역이다. 이 외에 담파고淡巴菰, 담 박괴淡泊塊, 담파고淡婆姑라는 음역 외에도 망우초忘憂草, 남령초南 靈草라고 부르기도 한다.

② 區田(구전): 이랑을 파서 만든 밭. 원래는 척박한 땅을 깊이 파고 거름을 충분히 주는 농법 가운데 하나이다. 여기서는 텃밭으로 풀 이한다.

③ 瘴氣(장기): 습기가 많고 더운 땅에서 생기는 독기, 일종의 풍토병.

해설

남초南草는 남쪽 지방에서 전래된 풀이란 뜻인데, 일본에서 건너왔 기 때문에 이런 이름이 붙었다. 담배를 남령초라고 부르는 까닭도 마찬 가지이다. 조선시대 장유張維(1587~1638년)의 『계곡만필谿谷漫筆』(1635년) 에 "지금 세상에 (담배를) 피우지 않는 사람이 없을 지경이다."라는 말이 나온다. 대략 임진왜란 때 넘어온 담배가 얼마 되지 않아 널리 퍼졌음 을 알 수 있다. 처음에는 추위를 견딜 수 있고, 담痰(가래)을 없애며, 소

화에 도움을 준다고 믿었다. 시인은 습기가 많고 더운 곳의 독기를 해
소하는 데 도움을 준다고 말했다.

원문

巫鼓

무당의 북소리

土鼓颼颼徹夜鳴,¹   흙 북소리 둥둥 밤새도록 울리는데

海風山月不勝淸.   바닷바람 불고 산에 뜬 달은 그지없이 맑구나.

社神剡剡歸來些,²   사당의 신 번쩍번쩍 잠깐씩 돌아오시니

也感巫陽此一聲.³   무당의 이 한 소리에 감응한 듯하네.

주석

① 土鼓(토고): 흙을 구워 만든 북. "예운禮運에 이르길, '괴부蕢桴(흙을
구워 만든 북채)와 토고土鼓도 오히려 귀신에게 공경을 다할 수 있
다.'고 했으니, 토고와 괴부는 이기씨伊耆氏(요임금)의 음악이
다.(『禮運』, '蕢桴土鼓, 猶若可以致其敬於鬼神土.' 土鼓蕢桴, 伊耆氏之樂也.)"라
고 했다.

② 剡剡(염염): 날카롭게 빛나는 모양.

③ 巫陽(무양): 고대 신관神官의 이름. 천제天帝의 명을 받들어 죽은 사
람의 영혼을 불러들인다고 한다. 『초사楚辭·초혼招魂』에 나온다.

해설

이 시는 바닷바람이 불어오고 산에는 밝은 달이 뜬 청명한 밤에 밤새
도록 사당에서 무당의 북소리가 들려옴을 말하고, 신이 이에 감응하여

강림하는 모습을 상상하고 있다.

茶烹

차를 달이며

紙幌繩床擁土爐,[1]

종이휘장 치고 승상에 앉아 질화로 끼고 있으니

松風吹散碧煙孤.

솔숲에 부는 바람에 외줄기 푸른 연기 피어오르네.

幽人自得供佳味,[2]

숨어 사는 이 아름다운 맛 스스로 얻나니

始識仙方此無外.

신선의 비방이 이것뿐인 줄 이제야 알겠네.

주석

① 紙幌(지황): 한지로 만든 휘장 또는 덮개.

繩床(승상): 노끈으로 얽어서 접어서 들고 다닐 수 있도록 등받이 없이 앉을 수 있는 의자이다. 옛날에 임금이나 3품 이상의 당상관은 교의交倚에 앉았고, 당하관은 승상繩床에 앉았다고 한다.

② 佳味(가미): 입에 맞는 좋은 맛. 여기서는 차의 맛을 말한다.

해설

어딘가 가는 길 또는 노니는 길에 종이로 만든 휘장을 치고 질화로 앞에 앉아 차를 끓인다. 비록 제주에 유배 온 처지이나 산에서 얻을 수 있는 찻잎으로 끓여 마시는 차는 유배객이 얻을 수 있는 호사가 아니겠는가라 하며 신선의 비방이라고 했다.

石墳

무덤의 돌담

半面纏藤半面苔,[1]

돌담 이쪽엔 덩굴 얽히고, 저쪽엔 이끼 끼어

錙銖摺疊漸成堆.[2]

작은 돌 차곡차곡 겹쳐 돌무더기 이루었네.

四詹圍住蒼屏色,

검푸른 병풍처럼 사방을 빙 둘러 있으니

此是零陵變相來.[3]

이는 영릉의 제비가 변한 것이로세.

주석

① 纏藤(전등): 등나무 덩굴이 얽혀 있는 모습이다.

② 錙銖(치수): 저울에 사용하는 작은 단위. 일설에 따르면, 저울눈에서 100개 기장의 낱알을 수銖라고 하는데, 6수銖가 1치錙이다. 매우 작은 사물이나 무게를 일컫는다.

摺疊(접첩): 접거나 겹쳐짐의 뜻이다. 무덤의 돌담이 켜켜이 쌓여 있음을 말한다.

③ 零陵(영릉): 영릉은 장강 남쪽 구의산九嶷山에 있는 순 임금의 무덤이다. 영릉에서 석연石燕이라는 화석이 나온다. 제비처럼 생겼다고 하여 돌제비라고 한다. 전설에 석연이 비바람을 만나면 날아올랐다가 그치면 다시 돌로 변화한다고 했다. 그래서 당대 시인 허혼許渾은 「금릉회고金陵懷古」에 "석연이 구름에 스치니 갠 날에도 비가 오고, 강돈(복어)이 물을 뿜으니 밤이 되면 바람이 분다.(石燕拂雲晴亦雨, 江豚吹浪夜還風.)"라고 읊었다. 시인은 무덤 둘레 돌담을 돌제비로 비유했다.

變相(변상): 형태나 상태를 바꾸는 것을 말한다.

제주에서는 무덤 둘레에 돌을 쌓아 담장을 만든다. 이를 일러 '산담'
이라고 하는데, 소나 말, 야생동물들이 무덤으로 들어오거나 파헤치지
못하도록 하기 위함이다. 외지 사람들의 눈에 산담은 제주 특유의 형태
였을 것이다. 흔치 않은 산담에 관한 시로 유의미하다.

원문 ─────────────────────

城山出日

성산의 해돋이

萬仞層崖一片城,	만 길 층층 절벽은 한 조각 성과 같고
扶桑初旭趁新晴.	부상에 막 뜬 해에 날은 개어가네.
海天瀁碧暝雲散,	푸른 하늘에 어두운 구름 걷히고
山郭通紅瑞靄生.[1]	산성이 온통 붉어지더니 상서로운 안개 피어나네.
卽地留看移臬影,	그 땅에서 머무르며 해시계 그림자 옮겨감을 바라보고
教人解聽扣盤聲.[2]	사람들로 하여금 쟁반 두드리는 소리 알아듣게 하니,
恰如日觀峰頭見,[3]	마치 일관봉 꼭대기에서 보는 것 같으니
纔唱金鷄曙色明.[4]	방금 금계 울어 새벽빛 밝아오네.

주석

① 通紅(통홍): 매우 붉다.

② 扣盤(구반): 쟁반을 두드리다. 눈이 먼 사람이 남의 말을 듣고 쟁반
을 두드려보고는 해인 줄 알게 되었다는 뜻이다. 이 구는 해가 뜬
것을 나타낸 것이다.

③ 日觀(일관): 중국 태산泰山의 봉우리 중 하나. 일출의 명소로 알려

진 곳이다.

④ 金鷄(금계): 아침을 알리는 전설 속 닭. 『신이경神異經』에 부상산에는 옥계가 있는데, 옥계가 울면 금계가 울고, 금계가 울면 석계가 울고, 석계가 울면 세상의 모든 닭이 운다고 전해진다.

해설

이 시는 성산봉의 해돋이를 시간의 흐름에 따라 색체의 대비를 통해 나타내고, 부상扶桑과 금계金鷄 등의 신화 속의 사물과 태산泰山을 들어 그 상서롭고 신비하며 장대한 경관을 부각하고 있다.

원문 ————————————————————————

水山廢城[1]   수산의 부서진 성

寒雲衰艸掩荒城,	싸늘한 구름과 시든 풀이 황량한 성을 가리고 있는데
云是胡元放牧坰.	원나라 오랑캐들이 말을 방목하던 곳이라고 하네.
舊致牧胡多跋扈,[2]	오래전 목호 여럿이 발호했을 때
屢勸都統遠興兵.[3]	누차 권하여 도통사가 멀리서 여러 번 군대를 일으켰지.
通精驚血秋螢碧,[4]	김통정의 놀란 피는 가을 반딧불의 불빛이요
肖古妖魂鬼火靑.[5]	초고의 넋은 푸른 도깨비 불일세.
聖化只今覃內外,	임금님의 교화가 지금 안과 밖에 이르시니,
海邦耕鑿樂遺氓.	바다 나라에서 밭 갈고 우물 파며 백성들 즐거워하네.

주석

① 水山(수산): 지금의 서귀포시 성산읍 수산리.

445

② 跋扈(발호): 반란을 일으키다.『삼봉사기三峯祠記』에 따르면, 신돈辛
旽이 최영崔瑩을 시기하여 왕에게 참소하자 계림윤鷄林尹으로 폄
직되었다가 얼마 후 삭탈관직되고 고양高陽에 유배되었다. 20년
(1371)에 왜구의 침입이 있자, 불러들여 육도도순찰사六道都巡察使
를 제수하고 모든 장수의 출척黜陟 권한을 맡겨 명령에 불복종하
는 자는 임의대로 처단하도록 하였다. 이듬해 양광楊廣·전라全羅·
경상慶尙 제도諸道의 도통사都統使가 되어 삼도의 병사 2만 5,000
명을 징발하여 제주에서 반란을 일으킨 목호牧胡 석질리필사石迭
里必思, 초고독불화肖古禿不花, 관음보觀音甫 등을 쳐서 평정하였다.

③ 都統(도통): 도통사. 최영崔瑩을 가리킨다.

④ 通精(통정): 김통정. 삼별초가 진도에서 여몽연합군에 의해 토벌
되자 남은 무리를 이끌고 제주로 와서 항거한 인물이다.

⑤ 肖古(초고): 제주에서 반란을 일으킨 목호牧胡 초고독불화肖古禿不
花를 가리킨다.

해설

이 시는 폐허가 된 수산의 옛 성을 바라보며 이곳에 서린 고려 시대
의 역사를 회상하고 있다.

시에서는 이곳이 일찍이 원나라가 말을 방목했던 곳으로 제주 목호
들이 모반을 일으켰을 때 최영이 토벌했던 곳이며 삼별초의 잔군들이
끝까지 항거했던 곳이기도 함을 말하고, 지금은 이와 같은 핍박과 전란
에서 벗어나 성총의 교화를 입어 평온하게 살고 있음을 기뻐하고 있다.

遠眺

먼 곳을 바라보다

漢挐山色鬱嵯峨,[1]

한라산 빛 울창하고 우뚝하고

俯瞰滄溟漾碧波.

굽어보니 창해에 푸른 파도 넘실거리네.

四百里間開別界,[2]

사백 리에 별천지가 열렸는데

人生敢愧小耽羅.

평생 탐라가 작다고 감히 부끄러워했다네.

주석

① 嵯峨(차아): 우뚝 솟은 모양.

② 四百里(사백리): 제주의 총 둘레를 가리킨다.

해설

이 시는 한라산에 올라 넓고 푸른 바다를 조망하고, 섬 곳곳에 별천지가 펼쳐져 있거늘 지금껏 그저 하나의 작은 섬으로만 여겨왔음을 부끄러워하고 있다.

瀑布

폭포

影似飛虹沫似珠,[1]

모습은 나는 무지개 같고 물방울은 진주 같은데

晴雷鳴破碧山孤.

개인 날 우레 울려 푸른 산 적막함을 깨뜨리네.

那將百斛銀河水,[2]

어찌하면 저 백 석의 은하수로

一洗腦中芥滯無.[3]

티끌 하나 없이 머리 한 번 씻어낼까.

주석

① 飛虹(비홍): 날아오르는 무지개.

② 斛(곡): 원래는 중국에서 곡식을 계량하는 용기였으나 후에 단위
　　로 쓰이게 되었다. 열 말에 해당한다. 우리나라에서는 홉, 되, 말,
　　석이라는 단위가 있어 곡斛이라는 단위는 사용하지 않았다.

③ 芥(개): 조그마한 티끌. 상념과 번민을 의미한다.

해설

이 시는 아름답고 웅장한 폭포의 모습을 시각과 청각의 대비를 통해
나타내고, 은하수 같이 맑은 폭포수로 머릿속 상념을 깨끗이 씻어내어
버리고 싶은 바람을 나타내고 있다.

원문

放船　　　　　　　　배를 띄우며

望洋臺北枳城東,¹	망양대 북쪽, 지성의 동쪽
瀛海吞天一望空.	제주 바다가 하늘 삼켜 바라보니 끝이 없구나.
歌剪櫓枝寒瀉月,	노 젓는 소리에 끊긴 노랫가락엔 차가운 달빛 쏟아지고
力回帆腹晚迎風.²	힘껏 돛을 돌려 저물녘 바람 맞이한다.
山分島嶼蒼茫外,	산은 드넓은 바다 밖에서 섬을 나누고 있는데
身到江湖瞬息中.	이내 몸은 순식간에 강호에 이르렀네.
若道乘船如騎馬,	만약 배 타는 것이 말 타는 것과 같다 말하신다면
勸君先得酒潮紅.³	그대에게 권하노니 먼저 술 파도에 얼굴 붉어지셔야 하리.

주석

① 望洋臺(망양대): 지금의 제주시 화북동에 터가 남아 있는 화북진성 중 북성 위에 위치하고 있었던 것으로 여겨진다.

枳城(지성): 탱자나무를 둘러 심어 성처럼 된 울타리. 제주성을 뜻한다.

② 帆腹(범복): 돛에서 바람을 맞는 중심 부분.

③ 酒潮紅(주조홍): 음주 후에 얼굴이 붉어지는 것. 술에 취함을 말한다.

해설

이 시는 망양대 북쪽 바다에 배를 띄워 나아가 노닐다가 저녁 되어 돌아왔음을 말하며, 드넓게 펼쳐진 바다의 경관과 한라산으로 나누어져 있는 섬의 모습을 묘사하고 있다. 이어 배를 타는 것과 말을 타는 것을 비교하며 배는 말과 달리 모름지기 술에 취해 타는 것이 가장 잘 어울리는 것임을 말하고 있다.

원문

戊寅春於大靜加波島冲英艦來侵時贈柳命祿 [1] 무인년(1878년)

봄 대정 가파도에 영국 함선이 쳐들어왔을 때 류명록에게 주다

將士開營細柳中, [2]	장수와 병사들은 세류에 병영 세웠는데
南來海舶忽驚風.	남쪽 바다에서 배가 와 갑자기 맹렬한 바람 불었네.
八人掌裡奇謀合, [3]	여덟 명의 손 안에서 기묘한 도모가 합해지고
萬甲胷中壯略通.	만 병사의 가슴속에 장대한 계략이 통했으니,

當日募兵思奮義,　　이날 병사를 모아 의로움 떨칠 것을 생각하고

片時傳檄誓成功.⁴　　짧은 시간에 격문 돌려 공 이루기를 맹세했었네.

鼠肝蟲臂那曾識,⁵　　쥐의 간, 벌레의 팔뚝 같은 미천한 이들이 일찍이 어찌 알

았으리?

向後高名遍大東.　　향후에 높은 이름이 온 나라에 두루 미치게 될지.

주석

① 柳命祿(류명록)[2]: 대정大靜 사람이다. 1840년(헌종 6)에 영국 함선 1
척이 가파도加波島에 정박하여 가축 소를 노략질하고 대포를 연달
아 발사하니 산악이 울리고 진동했다. 본현, 즉 대정현 수령이 성
을 버리고 달아났으므로 명록이 벼슬 없는 선비로서 시골 구석에
격문을 돌려 의용군을 일으킬 것을 도모하다 적이 퇴거함을 듣고
서는 멈추었다. 그 후 기정진奇正鎭이 그 격문 뒤에 제題하여 이르
기를, "삼백에 달하는 이 나라의 군현이 모두 대정현의 기풍이 되
고, 천만인이 모두 류명록의 담력이라면, 비록 여러 서양인일지라
도 우리를 어떻게 하겠는가. 이때 이 격문은 어두운 밤 하늘에 하
나의 별빛이다. 육지인들은 죽어 마땅하다. 류씨는 충성스러운
가문의 출생이니, 그렇지 못한 사람들을 탄식하노라. 격문 끝에
제하여 돌아간다."고 하였다.(『증보탐라지』)

② 細柳(세류): 군율이 엄정한 군영을 이르는 말. 중국 한나라의 명장

---

2)　류명록에 대한 더 자세한 내용은 『제주사인명사전』(김찬흡, 2002, 제주문화원), 412~
413쪽 참조.

주아부周亞夫가 흉노를 막기 위해 세류細柳(지금의 섬서성 지역)에 진을 쳤을 때 다른 진영보다 군율이 매우 엄했으므로 순시하던 문제文帝가 크게 감동하였다는 고사가 전해진다.

③ 八人(팔인): 제주를 방어하던 여덟 명의 장군.

④ 檄(격): 격문檄文. 군중에서 군사의 소집이나 작전의 고시 등의 용도로 사용되던 문서. 사안에 따라 깃털을 위에 꽂아 긴급함을 표시하였는데, 이를 '우격羽檄'이라 한다.

⑤ 鼠肝蟲臂(서간충비): 쥐의 간과 벌레의 팔뚝.『장자莊子·대종사大宗師』에 나오는 것으로 미천하고 쓸모없는 것을 비유하며, 여기서는 영국 함선에 대항했던 이름 없는 수많은 병사를 가리킨다.

해설

이 시는 제주 대정에 영국 함선이 쳐들어온 일을 말하고, 당시 대정을 방어하던 여덟 장군의 효과적인 전략과 병사들의 헌신적인 희생으로 이를 방어할 수 있었으며 후에 그들의 명성이 온 나라에 널리 알려지게 되었음을 말하고 있다.

김협

김협金浹(1829~1894년), 자는 성흡性洽, 호는 우계愚溪, 노귤老橘이다. 본관은 김해이며, 전라남도 나주에서 김계완金啓完의 외아들로 태어났다. 9세에 부친을 잃었으나 공부를 게을리하지 않았다. 결혼한 후 처자를 데리고 소안도에서 침구술을 연구했으며, 1876년 겨울 제주로 들어와 대정에 살다가 월산月山을 거쳐 제주성 서쪽 신성동에 정착했다. 집 주위에 귤나무가 둘러싸고, 마당에 약초가 가득하여 사람들이 노귤선생 또는 나주 김약국댁이라고 불렀다.

소백小栢 안달삼安達三, 영운靈雲 김홍두金洪斗, 능봉菱峰 고성겸高性謙 등과 친밀하게 교유했으며, 후학들을 가르치며 때로 약초를 팔고 침을 놓아 많은 이들이 그의 덕망을 칭송했다. 문하생인 묵농墨農 김종현金鍾炫은 노귤에 대해 이렇게 말했다. "자기를 처신함에는 공손하고, 사람을 접할 때는 공경하며, 가르치는 데는 엄숙하고 대화는 따뜻했다. 세상 사람들은 그를 김약국이라고 불렀을 뿐 그분의 학문과 의술의 재주와 깊이를 알지 못했다." 영운 김홍두는 노귤의 시에 대해 이렇게 평했다. "도연명이나 유종원의 경지에 이르렀으며, 제주에 들어온 후 더욱 다듬어졌다."

그의 시는『노귤시집老橘詩集』으로 엮였으며, 전체 178편 241수의 시가 실려 있다. 2000년 신홍석의 시가와 함께 묶은 『노귤시집·화암시집』
이 김익수의 번역으로 제주문화원에서 간행되었다.

金浹

金浹(1829-1894年)，字性洽，号愚溪、老橘。祖籍金海，出生于全罗南道罗州，是金启完的独生子。9岁失去了父亲，但学习上没有懈怠。结婚后带着妻儿在所安岛研究针灸术，1876年冬天来到济州在大静安家，后来又从月山定居在济州城西侧的新星洞。房子周被橘子树环抱，院子里也是满满的草药，因此人们称其为老橘先生或罗州金药铺家。

与小栢安达三、灵云金洪斗、菱峰高性谦等人交往密切，一边传授其所学予以后辈们，还时而出售草药并给人扎针治病，所以很多人都称赞他的德望。

他的门生墨农金锺炫还说道："自身谦虚礼貌，常恭敬的和别人交流，教授时严肃严谨，交谈时确很热情。世人只称他为金药铺，却不知他在学问研究和医学上有很深的造诣和才华。"灵云金洪斗对老橘的诗作出了如此评价："他的学问达到陶渊明和柳宗元的境界，到济州后变得更加精深。"

他的诗被编纂成《老橘诗集》，共收录了178篇241首诗。与申洪锡的诗歌一起编纂的《老橘诗集·禾庵诗集》，2000年由金益洙翻译并在济州文化院发行。

題湧泉亭壁上 [1]

용천정 벽에 쓰다

松陰小屋枕溪頭,　　소나무 그늘에 작은 집 시내를 베고 있는데

手掬淸波洗俗流. [2]　손으로 맑은 물 떠 세속의 때를 씻어내네.

入洞初知來峽陋,　　굴로 들어가니 골짜기 좁음을 비로소 알고

憑欄方覺坐仙區. [3]　난간에 기대어 있으니 선계에 앉아 있음을 깨닫네.

一春黃鳥山間樂,　　봄에 찾아온 누런 꾀꼬리는 산에서 즐거워하고

萬樹紅極物外州. [4]　온갖 나무에는 가득한 붉은빛, 세상 밖 공간인 듯.

應有眞源知不遠,　　응당 진리의 근원이 멀지 않음을 알지니

白雲遠處碧苔幽.　　흰 구름 저 먼 곳 푸른 이끼 그윽한 곳이라네.

주석

① 湧泉亭(용천정): 구체적인 장소는 알 수 없다.

② 掬(국): 두 손으로 움켜쥐다, 뜨다.

③ 仙區(선구): 신선의 거주지. 선계仙界를 의미한다.

④ 物外州(물외주): 현실 바깥의 세상.

해설

　이 시는 계곡 시냇가에 자그맣게 자리하고 있는 용천정의 모습을 묘사하고, 이곳에 와 보니 마치 선계에 있는 듯한 느낌이 드는 것을 말하고 있다. 이어 봄새가 날고 붉은 꽃나무가 가득한 용천정 주위의 경관을 묘사하며 이곳이 인간 세상과는 다른 별천지임을 나타내고, 인생의 참된 진리는 세속에서 벗어나 자연 속에서 청정무욕淸靜無欲하며 살아

가는 데 있음을 말하고 있다.

원문

買魚

물고기를 사다

溪賓野老自西東,　　　시냇가의 촌 노인들 동쪽과 서쪽에서 모여들어

瞻彼漁翁慣水功.　　　저 어부의 물에 익은 솜씨를 바라보네.

擇此生新嘗必異,[1]　　이 싱싱한 물고기 골랐으니 맛은 분명 다를 터이지만

論其大小價何同.　　　그 크기를 따지면 값이 어찌 같겠는가?

折花數盡分錢綠,[2]　　꽃가지 꺾어 다 세고 나눈 돈은 물빛 마냥 푸르고

穿柳歸來落日紅.　　　버드나무 뚫고 돌아오니 지는 해는 붉기만 하네.

海肆人稀波市暮,[3]　　바닷가 가게에 인적 드물어지고 어시장에 날 저무니

家家膾炙足充空.[4]　　집집마다 회와 구운 생선으로 배 채우기에 충분하다네.

주석

① 生新(생신): 살아 있고 신선하다. 싱싱한 생선을 가리킨다.

② 分錢(분전): 나눈 돈. 생선값을 치르거나 거슬러 받는 돈을 가리킨다.

③ 波市(파시): 바다 위에서 해산물 매매가 이루어지는 시장.

④ 膾炙(회자): 회를 치고 불에 굽다. 생선회와 구운 생선을 가리킨다.

해설

이 시는 마을 사람들이 어시장에 모여들어 어부가 갓 잡은 싱싱한 생선을 골라가며 사고 있는 모습을 나타내고, 저녁 무렵 집으로 돌아와 회를 치거나 구워서 허기를 채우고 있음을 말하고 있다.

屛溪櫂歌十首¹　　병문계곡의 뱃노래
其一

漢挐山上鹿潭深,	한라산 위의 백록담은 깊고
山下清流掛碧潯.	산 아래 맑은 시내 푸른 물가에 걸렸네.
觸去岩頭疑碎玉,	바위에 닿아 흐르니 부순 옥인가 의심하고
噴來洞口似鳴金.	골짜기 입구에서 물을 뿜어내니 쇳소리 울리는 듯하네.
鶴驚終日難成夢,	학이 놀라 종일토록 잠을 이루지 못하고
鷺浴盤渦底有心.²	소용돌이에서 목욕하는 백로는 무슨 마음일까?
吾道源源如此水,³	우리 도는 끊임없이 이어짐이 마치 이 물과 같으니
歸于大海任浮沈.	물결에 맡겨 큰 바다로 돌아가리라.

주석

① 屛溪(병계): 병문천屛門川. 병문천은 한라산 백록담에서 발원한 물
　이 바다로 흐르는 하천이다.

② 鷺浴(노욕) 구: 백로가 목욕하다. 이 구는 두보의 「시름愁」 시에서
　"소용돌이에서 백로 목욕하는데 무슨 심성일까?(盤渦鷺浴底心性.)"
　라 한 구을 차용한 것이다.

③ 源源(원원): 끊임없이 이어진 모습.

해설

이 시는 병문계곡을 흐르는 물이 한라산의 백록담에서 발원하였음
을 말하고, 맑은 옥빛으로 명징한 쇳소리를 내며 흐르는 계곡물에 학과

백로가 노닐고 있는 모습을 묘사하고 있다. 이어 노자老子가 말한 '상선약수上善若水'의 도를 떠올리고, 자신 또한 물과 같이 천리天理에 순응하며 자유로이 살고 싶은 바람을 나타내고 있다.

원문

其八

七曲溪深漸入嘉,	일곱 굽이 시내 깊어지니 점점 아름다워져
杳然流水落來花.	아득히 흐르는 물에 꽃이 떨어져 흘러왔네.
金莖紫艸看蓬島,[1]	구리 기둥과 자줏빛 풀이 봉래산인 듯하고
玉井紅蓮訪太華.[2]	옥정과 붉은 연꽃은 태화산을 찾아간 듯하네.
十勝名區閑日月,	열 곳 빼어나고 이름난 곳에서 해와 달 한가롭고
三淸別界好煙霞.[3]	삼청이 있는 별천지인 듯 안개와 노을 좋구나.
虛心洗盡囂塵累,[4]	텅 빈 마음으로 어지럽고 시끄러운 세상 다 씻어내니
認是仙緣不我遐.[5]	신선이 되는 인연 나에게도 멀지 않음을 알겠다.

주석

① 金莖(금경): 이슬을 받는 승로반을 받치는 동으로 된 기둥.

　蓬島(봉도): 봉래산蓬萊山. 신선이 산다는 전설상의 산.

② 玉井(옥정): 태화산太華山 정상에 있는 우물. 한유韓愈의 「고의古意」 시에 "태화봉 꼭대기 옥정의 연꽃, 열 길 높게 꽃이 피고 연밥도 배만 하구나.(太華峯頭玉井蓮, 開花十丈藕如船.)"라는 구절이 전해온다.

　太華(태화): 서악西岳에 해당하는 화산華山.

③ 三淸(삼청): 도교에서 신선이 산다는 옥청玉淸, 상청上淸, 태청太淸.

④ 囂塵(효진): 시끄럽고 어지러운 속세.
⑤ 仙緣(선연): 신선이 되는 인연.

해설

　이 시는 계곡 깊이 들어갈수록 아름다운 경치가 더해지기만 함을 말하며, 그 기이한 풀과 연꽃들로 인해 마치 봉래산과 태화산에 온 듯하고 한가로운 일월日月과 신비로운 연하煙霞로 인해 마치 천상의 세계에 이른 듯 느껴짐을 말하고 있다.

최
익
현

　최익현崔益鉉(1833~1906), 경기도 포천 출신으로 자는 찬겸贊謙, 호는
면암勉庵이다. 어려서 김기현金琦鉉과 성리학의 기두인 이항로李恒老 문
하에서 배웠고, 1855년(철종 6) 정시문과에 병과로 급제하여 성균관 전
적典籍, 사헌부 지평持平, 사간원 정언正言, 이조정랑 등을 역임했다. 본
성이 강직하여 불의와 부정을 척결하는 데 앞장섰다.

　1868년(고종 5)에 흥선대원군의 실정을 상소하다 사간원의 탄핵을 받
아 관직을 삭탈당했고, 1873년 동부승지同副承旨로 재직하면서 서원 철
폐 등 대원군의 정책을 비판하고 고종의 친정을 주장하였다. 이듬해 일
본과의 통상 논의를 반대하는 척사소斥邪疏를 올려 조약체결의 불가함
을 역설하다 흑산도로 위리안치圍籬安置되었으며, 1895년에는 단발령
에 반대하여 "목을 자를지언정 머리카락은 자를 수 없다."고 항변하다
투옥되었다. 1905년 을사늑약이 체결되자 「창의토적소倡義討賊疏」를 올
려 항일 의병운동을 촉구하였고, 74세의 고령으로 전북 태인泰仁에서
의병을 모집하여 관군과 일본군에 대항하여 싸우다 체포되어 대마도로
유배된 후, 그곳에서 적의 음식은 먹지 않겠다고 단식하다 결국 세상을
떴다. 이러한 그의 모든 행동은 그의 강직함과 애국정신의 발로가 아닐
수 없다.

그는 1873년 11월 흥선대원군을 몰아내는 데 앞장서다 군부君父를 논박했다는 이유로 제주에 위리안치되어 1875년 3월 풀려났다. 조천포를 통해 제주에 들어온 그는 윤기복尹奇福(일명 윤규환尹奎煥) 댁에 머물면서 안달삼安達三(조천), 김희정金羲正(조천), 강기석姜琦奭(금덕), 김용징金龍徵(납읍), 김치용金致鏞(영평), 김양수金亮洙(조천), 김훈金壎 등과 교유했으며, 유배에서 해제되자 제주시 오라동 출신의 귤당橘堂 이기온李基溫(1834~1886)과 함께 한라산을 올랐다. 당시 소감을 남긴「유한라산기遊漢拏山記」에서 그는 백두산의 기맥이 한라산에 이르렀으며, 산의 형세가 말과 부처, 곡식과 사람의 형세라고 말한 바 있다. 애국지사 면암 최익현은 전체 48권의『면암집勉菴集』을 남겼다. 제주와 관련된 시가는『면암집』에 8편이 실려 있고, 오문복이 필사본에서 발굴한 7편을 합쳐 전체 15편이다.

崔益铉

崔益铉(1833~1906)出生于京畿道抱川，字赞谦，号勉庵。从小在金琦铉和性理学巨头李恒老门下学习，1855年(哲宗6年)庭试文科丙级及第，历任成均馆典籍、司宪府持平、司谏院正言、吏曹正郎等职。性格耿直，带头铲除不义与不正之风。

1868年(高宗5年)上诉兴宣大院君的失政而受到司谏院的弹劾，官职被削去，1873年担任同副承旨职时，批判了大院君的书院废除等政策，主张高宗亲政。第二年，他上奏反对与日本通商论议的斥邪疏，并竭力主张不能签订条约，后来围篱安置在黑山岛。1895年反对断髮令，抗辩说："宁可砍头也不能剪头发。"而最终入狱。1905年乙巳条约签订后，他上奏"倡义讨贼疏"催促抗日义兵运动，74岁的高龄在全北泰仁招募义兵，与官军和日本军对抗时被捕，被流放到对马岛后，表示绝不吃敌人一粒米，最终自行绝食而离世。他的这种行为不得不说是他刚毅的性格和爱国精神的体现。

1873年11月，他因带头驱赶兴宣大院君，以驳斥君父为由围篱安置在济州，在1875年3月获释。他经过朝天浦到达济州，与安达三(朝天)、金羲正(朝天)、姜琦奭(金德)、金龙徵(纳邑)、金致镛(永平)、金亮洙(朝天)、金坝等交游。被解除流放后，与济州市吾罗洞出身的橘堂李基温(1834~1886)一起登上了汉拿山，在当时留下感想的《遊汉挐山记》中，他说道：白头山的气脉达到了汉拿山，山

的形势就像马与佛、粮食与人的形势。爱国志士勉菴崔益铉共留下了《勉菴集》48卷。在《勉菴集》中与济州相关的诗歌有8篇，加上吴文福从手抄本中发掘的7篇，共有15篇。

次李爔寄示韻

이희가 보낸 시에 차운하다

盈盈大海始於絲,[1]
넘실넘실 큰 바다는 실 같은 물줄기에서 시작하는데

吞地滔天勢極危.
땅을 삼키고 하늘에 가득할 정도로 그 기세 매우 두렵네.

縱稱島俗殊聞見,[2]
섬 풍속이 듣고 본 것과 다르다고 하지만

自有靈山擅怪奇.[3]
신령한 산이 있어 기이함이 뛰어나네.

隔砌淸香柑半熟,
섬돌 너머 맑은 향은 귤이 반쯤 익은 것이고

入簾秋氣客先知.
주렴으로 들어오는 가을 기운은 객이 먼저 안다네.

休道行藏隨處適,[4]
나아가고 물러남이 어떤 곳이든 적당하다 말하지 마시게,

風頭立脚古難持.
바람머리에 서는 것은 옛부터 버티기 어려운 일이나니.

주석

① 盈盈(영영): 물이 가득 차서 찰랑거리는 모양. 넘실넘실.

② 殊聞見(수문견): 듣고 본 것과 다르다. 지금까지 시인이 경험한 것과는 다른 풍속을 지니고 있음을 뜻한다.

③ 擅(천): 무리에서 뛰어나다.

④ 行藏(행장): 나아가고 물러나다.

　隨處適(수처적): 곳에 따라 적절하다. 어느 곳이든 상관없음을 말한다.

해설

이 시는 가는 물줄기가 모여 마침내 커다란 바다가 되어 그 기세가 하늘과 땅을 삼킬 듯이 장대해짐을 말하고, 제주의 풍속이 지금껏 경험

해보지 못한 것이지만 한라산 또한 기이함이 가득함을 말하고 있다. 이 어 가을 되어 맑은 향과 함께 귤이 익어가고 있는 제주의 상황을 묘사 하고, 이희가 비록 사람이 살면 어느 곳에 있어도 상관없다 했지만 자 신은 이곳에서 유배되어 지내는 것이 견디기 어려움을 말하고 있다.

원문

別刀鎭乘船 [1]
其一

幾年絶域隔紛塵, [2]	몇 해를 절해고도에서 어지러운 세상과 떨어져 지냈던가?
四月南風雨露新.	4월 남풍에 비와 이슬은 새롭네.
山靄都收波面靜,	산안개 모두 걷히고 파도 고요한데
一場快做壯遊人. [3]	한바탕 유쾌하게 큰 뜻 품고 노닐던 사람이어라.

별도진에서 배를 타다

주석

① 別刀鎭(별도진): 지금의 제주시 화북동에 위치한 진. 옆에 있는 오
   름이 별도봉이다.
② 紛塵(분진): 분분한 먼지. 세속을 의미하며, 여기서는 내륙을 가리
   킨다.
③ 壯遊(장유): 큰 뜻을 품고 먼 곳을 떠돌다.

해설

이 시는 오랜 세월 제주에 유배되어 내륙과 단절되어 살아가고 있음
을 말하고, 사월 남풍에 비와 이슬에 젖어 생기가 피어나는 주변 경관

과 실의하고 처량한 자신을 대비하고 있다. 이어 안개 걷힌 산과 파도 잔잔한 바다를 바라보며 현실에 좌절하지 않고 큰 뜻을 품고 살아가리라 다짐하고 있다.

원문 ─────────────

其二

縹緲靈山不受塵,[1]	아득히 신령한 산은 티끌도 용납하지 않으니
鹿潭瀛室渡頭新.[2]	백록담과 영실이 나루터에서 새로워 보이네.
纍迹雖慚仁智樂,[3]	비록 매인 신세라 부끄러워도 산수는 즐길 수 있으니
庶能誇我遠遊人.	먼 곳을 유람했다고 자랑할 수 있으리.

주석

① 縹緲(표묘): 아득한 모습.

② 瀛室(영실): 한라산 서쪽에 위치한 골짜기. 기이한 바위들로 유명하다.

③ 纍迹(누적): 얽매인 자취. 유배된 신세임을 의미한다.

仁智樂(인지락): 인자仁者와 지자智者의 즐거움. 『논어論語·옹야雍也』의 "지혜로운 사람은 물을 좋아하고, 어진 사람은 산을 좋아한다.(智者樂水, 仁者樂山.)"에서 비롯한 말로, 산과 물을 유람하는 즐거움을 가리킨다.

해설

이 시는 한라산이 티끌 한 점 없이 정결하여 별도別刀 나루에서 백록담과 영실 골짜기가 바라다보임을 말하고, 비록 유배된 신세라 산수 자연을 즐길 처지는 아니지만 한라산이 스스로 그 아름다운 자태를 자신에게 드러내 보여줄 수 있기를 바라고 있다.

김윤식

　김윤식金允植(1835~1922년), 자는 순경洵卿, 호는 운양雲養이며, 서울 출
신이다. 부친은 증贈 이조판서, 좌찬성 김익태이며, 모친은 전주 이씨
이다. 숙부인 청은군淸恩君 익정益鼎의 집이 있는 양근楊根에서 성장했
다. 성리학의 대가인 하산霞山 유신환兪莘煥(1801~1859년)과 박지원의 손
자로 개화를 적극 주장한 환경桓卿 박규수朴珪壽(1807~1876년)에게 배웠
다. 1865년(고종 2) 음관蔭官으로 출사하여 건침랑健寢郎이 되었으며,
1874년 문과에 급제하여 황해도 암행어사, 문학, 시강원 겸 사서, 부응
교, 부교리, 승지 등을 역임했다. 1880년 순천부사에 임명되고, 조정의
개항정책에 따라 영선사領選使로 학도와 공장工匠 38명을 인솔하고 중
국으로 가서 그들을 기기국機器局에 배속시키는 한편, 북양대신 이홍장
李鴻章과 7차에 걸쳐 회담하여 조미수호통상조약朝美修好通商條約 체결
에 힘을 실었다.

　그는 사상적으로 동도서기론東道西器論을 주장하여, 조선의 도를 잃
지 않되 적극적으로 서학을 수용하고자 애썼다. 그렇기 때문에 쇄국정
책을 강화할 것을 주장한 대원군과 반목할 수밖에 없었다. 청나라에 체
류할 당시 조선에서 임오군란이 일어나자 어윤중魚允中과 상의하여 청
나라에 파병을 요청하고 흥선대원군을 제거하는 데 청의 개입을 주도

했다. 이후 중용되어 강화부유수, 규장각직제학 등을 맡았다. 특히 강화부 유수로 있으면서 원세개袁世凱의 도움으로 5백 명을 선발하여 신무기로 무장시키고 진무영鎭撫營을 설치했다. 1884년 갑신정변이 일어나자 김홍집金弘集, 김만식金晩植 등과 더불어 원세개에게 구원을 요청하고, 일본군을 공격하여 정변을 종식시켰다. 이후 병조판서를 거쳐 독판교섭통상사무督辦交涉通商事務로 대외관계를 담당하면서 민씨 세력과 친일 개화파 세력에 대항하기 위해 흥선대원군을 귀국시키는 데 일조했다.

1886년 이후 반대파의 모략으로 인해 어려운 처지에 놓이더니 1887년 부산첨사 김완수金完洙가 일상사채日商私債에 통서統署의 약정서를 발급했다는 죄목으로 면천沔川에 유배되어 5년 6개월 동안 귀양살이를 하다가 1894년 해배되었다. 김홍집 내각에 등용되어 갑오경장에 간여했으며, 독판교섭통상사무를 맡았다. 정부기구가 개편되면서 외무아문대신外務衙門大臣에 임명되었다. 1896년 아관파천 이후 그와 함께 갑오개혁을 주도했던 김홍집, 어윤중 등이 비명횡사했다. 그 이듬해인 1897년 당시 친러내각은 명성왕후 시해 사건을 사전에 알고도 묵인했다는 이유로 그를 제주 종신유배형에 처했다.

운양 김윤식은 1897년 12월 인천을 떠나 1898년 1월 11일 산지포로 들어왔다. 당시 함께 유배된 이들로 서주보徐周輔, 정병조鄭丙朝, 김경하金經夏, 이태황李台灣, 이범주李範疇 등이 있었고, 을사오적 가운데 한 명으로 당시 친위대 제3대대장이었던 이근택李根澤(초명 이근용)이 아관파천 후 고종을 억지로 환궁시키기 위해 벌인 사건으로 인해 김사찬金思燦, 이용호李容鎬, 장윤선張允善, 한선회韓善會 등을 비롯하여 최형순崔亨

淳, 김옥균 암살에 간여한 이세직李世稙도 제주로 유배되었다. 이렇듯 당시 제주는 온갖 유배객으로 넘쳐났다.

김윤식은 여러 유배객은 물론이고, 제주의 선비들과 어울려 귤회橘會라는 시사詩社에 주도적으로 참여했다. 당시 귤회는 1897년에 제주로 유배 온 이용호李容鎬가 당시 제주목사 이병휘李秉輝의 후원으로 이끌었는데, 이병휘가 파직된 후 김윤식이 귤원아집橘園雅集이란 이름으로 유배객과 제주 시인들이 두루 참여하는 시사로 발전시켰다. 또한 그는 제주에서 덕실德室(1867~1898년)을 소실로 얻었으며, 그녀가 세상을 뜬 후 다시 의실義室을 얻어 아들을 낳았다. 1898년 방성칠房星七의 민란과 1901년의 성교란聖敎亂을 겪으면서 이를 일기체로 기록하여 『속음청사續陰晴史』 권10에 남겼다. 제주민란에 유배인들이 관련되었다는 이유로 조정에서 이배령移配令이 내려져 1901년 7월 10일 산지포를 출발, 이배지인 전남 지도智島로 떠났다.

1907년 7월 을사오적 이완용의 친일내각에서 일진회一進會에 참여했던 매국노 송병준의 요청을 받아들여 70세 이상의 고령자는 방면한다는 조처에 따라 73세에 11년간의 귀양살이를 끝내고 한양으로 돌아왔다. 이후 그는 친일적 성향을 노골적으로 드러내 황실제도국총재皇室制度局總裁, 중추원의장中樞院議長 등을 맡았으며, 애국계몽 운동의 국권회복활동이 활발해지자 기호학회 회장, 흥사단장興士團長, 교육구락부敎育俱樂部 부장, 대동교총회大同敎總會 총장으로 활약하기도 했다. 일설에는 1910년 8월에 창덕궁에서 순종이 한일합방에 관해 여러 신하에게 하문하였는데, 오로지 그만이 한일합방의 옳지 않음을 적극적으로 주장했다고 하나, 한일합방 당시 이완용이 상담한 이가 바로 김윤식이라는 기록이 존재한다. 3·1운동이 일어나자 이용직李容植과 더불어 독립을 요구하는 「대일본장서對日本長書」를 제출하기는 했으되 그의 친일 행각이 완전히 지워질 수는 없을 것이다.

저서로 시문집인 『운양집』 16권 8책을 비롯하여 일기체 기록인 『음청사陰晴史』 2권, 제주에서 발생한 천주교란에 대한 기록이 있는 『속음청사續陰晴史』 18권 외에도 『임갑령고壬甲零稿』, 『천진담초天津談草』 등이 있다. 제주 한시는 『속음청사』에 24수가 실려 있다.

金允植

金允植(1835~1922年)字海卿，号云养，首尔人。父亲是赠吏曹判书、左赞成金益泰，母亲是全州李氏。在叔父清恩君金益鼎所在的杨根长大。他跟着性理学大师霞山俞莘焕(1801~1859年)和积极主张开化的朴趾源的孙子桓卿朴珪寿(1807~1876年)学习。 1865年(高宗2年)出仕为荫官，成为健寝郎。1874年文科及第，历任黄海道暗行御史、文学、侍讲院兼司书、副应教、副校理、承旨等职。1880年被任命为顺天府使，根据朝廷的开港政策，作为领选使率领38名学徒和工匠前往中国，将他们分配到机器局，同时与北洋大臣李鸿章进行了7次会谈，为签订朝美修好通商条约助一臂之力。

他在思想上主张东道西器论，积极吸纳西学，但不失朝鲜之道。因此，只能与主张加强闭关政策的大院君反目成仇。滞留清朝时，朝鲜发生壬午军乱，他与鱼允中商议并向清朝请求派兵，主导了清朝介入清除兴宣大院君。此后被重用，担任江华府留守、奎章阁直提学等职务。特别是在江华府留守期间，在袁世凯的帮助下，选拔500人用于新武器的武装后设立了镇抚营。1884年甲申政变发生后，他与金弘集、金晚植等人一起向袁世凯请求攻击日军，并结束了政变。之后经过兵曹判书，以督办交涉通商事负责对外关系，为了对抗闵氏势力和亲日开化派势力，帮助兴宣大院君回国。

1886年以后，因反对派的谋略而陷入困境，1887年釜山金使金完洙以向日商

私债发放统署协议书的罪名被流放到沔川, 流放了5年6个月, 于1894年被解配。之后, 被提拔为金弘集内阁, 参与甲午更张, 负责督办交涉通商事务。政府机构整改之后被任命为外务衙门大臣。1896年俄馆播迁后, 和他一起主导甲午改革的金弘集、鱼允中等人死于非命。第二年的1897年, 当时亲俄内阁以他事先知道明成王后被害之事却默认为由, 对他处以终身济州流放刑。

云养金允植于1897年12月离开仁川, 1898年1月11日进入山地浦。当时一起被流放的这些人当中有徐周辅、郑丙朝、金经夏、李台湾、范畴等人。另外, 作为乙巳五贼之一, 当时亲卫队第3队队长李根泽(初名李根容)在俄馆播迁后, 强行让高宗回宫而闹得沸沸扬扬, 因此事件, 金思灿、李容镐、张允善、韩善会等人被流放, 还有参与暗杀崔亨淳和金玉均的李世稙也被流放至济州岛。就这样, 当时各种流放者扩散在济州。

金允植不仅与很多流放者, 还与济州的儒生们一起主导参与了名为"橘会"的诗社。在当时济州牧使李秉辉的赞助下, 1897年橘会由被流放到济州的李容镐领导, 李秉辉被罢职后, 金允植以"橘园雅集"为名, 发展了流放者和济州诗人都可以参与的诗社。另外, 他在济州纳了小室德室(1867-1898年), 在她去世后又纳了义室, 并生下了儿子。在经历了1898年房星七的民乱和1901年的圣教乱后, 将其记录成日记体, 留在《续阴晴史》卷10中。以济州民乱与流放者有关为由, 朝廷下达了移配令, 1901年7月10日从山地浦出发, 前往了移送地全南智岛。

1907年7月, 受理了在乙巳五贼李完用亲日内阁中参加一进会的卖国贼宋秉畯的意见, 并根据70岁以上的高龄者可被释放的措施, 73岁结束了11年的流放生活回到汉阳。此后, 他赤裸裸地表现出亲日倾向, 担任了皇室制度局总裁、中枢院议长等职务。爱国启蒙运动的国权恢复活动得以活跃后, 他还担

任了畿湖学会会长、兴士团长、教育俱乐部部长、大同教总会总长等职务。

虽说，1910年8月纯宗在昌德宫就韩日合并问题向多名大臣发问，只有他强烈反对韩日合并。但有记录说，韩日合并当时李完用商谈的人正是金允植。3.1运动爆发后，虽然与李容植一起提交了要求韩国独立的《对日本长书》，但他的亲日行为不可能完全被抹去。

著作有诗文集《云养集》16卷8册、日记体记录《阴晴史》2卷，关于济州发生的天主教乱记录《续阴晴史》18卷之外，还有《壬甲零稿》、《天津谈草》等。在《续阴晴史》中有24首济州汉诗。

濟州雜詠二十二首 제주잡영 22수

其一

三穴留神蹟,[1]	삼성혈에 신비한 자취 남겨져 있으니
千年闢肇基.[2]	천 년 전 나라를 연 곳이라네.
奈何崇報地,[3]	어찌 숭보당에서는
不見降香儀.	향을 내려주는 의례를 볼 수 없는가?

주석

① 三穴(삼혈): 삼성혈三姓穴. 제주의 세 신인神人이 나타난 곳으로, 지금의 제주시 이도동에 그 터가 남아 있다.

② 肇基(조기): 터전을 세우다. 기업基業을 마련하다.

③ 崇報(숭보): 은덕을 갚다. 여기서는 삼성혈에 있는 숭보당을 가리킨다. 이는 헌종 15년(1849년)에 건립되어 재생齋生들의 교육을 담당하던 곳이었다.

해설

이 시는 제주의 시조로 여겨지는 고을나高乙那, 양을나良乙那, 부을나夫乙那 삼성三姓을 지닌 신인이 태어난 곳을 읊으면서 그곳에 위치한 숭보당에 향이 피워지지 않음을 지적하고 있다. 숭보당崇報堂은 당시 유생들의 학업을 담당했던 공간이었던 바, 그곳에 향이 피워지지 않음을 통해 후인들이 학업에 정진하지 않음을 나타내고 있다.

其二

靈區隔世塵,	신비한 곳 세속의 먼지와 떨어져 있는데
風俗似朱陳.[1]	풍속이 주진촌과 비슷하네.
童稺語音好,[2]	어린아이들 말소리 듣기 좋으니
應多避世人.	응당 대부분은 세상을 피해 온 사람일 터.

주석

① 朱陳(주진): 주진촌. 주씨와 진씨만 사는 동네로, 역대로 두 집안이
　　혼인하여 마을을 이루어 평화롭게 살았다고 한다.

② 童稺(동치): 어린아이, 소년.

해설

　이 시는 제주를 세속에서 떨어진 곳, 그리고 그곳에 살고 있는 이들
을 세상을 피해 온 사람이라 묘사하고 있다. 주씨와 진씨가 서로 혼인
하여 마을을 이루었음은 제주의 세 명의 성을 가진 이들이 탐라국을 열
었음을 나타내는 것이라고 할 수 있겠다. 시에 묘사된 제주 사람들은
마치 도연명陶淵明의「도화원기桃花源記」에 등장하는 동굴 속 마을 주민
들의 모습을 떠오르게 한다.

其三

密網羃茅屋,[1]	촘촘한 그물은 초가의 지붕을 덮고

寒煙縈石墻.　　　　차가운 안개는 돌담을 휘감아 도네.

喃喃村婦語,² 　　　종알종알 촌 아낙들의 말이나

風氣近扶桑.³　　　풍속은 부상국에 가깝다네.

주석

① 冪(멱): 덮다.

② 喃喃(남남): 중얼 중얼, 혀를 재게 놀리어 무슨 말인지 알아들을 수
　　없게 재잘거리는 소리.

③ 扶桑(부상): 부상국扶桑國. 일본을 뜻한다.

해설

　이 시는 제주의 마을 풍경과 그곳의 풍속을 묘사하고 있다. 촘촘한
그물과 돌담은 제주를 상징하는 물건이라 할 수 있을 테고, 제주 여인
들의 말소리가 익숙지 않았을 육지 문인이 이를 마치 부상국, 즉 왜에
서 온 이들의 말과 비슷하다고 한 표현이 흥미롭다.

원문

其四

山北淸風足,　　　　산 북쪽에는 맑은 바람 풍족하고

山南瘴雨垂.¹ 　　　산 남쪽에는 장기 품은 비 드리우네.

西疇春事早,　　　　서쪽 밭 봄에 경작하는 일 이르고

二月聽黃鸝.²　　　2월인데 꾀꼬리 소리 들리누나.

① 瘴雨(장우): 남쪽 지역에 내리는 장기를 품은 비.

② 黃鸝(황작): 꾀꼬리.

해설

이 시는 육지와는 다른 제주의 날씨를 묘사하고 있다. 바람도 많고 또 장기 어린 비도 많은 제주는 육지보다 날이 포근하여 경작도 이르고, 시절 이른 꾀꼬리 소리도 들을 수 있다.

원문 ────────────────────────────

其五

縹渺瀛洲上,[1]	아득히 먼 영주산 위
雲深鸞鶴停.	구름 깊은 곳에 난새와 학이 머무네.
何時登絶頂,	어느 때에 꼭대기에 올라서는
俯看老人星.[2]	노인성을 굽어볼까.

주석

① 瀛洲(영주): 영주산瀛洲山.

② 老人星(노인성): 남쪽 하늘에 나타나는 별로, 장수를 상징한다.

해설

이 시는 영주산, 즉 한라산에 대해 읊고 있다. 영주산은 일찍이 신선이 살았던 곳이라고 전해지는데, 시에서 난새와 학이 등장한 것은 바로

이 때문이리라. 시인은 신선이 살았다는 이 영주산 정상에 올라 노인성을 보며 무병장수를 기원하며 자신도 신선이 되고픈 마음을 빌지 않았을까.

원문

其六

遙望東巫峽,[1]	멀리 동무협 바라보는데
相傳古洞天.[2]	전하기를 옛날 동천이라 하네.
陰岡留白雪,	그늘진 등성이에 흰 눈 남아 있고
丹竈散靑煙.[3]	단조에서는 푸른 연기 흩어지네.

주석

① 東巫峽(동무협): 한라산 동쪽에 있는 골짜기로 개로천介路川의 발원지이다. 최부崔溥의 「탐라시 35절」 가운데 제5절에도 나온다. "세상에 동녘 모퉁이 동무협의 전설.(世傳東角東巫峽.)"

② 洞天(동천): 신선이 사는 별천지. 이백의 시 「산중문답山中問答」에 "복사꽃 물 따라 아득 흘러드니, 또 다른 천지 있어 인간세상 아닐세.(桃花流水杳然去, 別有天地非人間.)"라는 구절이 있는데, '별유천지'와 같이 일종의 이상향이다. 도교에서는 '동천복지洞天福地'라고도 하는데, 10군데 대동천大洞天과 30군데 소동천小洞天이 있다고 한다.

③ 丹竈(단조): 단약을 만들 때 사용하는 화로 또는 부엌.

이 시는 한라산 동쪽에 위치한 골짜기인 동무협에서 연기가 피어 오르는 것을 보고 신선이 단약을 만드는 것이라는 상상을 표현해내고 있다. 한라산이 지닌 영험함 때문인지 여전히 그곳에 신선이 살고 있을 것이라는 시인의 상상은 곧 무병장수를 바라는 바람의 표현이다.

원문

其七

元日鞦韆會,[1]	설날에 그네 타러 모이니
靚妝出樹端.[2]	아름답게 화장한 모습 나무 끝에서 보인다.
羅襦沾粉汗,[3]	비단 저고리에 분과 땀이 묻어나는데
不怕弄輕寒.	두렵다 하지 않고 가벼운 추위 즐기누나.

주석

① 元日(원일): 정월 초하루.

　鞦韆(추천): 그네 놀이.

② 靚妝(정장): 아름답게 단장함.

③ 羅襦(나유): 비단 저고리. 여기서는 비단으로 만든 치마, 저고리 일습을 말한다.

해설

이 시는 설날 그네를 타고 있는 여인을 모습을 묘사하고 있다. 설날이라 아름답게 치장한 여인의 모습과 함께 땀과 화장 그리고 추위에 아랑곳하지 않고 그네 타기에 열중하고 있는 여인의 모습이 흥미롭다.

원문 ────────────────────────

其八

迎春鼓角發,　　　　　입춘을 맞이하여 북과 나팔 소리 내며

先遣木牛耕.[1]　　　　먼저 목우를 보내 밭을 간다네.

殊域逢佳節,　　　　　타향에서 좋은 절기 만나게 되었거늘

隔門笑語聲.　　　　　문 너머에 웃으며 얘기하는 소리 들린다.

주석

① 木牛(목우): 나무로 만든 소. 제주어로 낭쉐라고 한다.

해설

이 시는 입춘을 맞이하여 시끌벅적한 입춘굿놀이의 모습을 묘사한 것이다. 제주에서 입춘은 '새철 드는 날'이라고 한다. 관덕정 앞에 도내 심방(무당)들이 모여들어 한 해의 풍년을 기원하는 큰 굿을 거행했다. 1841년 제주목사 이원조가 쓴 『탐라록耽羅錄』에 따르면, 탐라국 시절 국왕이 몸소 농사를 지으며 농업을 장려하는 친경적전親耕籍田을 했다고 한다. 이러한 유습을 그대로 계승하여 목사와 여러 관리들이 도열한 가운데 나무로 만든 소인 목우(낭쉐)를 끌고, 마을의 풍물패가 걸궁(풍물놀이)하면서 한 해의 풍년과 도민의 안녕을 기원했다. 비록 짧은 오언절구이기는 하나 입춘날의 모습을 간명하게 잘 그렸다.

其九

擔水香肩重,	물 지느라 향기 어린 어깨 무겁고
揎薪玉腕斜.[1]	땔감 패느라 옥과 같은 팔은 굽어 있다.
憶曾京裏子,	기억해보니 서울에서 왔던 사람이
三夜宿儂家.[2]	사흘 밤을 내 집에 묵었구나.

주석

① 揎薪(선신): 땔감을 맨손으로 패다. '선揎'은 '맨손으로 부수다'라는 뜻인바, 맨손으로 땔감을 마련한다는 의미로 풀이하였다.
② 儂家(농가): 나의 집. '농儂'은 스스로를 가리킨다.

해설

이 시는 서울에서 찾아온 이가 며칠 동안 시인의 집에서 묵고 간 일을 떠올리고 있다. 서울에서 온 이가 구체적으로 누구인지는 알 수 없지만, 물 짊어지고 땔감 마련하는 등 어려운 일들을 감당해야 했던 이였던 듯하다.

其十

郞住朝天浦,[1]	낭군은 조천포에 살고
妾居山底瀨.[2]	저는 산 아래 물가에 살아요.
春來商舶湊,	봄이 오면 장삿배 모여드는데

兩地物華新.　　　　두 곳의 자연 풍경이 새롭답니다.

주석

① 朝天浦(조천포): 지금의 제주시 조천읍에 있던 포구. 육지와 제주
　　를 잇는 중요한 포구 중 하나였다.

② 瀕(빈): 물가.

해설

이 시는 포구에 살고 있는 남편과 산 아래에 살고 있는 아내의 모
습이 묘사되어 있다. 아마도 부부가 떨어져 살고 있는 것은 생계를
위한 것이 아니었겠는가. 계절의 변화에 따라 달리 보이는 두 곳의
풍경이 떨어져 살고 있는 고난한 부부의 삶을 버티게 해 주는 힘이
되었으리라.

원문 ─────────────────────────

其十一

三餘燈下苦,¹　　　　세 가지 여유 시간에 등불 아래 고생해도

不及操奇贏.²　　　　장사로 거둔 이익에 미치지 못한다마는.

努力乘潮去,　　　　힘써 물결 타고 나갔다가

歸來五馬榮.³　　　　돌아오면 태수의 영광을 누릴 수 있으리라.

주석

① 三餘(삼여): 공부하기에 좋은 세 가지 여유 시간을 뜻하는 것으로,

겨울, 밤, 비 오는 때를 말한다.

② 奇贏(기영): 상인이 얻는 이익.

③ 五馬(오마): 중국에서 태수나 지부知府의 관원을 지칭할 때 쓰는 일
종의 아호雅號이다.

해설

겨울, 밤, 그리고 비 오는 시간을 공부하기 좋은 여유 시간이라 말한
다. 이 시는 공부해봐야 장사로 경제적 이득을 취함에 미치지 못함을
이야기하고 있다.

원문 ─────────────────────────────────────

其十二

橘子如金瓶,	귤이 마치 금색의 병과 같으니
中藏碧玉酒.	그 가운데에는 벽옥 같은 술 숨겨져 있겠네.
年年登貢包,	해마다 공물 보따리 올리며
恭祝聖人壽.¹	삼가 임금의 장수 축원하네.

주석

① 聖人(성인): 제왕을 일컫는 존칭.

해설

이 시는 제주의 특산물인 귤에 대해 묘사하고 있다. 벽옥 같은 술이
숨겨져 있음은 귤 속에 풍성한 육즙을 말하는 것일 텐데, 귀한 귤은 결

국 공물로 보내어져 임금에게 진상되었다. 귤을 금색의 병과 같다고 한 표현이 참으로 흥미롭다.

원문 ─────────────────────────────────

其十三

翠袖映檀暈,[1]	비취색 소매에 발그레 빛 물들어
洛妃初返魂.[2]	낙수 여신의 혼령이 막 돌아온 듯하다.
不逢金屋貯,[3]	금으로 치장한 집을 만나지 못하고
憔悴傍籬根.	초췌한 이 사는 집 울타리에 뿌리를 내렸구나.

주석

① 檀暈(단훈): 발그레 물들어 빛나는 것을 말한다.

② 洛妃(낙비): 낙수洛水의 여신. 전설에 따르면, 복희씨宓羲氏의 딸 복비宓妃가 낙수에 빠져 죽어 여신이 되었다. 그러나 복희씨의 딸이라는 이야기는 당대에 만들어진 것일 뿐 이전에는 별개의 여신이었다.

③ 금옥(金屋): 한나라 무제의 고모가 자신의 딸 아교阿嬌에게 장가들면 어떻게 하겠느냐고 묻자, 무제가 말하기를 "황금 집을 지어서 두겠다." 하였다.

해설

이 시 역시 귤에 대한 묘사인 듯하다. 비취색 소매란 귤 나뭇잎을 말하고, 발그레한 빛은 잘 익어 반들반들한 귤의 모습이다. 그런데 어찌 화려하고 부유한 집안에 있지 않고 초췌한 이가 사는 울타리를 택했는가? 은연중에 초췌한 자신의 모습을 드러내고 있다.

원문 ─────────────

其十四

家家饒放牧,	집집마다 많이들 방목을 하니
馬畜彌山林.	말과 가축들 산림에 가득하네.
不是天閑物,[1]	황제 마구간에서 기르는 동물 아니건만
蒙人枉費心.	몽골 사람들 헛되이 마음만 썼구나.

주석

① 天閑(천한): 황제 말을 기르는 마구간.

해설

일찍이 원나라는 제주에 목장을 만들어 말을 방목한 바 있는데, 이 시는 이로부터 많아진 제주의 말은 황제가 탈 만한 우량의 말이 아님을 묘사하고 있다.

원문 ─────────────

其十五

皮服宿巖阿,	가죽옷 입고 바위 언덕에서 자며
燒田種菽麻.[1]	밭에 불을 놓고는 콩과 삼을 심는다.
披雲耕白石,	구름 헤치며 흰 돌 있는 밭 가는데

經月不歸家.　　　한 달이 지나도록 집에 돌아가지 못하네.

주석

① 燒田(희전): 밭에 불을 놓다.

해설

이 시는 척박한 땅을 개간하여 콩과 밭을 심는 고충을 표현하고 있다. 한 달이 지나도록 집에 돌아가지 못하고 가죽옷으로 노숙하고 있는 모습은 당시 제주인들의 삶의 고충을 보여주는 것이라고 하겠다.

원문 ────────────────

其十六

筎笠與鬃巾,[1]　　　균립과 종건은

皆從寒女出.　　　모두 가난한 여인들이 만드는데

遂令半國人,　　　나라 사람 절반이

賴此藏頭髮.　　　이에 의지해 머리카락을 감춘다오.

주석

① 筎笠(균립): 대나무로 만든 삿갓.

　鬃巾(종건): 말총으로 만든 탕건.

해설

이 시는 삿갓과 탕건을 쓰고 있는 이들의 모습 속에 숨겨진 여인들의 고충을 표현하고 있다. 나라 사람 중 절반이 여인들의 힘으로 자신의 머리카락을 숨길 수 있음을 통해 당시 아녀자들과 백성들의 어려움을 고발하고 그 속에서 윤택한 삶을 유지할 수 있었던 위정자들에 대한 비판을 담아내고 있다.

원문 ───────────────────

其十七

可憐採鰒女,	가련토다, 전복 따는 여인이여
歌嘯游深淵.	숨비소리 내며 깊은 바다에서 수영하네.
恰似鮫人沒,[1]	흡사 교인처럼 물속으로 사라지니
雲濤正渺然.	출렁이는 파도 마침 아득히 멀어지네.

주석

① 鮫人(교인): 전설 속에 존재하는 인어.

해설

이 시는 제주에 살고 있는 해녀의 모습을 묘사하고 있다. 깊은 바다 두려워하지 않고 힘껏 뛰어드는 모습, 자유자재로 물속을 다니는 모습을 통해 생계를 짊어지고 있는 제주 해녀의 무거움이 느껴진다.

원문 ───────────────────

其十八

有竈煙無囱,[1]	부엌에 연기 나지만 굴뚝은 없고

燃松夜代釭.²   관솔불 피워 밤에 등잔불을 대신한다.

絪縕生暖氣,³   가득히 따스한 기운 생겨나

滿室老牛香.⁴   늙은 소의 향 집 안에 가득하다네.

주석

① 竈(조): 부엌.

    囱(창): 굴뚝.

② 釭(강): 등잔, 등잔불.

③ 絪縕(인온): 기운이 가득함을 말한다.

④ 老牛香(노우향): 늙은 암소 냄새를 말한다. 제주는 습기가 많아 특히 여름철에 곰팡이가 슬어 방 안에서 냄새가 많이 나는 것을 가리킨다.

해설

이 시는 제주 농촌의 모습을 표현하고 있다. 저녁이 되자 부엌에서 연기 피우고, 등잔불을 관솔불로 대신한다. 따스한 기운과 함께 외양간의 향이 함께 스며드는 제주 농촌의 모습을 통해, 누추하지만 정감 넘치는 시골의 향을 묘사해내고 있다.

원문

其十九

夫閒婦獨忙,   남편은 한가로운데 아내 홀로 바쁘니

家政在閨壼.¹   집안일 저 부인들에게 달려 있다.

終歲治荒畬,² 한 해가 다하도록 거친 밭 일궜지만

良辰啖美飯.³ 명절에나 곤밥을 먹는다오.

주석

① 閨壼(규곤): 여인들이 거처하는 안방. 여기서는 부인을 가리킨다.

② 畬(여): 개간한 지 얼마 되지 않은 새밭 또는 잡초를 불살라 일군 밭.

③ 良辰(양신): 기쁘고 경사스러운 날.

啖(담): 먹다.

해설

이 시는 제주 여인들의 강인함을 표현하고 있다. 한가로운 남편에 반해 여인들은 바삐 다니며 가족들의 생계를 책임지고 있다. 거친 밭 일궈야 하는 어려움 속에서도 검소함으로 이겨내는 제주 여인들의 강인함은 지금 제주가 맞이하고 있는 풍요로움의 바탕이라고 할 수 있지 않을까 싶다.

원문 ————

其二十

繩冠擁狗裘, 패랭이 쓰고 개가죽 갖옷 껴입고는

自道靑襟子.¹ 스스로 젊은 서생이라고 말하네.

生不識官門, 평생토록 관아 문 알지 못했지만

終羞贅府吏.² 결국은 관리에게 빌붙어야 함이 부끄럽다네.

① 靑襟子(청금자): 푸른 옷깃의 선비. 젊은 서생을 뜻한다.

② 贅(췌): 빌붙다.

　府吏(부리): 지방에서 근무하는 향리鄕吏. 주로 관아 밖에 위치한 작청作廳에서 근무했기 때문에 외아전外衙前 등으로 불렀다.

해설

　이 시는 패기 넘치는 젊은 선비라도 결국은 관리들의 도움 없이는 살아갈 수 없음을 묘사하였다. 관아의 문이 어디에 있는지 알 필요 없다고 큰소리치던 선비의 호기로운 모습과 함께 결국 관리들의 모습이 절대적일 수밖에 없음을 통해 당시 사회의 부조리함 또한 넌지시 보여주고 있다고 하겠다.

원문 ────────────────

其二十一

山谿無惡獸,	산과 계곡에는 흉악한 짐승이 없고
野畝有餘糧.	들에는 남은 곡식 있다네.
歌舞神情悅,	노래하며 춤추어 귀신 마음 기쁘게 하고
祈年廣壤堂.[1]	광양당에서 풍년이기를 비네.

주석

① 廣壤堂(광양당): 지금의 제주시 이도동 광양 마을에 있었던 신당.

이 시는 제주의 자연환경과 풍속을 묘사하고 있다. 산과 계곡에는 흉악한 짐승이 없을 정도로 평화롭고 들에는 곡식이 남아 있으니, 그야말로 풍요의 땅이라고 할 수 있다. 작품에서는 노래하며 춤추며 귀신조차도 기뻐하니 이 기회를 틈타 내년의 풍요를 빌고 있다.

원문

其二十二

昔賢多不遇,	옛 현인들 중에는 대부분은 불우했는데
此地卽湘潭.[1]	이 땅이 곧 상수라네.
遺躅森羅在,[2]	남긴 자취 빽빽하게 늘어서 있으니
風流映斗南.[3]	풍류가 북두성의 남쪽을 비춘다.

주석

① 湘潭(상담): 상강湘江 가. 상강은 지금의 중국 호남성湖南省에 있는 강으로, 쫓겨난 굴원屈原이 뛰어든 멱라강汨羅江이 상강의 지류 중 하나이다.

② 遺躅(유촉): 남겨진 자취.
  森羅(삼라): 빽빽하게 늘어서다.

③ 斗南(두남): 북극성 이남. 여기서는 제주를 가리킨다.

해설

이 시는 굴원이 빠져 죽은 멱라수를 제주에 빗대어 표현하고 있다.

초나라 왕실에 충정을 다 바쳤으나 결국 쫓겨난 굴원을 통해 자신의 유배 생활을 위로하고 있다.

원문

第七會 十二日會于橘園 [1] 일곱 번째 모임, 12일 귤원에서 만나다

三徒通巷石爲門, [2]	삼도동 통하는 골목은 돌로 문을 삼았고
處處脩篁晝亦昏.	곳곳마다 긴 대숲이라 대낮에도 어둑하다.
枳子孤城懷戰蹟,	탱자나무 외로운 성에서 전쟁 흔적 생각하며
橘林廢院吊忠魂. [3]	훼철된 귤림서원에서 마음 바친 이들의 영혼 위로하네.
島田磽确原無稅, [4]	섬의 밭은 모래와 자갈이 섞여 있는 터라 원래 세금 없고
杵曲嘔哇不可聽. [5]	방아노래 부르는 소리는 알아들을 수 없구나.
幸際天晴波晏日,	다행히 하늘 개고 파도 잔잔해지는 날 된다면
長隣魚鱉共涵恩.	물고기, 자라와 늘 이웃하며 함께 은혜에 젖어보리라.

주석

① 第七會(제칠회): 일곱 번째 모임. 이는 김윤식이 주도한 귤원시회橘園詩會 일곱 번째 모임을 뜻한다.

② 三徒(삼도): 세 개의 마을. 탐라의 시조인 세 사람이 활을 쏘아 거주할 땅을 정하였는데, 그것이 지금의 일도一徒, 이도二徒, 삼도동三徒洞이다.

③ 橘林廢院(귤림폐원): 귤림의 황폐한 서원. 귤림서원은 1576년(선조 9)에 창건되었다가 1682년(숙종 8) 귤림이라 사액되어 서원으로 승격하였다.

④ 磽确(교학): 모래나 돌이 섞인 메마른 땅.
⑤ 杵曲(저곡): 방아를 찧으면서 부르는 노래.
　嘔哇(구왜): 노랫소리.

해설

　김윤식은 제주로 유배 온 문인들과 함께 귤림시회를 결성하였는데, 이 시는 그 일곱 번째 모임에서 지은 것이다. 시인은 다시 이를 일으켜 새로이 문인들을 모아 시를 짓고 제주의 의미 있는 곳들을 더듬어 보고자 한다. 비록 노랫소리 알아들을 수 없고, 풍토가 육지와 다르지만 날 개고, 파도 잔잔한 날이면 제주를 벗 삼아 시를 짓고 풍류를 즐기고자 하는 시인의 마음이 시 속에 담겨 있다.

이용호

이용호李容鎬(1841~1905년), 호는 아석我石, 본관은 전주이다. 태종의 서자인 경녕군의 14대손으로 알려져 있으며, 충청북도 보은에서 이치 상李致庠의 아들로 태어났다. 1877년(고종 14) 36세에 문과에 급제하여 홍문관 교리, 충청어사, 경상순무사 등을 역임했다.

그러나 갑오정변으로 홍선대원군을 추종하던 이들이 모두 몰락하고 말았다. 아관파천으로 러시아공사관에 거주하던 고종을 환궁시키기 위해 반란을 일으켰다는 죄목으로 1898년 재판에 회부되어 한선회韓善 會(중추원 참사관), 장윤선張允善(감찰), 김사찬金思燦 등과 함께 제주로 유 배되었다. 제주에서 5년여 유배생활을 하면서 '귤회'라는 시사를 주도 적으로 이끌었고, 서당을 운영하면서 제주의 인재들을 길렀다. 심재 김 석익金錫翼이 그의 제자이다.

또한 1897년 3월 제물포에서 제주로 유배되어 오는 과정부터 시작 하여 1901년 제주를 떠날 때까지 자신이 직접 보고 겪으며 느낀 소회 를 연대별로 일기체로 서술한『청용만고聽春漫稿』2권 1책을 남겼다. 그 안에는 1898년 제주에서 일어난 방성칠房星七의 난리와 1901년 이재수 의 난리 등 일련의 사건에 대한 기록과 일상의 회포를 담은 시문이 실 려 있다. 그중에서 한시는 전체 532수이다. 청용만고란 제주에서 흔히

들을 수 있는 방아 찧는 소리를 들으며 생각나는 대로 쓴 시문이란 뜻
이다.

　유배 생활을 하면서 천주교 신자가 된 그는 1901년 신축교란이 일어
나자 조정의 지시에 따라 전남 완도군 신지도薪智島로 이배되었으며,
1904년 4월 유배에서 풀려났다. 2018년 도서출판 문예원에서 현행복
이 역주한 국역본『청용만고』가 출간되었다.

李容镐

李容镐(1841~1905年)号我石。祖籍全州，是太宗庶子景宁君的第14代孙，出生于忠清北道报恩，是李致庠之子。1877年(高宗14年)36岁文科及第，历任弘文馆校理、忠清御史、庆尚巡抚使等职。

但由于甲午政变，追随兴宣大院君的人全部没落。1898年以劫持俄馆播迁到俄罗斯公使馆的高宗回宫的造反罪名被交付审判，与韩善会(中枢院参赞)、张允善(监察)、金思灿等一起被流放到济州。在济州过了5年多的流放生活，主导了称为'橘会'的诗社，运营私塾，培养了济州的人才。心斋金锡翼是他的弟子。另外，他留下的日记体《听春漫稿》2卷1册是，

从1897年3月从济物浦被流放到济州的过程开始，到1901年离开济州为止，按年代排列叙述的自己亲眼所见和经历感悟。里面记录了1898年在济州发生的房星七之乱和1901年李在守之乱等一系列事件，还有记录日常心情的诗文。其中汉诗共532首。"听春漫稿"是指在济州听着经常听到的春米声，随心所欲写的诗文。

他在流放期间成为了天主教信徒，1901年发生辛丑教乱后，根据朝廷的指示被移送到全南莞岛郡薪智岛，1904年4月从济州被释放出来。2018年，图书出版文艺院出版了由玄行福译注的国译本《听春漫稿》。

瀛洲雜絶二十八首   영주잡절 28수

余在島日久, 得見其所謂耽羅志所載前人詩文類, 以仙釋弔
詭之說, 津津於吟哢, 至于謠俗之異同民事之辛艱, 不及道
焉. 語雖工矣, 終非近於實際. 遂作瀛洲雜絶二十八首, 皆土
人居處生理衣服飲食日用常事也. 使采風者卽此以觀之, 則
山川風土槪可知耳.

내가 섬에 와 머문 지 여러 날이 되어 이른바 『담라지』에 실린 앞 사람의 시문장 류를 살펴보
았는데, 도교와 불교의 황당무계한 설들을 진진하게 읊조리고 있었고, 노래와 풍속의 다른
점과 백성들의 어려운 일에 대해서는 언급하지 않았다. 비록 솜씨있게 지었다 해도 끝내 실
제와도 가깝지 않았다. 그래서 영주잡절 28수를 지었는데, 모두 토착민의 거처, 생리, 의복,
음식 등 날마다 이용하는 일상적인 일들이다. 제주의 풍속을 채집하려고 하는 사람으로 하
여금 곧 이것을 보고 바로 산천과 풍토를 대개 알 수 있도록 할 따름이다.

其一

媧天元氣走荒濱,[1]   여와의 하늘의 원기가 황량한 물가로 달려왔는지
磅礴輪囷各色身.[2]   뒤섞인 커다란 돌이 각양각색이네.
却恨化兒多劇戲,[3]   다만 조물아이가 장난이 많은 것이 한스러우니
何豐於石嗇於人.   어찌 돌에는 넉넉하고 사람에겐 인색하단 말인가?

주석

① 媧天(와천): 여와女媧가 보수한 하늘. 여와는 인간을 창조한 여신으
로, 고대 중국의 신화에서 복희伏羲, 신농神農과 함께 삼황三皇으로
칭해진다. 세상이 만들어진 지 오래되어 하늘이 갈라지고 무너지

자 오색의 돌로 보수하고 자라의 다리를 잘라 네 귀퉁이를 세웠다
고 한다.

② 磅礴輪囷(방박윤균): 뒤섞이고 커다랗다. 제주의 돌을 가리킨다.

③ 化兒(화아): 조물아이. 조물주造物主를 장난기 많은 아이에 비유한
말이다.

해설

이 시는 각양각색의 커다란 제주의 돌을 여와가 하늘을 보수했던 돌
에 비유하고, 제주가 돌만 가득하고 사람이 살기엔 척박하기만 한 것을
조물주의 장난으로 여기고 있다. 원시 주석에서 "땅에 기괴하게 생긴 돌
이 많다.(地多石怪奇.)"라 하였다.

원문

其二

金鰲露背海雲間,[1]	황금 자라가 바다 구름 사이로 등을 드러내어
水口東南一轉灣.	해안의 관문에서 동남쪽으로 한 번 돌아 만을 이루었네.
四百里周三郡地,[2]	사백 리로 세 고을 땅에 에두르고
人行長在漢挐山.	사람 다니는 길이 오래도록 한라산에 있었다네.

주석

① 金鰲(금오): 황금 자라. 『열자列子·탕문湯問』에 나오는 발해渤海 동
쪽에 대여岱輿, 원교員嶠, 방호方壺, 영주瀛洲, 봉래蓬萊의 다섯 개
선산을 머리에 이고 있다는 자라를 가리킨다.

② 三郡(삼군): 세 고을. 고高, 양良, 부夫 세 신인神人이 나누어 살던 땅을 가리킨다.

해설

이 시는 자라가 머리에 이고 있다는 신화 속의 선산仙山에 제주를 비유하며 동남쪽으로 굽이져 있는 섬의 지형을 나타내고, 섬 둘레가 사백 리로 오랜 옛날부터 사람이 살았던 곳임을 말하고 있다. 원시 주석에서 "세상에서 말하기를 한라산은 우리나라 해안의 관문이라 하며, 제주의 세 고을이 한라산의 동서남북을 고리처럼 두르고 있다. (俗言, 漢挐山爲我國水口, 而濟之三郡環一山之東西南北.)"라 하였다.

원문

其三

三郡古穴最靈鍾,[1]　　세 고을의 옛 혈은 가장 신령한 곳인데

此事然疑竟孰從.　　이 일은 의심스러우니 누가 믿고 따를까?

陸出蓮花蒸出菌,[2]　　육씨 집에서 나온 연꽃처럼 버섯이 자욱이 솟아나니

來無種子去無蹤.　　종자도 없이 왔다가 종적도 없이 가네.

주석

① 靈鍾(영종): 신령한 종. 영험함이 서린 곳을 의미한다. 『세설신어世說新語·문학文學』에 "「동방삭전東方朔傳」에 이르기를 한 무제 때 미앙궁의 앞 전각에 있는 종이 까닭 없이 저절로 울려 사흘 밤낮을 그치지 않았다. 무제가 동방삭에게 물으니 동방삭이 대답하기를

'신이 듣기에 동銅은 산의 자식이요 산은 동의 어미라 하였습니다. 음양의 기로써 말한다면 자식과 어미가 서로 감응하는 것이니, 아마도 산에 땅이 무너지려 함이 있어 종이 먼저 울린 것입니다.'라 하였다. … 사흘 후 남군태수가 상서하여 산이 무너져 이십여 리에 달했다고 하였다. (東方朔傳曰, 孝武皇帝時, 未央宮前殿鐘無故自鳴, 三日三夜不止. 問東方朔, 朔曰, 臣聞銅者山之子, 山者銅之母, 以陰陽氣類言之, 子母相感, 山恐有崩地者, 故鐘先鳴. … 居三日, 南郡太守上書, 言山崩延袤二十餘里.)"라 하였다.

② 陸出蓮花(육출연화): 육씨 집에서 나온 연꽃. 세상에서 보기 드문 명산품을 의미한다. 『술이기述異記』에 "월 땅에는 왕씨의 귤 정원, 호씨의 매화 산, 하씨의 오이 언덕이 있고, 오 땅에는 육씨 집의 흰 연, 고씨 집의 얼룩무늬 대나무가 있으며, 조 땅에는 한씨의 신 대추가 있다. (越中有王氏之橘園, 胡氏之梅山, 賀氏之瓜邱, 吳中有陸家白蓮, 顧家斑竹, 趙有韓氏之酸棘.)"라 하였다.

蒸出(증출): 증기처럼 뿜어져 나오다. 버섯이 사방을 뒤덮으며 자라는 것을 말한다.

해설

제주인들은 삼성혈을 신성한 곳으로 여기지만 자신은 그 전설을 믿을 수 없다고 하면서 내지에서는 보지 못한 기이한 버섯이 홀연 자라났다가 흔적도 없이 사라지고 있음을 말하고 있다. 원시 주석에서 "고양부 삼을나가 땅에서 솟아났다고 하는 구멍이 있는데 '品'자 모양이고, 고을 관아에서 남쪽으로 5리 남짓한 곳에 있다. (高良夫三乙邢從地湧出有

穴, 成品字, 在州治南五里餘.)"라 하였다.

其四

菑田磽确畎難成,[1]　　개간한 밭이 온통 자갈이라 밭이랑 만들기 어렵고

鴉觜鉏頭觸石鳴.　　까마귀 부리 같은 호미 끝에서 돌 부딪치는 소리 울리네.

省得人功休地力,[2]　　사람의 공력을 아끼고 땅도 쉬게 하려

三年遞間一年耕.　　3년에 돌아가며 사이를 두어 1년만 경작한다네.

주석

① 菑田(치전): 처음 개간한 밭.

　　磽确(교학): 토지가 돌이 많고 척박하다.

② 人功(인공): 사람의 공력. 농사짓는 것을 가리킨다.

해설

이 시는 제주에 자갈이 많아 밭을 개간하여 농사짓기가 어렵다고 하면서 그나마 지력 또한 약해 3년에 한 번씩만 농사지을 수 있음을 말하고 있다. 원시 주석에서 "땅 힘이 메마르고 박해서 매년 파종하고 경작할 수 없어, 1년 혹은 2년을 건너뛰어서 곡식을 파종한다.(土力磽薄, 不能每年耕種, 間一年或間二年種穀.)"라 하였다.

其五

土石浮燥異隰原,　　흙과 돌은 메말라 습한 지대와는 달라

春時入種未牢根.¹　　봄에 파종해도 뿌리가 견고하지 않네.

踏來牛馬堅如築,　　소와 말로 오가며 밟아 단단하게 다지면

耐得風乾艸不繁.²　　바람에 마르는 것도 견뎌내고 잡풀도 무성하지 않다네.

주석

① 牢根(뇌근): 뿌리가 견고하다.

② 耐得(내득): 견뎌내다.

해설

이 시는 제주는 흙과 돌이 메말라 씨를 뿌려도 뿌리가 잘 내리지 않음을 말하고, 소나 말을 이용해 단단하게 다져 잡풀이 자라는 것도 방지하고 있음을 말하고 있다. 원시 주석에서 "흙의 기운이 뜨고 푸석해서 바람과 가뭄에 재해를 입기 쉽다. 그래서 파종 후에는 말과 소를 이용해 그것을 밟아서 단단하게 하여 잡초도 나지 않도록 한다.(土氣浮虛, 風旱易災. 故播種後, 用馬牛踏之使堅, 又雜草不生.)"라 하였다.

其七

南陸地當熱帶天,　　남녘 땅 뭍 지대 당연한 열대의 날씨라

深冬秪似晚秋然.　　한겨울에도 다만 늦가을 같네.

菘蔥蘿菖留栖畝,[1]　　배추, 파, 무가 밭이랑에 남아 자라서
接到明春種菜前.　　　이듬해 봄 채소 파종 전까지도 그대로 간다네.

주석

① 菘蔥蘿菖(숭총라복): 배추, 파, 무. 무는 '나복蘿蔔'이라고도 한다.

해설

이 시는 제주가 열대기후에 속해 한겨울도 늦가을처럼 느껴지며, 채
소들이 겨울이 지나 이듬해 봄까지 밭에 여전히 남아 있음을 말하고 있
다. 원시 주석에서 "땅의 기온이 매우 따뜻하여 가을 채소들이 여전히
밭에 남아 있고, 겨울을 지나서도 푸르르니 봄 먹거리가 된다.(地氣甚溫,
秋菜留於田中, 經冬靑靑, 仍作春食.)"라 하였다.

원문 ──────────────────────────────

其八

脫粟飯蒸魚卵黃,　　메조 탈곡하여 밥을 쪄내니 물고기 알처럼 누렇고
匙尖粒粒盡飛揚.[1]　수저 끝의 밥알들이 모두 날리네.
臨餐不敢張頤語,[2]　식사하며 감히 턱을 벌려 말할 수 없으니
怕遣遊蜂過短墻.　　날아다니는 벌들이 짧은 담장을 넘어올까 두려워서라네.

주석

① 粒粒(립립): 낱알. 밥알을 가리킨다.

② 張頤(장이): 턱을 벌리다.

해설

이 시는 좁쌀을 쪄서 만든 밥이 마치 물고기 알처럼 누렇고 찰기가 없어 수저에서 풀풀 날림을 말하고, 밥의 색깔을 보고 벌들이 착각하여 몰려드는 까닭에 이야기를 나누며 여유롭게 식사도 할 수 없음을 말하고 있다. 원시 주석에서 "순전한 좁쌀밥을 '새우 알밥'이라 부른다.(純粟飯, 謂之鰕卵飯.)"라 하였다.

원문

其九

三州白鑿貴於玉,¹ 세 고을은 흰 쌀이 옥보다 더 귀한데

海賈遠輸猶未續. 바다 상인이 멀리서 실어오는 것도 계속하지 못하네.

縱有直錢須有權, 설령 돈으로 사려고 해도 권력이 있어야 하니

斗升不及村民屋.² 말과 되의 쌀조차 시골 백성 집에는 이르지 못한다네.

주석

① 白鑿(백착): 흰 쌀.

② 斗升(두승): 말과 되. 적은 양의 쌀을 가리킨다.

해설

이 시는 제주가 본디 쌀이 귀한 데다 내륙에서 사오는 것도 여의치 않음을 말하고, 설령 돈이 있어도 권력이 없으면 쌀을 구할 수 없음을 비판하고 있다. 원시 주석에서 "흰쌀이 매우 귀해 흉년이 든 해에는 백성이 비록 돈이 있어도 또한 구하기가 어렵다.(白米甚貴, 年凶則民雖有錢,

亦難求.)"라 하였다.

원문 ————————————————

其十

黃茅蓋屋不曾編,	누런 띠풀로 지붕을 덮고 일찍이 엮지를 않아
麤索縱橫結網然.[1]	굵은 새끼로 얼기설기 그물처럼 묶어 놓았네.
夜半西風吹雨急,	한밤중 서풍 몰아치고 비 급작스레 퍼부을 때면
恰如船裡覆篷眠.[2]	마치 배 안에서 뜸을 덮고 자는 듯하나네.

주석

① 麤索(추삭): 굵고 거친 새끼줄.

② 覆篷(복봉): 뜸을 덮다. '봉篷'은 띠풀 덮개로, 수레나 배 따위를 덮어 햇빛이나 바람과 비를 막는 데 사용하였다.

해설

이 시는 제주의 집들이 지붕을 풀로 덮어 새끼줄로 그물처럼 묶어 놓았다고 하면서 이로 인해 비바람이 불면 마치 뜸배 안에서 자는 것처럼 느껴짐을 말하고 있다. 원시 주석에서 "섬사람들은 지붕을 덮는 데 모두 풀을 사용하며 엮지를 않는다. (島人, 蓋屋盡用茅而不編.)"라 하였다.

其十二

滿身風雨長莓苔,	온몸으로 비바람 맞아 이끼가 자라니
彌勒何年現相來.[1]	미륵이 어느 해에 현신하여 왔던가?
似厭迷途長往客,	멀리 가는 나그네가 길 잃는 것을 싫어하는 듯하니
眉頭鎭日未曾開.[2]	양쪽 미간 온종일 편 적이 없다네.

주석

① 現相(현상): 모습을 드러내다. '현신現身'의 의미이다.
② 鎭日(진일): 온종일. '진鎭'은 '항상', '오래도록'의 의미이다.

해설

이 시는 비바람 맞으며 이끼 자라난 돌하르방을 미륵이 현신한 것으로 여기고, 나그네가 길을 잃을까 걱정하여 미간 가득한 주름이 펴지지 않고 있음을 말하고 있다. 원시 주석에서 "성 밖의 사문로 양쪽 옆에 모두 돌하르방 네 구가 있는데, 어느 시대에 만들어졌는지 알 수 없다.(城外四門路兩傍, 皆有石人四軀, 不知何代作.)"라 하였다.

其十五

織就靑藤勝竹膚,	푸른 등나무로 짠 것이 대껍질보다 나으니
晴天雨日鎭相須.[1]	맑은 날이건 비 오는 날이건 언제나 쓰임이 있네.
煩君借我時時着,	그대 번거롭게 시시때때로 쓰도록 내게 빌려달라 하여

添作南州戴笠圖.²　　　남녘 고을의 삿갓 쓴 그림을 더하여 만든다네.

주석

① 鎭(진): 늘, 항상.

② 戴笠圖(대립도): 삿갓 쓴 그림. 소식蘇軾이 남방으로 귀양 갔을 때 농가를 지나다가 소낙비를 만나 삿갓과 나막신을 빌려 쓴 적이 있었는데, 이 모습이 「동파입극도東坡笠屐圖」로 그려져 있다.

해설

이 시는 제주에서는 대껍질이 아닌 등나무로 삿갓을 만드는데 그 효용성이 뛰어남을 말하고, 삿갓을 쓰고 있는 자신의 모습을 자신과 마찬가지로 남방에 귀양 갔던 소식에 비유하고 있다. 원시 주석에서 "산중 사람들은 대부분 푸른 등나무 덩굴을 가늘게 짜서 삿갓을 만드는데, 마치 햇빛 가리개 모양 같다.(山中人, 多以靑藤細織爲笠, 如蔽陽子樣.)"라 하였다.

원문

其十六

靑靑豆葉滿東陂,　　　　푸른 콩잎이 동쪽 언덕에 가득하니

包飯團團易療飢.¹　　동그랗게 싼 밥이 허기를 달래기에 제격이네.

紈袴未曾知此味,²　　부귀한 이들은 이 맛을 알지 못하니

怪他人不肉糜爲.　　　　사람들이 고기죽 만들어 먹지 않는 것을 탓한다네.

① 團團(단단): 동글동글한 모양.

② 紈袴(환고): 비단으로 만든 바지. 부유한 사람을 가리킨다.

해설

이 시는 콩잎으로 싼 밥이 허기를 쉽게 달래줄 수 있을 뿐 아니라 맛
또한 좋음을 말하며, 부유한 사람들은 고기 맛만 알 뿐 콩잎 밥의 맛은
알지 못함을 말하고 있다. 원시 주석에서 "토착인들은 콩잎에 밥을 싸
서 먹기를 좋아한다.(土人, 善以生豆葉包飯食之.)"라 하였다.

원문 ──────────────────────────────────

其十八

簶籠安着小軍持,[1]	물구덕 편안히 짊어지는 것은 여성들 몫이니
汲水人來盡負之.	물 긷는 사람들은 오면서 모두 그것을 등에 졌다네.
境仄不堪頭戴去,[2]	땅이 기울어져 머리에 이고 갈 수 없으니
也須利用各隨宜.	각자 편안한 대로 이용해야지.

주석

① 蔑籠(멸롱): 물구덕, 물허벅을 등에 질 때 쓰이는 대로 만든 도구.

　　小軍(소군): 군대의 병졸兵卒. 여기서는 여성을 의미한다.

② 境仄(경측): 땅이 기울다. 땅이 평탄하지 않은 것을 말한다.

해설

이 시는 제주 여성들이 하나같이 물구덕을 짊어지고 물을 길으러 오는 것을 말하고, 제주 땅이 돌도 많고 평탄치 않아 물허벅을 머리에 일 수 없어 환경에 따라 이와 같이 물을 긷는 풍습이 생겼음을 말하고 있다. 원시 주석에서 "물 긷는 자는 물허벅을 머리에 이지 않고 모두 그것을 등에 짊어진다.(汲水者, 不戴瓮而皆負之.)"라 하였다.

원문

其十九

童年學沒狎波濤,	어린 시절부터 잠수를 배워 파도와 친해졌으니
鳧鴨生涯手脚勞.	오리와 같은 생애라 손과 다리가 수고롭기만 하네.
君看盤中盈寸鰒,[1]	그대 보게나, 쟁반 안에 가득한 한 치 전복은
曾將軀命判鴻毛.[2]	일찍이 목숨을 기러기 털처럼 여긴 것이라네.

주석

① 寸鰒(촌복): 한 치 크기의 전복.
② 鴻毛(홍모): 기러기 털. 사소하고 하찮은 것을 의미한다.

해설

이 시는 제주 해녀들이 일찍부터 잠수를 배워 평생 물에서 지내며 고생하고 있음을 말하고, 우리의 쟁반에 놓인 전복은 그녀들이 목숨과 바꾸며 건져 낸 것임을 말하고 있다. 원시 주석에서 "전복 캐는 아낙네다.(採鰒女.)"라 하였다.

510

其二十

駰駱騧驪赭駁驄,[1]	오충이, 가리온, 공골말, 가라말, 워라말, 총이말들
十場分牧歲程功.	열 군데 마장에서 나누어 기르며 해마다 공납으로 바친다네.
不施銜絡驏騎去,[2]	재갈과 굴레를 씌우지 않고 안장도 없는 말을 타고 가며
一笠斜陽一笛風.	석양에 삿갓 쓰고 한 가닥 피리 소리 바람에 날리네.

주석

① 駰駱騧驪赭駁驄(인락과려자박총): 각각의 말의 종류. '인駰'은 오충이로, 흰 털이 섞인 검은 말이다. '락駱'은 가리온으로, 갈기가 검은 흰 말이다. '과騧'는 공골말로, 주둥이가 검은 누렁말이다. '려驪'는 가라말로, 털빛이 검은 말이다. '자박赭駁'은 워라말로, 검붉은 얼룩말이다. '총驄'은 총이말로, 푸른빛을 띤 부루말이다.

② 銜絡(함락): 재갈과 굴레.

　驏騎(잔기): 안장을 얹지 않은 말을 타다.

해설

　이 시는 제주의 열 곳 목장에서 각종의 말을 키우고 있음을 말하고, 재갈과 굴레도 없이 자유롭게 자라는 말을 타고 여유롭게 즐기고 있는 모습을 나타내고 있다. 원시 주석에서 "고을에는 말 키우는 목장이 열 곳이 있는데, 들판에 풀어놓아 기르며 재갈을 물리거나 굴레를 씌우지 않는다.(州有十場牧馬所, 而放牧于野, 不用銜絡.)"라 하였다.

其二十三

名園幽馥橘花時,　　　이름난 과원의 그윽한 향기는 귤꽃 피는 때이니

不妨東風盡夜吹.　　　동풍이 밤새도록 불어도 상관없다네.

瀹得輕香香未老,[1]　　데쳐서 은은한 향기 얻어 향기 사라지지 않으니

山茶何羨品槍旗.[2]　　산의 차가 어찌 명품 창기 녹차를 부러워하리?

주석

① 瀹(약): 데치다, 삶다.

② 山茶(산차): 산의 차. 여기서는 귤꽃으로 만든 차를 가리킨다.

　品(품): 명품名品.

　槍旗(창기): 녹차의 한 종류. 끝에 싹이 있는 작은 잎으로 만들며, 싹 끝은 창처럼 가는데 잎은 깃발처럼 펴져 있다 하여 이와 같이 불렀다.

해설

　이 시는 귤꽃이 피면 봄바람이 밤새도록 불어도 과원에 향기 가득함을 말하고, 귤꽃으로 만든 차는 명품으로 알려진 창기 녹차보다 뛰어남을 말하고 있다. 원시 주석에서 "귤꽃으로 차를 달여 마시면 그 향기와 맛이 매우 빼어나다.(花爲茶飲之, 香味絶佳.)"라 하였다.

其二十六

山柳材成屋樣低,　　　산버드나무를 재목으로 삼아 집의 모양은 나지막하고

石垣夾築與簷齊.[1]　　돌담을 끼이게 쌓아 처마와 높이가 같네.

敎遮風雨兼防火,　　　비바람 막고 겸하여 화재도 막기 위함이니

一副規模穩着栖.[2]　　편안히 살기에 알맞은 규모라네.

주석

① 夾築(협축): 끼이게 쌓다. 집과 담의 공간이 거의 없게 쌓는 것을
　　말한다.

② 副(부): 부합되다, 알맞다.

해설

　이 시는 제주의 집들은 산버드나무로 만들어 높이가 낮고 돌담이
같은 높이로 바짝 붙어 쌓여 있음을 말하고, 이 같은 이유가 비바람과
화재를 막기 위함이며 그런대로 편안히 살기에 알맞은 규모임을 말하
고 있다. 원시 주석에서 "산배나무는 목재 중의 견고하고 좋은 것인
데, 산버드나무로 와전되었다. 토착민들의 집의 양식은 크기를 막론
하고 모두 똑같다.(山梨材之堅美者, 訛爲山柳. 土人屋制, 無論大小, 皆一樣.)"라
하였다.

其二十七

蕙齒蘭齡十四三,[1] 혜초와 난초 같은 꽃다운 나이 열서너 살이면

工歌解舞籍中參. 노래 배우고 춤을 익혀 기녀 명부에 들어간다네.

但能使道專房眄,[2] 다만 사또의 사랑을 오로지 독차지할 수 있기에

生女人家也勝男. 딸을 낳은 집이 아들 낳은 집보다 더 낫다네.

주석

① 蕙齒蘭齡(혜치란령): 혜초의 나이와 난초의 나이. 꽃다운 나이를 가리킨다.

② 房眄(방면): 방에서의 총애. 사랑을 독차지하는 것을 말한다.

해설

이 시는 제주의 여인들 중에 나이 열서넛이면 노래와 춤을 익혀 기녀가 되는 이들이 있는데, 기녀가 되면 관원의 총애를 받을 수 있기에 아들보다는 딸을 낳는 것을 더 선호하고 있음을 말하고 있다. 원시 주석에서 "고을의 여자들은 기녀의 명부에 들어가는 것을 영예로운 일로 여긴다. 속설에 이르기를 관원을 존중하여 사또라고 칭한다.(州人女子, 以入參妓籍爲榮. 俗言以尊官稱使道.)"라 하였다.

김희정

김희정金羲正(1844~1916), 자는 우경佑卿, 호는 해은海隱, 포규蒲葵이다. 본관은 김해이며, 제주 조천포에서 김성휴金性休의 아들로 태어났다. 어려서 천자문을 떼고 12살 때 인근 신촌리에 사는 매계梅溪 이한진李漢震의 가르침을 받았다. 이어서 윤규관尹奎館과 그의 아들 윤지복尹祉福에게 배웠다. 17세에 승보시陞補試에 합격했다. 1864년(고종 1) 과거를 위해 상경한 후에는 전 제주참판을 역임한 목인배睦仁培를 만나고 그의 아들인 목유석睦裕錫에게 배웠다. 1873년(고종 10) 면암勉菴 최익현이 제주로 유배 오자 그를 따르며 성리학 강론을 들었으며, 그의 애국, 척화사상에 영향을 받았다. 이로써 김희정은 최익현을 통해 화서학맥[1]을 잇는 제주의 대표적인 인물이 되었다.

1875년 그의 나이 32세에 문과 초시에 합격했으나 이후 문과 복시와

---

1) 19세기 초 화서華西 이항로李恒老의 영향을 받은 유림들에 의해 형성된 학파를 말한다. 조선 후기 민족정신을 고취하고 구국운동에 큰 영향을 끼친 재야의 위정척사 세력의 토대가 되었다. 이항로는 성리학의 심주리설心主理說에 입각하여 조선의 유교문화를 수호하고 서구 문화를 배척하는 의식을 확립했다. 그의 문하에 최익현崔益鉉, 김평묵金平默, 유중교柳重教 등이 있다. 그들의 위정척사 운동은 흥선대원군의 폐쇄적인 대외정책의 사상적 토대가 되었으며, 갑오개혁의 개혁조치를 철회할 것을 주장했다.

식년 회시會試, 증광 회시에 낙방했다. 서울에 머물다가 사판査辦 박용원朴用元, 일본영사 등과 함께 제주로 내려와 일본인과 관련한 살인사건을 조사하여 조정에 보고했으며, 숭인전 참봉 벼슬을 받았으나 나가지 않았다. 1891년에 나온 『도해록蹈海錄』이 이에 관한 기록이다.

1882년(고종 19) 김정 목사가 설립한 삼천서당에 「노봉흥학비蘆峯興學碑」를 세우고 후학들을 가르쳤다. 당시 조선은 외세의 침략으로 국세가 기울고 풍전등화의 상태였다. 향리의 민족지사들은 학당에서 후학들에게 민족교육을 실시하였는데, 해은 역시 그러했다. 그의 철저한 민족정신은 그의 아들인 항면恒勉, 항유恒裕(전 명월만호), 항락恒洛 등은 물론이고 손자들에게까지 이어졌다. 그의 손자인 필원弼遠은 조천 3·1 운동의 핵심 인물이며, 중원重遠은 조천 야학과 소년회의 지도자였다. 또한 평원平遠은 일제강점기에 조천소비조합 활동으로 옥고를 치렀고, 지원志遠은 제주의 최초 현대 시인의 한 사람으로 망명의 길을 택했다.

당시 사람들은 애국사상은 매계梅溪 이한진李漢震, 도학道學은 소백小栢 안달삼安達三, 그리고 시문은 해은海隱을 제주의 최고봉으로 꼽았다. 해은의 시문집은 근년에 학계에 보고되었는데, 2015년 백규상이 번역한 『해은선생문집』이 출간되었으며, 한시 314편 411수가 수록되어 있다.

金羲正

金羲正(1844~1916)，字佑卿，号海隐、蒲葵。祖籍金海，出生于济州朝天浦，金性休之子。儿时就精通千字文，12岁时得到住在附近新村里的梅溪李汉震的教导。后来跟着尹奎馆和他的儿子尹祉福学习。17岁通过了陛补试(小科初试)。1864年(高宗1年)为科举进京后，见到了历任前济州参判的睦仁培，并跟着他的儿子睦裕锡学习。1873年(高宗10年)崔益铉被流放到济州后，金羲正跟随他听性理学讲论，受到了他的爱国、斥和思想的影响。由此，金羲正通过崔益铉成为了继承华西学脉[1]的济州代表性人物。

1875年，他32岁时通过了文科初试，但此后在文科复试、式年会试和增广会试中落榜。在首尔滞留一段时间后，与查办朴用元、日本领事等人一起来到济州，调查与日本人有关的杀人事件向朝廷禀报，并获得崇仁殿参奉官职，但未出仕。1891年出版的《蹈海录》正是与此相关的记录。

---

1) 指19世纪初，以受华西李恒老影响的儒林形成的学派。这对弘扬朝鲜后期的民族精神，又给救国运动带来巨大影响的在野，成为卫正斥邪势力的基础。李恒老立足于性理学的心主理说，确立了守护朝鲜儒教文化，排斥西方文化的意识。他的门下有崔益铉、金平默、柳重教等人。他们的卫正斥邪运动成为了兴宣大院君封闭对外政策的思想基础，还主张要撤回甲午改革的改革措施。

1882年(高宗19年)他在金儆牧使设立的三泉书堂里立了"芦峯兴学碑", 并教导后学。当时朝鲜因外国势力的侵略, 国势衰微, 处于风前残烛的状态。乡里的民族志士们在学堂里对后学们进行了民族教育, 海隐也是如此。他透彻的民族精神不仅延续到他的儿子恒勉、恒裕(前明月万户)、恒洛等, 还延续到他的孙子们。他的孙子弼远是朝天3.1运动的核心人物, 重远是朝天夜校和少年会的领导人。另外, 平远因参加日本帝国主义强占时期朝天消费组合活动而入狱, 志远作为济州最早的现代诗人之一, 选择了流亡之路。

当时人们称颂, 在济州爱国思想方面第一人是梅溪李汉震、道学方面第一人是小栢安达三、诗文方面第一人是海隐。海隐的诗文集是近年向学界报告的, 2015年出版了由白奎尚翻译的《海隐先生文集》, 收录了314篇411首诗。

橘林書院遺址設壇享五先生

굴림서원 옛 터에 단을 설치하여 다섯 분의 현인을 제향하다

辛卯十月, 余在洛舘, 聞楊州石室書院遺址有壇享之會.[1] 遂
與家兒恒裕趁參, 謄其通及規式,[2] 歸獻橘院僉章甫.[3] 時李基
瑢力主其議, 遂設壇享之.

신묘년 10월, 내가 한양 객사에 있을 때 양주의 석실서원에서 단을 마련하여 제향하는 모임
이 있다는 소문을 듣고는 집 아이 향유와 함께 가서 참배하고, 그곳의 통장과 규식을 베끼고
서 돌아와 굴림서원의 여러 유생들에게 드렸다. 당시 이기용이 이 논의를 힘써 주장하여 마
침내 단을 마련하고 제향하였다.

橘院遺虛綠草肥,	굴림서원 남겨진 터에 푸른 풀 윤기 나는데
後生何處可依歸.	후생들은 어느 곳으로 돌아가 의지할 수 있을까.
年年一度壇前拜,	해마다 한 번 단 앞에서 절하니
愛禮存羊殆庶幾.[4]	예의 형식과 실질을 거의 갖추었음이라.

주석

① 石室書院(석실서원): 지금의 경기도 남양주시 지금동에 위치했던
　　서원으로, 1656년(효종 7년)에 건립되었다.

② 謄(등): 베끼다.

③ 章甫(장보): 유자儒者의 관. 여기서는 유생을 가리킨다.

④ 愛禮存羊(애례존양): 예를 아껴 양을 그대로 둔다는 뜻으로, 『논어
　　論語·팔일八佾』에서 자공子貢이 양을 희생으로 바치는 것을 없애려
　　하자, 공자가 한 말이다. 이는 예를 소중히 여겨 전해지는 형식을

보존한다는 것을 말한다.

해설

이 시는 제대로 역할을 다하지 못하고 있는 귤림서원을 일으켜 세우고자 했던 시인의 의지가 드러나고 있다. 시제에서는 양주의 석실서원에서의 예를 참고하여 제주의 여러 유생들에게 귤림서원에 단을 마련하여 제향하게 된 경위를 밝히고 있다. 단을 세워 제향하는 것은 결국 형식의 보존을 통해 예를 소중히 여김을 드러내고자 했던 공자의 가르침을 받드는 것을 의미한다.

원문 ────────────────────────

奉和勉菴先生匪所韻三首 면암선생 적소에서의 운에 받들어 화답하다

其一

數椽茅屋掩柴關,	몇 개의 서까래로 이루어진 띠집에서 사립문 닫고
盡日看書也未閒.	종일 책 보니 또한 한가하지 않다네.
從古賢人多忍性,	예부터 현인들은 인내심 많다는데
如今小子幸承顏.[1]	지금에서야 소자 다행히 선생을 만나게 되었네.
海聲近戶尋常聽,	바닷소리는 집 가까이 늘 듣는 것이고
岳色當簾咫尺攀.	산색 발에 비치니 붙잡을 수 있을 정도로 지척이네.
時止時行皆有命,	어느 때는 멈추고 어느 때는 가는 것 모두 운명이니
天涯何妨遠遊還.	하늘가 멀리 노닐다 돌아간들 무슨 상관이리오.

① 承顔(승안): 어른을 뵙다.

해설

이 시는 면암 최익현의 유배지에 들러 든 감정을 표현하고 있다. 바다 소리와 산이 가까운 곳에서 책을 본다면 그 누가 한가할 수 있겠는가. 이제야 면암 선생님의 유배지를 찾아뵈었지만, 현인은 인내심이 많다고 하였으니 화내시지 않으리라 여겼던 시인의 능청스러움이 묻어난다. 사람의 운명을 그 누구도 어찌할 수 없음에 지금 이 제주에 잠시 유배 오신 것 또한 하늘의 뜻임을 받아들여야 한다는 것은 면암에 대한 위로이자 스스로의 다짐이라고 할 수 있겠다.

원문

蘆峯金公興學碑[1]   노봉 김 공의 흥학비

蘆峯諱儆知州時, 創建三泉書堂,[2] 遂置田畓及贍學錢,[3] 以爲養士之資. 泉石橋壁多所品題, 舊享于橘林書院東鄕賢祠, 中間撤廢. 余倡論于僉章甫, 爲立興學碑.

노봉 휘 정이 제주목사 시절 삼천서당을 건립하여 전답과 섬학전을 마련하고 이로써 선비를 양성하는 기반으로 삼았다. 샘과 돌, 다리, 벼랑 대부분에 품제하였는바 예전에는 귤림서원 동쪽 향현사에서 제향하다가 중간에 철폐되었다. 내가 여러 유생들에게 의견을 내어 그를 위해 흥학비를 세웠다.

大設黌堂乃立師,[4]   서당을 크게 지어 곧 스승을 세우니

蘆峯心力盡於斯.   노봉의 마음과 정력 이곳에 다하였네.

後人欲識興儒化,⁵　후인들이 유가의 교화가 일어남을 알고자 한다면

看取蒼岩一片碑.　푸른 바위 한 조각 비석을 보아야 하리.

주석

① 蘆峯金公(노봉김공): 노봉蘆峯 김정金㴑으로, 일찍이 제주목사를 역임하였다.

② 三泉書堂(삼천서당): 지금의 제주시 건입동에 위치했던 서원으로, 1736년(영조 12년)에 건립되었으며, 이후 김정이 비용을 대어 제주의 선비들이 이곳에서 공부하였다.

③ 贍學錢(섬학전): 학생들의 학비를 보조하기 위해 조성된 일종의 장학기금.

④ 黌堂(횡당): 공부하는 집. 서당.

⑤ 儒化(유화): 유가의 교화.

해설

이 시는 전답과 섬학전을 마련하여 유생들의 학업을 돕고자 했던 노봉 김정을 추모하고 그를 위해 홍학비를 세운 일을 담고 있다. 노봉의 이러한 열정과 노력은 푸른 이끼 낀 비석과 이 시를 통해 후대에까지 전해질 수 있었다.

신홍석

신홍석愼鴻錫(1850~1920년), 자는 자휴子休, 호는 화암禾菴이다. 본관은 거창이며, 제주시 별도(지금의 화북동)에서 동교東郊 신재운愼哉雲의 아들로 태어났다. 진사 김용징金龍徵(납읍)의 문하에서 시문을 배웠다. 1881년 과거에 응시했으나 합격하지 못했다. 귤림서원의 강장講長으로 오래 재임하면서 난곡 김양수, 동곡東谷 이기용李基瑢, 이락당二樂堂 이계징李啓徵, 해은 김희정 등을 사우師友로 삼아 교유했고, 화산禾山 김홍익金弘翊, 진재震齋 이응호李膺鎬, 한우漢愚 허갑許鉀, 당질인 신수학愼洙學, 문연文淵 고경수高景洙, 우재愚齋 강원효康源孝, 석재石齋 강원진康源珍 등 적지 않은 후학을 가르쳤다. 만년에 문하생을 전북 계화도界火島로 보내 조선 최후의 항일문사 간재艮齋 전우田愚 선생을 방문토록 했다.

조동일은 『한국문학통사』 제4권에서 그에 대해 이렇게 말했다.

"신홍석의 시는 망국의 시련을 노래하는 데까지 나아갔다. 바다에서 겪는 시련보다 나라를 잃은 시련은 더 커서 비장한 투지를 갖춰야 했다. 1910년 이후 10년이나 더 살면서 민족의 비운을 통탄하는 시를 겉으로 드러내지는 못하고 이따금 지었다. 「조의사弔義士」라고 한 것을 보면, 누군지 밝히지 않은 의로운 투사가 제주도 사람이다. '마음은 오랑캐 하늘 밖에 걸어두고, 몸은 한라산에 막혀 산하가 되었다.(心懸日月胡

天外, 身作山河漢室中.)'고 하는 말로 크나큰 뜻을 지닌 투쟁을 제주도에서
펼친 내력을 암시했다."

　저서로『화암시집』이 있으며, 123편 154수의 한시가 수록되어 있다.
2000년 노귤과 합본시집인『노귤시집·화암시집』이 김익수 번역으로 제
주문화원에서 간행되었다.

慎鸿锡

慎鸿锡(1850~1920年)，字子休，号禾菴。祖籍居昌，出生于济州市别刀(今禾北洞)，是东郊慎哉云之子。在进士金龙徽的门下学了诗文。1881年应试科举，但未合格。长期担任橘林书院讲长，与兰谷金亮洙、东谷李基瑢、二乐堂李啓徵、海隐金羲正等成为师友，并教授了禾山金弘翊、震斋李膺镐、汉愚许钾、堂姪的 慎洙学、文渊高景洙、愚斋康源孝、石斋康源珍等不少后学。晚年把门下生派到全北道界火岛，拜访朝鲜最后的抗日文士艮斋田愚先生。

赵东一在《韩国文学通史》第4卷中说道。

"慎鸿锡的诗甚至达到了歌诵亡国之愁的程度。比起在海上经历的磨难，失去国家的磨难更大，所以要具备悲壮的斗志。1910年以后的10年里，他没能把悲叹民族厄运的诗表现得太透彻，只是偶尔写一点。从"弔义士"这个词来看，没有指名道姓的正义斗士就是济州岛人。'心悬日月胡天外，身作山河漢室中'这句话暗示了在济州岛展开的具有宏大志向的斗争来历。"

著有《禾菴诗集》，收录了123篇154首汉诗。2000年与老橘合订的诗集《老橘诗集·禾菴诗集》由金益洙翻译，在济州文化院发行。

城山日出

성산일출

瀛海東頭枕石城,

제주 바다 동쪽 석성을 베고 있는데

玉鷄三唱向天明.[1]

옥계가 세 번 울면 날이 밝아진다네.

烟波萬里一輪出,[2]

만 리 연무에서 태양이 솟아나

纔到扶桑瑞彩生.[3]

비로소 부상에 상서로운 광채 일어난다네.

주석

① 玉鷄(옥계): 아침을 알린다는 전설 속의 닭.

② 一輪(일륜): 태양을 뜻한다.

③ 扶桑(부상): 신화 속에 존재하는 나무로, 이 나무에서 태양이 떠오른다고 전해진다.

해설

이 시는 제주의 동쪽에 위치하고 있는 성산 일출에 대해 묘사하고 있다. 전하는 바에 따르면 부상에서 옥계玉鷄가 울면 금계金鷄가 울고 금계金鷄가 울면 석계石鷄가 울고, 석계石鷄가 울면 모든 닭이 울게 된다고 한다. 옥계의 울음소리에 부상에서 솟은 태양은 세상을 상서로움으로 가득 채우고 있다.

唐柚

당유자

濃熟高秋向太陽,

가을날 태양 향해 무르익으니

天香一種在南方.　　아름다운 향 남쪽에 있구나.

初來異域傳嘉樹,　　처음 이역에 아름다운 나무 전해져

特立名園出衆芳.　　이름난 정원에 우뚝 서서 뭇 향기보다 뛰어났었네.

外面豊隆團似月,　　겉모양은 풍성하니 둥근 것이 마치 달과 같고

中心酸烈滿含霜.　　가운데는 시고 강렬해 가득 서리를 머금은 듯하다.

當時包獻蓬萊殿,[1]　포장하여 봉래전에 바쳐질 때면

端合珍羞七寶牀.[2]　응당 진수성찬이 차려진 칠보상에 오르리라.

주석

① 蓬萊殿(봉래전): 임금이 있는 궁궐을 의미한다.

② 端合(단합): 응당, 마땅히.

　　珍羞(진수): 진귀하고 맛있는 음식. 진수성찬.

　　七寶牀(칠보상): 온갖 산해진미를 차린 음식상.

해설

　이 시는 제주의 특산물 중 하나인 당유자에 대해 읊고 있다. 당유자는 예로부터 민간요법에 사용되거나 제사상에 올리는 귀한 과일이었으니, 임금에게 바치어 온갖 산해진미가 차려지는 음식상에 함께 차려진다는 시의 내용과 부합한다. 겉모양은 둥실둥실하니 마치 달과 같고, 서리를 머금은 듯 깨물었는데 이를 시리게 한다고 하였으니, 당유자의 모양과 맛을 매우 생동감 있게 묘사하였다.

瀛邱春花 二首
방선문의 봄꽃

其一

陽春召我上山亭,	봄날이 나를 불러 산 위의 정자에 올랐더니
碧杜紅蘅十里汀.[1]	십리나 되는 물가에는 푸른 팥배나무 붉은 두형초.
奇峯粧出臙脂骨,	기이한 봉우리는 단장하여 연지 바른 골격을 드러내고
曲岸開來錦繡屛.	굽이진 언덕은 비단 병풍을 열어 두었네.
林間戱蝶紛紛見,	숲에는 희롱하는 듯한 나비 어지러이 보이고
谷口流鶯處處聽.[2]	골짜기 입구에는 꾀꼬리 소리 곳곳에서 들린다.
不覺仙區天薄暮,	부지불식간 선경에 날이 저무는데
江邮漁火散如星.	강가 오두막집과 고기잡이배의 불이 별처럼 흩어져 있네.

주석

① 瀛邱(영구): 방선문. 지금의 제주시 오라동에 위치하고 있으며, 등영구, 들렁귀 등의 별칭으로도 불린다.

② 流鶯(유앵): 꾀꼬리. '流'는 꾀꼬리 울음소리를 나타내는 말이다.

해설

이 시는 방선문의 봄날을 담고 있다. 방선문이라는 지명에서도 알 수 있듯 마치 신선이 살고 있을 법한 이곳의 풍경을 꾀꼬리의 울음소리와 나비의 모습을 통해 묘사해내고 있다. 또한 연지 바른 골격은 곳곳에 꽃을 피워 마치 화장한 듯한 여인의 얼굴을 연상케 하고, 비단 병풍을 통해 화려한 방선문의 봄날 풍경을 표현하고 있다.

其二

洞天雲樹夾層巖,[1]	하늘로 솟은 구름 같은 나무 층층 바위 사이에 끼어있고
爛熳香葩得意咸.[2]	무성하게 핀 향기로운 꽃은 뜻을 모두 이루었구나.
恩謝靑皇開錦袖,[3]	청황의 은혜에 감사하며 비단소매 펼치게 하고
色猜紅妓拂羅衫.	아름다운 경치를 시기하는 기녀의 비단옷 슬쩍 스치운다.
杏村祇有牧童笛,	은행나무 마을에는 목동의 피리소리만 있고
桃岸更無漁子帆.	복숭아꽃 핀 언덕에는 다시 어부의 배 없다네.
勝賞猶多塵世外,	속세를 벗어나 경치 감상하는 일 여전히 많으니
紫霞深處羽仙監.[4]	자줏빛 구름안개 깊은 곳에서 신선이 살펴보고 있겠지.

주석

① 洞天(동천): 신선이 사는 곳. 여기서는 방선문을 뜻한다.

② 爛熳(난만): 무성하다. 윤기가 흐르고 아릅답다.

　香葩(향파): 향기로운 꽃.

③ 靑皇(청황): 봄을 관장하는 신. 청제靑帝라고도 한다.

④ 紫霞(자하): 자줏빛 구름 안개. 도가에서는 신선이 자줏빛 구름 안개를 타고 다닌다고 한다.

해설

이 시는 첫 번째 수에 이어 방선문의 아름다운 봄날을 표현하고 있다. 비단옷을 슬쩍 건드리고, 비단소매 펼치게 하는 봄날의 바람 속에 마을은 고요한 채 목동의 피리소리만 들리고 어부의 배도 보이지 않음

을 통해 한적한 방선문의 풍경을 그려내고 있다. 복숭아꽃 핀 언덕은
실제 방선문의 풍경이기도 하겠지만 무릉武陵에서 만나 복숭아꽃을 연
상케 하기도 한다.

원문 ────────────────────

橘林秋色

굴림의 가을 풍경

千樹瓊芳映日明,[1]	수많은 나무에 아름다운 꽃은 해에 비쳐 빛나고
金神按節化功成.[2]	가을은 절기에 따라 조화의 변화를 이루었네.
獨存南國能專美,[3]	남국(제주)에만 있는 아름다운 풍광은
盡向西風始發榮.[4]	모두 가을바람 맞으며 광채가 발하기 시작한다.
雨後團圓懸玉潤,	비 온 후 둥그런 굴은 옥이 매달려 있는 듯 윤기가 나고
霜前爛熳帶金橫.	서리 내리기 전 무성한 모습, 마치 금을 이어놓은 듯 누렇다.
且將斗酒探佳景,	한 말의 술로 아름다운 경치 찾고자 하니
梅柳春光不敢爭.	매화와 버들의 봄빛도 감히 다투지 못하리라.

주석

① 瓊芳(경방): 옥과 같이 아름다운 꽃.

② 金神(금신): 가을을 관장하는 신. 오행 중 금金은 가을에 해당한다.

③ 專美(전미): 홀로 아름다움을 누리다.

④ 西風(서풍): 서쪽에서 부는 바람. 가을바람.

해설

이 시는 굴나무 숲에 든 가을의 풍경을 노래하고 있다. 제주에만 허

용되는 유일한 귤나무는 가을빛을 발하건만, 가을에 맞추어 부는 서풍을 맞이하고서 마치 옥이 매달려 있듯 윤기가 흐르고, 황금을 이어놓은 듯한 모습을 띠게 된다. 귤나무 숲의 가을 풍경은 매화와 버들로 장식한 봄 풍경보다 훨씬 훌륭하거늘 일찍이 두목杜牧이 가을의 붉은빛이 2월의 봄꽃보다 아름답다고 한 이유와 같지 않을까.

원문

龍淵夜泛 [1]

용연에서 밤에 배 띄우다

龍淵不覺五更長, [2]	용연에서는 밤이 깊어가는 것도 몰라
學士淸遊樂未央. [3]	선비들의 고상한 노닒 그 즐거움 끝이 없네.
玉笛聲飛風浩蕩,	호탕한 바람에 옥피리 소리 날리고
盡旗影動月淸凉.	맑고 서늘한 달 아래 모든 깃발들의 그림자 움직이네.
帆頭石立高低勢,	뱃머리에 돌들이 높고 낮은 모습으로 서 있고
水面天開上下光.	수면에는 하늘이 위와 아래로 빛을 열어두고 있네.
想憶蘇仙遊赤壁, [4]	기억하노라, 소식이 적벽에서 노닐며
美人西望倚蘭檣. [5]	임은 서쪽을 바라보며 목란 상앗대에 기댄다고 노래한 것을.

주석

① 龍淵(용연): 용의 놀이터였다는 이야기에서 비롯된 이름으로 지금의 제주시 서쪽 용두암 근처에 위치하고 있다.

② 五更長(오경장): 하룻밤이 길다. 오경五更은 하루의 밤을 다섯으로 나눈 것을 뜻한다.

③ 未央(미앙): 다하지 못하다.

④ 蘇仙遊赤壁(소선유적벽): 소식蘇軾이 적벽에서 노닐다. 소식이 황주 黃州에 폄적되어 있을 때, 황강현黃岡縣 적벽에서 뱃놀이를 하며 「적벽부赤壁賦」를 지은 바 있다.

⑤ 美人(미인) 구: 소식의 「전적벽부前赤壁賦」에 "桂櫂兮蘭槳, 擊空明 兮泝流光. 渺渺兮予懷, 望美人兮天一方. (계수나무로 만든 노와 목란 상앗대를 가지고, 물에 비친 달 그림자를 치며 달빛 어린 강물을 거슬러 올라간 다. 넓고 아득한 나의 마음이여, 하늘 저 끝에 있는 임을 그리워하네.)"이라는 구절이 있다.

해설

이 시는 밤에 용연에서 뱃놀이하는 즐거움을 표현하였다. 일찍이 소식蘇軾이 행했던 적벽赤壁에서의 뱃놀이는 조선 사회 문인들에게도 이어졌는데, 시인은 용연에서의 뱃놀이를 통해 적벽에서 노닐었던 소식을 떠올리고 있다.

원문

山房窟寺

산방산의 굴속 절

如來坐老半笞顏,¹	석가여래가 시간이 흘러 반은 이끼 낀 얼굴이고
夢踏西峯慧日還.²	꿈에서 서봉을 밟고 혜일 스님이 돌아왔다네.
天地之間真別界,	하늘과 땅 사이에 참으로 별세계가 있거늘
瀛洲以外又名山.	영주 말고 또한 이 명산이라.
白雲多在神仙至,	흰 구름 많은 곳에 신선이 이르고
活水長流歲月開.³	샘솟는 물 길게 흐르는 가운데 세월은 여유롭다.

却到靈區無世慮,	뜻밖에 영험한 곳에 이르러 세상의 근심 사라지니
六塵不動寶花斑.⁴	육진은 움직이지 않고 보배로운 꽃 찬란하네.

주석

① 坐老(좌로): 오래됨으로 인하여. '坐좌'는 '인하여'의 뜻으로 풀이
  하였다.

② 西峯(서봉): 서쪽 봉우리. 산방산을 말한다.

  慧日(혜일): 산방굴사에 살았던 시승詩僧.

③ 活水(활수): 솟아오르는 물.

④ 六塵(육진): 불교에서 말하는 번뇌를 일으키는 여섯 가지.

  寶花(보화): 보배로운 꽃. 진귀한 꽃. 대부분 불국佛國 또는 불사佛
  寺의 꽃을 말한다.

해설

 이 시는 산방굴사에서 세상의 근심을 잊게 된 시인의 모습을 묘사하
고 있다. 시인은 별천지인 영주에 또 다른 별천지가 존재함을 깨닫고
그곳에서 세상의 근심을 떨쳐내고 있다.

오방렬

오방렬吳邦烈(1851~1914년), 자는 태강泰康, 호는 경암敬庵이다. 본관은 군위이며, 성산읍 신풍리에서 오진조의 장남으로 태어났다. 면암 최익현이 제주로 유배되었을 때 부친의 주선으로 마을 선비들과 함께 배움을 청했다고 한다.

정의향교 재장齋長을 맡고 있던 1912년, 일본인들이 지방 객사에 전패殿牌(국가의 상징물)를 철거하려고 하자 정의현의 유림들에게 통문을 돌려 강력히 저지하는 한편 전패를 오의사묘吳義士廟(의사 오홍태를 모신 사당)에 모셨다. 이로 인해 일본 헌병에게 체포되어 고문을 당하고 장독杖毒으로 인해 세상을 떴다. 현재 전패는 정의향교 대성전에 있다. 유고 5권이 있었다고 하나 대부분 일실되고『삼오시집』에 절구 137수가 수록되어 있다. 신풍리 한학자 오문복의 증조이다.

吴邦烈

吴邦烈(1851~1914年)，字泰康，号敬庵。祖籍军威，出生于城山邑新丰里，是吴镇朝的长子。据说，勉菴崔益铉被流放到济州时，在父亲的安排下，与村里的书生们一起请求学习。

担任旌义乡校斋长的1912年，日本人试图拆除地方客舍的殿牌(国家象征物)，于是向旌义县的儒林们发去通文，并强烈制止，同时将殿牌供奉在吴义士庙(供奉义士吴兴泰的祠堂)。因此被日本宪兵逮考，因杖毒去世。殿牌现在在旌义乡校大成殿。虽说有5本遗稿，但大部分都被遗失，在《三吴诗集》中收录了137首的绝句。他是新丰里汉学家吴文福的曾祖。

松竹主人

송죽주인

脩竹長松繞一門,　　　죽죽 뻗은 대와 장대한 소나무 한 집을 에워싸고

清風滿榻月盈軒.[1]　　맑은 바람 평상에 가득 달빛은 처마에 가득하네.

此時此景幽人趣,[2]　　이때 이 경치가 그윽한 은자의 취미이고

莫向世間細細言.　　　세간의 자질구레한 이야길랑 하지 마시게.

주석

① 榻(탑): 걸상 또는 평상.

② 幽人(유인): 어지러운 속세를 피하여 깊숙한 곳에 숨어사는 사람.
　　은자나 은인.

해설

　시인의 집 주변에는 죽죽 뻗은 대나무와 곧은 소나무가 둘러싸고 있다. 대궐같이 큰 저택은 물론 아니지만 때로 바람이 불면 평상에 앉아 시원한 한때를 보내고, 달 떠오르면 처마 위 달빛을 즐겨 바라본다. 바로 이런 때, 이런 경치가 곧 세속에서 벗어난 이의 즐거움이 아니겠는가? 그러니 세간의 자질구레하고 시끄러운 이야길랑 아예 하지 말라 한다.

　경암 오방렬은 정의 향교의 재장을 맡았던 향리의 유자儒者로 최익현의 가르침을 통해 우국충정의 뜻을 이어받은 인물이다. 비록 송죽주인이라 자처하며 은자의 분위기를 보여주고 있으나 오히려 이러한 청정한 삶이 그의 삶의 원동력이 되었을 수도 있다.

김문주

　김문주金汶株(1859~1935년), 자는 정연挺然, 호는 농은農隱, 삼은三隱이다. 본관은 김해金海이며, 제주도 조천朝天에서 부친 김응전金膺銓(1833~1915년)과 부호인 송신宋藎의 딸인 모친 슬하에서 2남 1녀 가운데 차남으로 태어났다. 부친의 자는 방형邦衡, 호는 귤은橘隱이며, 무과에 급제하여 명월만호明月萬戸[1]와 오위장五衛將(종2품 아문)을 역임했다.

　농은 역시 1880년(고종 17) 22세에 무과에 급제하여 1882년(고종 19)에 제주 명월만호로 재임하면서 성첩城堞과 군기軍器를 보수하고 성문을 중수하였으며 후에 병으로 사임했다. 1884년(고종 21)에 첨지중추부사僉知中樞府事 겸 오위령을 역임하고, 1891년(고종 28) 8월 제주 정의현감旌義縣監으로 부임했다. 재임 중에 향교를 재건하면서 사비 400냥을 내놓았다. 이후 그는 더 이상 벼슬길에 오르지 않았다. 그는 속칭 '조천김씨朝天金氏' 집안의 일원이다. 나라의 운세가 저물어 일제가 강점하는 시기에도 결코 굽히지 않았으며, 비록 나이가 많아 항일투쟁에 나설 수는 없었지만 그의 아들인 김명식金明植, 김형식金瀅植, 손자 김윤환金允

---

1)　　명월만호는 1510년 왜구 침입을 막기 위해 축조된 성(한림읍 동명리)을 지키는 우두머리로 종4품에 해당하며, 제주목사, 제주판관, 정의현감, 대정현감 다음가는 자리이다.

煥 등은 그의 항일투지를 본받아 다양한 방식으로 실천에 옮겼다.

농은은 무과 출신임에도 시문에 능하여『영주십경瀛州十景』을 재창작하여 나름으로 제주의 풍광을 새롭게 해석했으며, 시사詩社에 참여하며 적지 않은 시를 남겼다.[2] 그의 시문을 편집한『농은문집農隱文集』이 북제주문화원에서 2004년에 출간되었다.

---

2) 김새미오에 따르면, 「화읍내시사운和邑內詩社韻」이란 제목으로 여러 편의 「영주십경」
    을 창작했고, 「만주안동성시사운滿洲安東省詩社韻」의 제목으로 5수, 경성시사京城詩社
    에 차운한 작품으로 6수가 확인되었다. (「農隱 金汶株의 삶과 문학에 대한 소고」, 『영주어
    문』 제40집 (2018), 70쪽)

金汶株

金汶株(1859~1935年)，字挺然，号农隐、三隐。祖籍金海，在济州岛朝天，父亲金膺铨(1833~1915年)和富豪宋苾的女儿母亲膝下，是2男1女中的次子。父亲字邦衡，号橘隐，武科及第，历任明月万户[1]和五卫将(从二品衙门)。农隐于1880年(高宗17年)22岁时武科及第，1882年(高宗19年)任济州明月万户，修缮城堞和军器、重修城门，后因病辞职。1884年(高宗21年)历任金知中枢府事兼五卫令，1891年(高宗28年)8月赴任济州旌义县监。在任期间重建乡校时用自己的私房钱捐出了400两自费。此后，他再也没有走上仕途。他是俗称为"朝天金氏"家族的一员。在国家运势衰弱、日本帝国主义强占的时期也绝不屈服，虽然已过年迈不能参加抗日斗争，但他的儿子金明植、金澄植、孙子允金焕等却效仿他的抗日斗志，以多种方式实践。农隐虽然是武科出身，但擅长诗文，重新创作了《瀛州十景》，重新诠释了济州的风景，还参与诗社，留下了不少诗篇。[2]他的诗文编辑为《农隐文集》，于2004年在北济州文化院出版。

---

1) 明月万户是1510年为阻止倭寇入侵而建的守护城(翰林邑东明里)的首领，相当于从4品，是济州牧使、济州判官、旌义县监、大静县监之后的下一个级别。

2) 据金赛米奥介绍，以《和邑内诗社韵》为题目创作了多篇《瀛州十景》，以《满洲安东省诗社韵》为题目创作了5首，确认了以京城诗社次韵的作品6首。(《关于金株汶的人生和文学的小考》，《瀛州语文》第40集(2018)第70页)

聞崔判書勉菴丈馬島之行

면암 최익현이 대마도에 간다는
소식을 듣고

吾道於今盡鑿穿,	지금 우리 도는 모두 구멍이 뚫린 듯하여
未聞一介節忠全.	충절을 지키는 사람 아직 들어보지 못했네.
物窮只信星周歲,	사물이 궁하니 그저 별이 한 해를 도는 것이나 믿을까
世溷難平水蕩天.	세상이 혼탁하여 하늘에 닿는 물을 다스리기 어렵네.
倡義兩峯初起錦,¹	의병장 두 선생은 금산에서 처음 일어났고
斥和三士竟囚燕.²	화의를 배척한 삼학사는 연경에 갇혔었지.
文山已矣知音少,³	문천상 이미 떠났으나 아는 사람 많지 않으니
正氣悲歌孰與傳.	바른 기운 슬픈 노래 뉘와 함께 전할지.

주석

① 倡義兩峯(창의양봉): "창의양봉倡義兩峯"은 임진란 때 금산지역을 중심으로 활동하다 순국했던 중봉重峯 조헌趙憲과 제봉霽峰 고경명高敬命을 말한다.

② 斥和三士(척화삼사): 병자호란 때의 절의를 지키다 운명을 달리한 홍익한洪翼漢·윤집尹集·오달제吳達濟를 지칭한다.

③ 文山(문산): 원나라에 끝까지 항거하다 죽음을 맞이한 남송南宋의 의병장 문천상文天祥을 말한다.

해설

이 시는 면암 최익현이 대마도로 건너간다는 소식을 듣고 아쉬움을 표현하고 있다. 일찍이 문천상은 원나라에 항거하며 남송을 지키고자 하였고, 그의 이러한 충심을 담아 「정기가正氣歌」를 노래한 바 있는데, 시인은 이를 함께 부를 이 없음을 통해 당시의 절망적인 상황을 표현하고 있다.

원문 ————————————————

病翁自嘲詩

병든 노인이 스스로를 비웃는 시

自笑七旬三歲翁,	스스로 비웃는 73세 늙은이
淸晨强起喚兒童.	새벽에 억지로 일어나 아이를 부르네.
異顔白髮頹乎酒,	백발에 늙은 얼굴 술에 찌들어
痿脚痒身伴是風.[1]	다리는 저리고 몸은 아파 풍질과 짝하네.
終夜轉眠溲數數,[2]	밤새 뒤척이다 자주 오줌도 누어야 하고
與人答話響冲冲.[3]	사람들과 대화할 때 소리도 멍멍하지.
猶容一日二盂飯,	하루에 두 그릇 밥이나 먹으니
可謂世間謀食蟲.	세상에서 식충이라 말할 만하네.

주석

① 痿(위): 저리다, 마비되다.

② 溲(수): 오줌.

　數數(수수): 누차. 늘.

③ 冲冲(충충): 근심하는 모양.

이 시는『농은문집』첫머리에 등장하는 작품으로, 무기력한 시인의
모습을 자조적으로 표현하였다.

원문

和邑內詩社韻　읍내 시사에서의 운에 화답하다

漢拏山　한라산

虞人弓鞴誤摩天,[1]　우인의 활이 잘못 하늘을 건드렸다가

上帝嫌高拔主巓.　상제께서 높은 것을 미워하시어 주봉을 뽑았다 하네.

螺鬟半落雲霄外,[2]　산봉우리 반은 저 하늘 밖으로 떨어졌고

鰲背亘盤滄海邊.　자라 등과 같은 산등성이는 푸른 바닷가를 두르게 되었네.

滴滴銀河如可挹,[3]　한 방울 한 방울 은하수는 뜰 수 있을 것만 같고

迢迢玉宇亦難攀.[4]　멀고 먼 옥으로 된 궁전은 역시나 잡고 오르기 어렵다네.

特立極南還向北,　남쪽 끝에 우뚝 서서 도리어 북쪽을 향해 있으니

萬年長護我朝鮮.　영원토록 길이 우리 조선 보호해주리라.

주석

① 虞人(우인) 구: 기록에 따르면 산을 관리하던 관리가 잘못 화살을
　쏘아 하늘을 맞추니 상제가 노하여 그중 가장 높은 봉우리를 뽑았
　다고 한다.

② 螺鬟(나환): 머리를 묶어 올린 모습으로, 산봉우리를 뜻한다. 부처의
　머리카락이 소라처럼 되었으므로 불두佛頭를 나환이라 하기도 한다.

③ 滴滴(적적): 한 방울 한 방울 떨어지는 모습.

④ 玉宇(옥우): 옥으로 지은 궁궐이라는 뜻으로, 전설상 천제 또는 신
　　　선이 사는 곳을 가리킨다.

해설

　이 시의 제목은 「화읍내시사운和邑內詩社韻」이며, 내용은 한라산에 대
해 읊었다. 을해년(1935)에 창작되었다. 제목에 드러난 邑은 1931년 제
주면에서 승격된 제주읍을 말한다. 조천에 살고 있어도 제주읍의 상황
을 잘 알고 있었음을 짐작할 수 있다.

　특이한 것은 매계梅溪 이한우李漢雨『영주십경瀛州十景』의 순서대로
창작하였다는 점이다.『영주십경』은 김문주보다 앞서 매계 이한우가
창작하여 크게 유행하였다. 김문주 역시『영주십경』과 관련한 연작시
를 5번이나 창작하였다. 시의 형식은 7언율시에 그치지 않고 5언율시·
절구로도 창작하여, 매계의『영주십경』보다 훨씬 다양하다.『영주십경』
이라는 한 가지 주제로 이렇게 다양한 형태로 지은 경우는 아직까지 확
인되지 않는다.『농은문집』에는 「소상팔경」도 확인되는데, 이는 영주십
경의 본래 취지를 「소상팔경」으로 해석한 것으로 판단된다. 이런 제반
사항은『영주십경』에 대한 수용과 반발이라는 의미를 갖는다. 김문주
가 인용문의 시인 「한라산」을『영주십경』에 앞서 지은 것은『영주십경』
에서 포함되지 않은 것에 대한 아쉬움의 표현으로 볼 수 있다.

　한라산 외에도 주목해야 할 경관은 '용연야범龍淵夜帆'이다. 김문주는
'한라산-영주십경-용연야범'으로 이어지는 12경을 쓴 경우도 있다. '용연
야범'은 김문주에게도 중요한 의미를 지니는 곳이다. 그의 아버지 김응전
이 유배왔던 김윤식 등과 함께 귤회에서 뱃놀이를 했던 곳이기 때문이다.

안병택

　안병택安秉宅(1861~1936), 자는 처인處仁, 호는 부해浮海이다. 후일 죽산 안씨의 항렬에 따라 택승宅承으로 개명했다. 본관은 죽산이며 조천포(지금의 조천리) 소백小柏 안달삼安達三(1837~1886년)의 아들로 태어났다. 장성한 뒤 아버지를 따라 광주로 이사했다. 어릴 때 아버지에게 글을 배우고 호남의 의병장 송사松沙 기우만奇宇萬의 문하생으로 한학의 깊은 경지를 터득하였다.

　1886년 부친의 유훈에 따라 장성군 고산高山에서 거처하던 중 1894년 동학혁명 때 가산을 모두 잃고, 1898년(광무 2) 광주 장덕리로 이사했다. 그곳에서 25년 동안 수많은 문하생을 길렀다. 제주 출신으로 부백심, 고승천, 김석익, 김균배, 양찬휴, 김형식, 현상희, 양상하 등이 그의 문하에서 배출되었으며, 특히 김석익, 김형식, 김균배 등은 제주의 노

---

1)　노사蘆沙 기정진奇正鎭(1798년~1879년)과 그의 손자인 송사松沙 기우만奇宇萬, (1846~1916년)의 학맥을 말한다. 노사는 성리학에 대한 독자적인 궁리와 사색을 통해 이황李滉과 이이李珥 이후 300여 년간 지속된 주리主理, 주기主氣의 논쟁을 극복하고, 이일분수理一分殊의 이론에 의한 독창적인 이리의 철학체계를 수립했다는 평가를 받고 있다. 송사는 조부의 학업을 이어받아 문유文儒로 널리 알려졌으며, 특히 을미사변 후 호남창의의 총수로 활약한 의병장이기도 하다.

사학맥[1]을 잇는 인물로 평가되고 있다. 심재心齋 김석익의『탐라기년』 서문에서 "오늘 이 책을 쓰는 마음은 푸른 바다가 뽕밭으로 변하는 슬픔(滄桑餘悲) 때문이리라."라고 하였는데, 일제강점기를 당하여 스승과 제자의 마음이 서로 통했음을 알 수 있다.

2008년부터 2015년까지 제주문화원에서 오문복이 번역한『부해문집』4권이 출간되었다.

安秉宅

安秉宅(1861~1936)，字处仁，号浮海。后来按照竹山安氏的辈分改名为宅承。

祖籍竹山，是朝天浦(今朝天里)小柏安达三(1837~1886年)之子。长大后跟随父亲搬到了光州。小时候跟着父亲学文，之后作为湖南义兵长松沙奇宇万的门生，领会了深邃汉学之境。

1886年按照父亲的遗训居住在长城郡高山，1894年东学革命时倾家荡产，1898年(光武2年)搬到了光州长德里。在长德里的25年里培养出众多门生。济州出身的夫伯心、高承天、金锡翼、金匀培、梁灿然、金滢植、玄相熙、梁上河等人都是他培养出来的弟子，尤其是金锡翼、金滢植和金均培等人还被评价为继承济州卢沙学脉的人物。[1] 浮海在心斋金锡翼写的《耽罗纪年》序言中说道："(锡翼)今日之此書此心，亦沧桑余悲。"处于日本帝国主义强占时期，可以看出老师和学生的心意相通。

2008年至2015年，济州文化院出版了由吴文福翻译的《浮海文集》4卷。

---

[1] 是指芦沙奇正镇(1798~1879年)和他的孙子松沙奇宇万(1846~1916年)的学脉。有评价认为，芦沙通过对性理学的独立思考，克服了李滉和李珥之后持续300多年的主理、主气的争论，根据理一分殊的理论，建立了独创的理哲学体系。松沙继承了祖父的学业，以文儒闻名，尤其是乙未事变后作为湖南唱义的统帅驰骋的义兵长。

景賓將渡海一絶爲贐   경빈이 장차 바다를 건너가려 함에 절구

한 수로 전별하다

一棹天風大海秋,   가을날 바람 부는 넓은 바다의 한 조각 배

知君去解倚閭愁.¹   그대 가면 문에 기대어 계실 부모님의 시름 풀어줄 수 있

으리라.

同吾喫苦還云好,²   나와 함께 고통을 겪었으나 그래도 괜찮다고 하니

要遣玆心到白頭.   이 마음 흰 머리 될 때까지 가지고 가야 하리라.

주석

① 倚閭(의여): 문에 기대다. 부모가 자식이 돌아오기를 바라는 간절

한 마음을 가리킨다.

② 喫苦(끽고): 고통을 받다.

해설

이 시에서 경빈은 누구를 가리키는지는 정확하지 않다. 경빈은 부모
님이 기다리시는 육지로 건너가고자 하였던 것으로 보이고, 이를 전별
하며 쓴 시이다. 장차 이별하게 되지만 시인과 함께했던 시간이 결코
힘들거나 헛되지 않았다고 하였는바, 그 마음 변치 않고 영원하기를 기
원하는 시인의 마음이 담겨 있다.

金寧途中[1]

김녕 가는 길

天寒日暮在遙程,

멀리 떠나는 길에 날은 춥고 해는 저무는데

鈍馬加鞭姑不行.

둔한 말에 채찍질 아무리 해도 가지를 않는다네.

宇內寓形元是客,

세상 안에 몸을 의탁하고 있어 원래부터 객이건만

客中又客半平生.

나그네 안에 또 나그네로 반평생을 살았구나.

주석

① 金寧(김녕): 지금의 제주시 구좌읍에 해당한다.

해설

이 시는 김녕으로 가는 길에 느꼈던 감정을 노래하고 있다. 둔한 말이라 아무리 채찍질해도 나아가지 않는데 해는 저물고 날은 춥다. 더하여 인간이란 세상에 잠시 몸을 의탁한 존재일 뿐이거늘 그 속에서도 여전히 또 하나의 나그네로 살고 있음을 느낌에 이르자 시인의 서글픔은 더욱 커져만 간다.

歸家偶題

집으로 돌아와 우연히 쓰다

久客歸來蕙芔秋,

오랜 객지살이 하다가 혜초 핀 가을에 돌아와

團欒又作舊人遊.[1]

둘러 모여 다시 친구들과 노닐게 되었구나.

憂時憤世還無語,

시대를 걱정하고 세태에 분노하다 다시금 말이 없어지니

何處吾儕定居留.[2]

어느 곳이 우리 편안하게 머물 곳이런가?

① 團欒(단란): 둘러 모이다.

② 吾儕(오제): 우리들.

해설

이 시는 집으로 돌아와 친구들과 다시금 모이게 됨을 노래하였다. 오랜만에 만난 친구들과 이런저런 이야기를 하던 중 시대에 분노하고 시대를 걱정하다 어느덧 말이 없어진다. 언제나 편안한 세상이 찾아올 수 있을지에 대한 또 다른 절망이 시인과 그의 친구들의 입을 멈추게 하였던 것이리라.

원문

寒食思鄕

한식에 고향을 그리워하며

水複山重道路多,　　물 굽이굽이 산 겹겹이 가야 할 길에 많으니

南望直欲放悲歌.　　남쪽 바라보니 슬픈 노래 나오려 하네.

今朝寒食朝天野,[1]　오늘 한식 아침 조천의 들녘에서

七世松楸省者何.[2]　칠대 선조의 묘 살피는 이 누구일까?

주석

① 朝天(조천): 시인의 고향으로, 지금의 제주시 조천읍에 해당한다.

② 松楸(송추): 소나무와 오동나무. 이는 주로 묘소 근처에 심었던 것에서 유래하여 묘를 의미한다.

해설

이 시는 한식에 조상의 묘를 살펴줄 사람이 없음을 한탄하고 있다. 고향으로 돌아가려면 첩첩산중을 지나야 겨우 이르거늘, 제주가 있는 남쪽 하늘을 바라보며 고향을 떠올린다. 한식이라 조상의 묘를 살펴야 하거늘 그럴 수 없음에 슬픈 노래 끊이지 않았을 것임을 짐작할 수 있겠다.

김희돈

　김희돈金熙敦(1863~1946년), 자는 자위子爲, 호는 수은水隱이다. 본관은 김해이며, 제주 조천에서 김현병金炫柄의 아들로 태어났다. 해은海隱 김희정金羲正의 문하에서 글을 배웠으며, 평생 서당 훈장으로 후학을 가르쳤다.

　저서로『김수은시집』,『수은재시집』,『창문집』등이 있으며, 2003년 제주대 탐라문화연구소에서 그의 한시 전체 122편 148수를 오문복이 번역하여『수은시집水隱詩集』이란 제목으로 출간했다.

金熙敦

金熙敦(1863~1946年)，字子为，号水隐。祖籍金海，出生于济州朝天，是金炫柄之子。在海隐金羲正的门下学习，一生以私塾训长教授后学。

著作有《金水隐诗集》、《水隐斋诗集》、《窗门集》等，2003年济州大学耽罗文化研究所将他的122篇148首诗，由吴文福翻译，以《水隱诗集》为题目出版。

원문 —

戀北亭 [1]

연북정

畫棟高飛城上頭, [2]	단청한 용마루는 성 위에서 높이 날아갈 듯
登臨夏日似淸秋.	여름날에 올라 보니 마치 맑은 가을과 같구나.
水烟消盡滄溟濶,	물 연무 사라지니 바다 드넓고
江霧捲開島嶼浮.	강 안개 말아 열리니 섬이 떠 있네.
電線連通千万里,	전선이 이어져 멀리까지 통하고
火輪來往兩三舟. [3]	화륜선은 두세 척 오고 간다.
桑田忽改亭猶在, [4]	뽕밭은 갑자기 바뀌지만 정자는 그대로 있어
遙憶美人只自愁. [5]	멀리 미인을 생각하니 단지 절로 시름겹다네.

주석

① 戀北亭(연북정): 지금의 제주시 조천읍에 위치하고 있으며, 유배되어 온 이들이 한양에서의 기쁜 소식을 기다리면서 임금에 대한 사모의 정을 나타낸다고 하여 '연북戀北'이라고 불렀다.

② 畫棟(화동): 색을 칠한 용마루. 단청한 연북정의 용마루를 말한다.

③ 火輪(화륜): 근대의 증기선.

④ 桑田忽改(상전홀개): 뽕밭이 갑자기 바뀌다. '상전벽해桑田碧海', 즉 급작스럽게 변한 세태를 말한다.

⑤ 美人(미인): 여기서는 임금을 뜻한다.

해설

이 시는 지금의 제주시 조천읍에 위치하고 있는 연북정에서 북쪽 서울을 바라보며 임금에 대한 걱정과 사모의 정을 표현하고 있다. 세상의 변화는 그지없이 빠르지만 연북정은 그대로 남아 있음을 통해 임금에 대한 충정과 사모의 정은 변함없음을 드러내고 있는 듯하다.

원문

三姓祠 [1]

삼성사

籬下杉松松裡祠,	울타리 가 삼나무와 소나무, 소나무 안의 사당
幾人來此爲題詩.	몇 사람이 이곳에 와 시를 지었을까?
雲烟深鎖胚胎地,	구름안개가 깊게 세 분을 배태한 곳 잠겼고,
山岳遙開佳麗基.	산악은 멀리 아름답고 화려한 터를 열었네.
萬古頌聲施惠澤,	만고토록 칭송함은 은택을 베풀었기 때문이요
千年遺像有威儀.	천 년 동안 남겨진 초상에는 위엄 갖추었네.
賢孫繼繼文兼武, [2]	현명한 자손들은 끊임없이 문무를 갖추노니
沒世應無墜秉彝. [3]	영원토록 응당 떳떳함을 실추시키는 일 없으리라.

주석

① 三姓祠(삼성사): 세 성을 가진 신인神人을 기리는 사당. 지금의 제주시 이도동에 위치하고 있다.

② 繼繼(계계): 끊어지지 않고 이어지다.

③ 沒世(몰세): 종신토록. 영원히.

　秉彝(병이): 떳떳함을 지키다.

해설

이 시는 제주의 시조인 세 명의 신인神人을 모신 삼성사를 읊고 있다. 세 명의 신인이 제주에 터를 잡은 이후 그 은택이 멀리 퍼져 지금의 자손들 또한 문무를 갖춘 훌륭한 인재들이 되었음을 표현함과 함께 조상들의 명예를 실추시키지 않겠다는 다짐도 함께 드러내고 있다.

김석익

 김석익金錫翼(1885~1956년), 어릴 적 이름은 석조錫祚, 자는 윤경胤卿, 호는 심재心齋, 일소도인一笑道人, 심재우인心齋迂人, 해상일사海上佚史이다. 나중에 부해浮海 안병택安秉宅을 방문했을 때 윤경胤卿이란 자를 얻었으며, 나중에 홍점鴻漸이란 자를 썼다. 이름도 석정錫鼎으로 개칭했다가 다시 『시경詩經』에 나오는 "소심익익小心翼翼"을 취하여 '석익錫翼'으로 바꾸었다. 그의 「명자자서名字自敍」에 관련된 내용이 실려 있다. 본관은 광산이며, 제주시 이도동 동광양에서 김창규金昌圭의 차남으로 태어났다. 1900년 16세 때 당시 충북 보은 사람으로 1896년 제주로 유배와서 7년 동안 체류했던 아석 이용호李容鎬에게 한문을 배웠으며, 20세 때 광주 흑석동에 살던 부해 안병택의 문하에서 글을 배웠다.

 을사조약 전후로 호남에서 위정척사의 대표자이자 의병을 일으켰던 송사松沙 기우만奇宇萬(1846~1916)을 찾아가 구국 격문을 가지고 귀향했다. 하지만 이미 조선은 을사조약으로 패망의 길에 접어들었으며, 결국 1910년 합일합방으로 나라를 잃고 말았다. 이후 그는 제주의 역사를 저술하는 일에 몰두했다. 이를 위해 그는 『탐라지耽羅誌』, 『삼국사三國史』, 『해동고기海東古記』, 『고려사高麗史』, 『여지승람輿地勝覽』, 『해동역사繹史』, 『연려실기술燃藜室記述』, 『대동야승大東野乘』, 『탐라빈흥록耽羅賓興錄』,

『탐라관풍안觀風案』,『효열록孝烈錄』은 물론이고 중국과 일본의 여러 사료를 섭렵하여 938년(고려 태조21)부터 1906년(광무 10)까지 탐라의 역사를 편년체로 기술한 『탐라기년耽羅紀年』을 1915년에 완성했다. 근대에 들어와 최초의 제주사라고 할 수 있는 『탐라기년』은 제주사를 살피는 데 필독서이다.

이렇듯 사가의 면모를 지녔던 심재 김석익은 1916년 서당을 개설하여 강창보姜昌輔, 한상호韓相鎬, 김택수金澤銖, 김정순金正秀, 김정로金正魯, 고경흠高景欽 등의 후학을 길러냈다. 심재 문하에서 항일독립투사가 배출되고, 초대 제주도지사가 나올 수 있었던 것은 민족사관에 입각한 그의 가르침 덕분일 것이다. 광복 후 초대 도지사를 역임한 박경훈朴景勳, 의학박사 홍순억洪淳億 등 명사들도 심재의 문하생이다.

이후에도 그는 계속 집필에 몰두하여 『탐라인물고人物考』, 『파한록破閑錄』, 『유리만필儒理漫筆』 등을 저술했으며, 서예와 그림에도 능했다. 서예는 해서로 쓴 「황고부군행장皇考府君行狀」과 행서로 쓴 「퇴계선생복축사退溪先生卜築詞」가 유명하며, 그림으로 「묵죽도」, 「매화도」, 「석국도石菊圖」 등이 남아 있다. 그가 쓴 『근역시화槿域詩話』와 『근역화단명가초槿域畫壇名家抄』 등은 그가 사가일 뿐만 아니라 시문과 예술에 능한 진정한 문인임을 보여준다. 이후 그는 『탐라기년속편』을 저술하여 1906년(광무10)부터 1955년까지 제주현대사를 집필했다. 특히 그 안에서 제주 4·3에 관해 "송요찬宋堯讚, 함병선咸炳善의 전후 소탕은 참으로 참혹했다. 방황하는 백성들은 산군山軍의 공갈에 핍박당하고 군경의 위협에 당황하고 또 서북청년의 발호에 압박당했다."라고 쓴 것은 그의 사가이자 지사로서의 면모를 잘 드러낸다.

1990년 제주문화원에서 『심재집』1, 2권이 영인본으로 출간되었고, 이후 부분적인 번역작업을 거쳐 2018년부터 2020년까지 매년마다 1권씩 전체 3권와 『심재집』이 김새미오의 번역과 오문복의 감수로 제주시 우당도서관에서 출간되었다. 심재의 시가는 1권에 고적高適의 「관풍상국觀風上國」 등 6편의 한시가 실려 있으며, 제주 한시는 5편이다.

金锡翼

金锡翼(1885~1956年)幼名锡祚，字胤卿，号心斋、一笑道人、心斋迁人、海上佚史。后来访问浮海安秉宅时得到了胤卿这个字，后来又用了渐鸿这个字。名字也改为锡鼎，后来取之《诗经》中的"小心翼翼"，再改名为"锡翼"。他写的《名字自叙》里载有相关内容。祖籍光山，出生于济州市二徒洞东光阳，是金昌圭的次子。1900年16岁时跟着我石李容镐学习汉文，李容镐是忠北报恩人，1896年被流放到济州岛滞留7年。20岁时跟着居住在光州黑石洞的浮海安秉宅，作为他的门下学习汉文。

乙巳条约前后，他到湖南找到了卫正斥邪的代表兼引起义兵的松沙奇宇万(1846-1916)，带着救国檄文回到了故乡。但朝鲜已经因乙巳条约而走向灭亡，最终在1910年合并后失去了国家。此后，他专注于撰写济州历史的工作。为此，他阅读了《耽罗志》，《三国史》，《海东古记》，《高丽史》，《舆地胜览》，《海东绎史》，《燃藜室记述》，《大东野乘》，《耽罗宾兴录》，《耽罗观风案》，《孝烈录》，以及中国和日本的各种史料。此后，把938年(高丽太祖21年)到1906年(光武10年)的耽罗历史记述为编年体，1915年完成了他的《耽罗纪年》。进入近代后，《耽罗纪年》可以称作为最早的济州史，还是观察济州史的必读书。

像这样具有历史家面貌的心斋金锡益，于1916年开设了私塾，并培养出姜昌辅、韩相镐、金泽铢、金正秀、金正鲁、高景钦等后学。在心斋门下可以培

养出抗日独立斗士和首任济州道知事，是得益于他立足于民族史观的教导。光复后历任第一任道知事的朴景勋、医学博士洪淳亿等著名人士也是心斋的弟子。

此后他继续埋头写作，撰写出《人物考》、《破闲录》、《儒理漫笔》等，还擅长于书法、绘画。书法以楷书撰写的〈皇考府君行状〉和行书撰写的〈退溪先生卜筑词〉而闻名，画中还留有《墨竹图》、《梅花图》、《石菊图》等。从他的《槿域诗话》和《槿域画坛名家抄》等作品得以看出，他不仅是一个历史家，而且还是精通诗义和艺术的真正的文人。此后，他撰写了《耽罗纪年续编》，记载了从1906年(光武10年)到1955年的济州现代史。尤其是关于济州4.3事件他说道："宋尧瓒、咸炳善之前后扫荡，吁其惨矣。既逼于山军之恐喝，又劫于军警之威胁，更于西北青年之跋扈。"，充分体现了他既是史家又是志士的面貌。

1990年，济州文化院以影印本出版了《心斋集》1、2册，之后经过部分翻译工作，从2018年到2020年每年各出版1册，共3册的《心斋集》在金志泓的翻译和吴文福的监修下，在济州市愚堂图书馆出版。心斋的诗歌在第一册收录了高适的《观风上国》等6首汉诗，其中济州汉诗有5首。

漢拏山

한라산

五岳金岡聞宇寰,[1]	오악 중에 금강산이 천하에 알려졌어도
雖然未並漢拏山.	그래도 한라산과는 견줄 수 없다네.
根蟠大海猶嫌窄,[2]	뿌리가 큰 바다에 서려 있어도 오히려 비좁다 여기고
肩出重霄不許攀.[3]	어깨는 높은 하늘로 솟아 있어 오를 수 없을 정도라네.
九月天寒先雪下,	구월에도 날이 추워 먼저 눈이 내리고
四時雨積半雲間.	사철 비가 내려 절반은 구름 속에 있네.
由來爭說是仙境,	예부터 신선이 사는 곳이라 다투어 말하니
爲問安期幾日還.[4]	안기생에게 언제 돌아오는지 묻는다네.

주석

① 五岳(오악): 다섯 개의 명산. 우리나라의 오악으로는 백두산, 금강산, 묘향산, 지리산, 삼각산을 꼽는다.

② 嫌窄(혐착): 비좁음을 싫어하다.

③ 重霄(중소): 하늘 중 가장 높은 곳. '구소九霄' 또는 '구천九天'과 같다. 攀(반): 붙잡고 오르다. 산을 오르는 것을 말한다.

④ 安期(안기): 안기생安期生. 전설상 동해의 신선으로 고래를 타고 다녔다고 한다. 진시황이 동해로 놀러갔을 때 그와 사흘 밤낮을 이야기하고 황금과 벽옥璧玉 천만을 하사였으나 모두 버려두고 봉래산으로 떠나갔다고 한다.

해설

이 시는『심재집』「해상일사海上逸史」하下에 실려 있다. 한라산과 관련한 여러 사람들의 시를 소개하면서 더불어 자신의 근체시도 한 수 넣었다. 금강산이 비록 명산으로 널리 알려져 있으나 한라산과 비교할 수 없음을 말하고, 드넓은 바다에 뿌리박고 하늘 높이 솟아 있는 모습을 묘사하며 그 위용을 나타내고 있다. 이어 구월이면 이미 추워져 눈이 내리고 사시사철 비가 내려 1년의 반은 구름에 싸여있음을 말하고, 예로부터 이곳이 선경으로 칭헤졌음을 말하며 전설상의 신선인 안기생을 만나고 싶은 바람을 나타내고 있다.

김형식

김형식金瀅植(1886~1929년), 자는 연수淵叟, 호는 혁암革菴, 피애避碍, 본관은 김해金海이다. 제주 조천리에서 정의현감을 지낸 김문수金汶株(1859~1935년)의 둘째 아들로 태어났다. 항일 언론인인 송산松山 김명식金明植이 그의 동생이다. 모친 송씨가 그를 임신했을 때 어떤 도사가 나타나 붉은 종이와 채색 붓을 주는 태몽을 꾸었다고 했는데, 과연 그는 손에서 책을 놓지 않을 정도로 사서육경은 물론이고 병서와 농서農書, 산서算書, 의서醫書 등을 두루 섭렵했으며, 의흥학교義興學校에서 근대 교육을 받았다.

부해浮海 안병택安秉宅은 「연수자설淵叟字說」에서 이렇게 말했다. "내가 들건대, 그대는 재주와 생각이 보통이 아니어서 고금의 서적과 사물을 보지 않은 것이 없고, 널리 알고 기억하는 것이 많다. 시비를 분별하고 성공과 실패를 의론하는 데 맑은 연못이 물건을 비추듯 거의 맞춘다."

1914년부터 2년여 동안 조천면장으로 재임했다. 부해 안병택을 비롯하여 심재 김석익, 만취晚翠 김시우金時宇, 약수若水 김능원金能遠, 수은水隱 김희돈金熙敦, 청아淸啞 김순용金淳容, 양오養吾 김시범金時範, 동강桐岡 김시학金時學, 해은海隱 김희정金羲正, 근회根晦 부성준夫性準, 백해栢海 홍두표洪斗杓 등 여러 문사들과 교류하며 적지 않은 시문을 남겼으며, 후학을 가르치는 데 심혈을 기울여 이하준李夏準, 김림규金琳奎 등 적지 않은 제자를 배출했다. 그의 묘지명에 따르면, 그는 영달과 화려함을 바라지 않았고, 그의 시문은 반듯했다고 한다.

저서로 『혁암산고革菴散稿』가 있으며, 2004년 제주문화원에서 오문복 번역으로 출간됐다. 전체 171편 216수의 한시가 남아 있는데, 그중에서 제주 한시는 157편 199수이다.

金瀅植

金瀅植(1886-1929年)，字渊叟，号革菴、避碍，籍贯金海。出生于济州朝天里，是曾担任旌义县监的金汶株(1859~1935年)的次子。抗日媒体人松山金明植是他的弟弟。母亲宋氏怀有他时，梦见一位道士给她红纸和彩笔。果然，他不仅手不释卷，还阅读了四书六经、兵书、农书、算书等，在义兴学校受到了近代教育。

浮海安秉宅在《渊叟字说》里说道："吾闻君才思超常，于古今书籍事物无不攷阅，识博记强。辨是非，论成败，能了了似于渊之澄澄照物几矣。"

从1914年开始，他担任了2年多的朝天面长。与浮海安秉宅、心齋金锡翼、晚翠金时宇、若水金能远、水隐金熙敦、清哑金淳容、养吾金时范、桐冈金时学、海隐金羲正、根晦夫性準、栢海洪斗枃等多位文士交游，并留下了不少诗文。他还呕心沥血地教导后学，培养出李夏準、金琳奎等弟子。根据他的墓志铭可以得知，他不喜华丽与飞黄腾达，诗词端正。

著作有《革菴散稿》，2004年由吴文福翻译，在济州文化院出版。共171篇216首汉诗，其中济州汉诗有157篇199首。

瀛洲十景　　　　영주십경

其一 城山出日　　성산의 솟은 해

千仞山蟠東海隅,　　천 길의 산 동쪽 바닷가에 서려 있어

先看黃道颺金烏.[1]　황도에서 금빛 까마귀 날아오는 것 먼저 본다네.

蜿蜒百怪皆含火,[2]　꿈틀거리는 온갖 괴이한 것 모두 불을 머금고 있으니

能使曉天起壯圖.[3]　새벽 하늘에 장대한 뜻 일으키게 할 수 있겠네.

주석

① 黃道(황도): 태양이 지나가는 길.

　颺(양): 날다, 날아오르다.

　金烏(금오): 태양에 있다고 하는 삼족오三足烏.

② 蜿蜒(완정): 꿈틀거리는 모습.

③ 壯圖(장도): 장대한 뜻.

해설

이 시는 영주십경 중 하나인 성산의 일출을 읊고 있다. 삼족오가 있는 태양이 솟아나며 세상의 온갖 것들이 불을 머금은 듯한 모습을 통해 새벽 일출의 장관을 표현해내고 있다.

其二 紗峰落照　　사라봉의 낙조

落照翻林籠彩霞,　　석양빛 숲에 비춰 노을이 휘감아

孤峰一面掛紅紗.　　우뚝한 봉우리 한 면에 붉은 비단 걸렸네.

底事牛山相對哭,¹　무슨 일로 우산은 마주 보며 울고 있는가

如斯光景也無多.　이와 같은 풍경 많지 않아서겠지.

주석

① 底事(저사): 무슨 일, 어떤 일.

　牛山(우산): 서우봉犀牛峰인 듯하다.

해설

이 시는 영주십경 중 하나인 사라봉의 낙조를 읊고 있다. 사라봉과 마주하고 있는 우산이 울고 있는 이유는 낙조를 함께한 사라봉의 모습이 아름다워서이리라. 사라봉의 낙조를 마치 붉은 비단을 걸어 놓은 듯하다고 한 표현은 매우 흥미롭다.

원문

觀海　　　　　　바다를 바라보다

百尺層闌水上浮,　백 척 층층 난간이 물 위에 떠 있어

登臨此日暫回頭.　오늘 올라 보고 잠시 고개를 돌린다.

蜃樓鮫室皆靈異,¹　신기루와 인어가 사는 집 모두 신령스럽고 기이한데

波外無天應十洲.²　하늘 너머 파도 밖은 응당 신선이 사는 곳이리라.

주석

① 蜃樓(신루): 신기루.

鮫室(교실): 인어가 사는 집.

② 十洲(십주): 바다 가운데 신선이 살고 있다고 전해지는 열 곳의 명산. 신선이 사는 곳을 가리킨다.

해설

이 시는 바다 저 먼 곳을 바라보며 읊은 것이다. 고개 돌려 저 멀리 바다 끝을 바라보던 시인은 저 어딘가에는 신기루가 생겨나고 인어가 헤엄치는 신선이 사는 곳이 있으리라 상상한다.

원문 ———————————————————————

秋夜口占[1]
가을밤 입에서 나오는 대로 짓다

上壽百年能幾何,[2]	가장 많은 나이라고 하는 백세 얼마나 있을까?
人間日月若流波.	인간의 세월은 마치 흐르는 물결과 같다네.
紫蘭委地秋霜重,	자줏빛 난초는 가을 서리 무거워 땅으로 늘어져 있고
黃葉滿庭夜雨多.	누런 잎은 밤비 많이 내려 정원에 가득해졌네.
九月天寒身起粟,[3]	구월 날씨 차가워져 몸에 좁쌀과 같은 것 일어나고
三杯酒困眼生花.	석 잔 술에 노곤해져 눈에 꽃이 생기듯 혼미하네.
從今欲學餐霞術,[4]	지금부터 노을 먹는 방법을 익히고자 하는데
南國名山有漢拏.	남국의 명산 한라산이 있구나.

주석

① 口占(구점): 입에서 나오는 대로 짓다.

② 上壽(상수): 수명을 상, 중, 하로 나누는데, 상수上壽는 100세, 중수

568

中壽는 80세, 하수下壽는 60세를 말한다.

③ 身起粟(신기속): 몸에 좁쌀과 같은 것이 일어나다. 추위에 피부가 수축하여 일어나는 현상을 말한다.

④ 餐霞(찬하): 노을을 먹다. 신선이 되는 수양법 중 하나이다.

해설

이 시는 가는 세월의 덧없음과 무상함을 읊고 있다. 세월은 어느덧 흘러 가을이 찾아와 마당 가득 누런 잎 가득하고 서리 맞은 난초는 축 처져 있다. 추위에 온몸에는 소름이 돋아나는 데다가 눈도 어두침침해지니 세월을 이기지 못하는 자신을 발견한다. 그래서일까. 신선이 될 수 있다는 수양법을 익히려고 하는데, 바로 저곳이 신선이 살았다는 한라산이 아니던가.

원문

還鄉

고향으로 돌아오다

戀北亭前眼界寬,	연북정 앞에서 시야가 확 트이고
故山此日滿心歡.	오늘 고향에 오니 가득 기쁘네.
烟臺曉月隨黎杖,[1]	연대에 뜬 새벽달 명아주 지팡이를 따라오고
堂浦晴嵐吹客冠.	당포의 개인 날 아지랑이는 나그네 갓에 불어온다.
盤供蓴羹堪適口,[2]	쟁반에 순챗국 나오니 입맛에 맞고
家藏吉貝不憂寒.[3]	집에는 목화 가지고 있으니 추위 근심하지 않는다네.
最憐三逕黃花在,[4]	세 갈래 좁은 길에 국화꽃 남아 있음이 가장 사랑스러운데
高節也應待我看.[5]	높이 솟은 대나무도 응당 나를 기다렸다가 만나려는 것이리라.

주석

① 烟臺(연대): 신호를 보내기 위해 연기를 피우는 돈대.

② 蓴羹(순갱): 순챗국. 일찍이 장한張翰이 고향 생각에 순챗국을 그리워하였다고 한 바 있다. 여기서는 그토록 그리워하던 고향 음식을 맛보게 되었음을 뜻한다.

③ 吉貝(길패): 목화.

④ 三逕(삼경): 은사隱士의 뜨락을 가리킨다. 서한西漢 말에 장후蔣詡가 은거한 뒤 집 안 뜨락에 '오솔길 세 개[三逕]'를 만들어 놓고는 오직 양중羊仲과 구중求仲 두 사람과 교유하며 두문불출했던 고사가 있다.(『삼보결록三輔決錄 도명逃名』)

黃花(황화): 누런 꽃. 국화꽃을 가리킨다.

⑤ 高節(고절): 높이 솟아 있는 대나무. 대나무에는 마디가 있어 '節'이라고 한 것이다.

해설

이 시는 고향으로 돌아온 시인의 마음을 묘사하고 있다. 일찍이 장한張翰은 고향에서 먹던 순챗국과 농어회의 맛을 그리워하였던 바, 시인은 결국 고향에 돌아와 옛날 그 순챗국을 맛보게 되었다. 또한 국화꽃이 피어 있는 골목길의 아름다움에 더하여 예전부터 보아왔던 대나무가 그대로 남아 있어 마치 시인을 기다리고 있었던 듯하니 고향에 돌아온 시인의 마음을 쉬이 짐작할 수 있겠다.

與金文植同舟向牛島作 [1] 김문식과 함께 배를 타고 우도로 향하며 쓰다

白鷺飛邊曉霧收,　　　백로 날아가는 저편에서는 아침 안개 걷히고

遙看老蜃氣嘘樓. [2]　　멀리 바라보니 이무기가 기운을 토해내어 누대를 만들어내네.

天連積水孤帆遠,　　　하늘까지 쌓인 물 이어져 있어 외로운 돛배는 멀어지고

島蘸滄溟一點浮. [3]　　섬은 푸른 바다에 잠겨 하나의 점으로 떠 있다.

聞道錫麟曾拓地, [4]　　듣건대 김석린이 일찍이 땅을 개척하였다고 하는데

如今元禮共乘舟. [5]　　지금 원례와 함께 배에 올랐네.

篙師指點歸何處,　　　사공이 어느 곳으로 돌아가는지 가리키니

芳草洲前亂石頭.　　　향기 나는 풀 모래섬 앞 어지러이 돌이 있는 곳이라네.

주석

① 牛島(우도): 제주의 동쪽에 위치하고 있는 섬.

　金文植(김문식): 자세한 생애는 알려진 바가 없다.

② 老蜃氣嘘樓(노신기허루): 신기루를 말한다. 옛사람들은 이무기가 기운을 토해내어 누대의 모습을 만들어낸다고 여겼다.

③ 蘸(잠): 잠기다.

④ 錫麟(석린): 김석린(1806~?)으로 우도를 개척하여 주민들의 생활 터전을 마련한 인물이다.

⑤ 元禮(원례): 김문식의 자字일 듯하다.

이 시는 김문식과 함께 배를 타고 우도에 가며 지은 작품이다. 김문식이 정확히 어떤 인물인지, 그리고 두 사람은 어떤 일로 우도를 방문하게 된 것인지 알 수 없다. 작품에서는 아침 안개 걷혀 배를 타고 나선 뒤 어느덧 우도에 이르게 되었음을 표현하였다.

원문

暮過咸德村[1]

해질녘 함덕촌을 지나다

원문	번역
犀山落日下平沙,[2]	서우봉에 저무는 해 넓은 모래사장에 깔리고
漁子捲絲唱櫂歌.	어부는 낚싯줄 감으며 뱃노래 부른다.
古院桃花紅勝錦,	옛 정원 복숭아꽃은 비단보다 붉고
近郊草色綠如羅.	가까운 교외 풀빛은 비단처럼 푸르네.
官軍昔自浦前入,	옛날 관군(고려시대 김방경)은 함덕 포구로 들어왔고
御史曾從寺下過.	일찍이 어사는 절에서 내려와 건너갔다지.
詞客無端傷往事,	시인 이유 없이 지난 일에 슬퍼하니
一江風雨咽寒波.	강 가득 비바람에 차가운 물결 운다.

주석

① 咸德村(함덕촌): 지금의 제주시 조천읍에 위치한 마을.

② 犀山(서산): 서우봉. 지금의 제주시 조천읍 함덕리에 위치하고 있다.

해설

이 시는 해질 무렵 함덕촌을 지나며 느낀 감회를 담아내고 있다. 해가 지자 낚싯줄을 정리하는 어부의 모습, 시인은 시선을 돌려 붉은 복숭아꽃과 푸른 풀빛을 바라본다. 함덕촌의 아름다운 모습 속에서 과거를 떠올리던 시인은 뜬금없는 슬픔에 젖어 저 바다를 바라보고 있다.

원문

登戀北亭　　　연북정에 올라

三百年前有此樓,	삼백 년 전에 이 누대가 있었거늘
依然古蹟至今留.	오랜 자취가 변함없이 지금까지 남아 있구나.
海流東注天窮處,	바다는 하늘 다하는 동쪽으로 향해 흐르고
山勢北來地盡頭.	산세는 땅이 다하는 북쪽으로 간다네.
館下垂楊鴉陣暮,	객사 수양버들에는 저물녘 까마귀 떼
城邊腐草鬼燐秋.[1]	성 주변 오래된 풀에는 가을 도깨비불.
危欄迥出烟波上,	높은 난간 안개 낀 물결 위로 솟아 있는데
回首風塵淚不收.	바람에 날리는 먼지 속에서 고개 돌리니 눈물 거두지 못하네.

주석

① 鬼燐(귀린): 도깨비불. 오래된 나무나 낡은 집에서 화학작용이 일어나 저절로 이는 푸른빛.

해설

이 시는 연북정에 올라 본 경치와 감회를 표현하고 있다. 300년 전부터 자리를 지킨 연북정은 과거부터 북쪽을 바라보며 조정과 임금을 그리워하던 곳이었던바, 시인은 먼지 자욱해 보이지 않는 북쪽을 바라보며 어지러운 시국과 나라를 걱정하고 있는 듯하다.

원문

西歸客館與姜茶軒共賦[1]　서귀포 객사에서 강다헌과 함께 시를 짓다

三更漏箭暗中催,	삼경을 가리키는 물시계 어둠 속에서 재촉하니
邀我故人秉燭回.	나를 초대한 친구 촛불 들고 돌아왔네.
島勢削成岩壁立,	섬의 모습은 깎아 놓은 듯 암벽 서 있고
瀑流噴作雪光來.[2]	폭포는 물 뿜어내니 눈과 같은 하얀빛 만들어진다.
千年往事傷殘堞,[3]	천년이나 지난 과거 남은 성가퀴에 가슴 아픈데
一夜詩情愧不才.	밤 내내 시 흥취 일었건만 재주 없음이 부끄럽네.
會合無常易爲別,	만나는 것은 늘 있지 않은데 쉽게 이별하니
肯辭燈下酒盈杯.	어찌 등불 아래 술 가득한 술잔 사양하리오.

주석

① 姜茶軒(강다헌): 강세현姜世現. 다헌茶軒은 그의 호號인 듯하다. 자세한 생애는 알려져 있지 않다.

② 雪光(설광): 눈빛. 여기서는 폭포에서 튄 물방울이 햇빛에 비쳐 마치 눈이 내리는 듯함을 표현한 것이다.

③ 堞(첩): 성가퀴. 성 위에 쌓은 낮은 담.

해설

이 작품은 서귀포 객사에서 강다헌과 함께 시를 지으며 밤을 보내고 있음을 적고 있다. 시제에 나오는 강다헌은 정확히 어떤 인물인지 알 수 없으나, 다헌茶軒은 그의 호인 듯하다. 시인은 강다헌과 함께 시를 짓기로 하였지만 재주 없어 완성된 것이 그리 만족스럽지 못하니, 시 짓는 일 치우고 술잔 나누고 있다.

김대흥

김대흥金大興(1887~1963), 자는 경래慶來, 호는 영헌瀛軒이며, 본관은 김해이다. 1887년 세주 봉개리 대동(큰마을)에서 도은陶隱 김치억金致億의 셋째 아들로 태어났다. 부해浮海 안병택安秉宅에게 사사했다. 1907년 중추원의관中樞院議官과 비서원승祕書院丞의 관함을 받았다. 1910년 한일합방으로 나라를 잃자 이에 통탄하며 사숙의 훈장으로 학생들을 가르치는 일에 전념했다. 1919년 조선독립만세 운동이 벌어지자 서울의 안재홍安在鴻, 애월의 문창래文昌來와 연락하며 활동했다. 1935년 봉개리에 최초의 학교인 동보서숙東普書堂(봉개초등학교 전신)을 건립하는 데 주도적인 역할을 했다. 특히 1906년 제주향교의 문묘文廟 수직생守直生이 된 이후 1934년 향교 장의掌儀로 선임되었고, 제주향교에서 봉행하는 석전대제의 아헌관亞獻官을 맡는 등 향교 활동을 지속했으며, 예악에도 관심이 많았다. 아쉽게도 4·3사건이 일어나 봉개리 300호가 모두 불타면서 집안의 서적들도 모두 불타고 말았다고 한다.

시문집으로『영헌시고瀛軒詩稿』가 있으며, 2021년 제주교육박물관에서 김영길의 역주로『국역영헌시고』가 출간되었다. 240제 273수의 시가 수록되어 있다. 장시가 많고, 같은 제목으로 거듭 쓴 시가 적지 않다.

金大兴

金大兴(1887~1963)，字庆来，号瀛轩，祖籍金海。1887年出生于济州奉盖里大洞，是陶隐金致亿的三男。在浮海安秉宅门下学习。1907年被授予中枢院议官和祕书院丞的官衔。1910年因韩日合并失去国家后，他痛叹不已，并以私塾的训长专注于教授学生。 1919年3·1运动爆发后，他与首尔的安在鸿、涯月的文昌来联系并开展了活动。1935年在奉盖里建立了最早的学校——东普书堂(奉盖小学前身)，起到了主导作用。特别是1906年成为济州乡校的文庙守直生后，1934年被选为乡校掌仪，担任济州乡校奉行的释奠大祭亚献官等，持续进行了乡校活动，对礼乐也很感兴趣。遗憾的是，4.3事件爆发后，奉盖里的300户全部被烧毁，家里的书籍也全部被烧毁。

诗文集有《瀛轩诗稿》，2021年济州教育博物馆出版了由金永吉译注的《国译瀛轩诗稿》。 收录了240题273首诗。诗集里有很多长诗，也有不少同题重写的诗。

題鄉中靑年敬老筵 마을의 청년들이 경로잔치를 연 것에 부처
其一

玲瓏雪白近瑤坮,¹	영롱한 하얀 눈이 선계에 가까운 듯한데
歲首靑年擧賀盃.²	정월 초하루에 청년들이 축하 술잔 올리네.
何獨香山稱專美,³	어찌 유독 향산 구로회만 아름답다 칭송하리?
吾鄉亦是古風開.	우리 마을도 또한 이처럼 옛 풍속 열었다네.

주석

① 瑤坮(요대): 아름다운 옥으로 지은 누대. 신선의 거처를 가리킨다.
'요대瑤臺'와 같다.

② 歲首(세수): 음력설인 음력 1월 1일이다. 구정舊正, 정월正月 초하루.

③ 香山(향산): 당나라 시인 백거이가 벼슬에서 물러난 나이 든 여덟
사람과 낙양洛陽에 모여 놀며 이 모임을 향산구로회香山九老會라
불렀다. 그 구성원은 백거이를 비롯하여 호고胡杲, 길교吉皎, 유진
劉眞, 정거鄭據, 노정盧貞, 장혼張渾, 이원상李元爽과 승려 여만如滿
이다.

해설

이 시 1구에서는 하얀 눈이 영롱하게 내리니 선계와 가깝다고 읊고
있다. 2구에서는 정월 초하루에 청년들이 마을 어른들께 새해의 축하
주를 올리는 모습을 얘기하고 있다. 3구에서는 시상을 굴려 당나라 시
인 백거이가 노년에 벼슬에서 물러나 여덟 사람과 낙양에 함께 모여 놀

았던 향산구로회香山九老會를 언급하고 있다. 그리고 마지막 구에서는 향산구로회香山九老會와 같은 아름다운 풍속이 이 마을에도 열렸음을 말하며 시를 마무리하고 있다.

원문

過鄕賢祠遺墟有感 [1]   향현사 터를 지나며 느낀 바 있어

禮容揖讓慣吾東, [2]	예의 바른 모습으로 읍하고 겸양함은 우리나라의 관습이니
俎豆當年祠宇同. [3]	제사 지내던 당시에 사당집도 함께 지었네.
靈谷文章兼筆法, [4]	영곡공의 문장은 필법을 겸하였고
道巖賢哲刱黌功. [5]	명도암의 현철함은 학교의 공을 이루었네.
歲遠唐虞人去後, [6]	세월은 요순시대와 멀어 옛사람들 떠나가신 후이지만
儒宗鄒魯聖欽中. [7]	유가에선 공자와 맹자를 받들어 성인으로 공경하는 중이라네.
悄然獨立想今古,	근심스럽게 홀로 서서 고금을 생각하는데
林木空餘夕照紅.	숲의 나무엔 붉은 석양빛만 헛되이 남아 있네.

주석

① 鄕賢祠(향현사): 제주 오현단에 제주 출신 문인인 고득종高得宗 (1388~1460년)을 제향하기 위해 세운 사당.

② 揖讓(읍양): 예의를 갖춰 겸손하게 양보하다.

③ 俎豆(조두): 제사 때 음식을 담는 그릇. 여기서는 제사를 의미한다.

④ 靈谷(영곡): 영곡공靈谷公 고득종高得宗.

⑤ 刱(창): 만들다, 세우다. '창創'과 같다.
　　黌功(창공): 학교의 공로. '창黌'은 고대의 학교로, 여기서는 제주 유

림 명도암 김진용金晉鎔이 고득종高得宗의 옛 집터(지금의 오현단)에
장수당藏修堂을 건립하고 후학을 가르친 것을 말한다.

⑥ 唐虞(당우): 중국 전설상의 제왕인 도당씨陶唐氏 요堯와 유우씨有虞
氏 순舜을 지칭한다.

⑦ 鄒魯(추로): 추는 맹자의 고향, 노는 공자의 고향이다. 여기서는 공
자와 맹자를 지칭한다.

해설

이 시는 향현사를 지나가다 느낀 점을 읊고 있다.

시에서는 필법을 이룬 영곡공의 뛰어난 문장과 그의 집터에 학사를
건립하여 유학을 강학하였던 명도암을 칭송하고 있다. 이어 그곳에 유
학의 조종인 공자와 맹자의 학맥이 흐르고 있음을 말하고, 석양 속 황
폐해진 사당의 모습을 바라보며 옛사람들에 대한 공경과 유학의 전통
이 쇠미해진 현실을 탄식하고 있다.

원문

春日朝天途中 1

봄날 조천으로 가는 도중에

東風春日路悠悠,　　　동풍 부는 봄날에 길은 아득하고

霽後郊原芳草柔.　　　비 갠 뒤 들 언덕에 방초는 하늘거리네.

拏岳岑高鰲背上, 2　　　한라산은 자라 등에 위에서 높다랗고

朝天港滿鯨波流.　　　조천 포구엔 고래 같은 파도가 가득하네.

弄看胡蝶三春舞,　　　봄날 춤추는 호랑나비를 희롱하며 보고

靜聽杜鵑萬古愁. 3　　　만고의 시름겨운 두견이 소리를 조용히 듣노라.

歸去鄕邨牽晚興,　저녁 흥취 이끌고 마을로 돌아오는데

前溪水漲暮煙收.　앞 개울에 물이 불어 저녁 안개 거두네.

주석

① 朝天(조천): 초천리朝天里, 진성기秦聖麒의『남국南國의 지명유래地名由來』에 따르면, 지금으로부터 약 400년 전 마을이 형성된 이래로 '조천관'이라 불리다가 후에 '조천리'로 호칭하였다.

② 鰲背(오배): 자라의 등.『열자列子·탕문湯問』에 나오는 발해渤海 동쪽에 대여岱興, 원교員嶠, 방호方壺, 영주瀛洲, 봉래蓬萊의 다섯 개 선산을 머리에 이고 있다는 자라를 가리킨다. 여기서는 자라가 한라산을 등에 지고 있는 것으로 표현하였다.

③ 杜鵑(두견): 두견이. 자규子規 또는 불여귀不如歸라고도 한다.『촉왕본기蜀王本紀』에 따르면, 고대 촉국蜀國의 망제望帝 두우杜宇는 만년에 수재水災로 인해 재상 개명開明에게 제위를 물려주고 물러나 서산西山에 숨어 살면서 고국을 그리워하며 비통해하다 죽었다. 죽어서 혼이 두견이가 되었는데 그 울음소리가 마치 '돌아감만 못하다[不如歸]'라고 하는 것 같아 '불여귀不如歸'라고 하였다.

해설

이 시는 부해浮海 안병택安秉宅을 만나러 조천으로 가는 도중에 쓴 것으로, 봄날 한가롭고 아름다운 제주의 풍광이 잘 나타나고 있다.

수련에서는 동풍이 부는 봄날에 들 언덕에 방초가 아름다운 모습을 읊고, 함련에서는 섬 위에 우뚝 솟은 한라산과 조천 포구의 넘실대는 파도를 묘사하고 있다. 경련에서는 자유롭게 나풀거리는 호랑나비와 고향으로 돌아가고 싶어도 돌아가지 못했던 촉나라 망제望帝를 떠오르게 하는 두견새를 대비하고, 마지막 함련에서는 봄 저녁 흥취를 이끌며 집으로 돌아오는 모습을 묘사하고 있다.

원문

濟州市升格
其一

海邑級升道市由,	바다의 고을이 승급하여 도道와 시市가 되어
嘉名肇錫吉祥休.[1]	좋은 이름 부여되니 길한 조짐이 아름다워라.
公園花樹稱三姓,	꽃나무 심은 공원은 삼성혈이라 이르고
物産珍奇冠六洲.	물산의 진기함은 육대주의 으뜸이라네.
文明仙府鍾靈地,[2]	문명이 발달한 신선의 고을에 신령한 땅이 모였고
貿易港灣滿載舟.	무역하는 항만에 화물 실은 배가 가득하네.
從此繁昌多富興,	이제부터 번창하고 크게 부흥하여
互商天下願來留.	온 세상 상인들이 와서 머물기를 원하네.

제주시로 승격되다

주석

① 肇錫(조사): 비로소 내려주다. '사錫'는 '사賜'와 같다. 굴원의 「이소 離騷」에 "비로소 나의 아름다운 이름을 내려주셨네.(肇錫余以嘉名.)" 라는 구절이 있다.

② 仙府(선부): 신선이 사는 곳. 여기서는 제주를 비유한다.

鍾(종): 모이다.

582

해설

　이 시 수련에서는 제주가 도와 시로 승격되니 상서로운 조짐이 아름답게 일어남을 말하고, 함련에서는 꽃나무로 공원처럼 조성된 삼성혈과 제주 물산의 진기함을 언급하고 있다. 경련에서는 신령한 땅에 무역선들이 오고 감을 말하고, 미련에서는 이로부터 제주도가 더욱 발전하여 온 세상 상인들이 몰려들기를 바라는 소망을 썼다.

원문

天池淵[1]
其一

鴻濛肇判昔何年,[2]	혼돈에서 처음 갈라져 나온 것이 옛날 어느 해인가?
名擅瀛洲天地淵.[3]	영주에서 이름이 뛰어난 것은 천지연이라네.
寂寞胡山雷響動,[4]	적막한 제주의 산에 우렛소리 진동하고
虛名日月燭光懸.[5]	헛된 명성의 해와 달은 촛불처럼 걸렸네.
胡爲萬丈蝀虹掛,	어떻게 만 길의 무지개를 걸었던가?
擬似一條河漢連.	마치 한 줄기 은하수가 이어진 듯하네.
本是源流通正脉,[6]	본래 수원은 바른 맥으로 통하는 것이니
不休滾滾大江邊.	쉬지 않고 세차게 흘러 큰물에 이르네.

천지연

주석

① 天池淵(천지연): 문헌과 고지도에서 보이는 지명 표기는 다소 혼란스럽다. 『탐라지』에는 '천지연天池淵'이라 표기했는데, "서귀포 위에 있다."라고 했다. 『탐라순력도』에는 '천지연폭泉池淵瀑'이라 했

고, 『1872년 지방지도』에는 '천제연天帝淵'이라 했다. 『조선지형도』에 '천지연폭天池淵瀑'이라 기재했다.

② 鴻濛(홍몽): 우주宇宙가 형성되기 이전의 혼돈 상태.

肇判(조판): 처음 쪼개어져 갈라짐.

③ 擅(천): 뛰어나다.

④ 胡山(호산): 호胡 땅의 산. 변방 지역의 산을 의미하며, 여기서는 한라산을 가리킨다.

⑤ 虛名(허명): 헛된 명성. 여기서는 해와 달이 천지연의 연무에 가려 그 명성에 걸맞지 않게 밝지 않은 것을 말한다.

⑥ 水源(수원): 물이 흘러오는 근원.

해설

이 시의 수련에서는 천지연이 언제쯤 만들어졌을지 의문을 던지면서 시상을 일으키고, 천지연이 아름다운 풍광으로 제주에서도 이름을 떨치고 있음을 말하고 있다. 함련에서는 우렁찬 폭포 소리와 연무로 인해 촛불처럼 흐릿한 해와 달의 모습을 묘사하고, 경련에서는 폭포 위에 걸린 만 길의 무지개와 하늘의 은하수를 통해 천지연 폭포의 장대한 경관을 나타내고 있다. 미련에서는 천지연의 수원이 바른 맥을 통해 큰물로 세차게 흘러감을 묘사하고 있다.

김경종

김경종金景鍾(1888~1962년), 호는 석우石友, 본관은 김해이며 제주시 노형동 월랑에서 태어났다. 면암 최익현과 함께 유림의 쌍벽을 이룬 간재艮齋 전우田愚(1841~1922)의 문하에서 배우기 위해 전북 계화도界火島로 가서 다년간 공부했다. 당시 간재의 문하에 제주 출신 고경수高景洙(오라), 고병오高炳五(모슬포), 김태교金泰交, 김옥림金玉林, 강용범康用範(법환) 등이 있었다. 일제강점기 내내 출사하지 않고 은거하면서 제주향교의 훈장으로 후학들을 가르치는 한편 1924년 도내 문인 123명이 모여 설립한 영주음사瀛洲吟社에 참가하여 시문 창작에 힘썼으며, 해방 이후 제4대 영주음사 사장을 역임했다.

그는 3남 2녀를 두었는데 4·3사건으로 인해 장남이 희생되고, 막내 아들까지 병사하고 말았다. 「본도의 4·3사건에 아들 창령이 뜻밖의 환난을 당해 진주에 붙들려갔는데 때마침 적병(북한군)이 들이닥쳐 생사를 알지 못했다. 한 번 가서 탐문해 보았지만 이미 죽은 뒤였다. 다시 촉석루를 찾아가 보니 또한 재가 되고 말았다. 이에 원운原韻을 취하여 비참한 감회를 적는다本道四三之變, 家兒昌玲, 以橫厄拘在晉州, 適遭敵兵入城, 生死不知. 一往探問, 事已逝矣. 又見矗石樓, 亦灰矣. 遂取其原韻, 以敍悲懷」는 장남의 죽음에 아비로서 참담한 심정을 읊은 시이다. 이후 그는 「이승만에게 보내는 서與李承晚書, 기축己丑(1949)」, 「이승만성토서李承晚聲討書, 경인庚寅(1950)」 등을 지어 4·3사건으로 인해 제주도민이 억울하게 죽임을 당한 참상을 고발하고, 당시 대통령이던 이승만에게 잔혹한 진압의 책임을 물었다. 지금의 제주시 칠성로에서 한약방인 '김약국'을 경영하는 한편 당시 제주의 유림 심재心齋 김석익金錫翼, 행은杏隱 김균배金勻培 등과 교유하며 시사에 심취했다. 어려운 환난의 시기에 개인적인 어려움까지 감내하면서 끝내 좌절하거나 타협하지 않고 굳건히 자신의 삶을 지켰다.

저서로 60대 중반에 편찬한 『백수여음白首餘音』과 『석우시집石友詩集』이 있다. 시는 전체 343편 380수이다.

金景钟

金景钟(1888~1962年), 号石友。 祖籍金海, 出生于济州市老衡洞月郎。为了在儒林双璧的艮斋田愚(1841~1922年)的门下与勉菴崔益铉一起学习, 他前往全北道界火岛学习了多年。当时艮斋的门下有济州出身的高景洙、高炳五、金泰交、金玉林、康用范等人。日本帝国主义强占时期一直隐居不出仕, 作为济州乡校的训长一心教授于后学, 1924年还加入了道内123名文人聚集成立的瀛洲吟社, 致力于诗文创作, 解放后历任第四任瀛洲吟社社长。

他育有3男2女, 长子因4·3事件牺牲, 小儿子也病逝。他的诗〈本道四三之变, 家儿玲拘, 在厄兵州, 生死不知。一往探问, 事已逝矣。又见蠹石楼, 亦灰矣。取其塬韵〉是吟诵了父亲的丧子之痛。此后, 他还撰写了《与李承晚书, 己丑(1949)》、《李承晚声讨书, 庚寅(1950)》等, 告发了济州岛民因4·3事件被冤枉杀害的惨状, 并向当时的总统李承晚追究了残酷镇压的责任。在现在的济州市七星路经营着韩药房"金药局"的同时, 还与当时济州的儒林"心斋金锡翼"、"杏隐金匀培"等人交游, 沉醉于诗词。在最痛苦的患难之际, 他忍受着自己的困难, 最终没有挫折或妥协, 坚定地守护着自己的生活。

著作有在他60多岁时编纂的《白首余音》和《石友诗集》。共有343篇380首诗。

本道四三之變, 家兒昌玲, 以橫厄拘在晉州, 適遭敵兵入城,
生死不知. 一往探問, 事已逝矣. 又見矗石樓, 亦灰矣. 遂取
其原韻, 以敍悲懷[1]

본도의 4·3사건에 아들 창령이 뜻밖의 환난을 당해 진주에 붙들려갔는데 때마침 적병(북한

군)이 들이닥쳐 생사를 알지 못했다. 한 번 가서 탐문해 보았지만 이미 죽은 뒤였다. 다시 촉

석루를 찾아가 보니 또한 재가 되고 말았다. 이에 원운原韻을 취하여 비참한 감회를 적는다

山河萬變水東流,	산하가 만 번 변해도 물은 동쪽으로 흐르나니
白首呼兒泣古洲.[2]	흰머리로 아들 부르며 옛 물가에서 눈물 흘리네.
節義當年忠死地,	옛날 절의를 지키며 충의를 위해 죽던 곳이
兵戈此日刦灰樓.[3]	오늘날 전쟁이 일어나 잿더미 누대가 되어버렸네.
神明倘識焦心恨,[4]	신명은 혹여 애타는 마음속의 한을 알는지
世亂空添觸目愁.[5]	세상 어지러우니 눈 닿는 곳마다 헛되이 근심만 더해지네.
骨肉不知烏有在,[6]	아들은 어디에 있는지 알지 못하니
惟魂遙向故園遊.	혼령만 멀리 고향을 향해 떠돌고 있으리.

주석

① 矗石樓(촉석루): 진주성晉州城에 있는 누대. 한국전쟁 당시 잿더미
   가 되었으나 나중에 복원했다.

② 古洲(고주): 옛 물가, 섬. 여기서는 제주를 말한다.

③ 刦灰(겁회): 겁화劫火 뒤에 남은 재. '겁刦'은 '겁劫'의 뜻이다. '겁화'
   는 불교에서 괴겁壞劫의 말에 일어난다고 하는 큰불을 가리킨다.
   불교에서 천지가 한 번 생성했다 소멸하는 시간을 1겁劫이라 하는

데, 이는 생겁生劫, 주겁住劫, 괴겁壞劫, 공겁空劫의 순환으로 이루어지며 괴겁의 말에 물, 불, 바람의 삼재三災가 생겨나 모든 것을 파멸시킨다고 한다.

兵戈(병과): 칼과 창, 무기. 여기서는 전쟁의 뜻.

④ 倘(당): 만약, 혹시.

⑤ 觸目(촉목): 눈에 닿다.

⑥ 骨肉(골육): 부모나 형제 자식. 여기서는 아들의 뜻.

烏(오): 어찌, 어디.

해설

석우石友 김경종金景鍾은 3남 2녀를 두었는데 4·3사건으로 인해 장남이 희생되었고, 막내아들까지 병사하고 말았다. 석우의 장남 김창령金昌玲은 4·3사건 당시 김천 형무소로 끌려가 사형을 당했다.

이 시의 수련은 산하가 아무리 변해도 물은 여전히 동쪽으로 흘러가듯 자식을 향한 부모의 마음은 아무리 늙어도 변함이 없음을 말하며, 아들의 행방을 알 수 없어 눈물 흘리며 아들을 찾고 있는 자신의 모습을 나타내고 있다. 함련에서는 촉석루는 역대로 사람들이 절의를 지키다 죽어간 장소인데 지금은 전쟁으로 인해 불에 타 재가 되었음을 탄식하고 있다. 경련은 신명에게 아들을 잃은 아버지의 애타는 마음을 호소하며 어지러운 세상에 근심만 더해짐을 말하고 있다. 미련에서는 아들의 생사를 알지 못했는데 탐문해 보니 이미 죽은 뒤라 아들의 혼령이 먼 고향을 향해 떠돈다고 말하며 시를 마무리하고 있다.

오성남

오성남吳成南(1902~1960년), 자는 경숙景叔, 호는 소봉小峰이다. 어려서 삼촌인 청봉青峰 오주언吳周彦에게 한학을 배웠으며, 이후 정의공립보통학교에 입학하여 신학문을 배웠다. 경찰에 투신했다가 사직하고 면사무소 직원으로 일했다. 해방 후 면장을 지내면서 4·3사건 당시 면 내 피해를 줄이는 데 힘써 칭송을 받았다. 성산읍 수산2리에 송덕비가 있다.

吴成南

吴成南(1902~1960年)，字景叔，号小峰。从小跟着叔父青峰吴周彦学习汉学，之后进入旌义公立普通学校学习新学问。之前从事警务工作后便辞职，后就职于面行政事务所职员。解放后担任面长，4.3事件当时还致力于缩小面内的受害而受到了称赞。城山邑寿山二里有一座颂德碑。

疏開令 소개하라는 명령

疏開令落近山村,[1]	집을 비우라는 명령이 산 가까운 마을에 전해오니
驚動閭閻相不言.[2]	온 마을이 깜짝 놀라 서로 말도 못 하네.
怯海畏山何處去,	바닷가도 겁나고 산으로 가기도 두려우니 어디로 갈지
負携佇立日黃昏.	업고 손잡고 우두커니 섰는데 해는 지려 하네.

주석

① 疏開(소개): 적의 공습이나 화재 따위에 대비하여 한곳에 집중된
   주민이나 시설물을 분산시킴. 시에서는 4·3사건 당시 산사람들을
   토벌한다는 이유로 제주 중산간에 있는 마을에 내린 소개령을 이
   른다.
② 閭閻(여염): 일반 백성의 살림집이 많이 모여 있는 곳.

해설

이 시는 첫 구에서 4·3사건 당시 산간 마을에 집을 비우라는 명령이
내려졌음을 말하고 있다. 2구에서는 이 소개령 소식에 마을 사람들이
매우 놀라서 서로 말도 못 하는 모습을 나타내고 있다. 3구에서는 산도
바다도 모두 두려워 어디로 갈지 모르는 사람들의 모습을 언급하고 있
고, 마지막 구에서는 아기를 업고 아이들을 손잡아 안전한 곳으로 피하
려고 하나 갈 곳이 마땅치 않아 우두커니 서 있는데 무심하게 저녁 해
가 지고 있음을 말하고 있다. 제주 한시 가운데 4·3사건과 관련된 시가
두세 수 정도인데, 대표적인 시로 선택했다.

오
기
권

오기권吳基權(생졸미상), 호는 설계雪溪이며, 서귀포시 홍로烘爐(지금의 서홍동) 출신이다. 서계 이재하와 두보시의 운자韻字를 이용하여 서로 화답한 공동 시집『양우상화두운집兩友相和杜韻集』을 남겼다. 이는 1933년 설계 오기권과 서계 이재하가 2년간 작시作詩 공부를 위해 서로 화답한 시를 모은 시집이다. 두 사람의 습작시를 모은 것이나 1930년대 일제강점기에 신식교육을 거부하고 한학에 몰두하면서 한시를 화답하던 모습이 여실히 드러나며 당시의 시대상을 엿볼 수 있다는 점에서 의미가 있다.

설계 오기권의 서문에 따르면, 두 사람의 한시를 지도했던 이는 화산禾山 김홍익金弘翊이다. 작시 학습을 위해 주고받은 것이라 같은 제목에 두 수의 시가 적혀 있고, 운자韻字는 당대 시인 두보의 율시에서 따왔으며, 형식도 칠언율시로 동일하다. 원문을 보면, 거의 모든 시마다 방점傍點이 찍혀 있는데, 이는 좋은 구절이라는 뜻인 듯하다. 또한 작품 윗머리에 "경치와 감정을 분별하지 못했다.(景情不辨.)""정경이 합치되지

않는다.(情景不合.)" 등 평자(아마도 화산 김홍익)의 간단한 평가가 적혀 있
다. 2017년 제주교육박물관에서 오문복의 번역으로 국역『양우상화두
운집』이 출간되었다. 108개의 제목으로 두 사람이 각기 한 수씩 전체
216수가 수록되어 있다.

이
재
하

　이재하李載廈(생졸미상), 정확한 생평이 확인되지 않으나 그가 설계 오
기권과 합작한 시집『양우상화두운집兩友相和杜韻集』에 나오는 설계의
「서문」에 따르면, 제주도 좌면左面 대포리大浦里에 살았으며, 호는 서계
西溪이고, 서홍사숙西烘私塾(서홍동에 설립된 서당)에 머물렀다고 한다.

　제주 출신으로 제주판관과 대정군수를 지낸 채구석蔡龜錫(1850~1920
년)이 관직에서 물러나 지금의 서귀포 중문에 거주하면서 천제연天帝淵
의 물을 농업용수로 활용하기 위해 관개수로를 만들었는데, 이재하와
이태옥李太玉과 함께 중문, 창천, 감산, 대포리 지역 사람들을 동원하여
1908년 완공했다고 한다. 덕분에 성천봉星川峰(베릿내 오름) 아래 5만여
평의 논이 조성되었다. 『양우상화두운집』에「모내기(移秧)」라는 제목의
시가 있는 것을 보면, 이것과 관련이 있는 듯하다.

吴基权

吴基权(生卒年不详)，号雪溪，西归浦市炉烘(今西烘洞)出身。与西溪李载厦用杜甫诗的韵字，留下了一起和诗的共同诗集《两友相和杜韵集》。这是1933年雪溪吴基权和西溪李载厦学习作诗的时候，把那两年期间他们作的和诗收集在一起的诗集。虽是收集了两人的习作诗，但其中如实地展现了1930年代拒绝日本帝国主义强占时期的新式教育，埋头苦读于汉学，并一起合作汉诗的样子。从可以窥见当时时代面貌的这一点来看，诗集具有重大意义。

根据雪溪吴基权的序言，指导两人汉诗的是禾山金弘翊。因为是为了学习作诗而你一言我一语的形式作诗，所以同一题目上会写着两首诗，韵字取自唐代诗人杜甫的律诗，七言律诗的形式也相同。从原文来看，几乎每首诗都印有"傍点"，这似乎意味着他们画出的好句子。另外，作品的上端还写着"情景不辨"、"情景不合"等，也可能是禾山金弘翊的简单评语。2017年，济州教育博物馆出版了由吴文福翻译的国译《兩友相和杜韵集》。有108个题目，两人各写了一首，共收录了216首。

李载厦

李载厦(生卒年不详)，虽然无法确认确切的生平，但根据他与雪溪吴基权合作的诗集《两友相和杜韵集》中，雪溪的〈序文〉来看，他住在济州岛的左面大浦里，号西溪，居住在西烘私塾(设立在西烘洞的书堂)。

济州出身，曾担任济州判官和大静郡守的蔡龟锡(1850~1920年)辞去官职后，居住在现在的西归浦中文，为了将天帝渊的水用于农业用水，建造了灌溉渠，与李载厦和李太玉一起动用中文、苍川、甘山、大浦里地区的人们于1908年竣工。得益于此，在星川峰下建成了5万多坪的水田。《两友相和杜韵集》有一首名为〈移秧〉的诗，似乎与此有关。

橘花

굴꽃

[雪溪]

설계

橘花含笑不含悲, 　밀감 꽃이 웃음을 머금고 슬퍼함이 없음은

恩渥前宵賴雨師.[1] 　지난밤에 비 신의 두터운 은혜 입었기 때문이라.

土宜皇樹最芳樹,[2] 　흙이 굴나무에 적합하여 가장 향기로운 나무 되어

春及夏時爭發時. 　봄과 여름 사이에 다투어 꽃이 핀다네.

有臣包果亦將貢, 　신하가 싸 놓은 과일은 장차 진상할 것들이고

無客探春應未思. 　봄 경치 즐기는 나그네 없는 건 생각이 없어서겠지.

能白者多靑葉底, 　푸른 잎 밑에 하얀 꽃이 많은데

如霜如雪復奚疑. 　서리와 눈 같음을 다시 어찌 의심하리.

주석

① 恩渥(은악): 두터운 은혜.

　　雨師(우사): 비를 맡고 있다는 신.

② 皇樹(황수): 후토后土와 황천皇天의 나무. 천지의 아름다운 나무라
　　는 뜻으로, 굴나무를 의미한다. 굴원屈原「굴송橘頌」의 "천지의 아
　　름다운 나무여, 굴이 와서 자라네, 천성을 바꾸지 않고 강남에서
　　자란다네.(后皇嘉樹, 橘徠服兮. 受命不遷, 生南國兮.)"에서 유래하였다.

해설

이 시 수련에서는 지난밤에 내린 비로 굴꽃이 활짝 핀 모습을 읊고
있다. 함련은 토질이 굴나무에 맞아 봄과 여름 사이에 꽃이 다투며 피

어남을 말하고 있다. 경련에서는 귤이 진상품이었다는 것을 알 수 있고, 미련에서는 귤꽃이 하얗게 핀 모습은 서리와 눈 같다고 묘사하고 있다.

원문

[西溪]

前春未發獨何悲,[1]
將得薰風賴雨師.
品題萬木上皇樹,[2]
景色一年初夏時.
主翁偏愛態含笑,
遊客頻尋情若思.
白似梅花又如雪,
月明夜亦玉人疑.[3]

서계

이른 봄에 피지 않음을 어찌 홀로 슬퍼하리?

장차 따뜻한 바람 얻고 비 신의 힘을 빌리려 한 것이네.

모든 나무 품제할 때 상황수로 뽑히었고

일 년 중 아름다운 모습은 초여름 때라네.

주인은 편애하니 모습이 웃음 머금고 있고

나그네는 자주 찾아오니 정은 그리워하는 듯하네.

하얗기가 매화 같고 눈 같아

달 밝은 밤에 옥인인가 하네.

주석

① 前春(전춘): 이른 봄.

② 品題(품제): 품등品等하다.

上皇樹(상황수): 천제天帝의 나무라는 뜻으로, 나무 중의 으뜸임을 의미한다.

③ 玉人(옥인): 생김새와 마음씨가 맑고 아름다운 사람.

이 시 수련에서는 귤꽃이 이른 봄에 피지 않은 것은 여름이 오기를 기다렸다가 따뜻한 바람과 비의 도움으로 피려 한 것임을 말하고, 함련에서는 귤나무가 모든 나무의 으뜸이며 초여름 꽃이 필 때가 가장 아름다운 모습임을 말하고 있다. 경련에서는 주인과 나그네 할 것 없이 모두 아름다운 귤꽃에 매료되어 있음을 말하고, 미련에서는 하얀 귤꽃이 마치 매화나 눈 같아 달밤에는 마치 아름다운 사람인 양 느껴짐을 말하고 있다.

원문

踏田歌
[雪溪]

밭 밟는 노래

鞭牛策馬踏歌淸,	소와 말 채찍질하여 밭 밟는 노랫소리 맑고
田有圍墻築似城.	밭에는 에워싼 담장이 있어 성곽같이 쌓았네.
事因先務家家急,	먼저 해야 할 일 때문에 집집마다 급하고
樂在昇平處處生.	태평한 시절이라 곳곳마다 즐거움 생겨나네.
種無疎密風初靜,	성기지도 빽빽하지도 않게 씨 뿌리니 바람이 고요해서이고
迹不淺深霖旣晴.1	깊지도 옅지도 않게 밟으니 장맛비 개여서라네.
推此占豊人未識,2	이것으로 미루어 풍년을 점치는 것을 사람들은 모르니
老農自古隱其名.	예부터 늙은 농부는 그 이름을 숨겼다네.

주석

① 迹(적): 여기서는 '밟다'라는 뜻으로 쓰였다.

② 占豐(점풍): 풍년을 점치다.

해설

　이 시 수련에서는 담장으로 에워싼 밭에서 소와 말을 채찍질하며 밭을 밟는 모습을 읊고 있다. 함련에서는 할 일이 많아 집집마다 바쁘지만 태평 시절이라 즐거움이 곳곳에 생겨남을 말하고 있다. 경련에서는 바람이 고요할 때 씨를 골고루 뿌리는 모습과 장맛비 개이면 깊지도 얕지도 않게 밭을 밟는 모습을 묘사하고 있다. 마지막 연에서는 이런 여러 가지 일들로 풍년을 점칠 수 있음을 말하고, 옛날부터 이름 없는 농부들이 오래도록 농사지으며 이처럼 살아왔음을 말하고 있다.

원문

[西溪]

踏歌一曲半空淸,¹　　밭 밟는 소리 한가락이 하늘에 맑게 울리고

散入烟雲滿野城.　　흩어져 들어오는 연기구름이 들의 성에 가득하네.

牛迹馬蹄亂塵起,　　소와 말의 발굽에서 어지러이 먼지 일고

前呼後應樂心生.　　앞에서 부르고 뒤에서 호응하니 즐거운 마음 생겨나네.

人皆待午饁供具,²　　사람들은 모두 다 점심 오기 기다리고

天欲賜豐霖雨晴.³　　하늘은 풍년을 내리려 함인지 장맛비 개이네.

惟我東邦十三道,　　우리나라 십삼 도에서

瀛洲何獨有斯名.　　제주에만 어찌 이러한 이름이 있는지?

주석

① 半空(반공): 그다지 높지 않은 공중.

② 饁(엽): 들밥.

③ 霖雨(임우): 장마.

해설

이 시 수련에서는 밭 밟는 노랫소리 공중에 울려 퍼지고, 연기구름이 들의 성에 가득한 모습을 읊으며 청각적, 시각적으로 효과를 주고 있다. 함련에서는 소와 말을 동원하여 밭을 밟는 상황과 사람들이 서로 노래를 주고받으며 즐거워하고 있는 모습을 묘사하고 있다. 경련에서는 사람들이 들밥이 오기를 기다리고 있는 모습과 풍년의 조짐인 듯 장맛비가 개인 상황을 나타내고, 마지막 함련에서는 우리나라 십삼 도에서 이처럼 밭 밟는 풍습은 오직 제주도밖에 없음을 말하고 있다.

원문

憎蠅

파리를 미워하다

[雪溪]

穢物自何來草堂,	더러운 물건이 어디에 있다가 초당으로 날아들었는지
吾身潔似濯滄浪.[1]	내 몸은 창랑수에 씻은 듯 깨끗한데.
点人衣服終遺跡,	사람의 옷에 점으로 앉았다가 끝내 자취를 남기고
汚客杯盤先嗅香.	나그네의 술상을 더럽히며 먼저 냄새를 맡네.
豈非羽化爲蟲蟄,[2]	어찌 날아다니는 신선이 되지 않고 벌레가 되어
只畏風寒忌月凉.	다만 추운 바람 두려워하고 서늘한 달을 싫어하는지.

602

爾從秋後休多聚,	저놈들 가을이 지나면 떼 지어 다니지 못하지만
苦熱夔翁幾發狂.³	혹독한 더운 날 기주의 늙은이는 얼마나 발광했을지?

주석

① 滄浪(창랑): 물 이름. 한수漢水의 지류이다. 전국 시대 초楚나라의 굴원屈原이 조정에서 쫓겨나 강담江潭에서 노닐 적에 한 어부가 굴원이 세상을 불평하는 말을 듣고서 빙그레 웃고 뱃전을 두드리며 떠나가면서 "창랑의 물이 맑으면 내 갓끈을 씻을 수 있고, 창랑의 물이 흐리면 내 발을 씻을 수 있네.滄浪之水淸兮, 可以濯我纓, 滄浪之水濁兮, 可以濯我足."라 하였다.

② 羽化(우화): 사람의 몸에 날개가 생겨나 하늘로 올라가 신선이 된다는 뜻인 우화등선羽化登仙의 준말.

③ 夔翁(기옹): 기주夔州의 늙은이. 두보杜甫를 가리킨다. 이 구는 두보가 기주의 초당에 살면서 「추흥팔수秋興八首」를 지어 가을의 흥취를 노래했던 일을 차용한 것이다.

해설

이 시는 우리 주변에서 하찮은 존재로 여겨지는 미물微物인 파리를 읊고 있다. 수련과 함련에서는 작자 자신은 창랑수에 씻은 듯이 깨끗한 몸인데 파리가 자신의 옷에 날아들어 흔적을 남기고, 술상에 날아들어 냄새를 맡으며 더럽힘을 얘기하고 있다. 그리고 경련에서는 파리도 신선도 모두 날아다니는 존재인데 어찌하여 신선이 되지 못하고 파리가 되었는지를 묻고, 마지막 함련에서는 두보의 예를 들어 그 또한 자신처

럼 더운 여름날 파리에게 고통을 받았기에 「추흥팔수秋興八首」를 지어
가을의 즐거움을 노래했을 것이라 여기고 있다.

원문 ─────────────────────────────────────

[西溪]

爾愛腥鱗近海堂,¹　　　저놈은 비린내를 좋아하여 어촌 집 가까이 있으니

幾隨漁子渡滄浪.　　　어부를 따라 몇 번이나 창랑수를 건넜을지?

汚衣謾是來含墨,　　　공연히 먹물을 머금고 와서 옷을 더럽히고

對食其何去嗅香.²　　　어찌 알고 냄새를 맡고 가서 밥상을 마주하네.

潛隱一身棲隙穴,³　　　작은 몸을 숨겨서 구멍 같은 곳에 살다가

或將群隊舞清涼.　　　어떤 때는 무리 지어 서늘하게 춤을 추네.

銀屏金盞常偸色,⁴　　　은 병풍과 금 술잔에서 늘 빛깔을 탐하니

使我無端是發狂.　　　나로 하여금 끝없이 발광하게 하네.

주석

① 腥鱗(성린): 비린 물고기, 여기서는 비린내로 해석하였다.

② 嗅(후): 냄새를 맡다.

③ 隙穴(극혈): 벌어져 사이가 난 구멍.

④ 偸色(투색): 빛깔을 탐하다. 파리가 술자리에 날아들어 연회를 방
　 해한다는 뜻이다.

해설

이 시는 수련에서 파리가 비린내를 좋아하여 어촌으로 와서 어부를

따라 몇 번이나 창랑수를 건넜을지 의문을 말하고 있다. 함련에서는 파리가 먹물 같은 것을 머금고 다니며 사람의 옷을 더럽히고, 냄새를 맡으며 밥상으로 날아드는 모습을 쓰고 있다. 경련에서는 파리가 서식하는 장소와 무리 지어 날며 춤을 추는 모습을 묘사하고 있고, 마지막 함련에서는 은 병풍과 금 술잔이 있는 좋은 술자리가 날아든 파리로 인해 흥이 깨짐을 말하며 이들 때문에 거의 미칠 지경임을 토로하며 있다.

원문 ──────────────────────

破柑
[雪溪]

十分黃裡雜青紅,	모두 노란 것 속에 푸르고 붉은 것이 섞여 있어
迎雪經霜摘滿籠.	눈 맞고 서리 지난 뒤 광주리 가득 따네.
團圓珠琲枚枚似,[1]	둥글둥글 구슬꿰미처럼 낱낱이 비슷하고
錯落金丸色色同.[2]	금환이 뒤섞인 듯 색색이 같도다.
侵衣香霧不迷路,	안개 향기 옷에 스며 길을 잃지 않겠고
漱齒淸泉非出宮.[3]	맑은 샘에 이 닦은 느낌 같은 맛 궁에서는 나오지 않네.
若有千頭吾用足,	만약 일천 개가 있어 내가 풍족하게 쓸 수 있다면
神仙何必訪瀛蓬.[4]	신선 되어 어찌 반드시 영주산과 봉래산을 찾으리?

破柑 귤을 까다

주석

① 珠琲(주배): 구슬꿰미.
② 錯落(착락): 물건이나 생각 따위가 뒤섞임.
　金丸(금환): 황금환. 귤 모습을 황금환으로 표현하고 있다.

③ 漱齒(수치): 이를 닦다.

④ 瀛蓬(영봉): 영주산瀛洲山과 봉래산蓬萊山. 전설상 신선이 거주하는 곳으로, 방장산方丈山과 더불어 바다 가운데 있다고 하는 삼신산三神山 중의 하나이다. 옛날에 파공巴邛 사람이 자기 귤원橘園에 대단히 큰 귤이 있으므로, 이를 이상하게 여겨 쪼개어 보니, 그 귤 속에 수미鬚眉가 하얀 두 노인이 서로 마주 앉아 바둑을 두면서 즐겁게 담소를 나누고 있었는데, 그중에 한 노인이 말하기를, "귤 속의 즐거움은 상산商山에 뒤지지 않으나, 다만 뿌리가 깊지 못하고 꼭지가 튼튼하지 못한 탓으로 하계의 사람에게 따인 것이다."라고 하였다. (太平廣記40·神仙·巴邛人.)

해설

이 시 수련에서는 늦가을 서리가 지난 뒤에 노랗게 익은 귤을 광주리에 가득 따는 모습을 나타냈고, 함련에서는 귤의 모습을 구슬꿰미, 금탄환으로 묘사하고 있다. 경련에서는 귤 향기와 맑은 물에 이를 닦은 듯한 느낌의 귤 맛을 말하고, 미련에서는 만약 귤을 풍족하게 쓸 수만 있다면 구태여 신선 되어 영주산과 봉래산을 찾을 필요가 없음을 말하고 있다.

원문

[西溪]

霜染金衣變欲紅,	서리가 금 옷을 물들여 빨갛게 변하려 하니
小兒摘取滿筠籠.	어린아이가 따서 광주리 가득 채웠네.

香侵齒底雪光冷,	향기가 이에 스미니 눈빛처럼 싸늘하고
轉入手中鶯樣同.	손안으로 굴러들어오니 꾀꼬리와 같네.
石蜜蔗漿傳異味,¹	석청과 사탕수수즙은 특이한 맛을 전해주니
金盤玉箸憶玉宮.²	금쟁반과 옥 젓가락 놓인 궁궐을 떠올리게 하네.
此物不知何等品,	이것이 어떤 품질의 것인지는 모르지만
一新詩榻任飄蓬.³	새로운 시 쓰는 자리에 떠돌아다니네.

주석

① 石蜜(석밀): 석청. 벌이 산속의 나무나 돌 사이에 집을 짓고 모아 놓은 꿀을 가리킨다.

　蔗漿(자장): 사탕수수즙.

② 玉宮(옥궁): 백옥궁白玉宮. 신선이 거처하는 천상의 궁전을 가리킨다.

③ 飄蓬(표봉): 날아다니는 쑥. 정처 없이 떠돌아다니는 것을 비유하며, 여기에서는 많은 시의 소재로 자주 쓰이는 것을 의미한다.

해설

　이 시 수련에서는 서리에 빨갛게 익은 귤을 어린아이가 광주리에 가득 따는 것을 썼고, 함련에서는 귤향기와 눈처럼 싸늘한 귤의 맛, 그리고 앵무새 같은 귤의 모양을 얘기하고 있다. 경련에서는 석청과 사탕수수즙의 특이한 맛을 말하며 이를 천상의 음식으로 여기고, 마지막 함련에서는 귤이 다른 것들에 비해 어떠한지는 모르겠으나 시를 짓는 자리에 자주 소재로 등장함을 말하고 있다.

조묵와

조묵와曹默窩(생졸미상), 조선 말기에 제주 고성리에서 거주하면서 신풍리, 난산리 등 여러 마을에서 후학들을 가르쳤던 조남와曹南窩의 아들이다. 오문복에 따르면, 조남와의 유고가 발견되었다. 이름을 숨겼기 때문에 먹소장(묵사장默師長)이라고 불렸고, 학문이 뛰어나고 시문을 잘 지었으며, 주역을 탐독했다고 한다. 최근에 그의 유고도 발견되었다고 하는데, 위미리에서 곽지리까지 돌아다닌 행적이 엿보이고, 여러 제주판관에게 지어준 시도 있다고 한다. 오문복이 선시하고 번역한『성산풍아城山風雅』에 16수의 한시가 수록되어 있다.

曹默窝

曹默窝(生卒年不详)，朝鲜末期居住在济州古城里，在新丰里、兰山里等多个村庄教授后学的曹南窝之子。据吴文福介绍，还发现了曹南窝的遗稿。因为隐藏了自己的姓名，所以被称为"墨师长"，学问卓越，诗文写得很好，耽读《周易》。据悉，最近也发现了他的遗稿，从遗稿中可以窥见他从为美里到郭支里的行踪，还有给多名济州判官写的诗。在吴文福选诗翻译的《城山风雅》里收录了16首汉诗。

登水山峰

수산봉에 올라

水山便作弟兄峰,[1]

수산봉은 형제처럼 두 봉우리로 되어 있는데

大小稱名太古容.

대수산 소수산이라 칭하며 옛 모습 간직했네.

藩鎭千年成舊址,[2]

변방 진이 천 년토록 옛터가 남아 있고

漢挐一脈作高宗.

한라산의 일맥 중에 가장 높은 곳이라네.

人得壽微多孝悌,

사람들 장수하니 효성스럽고 공손한 이 많고

草長靈藥過秋冬.

신비한 약초가 자라 가을 겨울을 지나네.

余來此地還多感,

내가 이곳에 와서 또한 느끼는 것이 많으니

携手登臨每願從.

손잡고 올라 임하며 늘 함께 따르기를 원한다네.

주석

① 水山峰(수산봉): 서귀포시 성산읍 고성리에 있는 오름(작은 산)이다. 이 오름에 물이 솟아나는 연못이 있어서, 물이 있는 산체라는 뜻으로 물뫼라고 불렸으며, 인근에 있는 작은 산체와 견주어, 대소 大小의 개념을 끌어와 큰물뫼, 작은물뫼라고 이름 지어졌다. 그리고 큰 물뫼를 한자로 대수산봉大水山峰, 작은 물뫼를 소수산봉小水山峰이라고 했다.

② 藩鎭(번진): 변방의 진鎭. 제주를 가리킨다.

해설

이 시 수련에서는 수산봉은 두 개의 봉우리로 되어 있는데, 두 개의 산봉우리는 대수산봉, 소수산봉이라고 칭함을 말하고 있다. 함련에서는 오래된 변방 진의 옛터가 남아 있고 한라산과 한 맥을 이루는 높은 산임을 얘기하고 있다. 경련에서는 사람들이 장수하니 효도하는 사람도 많고 사철 신비한 약초가 자라고 있음을 말하고 있고, 마지막 함련에서는 벗들과 함께 이 산에 올라 매양 그들을 따르며 노닐고 싶은 마음을 썼다.

2부

『제주 한시 300수』

연구

I. 서론

연구 필요성 및 목적

연구 필요성

제주에서 태어나거나 임관 또는 유배로 인해 제주에서 생활한 이들 가운데 제주와 관련된 시문을 남긴 이들이 적지 않다. 그들이 남긴 시문집 일부는 1970년대 이후로 현재까지 많은 연구자에 의해 지속적으로 번역되어 나름의 학문적 성과를 거두었다. 하지만 개별적인 시문집 주해 및 번역으로 흩어져 있고, 여전히 번역되지 않고 한문 그대로 남아 있는 시문 역시 적지 않다.

현재 번역된 한시는 대략 4천5백여 수인데, 이 외에도 적지 않은 한시가 남아 있으리라 사료된다. 따라서 조선 건국 이후 해방 시기까지 제주에서, 또는 제주와 관련된 한시가 모두 얼마나 있으며, 어떤 작가에 의해 언제 창작되었으며, 시체詩體는 어떠한지에 대한 포괄적인 연구가 필요하다.

연구자들은 이러한 필요성을 절감하고 우선 제목을 위주로 전체 제주 한시를 수집 정리하여 작가, 시기, 시체 등으로 구분하여 제주 한시를 전체적으로 조망할 수 있는 발판을 마련하고자 한다.

제주 한시는 오랜 세월 여러 문인, 학사, 관리, 유배객 등에 의해 창작되어 지금까지 유전되고 있는 제주문화의 보고이다. 그렇기 때문에 여러 기관의 적극적인 후원과 여러 학자들의 열정적인 노력을 통해 적지 않은 시문집이 번역 출간되었으며, 이와 관련한 저술과 논문이 지속적으로 발표되고 있다. 하지만 아직까지 학자들의 연구 범주에서 크게 벗어나지 못하여 일반인들의 일상생활에 직·간접적인 영향을 끼치기에 부족한 상태이다. 따라서 일반인들이 쉽게 접하고 읽기에 편리한 제주의 대표적인 한시를 주석, 번역, 풀이, 설명한 모음집이 무엇보다 필요하다.

제주 한시에 대한 연구는 주로 한학자를 비롯한 여러 학자에 의해 이루어졌으며, 시문집 번역과 연구논문 등이 주종을 이루고 있다. 여전히 제주 한시는 학문의 영역에 갇혀 일반인들의 생활과 삶에서 벗어나 있다는 뜻이다.

따라서 제주 한시가 그저 과거의 흔적만이 아니라 현재의 우리 삶에서 여전히 살아 숨 쉬는 노래가 되도록 하는 것이 매우 중요하다. 구체적으로 어떤 방법을 통해 제주 한시가 현재성을 띨 수 있을 것인가? 연구자들은 이런 문제를 고민하면서 나름의 방법론으로『제주 한시 300수』편찬을 결심했다.

연구 목적

제주도와 관련된 한시漢詩(이하 제주 한시)에서 조선 건국 이후부터 1945년 해방 전까지 창작된 시가 전체를 수집하여 작가, 시기, 시체의 갈래 등으로 제목을 분류함으로써 향후 제주 한시 아카이브 조성을 위한 발판으로 삼는다.

전체 제주 한시 분류를 바탕으로 중요 작가 및 시가 300여 수를 뽑아 주석, 번역, 설명, 저자 소개, 그리고 중문을 부기한 『제주 한시 300수』를 편찬한다.

선행연구 검토

선행연구 현황

제주 한시 선집 및 총론에 관한 주요 선행연구로 시선집인 오문복의 『영주풍아瀛州風雅』, 『한시선』, 『탐라시선』과 부영근의 논문인 「조선시대 제주 관련 한시의 연구」, 윤치부의 논문인 「제주 한시의 번역 양상 고찰」 등이 있다. 각 선행연구의 연구 목적과 연구 방법, 주요 연구 내용에 대해 정리하면 다음과 같다.

〈표 1-1〉 제주 한시 관련 주요 선행연구

구분		선행연구와의 차별성		
		연구 목적	연구 방법	주요 연구 내용
주요 선행 연구	1	오문복, 『영주풍아』, 『한시선』, 『탐라시선』 - 시가 선집	제주 한시 선집. 『한시선』은 화제를 중심으로 한국과 중국의 시가를 번역한 것임.	『탐라시선』은 제주에 벼슬살이 왔거나 유람으로 거쳐 간 이들의 시와 제주인이나 제주에 와있는 사람에게 보낸 한시를 모아 번역한 책으로 숙종의 「탐라지도」 등 270편 441수가 수록되어 있다.

구분		선행연구와의 차별성		
		연구 목적	연구 방법	주요 연구 내용
주요 선행연구	2	부영근, 「조선시대 제주 관련 한시의 연구」 - 대표적인 시인의 한시 세계 조명	박사학위 논문으로 조선시대 대표적인 작가의 한시를 선별하여 연구함.	부임관인 김상헌, 이형상, 신광수, 유배객인 정온, 김춘택, 김정희의 한시 세계를 조명하는 데에 치중하여 조선조 전체 시가를 조사 연구한 것은 아니다.
	3	윤치부, 「제주 한시의 번역 양상 고찰」 - 현재까지 번역된 제주 한시의 현주소 조명	제주 한시의 번역 목록을 제시하고 설명함.	제주 한시의 번역 목록을 제시하고 설명함과 동시에 기존 번역문의 문제점에 대해 논구했다.

선행연구와의 차별성

연구논문에서 언급한 제주 한시의 전체 수량은 연구자마다 차이를 보이고 있어 이를 보완할 필요성이 있다. 또한 연구논문마다 인용한 한시가 부분 인용 혹은 잘못 인용되는 경우도 있어 독자로 하여금 혼동을 줄 여지가 있다. 따라서 본서는 기존 연구논문과 역주본(선본 포함)을 바탕으로 하되, 조선 개국부터 해방 시기까지 전체 제주 관련 시가를 조사하여 제목 중심으로 전체 목록을 만들고, 작가·시기·시체별로 분류하여 전체 300수를 정리 수록했으며, 기존의 연구 성과에서 일부 오탈자, 오역 등을 수정하는 한편 중문을 부기하여 내국인은 물론이고 한시의 종주국이라 할 수 있는 중국인들도 쉽게 접할 수 있도록 편찬했다.

연구 범위 및 방법

연구 범위

본서는 조선이 개국한 1392년부터 멸망한 1910년까지 전체 518년과 이후 1945년 해방이 되기까지 제주와 관련이 있는 문인, 관리, 학자, 유배객, 무명인 등이 남긴 전체 시가를 수집 정리하는 것이기 때문에 그 연구 범위 역시 조선 개국부터 해방 시기까지 창작된 제주 한시로 한다. 그중에서 대표적인 작가와 작품 300여 수를 선택하여 주해, 번역, 풀이, 작가 소개를 하고, 중문을 부기한다.

제주 한시는 작가가 적지 않고, 분량이 방대하여 단시간 내에 수집, 정리 및 주해, 번역작업을 수행하기 쉽지 않다. 하지만 이미 50여 년간에 걸쳐 여러 학자에 의해 축적된 연구 성과를 적극적으로 활용함으로써 제주 한시 전체를 수집, 분류하고, 여기서 대표적인 작가와 작품을 선별하여 주해, 번역하는 데 큰 도움을 받을 수 있었다.

연구 방법

고문헌 조사연구

제주의 중요 관방 지방지인 『탐라지耽羅志』(태호太湖 이원진李元鎭, 1594~1665), 『증보탐라지增補耽羅志』(방한方閒 윤기동尹耆東, 1729~1797) 및 이원진의 『탐라지』를 증보한 신천信天 김두봉金斗奉의 『탐라지』 등을 조사하여 시가를 수집하고, 조선조에 제주의 목민관이나 유배객, 또는 유람객으로 제주와 관련된 작가의 시가 및 시문집에서 전체 시가를 조사하여 분류했다.

대표적인 인물은 충암冲庵 김정(金淨, 1486~1521), 백호白湖 임제(林悌, 1549~1587), 규창葵窓 이건(李建, 1614~1662), 동계桐溪 정온(鄭蘊, 1569~1641), 청음淸陰 김상헌(金尙憲, 1570~1652), 북헌北軒 김춘택(金春澤, 1670~1717), 응와凝窩 이원조(李源朝, 1792~1871), 석북石北 신광수(申光洙, 1712-1775), 추사秋史 김정희(金正喜, 1786~1856), 운양雲養 김윤식(金允植, 1835~1922) 등이며, 그들이 남긴 시문집으로『제주풍토록齊州風土錄』(김정),『남명소승南冥小乘』(임제),『규창집葵窓集』(이건),『북헌집北軒集』(김춘택),『동계집桐溪集』(정온),『완당선생전집阮堂先生全集』(김정희),『수해록囚海錄』(김춘택),『탐라록耽羅錄』(신광수),『탐라록耽羅錄』(이원조),『남사록南槎錄』(김상헌),『속음청사續陰晴史』(김윤식) 등에 제주 관련 시가가 들어 있다.

또한 제주 출신 문인들의 시문집으로 구한말 심재心齋 김석익(金錫翼, 1885~1956)의『심재집心齋集』과 석우石友 김경종(金景鍾, 1888~1962)의『백수여음白首餘音』등에 나오는 시가를 수집하여 분류했다. 부영근의 논문에 따르면, 시문집에 포함되지 않은 시가가 1,168제 1,318수에 달하는데(『조선시대 제주 관련 한시의 연구』, 박사논문, 2007년), 이 역시 전체 조사하여 작가, 시기, 시체별로 분류했다. 또한 아직까지 알려지지 않거나 확인되지 않은 제주 한시를 찾는 작업을 병행했다.

기존 주해·번역서 조사연구

1970년대부터 현재까지 50여 년간에 걸쳐 오문복, 김익수 등 원로 한학자를 필두로 김봉옥, 홍순만, 김찬흡, 고창석, 김혜우, 김상옥, 김순이, 홍기표, 현행복, 조성윤, 박찬식, 오수정, 백규상, 김영길, 오창림,

허선휴, 임병건, 임용진, 김새미오, 손기범 등 여러 학자가 고문헌에 대한 주해와 번역작업을 지속해왔다.

이는 학자 개인의 노력과 열정에 따른 연구 성과이자 제주대학교 탐라문화연구소나 제주, 서귀포문화원, 제주학연구센터 등에서 적극적으로 번역 사업을 후원한 데 힘입은 바 크다. 윤치부의 「제주 한시의 번역 양상 고찰」(『제주도연구』 제46집, 2016년)에 따르면, "제주 출신 학자들이 제주 관련 자료를 주로 제주에서 번역하여 간행한 번역서에 수록된 제주 한시의 번역" 편수는 전체 3,513편 4,551수에 달한다.

이에 본서 편찬에 참가한 연구자들은 이미 번역된 시 작품을 돌려 읽으며 작가별 대표작품을 선별하고, 기존의 주해와 번역상의 문제점을 연구하여 현재에 적합하고 타당한 번역본을 제시했다.

저서(시선집 포함) 및 논문 연구

제주 한시에 대한 번역이 활성화되면서 이와 관련된 저서와 다양한 시각과 주제의 석·박사논문이 양산되었다.

앞서 인용한 부영근의 「조선시대 제주 관련 한시의 연구」(박사논문, 2007년)나 윤치부의 「제주 한시의 번역 양상 고찰」(『제주도연구』 제46집, 2016년) 외에도 변영미의 「제주 한시 연구」(성신여대 석사논문, 1996년), 양순필의 「제주도 마애시 소고」(1990년) 등 다양한 시각과 주제의 논문이 있다.

하지만 대부분의 경우 주요 작가나 시가에 대한 연구 위주이기 때문에 과연 조선조 제주 관련 한시가 몇 편이나 되고, 구체적으로 언제, 누구에 의해 창작되었으며, 절구, 율시 등 시체가 어떠한지에 대해서는 알려진 바 없다.

우선 부영근의 「조선시대 제주 관련 한시의 연구」는 제주 한시 연구에 매우 중요한 논고이지만, 대표적인 몇 명의 인물, 예를 들어 부임관인 김상헌, 이형상, 신광수, 유배객인 정온, 김춘택, 김정희의 한시 세계를 조명하는 데 치중하여 조선조 전체 시가는 다루지 않고 있다. 이 외에 변영미의 「제주 한시 연구」(성신여대 석사논문, 1996년), 양순필의 「제주도 마애시 소고」(1990년) 등도 마찬가지이다.

본서는 제주 한시 아카이브 조성을 위한 기초 작업과 일반 독자를 위한 대표 시선집을 간행하는 것을 목적으로 하기 때문에 기존 연구와 크게 다르다고 할 수 있다. 따라서 기본 연구성과를 바탕으로 하되 본 연구의 목적에 부합하도록 새로운 시각으로 접근하고자 한다. 또한 기존에 나와 있는 제주 한시의 선집도 참고했는데, 대표적인 것으로 오문복의 『영주풍아瀛州風雅』(봄데강, 231쪽, 1988년), 『한시선』(제주문화, 1054쪽, 1998년), 『탐라시선』(이화문화출판사, 521쪽, 2006년) 등이 있다. 이를 보다 구체적으로 살펴보면 다음과 같다.

- 『영주풍아』는 세종 시절 과거에 급제하여 성절사로 중국을 다녀온 바 있는 고득종의 「홍화각弘化閣」을 비롯한 137편의 한시가 수록되어 있다.(윤치부의 상기 논문에 따르면, 실제 제주 한시는 126편이고, 나머지 111편은 고조기高兆基의 「안성역」처럼 제주 한시가 아니다.) 주석과 번역 및 설명, 그리고 지은이를 소개했으나 원문은 수록하지 않았다.
- 『한시선』은 화제畵題에 적합한 우리나라와 중국 시인들의 한시 924편 1,011수를 번역한 것인데, 원문과 번역문, 그리고 글자풀이를 달았다. 다만 제주 한시는 12편 28수에 불과하다.

- 『탐라시선』은 제주에 벼슬살이 왔거나 유람으로 거쳐 간 이들의 시와 제주인이나 제주에 와 있는 사람에게 보낸 한시를 모아 번역한 책으로 숙종의 「탐라지도耽羅地圖」 등 270편 441수가 수록되어 있다. 원문과 번역문, 글자풀이와 간단한 소개 및 작가 소개를 곁들였다.

본서를 편찬하는 데 가장 중요한 참고 시선집은 바로 오문복의 『탐라시선』이다. 본서 편찬에 참여한 연구자들은 선학의 연구성과를 충실히 반영하면서 제주 한시의 풍격을 잘 드러내면서 또한 작가의 시적 풍모를 대변할 수 있는 대표적 시가를 선별하여 차별성을 확보하고자 노력했다.

介绍

研究必要性及目的

研究必要性

在济州出生或因任命或流放而在济州生活的人们中，写下与济州相关诗文的人不在少数。 从1970年代到现在， 他们留下的部分诗文集被很多研究者陆续翻译，并且取得了诸多学术成果。 但大部分诗文都分散成个人的诗文集进行注解及翻译， 其中仍有不少诗文没有被翻译， 还保留为汉文原著状态。

目前(被)翻译的汉诗约有4千5百多首，除此之外，估计还有不少汉诗尚未被翻译。因此， 从朝鲜建国到解放时期，在济州岛或与济州岛相关的汉诗数量、创作时期、作者、使用的诗体等这些问题都需要进行全面的研究。

本研究深刻意识到其问题的研究必要性和重要性， 首先以题目锁定范围收集整理全部的济州汉诗， 并按照作家、时期、诗体等进行分类， 为研究全部的济州汉诗奠定坚实的基础。

济州汉诗是长期以来由多个文人、学士、官吏、流放者等创作并流传至今的济州文化宝库。 因此,通过各机关的积极支援和众多学者的刻苦努力，翻译并出版了不少诗文集,至今还在持续发表研究与此相关的著作和论文。

但到目前为止,还没有突破学者们的研究范畴,不足以对一般读者的日常生活

产生直接或间接的影响。因此，为便于大众广泛接触并且通俗易懂,需要注释、翻译、解释、说明等方面更为全面的济州汉诗的代表性集锦。

对济州汉诗的研究主要是由包括汉学家在内的多名学者进行的,主要以诗文集的翻译和研究论文等为主。这意味着济州汉诗依然限于学术领域,脱离了一般读者的生活。

因此,济州汉诗不仅仅是过去的痕迹,更重要的是要让他成为我们生活中仍然存在的歌曲。具体通过什么方法可以让济州汉诗具有现在性是本研究必然的思考问题和提出的方法论。

研究目的

在与济州岛相关的汉诗(以下简称济州汉诗)中,收集朝鲜建国后到1945年解放前创作的全部诗歌,按题目分类为作家、时期、诗体等主要部分,作为今后济州汉诗档案建设的坚实基础。以全部的济州汉诗分类为基础,选定300多首重要作家及诗歌,并附作者介绍、注释、翻译、说明,书名定为《济州汉诗300首》(中文附记)来出版。

先行研究综述

先行研究现状

关于济州汉诗主要的先行研究有吴文福诗选集的《瀛州风雅》、《汉诗选》、《耽罗诗选》和夫英勤的论文《朝鲜时代关于济州的汉诗研究》、尹致富的论文《济州汉诗的翻译情况考察》等。

对各个先行研究的研究目的、研究方法和主要研究内容整理为如下表1-1。

〈表 1-1〉关于济州汉诗的主要先行研究

区分		与先行研究的区别		
		研究目的	研究方法	主要研究内容
主要先行研究	1	吴文福,《瀛州風雅》,《漢詩選》,《耽羅詩選》- 诗歌选集	济州汉诗选集。《汉诗选》以画题为中心翻译了韩国和中国的诗歌。	《耽罗诗选》是收集并翻译了到济州当官或去游览的人的诗和写给济州人或来到济州的人的汉诗的书,收录了肃宗的〈耽羅地图〉等270篇441首。
	2	夫英勤,《朝鲜时代关于济州汉诗的研究》-关注代表性诗人的汉诗世界	以筛选朝鲜时代代表性作家的汉诗研究的博士学位论文	着重关注上任官金尚憲、衡祥、申光洙、流放者鄭蘊、金春泽、金正喜的汉诗世界,而不是调查研究所有的朝鲜王朝诗歌。
	3	尹致富,〈济州汉诗的翻译情况考察〉- 关注目前为止翻译的济州汉诗的现状	提示并说明了济州汉诗的翻译目录	在提示并说明济州汉诗的翻译目录的同时,对现有译文的问题进行了论述。

与先行研究的区别

在研究论文中提到的济州汉诗的整体数量因研究者而异,因此有必要对此进行完善。另外,每篇研究论文中引用的汉诗有一小部分的引用或错误引用的情况,所以有可能给读者带来混淆。

因此, 本书以现有研究论文和译注本(包括选本)为基础, 调查朝鲜开国到解放

时期整个济州相关诗歌，以题目为中心制定整体目录，按作家、时期、诗体分类整理收录了300首，在现有研究成果中修改部分错别字、错译等，同时附记中文，以便国内人和被称为汉诗宗主国的中国人更容易接触。

研究范围与方法

研究范围

本书是为了收集整理从朝鲜开国的1392年到灭亡的1910年为止的共518年以及之后到1945年解放为止的与济州有关的文人、官吏、学者、流放者、无名人士等留下的全部诗歌,因此其研究范围也是从朝鲜开国到解放时期创作的所有济州汉诗。

本书《济州汉诗300首》的研究对象也是以朝鲜开国后到解放前时期创作的济州汉诗,并且从中选择具有代表性的作家和作品300余首，进行注解、翻译、解释和作家介绍等。济州汉诗的作家本身就不少,作品数量也很庞大,很难在短时间内完成收集、整理及注解、翻译的工作。但是,如果积极利用50多年来由各种学者积累的研究成果进行收集并将整个济州汉诗进行分类,那么以从中筛选出的有代表性的作家和作品来进行注解、翻译,貌似也不是一个太大的难题。

研究方法

古文献调查研究

调查收集济州重要官房地方志《耽罗志》(太湖李元镇,1594~1665)、《增補耽罗志》(方閒尹蓍东, 1729~1797)及增补李元镇的信天金斗奉的《耽罗志》等诗歌，并调查和分类所有在朝鲜王朝对济州牧民官、流放者、或游客，与济州相关的诗歌及诗文集中的诗歌。

代表性人物有:冲庵金净(1486~1521)、白湖林悌(1549~1587)、葵窓李健(1614~1662)、桐溪郑蕴(1569~1641)、清阴金尙宪(1570~1652)、北轩金春泽(1670~1717)、凝窝李源祚(1792~1871)、石北申光洙(1712~1775)、秋史金正喜(1786~1856)、云养金允植(1835~1922)等，以及他们留下的诗文集《齐州风土录》(金净)、《南冥小乘》(林悌)、《葵窓集》(李健)、《北轩集》(金春泽)、《桐溪集》(郑蕴)、《阮堂先生全集》(金正喜)、《囚海录》(金春泽)、《耽罗录》(申光洙)、《耽罗录》(李源祚)、《南槎录》(金尙宪)、《续阴晴史》(金允植)等作品中，所有有关与济州的诗歌。

另外，对旧韩末期心斋金锡翼(1885~1956)的《心斋集》和石友金景钟(1888~1962年)的《白首馀音》等济州出身文人的诗文集当中的诗歌进行收集和分类。此外，根据夫英勤的论文得知诗集中没有包含的诗歌有1168集1318首(《朝鲜时代济州相关汉诗的研究》(博士论文,2007年),对此也会进行整体调查，并按作家、时期、诗体来分类。除此之外还会同时进行寻找至今尚未公开或尚未确认的济州汉诗的工作。

本研究将以现有的注解、翻译及研究成果为研究基础，对所有与济州有关的诗集进行调查，统计济州汉诗的总数，并将其按作家、时期、诗体分类,而

进一步筛选出有代表性的诗歌,还会对其试图进行注解、翻译、解释、作者介绍、中文翻译。

现有的注解·翻译书的调查研究

从1970年代开始到现在的50多年,以吴文福、金益洙等元老级汉学家为首,金奉玉、洪淳晚、金粲洽、高昌锡、金惠宇、金相玉、金顺伊、洪琦杓,玄行福,赵成润,朴赞殖,吴秀晶,白圭尚,金永吉、吴昌林、许瑄然、林炳建、任容震、金志泓、孙基范等多名学者对古文献进行了注解和翻译的工作。

这是根据学者个人的努力和热情而取得的研究成果,也是济州大学耽罗文化研究所、济州、西归浦文化院、济州学研究等中心积极支援此翻译事业的结果。根据尹致富的《济州汉诗的翻译情况考察》(济州岛研究第46集,2016年)的显示,"济州出身的学者们把济州相关资料主要在济州翻译发行的翻译书中收录的济州汉诗的翻译"篇数达到3513篇4551首。

因此,参加本研究的研究人员轮流阅读已翻译的诗作,并筛选出各作家的代表作品,研究现有的注解和翻译上的问题,整理出符合现实、适宜的译本。

著作(包括诗选集)及论文研究

随着对济州汉诗的翻译活跃起来,与此相关的著作和多种视角、主题的释、博士论文也大量涌现。

除了之前引用的夫英勤《朝鲜时代济州相关汉诗的研究》(博士论文, 2007年)和尹致富的〈济州汉诗的翻译情况考察〉(济州岛研究第46集, 2016年)之外, 还有邊暎渼的《济州汉诗研究》(诚信女子大学硕士论文, 1996年)、梁淳珌的〈济州岛磨崖诗小考〉(1990年)等从多个视角出发的各种主题的论文。

但大部分都是以主要作家和诗歌的研究为主，所以有关朝鲜王朝时期济州的汉诗究竟数量多少、具体创作时期、作品出自谁手，还有绝句、律诗的诗体是什么等问题目前都尚不知晓。

首先，夫英勤的《朝鲜时代济州相关汉诗的研究》虽然是济州汉诗研究非常重要的论考，但主要关注于上任官金尙憲、李衡祥、申光洙、流放客鄭蘊、金春泽、金正喜等几个代表性的人物的汉诗世界，并没有探讨朝鲜王朝的所有诗歌。

此外，边暎渼的《济州汉诗研究》(诚信女子大学硕士论文, 1996年)、梁淳玜的〈济州岛磨崖诗小考〉(1990年)等也是如此。

本研究旨在建立济州汉诗档案工作和发行满足大众需求的代表性诗选集，与现有的研究有很大的区别。 因此本研究以基本研究成果为基础，为符合本研究的目的,将会以新的视角来探讨。

另外还有值得参考现有的济州汉诗选集。

最具代表性的有吴文福的《瀛州风雅》(231页, 1988年)、《汉诗选》(济州文化, 1054页, 1998年)、《耽罗诗选》(梨花文化出版社, 521页, 2006年)等。

－《瀛洲风雅》记载了包括高得宗的〈弘化閣〉在内的137首汉诗, 高得宗曾在世宗时期考取科举, 还作为圣节使去过中国。(根据尹致富的上述论文,实际上济州汉诗有126篇,其余111篇同高兆基的〈安城驿〉一般, 都不是济州汉诗。)虽然注释、翻译及说明以及介绍了作者,但没有记载原文。

－《汉诗选》是翻译了符合画题的韩国和中国诗人的924篇1011首诗, 并附有原文、译文和文字解释。 但是济州汉诗只有12篇28首。

－《耽罗诗选》是收集并翻译了到济州当官或去游览的人的诗和写给济州人或来到济州的人的汉诗的书,还记载了肃宗的〈耽羅地图〉等270篇441首。并附

原文和译文、文字解释和简单的介绍及作家介绍。

进行本研究时主要参考的诗选集是吴文福的《耽罗诗选》。进行本研究的研究人员会忠实地反映先行的研究成果，也会充分体现出济州汉诗的风格，并筛选出能够代表作家诗风貌的代表性诗歌，以确保与其他研究的差异性。

Ⅱ. 『제주 한시 300수』 발간 의의와 선시 기준

들어가는 말

본서는 제주학연구센터의 지원을 받아 완성한 보고서 『제주 한시 300수』를 단행본으로 출간한 것이다. 제주 한시는 개략적으로 제주 출신(제주 생활) 작가의 시가, 제주 관련 시가를 의미한다. 『제주 한시 300수』는 조선시대(1392~1910년)와 이후 일제강점기에서 해방된 1945년까지 쓰인 시가를 중심으로 하며, 대한민국 시기는 한시의 지속성을 강조하기 위해 약간의 시가를 부기附記하고자 한다.

한시는 본래 중국에서 시작하여 크게 흥성한 시가 형태이다. 『시경』의 305편을 시작으로 다양한 형식으로 발전한 한시는 크게 고체시와 근체시로 구분되며, 글자 수에 따라 3언, 4언, 5언, 6언, 7언, 잡언 등으로 나뉘고, 구句의 숫자에 따라 절구絶句, 율시律詩, 배율排律(장률長律) 등으로 구분하기도 한다. 특히 당대에 금체시今體詩, 격률시格律詩라고 칭하는 근체시近體詩가 크게 흥성하면서 평측平仄과 대장對仗 및 압운 등을 엄격하게 적용한 독특한 시가 체재體裁가 마련되면서 한시의 정형화가 이루어졌다.

한자로 이루어진 한시는 한자를 통용하던 한자문화권의 여러 나라에 파급되었으며, 자연스럽게 보편성을 지니되 특수성을 갖춘 각국의 한시가 두루 창작되었다. 우리나라도 예외가 아닌지라 한자를 수용한 이후(대략 한 무제의 고조선 침략 이후) 서서히 한시도 중국 출신의 지배층이나 상류층을 중심으로 전해지기 시작했을 것이다. 흥미롭게도 현존하는 최고의 시가인「공무도하가公無渡河歌」는 한시의 형태로 기록된 것이긴 하되 사실은 하층 부녀자의 입에서 나온 노랫말이다.[1] 이후 삼국을 거쳐 고려시대와 조선시대에 이르러 한시는 중요한 시가 형태로 확고하게 자리매김했으며, 지금도 면면히 그 명맥을 유지하고 있다.

당연히 제주에도 한시의 오랜 전통이 존재하고 있으며, 지금까지 이어지고 있다. 또한 제주의 여러 문화원과 대학 연구소(탐라문화연구소 등), 박물관 등 기관이나 단체에서 주도하고 뛰어난 한학 실력을 갖춘 역자들에 의해 적지 않은 시문집이 번역 출간되어 있고, 수많은 한시 연구자들에 의해 근 3백여 편에 달하는 한시 관련 논문이 발표된 바 있다. 이는 제주학 연구자들의 오랜 학문적 축적에서 가능한 연구 성과이다.

이를 바탕으로 본서는 근본 목적인『제주 한시 300수』의 출간 목적과 의의, 체례體例, 방법 등을 서술하기에 앞서 기존 제주 한시의 학문적 성과를 개략적으로 살펴보고자 한다.

---

[1]　후한 채옹蔡邕의『금조琴操』에 처음 실렸으며, 진晉나라 최표崔豹가 자신의『고금주古今注』에서 노래를 한역하여「공후인箜篌引」이란 제목을 붙이고, 관련 설화를 언급하면서 널리 알려졌다. 이후 조선 정조 시절 한치윤韓致奫의『해동역사海東繹史』, 장지연張志淵의『대동시선大東詩選』등에 실렸다.

『제주 한시 300수』는 일시적 정리 차원에서 기존 연구 성과를 되돌아보는 한편 연구논문에서 소개되거나 다양한 역주본에서 번역된 시가 및 아직 번역되지 않은 시가 중에서 뛰어난 시가를 추려내어 단행본으로 출간하는 것을 목적으로 하기 때문이다.

제주 한시의 범주

제주 한시는 제주와 관련된 한시를 말한다. 이는 크게 시대에 따른 분류, 작가에 따른 분류, 그리고 작품에 따른 분류로 대별할 수 있다.

첫째, 시대에 따른 분류는 정치적 변동, 예를 들어 왕조에 따라 구분할 수 있으나 본서에서는 조선(1392~1910)왕조 시대와 이후 1945년 해방 이전까지를 제주 한시의 범주에 넣는다. 조선 이전에도 한시 창작이 성행했으며, 시문집은 물론이고 뛰어난 시가가 적지 않다. 다만 제주와 관련된 작품은 그리 많지 않은 것이 현실이다. 이는 한시의 특성상 한자 학습과 시적 재능을 겸비해야 함은 물론이고 기록으로 전승되는 실물(예를 들어 시문집 등)이 존재해야 하기 때문이다. 이런 까닭에 『제주 한시 300수』는 일단 조선시대의 작가와 작품을 대상으로 하는 것이 부득이할뿐더러 어쩌면 당연하다.

둘째, 작가에 따른 분류는 제주 출신 문인, 부임관赴任官, 유배객流配客 등으로 구분할 수 있다.

제주 출신 또는 제주에서 장기간 생활했던 문인들은 주로 조선조 중·후반부에 많이 등장한다.[2] 이는 한자로 적는 노랫말인 한시의 특성상

일정한 한문교육과 오랜 연마가 필요하기 때문일 것이다. 제주의 민요
가 한시보다 오랜 역사를 지닐뿐더러 수량 또한 매우 많은 까닭은 그것
이 읊조림이기 때문이다. 읊조림은 구술口述로 전승될 수 있으며, 특히
노동요의 경우 동일한 생활방식으로 인해 지속적으로 이어질 가능성이
매우 크다. 또한 조선조 평민들은 한자를 습득할 기회를 얻기 힘들었을
뿐만 아니라 설사 한문 해독 능력이 있다고 할지라도 자신의 성정性情
을 한시로 표현하기는 그리 쉬운 일이 아니었을 것이다. 이런 점에서
일정한 학습과 연마 이후에 비로소 제주 사람들에 의해 석지 않은 한시
작품이 쏟아져 나오게 된 것이다.

　부임관赴任官은 주로 제주의 최고 통치권자이자 군통수권자인 제주
목사濟州牧使와 그다음 직책인 제주판관濟州判官 등을 말한다. 조선왕조
500여 년 동안 전체 286명이 제주목사를 역임했으며, 제주판관은 252
명이 파견되었다. 제주목사의 원래 임기는 2년 6개월이었으나 임진왜
란이 발발하면서 이임하지 못하고 6년(1593~1599) 동안 제주목사를 역
임한 이경록李景祿도 있고, 6개월로 단명한 이들도 28명이나 되며, 심지
어 임명장을 받고도 부임하지 못한 이들도 12명이나 된다. 그래서 평균
재임 기간은 대략 1년 10개월이다. 그들 중에서 파직되거나 탄핵을 받
아 압송된 목사는 전체 숫자의 24%에 해당하는 68명에 달하는 것으로
보아 그리 순탄한 직책은 아니었던 것 같다. 제주판관의 재임 기간도

---

2)　　오문복 역, 『성산』에 보면 제주 시인들이 창작한 한시가 상당히 많은 분량을 차지한다.
　　　그중에는 오문복 선생이 직접 찾아다니며 발굴한 시가도 적지 않은 듯하다. 문중에 남
　　　아 있는 『시문집』도 있을 것인데, 선생은 일본에 사는 친척의 집에 모씨某氏 『시문집』이
　　　존재하고 있다고 하면서 확인하지 못함을 아쉬워했다.

제주목사와 엇비슷한 1년 9개월이었다. 원래 목사는 정3품 가운데 당하관이었으나 제주목사만은 정3품 당상관으로 문신은 통정대부通政大夫, 무신은 절충장군折衝將軍이 임명되었다. 제주목사를 임명할 때 행제주목사行濟州牧使라고 칭한 것은 바로 이 때문이다. [3] 조선은 유학을 국시로 삼은 나라이니 당상관이 되기 위해서는 유학경전(『시경』을 포함하여)에 정통해야 할뿐더러 한시 창작의 능력을 갖춰야만 했다. 이런 까닭에 제주에 부임한 목사나 판관, 현감(예를 들어 우암寓菴 남구명南九明, 김치金緻, 김성구金聲久)들 중에 시문집을 남긴 이가 적지 않고, 제주 관련 한시를 창작한 이 또한 적지 않다. 중요 인물에 대한 분류는 뒤편에서 살펴보겠다.

유배객은 제주에 귀양 온 이들을 말한다. 조선왕조실록에 보면 조선의 유배지는 245곳이고 유배인은 700여 명에 이른다. 그중에서 제주로 귀양 온 이들은 260(270)여 명이다. [4] 원래 조선은 명나라 태조 주원장 시대에 만든 대명률大明律을 형률의 토대로 삼았는데, 세종 12년(1430) '배소상정법配所詳定法'에 따라, 기존의 대명률에 따른 내용을 고쳐 2,600리는 600리, 2,500리는 750리, 3,000리는 900리 밖 바닷가에 인접한 고을로 유배하는 법을 만들었다. [5] 이에 따라 중죄인의 경우 도성에

---

3) 당상관이 품계보다 낮은 당하관의 직책에 임명되면 관직 앞에 '行'을, 당하관이 당상관의 직책을 맡으면 '守'를 붙였다.

4) 양순필梁淳珌, 『조선조 유배문학 연구-제주도를 중심으로』(건국대 박사학위논문, 1982) 20쪽에 따르면, 조선조 유배지는 245곳, 유배인 총수는 881명(문신 810, 무신 68, 승려 3).

5) 태조 즉위 교서, "무릇 공적, 사적인 범법은 반드시 대명률에 의거해야 한다." 『태조실록』권1, 원년 임신 7월 을사조 참조.

서 1158리(455㎞) 떨어진 제주로 유배 보냈다. 죄가 중하니 본향안치本鄕安置나 중도부처中途付處, 주군안치州郡安置와 달리 가장 혹독한 위리안치圍籬安置의 경우가 많을 수밖에 없었다.6)

사실 제주가 유배처가 된 것은 원나라가 삼별초를 물리치고 대략 1백 년 동안 제주를 지배하면서 왕족과 신하 170여 명을 제주로 유배시킨 것에서 시작한다.7) 이후 조선조는 앞서 말한 바대로 제주를 가장 먼 유배처로 삼았다. 유배를 당한 이들에게는 괴롭고 힘든 삶의 연속이었고, 제주도민들에게는 자신의 의도와 상관없이 유배지라는 오명을 뒤집어썼으니 고통스럽기는 매한가지였다.

전체 260여 명에 달하는 유배객 중에는 조선 건국에 반대한 고려의 유신들도 있고8) 조선의 왕족도 있으며,9) 고위급 관료도 있다. 이 중에

---

6) 유배의 유형은 천사遷徙, 중도부처, 안치(본향안치, 절도안치, 위리안치)로 구분된다.

7) 『고려사』 권28, 137, 46에 보면, 충렬왕 원년(1275) 4월에 도적 100여 명과 충렬왕 3년에 죄인 73명을 제주에 유배하였고, 우왕 14년(1388) 원의 달달친왕達達親王 등 80여 호를 제주로 이주시켰으며, 공양왕 4년(1392) 3월 원나라 양왕梁王의 자손 아얀테무르愛顔帖木兒를 제주에 안치하였다.

8) 불사이군不事二君의 충절로 조선 개국에 반대했던 두문동 72인 가운데 제주도에 유배된 한천韓蕆은 가시리에, 김만희金萬希는 곽지리에 정착했으며, 후일 각각 청주 한씨, 김해 김씨 좌정승공파의 입도조가 되었다. 또한 이미李美, 변세청邊世淸, 허손許遜 등도 조선 개국에 반대한 이유로 제주에 유배되었으며, 이후 경주 이씨 익재공파, 원주 변씨, 양천 허씨 입도조가 되었다. 한천, 김만희, 이미를 삼절신三節臣이라 부른다.

9) 회은군懷恩君(이덕인, ?~1644)은 인조 때 모반과 관련해서 제주로 유배되었고, 선조의 7남 인성군(이공, 1588~1628)은 제주 정의현이 유배지로 정해졌으나 자진하였으며, 그의 가족들은 대정현으로 유배되었다. 그들 가운데 아들 세 명이 제주 여인과 혼인했다. 인성군의 아들인 이건(1614~1662)은 『제주풍토기』를 남겼으며, 제주 잠녀에 대해 기록하기도 했다.

서 제일 많은 이들은 역시 당쟁의 희생양이 되거나 역적으로 몰려 최악의 귀양살이를 하게 된 관료들이다. 그들 중에는 위리안치圍籬安置라는 고통스러운 상황에서 시문으로 자신을 위로할 수밖에 없었던 이들도 있고, 김춘택金春澤, 김윤식金允植처럼 유배 중에도 소실을 얻어 자식을 낳고 살았던 이들도 있다. 그들은 기본적으로 유배객의 신분이었기 때문에 그들이 바라보는 제주의 풍경이 그리 아름답지만은 않았을 것이다. 시란 본시 정경情景이 어우러지기 마련인지라 제아무리 경물이 뛰어나다고 할지라도 성정性情이 구겨지면 경물 또한 왜곡될 수밖에 없을 터이다.

셋째, 작품에 대한 분류는 우선 형식상 고시와 근체시(오언, 칠언 절구와 율시, 배율 포함), 잡체시 등으로 구분할 수 있으며, 제재題材로는 경물, 서정, 서사 등으로 구분할 수 있고, 개인의 소회를 읊은 것과 화운和韻한 시가로 구분할 수도 있다. 『제주 한시 300수』는 선시選詩에서 형식과 제재를 충분히 고려하고자 노력했다.

제주 한시 번역 및 연구 경향

제주 한시 연구는 크게 두 가지 부분으로 나눌 수 있다. 하나는 시문집 번역이고 다른 하나는 연구논문이다.

윤치부는 「제주 한시의 번역 양상 고찰」(『제주도연구』 제46집, 2016, 1~40쪽)에서 2016년 현재 제주 한시의 번역 양상에 대해 고찰한 바 있다. 그에 따르면, "제주 출신 학자들이 제주 관련 자료를 주로 제주에서 번역하여 간행한 번역서에 수록된 제주 한시의 번역" 편수는 전체 3,513편 4,551수에 달한다. 이는 1970년대에 시작하여 현재까지 50여 년간에 걸친 여러 학자가 노력한 결과이자 학문적 성과이다. 그가 열거하고 있는 번역자는 오문복, 김익수 등 원로 한학자를 필두로 김봉옥, 홍순만, 김찬흡, 고창석, 김혜우, 김상옥, 김순이, 홍기표, 현행복, 조성윤, 박찬식, 오수정, 백규상, 김영길, 오창림, 허선휴, 임병건, 임용진, 김새미오, 손기범 등이다. 시문집 번역은 주로 기관이나 단체에서 의뢰하여 이루어졌다.

이후 2022년까지 번역된 제주 한시는 1,218편 1,347수, 도합 4,094편, 5,252수이다. 이외에 이미 발굴된 한시 가운데 미번역된 한시는 178편 297수(홍유손『소총유고상篠叢遺稿上』8편 10수, 윤봉조『포암집圃巖集』13편 28수, 조관빈『회헌집悔軒集』105편 191수, 김성탁『제산집霽山集』37편 54수, 조영순『퇴헌집退軒集』15편 15수), 총 4,272편 5,549수이다.[10]

본고에서 제주와 관련이 있는 문인과 시문집을 개괄하면 다음과 같다.

---

10) 제주 한시의 전체적 규모에 관해 부록에 따로 정리하였다.

〈표〉 제주 관련 문인과 시문집 11)

작자	시문집 제목	작품	기타(번역 유무)
강위姜瑋 (1820~1884) - 제주에서 김정희에게 5년간 사사	강위전집 姜瑋全集	유고遺稿『고환당집古懽堂集』 「濟州望洋亭却寄鄭蓉山健朝記」 등	「강위姜瑋의 시문학론詩文學論」(진영희陳英姬, 동악한문학논집東岳漢文學論集 1, 1984)
고득종高得宗 (1388~1452)	영곡유고 靈谷遺稿*	『신증동국여지승람』「홍화각弘化閣」,「귀관제주우풍표해작歸觀濟州遇風漂海作」(外 2題 2首)	
金景鍾 (1888~1962) - 영주음사	백수여음 白首餘音	「서귀포 노인성西歸鎭老人星」, 「설야소집雪夜小集」,「축건국祝建國」. 380수의 제주 한시가 수록	백규상, 북제주문화원, 2006
김균배金勻培 (영주음사 사장)	근재북학일기 謹齋北學日記	「入山」 등 21편. 주로 부해浮海 안병택 문하에서 공부할 때 들었거나 읊은 시들이다.	오문복, 북제주문화원, 2005
김두봉金斗奉 신천信天	제주도실기 濟州島實記	충암 김정의 제주 한시 71편 73수 수록. 63편은 『탐라지보유·한시』에 수록되었다. 『제주도실기』 제25장 「고대인물」 편에 고조기의 「송당야우松堂夜雨」 등이 이중 수록	오문복, 제주우당도서관, 2003
김문주金汶株 (1859~1935) 농은, 제주 문인	농은문집 農隱文集	「봉선화鳳仙花」, 「을사동문경보乙巳冬聞京報」	북제주문화원, 2004

---

11)   윤치부의 앞의 논문을 토대로 보완함. * 표시는 논문에 기재되지 않은 작가나 작품이다.

작자	시문집 제목	작품	기타(번역 유무)
김상헌金尙憲 (1570~1652) 청음淸陰, 석실산인石室山人 1601(선조) 안무어사 6개월	남사록 南槎錄	110편 225수/ 제주 한시는 88편 182수	홍기표, 제주문화원 김예동金禮東, 영가문화사永嘉文化社
김석익金錫翼 (1885~1957) 心齋	심재집 心齋集	차천로車天輅「정월망正月望」 22편 한시, 제주 한시는 청음 김상헌의「모홍혈毛興穴」등 16편, 심석인은「관풍상국觀風上國」등 5편	『심재집』에서「파한록」, 「탐라인물고」, 「탐라기년」부록 번역, 『제주 속의 탐라』, 오문복, 오창림, 허선휴, 임병건, 임용진, 김새미오, 제주대학교탐라문화연구소
김성구金聲久 (1641~1707) 팔오헌八吾軒 정의현감旌義縣監 (1679~1680)	팔오헌선생문집·남천록南遷錄 권 1, 2(시), 일기체 산문	제주 한시 129제 194수. 「두공부의 시구 '낙일심유장추풍병미소'를 운자로 삼아用杜工部落日心猶壯秋風病未蘇爲韻」, 「건제체를 본받아效建除體」, 「고회孤懷」	김영길, 제주교육박물관, 2018
김양수金良洙 (1828~1887)	난곡시집 蘭谷詩集	『국역 난곡선생문집』은 조선시대 제주의 아름다운 풍경인 영주10경과 한라산의 정취 등을 담은 한시漢詩로 칠언절구 77수, 칠언율시 194수, 오언율시 3수, 오언배율 1수 등 총 275수와 잡저 6편이 그리고 제주향교중수기 등 역사적 사실들이 수록된 책	
김의정金義正	해은문집 海殷文集	「제주잡영」등 제주 한시 314편 411수	백규상白圭尙 제주문화원, 2014

작자	시문집 제목	작품	기타(번역 유무)
김윤식金允植 (1835~1922) 순경洵卿, 운양雲養	운양집雲養集, 음청사陰晴史, 속음청사續陰晴史	「제주잡영濟州雜詠 二十二首」, 「第七會十二日會于橘園」,「유등영구遊登瀛邱」 등	운양집1~4, 국학연구원, 김영봉 외 교점/ 1960년 국사편찬위원회, 『한국사료총서』제11권 주해본
김정金淨 (1486~1521) 충암冲庵	해도록 海島錄	5절: 8수 / 5율: 15수 7절: 15수 5배: 2수 / 7배: 1수 제주 한시 41수	충암선생집冲庵先生集 (해도록 포함) 제주풍토록濟州風土錄(최초 풍토지) 『國譯冲庵集』下, 김종섭金鍾燮, 충암문간공종중冲庵文簡公宗中.
김정金敓, 노봉盧峰(제주목사)	노봉문집 盧峰文集	249편 302수의 한시가 수록되었다. 제주 한시 66편 74수	김익수, 제주문화원, 2001. 노봉문집盧峰文集
김정희金正喜 (1786~1856)	완당문집 阮堂全集	45제 74수 **12)**	『국역 완당전집』3, 신호열, 민족문화추진회
김진구金鎭龜 (1651~1704)	만구와부군유고晩求窩府君遺稿	유고遺稿 7, 8, 9권 시와 잡저 수록 10권 『도찬일록島竄日錄』 제주 관련 시	

---

12) 추사의 제주 유배 한시에 대해 부영근은 「추사 김정희의 제주 유배시 고찰」(『영주어문』, 2006, 25~26쪽)에서 51제 81수라고 했고, 윤치부는 「추사 김정희의 제주 유배 한시 시어 고찰」(『한국시가문화연구』제45집, 56~57쪽)에서 「강촌독서江村讀書」, 「제란題蘭」등 6제 6수는 제주 유배 한시라고 보기 어렵다고 하여 전체 45제 74수라고 했다. 완당의 한시는 전체 584수이다.

작자	시문집 제목	작품	기타(번역 유무)
김춘택金春澤 (1670~1717)	북헌거사집	202수의 제주 한시가 수록되었다. 『수해록囚海錄』	김익수, 제주문화원, 2005, 『북헌집北軒集』
김치金緻 (1577~1625) 제주판관(1609) 남봉南峯, 심곡深谷	남봉집 南峰集	「침류정십영枕流亭十詠」, 「화첩시畫帖詩」107수, 「출보제주통판칠율出補濟州通判七律, 登漢拏山 2수(登絶頂, 漢拏山)」「백록담」, 「영실」, 「별방진」, 「觀德亭板上韻」 등 전체 7수	김익수, 문화원연합회, 2021
김협金浹 (1829~1894)	노귤시집 老橘詩集	178편 241수	김협金浹, 신홍석愼鴻錫, 『노귤시집회암시집老橘詩集禾菴詩集』, 김익수, 제주문화원, 2000
김형식金瀅植 (1886~1927) 혁암革菴, 피애避礙	혁암산고 革菴散稿	5절 8수 / 오율 16수 五長 5수 七長 3수 칠절 67수 / 칠율 117수 / 171편 216수의 한시가 수록되었는데, 제주 한시는 「영주십경시」 등 157면 199수이다. 합계 216수	농암 차남, 북제주문화원, 오문복 1917~1918년까지 잡지 『조선문예』에 실린 혁암의 시 200여 편과 한문 30여 편
김희돈金熙敦	수은문집 水隱文集	제주시 조천리 출신 / 『김수은시집』, 『수은재시집』, 『창문집』에서 선시 번역. 「한라산」 등 총 122편 148수의 제주 한시	오문복, 『수은시집水隱詩集』, 제주대학교 탐라문화연구소, 2003 2005, 2003년본에 수록되지 않은 10편의 제주 한시가 수록, 오문복, 탐라문화연구소
남구명南九明 (1661~1719)	국역단마선생문집 國譯團魔先生文集	190편 265수의 한시 제주 한시 78편 15수	제주교육박물관, 2010

작자	시문집 제목	작품	기타(번역 유무)
변경붕邊景鵬 (1811~1812) 대정현감	통정대부사헌부장령通政大夫司憲府掌令) 변경붕문집邊景鵬文集		허남춘, 김병국, 김새미오, 탐라문화연구소, 2010
송상인宋象仁 (1569~1631)		미수眉叟 허목許穆, 간옹艮翁 이익李瀷과 창수唱酬한 시	
송시열宋時烈 (1607~1689)	송자대전 宋子大全	오절: 2편 / 7절 4수 7율: 1수 / 2수(미분류) 합계 9수	민족문화추진위원회, 국역『송자대전』16권 출간
신광수申光洙 (1712~1775) 石北 / 금부도사	탐라록耽羅錄 석북선생문집石北先生文集	『탐라록』58편 85수 제주 한시, 「잠녀가」 등 49(51)편 76수	
신홍석愼鴻錫 (1850~1920)	화암시집 禾菴詩集	123편 154수 한시 일부 제주 한시와 상관없음 「漢城客中遇寒食有感」	김익수, 제주문화원, 2001
안병택安秉宅 (1861~1936) 부해, 조천리 출신	부해문집 浮海文集	5절 9편 14수 / 5율 3편 3수 6율: 1편 / 7절: 88편 215수 7율: 4수 / 7고: 4편 쌍행시: 96편 133수 합계 205편 374수 대부분의 시가 광주 등에서 지어진 시로 보이며, 제주 한시로 보이는 시는 「金寧途中」 등 몇 편에 지나지 않는다. 제주 출신 작가로 타지에서 쓴 작품도 포함	오문복, 제주문화원, 2008~2015 필사본 「송사선생수석운松沙先生壽席韻」

작자	시문집 제목	작품	기타(번역 유무)
이건 李健 (1614~1662)	규창집 葵窓集 제주풍토기	구술시「절필」 "閉戶呻吟浹數旬, 殘燈爲伴死爲 隣,"423편 501수.「탕춘대를 지나 며過蕩春臺」등 제주 한시가 아닌 작품도 있다.	김익수,『역주규창집』, 제주문화원, 2010
이민성 李民成	경정집 敬亭集 조천록 朝天錄	1000여 수의 시, 제주 한시 3수	심재집에 點馬使 李民成 의 시 2수 수록, 오문복,『탐라시선』에 관 덕정 1수 수록
이약동 李約東 (1416~1493) 노촌, 1470(성종) 제 주목사	노촌선생실 기老村先生 實紀	41편 71수 한시 제주 한시 33편 34수	오문복, 귤림서원橘林書院, 제주교육박물관, 2006
이원조 李源祚 (1792~1872)	탐라지초본 耽羅誌草本 상, 하	권근의「응제시」등 모두 188편 240수의 제주 한시	고창석, 김찬흡, 오문복 외, 제주교육박물관, 2007~8. 탐라십경
이원진 李元鎭 (1594~1665) 태호太湖 1651~1954 제주목사	태호시고太 湖詩藁 권8 「탐라록」, 「구산록龜 山錄」,「진 주록眞珠 錄」등	『탐라지』 76편 129수	탐라지耽羅志, 김상조金 相助, 제주대. 실시학사, 태호시고太湖 詩藁 주해, 실학번역총서
이응호 李膺鎬 진옹震翁 제주 출신	진옹선생문 집震翁先生 文集 탁라국서 乇羅國書		

작자	시문집 제목	작품	기타(번역 유무)
이익태李益泰 (1633~1704) 야계冶溪 1694~1696년 (숙종) 제주목사	지영록 知瀛錄	총 32편 제주 한시 28편 자작시 7편 이경억과 이원진 등의 시 21편	제주문화원, 김익수, 탐라십경도 병풍(조천관, 별방소, 서안, 서귀소, 백록담, 영곡, 천지연, 산방, 명월소, 취병담)
이익李瀷 (1579~1624) 간옹艮翁	간옹유고 艮翁遺稿	70여 편, 만사 18편	
이증李增	남사일록 南槎日錄	121편 195수의 한시 제주 한시 83편 152수 자작시 69편 94수 나머지는 인용시	김익수, 제주문화원, 2001
이한우李漢雨 (1823~1881) 초명 이한진李漢鎭, 매계梅溪	매계선생문집梅溪先生文集	「산방굴사」 등 180편의 한시[13]	김정희와 인연, 신촌 비문, 영주십경瀛州十景 김영길, 2003
이해조李海朝 (1660~1711)	명암집 鳴巖集	제주팔경(한라채운, 화북제경, 김녕촌수, 평대저연 어등만범, 우도서애, 조천춘랑, 세화상월)	미번역
이형조李衡祥 (1653~1733) 1702 제주목사	병와집 瓶窩集 (국역)	단금檀琴 등 14편 16수	탐라지耽羅志, 이형상제주시문집李衡祥濟州詩文選, 탐라목석원, 신용준, 탐라순력도耽羅巡歷圖, 남환박물南宦博物

---

13) 「나주를 지나며過羅州」처럼 제주 한시가 아닌 작품도 더러 있다. 또한 「영주십경」의 경우 11편은 자작시이나 66편은 이용식李容植 등의 시를 인용함.

작자	시문집 제목	작품	기타(번역 유무)
임제林悌 (1549~1587) 백호白湖, 겸재謙齋	남명소승 南溟小乘	「영랑곡迎郞曲」 등 23편	박용원朴用原, 제주문화 / 『옛 사람의 등한라산기登 漢拏山記』, 김태봉金奉玉 역, 제주문화원, 2000 「등 한라산기」, 「유한라산기」 등 임제 10편, 김상헌 7편 8수, 김치 3편 / 1997, 역주백호전집譯註 白湖全集(上下), 신호열 외, 창작과비평사
송인수宋麟壽 (1499~1547) 중종 시절 제주목사	『역주규암 선생문집譯 註圭菴先生 文集』	74편 95수 제주 한시는 「제주유관濟州有 關」 1편	2014, 백규상 역, 제주교육박물관, 618
임징하任徵夏 (1687~1730) 서재西齋	서재집西齋 集권1, 2 (초년록初 年錄, 서행 록西行錄, 안정록安定 錄, 남천록 南遷錄, 감 산록柑山 錄, 영어록 圄圄錄)	총 62편 124수 제주 한시『남천록』과『감산록』 에 수록된 22편 67수	2004년 제주문화원, 김익수 편역, 규장각본
정온鄭蘊 (1592~1641년) 동계桐溪	동계집 桐溪集 권2	286수, 정온鄭蘊 총 519제 554수 / 280제의 제주 유배기 작품「次 贈吳而混」	『신편국역동계정온문집』, 민족문화추진위원회

작자	시문집 제목	작품	기타(번역 유무)
조관빈趙觀彬 (1691~1757) 회헌晦軒	회헌집 晦軒集 20권	150여 수	미번역
조사수趙士秀 (1502~1558)	영해창수록 嶺海唱酬錄	제주목사 조사수와 영월군수 朴忠元의 창수시 150편 211수 제주 한시 58편 109수	현행복, 제주시문화유적 관리사무소, 2011
조정철趙貞喆 (1751~1831) (유배객, 제주목사) 27년 적거 생활, 순조 때 제주목사 역임	정헌영해처감록靜軒瀛海處坎錄	421편 526수 제주 한시	김익수, 제주문화원, 2006
채제공蔡濟恭 (1720~1799)	번암집 樊巖集	「만덕전萬德傳」	
최부崔溥 (454~1504)	금남집 錦南集	문집에는 전하지 않으나 청음淸陰 김상헌金尙憲, 『남사록南槎錄』에 「耽羅詩三十五絶」 수록됨	금남집 중에 「표해록」 번역됨
최익현崔益鉉 (1833~1906) 면암勉庵	면암집 勉菴集	15편(8편 면암집, 7편은 필사본으로 발굴, 오문복, 한라일보 1989년)	

이 외에 여러 문인의 시가를 골라 선집 형태로 출간한 단행본도 있다.

제주 한시에 관한 최초의 번역서는 김봉옥金奉玉, 홍정표洪貞杓, 박용후朴用厚, 김태능金泰能, 김행옥金行玉, 김계연金啓淵 등이 공역한『탐라문헌집耽羅文獻集』(제주도교육위원회, 1976)으로『영주지』, 충암의「제주풍토록」, 청음의『남사록』, 규창의「제주풍토기」, 태호의『탐라기년』등을 번역한 것인데, 제주 한시는『남사록』(88편 129수),『탐라지』(76편 129수),『탐라기년』(5편) 등에 실려 있다.

오문복 선생이 편찬한 세 권의 선집이 있다. 여러 시인들이 지은 제주 한시를 모아 번역한『영주풍아瀛州風雅』(봅데강, 231쪽, 1988년)는 세종 시절 과거에 급제하여 성절사로 중국을 다녀온 바 있는 고득종의「홍화각弘化閣」을 비롯한 137편의 한시가 수록되어 있으며,[14]『한시선』(제주문화, 1054쪽, 1998년)은 화제畵題에 적합한 우리나라와 중국 시인들의 한시 924편 1011수를 번역한 것인데, 원문과 번역문, 그리고 글자풀이를 달았다. 다만 제주 한시는 12편 28수에 불과하다. 세 번째『탐라시선』(이화문화출판사, 521쪽, 2006년)은 제주에 벼슬살이 왔거나 유람으로 거쳐 간 이들의 시와 제주인이나 제주에 와 있는 사람에게 보낸 한시를 모아 번역한 책으로 숙종의「탐라지도耽羅地圖」등 270편 441수가 수록되어 있다.[15] 원문과 번역문, 글자 풀이와 간단한 소개 및 작가 소개를 곁들였다.

또한 현행복도『방선문訪仙門』(도서출판 각, 2004. 방선문 마애명 번역. 제주 한시 10편),『취병담翠屏潭』(도서출판 각, 2006. 52편 63수),『우도가牛島歌』(도서출판 각, 2010. 충암 김정의『충암집』등에 수록된 우도 관련 시가) 등을 선집했고, 김은석, 윤치부, 박찬식 등이 2008년『김만덕자료총서』II에 김만덕 관련 한시 5편을 수록했다.

---

14) 하지만 윤치부의 논문에 따르면, 실제 제주 한시는 126편이고, 나머지 111편은 고조기 高兆基의「안성역」처럼 제주 한시가 아니다.

15) 제주에 폄적된 이들의 시는 싣지 않았다.

앞서 언급한『제주 속의 탐라』,『한라산의 마애명』, 김봉현金奉鉉의 『제주도유인전濟州島流人傳』(홍성목洪性穆 역, 제주시 우당도서관, 2005), 김일우金日宇, 홍기표洪琦杓, 김익수金益洙 등이 공역한『역주제주고기문집譯註濟州古記文集』(제주문화원, 2007. 김정의『제주풍토록』, 임제의『남명소승』, 이건의『제주풍토기』,『탐라록』을 모아 번역한 책. 제주 한시 51편 76수), 김천형金千亨이 편찬한『탐라사료문헌집耽羅史料文獻集』(도서출판 디딤돌, 2004. 제주 한시 125편 129수) 등도 여러 전적에 나오는 시가를 선집한 책들이다.

이상에서 살펴본 바대로 제주 한시는 부임관이나 유배객의 시문집에 주로 들어가 있으며, 일부 제주 출신 문인들의 시문집에 수록되어 있다. 이 외에도 시문집을 남기지 않거나 실전된 이들의 시가 역시 적지 않다. 다행히 부영근이 박사논문인「조선시대 제주 관련 한시의 연구」표1 및 부록에서 제주 관련 한시와 작가 개황을 싣고 있어 제주 한시와 작가를 연구하는 데 큰 도움이 된다. 그에 따르면, 시문집에 포함되지 않은 시가가 1,168제 1,318수에 달한다.[16] 그러나 부영근의 논문 부록에는 이한진李漢鎭, 임제林悌, 이희풍李喜豊, 이혼(李琿, 광해군) 등이 빠져 있다.

제주 한시 연구에서 특징적인 것 가운데 하나는 유배문학 범주에 들어가는 것이 많을뿐더러 연구 또한 많다는 점이다. 이는 당연히 한시의 주된 작자가 주로 유배객들이기 때문이다. 유배문학은 양적으로나 질적으로 제주 한시 연구의 주종을 차지한다. 허춘許椿은「유배문학 연구

---

[16] 부영근,「조선시대 제주 관련 한시의 연구」(부산대 한문학과 박사논문, 2007. 6.) 13쪽.

의 과제」에서 2011년 9월 현재 약 210편의 연구논문이 있다고 하면서 유배문학 연구가 한 단계 비약할 수 있도록 몇 가지 제언하고 있다.[17) 또한『제주유배문학자료집1』이 이미 출간되어 있기도 하다.[18)

본서에서 제주 한시 관련 연구논문 전체를 개괄할 수는 없고, 다만 몇 가지 경향과 추세에 대해 언급하고자 한다.

첫째, 제주 한시 연구논문은 주로 유배문학과 관련이 있다. 이는 제주 한시의 주된 창작자가 주로 유배인들과 관련이 있기 때문이다. 주요 석·박사논문으로 양순필梁淳珌, 「조선조 유배문학 연구-제주도를 중심으로」(건국대 박사학위논문, 1982), 변영미邊暎渼, 「제주 한시연구」(성신여대 석사논문, 1995. 11)[19) 등이 있다.

둘째, 제주목사나 판관, 현감 등 제주 부임관이 남긴 한시에 대한 연구 역시 활발하다. 주로 시문집을 남긴 이들에 관한 연구는 제주에만 국한된 것이 아니며, 시문집 번역 또한 전국에 걸쳐 있다.

셋째, 이미 시문집 번역과 더불어 2백여 편이 넘는 연구논문이 나와 있으므로 제주 한시 연구가 이미 초기의 소개 수준에서 벗어나 다각적인 시각에서 심도를 더하고 있다. 그중에서도 김새미오의 「제주유배문학의 연속성에 대한 시론試論」(『영주어문』제36집 2017년)은 흥미로운 논문

---

17) 허춘, 「유배문학 연구의 과제」, 『영주어문』 제23집, 2012, 6쪽.

18) 양진건 편, 『제주유배문학자료집』1, 제주대학교출판부, 2008.

19) 제주 한시를 입도인의 시세계(목민관, 유배인)와 본도인의 시세계로 나누어 논의하고 있다. 다만 입도인과 본도인은 구분했으되 구체적인 내용체제가 달라 아쉽다.

으로 특기할 만하다. 김진구, 김춘택, 임징하라는 친족관계이면서 모두 제주유배생활을 했던 인물들의 유배 문학으로서의 '연속성'에 대해 논구하고 있기 때문이다. 아마도 이런 사례가 거의 없을 듯하다.

넷째, 제주 한시 가운데 특히 제주 출신 작가들의 한시 연구가 활발히 진행되고 있다. 제주에는 1924년에 제주도 문인 123명이 설립한 한시 창작단체인 '영주음사'가 지금도 활발하게 활동하고 있다. 한시의 맥락이 이렇게 이어지고 있다는 뜻이자 수많은 시인에 의해 한시가 적지 않게 창작되었다는 뜻이기도 하다. 특히 오문복 선생은 조선 말, 민국 초 제주 문인들의 한시를 찾아 번역하는 작업을 지속해왔다. 예를 들어 선생의『성산풍아城山風雅』에 보면 성산읍의 여러 리里에서 배출한 문인들의 한시와 명문, 금석문 및 생활문서 등을 번역하여 수록하고 있다. 앞으로도 이런 작업은 지속되어야 할 것이다.

『제주 한시 300수』의 의의와 선시選詩 방법

본서는 조선 개국부터 해방 시기까지 전체 제주 관련 시가를 조사하여 제목 중심으로 전체 목록을 만들고 작가, 시기, 시체별로 분류해 편찬한『제주 한시 300수』이다.『제주 한시 300수』를 편찬하고자 하는 이유는 크게 세 가지이다.

첫째, 제주 한시에 관한 연구가 이미 크게 활성화되어 그 연구 성과 또한 괄목할 만하다. 하지만 주로 개별적인 번역과 논문 위주의 연구에 치중했기 때문에 일반 독자들과 거리감이 있을 수밖에 없다. 따라서 일반 독자들도 쉽게 찾아볼 수 있는 단행본 주해서가 필요하다. 일단 제주 한시 가운데 연구자들이나 번역자들에 의해 널리 알려져 있거나 좋은 작품을 작가, 작품형식, 제재 등으로 분류하여 더욱 알기 쉽고 친근감이 들 수 있도록 출간하는 것이 무엇보다 필요하다.

둘째, 제주 한시는 제주에서 태어나거나 생활했던 이들이 자신이 직접 보고 느낀 감정을 읊은 것일 뿐만 아니라 제주의 자연과 풍물, 그리고 제주인의 생활상을 묘사하고 있다는 점에서 서정문학의 범주를 벗어나 하나의 역사이자 문화보고서라고 할 수 있다. 그러므로 제주의 지난 역사를 이해하는 데 무엇보다 유의미한 참조계가 아닐 수 없다. 하지만 개인 시문집이나 역주본 등 장서로 보관되고 있기만 할 뿐 실제 우리의 삶에 응용되지 않는다면 연구자들에게만 유효한 고대 문헌(설사 번역되었다고 할지라도)의 의미를 벗어날 수 없을 것이다. 따라서 보다 구체적으로 이를 활용할 수 있는 방안을 제시할 필요가 있다. 『제주 한시 300수』는 구체적인 활용방안 가운데 하나가 될 것이다.

셋째, 이미 적지 않게 번역되고 연구된 제주 한시에 작은 방점을 찍을 필요가 있다. 지금까지 번역과 연구가 개별적으로 이루어지면서 제주 한시의 일관된 번역, 정체성에 대한 논의, 제주 한시 아카이브를 구축하기 위한 토대 마련이 제대로 되지 않았다. 『제주 한시 300수』를 편찬하면서 제주 한시 전체에 대한 통계 및 기존의 연구 성과에 대한 나름의 분석을 제시한 까닭이 여기에 있다.

『제주 한시 300수』 선별 원칙과 기준

　조선조의 한시를 위주로 선별하되 한말, 민국 초기의 시를 포함하여 대상으로 삼는다. 기존의 연구 성과를 세밀하게 탐색하여 여러 학자의 연구 저서나 논문 또는 시선집에 중복 또는 대표작으로 언급된 시가를 선별하고, 아울러 중요 인물의 대표작과 무명인의 뛰어난 작품까지 모두 포괄하는 선집을 만든다. 필자 각자가 300수를 선별하고, 다시 500수를 선별한 다음 300수를 선정한다.

　제주와 관련된 대표적인 인물의 제주 관련 한시, 개인 문집이 있는 인물의 제주 관련 한시, 무명인의 경우라도 작품이 좋을 경우 수록한다. 제주 출신의 경우 제주와 관련이 없는 시도 작품이 좋을 경우 수록한다.

　제주 관련 시가에서 한 시인의 작품은 10수 이내로 제한하며, 가능한 5언, 7언, 절구, 배율 등을 안배한다.

　시의 원문을 제시하고 번역하며, 주석을 달고 작품 설명과 작가 소개를 곁들인다. 순서는 저자 소개, 원문, 번역, 주해, 설명 순이고, 저자 소개에 중문번역을 함께 수록한다. 기존에 번역된 시 이외에 미번역(영인본)에서 50수 정도를 선별한다.

나오는 말

　제주 한시는 오랜 전통 속에서 지금까지 면면히 이어져오고 있다. 그럼에도 불구하고, 여러 가지 원인에 의해 한시는 그저 예전의 고리타분한 문헌 기록으로 치부되곤 한다. 일부 연구자나 창작자를 제외하고 일반인들에게 한시는 가까이하기에 너무 먼 당신이 되고 말았다. 그렇다면 어떻게 해야 하는가?

　한시를 포함하여 시가는 시인 자신의 성정性情을 토로하는 지극히 개인적인 것이지만 또한 한 시대를 살아가는 시인의 세상사, 인물, 경물 등에 대한 묘술이기도 하다. 이런 점에서 시가는 단순히 문학작품만이 아니라 한 시대의 역사이자 개인의 생애사이기도 하다. 이런 점에서 한시는 제주를 바라보는 또 하나의 창구 역할을 할 수 있다.

　『제주 한시 300수』는 단순히 수많은 제주 한시 가운데 300여 수를 추려 단행본으로 출간하기 위함만이 아니다. 이는 한시라는 독특한 시가 형태를 대중들이 더욱 가깝게 느끼게 함으로써 한시가 지닌 장점을 널리 알림과 동시에 이를 통해 제주를 한 걸음 더 잘 이해할 수 있도록 하기 위함이다. 본질은 현재에 있는 것이니 과거에 연연할 이유가 없다.

　가능하다면, 제주학에서 매우 중요한 자원인 고문헌 연구(시가 연구)의 근간이 되는 주해와 번역 성과를 집대성하여 일목요연하게 살필 수 있는 데이터베이스를 확보하는 것이 향후 제주학 연구에 가장 중요한 토대가 될 것이다. 이는 한시의 경우도 마찬가지이다. 이를 위해『제주 한시 300수』를 편찬하는 과정에서 향후 제주 한시 아카이브 확보를 위한 토대가 마련되기를 기대한다. 또한 최선을 다해 번역의 정확도와 내용의 충실도를 제고해 일반인들도 더욱 쉽게 제주 한시의 묘미를 감상할 수 있도록 하고, 문헌에 갇혀 있는 한시를 현재 공간에 되살림으로써 교육적 효과를 제고할 수 있기를 바란다. 향후 지역별로 한시를 구분하여, 지역의 과거 기록으로서의 한시를 활용함으로써 관광자원으로 활용하는 방안도 생각해볼 수 있을 것이다.

마지막으로 제주 한시 시선집을 『제주 한시 300수』라고 한 것은 『당시 300수』나 『송시 300수』 등의 체례를 모방한 것이다. 이는 제주 한시가 당시나 송시와 동일한 반열에 있다는 뜻이자, 향후 중국어 번역 출간을 통해 해외에 제주의 한시 문화를 알리려는 의도가 포함되어 있다. 본서에 중문을 병기한 것은 바로 이 때문이다.

『济州汉诗300首』
诗选集发刊的意义和诗选标准

序言

本文是在济州学研究中心的支援下进行出版《济州汉诗300首》的理论基础研究。 济州汉诗大致是指济州出身(济州生活)作家的诗歌、济州相关诗歌。《济州汉诗300首》以朝鲜时代(1392~1910)和到日本帝国主义强占时期解放的1945年为止所写的诗歌为中心,为了大韩民国时期强调汉诗的持续性,在文中附记一些诗歌。

汉诗本来是从中国开始起兴的一种诗歌形式。 从《诗经》的305篇开始,以多种形式发展的汉诗大致分为古体诗和近体诗,根据字数分为3言、4言、5言、6言、7言、杂言等,根据句的数字分为绝句、律诗、排律(长律)等。 特别是随着唐代被称为"今体诗"、"律体诗"的近体诗开始起兴之后形成了严格适用平仄、对仗及押韵等独特的诗歌体裁,从而实现了汉诗的定型化。

由汉字组成的汉诗逐渐传播到普遍用汉字的汉字文化圈的多个国家,自然而然地创作出具有普遍性、特殊性的各国汉诗。韩国也不例外,在接受汉字之后(时间约在在汉武帝侵略古朝鲜之后),逐渐以中国出身的统治阶层或上流阶层为中心开始流传。有趣的是,现存最古老的韩国诗歌《公无渡河歌》虽然是以汉诗的形式记载的,但实际上是出自底层妇女之口中的歌词。[1] 之后通

过三国到了高丽时代和朝鲜时代,汉诗以重要的诗歌形式站稳了脚跟,至今仍连绵不断地保持着其命脉。

当然,济州自身也有着汉诗悠久的传统,并且一直延续到至今。 另外,由济州各地的文化院和大学研究所(耽罗文化研究所等)、博物馆等机关或团体主导,具备着卓越汉学实力的译者们也翻译出版了不少诗文集,众多汉诗研究者还发表了近300多篇汉诗相关论文。这是济州学研究者在长期学术积累中取得的研究成果。

以此为基础,本研究在叙述《济州汉诗300首》的出版目的和意义、体例、方法等根本目的之前,将会大致地探索现有济州汉诗的学术成果。

《济州汉诗300首》的目的是,先从整理的角度出发,回顾现有研究成果,同时从研究论文中介绍的诗歌或从多种译注本翻译的诗歌以及尚未翻译的诗歌中选出最优秀的诗歌,作为单行本来出版。

济州汉诗的范畴

济州汉诗是指与济州有关的汉诗。大致可分为三个分类:时代分类、作家分类、作品分类。

第一, 时代分类可以根据政治变动以王朝来区分, 但在本文中将朝鲜

---

1) 首次登载于后汉学者蔡邕的《琴操》中,晋国崔豹在自己的《今古注》译为汉字歌曲,取名为〈箜篌引〉并提及相关传说而广为人知。此后, 刊登在朝鲜正祖时期韩致奫的《海东绎史》、张志渊的《大东诗选》等。

(1392~1910)王朝时代和1945年解放之前纳入济州汉诗的范畴。高丽王朝时期也盛行过汉诗创作,不仅是诗文集,还有很多优秀的诗歌, 但与济州相关的作品并不多。这是因为由汉诗的特性来看不仅要兼备汉字学习也需要写诗的才能,还要留存在记录传承的实物当中(例如诗文集等)。因此,《济州汉诗300首》首先要以朝鲜时代的作家和作品为对象是不可避免的,也是理所当然的。

第二, 作家的分类可以分为济州出身的文人、任赴官、流客配等。

－ 首先, 济州出身的或长期生活在济州的文人主要出现在朝鲜王朝中后期。这是因为用汉字歌词作诗的汉诗特性来看需要一定的汉文教育和长时间的练习。济州的民谣之所以比汉诗更具有悠久的历史,且数量还多是因为它是吟唱。吟诵可以用口述来传承,尤其是劳动谣。由于相同的生活方式很有可能持续延续下去。除此之外朝鲜王朝平民不仅很难有学习汉字的机会,而且即便是有解读汉文的能力,也很难用汉诗来表达自己的性情。从这一点来看,在经过一定的学习和磨练之后,济州人的不少汉诗作品才开始涌现出来。

－ 赴任官主要指济州最高统治权者、军队统帅济州牧使和下一个职务的判州官等。朝鲜王朝500多年来,共有286人历任济州牧使,被派遣的济州判官有252人。济州牧使原来的任期为2年6个月,随着壬辰倭乱爆发,有像未能离任并且还历任6年济州牧使的李景禄, 还有在6个月的时候短命的人有28名,甚至收到任命状后未能上任的人也有12名。因此在任时间平均大约为1年10个月。其中,被罢职或受到弹劾而被押送的牧使达68人,占总人数的24%,从这一点来看,似乎也不是很顺利的职位。济州判官的任职时间也与济州牧使差不多的1年9个月。原来牧使是正三品中的堂下官,但济州牧使是正三品堂上官,则文臣任命为通政大夫,武臣任命为折衡将军。任命济州牧使时称其为行济州牧使也是因为这个原因。因朝鲜是以儒学为国是的国家, 为了成为堂上

官不仅要精通儒学经典(包括《诗经》)，还要具备创作汉诗的能力。所以在济州赴任的牧使、判官、县监(例如寓菴南九明、金緻、金聲久)中,留下诗文集的人并不在少数,而且创作关于济州汉诗的人也不少。对重要人物的分类会在后面进行观察。

－ 流放者是指流放到济州岛的人。根据《朝鲜王朝实录》，朝鲜的流放地有245处，流放人达700多人。其中流放到济州岛的有260(270)多名。[2] 以前的朝鲜是把明太祖朱元璋时期编纂的大明律作为刑律的基础，但是后来根据世宗12年(1430年)的《配所詳定法》，把现有的大明律的内容改成将2000里流放到600里、2500里流放到750里、3千里流放到900里以外临近海边的邑的制定方法。[3] 因此，重犯被流放到离都城1158里(455公里)的济州岛。但是因为罪行比较严重,所以比起在本鄉安置、中途付處、州郡等地安置,大部分都会安置在最残酷的圍籬地区。[4]

－ 事实上,济州成为流放处是从元朝打败三别抄,统治济州约100年,将170多名王族和臣下流放到济州开始的。[5]此后，朝鲜王朝正如前部分所述，将济

---

2) 淳玡，『朝鲜王朝流放文学研究－以济州岛为中心』(建国大学，博士学位论文, 1982)第20页显示, 朝鲜王朝流放地有245处, 流放人总数为881名(文臣810, 武臣68, 僧侣3)。

3) 太祖即位诏书，"凡公私罪犯, 必該《大明律》"。参见《太祖实录》卷1, 元年壬申7月乙巳條。

4) 流放的类型分为迁徙、中途付处、安置(本乡安置、绝岛安置、围篱安置)等。

5) 《高丽史》卷28、137、46中记载, 忠烈王元年(1275)4月将100多名盗贼(元流盗贼百馀人于耽罗)和忠烈王3年73名罪人流放到济州(元流罪人三十三人于耽罗.), 禹王14年(1388年)归顺明朝的蒙古达亲的达王等80余户济州(征北归顺来的达达亲王等八十餘户, 都要教他耽罗住去), 恭让王4年(1392年)3月将元朝梁王的子孙爱颜帖木儿安置在济州(帝置前元梁王子孙爱颜帖木儿等四人于耽罗)。

州作为最远的流放处。对于被流放的人来说,本是在延续着痛苦而艰难的生活,对于济州岛居民来说,本与自己的意图无关,还背负了流放地的污名,所以痛苦而煎熬都是一样的。

－ 在所有260多名流放者中, 既有反对朝鲜建国的高丽遗臣,[6]也有朝鲜王族,[7] 还有高层官员。其中最多的还是成为党争的替罪羊或被诬陷为逆贼,过着最恶劣的流放生活的官僚们。在这些官僚当中有在"围篱安置"这一痛苦的状况下只能用诗文聊以自慰的人,也有像金春澤、金允植一样在流放期间得到纳妾生子的人。因基本都是流放者的身份,所以他们看到的济州的风景可能并不是那么美丽。 作诗本就是要与情景相融, 但无论景物有多么美丽,如果性情不悦,景物也会被歪曲。

第三, 对作品的分类首先在形式上可以分为古诗和近体诗(包括五言、七言绝句和律诗、排律)、杂体诗等, 题材可以分为景物、抒情、叙事等, 也可以分为吟诵个人感想和和韵的诗。 在《济州汉诗300首》的选诗方面, 会做好考虑形式和题材方面的充分准备。

---

6)　因不事二君的忠节而反对朝鲜开国的杜门洞72人中, 被流放到济州岛的韩葳定居在加时里, 金万希定居在郭支里, 后来分别成为清州韩氏和金海金氏左政丞公派的入岛祖。另外, 李美、边世清、许逊等也因反对朝鲜开国而被流放到济州, 之后成为庆州李氏益斋公派、塬州边氏、阳川许氏的入岛祖。其中, 韩葳, 金万希, 李美叫三节臣。

7)　怀恩君(李德仁,?~1644)在仁祖时期因谋反而被流放到济州, 宣祖的七儿子仁城君(李公,1588~1628)虽然被指定济州义县为流放地, 最终自尽而死, 他的家人也被流放到大静县。其中有三个儿子和济州女姓结婚。仁城君的儿子李健(1614~1662年)留下了《济州风土记》, 文中记录了济州潜女。

济州汉诗翻译及研究现状

济州汉诗研究大致可分为两部分。 一个是诗集翻译，另一个是研究论文。

－尹致富在〈济州汉诗的翻译樣相考察〉(济州岛研究第46集，2016年第1~40页)中，对2016年济州汉诗的翻译情况进行了考察。据他的调查，"济州出身的学者主要在济州翻译并发行的翻译书中被收录的济州汉诗翻译"篇数达3513篇4551首。这是从1970年代开始到现在的50多年的时间里，各个学者努力的结果和学术成果。他罗列的译者以吴文福、金益洙等元老级汉学家为首，还有金奉玉、洪淳晚、金粲洽、高昌锡、金惠宇、金相玉、金顺伊、洪琦杓、玄行福、赵成允、朴赞殖、吴秀晶、白圭尚、金永吉、吴昌林、許瑄烋、林炳建、任容震、金赛美五、孙基范等。诗文集的翻译主要由机关或团体委托进行。

－此后到2022年为止,翻译的济州汉诗共有1351篇1726首,共计4227篇5631首。此外，在已发现的汉诗中，未翻译的汉诗有178篇297首(洪裕孫《篠遺稿上》8篇10首、尹鳳朝《圃巖集》13篇28首、趙觀彬《悔軒集》105篇191首、金聖鐸《霽山集》37篇54首、趙榮順《退軒集》15篇15首)，共4405篇5928首。[8]本书概括与济州有关的文人和诗文集为如下。

---

[8]　　关于济州汉诗的整体规模, 在附录中进行了单独整理。

〈表〉濟州相关文人和诗文集 9)

作者	诗文集题名	作品名	其他(翻译有无)
姜玮 (1820~1884) －在济州向金正喜 请教5年	姜玮全集	遗稿 古懽堂集 济州望洋亭却寄郑蓉山健朝记 等	姜玮之诗文学论(陈英姬, 东岳汉文学论集 1, 1984)
高得宗 (1388~1452)	灵谷遗稿*	《新增东国舆地胜览》〈弘化阁〉, 〈归观济州遇风漂海作〉 (外 2题 2首)	
金景锺 (1888~1962) －瀛洲吟社	白首馀音	西归镇人星, 雪夜小集, 祝建 国. 收录380首济州汉诗	白圭尙, 北济州文化院, 2006
金匀培 (瀛洲吟社 社长)	谨斋北学日记	「入山」等 21篇. 这些诗主要是 他在浮海安秉泽门下学习时听 过或吟过的诗。	吴文福, 北济州文化院, 2005, 谨斋北学日记
金斗奉 信天	济州岛实记	冲庵金净的济州汉诗共收录了 71篇73首诗。63篇被收录在《耽 罗志补遗·汉诗》中,《济州岛实 纪》第25章《古代人物》篇中收录 了高兆基的《松堂夜雨》等。	吴文福, 济州愚堂图书 馆, 2003
金汶株 (1859~1935) 农隐, 济州文人	农隐文集	凤仙花, 乙巳冬闻京报	北济州文化院, 2004

---

9)   以尹致富前面的论文为基础进行了补充。* 标志是论文中未记载的作家或作品。

作者	诗文集题名	作品名	其他(翻译有无)
金尙宪 (1570~1652) 清阴, 石室山人. 1601(宣祖) 按抚御 史 6个月	南槎录	110篇225首/ 济州汉诗88篇182首	洪琦杓, 济州文化院 2008~9/ 金礼东 永嘉文化社,
金锡翼 (1885~1957) 心斋	心斋集	车天辂「正月望」22篇 汉诗, 济州汉诗: 清阴金尙宪的 「毛 兴穴」等16篇, 金锡翼的〈观风 上国〉等5篇.	《心斋集》中〈破闲录〉, 〈耽罗人物考〉,〈耽罗纪 年〉附录 翻译,《济州中 的耽罗》, 吴文福, 吴昌 林, 许瑄焿, 林炳建, 任容震, 金赛米奥, 济州 大学耽罗文化研究所
金声久 (1641~1707) 八吾轩 旌义县监 (1679~80)	八吾轩先 生文集· 南迁录卷1, 2(诗), 日 记体 散文	济州 汉诗 129题 194首.〈用杜 工部落日心犹壮秋风病未苏为 韵〉,〈效建除体〉,〈孤怀〉	金永吉, 济州教育博物 馆, 2018
金良洙 (1828~1887)*	兰谷诗集	《国译兰谷先生文集》是包含朝 鲜时代济州美丽风景的瀛州10 景和汉拿山情趣的汉诗, 收录了 七言绝句77首、七言律诗194 首、五言律诗3首、五言倍律1 首等共275首和杂着6部, 以及 〈济州乡校重修记〉等历史事实 的书。	李进荣, 济州教育博物 馆, 2015

作者	诗文集题名	作品名	其他(翻译有无)
金羲正	海殷文集	〈济州杂咏〉等 济州 汉诗 314篇 411首	白圭尙 济州文化院, 2014
金允植 (1835~1922) 洵卿, 云养	云养集, 阴晴史, 续阴晴史	〈济州杂咏 二十二首〉,〈第七会十二日会于橘园〉,〈游登瀛邱〉等	云养集1~4,国学研究院, 金永峯 外 交点/ 1960年 国史编纂委员会, 《韩国史料丛书》第11卷 注解本
金净 (1486~1521) 冲庵	海岛录	五絶: 8首 / 五: 15首 七絶: 15首 五排: 2首 / 七排: 1首 济州汉诗 41首	冲庵先生集(海岛录 包含) 济州风土录(最初 风土誌) 《国译冲庵集》下，金锺燮，冲庵文简公宗中.
金彶, 峰(济州牧使)	峰文集	收录了249篇302首的汉诗。 济州汉诗66篇74首	金益洙，济州文化院, 2001, 峰文集
金正喜 (1786~1856)	阮堂全集	45题74首 10)	《国译 阮堂全集》3, 辛镐烈, 民族文化推进会,
金镇龟 (1651~1704)	晚求窝府君 遗稿	稿遗7、8、9卷收录诗和杂着 第10卷《岛窜日录》收录了济州相关诗歌	

---

10) 对于秋史的济州流放汉诗, 富荣根在《秋史金正喜的济州流放诗考察》(2006, 25~26页)中称其为51第81首,尹致富在《秋史金正喜的济州流放汉诗诗词考察》(第45集, 第56~57页)中「称读江村」、书「题兰」等6节6首很难看作是济州流放汉诗诗词考察(第45集, 第56~57页)中称其为济州流放。阮堂的汉诗共有584首。

作者	诗文集题名	作品名	其他(翻译有无)
金春泽 (1670~1717)	北轩居士集	收录了202首济州汉诗。 《囚海录》	金益洙, 济州文化院, 2005, 北轩集
金緻(1577~1625) 济州判官(1609) 南峯, 深谷	南峰集	枕流亭十咏, 画帖诗107首, 出 补济州通判7律, 登汉拏山 2首 (登絶顶, 汉拏山) 白鹿潭, 灵 室, 别防镇, 观德亭板上韵 等 共7首	金益洙, 文化院合会, 2021
金浹 (1829~1894)	橘诗集	178篇241首	金浹, 愼鸿锡,《老桥诗 集禾菴诗集》, 金益洙, 济州文化院, 2000
金滢植 (1886~1927) 革菴, 避碍	革菴散稿	五絶 8首 / 五 16首 五长 5首 七长 3首 七絶 67首 / 七律 117首 / 收录 了171篇216首汉诗, 济州汉诗有 《瀛洲十景诗》等157版199首. 共计216首	农巖之次男. 北济州文化 院, 吴文福 1917年至1918年间, 刊登 在杂志《朝鲜文艺》上的 革菴的200多首诗和30多 篇散文。
金熙敦	水隐文集	济州市朝天里出身 金水隐诗 集、水隐斋诗集、翻译选诗。 《汉拿山》等共122篇148首济州 汉诗。	2003,《水隐诗集》, 吴文 福, 济州大学校, 耽罗文 化研究所 2005, 2003年本中没有 收录的10篇济州汉诗, 吴文福, 耽罗文化研究 所
南九明 (1661~1719)	国译团魔 先生文集	190篇265首汉诗. 济州汉诗78篇15首.	济州教育博物馆, 2010

作者	诗文集题名	作品名	其他(翻译有无)
边景鹏(1811~1812) 大静县监	(通政大夫司宪府掌令) 边景鹏 文集		许南春、金昞国、金赛美奥耽罗文化研究所，2010。
宋象仁 (1569~1631)		和眉叟许穆, 艮翁李瀷唱酬的诗	
宋时烈 (1607~1689)	宋子大全	五绝: 2篇 / 七绝 4首 七律: 1首 / 2首(未分类) 共 9首	民族文化推进委员会, 国译《宋子大全》16卷 出刊
申光洙 (1712~1775) 石北 / 禁府都事	耽罗录/石北先生文集	《耽罗录》58篇 85首. 济州 汉诗,「潜女歌」等 49(51)篇 76首.	
慎鸿锡 (1850~1920)	禾菴诗集	123篇 154首 汉诗. 有些部分与济州汉诗无关。「汉城客中遇寒食有感」	金益洙, 济州文化院, 2001
安秉宅 (1861~1936) 浮海, 朝天里 出身	浮海文集	五绝: 9篇14首 /五: 3篇3首 六律: 1篇 / 七绝: 88篇 215首 七律: 4首 /七古: 4篇 / 双行诗: 96篇 133首 /共 205篇 374首 大部分的诗看起来都是在光州等地创作的,看起来像济州汉诗的诗只有《金宁途中》等几篇。其中包括作为济州出身的作家在异地创作的作品。	吴文福, 济州文化院, 2008~2015 笔写本〈松沙先生寿席韵〉

作者	诗文集题名	作品名	其他(翻译有无)
李健(1614~1662)	葵窗集 济州风土记	口述诗《绝笔》 "闭户呻吟浃数旬, 残灯为伴死为隣," 423篇 501首. 还有《过荡春台》等非济州汉诗的作品。	《译注葵窗集》, 金益洙, 济州文化院, 2010
李民宬	敬亭集 朝天录	1000馀首诗, 济州汉诗3首	《心斋集》收录了点马使李民宬的诗2首, 吴文福《耽罗诗选》收录了〈观德亭〉1首。
李约东 (1416~1493) 老村, 1470(成宗) 济州牧使	老村 先生实纪	41篇71首诗. 济州汉诗 33篇34首.	橘林书院 吴文福, 济州教育博物馆, 2006
李源祚 (1792~1872)	耽罗志草本, 上下	权近的《应制诗》等共188篇240首的济州汉诗。	高昌锡,金粲洽,吴文福外, 济州教育博物馆, 2007~8. 耽罗十景
李元镇 (1594~1665) 太湖 1651~1954 济州牧使	太湖诗藁 卷8 〈耽罗录〉, 〈山录〉, 〈真珠录〉等	『耽罗誌』76篇129首	耽罗志, 金相助, 济州大. 实是学舍, 太湖诗藁 注解, 实学翻译丛书
李膺镐/震翁 济州出身	震翁先生文集 乇罗国书		

作者	诗文集题名	作品名	其他(翻译有无)
李益泰 (1633~1704) 冶溪 1694~1696년 (肃宗) 济州牧使	知瀛录	共32篇。济州汉诗28篇。自创诗7篇，李庆亿和李元镇等人的诗21篇。	济州文化院，金益洙，耽罗十景图 屏风(朝天馆，别防所，城山，西归所，白鹿潭，瀛谷，天池渊，山房，明月所，翠屏潭)
李灠(1579~1624) 艮翁	艮翁遗稿	70餘篇，輓词18篇	
李鼎相	越中漫录		
李增	南槎日录	121篇195首汉诗. 济州汉诗 83篇152首. 自创诗69篇94首，其余是引用诗。	金益洙，济州文化院，2001
李汉雨 (1823~1881) 李汉镇，梅溪	梅溪先生文集	「山房窟寺」等180篇汉诗 **11)**	与金正喜的缘分，新村碑文 瀛州十景. 金永吉，2003.
李海朝 (1660~1711)	鸣岩集	济州八景(汉拏彩云，禾北霁景，金宁村树，坪垈渚烟 鱼灯晚帆，牛岛曙霭，朝天春浪，细花霜月)	未翻译
李衡祥 (1653~1733) 1702 济州牧使	瓶窝集 (国译)	〈檀琴〉等14篇16首	《耽罗志》『李衡祥济州诗文选』耽罗木石苑，申瑢俊，耽罗巡歷图，南宦博物

---

11)　像《过州》一样，也有一些不是济州汉诗的作品。另外，《瀛州十经》有11篇是自创诗，但有
　　 66篇是引用了李植容等诗。

作者	诗文集题名	作品名	其他(翻译有无)
林悌 (1549~1587) 白湖, 谦斋	南溟小乘	迎郎曲等23篇	朴用塬, 济州文化 /《古人的登汉拏山记》, 金奉玉 译, 济州文化院, 2000.「登汉拏山记」, 游汉拏山记 等 林悌 10篇, 金尚宪7篇8首, 金緻 3 篇, / 1997,《译注白湖全集》(上下), 辛镐烈外, 创作与批评社
宋麟寿 (1499~1547) 中宗时期济州牧使	译注 圭菴先生文集	74篇95首. 济州汉诗:「济州有关」1篇.	2014, 白圭尚译, 济州教育博物馆, 618.
任徵夏 (1687~1730) 西斋	西斋集卷1,2(初年录, 西行录, 安定录, 南迁录, 柑山录, 圐圉录)	共62篇124首。济州汉诗《南迁录》和《柑山录》中收录的22篇67首。	2004年，济州文化院，金益洙 编译. 奎章阁本
郑蕴 (1592~1641년) 桐溪	桐溪集 卷2	286首,郑蕴 共519题554首 / 280题的济州流放期作品.「次赠吴而混」	『新编国译桐溪郑蕴文集』民族文化推进委员会
赵观彬 (1691~1757) 晦轩	晦轩集 20卷	150馀首	未翻译

作者	诗文集题名	作品名	其他(翻译有无)
赵士秀 (1502~1558)	岭海唱酬录	济州牧使 赵士秀和宁越郡守 朴忠元的唱酬诗150篇211首. 济州汉诗 58篇 109首.	玄行福, 济州市文化遗蹟管理事务所, 2011
赵贞喆 (流放客, 济州牧使)27年的谪居生活. 纯祖时任济州牧史.	静轩瀛海处坎录	421篇526首济州汉诗	金益洙, 济州文化院, 2006
蔡济恭 (1720~1799)	樊巖集	万德传	
崔溥(454~1504)	锦南集	虽然文集没有流传, 但在清阴尙宪的南槎录中收录了耽罗诗三十五絶。	从《锦南集》中译成〈漂海录〉
崔益铉 (1833~1906) 勉庵	勉菴集	15篇(8篇在《勉菴集》中, 7篇被发掘为手抄本, 吴文福, 汉拏日报 1989年)	

还有把多个文人的诗歌筛选出来并以选集形式出版的单行本。

－关于济州汉诗最早翻译的书是金奉玉、洪贞枸、朴用厚、金泰能、金行玉、金啟淵等共译的《耽罗文献集》(济州岛教育委员会，1976年)，译自《瀛州志》，冲庵的《济州风罗纪》，清陰的《南史录》，葵窗的《济州风土记》，太湖的《耽罗纪年》等，济州汉诗被收录在《南槎錄》(88篇129首)、《耽羅志》(76篇129首)、《耽羅紀年》(5篇)等 。

－ 之后还有吴文福先生编写的三本选集。收集并翻译了多位诗人创作的济州汉诗《瀛州风雅》(BOBDAEKANG),第231页,1988年)收录了在世宗时期考取科举还作为圣节使去过中国的高得宗的〈弘化閣〉等137首汉诗,[12]《汉诗选》(济州文化,第1054页,1998年)是翻译了符合画题的韩国和中国诗人的924篇1011首诗,并附有原文、译文和文字解释。但是济州汉诗只有12篇28首。第三部《耽罗诗选》(梨花文化出版社,521页,2006年)是收集并翻译了来济州当官或游览的人的诗和寄给济州人或来到济州的人的汉诗书,收录在肃宗的《耽罗地图》等270篇441首。[13]并附上了原文和译文、文字解释和简单的介绍及作家介绍。

－ 另外,玄行福也选集了《访仙门》(图书出版阁,2004年,翻译访仙门摩崖铭,济州汉诗10篇)、《翠屏潭》(图书出版阁,2006。52篇63首)、《牛岛歌》(图书出版阁,2010。在冲菴淨的《冲菴集》等收录的牛岛相关诗歌)等作品,还有金恩锡、尹致富、朴赞殖等在2008年《金万德资料丛书II》中收录了5篇与金万德相关的诗篇。

－ 前面提到的《济州中的耽罗》、《汉拿山的磨崖铭》、金奉鉉的《济州岛游人传》(洪性穆译,济州市愚堂图书馆,2005年)、金日宇、洪琦杓、金益洙等共译的《译注济州古记文集》(济州文化院,2007年。收集了金淨的《济州风土录》、林悌的《南溟小乘》、李健的《济州风土记》、《耽罗录》等进行翻译的书,济州汉诗51篇76首)、金千亨编写的《耽罗史料文献集》(图书出版垫脚石,

---

12) 但是根据尹致富的论文,实际上济州汉诗有126篇,剩下的111篇类似于高兆基的「安城驿」,都不是济州汉诗。

13) 贬谪到济州的人们的诗就没有被收录。

2004年,济州汉诗125篇129首）等也是把在多个典籍中的诗歌选编而成的书籍。

如上所述,济州汉诗主要收录在赴任官或流放者的诗文集里,还收录在部分济州出身文人的诗文集里。此外, 没有留下诗文集或失传的诗歌也不少。幸运的是,夫英勤在博士论文《朝鲜时代济州相关汉诗的研究》表1及附录中记载了关于济州的汉诗和作家概况,对研究济州汉诗和作家们有很大的帮助。据他介绍,诗文集中没有包括在内的诗有1168题1318首。[14]但是,在夫英勤的论文附录中,并没有收录李汉镇、林悌、李喜丰、李珲(光海君)等。

济州汉诗的一个研究特点是,不仅有很多东西属于流放文学范畴,而且相关的研究也很多。 当然, 这是因为汉诗的主要作者都是流放者为主的原因。流放文学在数量和质量上都占据了济州汉诗研究的主要种类。 许椿在〈流放文学研究的课题〉中表示,截至2011年9月约有210篇研究论文,为了让流放文学研究能够更上一层楼, 还提出了几个建议。[15]另外,《济州流放文学资料集1》已出版。[16]

在本文里概括所有与济州汉诗有关的研究论文恐有失合理, 但是可以建议几个方向和趋势。

－第一, 济州汉诗研究论文主要与流放文学有关。这是因为济州汉诗的主要创作者以流放者为主有关。主要的硕士、博士论文有梁淳珌,《朝鲜王朝流

---

14) 富荣根,《朝鲜时代关于济州汉诗的研究》(釜山大学韩文学系博士论文, 2007.6), 共13页。

15) 许春,〈流放文学研究的课题〉,《瀛洲语文学》第23辑, 2012, 第6页。

16) 杨振健编,《济州流放文学资料集》1, 济州大学校出版部, 2008。

放文学研究-以济州岛为中心》(建国大学博士论文，1982年)，边暎渼，《济州汉诗研究》(诚信女子大学硕士论文，1995年11月)。[17]

－第二，对济州牧使、判官、县监等这些济州上任官留下的汉诗的研究也是非常的活跃。主要是这些人留下的诗文集的研究并不局限于济州,诗文集的翻译也遍及于全国各地。

－第三,随着诗文集的翻译，已有200多篇的研究论文,因此济州汉诗研究已经偏离了初期简单介绍的程度，而是从多角度增加了其研究深度。其中，金赛米奥的《关于济州流放文学的连续性的试论》作为非常有趣的论文值得特别加以记载 因为金鎭龟、金春泽、任徵夏是亲属关系,而且又都是作为流放者过过流放生活，还为流放文学的"连续性"进行研究。这样的情况应该说是几乎没有的。

－第四,在济州汉诗中,尤其是济州出身作家对汉诗的研究非常活跃。在济州,1924年由123名济州岛文人设立的汉诗创作团体"瀛州吟社"到至今仍在积极地活动。这意味着汉诗脉络的延续,也意味着无数的诗人创作了不少汉诗。特别是吴文福先生在朝鲜末期、民国初期一直在寻找济州文人的汉诗来进行翻译。例如,吴先生的《城山风雅》中翻译并收录了在城山邑多里培养出来的文人的汉诗和铭文、金石文及生活文件等。今后这些工作还需要继续进行。

---

17)　将济州汉诗分为入岛人的诗世界(牧民馆、流放人)和本岛人的诗世界来进行讨论。只是令人遗憾的是, 虽然区分了入岛人和本岛人, 但是具体的内容体制有所不同。

《济州汉诗300首》的意义和选诗方法

本文是为了以编写《济州汉诗300首》目的而开展的研究讨论。"从朝鲜开国到解放时期,调查所有与济州有关的诗歌,以题目为中心制定所有目录,并按作家、时期、诗体分类,以此为基础,书名暂定为《济州汉诗300首》来出版是其研究的根本目的。编写《济州汉诗300首》的理由大致有3个。

– 第一,关于济州汉诗的研究已经非常活跃,其研究成果卓著。但是因为主要侧重于个别翻译和论文为主的研究,所以对于一般读者来说可能有有些距离感。因此,对一般读者来说更需要浅显易懂的单行本注解书。首先,在济州汉诗中,最重要的是应该把通过研究者和翻译家所熟知的作品和优秀的作品分类为作家、作品形式、题材等,要以更容易理解和接受的方式出版。

– 第二,济州汉诗不仅是出生在济州或在济州生活过的人,把自己的亲身经历和感受吟诵出来的诗,而且还描述了济州的自然、风物以及济州人的生活面貌。从这一点来看,偏离了抒情文学范畴,其实是一个历史和文化的报告书。所以它是一个对于理解济州以往的历史最有意义的参照书。但是,如果它只是作为个人诗文集或译注本等藏书被保管,应用不到我们的生活中,就无法摆脱只限于对研究者有效的古代文献(即使翻译了)的意义,因此有必要提出更具体地利用方案。『济州汉诗300首』将成为具体的活用方案之一。

– 第三,在已经翻译和研究的济州汉诗上有必要画上一个小重点。到目前为止,随着翻译和研究都是个别进行,对济州汉诗一贯的翻译、对济州汉诗的本质的讨论、构建济州汉诗档案的基础还没有具备好。这就是为什么在编写《济州汉诗300首》时,需要对济州诗的整体统计及现有研究成果进行自身分析的原因。

《济州汉诗300首》的筛选原则与标准

以朝鲜王朝的汉诗为主来进行筛选,主要对象包括大韩帝国末期、大韩民国初期的诗。

仔细探索现有研究成果,在多个学者的研究著作、论文或诗选集中筛选出重复或作为代表作来被提及的诗歌,并制作包括重要人物的代表作和无名人士的优秀作品的选集。每位研究人员各选取300个数量级,从中选取500个数量级,然后再选取最终300首。

与济州有关的代表性人物的济州相关汉诗、有个人文集的人物的济州相关汉诗、即便是无名人士,如作品出色也会收录于其中。

济州出身的情况下,即便是于济州无关的诗,如作品出色也会收录于其中。

济州相关诗篇中,每个诗人的诗限制在10首以内,尽量安排5言、7言、绝句、排律等。

提供原文和翻译并加以注释,同时, 进行作品说明和作家介绍。按照作者介绍、原文、翻译、注解、说明的顺序。

除去已经翻译的诗外, 从未译(影印本)中筛选50首左右的诗。

结尾

济州汉诗在悠久的传统中一直延续到至今。尽管如此, 因种种原因, 汉诗仍被认为是陈旧腐朽的文献记录。除了一些研究者和创作者之外, 对于一般人来说, 汉诗已与他们渐行渐远。那么该如何是好?

包括汉诗在内的诗歌虽然是吐露诗人自身性情的极其个人化的情感，但更是对生活在一个时代的诗人的世事、人物、景物等的描述。从这一点来看，诗歌不仅仅是一部文学作品，它既是一个时代的历史，也是一个个人的生平史。由此看来，汉诗可以起到观察济州的另一个窗口作用。

《济州汉诗300首》不仅仅是为了从众多济州汉诗中减缩300多首作为单行本来出版，而是为了让大众更加亲近汉诗这一独特的诗歌形态，在广泛宣传汉诗的优点的同时，通过这一点进一步了解济州。本质在于活在当下，没有理由留恋过去。

如果可能的话，收集作为济州学非常重要的资源古文献研究(诗歌研究)基础的注解和翻译成果，确保可以一目了然的数据库将会是今后济州学研究最重要的基础。汉诗的情况也是如此。为此，在编写《济州汉诗300首》的过程中，期待今后为确保济州汉诗存档奠定坚实的基础。另外，希望尽最大努力提高翻译的精准度和内容的忠实度，让大众也能更容易地欣赏到济州汉诗的妙趣。

并且让长久以来被"束之高阁"的汉诗重现在现实空间，以备提高教育的效果。今后也可以考虑按地区区分汉诗，利用作为地区历史记录的汉诗，将其用作旅游资源的方案。

最后，把济州汉诗选集称为『济州汉诗300首』，是模仿了《唐诗300首》和《宋诗300首》等体例。这意味着济州汉诗与唐诗和宋诗处于同一行列，也包含了今后通过中文翻译出版，向海外宣传济州汉诗文化的意图。

III. 참고문헌

1. 원전자료

김희돈 저, 오문복 역, 2003, 『수은시집』, 제주문화원

김형식 저, 오문복 역, 2004, 『혁암산고』, 제주문화원

이약동 저, 오문복 역, 2006, 『노촌선생문집』, 제주교육박물관

조정철 저, 김익수 역, 2006, 『정헌영해처감록』, 제주문화원

김상헌 저, 홍기표 역주, 2008, 『남사록 역주 상』, 제주문화원

안병택 저, 오문복 역, 2009, 『부해문집 1』, 제주문화원

김석익 저, 오문복 외 역, 2011, 『제주 속의 탐라: 심재집』, 서울; 보고사

송인수 저, 백규상 역, 2014, 『역주 규암선생문집』, 제주교육박물관

김양수 저, 이진영 역, 2015, 『국역 난곡선생문집』, 제주교육박물관

이한우(한진) 저, 김영길 역, 2016, 『국역 매계선생문집』, 제주교육박물관

윤시동 저, 제주문화원 역, 2017, 『국역 증보탐라지』, 제주문화원

오기권·이재하 저, 오문복 역, 2017, 『양우상화두운집』, 제주교육박물관

김성구 저, 김영길 역, 2018, 『팔오헌선생문집 남천록·시』, 제주교육박물관,

이용호 저, 현행복 역, 2018, 『청용만고』, 서울; 문예원

고병오 저, 오문복 역주, 2020, 『대정산천형승시초』, 서귀포문화원

김대홍 저, 김영길 역, 2021, 『국역 영헌시고』, 제주교육박물관

고경준 저, 김영길 역, 2021, 『증보 영운집』, 제주; 도서출판 신토불이

이익태 저, 김창일 역, 2021, 『(제주 최초의 인문지리지) 지영록』, 국립제주박물관

『제주유배문학자료집』 1, 제주대학교출판부, 2008.

『제주인물대사전』, 김찬흡, 서울; 금성문화사, 2008.

2. 논저

교육부, 「2015년 초·중등학교 국어과 교육과정」, 교육부 고시 제2015-74호[별책5], 2015년

_____, 「2015년 초·중등학교 한문과 교육과정」, 교육부 고시 제2015-74호[별책17], 2015년

_____, 「2015년 초·중등학교 초중등학교 교육과정 총론」, 교육부 고시 제2015-74호, 2015년

김새미오, 2015, 「부해 안병택의 문학관과 한시 소고」, 『영주어문』 29권

_____, 2015, 「제주 유배시사 귤회 연구」, 『한국한문학연구』 제57권

_____, 2016, 「구한말 제주 지식인 심재 김석익의 시문학 고」, 『온지논총』 제48권

_____, 2019, 「영주십경의 형성과 변화에 대한 통시적 고찰-매계 이한우 작품을 중심으로」, 『한국한문학연구』 제76권

김지선, 2022, 「캡스톤 디자인과 중국소설 교육방안 연구 - 메타버스를 활용한 콘텐츠 개발을 중심으로」, 『문화와 융합』 제44권 2호

문재원, 2008, 「문학담론에서 로컬리티 구성과 전략」, 『한국민족문화』 32집

변영미, 1996, 「제주 한시 연구」, 성신여자대학교 석사논문

부영근, 2006, 「추사 김정희의 제주 유배시 고찰」, 『영주어문』

_____, 2007, 「조선시대 제주 관련 한시의 연구」, 부산대학교 박사논문

_____, 2007, 「제주 산수를 형상화한 한시 소고」, 『영주어문』 제14권

_____, 2008, 「한시로 묘사된 제주의 물산과 민중생활」, 『영주어문』 제16권

양순필, 1982, 「조선조 유배문학 연구-제주도를 중심으로」, 건국대학교 박사학위논문

_____, 1989, 「북헌 김춘택의 제주유배 한시고」, 『백록어문』 6권

오문복, 1996, 『화제를 위한 영물시선』, 제주: 제주문화

_____, 2004, 『영주십경 시집』, 제주: 제주문화

_____, 2004, 『화제를 위한 한시선』, 서울: 이화문화출판사

_____, 2006, 『영주풍아』, 서울: 이화문화출판사

_____, 2006, 『탐라시선』, 서울: 이화문화출판사

王大鵬, 張寶坤 編選, 1983, 『中國歷代詩話選』, 岳麓書社

王世貞 著, 陸吉棟, 周明初 批注, 2009, 『藝苑卮言』, 鳳凰出版社

윤치부, 2010 「최부「탐라시」의 이본 고찰」, 『새국어교육』제86권

윤치부, 2012 「김종직「탁라가」의 번역 양상 고찰」, 『겨레어문학』제49집

_____, 2016 「제주 한시의 번역 양상 고찰」, 『제주도연구』제46권 1호

_____, 2017 「김정「우도가」의 이본 고찰」, 『한국시가문화연구』제40권

_____, 2020 「추사 김정희의 제주 유배 한시 시어 고찰」, 『한국시가문화연구』제45권

이영주, 강민호, 2002, 「杜詩 속에 나타난 비애 속의 유머에 대한 고찰」, 『중국문학』, 제37집

임춘택, 2015, 「제주유배시기 추사 김정희의 '치유적 글쓰기'와 치유 스토리텔링 콘텐츠 구상 방안」, 『인문연구』75권

임형택, 1985, 『전환기의 동아시아 문학』, 서울: 창작과 비평사

조경순, 2021, 「인문대학 캡스톤 디자인 수강생의 교과 인식 및 수업 만족도에 대한 사례 연구」, 『용봉인문논총』59권

조희정, 2004, 「고전 리터러시 교육을 위한 새로운 구도」, 『국어교육학연구』제21집

최진아, 2017, 「중국소설 과목의 캡스톤 디자인 교육과정과 학술적 가치에 대한 연구」, 『중국소설논총』제52집

허춘, 2012, 「유배문학 연구의 과제」, 『영주어문』제23집

3. 인터넷 자료

한국민족문화대백과사전 http://encykorea.aks.ac.kr/

한국고전종합DB https://db.itkc.or.kr/

제주특별자치도 https://www.jeju.go.kr

디지털 장서각 https://jsg.aks.ac.kr/

한국국학진흥원 유교넷 https://www.ugyo.net/

부록

제주 한시(시집 포함) 편수 총람

제주 한시 1차 선시 목록

제주 한시(시집 포함) 편수 총람

시집류 詩集類

김경종, 백수여음: 343편 380수

김균배, 근제북학일기: 21편

김상헌, 남사록: 110편 225수, 제주 88편 182수

김의정, 해은문집: 314편 411수

김정, 노봉문집: 249편 302수, 제주 66편 74수

김춘택, 북헌집: 127편 202수

김협·신홍석, 노귤시집: 178편 241수, 화암시집: 123편 154수(제주와 관련 없는 것도 있음)

김형식, 혁암산고: 171편 216수, 제주 157편 199수

김희돈, 수은시집: 122편 148수+10수

남구명, 국역우암선생문집: 190편 265수, 제주 78편 138수

송인수, 규암선생문집: 74편 95수, 제주 1편

안병택, 부해문집: 229편 389수, 보유편: 20편 47수, 제주 약간

이건, 규창집, 제주풍토기: 423편 501수, 제주 무 관련 약간

이약동, 노촌선생문집: 41편 71수, 제주 33편 34수, 자작시 6편

이익태, 지영록: 32편, 제주 28편, 자작시 7편

이증, 남사일록: 121편 195수, 제주 83편 152수, 자작시 69편 94수

이한진, 매계선생문집: 180편, 11편 자작시, 66편 인용시

이형상, 국역 병와집: 14편 16수

임제, 남명소승 26편, 제주 23편

임징하, 서재집: 62편 124수, 제주 22편 67수

조사수·박충원, 영해창수록: 150편 211수, 제주 58편 109수

조정철, 정헌영해처감록: 421편 526수

기지류 記志類

김두봉, 제주도실기: 71편 73수, 63편 탐라지보유에 수록됨.

김석익(심재) 탐라지: 6편, 제주 5편

김석익, 역주탐라기년: 재번역

김석익, 제주 속의 탐라: 심재집(파한록, 탐라인물고, 탐라기년 부록) 22편, 제주 16편

담수계, 역주증보탐라지: 271편 290수

이원조, 탐라지초본 상하: 188편 240수

이원진, 탐라지, 태호시고: 76편 129수

시선집류 詩選集類

오문복, 영주풍아: 137편, 제주 126편

오문복, 한시선: 924편 1011수, 제주 12편 28수

오문복 등, 제주시마애명: 24편

오문복, 탐라시선: 270편 441수

현행복, 방선문: 10편 제주

현행복, 취병담: 52편 63수

현행복, 우도가: 김정 충암집 수록 시가 재번역

사료, 선집류 史料, 選集類史料

김봉현, 제주도유인전: 홍유선 등 42편 45수, 제주 33편 36수

김은석 등, 김만덕자료총서; 김만덕 관련 시 5편

김천형, 탐라사료문헌집: 160편 164수, 제주 125편 129수

제주문화원, 역주제주고기문집(김정 제주풍토록, 임제 남명소승, 이건 제주풍토기, 신광수 탐라
  록) 탐라록: 58편 85수, 제주 51편 76수

총 2876편 3905수(시선집류, 사료, 기지류에 수록된 것 제외)

윤치부는 「제주 한시의 번역 양상 고찰」(제주도연구 제46집, 2016, 1~40쪽)에서 2016년 현재 제주 한시의 번역 편수는 전체 3513편 4551수에 달한다고 했다. 상기 숫자와 차이가 현저하여 확인이 필요하다. 윤치부 교수의 총계는 중복된 것이 적지 않다.

2022년 현재 상기 목록에 없는 한시(문집류)

김대홍, 영헌시고

김성구, 팔오헌선생문집·남천록: 190편 270수, 제주 129제 194수

김성탁, 제산집: 37편 54수

김양수, 난곡선생문집: 275수

김윤식, 속음청사: 제주 24수

김윤식, 운양집

김정(충암), 해도록: 제주 41수

김진구, 만구와부군유고(도찬일록)

김치, 남봉집: 172편, 제주 7수

송시열, 송자대전: 제주 9수

신광수, 탐라록, 석북선생문집: 제주 49편 76수

신홍석, 화암시집: 123편 154수

윤봉조, 포암집 13편 27수

이민성·경정집, 조천록: 1000여 수, 제주 3수

이익(간옹), 간옹유고, 70여 편(만사 18편)

이해조, 명암집: 제주팔경 8수

정온, 동계집: 519편 554수, 제주 280편 286수

조관빈, 회헌집: 105편 191수

조영순, 퇴헌집: 15편 15수

최부, 금남집: 35수

최익현, 면암집: 15수

홍유손, 소총유고상: 8편 10수

총 1396편 1644수

이 외에 미번역된 원문 영인본은 제외했다.

따라서, 제주 관련 시가의 총수는 4272편 5549수이다. 다만 향후 새롭게 발견되거나 확인되는 경우 달라질 수 있다.

제주 한시 1차 선시 목록

연구자 별로 300수를 선시한 후, 이를 수합하여 목록화하였다. 본 자료 이외에 새로
발견된 자료를 추가하여 제주 한시 300수 선집을 편찬함을 밝힌다.

번호	이름	편수(首)	시가 제목
1	강석익	2	「벼루 硯」, 「오의사 전기에 붙여 題吳義士傳後」
2	고득종	3	「홍화각」, 「제주로 돌아가다 태풍을 만나 바다를 떠돌다 歸觀濟州遇風漂海作」*
3	고성겸	2	「삼성혈 三姓穴」, 「국화」*
4	고영하	10	사봉낙조, 정방하폭, 고수목마, 산포조어, 영구춘화, 영실기암, 귤림추색, 한라산, 산방굴사, 녹담만설*
5	김경종	4	「송암 오기두를 애도하며 挽松岩吳琪斗」 4수
6	김낙행	7	「탐라 까마귀 耽羅烏」, 「한식날 칠언율시 두 편을 지어 아버님께 올리다 寒食日, 賦長律二篇, 上大人」, 「정자 류관현 어른이 아버님을 방문하여 (이하 생략) 柳正字觀鉉丈委訪家大人」, 「삼가 한라산가에 화답하다 伏 和漢拏山歌」, 「밤에 우곡에 모였을 때 부중이 즉흥으로 절구 한 수를 지으니, 간략히 차운하다 夜會雨谷, 扶仲口占一絶, 率率次韻」, 「記濟州城形」*, 「觀獵」*
7	김대홍 (영헌시고)	10	「함 연대장의 봉개 마을 재건에 부쳐 題咸聯隊長奉蓋再建施設」, 「마을 청년들이 경로잔치를 연 것에 부쳐 題鄕中靑年敬老筵」 제1수, 「영헌자제 瀛軒自題」, 「한라산 漢拏山」, 「향현사 유적지를 지나며 느낀 바 있어 過鄕賢祠遺墟有感」, 「갑자년 봄 부해 안 선생님을 조천에서 뵙고 甲子首春謁浮海安先生于朝天」, 「봄날 조천으로 가는 길에 春日朝天途中」, 「부자묘를 중수하며 重修夫子廟」 제1수, 「제주시로 승격되다 濟州市升格」 제1수, 「천지연 天池淵」 제1수
8	김문주	3	「읍내 시사에서의 운에 화답하다 和邑內詩社韻 漢拏山」, 「면암 최익현이 대마도에 간다는 소식을 듣고 聞崔判書勉菴丈馬島之行」, 「병든 노인이 스스로를 비웃는 시 病翁自嘲詩」
9	김상헌	9	「귤원 橘園」, 「산방산 山房」, 「새로난 귤 新橘」 2수, 「눈 속에서 흥을 보내다 雪中見興」, 「삼가 점필제 시에 차운하여 탁라가를 보충하다 補毛羅歌 敬次佔畢齊韻」 4수

686

번호	이름	편수(首)	시가 제목
10	김석익	1	「한라산 漢拏山」
11	김수익	2	「정방연 正方淵」, 「관덕정 觀德亭」
12	김성구	6	「장난삼아 배해체를 본받다 戱效俳諧體」, 「건제체를 본받다 效建除體」, 「세 동자에게 이별하며 주다 贈別三童子 幷小序」, 「비 내려 회포를 적다 雨中書懷」 여섯 수, 「외로워서 孤懷」, 「정의현 객관에서 벽에 걸린 시의 운자를 따르다 旌義客館次壁上韻」
13	김양수	34	「영주십경 瀛州十景」, 「수산폐성 水山廢城」, 「먼 풍경을 보며 遠眺」, 「들렁기 登瀛邱('바위가 들린 곳'이라는 뜻의 제주방언의 음차)」, 「그치지 않는 비 雨不絶」, 「바다 장기 海瘴」, 「폭포 瀑布」, 「돌무더기 石墳」, 「생선시장 販魚」, 「귤원 橘園」, 「담배 南草」, 「무당의 북소리 巫皷」, 「호남의 서재로 돌아가는 벗을 배웅하며 送友歸湖南齋」, 「서울로 가는 금사錦史를 보내며 送錦史入京」, 「배를 띄우며 放船」, 「시골집을 방문하여 訪村家」, 「산사山寺에서 노닐며 遊山寺」, 「오래된 절집 古寺」, 「다시 우연히 읊음 又」, 「중하仲夏에 만회晩悔 금사錦史 계운溪雲과 같이 읊음 仲夏晩悔錦史溪雲同吟」, 「강가 가을밤에 혼자 앉았는데 감흥이 일어 江上秋夜獨坐有感」, 「가을밤 흥취일자 바로 적어봄 秋夜卽事」, 「모기 蚊」, 「다시 又」, 「무제 기삼 無題 其三」, 「홀로 앉아 회포를 적어봄 獨坐叙懷」, 「화북포 시에 차운하여 次禾浦喚風亭韻 환풍정 喚風亭」, 「조자안趙子安의 약난藥欄 시에 차운次韻하여 次趙子安藥欄韻 其五(5)」, 「무인戊寅(1878년) 봄에 대정大靜 가파도加波島에 영국함선英艦이 내침來侵할 때 류명록柳命祿에게 줌 戊寅春於大靜加波島冲英艦來侵時贈柳命祿」, 「서울에 도착하여 며칠 되어 삼각산三角山에 올라 到京數日登三角山」, 「뜰 안의 석가산 石假山」, 「어린 기생 童妓」, 「최예지崔禮之 군이 시를 부쳐 온 것을 보고 이에 화답함 和崔君禮之以詩見寄」, 「회포를 적음 述懷」, 「석포 石圃 시에 화운和韻하여(2) 和石圃吟 其二」, 「애들이 천연두에 걸렸다는 소리를 듣고 聞兒輩患痘」, 「공제당共濟堂에 제題하여 題共濟堂」
14	김윤식	26	「제주잡영 22수 濟州雜詠 二十二首」, 「두 번째 모임, 8일 귤원에서 만나다 第二會 初八日會于橘園」, 「일곱 번째 모임, 12일 귤원에서 만나다 第七會 十二日會于橘園」, 「사라봉에 올라 낙조를 구경하다 登紗羅峯觀落照」, 「유람차 영구에 올라 遊登瀛邱」

번호	이름	편수(首)	시가 제목
15	김정	10	「절국 絕國」, 「중양절에 쓰다 重陽日有作」, 「회포를 풀어 遣懷」, 「경신년 3월 상순 庚辰三月上旬」, 「동생에게 주어 이별하며 贈弟別」, 「도성을 떠나 去國」, 「쌓인 물 積水」, 「산 비 山雨」, 「방생이 우도에 대해 말하는 것을 듣고 노래로써 흥을 더하다 聞方生淡牛島歌以寄興」, 「절명사 臨絕辭」, 「우도가 牛島歌」
16	김정희	35	「우연히 짓다 偶作」, 「水仙花在在處處可以斗量 田畝之間尤盛 土人不知爲何物 麥耕之時盡爲鋤去」, 「수선화 水仙花」, 「연전에 수선화를 금하다 年前禁水仙花」, 「영주에서 우연히 읊다 瀛洲偶吟」 2수, 「대정 시골집에서 大靜村舍」, 「아이들에게 보이다 示島童 幷序」, 「영주 화북진 가는 길에 瀛洲禾北鎭途中」, 「옛샘을 길어 차를 시험하다 汲古泉試茶」, 「말 연자맷돌 馬磨 二首」, 「동청 잎이 크기가 손바닥 같아 글씨를 쓸 만하다 冬青葉大如手掌 可以供書」, 「계첨이 배가 표류되어 돌이온 사람에게서 일본도를 구득하여 보여 주기에 부질없이 이 시를 주호하여 주다 癸詹從漂船歸人 得日本刀而見示 漫此走呼贈之」, 「비를 읊음 詠雨」, 「차계첨 次癸詹 3수」, 「눈오는 밤 우연히 읊다 雪夜偶吟」, 「환풍정 喚風亭」, 「연희각 주인에게 제증하다 題贈延曦閣主人」, 「偶題 2수」, 「해상의 중구일에 국화가 없어 호박떡을 만들다 海上重九無菊 作瓜餅」, 「운납에게 보이며 눌러 명사를 증명하다 示雲衲 仍證明史」, 「이재가 쓴 허유의 선면 뒤에 제하다 題彝齋書許維扇面後」 2수, 「우재의 유허비 尤齋遺墟碑」, 「자기의 편면에 제하다 題慈屺便面」, 「소치의 지화에 제하다 題小癡指畵」, 「소치의 손가락 그림에 제하다 題小癡指畵」, 「소치의 묵파초에 제하다 題小癡墨芭蕉」, 「칠절을 구호하여 강정 김생에게 주다 口號七絕。贈江亭金生」 6수, 「소유선사 13수 小遊仙詞 十三首」, 「바둑을 노래함 咏棋」, 「시골집 村舍」
17	김종직	14	을유년 2월 28일 직산의 성환역에서 묵는데, 제주에서 약을 공물로 바치러 온 김극수도 또한 와 있어 밤에 이야기 나누며 대략 그곳의 풍토와 물산을 물어보고는 이에 그 말들을 기록하여 탁라가 14수를 짓다. 「乙酉二月二十八日宿稷山之成歡驛濟州貢藥人金克修亦來因夜話略問風土物産遂錄基言爲賦乇羅歌十四首」
18	김춘택	13	「제주잡시 濟州雜詩」 二十首, 제5수, 18수, 19수, 「제주 잡시, 두보의 진주 잡시의 운을 마음대로 사용한 20수 謾用子美秦州雜詩韻二十首 其五」, 「동천에서 산지로 거처를 옮겨 自東泉移寓山池」, 「산지에서의 일곱 노래 山池七歌 其一」, 「식량이 떨어져 흥가는 대로 읊다 絕種漫吟」 2수
19	김치	4	「한라산 정상에 올라 登絕頂詩」, 「영실 靈室」, 「관덕정 판상시(현판에 적어놓은 시)에 차운하다 觀德亭板上韻」, 「방선문 訪仙門」

688

번호	이름	편수(首)	시가 제목
20	김협 (노귤시집)	15	「느낌을 읊은 시 感題」, 「시대를 한하며 時吟」, 「중춘의 경치 仲春卽景」, 「제주목사가 내준 운에 따라 次許濟牧韻」, 「용천정 벽 위에 새긴 시 題湧泉亭壁上」, 「完山八景」 제8수 「동쪽 포구로 돌아오는 돛배 東浦歸帆」, 「고기를 사며 買魚」, 「병들어 글을 보며 病中看書」, 「자기를 위하여 둘째 爲己 其二」, 「자기를 위하여 열두째 爲己 其十二」, 「병계도가 屏溪棹歌 十首」, 「其一」, 「其八」, 「其九」, 「뜻을 적다 寫志」 「其一」, 「강촌에서 즉흥으로 읊다 江村卽事」 「其七」
21	김희정	15	「귤림서원 옛터에 단을 설치하여 다섯 분의 현인을 제향하다 橘林書院遺址設壇享五」, 「漢挐雜詠」 十三首, 「면암선생 적소에서 운에 받들어 화운하여 갑술년 奉和勉菴先生匪所韻 甲戌」 3수 其一, 「노봉 김공 흥학비 蘆峯金公興學碑」
22	김형식	15	「영주십경 瀛洲十景」 10수 其一 「성산의 해돋이 城山出日」, 「瀛洲十景」 10수 其二 「나라봉의 낙조 紗峰落照」, 「바다를 바라보며 觀海」, 「가을밤에 입으로 읊어 짓다 秋夜口占」, 「고향으로 돌아와 還鄕」, 「김문식과 함께 배를 타고 우도를 가다가 쓰다 與金文植同舟向牛島作」, 「저물녘 함덕촌을 지나며 暮過咸德村」, 「연북정에 올라 登戀北亭」, 「서귀포 객관에서 강다헌과 함께 쓰다 西歸客館與姜茶軒共賦」, 「김근재가 밤에 찾아와 金勤齋匀培夜至」, 「元山雜詠四絶」, 「나그네길에 이창하를 만나다 客中逢李昌廈」 제2수, 「생각하는 바를 적어 동강선생께 올림 有所思行奉呈桐岡先生」 영주십경시 참조 미수록, 동아일보 창간을 축하하는 시, 「春日與三從時範共賦十首」
23	김희돈 수은시집	15	「삼가 향교운을 따라 지음 謹次鄕校韻」, 「수은재 水隱齋」, 「연북정 戀北亭」, 「이사한 뒤 移居偶吟」, 「부도현의 솔바위 시에 화답함 和夫道現松巖韻」, 「삼성사 三姓祠」, 「김처명 석사에게 드림 贈金碩士處明」, 「달 月」, 「바람 風」, 「서리 霜」, 「눈 雪」, 「나비 蝶蝶」, 「칠석 七夕」, 「눈 덮인 산 雪山」, 「벌레소리 岭虫」, 「이세진을 방문하여 訪李雅世進偶吟」, 「서등 書燈」, 「새벽 닭 울음소리 晩鷄」, 「봄새 春禽」, 「백로 白鷺」, 「진천 구장회에게 贈鎭川具章會」, 「배꽃 梨花」
24	김진구	6	「방마장 馬屯」, 「용인」, 「빗속에 느낀 바 있어 雨中有懷」, 「10월 15일 이동악이 도중에 어머니 생신을 맞아 쓴 시에 차운하여 十月十五日, 次李東岳途中逢慈氏壽辰韻」, 「傷悼」, 「절구」

번호	이름	편수(首)	시가 제목
25	남구명	3	「탁라가를 보충하여 서문을 함께 쓰다 補乇羅歌 幷序」(우암집寓菴), 「중보 탁라가 重補乇羅歌」, 「다시 탁라가를 보충하다 又補乇羅歌」
26	부성준	1	「삼성사 三姓祠」
27	이익	12	「한라산 漢拏山」, 「송성구가 정필선에게 보낸 시에 차운하여 次宋聖求贈鄭弼善韻」, 「다시 의금부로 들어와 제주로 유배하라는 명을 듣고 유배객과 서로 이별하는 시에 차운하여 再入金吾, 始聞濟州之命. 次謫客相別韻」, 「서리가 연못 절반의 연을 거꾸러뜨리다 霜倒半池蓮詩」, 「교도 김승후의 시에 차운하여 次教導金承厚韻」, 「송싱구의 시에 차운하여 次宋聖求韻」, 「송성구의 시에 차운하여 2수 次宋聖求韻二首」, 「한라산에서 노닐며 4수 및 병서 遊漢拏山四首 並序」
28	임징하	7	「제주잡영 이십수 濟州雜詠 二十首」 其九, 其十一, 其十四, 「두보의 추흥 팔수에 차운하여 次杜陵秋興八首」 其一, 其六, 其七, 「한식날 가랑비 내려 寒食小雨」
29	신광수	9	「반양산에 이르러 한라산을 바라보며 至半洋望漢拏山」, 「한라산을 바라보며 오체(중국 강남의 민가와 같이 통속적인 시체)로 쓰다 望漢拏山吳體」, 「흉년을 근심하다 憫荒」, 「성에서 기녀가 말 달리는 것을 보다 城上觀妓走馬」, 「지역 풍토 土風」, 「중년 中年」, 「제주 걸인의 노래 濟州乞者歌」, 「잠녀가」, 「다시 흉년을 근심하다 又憫荒」
30	원상효	1	「山房窟」
31	조정길	35	「탐라잡영 제17수 耽羅雜詠 其十七」, 橘柚品題(귤 유자를 품평한 시), 「耽羅雜詠」 33수 포함
32	오진조	5	「성산일출 城山日出」, 「유감 有感」, 「근심 愁」, 「노인성 老人星」, 「섬에 응당 나라가 있으리 島中應有國」
33	이한우	4	「영주십경 瀛洲十景」 10수 其一 「성산의 해돋이 城山出日」, 其二 「사라봉의 낙조 紗峰落照」, 「영주십경 시의 뒤에 쓰다 題瀛洲十景後」, 「登大靜西樓」

번호	이름	편수(首)	시가 제목
34	임제	4	용두암 龍頭巖, 영랑곡 迎郎曲 송랑곡 送郎曲, 모흥혈 毛興穴(삼성혈), 용연 龍淵
35	송시열	4	「탐라로 가는 배에서 耽羅舟中」, 「탐라의 적소에서 耽羅謫所」, 「주석의 운에 차하여 옥주를 통곡하다」, 「무제」
36	송인수	1	「제주에서의 감회 濟州有感」
37	이건	10	「탄식하며 有歎」 四首 其一, 「탄식하며 有歎」 四首 其四, 「배에서 자며 宿舟中」, 「열 가지를 읊음 感十詠」, 「매화 梅花」, 「출당화 黜堂花」, 「밤에 어부의 노래를 듣다 夜聞漁歌」, 「탐라 사람이 귤을 부쳐오다 耽羅人寄橘」, 「형님이 병중에 보내준 시에 차운하여 次舍兄病中見寄韻」 「其二」, 「한거 閑居」, 「흔들리는 배에 멀미하며 泛海水疾之苦」
38	이선	1	「천지연 天池淵」
39	안병택	5	「집으로 돌아와 우연히 쓰다 歸家偶題」, 「스스로 희롱하며 自戲」, 「경빈이 장차 바다를 건너가려 함에 절구 하나를 전별로 삼다 景賓將渡海一絶爲贐」, 「김녕 가는 길에 金寧途中」, 「한식날 고향을 그리워하며 寒食思鄕」
40	이성관	1	「미역캐기(따기) 採藿」
41	이약동	1	「홍화각」
42	이약동	1	「망경루 望京樓」
43	이원달	1	「망경루」
44	이원조	1	「삼성혈 三姓穴」
45	이원진	1	「천지연天池淵」, 「차귀방호소 遮歸防護所」, 「관덕정의 유래는 병사를 훈련시키는 곳 觀德由來寓習兵」, 「공신정 拱辰亭」
46	이용호 (청용만고)	28	영주잡절 28수

번호	이름	편수(首)	시가 제목
47	이한진	20	「남경 사람 진장복에게 이별하며 주다 贈別南京通州人陳長福」, 「양암의 「감흥」 시에 화답하다 和襄庵感興」, 「상사일 뒷날에 유양암과 닥ᄆ르에서 놀다 上巳後一日 與劉襄庵遊楮旨」, 「김추사 선생의 수성초당을 삼가 쓰다 謹題金秋史先生壽星草堂」, 「마름을 따다 採藻」, 「초의선사의순에게 주다 贈草衣禪師意恂」, 「한라산 구상나무를 읊다 題漢拏山枸香木」, 「목유석 진사의 시에 화답하다 和睦進士裕錫」, 「굴과원의 가을 풍경 橘林秋景」, 「산지포의 고기잡이 배 山浦漁帆」, 「환송 스님이 미황사로 돌아가매 전송하다 送喚松上人歸美黃寺」, 「우연히 읊다 偶吟」, 「삼월 열엿새 날 박삼평과 더불어 남당에 테우를 띄우고 놀다 暮春旣望與朴三平泛槎遊南塘」, 「낙천의 시에 화운하다 和樂泉韻」, 「일휴정에서 짓다 題日休亭」, 「제목 붙이지 않음 無題」, 「도헌 오형의 시 「사봉낙조」의 운에 화답하다 和吳陶軒澄紗峯落照韻」, 「애처로운 거지 哀丐乞」, 「굴림의 가을 경치 橘林秋色」
48	윤봉조 (포암집)	18	「모흥혈에서 청음 선생의 시에 차운하여 毛興穴次淸陰先生韻」, 「보길도에서 배를 띄워 탐라로 향하며 自寶吉島發船向耽羅」, 「배로 하루 밤낮을 가서 새벽 제주에 정박하여 舟行一晝夜, 曉泊瀛島」, 「제주성에서 숙박하며 꿈속에서 우암 선생을 뵈었다. 선생은 기사년에 이 섬으로 유배오셨나니 어찌 서로 감응하는 바가 없겠는가 宿濟州城中. 夢拜尤庵先生. 先生己巳曾配是島. 豈或有相感者否」, 「마을 사람들과 모여 이야기한 것을 적다 與里中諸人會話記事」, 「뒷동산에 올라 登後崗」, 「서응이 보내온 시에 차운하여 次瑞膺寄示韻 4首」「其二」, 「其三」, 「도중잡영 島中雜詠 11首」「其一」, 「其二」, 「其三」, 「其八」, 「其九」, 「굴림서원을 배알하여 다섯 분 선생의 옛 일에 느낌이 있어 謁橘林書院. 感五先生舊事」「其一」, 「其二」, 「其三」, 「其四」, 「其五」
49	정경룡	1	「우연히 읊다 偶吟」
50	정온	9	「시를 배우는 아들과 헤어진 후 책을 보내다 別詩兒後書贈」, 「대정현 大靜縣」, 「한라산 정상의 아침 구름 漢顔朝雲」, 「송악산의 저녁 비 松岳暮雨」, 「제주목의 판관과 정의 현감의 방문에 느낀 바가 있어 牧判官旌義來訪有感」, 「제주에 도착하여 到濟州」, 「성구의 운에 차운하여 次聖求韻」 二首 其一, 「빗 속에 우연히 쓰다 雨中謾成」, 「가난한 여인의 노래 貧女吟」
51	조묵와	3	「일본 표류인 日本漂流人」, 「오의사 전기에 붙여 題吳義士傳後」, 「수산봉에 올라 登水山峰」

번호	이름	편수(首)	시가 제목
52	오주언	1	「땅 地」
53	오성남	1	「소개하라는 명령 疏開令」
54	오기권 이재하	7편 14	「귤꽃 橘花」, 「밭 밟는 노래 踏田歌」, 「파리를 미워하다 憎蠅」, 「정방폭포 正房瀑」, 「강포 江浦」, 「우연히 읊다 偶吟」, 「귤을 까다 破柑」
55	신홍석 (화암시집)	13	「성산일출 城山日出」, 「사봉낙조 紗峯落照」, 「正房瀑布 정방폭포」, 「소랑郎이 눈을 씹음 蘇郞齕雪」, 「당유자 唐柚」, 「저녁 봉화 夕烽」, 「들렁귀의 봄꽃 두수 瀛邱春花 二首」, 「귤나무 열매의 가을 색 橘林秋色」, 「옛 덤불에 말을 기름 古藪牧馬」, 「백록담의 눈이 늦게 남아 있음 鹿潭晩雪」, 「용연의 밤에 배 띄움 龍淵夜泛」, 「산방산의 굴속 절 山房窟寺」
56	최부	35	탐라시 35절 耽羅詩三十五絶
57	최익현	2	「이희가 보낸 시에 차운하다 次李(熺)寄示韻」, 「별도진에서 배에 올라 別刀鎭乘船」
	총계	507편 521수	시인 340명

제주 한시
300수

济州汉诗
三百首

2024년 4월 16일 초판 1쇄 발행

역주　심규호 주기평 최석원 송인주 김규태
중문번역　김려연
교정　김새미오

펴낸이　김영훈
편집장　김지희
디자인　김영훈
손글씨　김효은
편집부　이은아, 부건영
펴낸곳　한그루
　　　　　출판등록 제6510000251002008000003호
　　　　　제주특별자치도 제주시 복지로1길 21
　　　　　전화 064 723 7580　전송 064 753 7580
　　　　　전자우편 onetreebook@daum.net　누리방 onetreebook.com

ISBN 979-11-6867-158-4 (03810)

이 책은 2022년 제주학연구센터의 지원으로 수행된
제주학연구 80『제주 한시 300수』를 바탕으로 하였습니다.

값 30,000원